中华十大畅销古典小说

初刻拍案惊奇

〔明〕凌濛初 编著

中华书局

图书在版编目（CIP）数据

初刻拍案惊奇/（明）凌濛初编著.—北京：中华书局，
2009.1（2019.3重印）
（中华十大畅销古典小说）
ISBN 978－7－101－06410－0

Ⅰ.初…　Ⅱ.凌…　Ⅲ.话本小说－中国－明代
Ⅳ.I242.3

中国版本图书馆 CIP 数据核字（2008）第 195260 号

书　　　名	初刻拍案惊奇	
编 著 者	〔明〕凌濛初	
丛 书 名	中华十大畅销古典小说	
责任编辑	舒　琴	
出版发行	中华书局	
	（北京市丰台区太平桥西里 38 号　100073）	
	http://www.zhbc.com.cn	
	E-mail:zhbc@zhbc.com.cn	
印　　　刷	北京瑞古冠中印刷厂	
版　　　次	2009 年 1 月北京第 1 版	
	2019 年 3 月北京第 10 次印刷	
规　　　格	开本/880×1230 毫米　1/32	
	印张 14⅛　插页 2　字数 420 千字	
印　　　数	52001－56000 册	
国际书号	ISBN 978－7－101－06410－0	
定　　　价	28.00 元	

《中华十大畅销古典小说》
出版说明

　　相比于智慧的中国人两千多年的阅读历史，"畅销书"这一概念实在出现得太晚了，至今不到一百年，因为这是现代出版业兴起以后的事情了。不过，如果我们反观中国古代的图书业，就可以清晰地发现，历朝历代都不乏畅销书的存在，而其中最受欢迎的是通俗小说。历史总是惊人的相似，无论古今，描绘人生百态、浓缩悲欢离合的小说作品，总是最能打动人心的。

　　明清两代是中国古代小说的繁荣时期，作家爱写，尽管他们经常不愿署上真名；书商爱卖，尽管小说总是不被人重视；读者爱看，尽管当时的书价实在堪称昂贵。于是，一大批通俗小说应运而生，畅销一时的还真不在少数。但畅销书往往脆弱，经不起时间的打磨，时过境迁，就销声匿迹了。只有极少数作品，不仅仅在面世之初就风行海内，而且能够毫不困难地穿越时空，历经数百年而畅销不衰，这就是名著。所以，名著总是由时间来检验的。

　　《三国》《水浒》《西游》《红楼》被大家冠以"四大名著"，自然当之无愧。他们已经畅销了数百年，而且还将永远畅销下去，早已经成为每一个国人必备的精神食粮。那么，在"四大名著"之外，我们还有数百年长盛不衰的名著吗？当然有。我们有《三国演义》之后最好的历史小说——《隋唐演义》，我们有《水浒传》之后最好的英雄传奇小说——《说岳全传》，我们有《西游记》之后最好的神怪小说——《封神演义》；我们有古代最精致的短篇小说集——"三言""二拍"，我们有古代最经典的"通俗历史教科书"——《东周列国志》，我们有古代最伟大的知识分子讽刺小说——《儒林外史》。

　　上述这十部中国小说史上的桂冠之作，一并收录在这套《中华十大畅销古典小说》之中，经过中华书局聘请专家精心整理，在此整体推出。你不必担心语言的陌生，数百年前的作家们说着与你一样的熟悉的"白话"；你也不必忧虑时代的隔阂,数百年前的主人公拥有与你一样的喜怒哀乐;你更不必怀疑阅读时将收获的快乐,数百年来无数的中国人已经享受过与你一样的快乐。

中华书局编辑部

2008 年 12 月

为市井细民作传

——《初刻拍案惊奇》

谈中国白话短篇小说，人们总是把"三言""二拍"齐称并举。的确，明代人凌濛初创作的《初刻拍案惊奇》《二刻拍案惊奇》，是在冯梦龙"三言"影响下独立创作的极具代表性的话本小说集，也一直是中国小说史上久负盛名的大制作。

凌濛初（1580—1644）是乌程（今浙江吴兴）人，字玄房，号初成，别号即空观主人。他出身世宦之家，十二岁入学，十八岁补廪膳生，应举入试，可就是屡试不中。后来入都谒选，直到五十五岁时才当个上海县丞。六十三岁时，升任徐州通判。崇祯十七年，李自成农民军进迫徐州，凌濛初不肯出降，最后呕血而死。凌濛初一生致力于通俗文学的创作，著述极多，但大都佚失。

那是在天启七年（1627）的秋天。此时，冯梦龙的《醒世恒言》刚刚在苏州出版，"三言"已成完璧，畅行南北。而凌濛初正在南京，科场失意，求官不得，百无聊赖之中，开始编写小说。书坊尚友堂的老板安少云听说了，正求之不得。双方一拍即合，于是，在第二年即崇祯初年的冬天，全面模仿"三言"的四十卷的《拍案惊奇》便顺利问世了。

与冯梦龙"三言"大量改编宋元话本不同，到凌濛初创作《拍案惊奇》时，宋元话本中好的题材都已经被冯梦龙"搜括殆尽"了，剩下的只是一些"沟中之断芜，略不足陈"了。于是，凌濛初只能另辟蹊径，"因取古今来杂碎事可新听者、佐谈谐者，演而畅之，得若干卷"，即从前人和当代人的传说笔记中寻找故事题材，重加敷衍。也正因如此，凌濛初能够自由地表达自己的生活感受和价值观念，发挥自己的艺术才华。

凌濛初的《拍案惊奇》所展现的基本上是市民阶层的生活，商人、手工业者、小知识分子、僧侣、胥吏、妓女、强盗等等成为了小说世界的主人公，通过他们的经历，能够比较真实地反映明代社会市井细民的生活状况。

商人生活是《拍案惊奇》描写的主要内容，最有代表性的作品是《转运汉巧遇洞庭红，波斯胡指破鼍龙壳》，写苏州商人文若虚出海经商，聚成巨富的故事。明中叶海禁渐宽,东南沿海客商出海贸易一度大盛,小说真实地反映了这一现状。而全篇对海外进取冒险精神的赞美,成为富有积极意义的主题。

明后期,商人的社会地位有了很大的提高,很多地方把经商当作正当的职业。凌濛初对这些诚实贸易、勤劳挣钱的商人尊敬有加,如《程元玉店肆代偿钱,十一娘云冈纵谭侠》,写徽商程元玉急人所难,慷慨解囊;《乌将军一饭必酬,陈大郎三人重会》,写开杂货店的陈大郎怜人饥寒,终有善报。当然,商人中也有奸诈刻薄之徒,如《韩秀才乘乱聘娇妻,吴太守怜才主姻缘》中的徽商金声,《卫朝奉狠心盘贵产,陈秀才巧计赚原房》中的徽商卫朝奉,都是凌濛初批判的对象。

《拍案惊奇》中也写了多篇青年男女恋爱婚姻的作品,如《通闺闼坚心灯火,闹图圄捷报旗铃》和《大姊魂游完宿愿,小姨病起续前缘》两篇,其中的女主人公罗惜惜和兴娘,都大胆追求幸福爱情,主动享受男欢女爱。凌濛初对她们并未以"荡妇"视之,而是倾注了同情和赞赏。《姚滴珠避羞惹羞,郑月娥将错就错》和《酒下酒赵尼媪迷花,机中机贾秀才报怨》两篇则表现了封建贞节观念已经逐步在市民阶层中失去主宰地位。

凌濛初对"民佚志淫"的颓败世风颇多不满,尤其对僧侣的淫乱贪恶深恶痛绝,毫不容情。如《闻人生野战翠浮庵,静观尼昼锦黄沙巷》《酒下酒赵尼媪迷花,机中机贾秀才报怨》等都是这类作品。凡是宣淫作恶的僧尼,都遭到恶报。

《拍案惊奇》原刊本是尚友堂刊本,今藏日本日光轮王寺慈眼堂。此次出版,即以此本为底本,校以万元楼本和同文堂本,进行点校整理。后来尚友堂重刊此书时,书名改题《初刻拍案惊奇》,来与《二刻拍案惊奇》相配合。所以本书也从其例,把书名定作《初刻拍案惊奇》。特此说明。

中华书局编辑部

2008 年 12 月

目 录

卷 之 一

转运汉巧遇洞庭红　波斯胡指破鼍龙壳

词曰：

> 日日深杯酒满，朝朝小圃花开。自歌自舞自开怀，且喜无拘无碍。
>
> 青史几番春梦，红尘多少奇才。不须计较与安排，领取而今见在。

这首词乃宋朱希真所作，词寄《西江月》。单道着人生功名富贵，总有天数，不如图一个见前快活。试看往古来今，一部十七史中，多少英雄豪杰，该富的不得富，该贵的不得贵。能文的倚马千言，用不着时，几张纸盖不完酱瓿；能武的穿杨百步，用不着时，几犗箭煮不熟饭锅。极至那痴呆懵董生来的有福分的：随他文学低浅，也会发科发甲；随他武艺庸常，也会大请大受。真所谓时也，运也，命也。俗语有两句道得好："命若穷，掘得黄金化作铜；命若富，拾着白纸变成布。"总来只听掌命司颠之倒之。所以吴彦高又有词云："造化小儿无定据，翻来覆去，倒横直竖，眼见都如许。"僧晦庵亦有词云："谁不愿黄金屋？谁不愿千钟粟？算五行不是这般题目。枉使心机闲计较，儿孙自有儿孙福。"苏东坡亦有词云："蜗角虚名，蝇头微利，算来着甚干忙？事皆前定，谁弱又谁强？"这几位名人说来说去，都是一个意思。总不如古语云："万事分已定，浮生空自忙。"说话的，依你说来，不须能文善武，懒惰的也只消天掉下前程；不须经商立业，败坏的也只消天挣与家缘。却不把人间向上的心都冷了？看官有所不知，假如人家出了懒惰的人，也就是命中该贱；出了败坏的人，也就是命中该穷，此是常理。却又自有转眼贫富出人意外，把眼前事分毫算不得准的哩。

且听说一人，乃是宋朝汴京人氏，姓金，双名维厚，乃是经纪行中人。少不得朝晨起早，晚夕眠迟，睡醒来，千思想，万算计，拣有便宜的才做。后来家事挣得从容了，他便思想一个久远方法：手头用来用去的，只是那散碎银子，若是上两块头好银，便存着不动。约得百两，便熔成一大锭，把一综红线结成一绦，系在锭腰，放在枕边。夜来摩弄一番，方才睡下。积了一生，整整熔成八锭，以后也就随来随去，再积不成百两，他也只罢了。金老生有四子。一日，是他七十寿旦,四子置酒上寿。金老见了四子跻跻跄跄,心中喜欢。便对四子说道:"我靠皇天覆庇,虽则劳碌一生,家事尽可度日。况我平日留心,有熔成八大锭银子永不动用的,在我枕边,见将绒线做对儿结着。今将拣个好日子分与尔等,每人一对,做个镇家之宝。"四子喜谢,尽欢而散。

是夜金老带些酒意,点灯上床,醉眼模糊望去,八个大锭,白晃晃排在枕边。摸了几摸,哈哈地笑了一声,睡下去了。睡未安稳,只听得床前有人行走脚步响,心疑有贼。又细听着,恰象欲前不前相让一般。床前灯火微明,揭帐一看,只见八个大汉,身穿白衣,腰系红带,曲躬而前,曰:"某等兄弟,天数派定,宜在君家听令。今蒙我翁过爱,抬举成人,不烦役使,珍重多年,冥数将满。待翁归天后,再觅去向。今闻我翁目下将以我等分役诸郎君。我等与诸郎君辈原无前缘,故此先来告别,往某县某村王姓某者投托。后缘未尽,还可一面。"语毕,回身便走。金老不知何事,吃了一惊。翻身下床,不及穿鞋,赤脚赶去。远远见八人出了房门。金老赶得性急,绊了房槛,扑的跌倒。飒然惊醒,乃是南柯一梦。急起挑灯明亮,点照枕边,已不见了八个大锭。细思梦中所言,句句是实。叹了一口气,哽咽了一会,道:"不信我苦积一世,却没分与儿子每受用,倒是别人家的。明明说有地方姓名,且慢慢跟寻下落则个。"一夜不睡。

次早起来,与儿子每说知。儿子中也有惊骇的,也有疑惑的。惊骇的道:"不该是我们手里东西,眼见得作怪。"疑惑的道:"老人家欢喜中说话,失许了我们,回想转来,一时间就不割舍得分散了,造此鬼话,也不见得。"金老看见儿子每疑信不等,急急要验个实话。遂访至某县某村,果有王姓某者。叩门进去,只见堂前灯烛荧煌,三牲福物,正在那里献神。金老便开口问道:"宅上有何事如此?"家人报知,请主人出来。主人王老见金老,揖坐了,问其来因。金老道:"老汉有一疑事,特造上宅来问消息。今见上宅正在此献神,必有所谓,敢乞明示。"王老道:"老拙偶因寒荆小恙买卜,先生道移床即好。昨寒荆病中,恍惚见八个白衣大汉,腰系红束,对寒荆道:'我等本在金家,今在彼缘尽,来投身宅上。'言毕,俱钻入床下。寒荆惊出了一身冷汗,身体爽快了。及至移床,灰尘中得银八大锭,多用红绒系腰,不知是那里来的。此皆神天福佑,故此买福物酬谢。今我丈来问,莫非晓得些来历么?"金老跌跌脚道:"此老汉一生所积,因前日也做了一梦,就不见了。梦中也道出老丈姓名居址的确,故得访寻到此。可见天数已定,老汉也无怨处,但只求取出一看,也完了老汉心事。"王老道:"容易。"笑嘻嘻地走进去,叫安童四人,托出四个盘来。每盘两锭,多是红绒系束,正是金家之物。金老看了,眼睁睁无计所奈,不觉扑簌簌吊下泪来。抚摩一番道:"老汉直如此命薄,消受不得!"王老虽然叫安童仍旧拿了进去,心里见金老如此,老大不忍。另取三两零银封了,送与金老作别。金老道:"自家的东西尚无福,何须尊惠!"再三谦让,必不肯受。王老强纳在金老袖中,金老欲待摸出还了,一时摸个不着,面儿通红。又被王老央不过,只得作揖别了。直至家中,对儿子们一一把前事说了,大家叹息了一回。因言王老好处,临行送银三两。满袖摸遍,并不见有,只说路中掉了。却元来金老推逊时,王老往袖里乱塞,落在着外面的一层袖中。袖有断线处,在王老家摸时,已在脱线处落出在门槛边了。客去扫门,仍旧是王老拾得。可见一饮一啄,莫非前定。不该是他的东西,不要说八百两,就是三两也得不去。该是他的东西,不要说八百两,就是三两也推不出。原有的倒无了,原无的倒有了,并不由人计较。

　　而今说一个人,在实地上行,步步不着,极贫极苦的,却在渺渺茫茫做梦不到的去处,得了一主没头没脑的钱财,变成巨富。从来稀有,亘古新闻。有诗为证,诗曰:

　　　　分内功名匣里财,不关聪慧不关呆。

　　　　果然命是财官格,海外犹能送宝来。

　　话说国朝成化年间,苏州府长洲县阊门外有一人,姓文名实,字若虚。生来心思慧巧,做着便能,学着便会。琴棋书画,吹弹歌舞,件件粗通。幼年间,曾有人相他有巨万之富。他亦自恃才能,不十分去营求生产,坐吃山空,将祖上遗下千金家事,看看消下来。以后晓得家业有限,看见别人经商图利的,时常获利几倍,便也思量做些生意,却又百做百不着。

　　一日,见人说北京扇子好卖,他便合了一个伙计,置办扇子起来。上等金面精巧的,先将礼物求了名人诗画,免不得是沈石田、文衡山、祝枝山,拓了几笔,便值上两数银子。中等的,自有一样乔人,一只手学写了这几家字画,也就哄得人过,将假当真的买了,他自家也兀自做得来的。下等的无金无字画,将就卖几十钱,也有对合利钱,是看得见的。拣个日子,装了箱儿,到了北京。岂知北京那年,自交夏来,日日淋雨不晴,并无一毫暑气,发市甚迟。交秋早凉，虽不见及时，幸喜天色却晴，有妆晃子弟要买把苏做的扇子，袖中笼着摇摆。来买时，开箱一看，只叫得苦。元来北京历沴却在七八月，更加日前雨湿之气，斗着扇上胶墨之性，弄做了个"合而言之"，揭不开了。用力揭开，东粘一层，西缺一片，但是有字有画值价钱者，一毫无用。剩下等没字白扇，是不坏的，能值几何？将就卖了做盘费回家，本钱一空。频年做事，大概如此。不但自己折本，但是搭他做伴，连伙计也弄坏了。故此人起他一个混名，叫做"倒运汉"。不数年，把个家事干圆洁净了，连妻子也不曾娶得。终日间靠着些东涂西抹，东挨西撞，也济不得甚事。但只是嘴头子诌得来，会说会笑，朋友家喜欢他有趣，游耍去处少他不得；也只好趁口，不是做家的。况且他是大模大样过来的，帮闲行里，又不十分入得队。有怜他的，要荐他坐馆教学，又有诚实人家嫌他是个杂板令，高不凑，低不就。打从帮闲的、处馆的两项人见了他，也就做鬼脸，把"倒运"二字笑他，不在话下。

　　一日，有几个走海泛货的邻近，做头的无非是张大、李二、赵甲、钱乙一班人，共四十余人，合了伙将行。他晓得了，自家思忖道："一身落魄，生计皆无。便附了他们航海，看看海外风光，也不枉人生一世。况且他们定是不却我的，省得在家忧柴忧米的，也是快活。"正计较间，恰好张大踱将来。元来这个张大名唤张乘运，专一做海外生意，眼里认得奇珍异宝，又且秉性爽慨，肯扶持好人，所以乡里起他一个混名，叫张识货。文若虚见了，便把此意一一与他说了。张大道："好，好。我们在海船里头不耐烦寂寞，若得兄去，在船中说说笑笑，有甚难过的日子？我们众兄弟料想多是喜欢的。只是一件，我们多有货物将去，兄并无所有，觉得空了一番往返，也可惜。待我们大家计较，多少凑些出来助你，将就置些东西去也好。"文若虚便道："谢厚情，只怕没人如兄肯周全小弟。"张大道："且说说看。"一竟自去了。

　　恰遇一个瞽目先生敲着"报君知"走将来，文若虚伸手顺袋里摸了一个钱，扯他一卦问问财气看。先生道："此卦非凡，有百十分财气，不是小可。"文若虚自想道："我只要搭去海外耍耍，混过日子罢了，那里是我做得着的生意？要甚么赍助？就赍助得来，能有多少？便直恁地财爻动？这先生也是混帐。"只见张大气忿忿走来，说道："说着钱，便无缘。这些人好笑，说道你去，无不喜欢。说到助银，没一个则声。今我同两个好的弟兄，拼凑得一两银子在此，也办不成甚货，凭你买些果子，船里吃罢。口食之类，是在我们身上。"若虚称谢不尽,接了银子。张大先行,道:"快些收拾,就要开船了。"若虚道:"我没甚收拾,随后就来。"手中拿了银子,看了又笑,笑了又看,道:"置得甚货么?"信步走去,只见满街上篦篮内盛着卖的:

> 红如喷火,巨若悬星。皮未皴,尚有余酸;霜未降,不可多得。元殊苏井诸家树,亦非李氏千头奴。较广似曰难兄,比福亦云具体。

乃是太湖中有一洞庭山,地暖土肥,与闽广无异,所以广橘福橘,播名天下。洞庭有一样橘树,绝与他相似,颜色正同,香气亦同。止是初出时,昧略少酸,后来熟了,却也甜美。比福橘之价十分之一,名曰"洞庭红"。若虚看见了,便思想道:"我一两银子买得百斤有余,在船可以解渴,又可分送一二,答众人助我之意。"买成,装上竹篓,雇一闲的,并行李挑了下船。众人都拍手笑道:"文先生宝货来也!"文若虚羞惭无地,只得吞声上船,再也不敢提起买橘的事。

开得船来,渐渐出了海口,只见:

> 银涛卷雪,雪浪翻银。湍转则日月似惊,浪动则星河如覆。

三五日间,随风漂去,也不觉过了多少路程。忽至一个地方,舟中望去,人烟凑聚,城郭巍峨,晓得是到了甚么国都了。舟人把船撑入藏风避浪的小港内,钉了桩橛,下了铁锚,缆好了。船中人多上岸。打一看,元来是来过的所在,名曰吉零国。元来这边中国货物,拿到那边,一倍就有三倍价。换了那边货物,带到中国,也是如此。一往一回,却不便有八九倍利息,所以人都拚死走这条路。众人多是做过交易的,各有熟识经纪、歇家、通事人等,各自上岸找寻发货去了,只留文若虚在船中看船。路径不熟,也无走处。

正闷坐间,猛可想起道:"我那一篓红橘,自从到船中,不曾开看,莫不人气蒸烂了?趁着众人不在,看看则个。"叫那水手在舱板底下翻将起来,打开了篓看时,面上多是好好的。放心不下,索性搬将出来,都摆在甲板上面。也是合该发迹,时来福凑。摆得满船红焰焰的,远远望来,就是万点火光,一天星斗。岸上走的人,都拢将来问道:"是甚么好东西呀?"文若虚只不答应。看见中间有个把一点头的,拣了出来,掐破就吃。岸上看的一发多了,惊笑道:"元来是吃得的!"就中有个好事的,便来问价:"多少一个?"文若虚不省得他们说话,船上人却晓得,就扯个谎哄他,竖起一个指头,说:"要一钱一颗。"那问的人揭开长衣,露出那兜罗锦红裹肚来,一手摸出银钱一个来,道:"买一个尝尝。"文若虚接了银钱,手中等等看,约有两把重。心下想道:"不知这些银子,要买多少,也不见秤秤,且先把一个与他看样。"拣个大些的,红得可爱的,递一个上去。只见那个人接上手,撷了一撷道:"好东西呀!"扑的就劈开来,香气扑鼻。连旁边闻着的许多人,大家喝一声采。那买的不知好歹,看见船上吃法,也学他去了皮,却不分囊,一块塞在口里,甘水满咽喉,连核都不吐,吞下去了。哈哈大笑道:"妙哉!妙哉!"又伸手到裹肚里,摸出十个银钱来,说:"我要买十个进奉去。"文若虚喜出望外,拣十个与他去了。那看的人见那人如此买去了,也有买一个的,也有买两个、三个的,都是一般银钱。买了的,都千欢万喜去了。

元来彼国以银为钱,上有文采。有等龙凤文的,最贵重,其次人物,又次禽兽,又次树木,最下通用的,是水草:却都是银铸的,分两不异。适才买橘的,都是一样水草纹的,他道是把下等钱买了好东西去了,所以欢喜。也只是要小便宜肚肠,与中国人一样。须臾之间,三停里卖了二停。有的不带钱在身边的,老大懊悔,急忙取了钱转来。文若虚已此剩不多了,拿一个班道:"而今要留着自家用,不卖了。"其人情愿再增一个钱,四个钱买了二颗。口中哓哓说:"悔气!来得迟了。"旁边人见他增了价,就埋怨道:"我每还要买个,如何把价钱增长了他的?"买的人道:"你不听得他方才说,兀自不卖了?"

正在议论间,只见首先买十个的那一个人,骑了一匹青骢马,飞也似奔到船边,下了马,分开人丛,对船上大喝道:"不要零卖!不要零卖!是有的俺多要买。俺家头目要买去进克汗哩。"看的人听见这话,便远远走开,站住了看。文若虚是伶俐的人,看见来势,已瞧科在眼里,晓得是个好主顾了。连忙把篓里尽数倾出来,止剩五十余颗。数了一数,又拿起班来说道:"适间讲过要留着自用,不得卖了。今肯加些价钱,再让几颗去罢。适间已卖出两个钱一了。"其人在马背上拖下一大囊,摸出钱来,另是一样树木纹的,说道:"如此钱一个罢了。"文若虚道:"不情愿,只照前样罢了。"那人笑了一笑,又把手去摸出一个龙凤纹的来道:"这样的一个如何?"文若虚又道:"不情愿,只要前样的。"那人又笑道:"此钱一个抵百个,料也没得与你,只是与你要。你不要俺这一个,却要那等的,是个傻子!你那东西,肯都与俺了,俺再加你一个那等的,也不打紧。"文若虚数了一数,有五十二颗,准准的要了他一百五十六个水草银钱。那人连竹篓都要了,又丢了一个钱,把篓拴在马上,笑吟吟地一鞭去了。看的人见没得卖了，一哄而散。

　　文若虚见人散了，到舱里把一个钱秤一秤，有八钱七分多重。秤过数个都是一般。总数一数，共有一千个差不多。把两个赏了船家，其余收拾在包里了。笑一声道："那盲子好灵卦也！"欢喜不尽，只等同船人来对他说笑则个。

　　说话的，你说错了！那国里银子这样不值钱，如此做买卖，那久惯漂洋的带去多是绫罗缎匹，何不多卖了些银钱回来，一发百倍了？看官有所不知：那国里见了绫罗等物，都是以货交兑。我这里人也只是要他货物，才有利钱，若是卖他银钱时，他都把龙凤、人物的来交易，作了好价钱，分两也只得如此，反不便宜。如今是买吃口东西，他只认做把低钱交易，我却只管分两，所以得利了。说话的，你又说错了！依你说来，那航海的，何不只买吃口东西，只换他低钱，岂不有利？用着重本钱，置他货物怎地？看官，又不是这话。也是此人偶然有此横财，带去着了手。若是有心第二遭再带去，三五日不遇巧，等得希烂。那文若虚运未通时卖扇子就是榜样。扇子还是放得起的，尚且如此，何况果品？是这样执一论不得的。

　　闲话休题。且说众人领了经纪主人到船发货，文若虚把上头事说了一遍。众人都惊喜道："造化！造化！我们同来，到是你没本钱的先得了手也！"张大便拍手道："人都道他倒运，而今想是运转了！"便对文若虚道："你这些银钱，此间置货，作价不多。除是转发在伙伴中，回他几百两中国货物，上去打换些土产珍奇，带转去，有大利钱，也强如虚藏此银钱在身边，无个用处。"文若虚道："我是倒运的，将本求财，从无一遭不连本送的。今承诸公挈带，做此无本钱生意，偶然侥幸一番，真是天大造化了，如何还要生利钱，妄想甚么？万一如前再做折了，难道再有洞庭红这样好卖不成？"众人多道："我们用得着的是银子，有的是货物。彼此通融，大家有利，有何不可？"文若虚道："一年吃蛇咬，三年怕草索。说着货物，我就没胆气了。只是守了这些银钱回去罢。"众人齐拍手道："放着几倍利钱不取，可惜！可惜！"随同众人一齐上去，到了店家交货明白，彼此兑换。约有半月光景，文若虚眼中看过了若干好东好西，他已自志得意满，不放在心上。

　　众人事体完了，一齐上船，烧了神福，吃了酒，开洋。行了数日，忽然间天变起来。但见：

乌云蔽日,黑浪掀天。蛇龙戏舞起长空,鱼鳖惊惶潜水底。艨艟泛泛,只如栖不定的数点寒鸦;岛屿浮浮,便似没不煞的几只水鹅。舟中是方扬的米簸,舷外是正熟的饭锅。总因风伯太无情,以致篙师多失色。

那船上人见风起了,扯起半帆,不问东西南北,随风势漂去。隐隐望见一岛,便带住篷脚,只看着岛边使来。看看渐近,恰是一个无人的空岛。但见:

树木参天,草莱遍地。荒凉径界,无非些兔迹狐踪;坦迤土壤,料不是龙潭虎窟。混茫内,未识应归何国辖;开辟来,不知曾否有人登。

船上人把船后抛了铁锚,将桩橛泥犁上岸去钉停当了,对舱里道:"且安心坐一坐,候风势则个。"那文若虚身边有了银子,恨不得插翅飞到家里,巴不得行路,却如此守风呆坐,心里焦燥。对众人道:"我且上岸去岛上望望则个。"众人道:"一个荒岛,有何好看?"文若虚道:"总是闲着,何碍?"众人都被风颠得头晕,个个是呵欠连天,不肯同去。文若虚便自一个抖擞精神,跳上岸来,只因此一去,有分交:

十年败壳精灵显,一介穷神富贵来。

若是说话的同年生,并时长,有个未卜先知的法儿,便双脚走不动,也挂个拐儿随他同去一番,也不枉的。

却说文若虚见众人不去,偏要发个狠,扳藤附葛,直走到岛上绝顶。那岛也若不甚高,不费甚大力,只是荒草蔓延,无好路径。到得上边打一看时,四望漫漫,身如一叶,不觉凄然吊下泪来。心里道:"想我如此聪明,一生命蹇。家业消亡,剩得只身,直到海外。虽然侥幸有得千来个银钱在囊中,知他命里是我的不是我的?今在绝岛中间,未到实地,性命也还是与海龙王合着的哩!"正在感怆,只见望去远远草丛中一物突高。移步往前一看,却是床大一个败龟壳。大惊道:"不信天下有如此大龟!世上人那里曾看见?说也不信的。我自到海外一番,不曾置得一件海外物事,今我带了此物去,也是一件希罕的东西,与人看看,省得空口说着,道是苏州人会调谎。又且一件,锯将开来,一盖一板,各置四足,便是两张床,却不奇怪!"遂脱下两只裹脚接了,穿在龟壳中间,打个扣儿,拖了便走。

走至船边,船上人见他这等模样,都笑道:"文先生那里又跐了纤来?"文若虚道:"好教列位得知,这就是我海外的货了。"众人抬头一看,却便似一张无柱有底的硬床。吃惊道:"好大龟壳!你拖来何干?"文若虚道:"也是罕见的，带了他去。"众人笑道："好货不置一件，要此何用？"有的道："也有用处。有甚么天大的疑心事，灼他一卦，只没有这样大龟药。"又有的道："医家要煎龟膏，拿去打碎了煎起来，也当得几百个小龟壳。"文若虚道："不要管有用没用，只是希罕，又不费本钱，便带了回去。"当时叫个船上水手，一抬抬下舱来。初时山下空阔，还只如此，舱中看来，一发大了。若不是海船，也着不得这样狼犺东西。众人大家笑了一回，说道："到家时有人问，只说文先生做了偌大的乌龟买卖来了。"文若虚道："不要笑，我好歹有一个用处，决不是弃物。"随他众人取笑，文若虚只是得意。取些水来内外洗一洗净，抹干了，却把自己钱包行李都塞在龟壳里面，两头将绳一绊，却当了一个大皮箱子。自笑道："兀的不眼前就有用处了？"众人都笑将起来，道："好算计！好算计！文先生到底是个聪明人。"

当夜无词。次日风息了，开船一走。不数日，又到了一个去处，却是福建地方了。才住定了船，就有一伙惯伺候接海客的小经纪牙人，攒将拢来，你说张家好，我说李家好，拉的拉，扯的扯，嚷个不住。船上众人拣一个一向熟识的跟了去，其余的也就住了。

众人到了一个波斯胡大店中坐定。里面主人见说海客到了，连忙先发银子，唤厨户包办酒席几十桌。分付停当，然后踱将出来。这主人是个波斯国里人，姓个古怪姓，是玛瑙的"玛"字，叫名玛宝哈，专一与海客兑换珍宝货物，不知有多少万数本钱。众人走海过的，都是熟主熟客，只有文若虚不曾认得。抬眼看时，元来波斯胡住得在中华久了，衣服言动都与中华不大分别。只是剃眉剪须，深目高鼻，有些古怪。出来见众人，行宾主礼，坐定了。两杯茶罢，站起身来，请到一个大厅上。只见酒筵多完备了，且是摆得济楚。元来旧规，海船一到，主人家先折过这一番款待，然后发货讲价的。主人家手执着一副法浪菊花盘盏，拱一拱手道："请列位货单一看，好定坐席。"

看官，你道这是何意？元来波斯胡以利为重，只看货单上有奇珍异宝值得上万者，就送在先席。余者看货轻重，挨次坐去，不论年纪，不论尊卑，一向做下的规矩。船上众人，货物贵的贱的，多的少的，你知我知，各自心照，差不多领了酒杯，各自坐了。单单剩得文若虚一个，呆呆站在那里。主人道："这位老客长，不曾会面，想是新出海外的，置货不多。"众人大家说道："这是我们好朋友，到海外要去的。身边有银子，却不曾肯置货。今日没奈何，只得屈他在末席坐了。"文若虚满面羞惭,坐了末位。主人坐在横头。饮酒中间,这一个说道我有猫儿眼多少,那一个说道我有祖母绿多少,你夸我逞。文若虚一发嘿嘿无言,自心里也微微有些懊悔道:"我前日该听他们劝,置些货物来的是。今枉有几百银子在囊中,说不得一句说话。"又自叹了口气道:"我原是一些本钱没有的,今已大幸,不可不知足。"自思自忖,无心发兴吃酒。众人却猜掌行令,吃得狼藉。主人是个积年,看出文若虚不快活的意思来,不好说破,虚劝了他几杯酒。众人都起身道:"酒勾了,天晚了,趁早上船去,明日发货罢。"别了主人去了。

主人撤了酒席,收拾睡了。明日起个清早,先走到海岸船边,来拜这伙客人。主人登舟,一眼瞅去,那舱里狼狼犹犹这件东西,早先看见了,吃了一惊道:"这是那一位客人的宝货?昨日席上并不曾见说起,莫不是不要卖的?"众人都笑指道:"此敝友文兄的宝货。"中有一人衬道:"又是滞货。"主人看了文若虚一看,满面挣得通红,带了怒色,埋怨众人道:"我与诸公相处多年,如何恁地作弄我?教我得罪于新客,把一个末座屈了他,是何道理!"一把扯住文若虚,对众客道:"且慢发货,容我上岸谢过罪着。"众人不知其故。有几个与文若虚相知些的,又有几个喜事的,觉得有些古怪,共十余人,赶了上来,重到店中,看是如何。只见主人拉了文若虚,把交椅整一整,不管众人好歹,纳他头一位坐下了,道:"适间得罪得罪,且请坐一坐。"文若虚也心中镬铎,忖道:"不信此物是宝贝,这等造化不成?"

主人走了进去,须臾出来,又拱众人到先前吃酒去处,又早摆下几桌酒,为首一桌,比先更齐整。把盏向文若虚一揖,就对众人道:"此公正该坐头一席。你每枉自一船的货,也还赶他不来。先前失敬失敬。"众人看见,又好笑,又好怪,半信不信的,一带儿坐了。酒过三杯,主人就开口道:"敢问客长,适间此宝,可肯卖否?"文若虚是个乖人,趁口答应道:"只要有好价钱,为甚不卖?"那主人听得肯卖,不觉喜从天降,笑逐颜开,起身道:"果然肯卖,但凭分付价钱,不敢吝惜。"文若虚其实不知值多少,讨少了,怕不在行;讨多了,怕吃笑。忖了一忖,面红耳热,颠倒讨不出价钱来。张大便与文若虚丢个眼色,将手放在椅子背后,竖着三个指头,再把第二个指空中一撒,道:"索性讨他这些。"文若虚摇头,竖一指道:"这些我还讨不出口在这里。"却被主人看见道:"果是多少价钱?"张大捣一个鬼道:"依文先生手势,敢象要一万哩!"主人呵呵大笑道:"这是不要卖,哄我而已。此等宝物,岂止此价钱!"众人见说,大家目睁口呆,都立起了身来,扯文若虚去商议道:"造化! 造化! 想是值得多哩。我们实实不知如何定价,文先生不如开个大口,凭他还罢。"文若虚终是碍口识羞,待说又止。众人道:"不要不老气!"主人又催道:"实说说何妨?"文若虚只得讨了五万两。主人还摇头道:"罪过,罪过。没有此话。"扯着张大私问他道:"老客长们海外往来,不是一番了。人都叫你张识货,岂有不知此物就里的? 必是无心卖他,奚落小肆罢了。"张大道:"实不瞒你说,这个是我的好朋友,同了海外玩耍的,故此不曾置货。适间此物,乃是避风海岛,偶然得来,不是出价置办的,故此不识得价钱。若果有这五万与他,勾他富贵一生,他也心满意足了。"主人道:"如此说,要你做个大大保人,当有重谢,万万不可翻悔!"遂叫店小二拿出文房四宝来,主人家将一张供单绵料纸折了一折,拿笔递与张大道:"有烦老客长做主,写个合同文书,好成交易。"张大指着同来一人道:"此位客人褚中颖,写得好。"把纸笔让与他。褚客磨得墨浓,展好纸,提起笔来写道:

> 立合同议单张乘运等。今有苏州客人文实,海外带来大龟壳一个,投至波斯玛宝哈店,愿出银五万两买成。议定立契之后,一家交货,一家交银,各无翻悔。有翻悔者,罚契上加一。合同为照。

一样两纸,后边写了年月日,下写张乘运为头,一连把在坐客人十来个写去。褚中颖因自己执笔,写了落末。年月前边空行中间,将两纸凑着,写了骑缝一行,两边各半,乃是"合同议约"四字。下写"客人文实,主人玛宝哈",各押了花押。单上有名,从后头写起,写到张乘运,道:"我们押字钱重些,这买卖才弄得成。"主人笑道:"不敢轻,不敢轻。"

写毕,主人进内,先将银一箱抬出来道:"我先交明白了用钱,还有说话。"众人攒将拢来。主人开箱,却是五十两一包,共总二十包,整整一千两。双手交与张乘运道:"凭老客长收明,分与众位罢。"众人初然吃酒、写合同,大家撺哄鸟乱,心下还有些不信的意思,如今见他拿出精晃晃白银来做用钱,方知是实。文若虚恰象梦里醉里,话都说不出来,呆呆地看。张大扯他一把道:"这用钱如何分散,也要文兄主张。"文若虚方说一句道:"且完了正事慢处。"只见主人笑嘻嘻的,对文若虚说道:"有一事要与客长商议:价银现在里面阁儿上,都是向来兑过的,一毫不少,只消请客长一两位进去,将一包过一过目,兑一兑为准，其余多不消兑得。却又一说，此银数不少，搬动也不是一时功夫，况且文客官是个单身，如何好将下船去？又要泛海回还，有许多不便处。"文若虚想了一想道："见教得极是。而今却待怎么？"主人道："依着愚见，文客官目下回去未得。小弟此间有一个缎匹铺，有本三千两在内。其前后大小厅屋楼房，共百余间，也是个大所在。价值二千两，离此半里之地。愚见就把本店货物及房屋文契，作了五千两，尽行交与文客官，就留文客官在此住下了，做此生意。其银也做几遭搬了过去，不知不觉。日后文客官要回去，这里可以托心腹伙计看守，便可轻身往来。不然小店支出不难，文客官收贮却难也。愚意如此。"说了一遍，说得文若虚与张大跌足道："果然是客纲客纪，句句有理。"文若虚道："我家里原无家小，况且家业已尽了，就带了许多银子回去，没处安顿。依了此说，我就在这里，立起个家缘来，有何不可？此番造化，一缘一会，都是上天作成的，只索随缘做去。便是货物房产价钱，未必有五千，总是落得的。"便对主人说："适间所言，诚是万全之算，小弟无不从命。"

主人便领文若虚进去阁上看，又叫张、褚二人："一同去看看。其余列位不必了，请略坐一坐。"他四人去了。众人不进去的，个个伸头缩颈，你三我四说道："有此异事！有此造化！早知这样，懊悔岛边泊船时节也不去走走，或者还有宝贝，也不见得。"有的道："这是天大的福气，撞将来的，如何强得？"正欣羡间，文若虚已同张、褚二客出来了。众人都问："进去如何了？"张大道："里边高阁，是个土库，放银两的所在，都是桶子盛着。适间进去看了，十个大桶，每桶四千，又五个小匣，每个一千，共是四万五千。已将文兄的封皮记号封好了，只等交了货，就是文兄的。"主人出来道："房屋文书、缎匹帐目，俱已在此，凑足五万之数了。且到船上取货去。"一拥都到海船来。

文若虚于路对众人说："船上人多，切勿明言！小弟自有厚报。"众人也只怕船上人知道，要分了用钱去，各各心照。文若虚到了船上，先向龟壳中把自己包裹被囊取出了。手摸一摸壳，口里暗道："侥幸！侥幸！"主人便叫店内后生二人来抬此壳，分付道："好生抬进去，不要放在外边。"船上人见抬了此壳去，便道："这个滞货也脱手了，不知卖了多少？"文若虚只不做声，一手提了包裹，往岸上就走。这起初同上来的几个，又赶到岸上，将龟壳从头到尾细看了一遍，又向壳内张了一张，抹了一抹，面面相觑道："好处在那里？"

主人仍拉了这十来个一同上去。到店里，说道："而今且同文客官看了房屋铺面来。"众人与主人一同走到一处，正是闹市中间，一所好大房子。门前正中是个铺子，旁有一巷，走进转个弯，是两扇大石板门，门内大天井，上面一所大厅，厅上有一匾，题曰"来琛堂"。堂旁有两楹侧屋，屋内三面有橱，橱内都是绫罗各色缎匹。以后内房楼房甚多。文若虚暗道："得此为住居，王侯之家不过如此矣。况又有缎铺营生，利息无尽，便做了这里客人罢了，还思想家里做甚？"就对主人道："好却好，只是小弟是个孤身，毕竟还要寻几房使唤的人才住得。"主人道："这个不难，都在小店身上。"

文若虚满心欢喜，同众人走归本店来。主人讨茶来吃了，说道："文客官今晚不消船里去，就在铺中住下了。使唤的人，铺中现有，逐渐再讨便是。"众客人多道："交易事已成，不必说了。只是我们毕竟有些疑心，此壳有何好处，值价如此？还要主人见教一个明白。"文若虚道："正是，正是。"主人笑道："诸公枉了海上走了多遭，这些也不识得！列位岂不闻说龙有九子乎？内有一种是鼍龙，其皮可以幔鼓，声闻百里，所以谓之鼍鼓。鼍龙万岁，到底蜕下此壳成龙。此壳有二十四肋，按天上二十四气，每肋中间节内有大珠一颗。若是肋未完全时节，成不得龙，蜕不得壳。也有生捉得他来，只好将皮幔鼓，其肋中也未有东西。直待二十四肋，肋肋完全，节节珠满，然后蜕了此壳变龙而去。故此是天然蜕下，气候俱到，肋节俱完的，与生擒活捉、寿数未满的不同，所以有如此之大。这个东西，我们肚中虽晓得，知他几时蜕下？又在何处地方守得他着？壳不值钱，其珠皆有夜光，乃无价宝也！今天幸遇巧，得之无心耳。"众人听罢，似信不信。只见主人走将进去了一会，笑嘻嘻的走出来，袖中取出一西洋布的包来，说道："请诸公看看。"解开来，只见一团绵裹着寸许大一颗夜明珠，光彩夺目。讨个黑漆的盘，放在暗处，其珠滚一个不定，闪闪烁烁，约有尺余亮处。众人看了，惊得目睁口呆，伸了舌头，收不进来。主人回身转来，对众逐个致谢道："多蒙列位作成了。只这一颗，拿到咱国中，就值方才的价钱了；其余多是尊惠。"众人个个心惊，却是说过的话又不好翻悔得。

主人见众人有些变色，收了珠子，急急走到里边，又叫抬出一个缎箱来。除了文若虚，每人送与缎子二端，说道："烦劳了列位，做两件道袍穿穿，也见小肆中薄意。"袖中又摸出细珠十数串，每送一串，道："轻鲜，轻鲜，备归途一茶罢了。"文若虚处另是粗些的珠子四串，缎子八匹，道是："权且做几件衣服。"文若虚同众人欢喜作谢了。

　　主人就同众人送了文若虚到缎铺中，叫铺里伙计后生们都来相见，说道："今番是此位主人了。"主人自别了去，道："再到小店中去去来。"只见须臾间数十个脚夫扛了好些扛来，把先前文若虚封记的十桶五匣都发来了。文若虚搬在一个深密谨慎的卧房里头去处，出来对众人道："多承列位挚带，有此一套意外富贵，感谢不尽。"走进去把自家包裹内所卖洞庭红的银钱倒将出来，每人送他十个，止有张大与先前出银助他的两三个，分外又是十个，道："聊表谢意。"

　　此时文若虚把这些银钱看得不在眼里了。众人却是快活，称谢不尽。文若虚又拿出几十个来，对张大说道："有烦老兄将此分与船上同行的人，每位一个，聊当一茶。小弟住在此间，有了头绪，慢慢到本乡来。此时不得同行，就此为别了。"张大道："还有一千两用钱，未曾分得，却是如何？须得文兄分开，方没得说。"文若虚道："这倒忘了。"就与众人商议，将一百两散与船上众人，余九百两照现在人数，另外添出两股，派了股数，各得一股。张大为头的，褚中颖执笔的，多分一股。众人千欢万喜，没有说话。内中一人道："只是便宜了这回回，文先生还该起个风，要他些不敷才是。"文若虚道："不要不知足，看我一个倒运汉，做着便折本的，造化到来，平空地有此一主财爻。可见人生分定，不必强求。我们若非这主人识货，也只当得废物罢了。还亏他指点晓得，如何还好昧心争论？"众人都道："文先生说得是。存心忠厚，所以该有此富贵。"大家千恩万谢，各各赍了所得东西，自到船上发货。

　　从此，文若虚做了闽中一个富商，就在那里取了妻小，立起家业。数年之间，才到苏州走一遭，会会旧相识，依旧去了。至今子孙繁衍，家道殷富不绝。正是：

　　　　运退黄金失色，时来顽铁生辉。

　　　　莫与痴人说梦，思量海外寻龟。

卷 之 二

姚滴珠避羞惹羞　郑月娥将错就错

诗云：

　　自古人心不同，尽道有如其面。

　　假饶容貌无差，毕竟心肠难变。

　　话说人生只有面貌最是不同，盖因各父母所生，千枝万派，那能勾一模一样的？就是同父合母的兄弟，同胞双生的儿子，道是相象得紧，毕竟仔细看来，自有些少不同去处。却又作怪，尽有途路各别、毫无干涉的人，蓦地有人生得一般无二、假充得真的：从来正书上面说，孔子貌似阳虎，以致匡人之围，是恶人象了圣人。传奇上边说，周坚死替赵朔，以解下宫之难，是贱人象了贵人。是个解不得的道理。

　　按《西湖志余》上面，宋时有一事，也为面貌相象，骗了一时富贵，享用十余年，后来事败了的。却是靖康年间，金人围困汴梁，徽、钦二帝蒙尘北狩，一时后妃公主被虏去的甚多。内中有一个公主，名曰柔福，乃是钦宗之女，当时也被掳去。后来高宗南渡称帝，改号建炎，四年，忽有一女子诣阙自陈，称是柔福公主，自虏中逃归，特来见驾。高宗心疑道："许多随驾去的臣宰尚不能逃，公主鞋弓袜小，如何脱离得归来？"颁诏令旧时宫人看验，个个说道："是真的，一些不差。"及问他宫中旧事，对答来皆合。几个旧时的人，他都叫得姓名出来。只是众人看见一双足，却大得不象样，都道："公主当时何等小足，今却这等，止有此不同处。"以此回复圣旨。高宗临轩亲认，却也认得，诘问他道："你为何恁般一双脚了？"女子听得，啼哭起来，道："这些臊羯奴，聚逐便如牛马一般。今乘间脱逃，赤脚奔走，到此将有万里，岂能尚保得一双纤足，如旧时模样耶？"高宗听得，甚是惨然。颁诏特加号福国长公主，下降高世繁，做了驸马都尉。其时汪龙溪草制，词曰：

　　彭城方急，鲁元尝困于面驰；江左既兴，益寿宜充于禁脔。

那鲁元是汉高帝的公主，在彭城失散，后来复还的。益寿是晋驸马谢混的小名，江左中兴，元帝公主下降的。故把来比他两人，甚为切当。自后夫荣妻贵,恩赉无算。

　　其时高宗为母韦贤妃在虏中,年年费尽金珠求赎,遥尊为显仁太后。和议既成,直到绍兴十二年自虏中回銮,听见说道:"柔福公主进来相见。"太后大惊道:"那有此话? 柔福在虏中受不得苦楚,死已多年,是我亲看见的。那得又有一个柔福? 是何人假出来的?"发下旨意,着法司严刑究问。法司奉旨,提到人犯,用起刑来。那女子熬不得,只得将真情招出道:"小的每本是汴梁一个女巫。靖康之乱,有宫中女婢逃出民间,见了小的每,误认做了柔福娘娘,口中厮唤。小的每惊问,他便说小的每与娘娘面貌一般无二。因此小的每有了心,日逐将宫中旧事问他,他日日衍说得心下习熟了,故大胆冒名自陈,贪享这几时富贵,道是永无对证的了。谁知太后回銮,也是小的每福尽灾生,一死也不枉了。"问成罪名。高宗见了招伏,大骂:"欺君贼婢!"立时押付市曹处决,抄没家私入官。总算前后锡赉之数,也有四十七万缗钱。虽然没结果,却是十余年间,也受用得勾了。只为一个容颜厮象,一时骨肉旧人都认不出来,若非太后复还,到底被他瞒过,那个再有疑心的? 就是死在太后未还之先,也是他便宜多了。天理不容,自然败露。

　　今日再说一个容貌厮象,弄出好些奸巧希奇的一场官司来。正是:

　　　　自古唯传伯仲偕,谁知异地巧安排。

　　　　试看一样滴珠面,惟有人心再不谐。

　　话说国朝万历年间,徽州府休宁县荪田乡姚氏有一女,名唤滴珠。年方十六,生得如花似玉,美冠一方。父母俱在,家道殷富,宝惜异常,娇养过度。凭媒说合,嫁与屯溪潘甲为妻。看来世间听不得的最是媒人的口。他要说了穷,石崇也无立锥之地。他要说了富,范丹也有万顷之财。正是富贵随口定,美丑趁心生,再无一句实话的。那屯溪潘氏虽是个旧姓人家,却是个破落户,家道艰难,外靠男子出外营生,内要女人亲操井臼,吃不得闲饭过日的了。这个潘甲虽是人物也有几分象样,已自弃儒为商。况且公婆甚是狠戾,动不动出口骂詈,毫没些好歹。滴珠父母误听媒人之言,道他是好人家,把一块心头的肉嫁了过来。少年夫妻却也过得恩爱,只是看了许多光景,心下好生不然,如常偷掩泪眼。潘甲晓得意思,把些好话偎他过日子。

　　却早成亲两月,潘父就发作儿子道:"如此你贪我爱,夫妻相对,白白过世不成? 如何不想去做生意?"潘甲无奈,与妻滴珠说了,两个哭一个不住,说了一夜话。次日潘父就逼儿子出外去了。滴珠独自一个，越越悽惶，有情无绪。况且是个娇养的女儿，新来的媳妇，摸头路不着，没个是处，终日闷闷过了。

潘父潘母看见媳妇这般模样，时常急聒，骂道："这婆娘想甚情人？害相思病了！"滴珠生来在父母身边如珠似玉，何曾听得这般声气？不敢回言，只得忍着气，背地哽哽咽咽，哭了一会罢了。一日，因滴珠起得迟了些个，公婆朝饭要紧，猝地答应不迭。潘公开口骂道："这样好吃懒做的淫妇，睡到这等日高才起来！看这自由自在的模样，除非去做娼妓，倚门卖俏，撺哄子弟，方得这样快活象意。若要做人家，是这等不得！"滴珠听了，便道："我是好人家儿女，便做道有些不是，直得如此作贱说我！"大哭一场，没分诉处。到得夜里睡不着，越思量越恼，道："老无知！这样说话，须是公道上去不得。我忍耐不过，且跑回家去告诉爹娘。明明与他执论，看这话是该说的不该说的！亦且借此为名，赖在家多住几时，也省了好些气恼。"算计定了。侵晨未及梳洗，将一个罗帕兜头扎了，一口气跑到渡口来。说话的，若是同时生、并年长，晓得他这去不尴尬，拦腰抱住，擗胸扯回，也不见得后边若干事件来。

只因此去，天气却早，虽是已有行动的了，人踪尚稀，渡口悄然。这地方有一个专一做不好事的光棍，名唤汪锡，绰号"雪里蛆"，是个冻饿不怕的意思。也是姚滴珠合当悔气，撞着他独自个溪中乘了竹筏。未到渡口，望见了个花朵般后生妇人，独立岸边，又且头不梳裹，满面泪痕，晓得有些古怪。在筏上问道："娘子要渡溪么？"滴珠道："正要过去。"汪锡道："这等，上我筏来。"一口叫："放仔细些！"一手去接他下来。上得筏，一篙撑开，撑到一个僻静去处，问道："娘子，你是何等人家？独一个要到那里去？"滴珠道："我自要到苏田娘家去。你只送我到渡口上岸，我自认得路，管我别事做甚？"汪锡道："我看娘子头不梳，面不洗，泪眼汪汪，独身自走，必有蹊跷作怪的事。说得明白，才好渡你。"滴珠在个水中央了，又且心里急要回去，只得把丈夫不在家了、如何受气的上项事，一头说，一头哭，告诉了一遍。汪锡听了，便心下一想，转身道："这等说，却渡你去不得。你起得没好意了，放你上岸，你或是逃去，或是寻死，或是被别人拐了去，后来查出是我渡你的，我却替你吃没头官司。"滴珠道："胡说！我自是娘家去，如何是逃去？若我寻死路，何不投水，却过了渡去自尽不成？我又认得娘家路，没得怕人拐我！"汪锡道："却是信你不过，你既要娘家去，我舍下甚近，你且上去，我家中坐了，等我走去对你家说了,叫人来接你去,却不两边放心得下?"滴珠道:"如此也好。"正是女流之辈,无大见识,亦且一时无奈,拗他不过。还只道好心,随了他来。

上得岸时,转弯抹角,到了一个去处。引进几重门户,里头房室甚是幽静清雅,但见:

> 明窗静几,锦帐文茵。庭前有数种盆花,座内有几张素椅。壁间纸画周之冕,桌上砂壶时大彬。窄小蜗居,虽非富贵王侯宅;清闲螺径,也异寻常百姓家。

元来这个所在,是这汪锡一个圈子,专一设法良家妇女到此,认作亲戚,拐那一等浮浪子弟、好扑花行径的,引他到此,勾搭上了,或是片时取乐,或是迷了的,便做个外宅居住,赚他的银子无数。若是这妇女无根蒂的,他等有贩水客人到,肯出一主大钱,就卖了去为娼。已非一日。今见滴珠行径,就起了个不良之心,骗他到此。那滴珠是个好人家儿女,心里尽爱清闲,只因公婆凶悍,不要说日逐做烧火、煮饭、熬锅、打水的事,只是油盐酱醋,他也拌得头疼了。见了这个干净精致所在,不知一个好歹,心下到有几分喜欢。那汪锡见他无有慌意,反添喜状,便觉动火。走到跟前,双膝跪下求欢。滴珠就变了脸起来:"这如何使得? 我是好人家儿女,你元说留我到此坐着,报我家中。青天白日,怎地拐人来家,要行局骗? 若逼得我紧,我如今真要自尽了!"说罢,看见桌上有点灯铁签,捉起来望喉间就刺。汪锡慌了手脚,道:"再从容说话,小人不敢了。"元来汪锡只是拐人骗财,利心为重,色上也不十分要紧,恐怕真个做出事来,没了一场好买卖。吃这一惊,把那一点勃勃的春兴,丢在爪哇国里去了。

他走到后头去好些时,叫出一个老婆子来,道:"王嬷嬷,你陪这里娘子坐坐,我到他家去报一声就来。"滴珠叫他转来,说明了地方及父母名姓,叮嘱道:"千万早些叫他们来,我自有重谢。"汪锡去了。那老嬷嬷去掇盆脸水,拿些梳头家火出来,叫滴珠梳洗。立在旁边呆看,插口问道:"娘子何家宅眷? 因何到此?"滴珠把上项事,是长是短,说了一遍。那婆子就故意跌跌脚道:"这样老杀才,不识人! 有这样好标致娘子做了媳妇,折杀了你,不羞? 还舍得出毒口骂他,也是个没人气的! 如何与他一日相处?"滴珠说着心事,眼中滴泪。婆子便问道:"今欲何往?"滴珠道:"今要到家里告诉爹娘一番,就在家里权避几时,待丈夫回家再处。"婆子就道:"官人几时回家?"滴珠又垂泪道:

"做亲两月,就骂着逼出去了,知他几时回来? 没个定期。"婆子道:"好没天理! 花枝般一个娘子,叫他独守,又要骂他。娘子,你莫怪我说。你而今就回去得几时,少不得要到公婆家去的。你难道躲得在娘家一世不成? 这腌臜烦恼是日长岁久的,如何是了?"滴珠道:"命该如此,也没奈何了。"婆子道:"依老身愚见,只教娘子快活享福,终身受用。"滴珠道:"有何高见?"婆子道:"老身往来的是富家大户、公子王孙,有的是斯文俊俏少年子弟。娘子,你不消问得的,只是看得中意的,拣上一个。等我对他说成了,他把你似珍宝一般看待,十分爱惜。吃自在食,着自在衣,纤手不动,呼奴使婢,也不枉了这一个花枝模样。强如守空房、做粗作、淘闲气万万倍了。"那滴珠是受苦不过的人,况且小小年纪,妇人水性,又想了夫家许多不好处,听了这一片话,心里动了,便道:"使不得,有人知道了,怎好?"婆子道:"这个所在,外人不敢上门,神不知,鬼不觉,是个极密的所在。你住两日起来,天上也不要去了。"滴珠道:"适间已叫那撑筏的,报家里去了。"婆子道:"那是我的干儿,恁地不晓事,去报这样冷信。"正说之间,只见一个人在外走进来,一手揪住王婆道:"好! 好! 青天白日,要哄人养汉,我出首去。"滴珠吃了一惊,仔细看来,却就是撑筏的那一个汪锡。滴珠见了道:"曾到我家去报不曾?"汪锡道:"报你家的鸟! 我听得多时了也。王嬷嬷的言语是娘子下半世的受用,万全之策,凭娘子斟酌。"滴珠叹口气道:"我落难之人,走入圈套,没奈何了。只不要误了我的事。"婆子道:"方才说过的,凭娘子自拣,两相情愿,如何误得你?"滴珠一时没主意,听了哄语,又且房室精致,床帐齐整,恰便似:

因过竹院逢僧话,偷得浮生半日闲。

放心的悄悄住下。那婆子与汪锡两个殷殷勤勤,代替伏侍,要茶就茶,要水就水,惟恐一些不到处。那滴珠一发喜欢忘怀了。

过得一日,汪锡走出去,撞见本县商山地方一个大财主,叫得吴大郎。那大郎有百万家私,极是个好风月的人。因为平日肯养闲汉,认得汪锡,便问道:"这几时有甚好乐地么?"汪锡道:"好教朝奉得知,我家有个表侄女新寡,且是生得娇媚,尚未有个配头,这却是朝奉店里货,只是价钱重哩。"大郎道:"可肯等我一看否?"汪锡道:"不难,只是好人家害羞,待我先到家,与他堂中说话,你劈面撞进来,看个停当便是。"吴大郎会意了。汪锡先回来,见滴珠坐在房中,默默呆想。汪锡便道:"娘子便到堂中走走,如何闷坐在房里?"王婆子在后面听得了,也走出来道:"正是。娘子外头来坐。"滴珠依言,走在外边来。汪锡就把房门带上了,滴珠坐了道:"嬷嬷,还不如等我归去休。"嬷嬷道:"娘子不要性急,我们只是爱惜娘子人材,不割舍得你吃苦,所以劝你。你再耐烦些,包你有好缘分到也。"正说之间,只见外面闯进一个人来。你道他怎生打扮?但见:

　　　　头戴一顶前一片后一片的竹筒巾儿,旁缝一对左一块右一块的蜜蜡
　　　　金儿,身上穿一件细领大袖青绒道袍儿,脚下着一双低跟浅面红绫僧鞋
　　　　儿。若非宋玉墙边过,定是潘安车上来。

一直走进堂中道:"小汪在家么?"滴珠慌了,急挈身起,已打了个照面,急奔房门边来,不想那门先前出来时已被汪锡暗拴了,急没躲处。那王婆笑道:"是吴朝奉,便不先开个声!"对滴珠道:"是我家老主顾,不妨。"又对吴大郎道:"可相见这位娘子。"吴大郎深深唱个喏下去,滴珠只得回了礼。偷眼看时,恰是个俊俏可喜的少年郎君,心里早看上了几分了。吴大郎上下一看,只见不施脂粉,淡雅梳妆,自然内家气象,与那胭花队里的迥别。他是个在行的,知轻识重,如何不晓得?也自酥了半边,道:"娘子请坐。"那滴珠终究是好人家出来的,有些羞耻,只叫王嬷嬷道:"我们进去则个。"嬷嬷道:"慌做甚么?"就同滴珠一面进去了。

出来,对吴大郎:"朝奉看得中意否?"吴大郎道:"嬷嬷作成作成,不敢有忘。"王婆道:"朝奉有的是银子,兑出千把来,娶了回去就是。"大郎道:"又不是行院人家,如何要得许多?"嬷嬷道:"不多。你看了这个标致模样,今与你做个小娘子,难道消不得千金?"大郎道:"果要千金,也不打紧。只是我大孺人狠,专会作贱人,我虽不怕他,怕难为这小娘子,有些不便,娶回去不得。"婆子道:"这个何难?另税一所房子住了,两头做大,可不是好?前日江家有一所花园空着,要典与人,老身替你问看,如何?"大郎道:"好便好,只是另住了,要家人使唤,丫鬟伏侍,另起烟爨,这还小事。少不得瞒不过家里了,终日厮闹,赶来要同住,却了不得。"婆子道:"老身更有个见识,朝奉拿出聘礼娶下了,就在此间成了亲。每月出几两盘缠,替你养着,自有老身伏侍陪伴。朝奉在家,推个别事出外,时时到此来住,密不通风,有何不好?"大郎笑道:"这个却妙,这个却妙!"议定了财礼银八百两,衣服首饰办了送来,自不必说,也合着千金。每月盘费连房钱银十两,逐月交付。大郎都应允,慌忙去拿银

子了。

王婆转进房里来,对滴珠道:"适才这个官人,生得如何?"元来滴珠先前虽然怕羞,走了进去,心中却还舍不得,躲在黑影里张来张去,看得分明。吴大郎与王婆一头说话,一眼觑着门里,有时露出半面,若非是有人在面前,又非是一面不曾识,两下里就做起光来了。滴珠见王婆问他,他就随口问道:"这是那一家?"王婆道:"是徽州府有名的商山吴家,他又是吴家第一个财主'吴百万'吴大朝奉。他看见你,好不喜欢哩!他要娶你回去,有些不便处。他就要娶你在此间住下,你心下如何?"滴珠一了喜欢这个干净房卧,又看上了吴大郎人物。听见说就在此间住,就象是他家里一般的,心下到有十分中意了。道:"既到这里,但凭妈妈,只要方便些,不露风声便好。"婆子道:"如何得露风声?只是你久后相处,不可把真情与他说,看得低了。只认我表亲,暗地快活便了。"

只见吴大郎抬了一乘轿,随着两个俊俏小厮,捧了两个拜匣,竟到汪锡家来。把银子交付停当了,就问道:"几时成亲?"婆子道:"但凭朝奉尊便,或是拣个好日,或是不必拣日,就是今夜也好。"吴大郎道:"今日我家里不曾做得工夫,不好造次得。明日我推说到杭州进香取帐,过来住起罢了。拣甚么日子?"吴大郎只是色心为重,等不得拣日。若论婚姻大事,还该寻一个好日辰。今卤莽乱做,不知犯何凶煞,以致一两年内,就拆散了。这是后话。

却说吴大郎交付停当,自去了,只等明日快活。婆子又与汪锡计较定了,来对滴珠说:"恭喜娘子,你事已成了。"就拿了吴家银子四百两,笑嘻嘻的道:"银八百两,你取一半,我两人分一半做媒钱。"摆将出来,摆得桌上白晃晃的,滴珠可也喜欢。说话的,你说错了,这光棍牙婆见了银子,如苍蝇见血,怎还肯人心天理,分这一半与他?看官,有个缘故。他一者要在滴珠面前夸耀富贵,买他心。二者总是在他家里,东西不怕走趤那里去了,少不得逐渐哄的出来,仍旧元在。若不与滴珠些东西,后来吴大郎相处了,怕他说出真情,要倒他们的出来,反为不美。这正是老虔婆神机妙算。

吴大郎次日果然打扮得一发精致,来汪锡家成亲。他怕人知道,也不用傧相,也不动乐人,只托汪锡办下两桌酒,请滴珠出来同坐,吃了进房。滴珠起初害羞,不肯出来。后来被强不过,勉强略坐得一坐,推个事故,走进房去,扑地把灯吹息,先自睡了,却不关门。婆子道:"还是女儿家的心性,害羞,须是我们凑他趣则个。"移了灯,照吴大郎进房去。仍旧把房中灯点起了,自家走了出去,把门拽上。吴大郎是个精细的人,把门拴了,移灯到床边。揭帐一看,只见兜头面睡着,不敢惊动他。轻轻的脱了衣服,吹息了灯,衬进被窝里来。滴珠叹了一口气,缩做一团。被吴大郎甜言媚语,轻轻款款,扳将过来,腾的跨上去,滴珠颤笃笃的承受了。高高下下,往往来来,弄得滴珠浑身快畅,遍体酥麻。元来滴珠虽然嫁了丈夫两月,那是不在行的新郎,不曾得知这样趣味。吴大郎风月场中招讨使,被窝里事多曾占过先头的。温柔软款,自不必说。滴珠只恨相见之晚。两个千恩万爱,过了一夜。明日起来,王婆、汪锡都来叫喜,吴大郎各各赏赐了他。自此与姚滴珠快乐,隔个把月才回家去走走,又来住宿,不题。

　　说话的,难道潘家不见了媳妇就罢了,凭他自在那里快活不成? 看官,话有两头,却难这边说一句,那边说一句。如今且听说那潘家。自从那日早起不见媳妇煮朝饭,潘婆只道又是晏起,走到房前厉声叫他。见不则声,走进房里,把窗推开了,床里一看,并不见滴珠踪迹。骂道:"这贱淫妇那里去了?"出来与潘公说了。潘公道:"又来作怪!"料道是他娘家去,急忙走到渡口问人来。有人说道:"绝大清早,有一妇人渡河去。有认得的,道是潘家媳妇上筏去了。"潘公道:"这妮子! 昨日说了他几句,就待告诉他爹娘去。恁般心性泼刺! 且等他娘家住,不要去接他采他,看他待要怎的?"忿忿地跑回去,与潘婆说了。

　　将有十来日,姚家记挂女儿,办了几个盒子,做了些点心,差一男一妇,到潘家来问一个信。潘公道:"他归你家十来日了,如何到来这里问信?"那送礼的人吃了一惊,道:"说那里话? 我家姐姐自到你家来,才得两月多,我家又不曾来接,他为何自归? 因是放心不下,叫我们来望望。如何反如此说?"潘公道:"前日因有两句口面,他使一个性子,跑了回家。有人在渡口见他的。他不到你家,到那里去?"那男女道:"实实不曾回家,不要错认了。"潘公炮燥道:"想是他来家说了甚么谎,您家要悔赖了别嫁人,故装出圈套,反来问信么?"那男女道:"人在你家不见了,颠倒这样说,这事必定蹊跷。"潘公听得"蹊跷"两字,大骂:"狗男女! 我少不得当官告来,看你家赖了不成!"那男女见不是势头,盒盘也不出,仍旧挑了,走了回家,一五一十的对家主说了。姚公、姚妈大惊,啼哭起来道:"这等说,我那儿敢被这两个老杀才逼死了? 打点告状,替他要人去。"一面来与个讼师商量告状。那潘公、潘婆死认定了姚家藏了女儿，叫人去接了儿子来家。两家都进状，都准了。

那休宁县李知县行提一干人犯到官。当堂审问时，你推我，我推你。知县大怒，先把潘公夹起来。潘公道："现有人见他过渡的。若是投河身死，须有尸首，明白是他家藏了赖人。"知县道："说得是。不见了人十多日，若是死了，岂无尸首踪影？毕竟藏着的是。"放了潘公，再把姚公夹起来。姚公道："人在他家，去了两月多，自不曾归家来。若是果然当时走回家，这十来日间潘某何不着人来问一声，看一看下落？人长六尺，天下难藏。小的若是藏过了，后来就别嫁人，也须有人知道，难道是瞒得过的？老爷详察则个。"知县想了一想，道："也说得是。如何藏得过？便藏了，也成何用？多管是与人有奸，约的走了。"潘公道："小的媳妇虽是懒惰娇痴，小的闺门也严谨，却不曾有甚外情。"知县道："这等，敢是有人拐的去了，或是躲在亲眷家，也不见得。"便对姚公说："是你生得女儿不长进；况来踪去迹，毕竟是你做爷的晓得，你推不得干净。要你跟寻出来，同缉捕人役五日一比较。"就把潘公父子讨个保，姚公肘押了出来。姚公不见了女儿，心中已自苦楚，又经如此冤枉，叫天叫地，没个道理。只得贴个寻人招子，许下赏钱，各处搜求，并无影响。且是那个潘甲不见了妻子，没出气处，只是逢五逢十就来禀官，比较捕人，未免连姚公陪打了好些板子。此事闹动了一个休宁县，城郭乡村，无不传为奇谈。亲戚之间，尽为姚公不平，却没个出豁。

却说姚家有个极密的内亲，叫做周少溪。偶然在浙江衢州做买卖，闲游柳陌花街。只见一个娼妇，站在门首献笑，好生面染。仔细一想，却与姚滴珠一般无二。心下想道："家里打了两年没头官司，他却在此！"要上前去问个的确，却又忖道："不好，不好。问他未必肯说真情。打破了网，娼家行径没根蒂的，连夜走了，那里去寻？不如报他家中知道，等他自来寻访。"元来衢州与徽州虽是分个浙、直，却两府是联界的。苦不多日到了，一一与姚公说知。姚公道："不消说得，必是遇着歹人，转贩为娼了。"叫其子姚乙，密地拴了百来两银子，到衢州去赎身。又商量道："私下取赎，未必成事。"又在休宁县告明缘由，使用些银子，给了一张广缉文书在身，倘有不谐，当官告理。姚乙听命，姚公就央了周少溪作伴，一路往衢州来。那周少溪自有旧主人，替姚乙另寻了一个店楼，安下行李。周少溪指引他到这家门首来，正值他在门外。姚乙看见果然是妹子,连呼他小名数声;那娼妇只是微微笑看,却不答应。姚乙对周少溪道:"果然是我妹子。只是连连叫他,并不答应,却象不认得我的。难道在此快乐了,把个亲兄弟都不招揽了?"周少溪道:"你不晓得,凡娼家龟鸨,必是生狠的。你妹子既来历不明,他家必紧防漏泄,训戒在先,所以他怕人知道,不敢当面认帐。"姚乙道:"而今却怎么通得个信?"周少溪道:"这有何难?你做个要嫖他的,设了酒,将银一两送去,外加轿钱一包,抬他到下处来,看个备细。是你妹子,密地相认了,再做道理。不是妹子,睡他娘一晚,放他去罢!"姚乙道:"有理,有理。"周少溪在衢州久做客人,都是熟路,去寻一个小闲来,拿银子去,霎时一乘轿抬到下处。那周少溪忖道:"果是他妹子,不好在此陪得。"推个事故,走了出去。姚乙也道是他妹子,有些不便,却也不来留周少溪。只见那轿里袅袅婷婷,走出一个娼妓来。但见:

> 一个道是妹子来,双眸注望;一个道是客官到,满面生春。一个疑道:"何不见他走近身,急认哥哥?"一个疑道:"何不见他迎着轿,忙呼姐姐?"

却说那姚乙向前看看,分明是妹子。那娼妓却笑容可掬,佯佯地道了个万福。姚乙只得坐了,不敢就认,问道:"姐姐尊姓大名,何处人氏?"那娼妓答道:"姓郑,小字月娥,是本处人氏。"姚乙看他说出话来一口衢音,声气也不似滴珠,已自疑心了。那郑月娥就问姚乙道:"客官何来?"姚乙道:"在下是徽州府休宁县苈田姚某,父某人,母某人。"恰象那个查他的脚色,三代籍贯都报将来。也还只道果是妹子,他必然承认,所以如此。那郑月娥见他说话牢叨,笑了一笑道:"又不曾盘问客官出身,何故通三代脚色?"姚乙满面通红,情知不是滴珠了。摆上酒来,三杯两盏,两个对吃。郑月娥看见姚乙只管相他面庞一会,又自言自语一会,心里自生疑惑。开口问道:"奴自不曾与客官相会,只是前日门前见客官走来走去,见了我指手点脚的,我背地同姊妹暗笑。今承宠召过来,却又屡屡相觑,却象有些委决不下的事,是什么缘故?"姚乙把言语支吾,不说明白。那月娥是个久惯接客,乖巧不过的人,看此光景,晓得有些尴尬,只管盘问。姚乙道:"这话也长,且到床上再说。"两个人各自收拾上床睡了,免不得云情雨意,做了一番的事。

那月娥又把前话提起,姚乙只得告诉他:家里事如此如此,这般这般。"因见你厮象,故此假做请你,认个明白,那知不是。"月娥道:"果然象否?"姚乙道:"举止外像一些不差,就是神色里边,有些微两样处。除是至亲骨肉,终日在面前的,用意体察,才看得出来,也算是十分象的了。若非是声音各别,连我方才也要认错起来。"月娥道:"既是这等厮象,我就做你妹子罢。"姚乙道:"又来取笑。"月娥道:"不是取笑,我与你熟商量。你家不见了妹子,如此打官司不得了结,毕竟得妹子到了官方住。我是此间良人家儿女,在姜秀才家为妾,大娘不容,后来连姜秀才贪利忘恩,竟把来卖与这郑妈妈家了。那龟儿、鸨儿,不管好歹,动不动非刑拷打。我被他摆布不过,正要想个计策脱身。你如今认定我是你失去的妹子,我认定你是哥哥,两口同声,当官去告理,一定断还归宗。我身既得脱,仇亦可雪。到得你家,当了你妹子,官事也好完了。岂非万全之算?"姚乙道:"是到是,只是声音大不相同。且既到吾家,认做妹子,必是亲戚族属逐处明白,方象真的,这却不便。"月娥道:"人只怕面貌不象,那个声音随他改换,如何做得谁? 你妹子相失两年,假如真在衢州,未必不与我一般乡语了。亲戚族属,你可教导得我的。况你做起事来,还等待官司发落,日子长远,有得与你相处,乡音也学得你些。家里事务,日逐教我熟了,有甚难处?"姚乙心里先只要家里息讼要紧,细思月娥说话,尽可行得,便对月娥道:"吾随身带有广缉文书,当官一告,断还不难。只是要你一口坚认到底,却差池不得的。"月娥道:"我也为自身要脱离此处,趁此机会,如何好改得口? 只是一件,你家妹夫是何等样人? 我可跟得他否?"姚乙道:"我妹夫是个做客的人,也还少年老实,你跟了他也好。"月娥道:"凭他怎么,毕竟还好似为娼。况且一夫一妻,又不似先前做妾,也不误了我事了。"姚乙又与他两个赌一个誓信,说:"两个同心做此事,各不相负。如有破泄者,神明诛之!"两人说得着,已觉道快活,又弄了一火,搂抱了睡到天明。

姚乙起来,不梳头就走去寻周少溪,连他都瞒了,对他说道:"果是吾妹子,如今怎处?"周少溪道:"这行院人家不长进,替他私赎,必定不肯。待我去纠合本乡人在此处的十来个,做张呈子到太守处呈了,人众则公。亦且你有本县广缉滴珠文书可验,怕不立刻断还? 只是你再送几两银子过去,与他说道:'还要留在下处几日。'使他不疑,我们好做事。"姚乙一一依言停当了。周少溪就合着一伙徽州人同姚乙到府堂,把前情说了一遍。姚乙又将县间广缉文书当堂验了。太守立刻签了牌,将郑家乌龟、老妈都拘将来。郑月娥也到公庭,一个认哥哥,一个认妹子。那众徽州人,除周少溪外,也还有个把认得滴珠的,齐声说道:"是。"那乌龟分毫不知一个情由,劈地价来,没做理会,口里乱嚷。太守只叫:"掌嘴!"又研问他是那里拐来的。乌龟不敢隐讳,招道:"是姜秀才家的妾,小的八十两银子讨的是实,并非拐的。"太守又去拿姜秀才。姜秀才情知理亏,躲了不出见官。太守断姚乙出银四十两还他乌龟身价,领妹子归宗。那乌龟买良为娼,问了应得罪名。连姜秀才前程都问革了。郑月娥一口怨气先发泄尽了。姚乙欣然领回下处,等衙门文卷叠成,银子交库给主,及零星使用,多完备了,然后起程。这几时落得与月娥同眠同起,见人说是兄妹,背地自做夫妻。枕边絮絮叨叨,把说话见识都教道得停停当当了。

　　在路不则一日,将到苏田,有人见他兄妹一路来了,拍手道:"好了,好了,这官司有结局了。"有的先到他家里报了的,父母俱迎出门来。那月娥装做个认得的模样,大刺刺走进门来,呼爷叫娘,都是姚乙教熟的。况且娼家行径,机巧灵变,一些不错。姚公道:"我的儿! 那里去了这两年? 累煞你爹也!"月娥假作哽咽痛哭,免不得说道:"爹妈这几时平安么?"姚公见他说出话来,便道:"去了两年,声音都变了。"姚妈伸手过来,拽他的手出来,捻了两捻道:"养得一手好长指甲了,去时没有的。"大家哭了一会,只有姚乙与月娥心里自明白。姚公是两年间官司累怕了,他见说女儿来了,心里放下了一个大疙瘩,那里还辨仔细? 况且十分相象,分毫不疑。至于来踪去迹,他已晓得在娼家赎归,不好细问得。巴到天明,就叫儿子姚乙同了妹子到县里来见官。

　　知县升堂,众人把上项事,说了一遍。知县缠了两年,已自明白,问滴珠道:"那个拐你去的,是何等人?"假滴珠道:"是一个不知姓名的男子,不由分说,逼卖与衢州姜秀才家。姜秀才转卖了出来,这先前人不知去向。"知县晓得事在衢州,隔省难以追求,只要完事,不去根究了。就抽签去唤潘甲并父母来领。那潘公、潘婆到官来,见了假滴珠道:"好媳妇呵! 就去了这些时。"潘甲见了道:"惭愧! 也还有相见的日子。"各各认明了,领了回去。出得县门,两亲家、两亲妈,各自请罪,认个悔气。都道一桩事完了。

　　隔了一晚,次日,李知县升堂,正待把潘甲这宗文卷注销立案,只见潘甲又来告道:"昨日领回去的,不是真妻子。"那知县大怒道:"刁奴才! 你累得丈人家也勾了,如何还不肯休歇?"喝令扯下去打了十板。那潘甲只叫冤屈。知县道:"那衢州公文明白,你舅子亲自领回,你丈人、丈母认了不必说,你父母与你也当堂认了领去的,如何又有说话?”潘甲道:“小人争论,只要争小人的妻,不曾要别人的妻。今明明不是小人的妻,小人也不好要得,老爷也不好强小人要得。若必要小人将假作真,小人情愿不要妻子了。”知县道:“怎见得不是?”潘甲道:“面貌颇相似,只是小人妻子相与之间,有好些不同处了。”知县道:“你不要呆!敢是做过了娼妓一番,身分不比良家了。”潘甲道:“老爷,不是这话。不要说日常夫妻间私语一句也不对,至于肌体隐微,有好些不同。小人心下自明白,怎好与老爷说得?若果然是妻子,小人与他才得两月夫妻,就分散了,巴不得见他,难道到说不是,来混争闲非不成?老爷青天详察,主鉴不错。”知县见他说这一篇有情有理,大加惊诧,又不好自认断错,密密分付潘甲道:“你且从容,不要性急。就是父母、亲戚面前,俱且糊涂,不可说破,我自有处。”

李知县分付该房写告示出去遍贴,说道:“姚滴珠已经某月某日追寻到官,两家各息词讼,无得再行告扰!”却自密地悬了重赏,着落应捕十余人,四下分缉,若看了告示,有些动静,即便体察,拿来回话。

不说这里探访。且说姚滴珠与吴大郎相处两年,大郎家中看看有些知道,不肯放他等闲出来,踪迹渐来得稀了。滴珠身畔要讨个丫鬟伏侍,曾对吴大郎说,转托汪锡。汪锡拐带惯了的,那里想出银钱去讨?因思个便处,要弄将一个来。日前见歙县汪汝鸾家有个丫头,时常到溪边洗东西,想在心里。

一日,汪锡出外行走,闻得县前出告示,道滴珠已寻见之说。急忙里,来对王婆说:“不知那一个顶了缺,我们这个货,稳稳是自家的了。”王婆不信,要看个的实。一同来到县前,看了告示。汪锡未免指手画脚,点了又点,念与王婆听。早被旁边应捕看在眼里,尾了他去。到了僻静处,只听得两个私下道:“好了,好了,而今睡也睡得安稳了。”应捕魆地跳将出来道:“你们干得好事!今已败露了,还走那里去?”汪锡慌了手脚道:“不要恐吓我!且到店中坐坐去。”一同王婆邀了应捕,走到酒楼上,坐了吃酒。汪锡推讨嘎饭,一道烟走了。单剩个王婆与应捕,坐了多时,酒肴俱不来,走下问时,汪锡已去久了。应捕就把王婆拴将起来道:“我与你去见官。”王婆跪下道:“上下饶恕,随老妇到家中取钱谢你。”那应捕只是见他们行迹跷蹊,故把言语吓着,其实不知甚么根由。怎当得虚心病的,露出马脚来。应捕料得有些滋味,押了他不舍,随去到得汪锡家里叩门。一个妇人走将出来开了。那应捕一看,着惊道:“这是前日衢州解来的妇人！"猛然想道："这个必是真姚滴珠了。"也不说破，吃了茶，凭他送了些酒钱罢了。王婆自道无事，放下心了。

应捕明日竟到县中出首。知县添差应捕十来人，急命拘来。公差如狼似虎，到汪锡家里门口，发声喊打将进去。急得王婆悬梁高了。把滴珠登时捉到公庭。知县看了道："便是前日这一个。"又飞一签，令唤潘甲与妻子同来。那假的也来了，同在县堂，真个一般无二。知县莫辨，因令潘甲自认。潘甲自然明白，与真滴珠各说了些私语。知县唤起来，研问明白。真滴珠从头供称被汪锡骗哄情由，说了一遍。知县又问："曾引人奸骗你不？"滴珠心上有吴大郎，只不说出，但道："不知姓名。"又叫那假滴珠上来，供称道："身名郑月娥，自身要报私仇，姚乙要完家讼，因言貌象伊妹，商量做此一事。"知县急拿汪锡，已此在逃了。做个照提，叠成文卷，连人犯解府。

却说汪锡自酒店逃去之后，撞着同伙程金，一同作伴，走到歙县地方。正见汪汝鸾家丫头在溪边洗裹脚，一手扯住他道："你是我家使婢，逃了出来，却在此处！"便夺他裹脚，拴了就走，要扯上竹筏。那丫头大喊起来。汪锡将袖子掩住他口，丫头尚自呜哩呜喇的喊。程金便一把叉住喉咙，叉得手重，口头又不通气，一霎呜呼哀哉了。地方人走将拢来，两个都擒住了，送到县里。那歙县方知县问了程金绞罪，汪锡充军，解上府来。正值滴珠一起也解到。一同过堂之时，真滴珠大喊道："这个不是汪锡？"那太守姓梁，极是个正气的，见了两宗文卷，都为汪锡，大怒道："汪锡是首恶，如何只问充军？"喝交皂隶，重责六十板，当下绝气。真滴珠给还原夫宁家，假滴珠官卖。姚乙认假作真，倚官拐骗人口，也问了一个"太上老"。只有吴大郎广有世情，闻知事发，上下使用，并无名字干涉，不致惹着，朦胧过了。

潘甲自领了姚滴珠仍旧完聚。那姚乙定了卫所，发去充军，拘妻签解。姚乙未曾娶妻。只见那郑月娥晓得了，大哭道："这是我自要脱身泄气，造成此谋，谁知反害了姚乙？今我生死跟了他去，也不枉了一场话攧。"姚公心下不舍得儿子，听得此话，即使买出人来，诡名纳价，赎了月娥，改了姓氏，随儿子做军妻解去。后来遇赦还乡，遂成夫妇。这也是郑月娥一点良心不泯处。姑嫂两个到底有些断象，徽州至今传为笑谈。有诗为证：

> 一样良家走歧路，又同歧路转良家。
>
> 面庞怪道能相似，相法看来也不差。

卷 之 三

刘东山夸技顺城门 十八兄奇踪村酒肆

诗云：

> 弱为强所制，不在形巨细。
>
> 蝍蛆带是甘，何曾有长喙？

话说天地间，有一物必有一制，夸不得高，恃不得强。这首诗所言"蝍蛆"是甚么？就是那赤足蜈蚣，俗名"百脚"，又名百足之虫。这"带"又是甚么？是那大蛇，其形似带一般，故此得名。岭南多大蛇，长数十丈，专要害人。那边地方里居民，家家蓄养蜈蚣，有长尺余者，多放在枕畔或枕中。若有蛇至，蜈蚣便啧啧作声。放他出来，他鞠起腰来，首尾着力，一跳有一丈来高，便搭住在大蛇七寸内，用那铁钩也似一对钳来钳住了，吸他精血，至死方休。这数十丈长、斗来大的东西，反缠死在尺把长、指头大的东西手里，所以古语道"蝍蛆甘带"，盖谓此也。

汉武帝延和三年，西胡月支国献猛兽一头，形如五六十日新生的小狗，不过比狸猫般大，拖一个黄尾儿。那国使抱在手里，进门来献。武帝见他生得猥琐，笑道："此小物，何谓猛兽？"使者对曰："夫威加于百禽者，不必计其大小。是以神麟为巨象之王，凤凰为大鹏之宗，亦不在巨细也。"武帝不信，乃对使者说："试叫他发声来朕听。"使者乃将手一指，此兽舐唇摇首一会，猛发一声，便如平地上起一个霹雳，两目闪烁，放出两道电光来。武帝登时颠出亢金椅子，急掩两耳，颤一个不住。侍立左右及羽林摆立仗下军士，手中所拿的东西悉皆震落。武帝不悦，即传旨意，教把此兽付上林苑中，待群虎食之。上林苑令遵旨。只见拿到虎圈边放下，群虎一见，皆缩做一堆，双膝跪倒。上林苑令奏闻，武帝愈怒，要杀此兽。明日连使者与猛兽皆不见了。猛悍到了虎豹，却乃怕此小物。所以人之膂力强弱，智术长短，没个限数。正是：

> 强中更有强中手，莫向人前夸大口。

唐时有一个举子，不记姓名地方。他生得膂力过人，武艺出众。一生豪侠好义，真正路见不平，拔刀相助。他进京会试，不带仆从，恃着一身本事，辅着一匹好马,腰束弓箭短剑,一鞭独行。一路收拾些雉兔野味,到店肆中宿歇,便安排下酒。

一日在山东路上,马跑得快了,赶过了宿头。至一村庄,天已昏黑,自度不可前进。只见一家人家开门在那里,灯光射将出来。举子下了马,一手牵着,挨近看时,只见进了门,便是一大空地,空地上有三四块太湖石叠着。正中有三间正房,有两间厢房,一老婆子坐在中间绩麻。听见庭中马足之声,起身来问。举子高声道:"妈妈,小生是失路借宿的。"那老婆子道:"官人,不方便,老身做不得主。"听他言词中间,带些凄惨。举子有些疑心,便问道:"妈妈,你家男人多在那里去了?如何独自一个在这里?"老婆子道:"老身是个老寡妇,夫亡多年,只有一子,在外做商人去了。"举子道:"可有媳妇?"老婆子蹙着眉头道:"是有一个媳妇,赛得过男子,尽挣得家住。只是一身大气力,雄悍异常。且是气性粗急,一句差池,经不得一指头,擦着便倒。老身虚心冷气,看他眉头眼后,常是不中意,受他凌辱的。所以官人借宿,老身不敢做主。"说罢,泪如雨下。举子听得,不觉双眉倒竖,两眼圆睁道:"天下有如此不平之事!恶妇何在?我为尔除之。"遂把马拴在庭中太湖石上了,拔出剑来。老婆子道:"官人不要太岁头上动土,我媳妇不是好惹的。他不习女工针指,每日午饭已毕,便空身走去山里,寻几个獐鹿兽兔还家,腌腊起来,卖与客人,得几贯钱。常是一二更天气才得回来。日逐用度,只靠着他这些,所以老身不敢逆他。"举子按下剑入了鞘,道:"我生平专一欺硬怕软,替人出力。谅一个妇女,到得那里?既是妈妈靠他度日,我饶他性命不杀他,只痛打他一顿,教训他一番,使他改过性子便了。"老婆子道:"他将次回来了,只劝官人莫惹事的好。"举子气忿忿地等着。

只见门外一大黑影,一个人走将进来,将肩上叉口也似一件东西往庭中一摔,叫道:"老嬷,快拿火来,收拾行货。"老婆子战兢兢地道:"是甚好物事呀?"把灯一照,吃了一惊,乃是一只死了的斑斓猛虎。说时迟,那时快,那举子的马在火光里,看见了死虎,惊跳不住起来。那人看见,便道:"此马何来?"举子暗里看时,却是一个黑长妇人。见他模样,又背了个死虎来,忖道:"也是个有本事的。"心里先有几分惧他。忙走去带开了马,缚住了,走向前道:"小生是失路的举子,赶过宿头,幸到宝庄,见门尚未阖,斗胆求借一宿。"那妇人笑道:"老嬷好不晓事!既是个贵人,如何更深时候,叫他在露天立着?"指着死虎道:"贱婢今日山中,遇此泼花团,争持多时,才得了当。归得迟些个,有失主人之礼,贵人勿罪。"举子见他语言爽恺,礼度周全,暗想道:"也不是不可化诲的。"连应道:"不敢,不敢。"妇人走进堂,提一把椅来,对举子道:"该请进堂里坐,只是妇姑两人,都是女流,男女不可相混,屈在廊下一坐罢。"又掇张桌来,放在面前,点个灯来安下。然后下庭中来,双手提了死虎,到厨下去了。须臾之间,烫了一壶热酒,托出一个大盘来,内有热腾腾的一盘虎肉,一盘鹿脯,又有些腌腊雉兔之类五六碟,道:"贵人休嫌轻亵则个。"举子见他殷勤,接了自斟自饮。须臾间酒尽肴完,举子拱手道:"多谢厚款。"那妇人道:"惶愧,惶愧。"便将了盘来,收拾桌上碗盏。

举子乘间便说道:"看娘子如此英雄,举止恁地贤明,怎么尊卑分上觉得欠些个?"那妇人将盘一掀,且不收拾,怒目道:"适间老死魅曾对贵人说些甚谎么?"举子忙道:"这是不曾,只是看见娘子称呼词色之间,甚觉轻倨,不象个婆媳妇道理。及见娘子待客周全,才能出众,又不象个不近道理的。故此好言相问一声。"那妇人见说,一把扯了举子的衣袂,一只手移着灯,走到太湖石边来道:"正好告诉一番。"举子一时间挣扎不脱,暗道:"等他说得没理时,算计打他一顿。"只见那妇人倚着太湖石,就在石上拍拍手道:"前日有一事,如此如此,这般这般,是我不是,是他不是?"道罢,便把一个食指向石上一擂道:"这是一件了。"擂了一擂,只见那石皮乱爆起来,已自抠去了一寸有余深。连连数了三件,擂了三擂,那太湖石便似锥子凿成一个"川"字,斜看来又是"三"字,足足皆有寸余,就象镌刻的一般。那举子惊得浑身汗出,满面通红,连声道:"都是娘子的是。"把一片要与他分个皂白的雄心,好象一桶雪水当头一淋,气也不敢抖了。妇人说罢,擎出一张匣床来与举子自睡,又替他喂好了马。却走进去与老婆子关了门,息了火睡了。举子一夜无眠,叹道:"天下有这等大力的人!早是不曾与他交手,不然,性命休矣。"巴到天明,鞴了马,作谢了,再不说一句别的话,悄然去了。自后收拾了好些威风,再也不去惹闲事管,也只是怕逢着咋噓似他的吃了亏。

今日说一个恃本事说大话的,吃了好些惊恐,惹出一场话柄来。正是:

　　虎为百兽尊,百兽伏不动。

　　若逢狮子吼,虎又全没用。

话说国朝嘉靖年间,北直隶河间府交河县一人姓刘名钦,叫做刘东山,在北京巡捕衙门里当一个缉捕军校的头。此人有一身好本事，弓马熟娴，发矢再无空落，人号他连珠箭。随你异常狠盗，逢着他便如瓮中捉鳖，手到拿来。因此也积攒得有些家事。年三十余，觉得心里不耐烦做此道路，告脱了，在本县去别寻生理。

一日，冬底残年，赶着驴马十余头到京师转卖，约卖得一百多两银子。交易完了，至顺城门（即宣武门）雇骡归家。在骡马主人店中，遇见一个邻舍张二郎入京来，同在店买饭吃。二郎问道："东山何往？"东山把前事说了一遍，道："而今在此雇骡，今日宿了，明日走路。"二郎道："近日路上好生难行，良乡、郑州一带，盗贼出没，白日劫人。老兄带了偌多银子，没个做伴，独来独往，只怕着了道儿，须放仔细些！"东山听罢，不觉须眉开动，唇齿奋扬。把两只手捏了拳头，做一个开弓的手势，哈哈大笑道："二十年间，张弓追讨，矢无虚发，不曾撞个对手。今番收场买卖，定不到得折本。"店中满座听见他高声大喊，尽回头来看。也有问他姓名的，道："久仰，久仰。"二郎自觉有些失言，作别出店去了。

东山睡到五更头，爬起来，梳洗结束。将银子紧缚裹肚内，扎在腰间，肩上挂一张弓，衣外跨一把刀，两膝下藏矢二十簇。拣一个高大的健骡，腾地骑上，一鞭前走。走了三四十里，来到良乡，只见后头有一人奔马赶来，遇着东山的骡，便按辔少驻。东山举目觑他，却是一个二十岁左右的美少年，且是打扮得好。但见：

　　黄衫毡笠，短剑长弓。箭房中新矢二十余枝，马额上红缨一大簇。

　　裹腹阔装灿烂，是个白面郎君；恨人紧辔喷嘶，好匹高头骏骑！

东山正在顾盼之际，那少年遥叫道："我们一起走路则个。"就向东山拱手道："造次行途，愿问高姓大名。"东山答道："小可姓刘名钦，别号东山，人只叫我是刘东山。"少年道："久仰先辈大名，如雷贯耳，小人有幸相遇。今先辈欲何往？"东山道："小可要回本籍交河县去。"少年道："恰好，恰好。小人家住临淄，也是旧族子弟，幼年颇曾读书，只因性好弓马，把书本丢了。三年前带了些资本往京贸易，颇得些利息。今欲归家婚娶，正好与先辈作伴同路行去，放胆壮些。直到河间府城，然后分路。有幸，有幸。"东山一路看他腰间沉重，语言温谨，相貌俊逸，身材小巧，谅道不是歹人。且路上有伴，不至寂寞，心上也欢喜，道："当得相陪。"是夜一同下了旅店，同一处饮食歇宿，如兄若弟，甚是相得。

明日,并辔出涿州。少年在马上问道:"久闻先辈最善捕贼,一生捕得多少?也曾撞着好汉否?"东山正要夸逞自家手段,这一问揉着痒处,且量他年小可欺,便侈口道:"小可生平两只手一张弓,拿尽绿林中人,也不记其数,并无一个对手。这些鼠辈,何足道哉!而今中年心懒,故弃此道路。倘若前途撞着,便中拿个把儿,你看手段!"少年但微微冷笑道:"元来如此。"就马上伸手过来,说道:"借肩上宝弓一看。"东山在骤上递将过来,少年左手把住,右手轻轻一拽就满,连放连拽,就如一条软绢带。东山大惊失色,也借少年的弓过来看。看那少年的弓,约有二十斤重,东山用尽平生之力,面红耳赤,不要说扯满,只求如初八夜头的月,再不能勾。东山惶恐无地,吐舌道:"使得好硬弓也!"便向少年道:"老弟神力,何至于此!非某所敢望也。"少年道:"小人之力,可足称神?先辈弓自太软耳。"东山赞叹再三,少年极意谦谨。晚上又同宿了。

至明日又同行,日西时过雄县。少年拍一拍马,那马腾云也似前面去了。东山望去,不见了少年。他是贼窠中弄老了的,见此行止,如何不慌?私自道:"天教我这番倒了架也!倘是个不良人,这样神力,如何敌得?势无生理。"心上正如十五个吊桶打水,七上八落的。没奈何,迤逦行去。行得一二铺,遥望见少年在百步外,正弓挟矢,扯个满月,向东山道:"久闻足下手中无敌,今日请先听箭风。"言未罢,飕的一声,东山左右耳根但闻肃肃如小鸟前后飞过,只不伤着东山。又将一箭引满,正对东山之面,大笑道:"东山晓事人,腰间骤马钱快送我罢,休得动手。"东山料是敌他不过,先自慌了手脚,只得跳下鞍来,解了腰间所系银袋,双手捧着,膝行至少年马前,叩头道:"银钱谨奉好汉将去,只求饶命!"少年马上伸手,提了银包,大喝道:"要你性命做甚?快走!快走!你老子有事在此,不得同儿子前行了。"掇转马头,向北一道烟跑,但见一路黄尘滚滚,霎时不见踪影。

东山呆了半晌,捶胸跌足起来道:"银钱失去也罢,叫我如何做人?一生好汉名头,到今日弄坏,真是张天师吃鬼迷了。可恨!可恨!"垂头丧气,有一步没一步的,空手归交河。到了家里,与妻子说知其事,大家懊恼一番。夫妻两个商量,收拾些本钱,在村郊开个酒铺,卖酒营生,再不去张弓挟矢了。又怕有人知道,坏了名头,也不敢向人说着这事,只索罢了。

过了三年,一日,正值寒冬天道,有词为证:

> 霜瓦鸳鸯,风帘翡翠,今年较是寒早。矮钉明窗,侧开朱户,断莫乱

教人到。重阴未解,云共雪、商量未了。青帐垂毡要密,红炉围炭宜小。(词寄《天香》前。)

却说冬日间,东山夫妻正在店中卖酒,只见门前来了一伙骑马的客人,共是十一个。个个骑的是自鞴的高头骏马,鞍辔鲜明。身上俱紧束短衣,腰带弓矢刀剑。次第下了马,走入肆中来,解了鞍舆。刘东山接着,替他赶马归槽。后生自去刲草煮豆,不在话下。内中只有一个未冠的人,年纪可有十五六岁,身长八尺,独不下马,对众道:"弟十八自向对门住休。"众人都答应一声道:"咱们在此少住,便来伏侍。"只见其人自走对门去了。

十人自来吃酒,主人安排些鸡、豚、牛、羊肉来做下酒。须臾之间,狼飧虎咽,算来吃勾有六七十斤的肉,倾尽了六七坛的酒,又教主人将酒肴送过对门楼上,与那未冠的人吃。众人吃完了店中东西,还叫未畅,遂开皮囊,取出鹿蹄、野雉、烧兔等物,笑道:"这是我们的东道,可叫主人来同酌。"东山推逊一回,才来坐下。把眼去逐个瞧了一瞧,瞧到北面左手那一人,毡笠儿垂下,遮着脸不甚分明。猛见他抬起头来,东山仔细一看,吓得魂不附体,只叫得苦。你道那人是谁?正是在雄县劫了骡马钱去的那一个同行少年。东山暗想道:"这番却是死也!我些些生计,怎禁得他要起?况且前日一人尚不敌敌,今人多如此,想必个个是一般英雄,如何是了?"心中忒忒的跳,真如小鹿儿撞,面向酒杯,不敢则一声。众人多起身与主人劝酒。坐定一会,只见北面左手坐的那一个少年把头上毡笠一掀,呼主人道:"东山别来无恙么?往昔承挈同行周旋,至今想念。"东山面如土色,不觉双膝跪下道:"望好汉恕罪!"少年跳离席间,也跪下去,扶起来,挽了他手道:"快莫要作此状!快莫要作此状!羞死人。昔年俺们众兄弟在顺城门店中,闻卿自夸手段天下无敌。众人不平,却教小弟在途间作此一番轻薄事,与卿作耍,取笑一回。然负卿之约,不到得河间。魂梦之间,还记得与卿并辔任丘道上。感卿好情,今当还卿十倍。"言毕,即向囊中取出千金,放在案上,向东山道:"聊当别来一敬,快请收进。"东山如醉如梦,呆了一晌,怕又是取笑,一时不敢应承。那少年见他迟疑,拍手道:"大丈夫岂有欺人的事?东山也是个好汉,直如此胆气虚怯!难道我们弟兄直到得真个取你的银子不成?快收了去。"刘东山见他说话说得慷慨,料不是假,方才如醉初醒,如梦方觉,不敢推辞。走进去与妻子说了,就叫他出来同收拾了进去。

安顿已了，两人商议道："如此豪杰，如此恩德，不可轻慢。我们再须杀牲开酒，索性留他们过宿，顽耍几日则个。"东山出来称谢，就把此意与少年说了，少年又与众人说了。大家道："即是这位弟兄故人，有何不可？只是还要去请问十八兄一声。"便一齐走过对门，与未冠的那一个说话。东山也随了去看，这些人见了那个未冠的，甚是恭谨。那未冠的待他众人甚是庄重。众人把主人要留他们过宿顽耍的话说了，那未冠的说道："好，好，不妨。只是酒醉饭饱，不要贪睡，负了主人殷勤之心。少有动静，俺腰间两刀有血吃了。"众人齐声道："弟兄们理会得。"东山一发莫测其意。众人重到肆中，开怀再饮，又携酒到对门楼上。众人不敢陪，只是十八兄自饮。算来他一个吃的酒肉，比得店中五个人。十八兄吃阑，自探囊中，取出一个纯银笊篱来，煽起炭火，做煎饼自啖。连啖了百余个，收拾了，大踏步出门去，不知所向。直到天色将晚，方才回来，重到对门住下，竟不到刘东山家来。众人自在东山家吃耍。走去对门相见，十八兄也不甚与他们言笑，大是倨傲。

东山疑心不已，背地扯了那同行少年问他道："你们这个十八兄，是何等人？"少年不答应，反去与众人说了，各各大笑起来。不说来历，但高声吟诗曰："杨柳桃花相间出，不知若个是春风？"吟毕，又大笑。住了三日，俱各作别了，结束上马。未冠的在前，其余众人在后，一拥而去。

东山到底不明白，却是骤得了千来两银子，手头从容，又怕生出别事来，搬在城内，另做营去了。后来见人说起此事，有识得的道："详他两句语意，是个'李'字；况且又称十八兄，想必未冠的那人姓李，是个为头的了。看他对众的说话，他恐防有人暗算，故在对门，两处住了，好相照察。亦且不与十人作伴同食，有个尊卑的意思。夜间独出，想又去做甚么勾当来，却也没处查他的确。"

那刘东山一生英雄，遇此一番，过后再不敢说一句武艺上头的话，弃弓折箭，只是守着本分营生度日，后来善终。可见人生一世，再不可自恃高强。那自恃的，只是不曾逢着狠主子哩。有诗单说这刘东山道：

> 生平得尽弓矢力，直到下场逢大敌。
>
> 人世休夸手段高，霸王也有悲歌日。

又有诗说这少年道：

> 英雄从古轻一掷，盗亦有道真堪述。
>
> 笑取千金偿百金，途中竟是好相识。

卷 之 四

程元玉店肆代偿钱　十一娘云冈纵谭侠

赞曰：

红线下世，毒哉仙仙。隐娘出没，跨黑白卫。香丸袅袅，游刃香烟。
崔妾白练，夜半忽失。侠妪条裂，宅众神耳。贾妻断婴，离恨以豁。解洮
娶妇，川陆毕具。三鬟携珠，塔户严扃。车中飞度，尺余一孔。

这一篇《赞》，都是序着从前剑侠女子的事。从来世间有这一家道术，不
论男女，都有习他的。虽非真仙的派，却是专一除恶扶善。功行透了的，也就
借此成仙。所以好事的，类集他做《剑侠传》。又有专把女子类成一书，做《侠
女传》。前面这《赞》上说的，都是女子。

那红线就是潞州薛嵩节度家小青衣。因为魏博节度田承嗣养三千外宅
儿男，要吞并潞州，薛嵩日夜忧闷。红线闻知，弄出剑术手段，飞身到魏博，夜
漏三时，往返七百里，取了他床头金盒归来。明日，魏博搜捕金盒，一军忧疑，
这里却教了使人送还他去。田承嗣一见惊慌，知是剑侠，恐怕取他首级，把邪
谋都息了。后来，红线说出前世是个男子，因误用医药杀人，故此罚为女子，
今已功成，修仙去了。这是红线的出处。

那隐娘姓聂，魏博大将聂锋之女。幼年撞着乞食老尼，摄去教成异术。
后来嫁了丈夫，各跨一蹇驴，一黑一白。蹇驴是卫地所产，故又叫做"卫"。用
时骑着，不用时就不见了，元来是纸做的。他先前在魏帅左右，魏帅与许帅刘
昌裔不和，要隐娘去取他首级。不想那刘节度善算，算定隐娘夫妻该入境，先
叫卫将早至城北候他。约道："但是一男一女，骑黑白二驴的便是。可就传我
命拜迎。"隐娘到许，遇见如此，服刘公神明，便弃魏归许。魏帅知道，先遣精
精儿来杀他，反被隐娘杀了。又使妙手空空儿来。隐娘化为蠛蠓，飞入刘节
度口中，教刘节度将于阗国美玉围在颈上。那空空儿三更来到，将匕首项下
一划，被玉遮了，其声铿然，划不能透。空空儿羞道不中，一去千里，再不来
了。刘节度与隐娘俱得免难。这是隐娘的出处。

那香丸女子同一侍儿住观音里，一书生闲步，见他美貌，心动。旁有恶少

年数人,就说他许多淫邪不美之行,书生贱之。及归家与妻言及,却与妻家有亲,是个极高洁古怪的女子,亲戚都是敬畏他的。书生不平,要替他寻恶少年出气。未行,只见女子叫侍儿来谢道:"郎君如此好心,虽然未行,主母感恩不尽。"就邀书生过去,治酒请他独酌。饮到半中间,侍儿负一皮袋来,对书生道:"是主母相赠的。"开来一看,乃是三四个人头,颜色未变,都是书生平日受他侮害的仇人。书生吃了一惊,怕有累及,急要逃去。侍儿道:"莫怕,莫怕!"怀中取出一包白色有光的药来,用小指甲挑些些弹在头断处,只见头渐缩小,变成李子大。侍儿一个个撮在口中吃了,吐出核来,也是李子。侍儿吃罢,又对书生道:"主母也要郎君替他报仇,杀这些恶少年。"书生谢道:"我如何干得这等事?"侍儿进一香丸道:"不劳郎君动手,但扫净书房,焚此香于炉中,看香烟那里去,就跟了去,必然成事。"又将先前皮袋与他道:"有人头,尽纳在此中,仍旧随烟归来,不要惧怕。"书生依言做去,只见香烟袅袅,行处有光,墙壁不碍。每到一处,遇一恶少年,烟绕颈三匝,头已自落,其家不知不觉。书生便将头入皮袋中。如此数处,烟袅袅归来,书生已随了来。到家尚未三鼓,恰如做梦一般。事完,香丸飞去。侍儿已来,取头弹药,照前吃了,对书生道:"主母传语郎君:这是畏关。此关一过,打点共做神仙便了。"后来不知所往。这女子、书生都不知姓名,只传得有《香丸志》。

那崔妾是:唐贞元年间,博陵崔慎思应进士举,京中赁房居住。房主是个没丈夫的妇人,年止三十余,有容色。慎思遣媒道意,要纳为妻。妇人不肯,道:"我非宦家之女,门楣不对,他日必有悔,只可做妾。"遂随了慎思。二年,生了一子。问他姓氏,只不肯说。一日,崔慎思与他同上了床,睡至半夜,忽然不见。崔生疑心有甚奸情事了,不胜忿怒,遂走出堂前。走来走去,正自彷徨,忽见妇人在屋上走下来,白练缠身,右手持匕首,左手提一个人头,对崔生道:"我父昔年被郡守枉杀,求报数年未得,今事已成,不可久留。"遂把宅子赠了崔生,逾墙而去。崔生惊惶。少顷又来,道是再哺孩子些乳去。须臾出来,道:"从此永别。"竟自去了。崔生回房看看,儿子已被杀死。他要免心中记挂,故如此。所以说"崔妾白练"的话。

那侠妪的事,乃是雍妾修容自言:小时,里中盗起,有一老妪来对他母亲说道:"你家从来多阴德,虽有盗乱,不必惊怕,吾当藏过你等。"袖中取出黑绫二尺,裂作条子,教每人臂上系着一条,道:"但随我来!"修容母子随至一道院,老妪指一个神像道:"汝等可躲在他耳中。"叫修容母子闭了眼,背了他进去。小小神像,他母子住在耳中,却象一间房中,毫不窄隘。老妪朝夜来看,饮食都是他送来。这神像耳孔,只有指头大小,但是饮食到来,耳孔便大起来。后来盗平,仍如前负了归家。修容要拜为师,誓修苦行,报他恩德。老妪说:"仙骨尚微。"不肯收他。后来不知那里去了。所以说"侠妪神耳"的说话。

那贾人妻的,与崔慎思妾差不多。但彼是余干县尉王立,调选流落,遇着美妇,道是元系贾人妻子,夫亡十年,颇有家私,留王立为婿,生了一子。后来,也是一日提了人头回来,道:"有仇已报,立刻离京。"去了复来,说是:"再乳婴儿,以豁离恨。"抚毕便去。回灯塞帐,小儿身首已在两处。所以说"贾妻断婴"的话,却是崔妻也曾做过的。

那解洵是宋时的武职官,靖康之乱,陷在北地,孤苦零落。亲戚怜他,替他另娶一妇为妻。那妇人妆奁丰厚,洵得以存活。偶逢重阳日,想起旧妻坠泪。妇人问知欲归本朝,便替他备办,水陆之费毕具,与他同行。一路水宿山行,防闲营护,皆得其力。到家,其兄解潜军功累积,已为大帅,相见甚喜,赠以四婢。解洵宠爱了,与妇人渐疏。妇人一日酒间责洵道:"汝不记昔年乞食赵魏时事乎?非我,已为饿莩。今一旦得志,便尔忘恩,非大丈夫所为。"洵已有酒意,听罢大怒,奋起拳头,连连打去。妇人忍着,冷笑。洵又唾骂不止。妇人忽然站起,灯烛皆暗,冷气袭人,四妾惊惶仆地。少顷,灯烛复明,四妾才敢起来,看时,洵已被杀在地上,连头都没了。妇人及房中所有,一些不见踪影。解潜闻知,差壮勇三千人各处追捕,并无下落。这叫做"解洵娶妇"。

那三鬟女子,因为潘将军失却玉念珠,无处访寻,却是他与朋侪作戏,取来挂在慈恩寺塔院相轮上面。后潘家悬重赏,其舅王超问起,他许取还。时寺门方开,塔户尚锁,只见他势如飞鸟,已在相轮上,举手示超,取了念珠下来,王超自去讨赏。明日女子已不见了。

那车中女子又是怎说?因吴郡有一举子入京应举,有两少年引他到家,坐定,只见门迎一车进内,车中走出一女子,请举子试技。那举子只会着靴在壁上行得数步。女子叫坐中少年,各呈妙技:有的在壁上行,有的手撮椽子行,轻捷却象飞鸟。举子惊服,辞去。数日后,复见前两少年来借马,举子只得与他。明日,内苑失物,唯收得驮物的马。追问马主,捉举子到内侍省勘问。驱入小门,吏自后一推,倒落深坑数丈。仰望屋顶七八丈,唯见一孔,才开一尺有多。举子苦楚间,忽见一物,如鸟飞下到身边,看时却是前日女子。把绢重系举子胳膊讫,绢头系女子身上,女子腾身飞出宫城。去门数十里乃下,对举子云:"君且归,不可在此!"举人乞食寄宿,得达吴地。这两个女子,便都有些盗贼意思,不比前边这几个报仇雪耻,救难解危,方是修仙正路。然要晓世上有此一种人,所以历历可纪,不是脱空的说话。

　　而今再说一个有侠术的女子,救着一个落难之人,说出许多剑侠的议论,从古未经人道的,真是精绝。有诗为证:

　　　念珠取却犹为戏,若似车中便累人。

　　　试听韦娘一席话,须知正直乃为真。

　　话说徽州府有一商人,姓程名德瑜,表字元玉。禀性简默端重,不妄言笑,忠厚老成。专一走川、陕,做客贩货,大得利息。一日,收了货钱,待要归家,与带去仆人收拾停当,行囊丰满,自不必说。自骑一匹马,仆人骑了牲口,起身行路。来过文、阶道中,与一伙做客的人,同落一个饭店买酒饭吃。正吃之间,只见一个妇人,骑了驴儿,也到店前下了,走将进来。程元玉抬头看时,却是三十来岁的模样,面颜也尽标致,只是装束气质,带些武气,却是雄纠纠的。饭店中客人,个个颠头耸脑,看他说他,胡猜乱语,只有程元玉端坐不瞧。那妇人都看在眼里,吃罢了饭,忽然举起两袖,抖一抖道:"适才忘带了钱来,今饭多吃过了主人的,却是怎好?"那店中先前看他这些人,都笑将起来,有的道:"元来是个骗饭吃的。"有的道:"敢是真个忘了?"有的道:"看他模样,也是个江湖上人,不象个本分的,骗饭的事也有。"那店家后生见说没钱,一把扯住不放。店主又发作道:"青天白日,难道有得你吃了饭不还钱不成!"妇人只说:"不带得来,下次补还。"店主道:"谁认得你!"正难分解,只见程元玉便走上前来,说道:"看此娘子光景,岂是要少这数文钱的? 必是真失带了出来。如何这等逼他?"就把手腰间去摸出一串钱来道:"该多少,都是我还了就是。"店家才放了手,算一算帐,取了钱去。那妇人走到程元玉跟前,再拜道:"公是个长者,愿闻高姓大名,好加倍奉还。"程元玉道:"些些小事,何足挂齿! 还也不消还得,姓名也不消问得。"那妇人道:"休如此说! 公去前面,当有小小惊恐,妾将在此处出些力气报公,所以必要问姓名,万勿隐讳。若要晓得妾的姓氏,但记着韦十一娘便是。"程元玉见他说话有些尴尬,不解其故,只得把名姓说了。妇人道:"妾在城西去探一个亲眷,少刻就到东来。"跨上驴儿,加上一鞭,飞也似去了。

程元玉同仆人出了店门,骑了牲口,一头走,一头疑心。细思适间之话,好不蹊跷。随又忖道:"妇人之言,何足凭准!况且他一顿饭钱尚不能预备,就有惊恐,他如何出力相报得?"以口问心,行了几里。只见途间一人,头带毡笠,身背皮袋,满身灰尘,是个惯走长路的模样,或在前,或在后,参差不一,时常撞见。程元玉在马上问他道:"前面到何处可以宿歇?"那人道:"此去六十里,有杨松镇,是个安歇客商的所在,近处却无宿头。"程元玉也晓得有个杨松镇,就问道:"今日晏了些,还可到得那里么?"那人抬头把日影看了一看道:"我到得,你到不得。"程元玉道:"又来好笑了。我每是骑马的,反到不得,你是步行的,反说到得,是怎的说?"那人笑道:"此间有一条小路,斜抄去二十里,直到河水湾,再二十里,就是镇上。若你等在官路上走,迂迂曲曲,差了二十多里,故此到不及。"程元玉道:"果有小路快便,相烦指示同行,到了镇上,买酒相谢。"那人欣然前行道:"这等,都跟我来。"

那程元玉只贪路近,又见这厮是个长路人,信着不疑,把适间妇人所言惊恐都忘了。与仆人策马,跟了那人,前进那一条路来。初时平坦好走,走得一里多路,地上渐渐多是山根顽石,驴马走甚不便。再行过去,有陡峻高山遮在面前。绕山走去,多是深密林子,仰不见天。程元玉主仆俱慌,埋怨那人道:"如何走此等路?"那人笑道:"前边就平了。"程元玉不得已,又随他走。再度过一个岗子,一发比前崎岖了。程元玉心知中计,叫声"不好!不好!"急掣转马头回走。忽然那人嗯哨一声,山前涌出一干人来:

> 狰狞相貌,劣撅身躯。无非月黑杀人,不过风高放火。盗亦有道,大曾偷习儒者虚声;师出无名,也会剽窃将家实用。人间偶尔呼为盗,世上于今半是君。

程元玉见不是头,自道必不可脱,慌慌忙忙下了马,躬身作揖道:"所有财物,但凭太保取去,只是鞍马衣装,须留下做归途盘费则个。"那一伙强盗听了说话,果然只取包裹来,搜了银两去。程元玉急回身寻时,那马散了缰,也不知那里去了。仆人躲避,一发不知去向。凄凄惶惶,剩得一身,拣个高岗立着,四围一望,不要说不见强盗出没去处,并那仆马消息,杳然无踪。四无人烟,且是天色看看黑将下来,没个道理。叹一声道:"我命休矣!"

　　正急得没出豁，只听得林间树叶窣窣价声响。程元玉回头看时，却是一个人，攀藤附葛而来，甚是轻便。走到面前，是个女子，程元玉见了个人，心下已放下了好些惊恐。正要开口问他，那女子忽然走到程元玉面前来，稽首道："儿乃韦十一娘弟子青霞是也。吾师知公有惊恐，特教我在此等候。吾师只在前面，公可往会。"程元玉听得说是韦十一娘，又与惊恐之说相合，心下就有些望他救答意思，略放胆大些了。随着青霞前往，行不到半里，那饭店里遇着的妇人来了。迎着道："公如此大惊，不早来相接，甚是有罪！公货物已取还，仆马也在，不必忧疑。"程元玉是惊坏了的，一时答应不出。十一娘道："公今夜不可前去。小庵不远，且到庵中一饭，就在此寄宿罢了。前途也去不得。"程元玉不敢违，随了去。

　　过了两个岗子，前见一山陡绝，四周并无联属，高峰插于云外。韦十一娘以手指道："此是云冈，小庵在其上。"引了程元玉，攀萝附木，一路走上。到了陡绝处，韦与青霞共来扶掖，数步一歇。程元玉气喘当不得，他两个就如平地一般。程元玉抬头看高处，恰似在云雾里；及到得高处，云雾又在下面了。约莫有十数里，方得石磴。磴有百来级，级尽方是平地。有茅堂一所，甚是清雅。请程元玉坐了，十一娘又另唤一女童出来，叫做缥云，整备茶果、山簌、松醪，请元玉吃。又叫整饭，意甚殷勤。程元玉方才性定，欠身道："程某自不小心，落了小人圈套。若非夫人相救，那讨性命？只是夫人有何法术制得他，讨得程某货物转来？"十一娘道："吾是剑侠，非凡人也。适间在饭店中，见公修雅，不象他人轻薄，故此相敬。及看公面上，气色有滞，当有忧虞，故意假说乏钱还店，以试公心。见公颇有义气，所以留心，在此相候，以报公德。适间鼠辈无礼，已曾晓谕他过了。"程元玉见说，不觉欢喜敬羡。他从小颇看史鉴，晓得有此一种法术。便问道："闻得剑术起自唐时，到宋时绝了。故自元朝到国朝，竟不闻有此事。夫人在何处学来的？"十一娘道："此术非起于唐，亦不绝于宋。自黄帝受兵符于九天玄女，便有此术。其臣风后习之，所以破得蚩尤。帝以此术神奇，恐人妄用，且上帝立戒甚严，不敢宣扬。但拣一二诚笃之人，口传心授。故此术不曾绝传，也不曾广传。后来张良募来击秦皇，梁王遣来刺袁盎，公孙述使来杀来、岑，李师道用来杀武元衡，皆此术也。此术既不易轻得，唐之藩镇羡慕仿效，极力延致奇踪异迹之人，一时罔利之辈，不顾好歹，皆来为其所用，所以独称唐时有此。不知彼辈诸人,实犯上帝大戒,后来皆得惨祸。所以彼时先师复申前戒,大略:不得妄传人、妄杀人;不得替恶人出力害善人;不得杀人而居其名。此数戒最大。故赵元昊所遣刺客,不敢杀韩魏公;苗傅、刘正彦所遣刺客,不敢杀张德远,也是怕犯前戒耳。”程元玉道:“史称黄帝与蚩尤战,不说有术;张良所募力士,亦不说术;梁王、公孙述、李师道所遣,皆说是盗,如何是术?”十一娘道:“公言差矣!此正吾道所谓不居其名也。蚩尤生有异像,且挟奇术,岂是战阵可以胜得?秦始皇万乘之主,仆从仪卫,何等威焰?且秦法甚严,谁敢击他?也没有击了他可以脱身的。至如袁盎官居近侍,来、岑身为大帅,武相位在台衡,或取之万众之中,直戕之辇毂之下,非有神术,怎做得成?且武元衡之死,并其颅骨也取了去,那时慌忙中,谁人能有此闲工夫?史传元自明白,公不曾详玩其旨耳。”程元玉道:“史书上果是如此。假如太史公所传刺客,想正是此术?至荆轲刺秦王,说他剑术疏,前边这几个刺客,多是有术的了?”十一娘道:“史迁非也。秦诚无道,亦是天命真主,纵有剑术,岂可轻施?至于专诸、聂政诸人,不过义气所使,是个有血性好汉,原非有术。若这等都叫做剑术,世间拼死杀人,自身不保的,尽是术了!”程元玉道:“昆仑摩勒如何?”十一娘道:“这是粗浅的了。聂隐娘、红线方是至妙的。摩勒用形,但能涉历险阻,试他矫健手段。隐娘辈用神,其机玄妙,鬼神莫窥,针孔可度,皮郛可藏,倏忽千里,往来无迹,岂得无术?”

程元玉道:“吾看《虬髯客传》,说他把仇人之首来吃了,剑术也可以报得私仇的?”十一娘道:“不然。虬髯之事,寓言,非真也。就是报仇,也论曲直。若曲在我,也是不敢用术报得的。”程元玉道:“假如术家所谓仇,必是何等为最?”十一娘道:“仇有几等,皆非私仇。世间有做守令官,虐使小民的,贪其贿又害其命的;世间有做上司官,张大威权,专好谄奉,反害正直的;世间有做将帅,只剥军饷,不勤武事,败坏封疆的;世间有做宰相,树置心腹,专害异己,使贤奸倒置的;世间有做试官,私通关节,贿赂徇私,黑白混淆,使不才侥幸,才士屈仰的。此皆吾术所必诛者也!至若舞文的滑吏,武断的士豪,自有刑宰主之;忤逆之子,负心之徒,自有雷部司之。不关我事。”程元玉曰:“以前所言几等人,曾不闻有显受刺客剑仙杀戮的。”十一娘笑道:“岂可使人晓得的?凡此之辈,杀之之道非一:重者或径取其首领及其妻子,不必说了;次者或入其咽,断其喉,或伤其心腹,其家但知为暴死,不知其故;又或用术摄其魂,使他颠蹶狂谬,失志而死;或用术迷其家,使他丑秽迭出,愤郁而死;其有时未到的,但假托神异梦寐,使他惊惧而已。"程元玉道:"剑可得试令吾一看否?"十一娘道:"大者不可妄用,且怕惊坏了你。小者不妨试试。"乃呼青霞、缥云二女童至,吩咐道:"程公欲观剑,可试为之。就此悬崖旋制便了。"二女童应诺。十一娘袖中摸出两个丸子,向空一掷,其高数丈,才坠下来,二女童即跃登树枝梢上,以手接着,毫发不差。各接一丸来,一拂便是雪亮的利刃。程元玉看那树枝,樛曲倒悬,下临绝壑,窅不可测。试一俯瞰,神魂飞荡,毛发森竖,满身生起寒粟子来。十一娘言笑自如,二女童运剑为彼此击刺之状。初时犹自可辨,到得后来,只如两条白练,半空飞绕,并不看见有人。有顿饭时候,然后下来,气不喘,色不变。程元玉叹道:"真神人也!"

　　时已夜深,乃就竹榻上施衾褥,命程在此宿卧,仍加以鹿裘覆之。十一娘与二女童作礼而退,自到石室中去宿了。时方八月天气,程元玉拥裘覆衾,还觉寒凉,盖缘居处高了。天未明,十一娘已起身,梳洗毕。程元玉也梳洗了,出来与他相见了,谢他不尽。十一娘道:"山居简慢,恕罪则个。"又供了早膳。复叫青霞操弓矢下山,寻野味作昼馔。青霞去了一会,无一件将来,回说:"天气早,没有。"再叫缥云去。坐谭未久,缥云提了一雉一兔上山来。十一娘大喜,叫青霞快整治供客。程元玉疑问道:"雉兔山中岂少? 何乃难得如此?"十一娘道:"山中元不少,只是潜藏难求。"程元玉笑道:"夫人神术,何求不得,乃难此雉兔?"十一娘道:"公言差矣! 吾术岂可用来伤物命以充口腹乎? 不唯神理不容,也如此小用不得。雉兔之类,原要挟弓矢、尽人力取之方可。"程元玉深加叹服。

　　须臾,酒至数行。程元玉请道:"夫人家世,愿得一闻。"十一娘踧踖沉吟道:"事多可愧。然公是忠厚人,言之亦不妨。妾本长安人,父母贫,携妾寄寓平凉,手艺营生。父亡,独与母居。又二年,将妾嫁同里郑氏子,母又转嫁了人去。郑子佻达无度,喜侠游,妾屡屡谏他,遂至反目。因弃了妾,同他一伙无籍人到边上立功去,竟无音耗回来了。伯子不良,把言语调戏我,我正色拒之。一日,潜走到我床上来,我提床头剑刺之,着了伤走了。我因思我是一个妇人,既与夫不相得,弃在此间,又与伯同居不便,况且今伤了他,住在此不得了。曾有个赵道姑,自幼爱我,他有神术,道我可传得。因是父母在,不敢自由,而今只索投他去。次日往见道姑,道姑欣然接纳。又道:'此地不可居。吾山中有庵,可往住之。'就挈我登一峰颠,较此处还险峻,有一团瓢在上,就住其中,教我法术。至暮,径下山去,只留我独宿,戒我道:'切勿饮酒及淫色。'我想道:'深山之中,那得有此两事?'口虽答应,心中不然,遂宿在团瓢中床上。至更余,有一男子逾墙而入,貌绝美。我遽惊起,问了不答,叱他不退。其人直前,将拥抱我,我不肯从,其人求益坚。我抽剑欲击他,他也出剑相刺。他剑甚精利,我方初学,自知不及,只得丢了剑,哀求他道:'妾命薄,久已灰心,何忍乱我? 且师有明戒,誓不敢犯。'其人不听,以剑加我颈,逼要从他。我引颈受之,曰:'要死便死,吾志不可夺!'其人收剑,笑道:'可知子心不变矣!'仔细一看,不是男子,元来是赵道姑,作此试我的。因此道我心坚,尽把术来传了。我术已成,彼自远游,我便居此山中了。"程元玉听罢,愈加钦重。

日已将午。辞了十一娘要行。因问起昨日行装仆马,十一娘道:"前途自有人送还,放心前去。"出药一囊送他,道:"每岁服一丸,可保一年无病。"送程下山,直至大路方别。才别去,行不数步,昨日群盗将行李仆马已在路旁等候奉还。程元玉将银钱分一半与他,死不敢受。减至一金做酒钱,也必不肯。问是何故? 群盗道:"韦家娘子有命,虽千里之外,不敢有违。违了他的,他就知道。我等性命要紧,不敢换货用。"程元玉再三叹息,仍旧装束好了,主仆取路前进。

此后不闻十一娘音耗,已是十余年。一日,程元玉复到四川。正在栈道中行,有一少妇人,从了一个秀士行走,只管把眼来瞧他。程元玉仔细看来,也象个素相识的,却是再想不起,不知在那里会过。只见那妇人忽然叫道:"程丈别来无恙乎? 还记得青霞否?"程元玉方悟是韦十一娘的女童,乃与青霞及秀士相见。青霞对秀士道:"此丈便是吾师所重程丈,我也多曾与你说过的。"秀士再与程叙过礼。程问青霞道:"尊师今在何处? 此位又是何人?"青霞道:"吾师如旧。吾丈别后数年,妾奉师命嫁此士人。"程问道:"还有一位缥云何在?"青霞道:"缥云也嫁人了。吾师又另有两个弟子了。我与缥云,但逢着时节,才去问省一番。"程又问道:"娘子今将何往?"青霞道:"有些公事在此要做,不得停留。"说罢作别。看他意态甚是匆匆,一竟去了。

过了数日,忽传蜀中某官暴卒。某官性诡谲好名,专一暗地坑人夺人。那年进场做房考,又暗通关节,卖了举人,屈了真才,有象十一娘所说必诛之数。程元玉心疑道："分明是青霞所说做的公事了。"却不敢说破,此后再也无从相闻。此是吾朝成化年间事。秣陵胡太史汝嘉有《韦十一娘传》。诗云:

> 侠客从来久,韦娘论独奇。
>
> 双丸虽有术,一剑本无私。
>
> 贤佞能精别,恩仇不浪施。
>
> 何当时假腕,划尽负心儿!

卷之五

感神媒张德容遇虎　凑吉日裴越客乘龙

诗曰：

　　每说婚姻是宿缘，定经月老把绳牵。

　　非徒配偶难差错，时日犹然不后先。

话说婚姻事皆系前定，从来说月下老赤绳系足，虽千里之外，到底相合。若不是因缘，眼面前也强求不得的。就是因缘了，时辰未到，要早一日，也不能勾。时辰已到，要迟一日，也不能勾。多是氤氲大使暗中主张，非人力可以安排也。

唐朝时有一个弘农县尹，姓李。生一女，年已及笄，许配卢生。那卢生生得伟貌长髯，风流倜傥，李氏一家尽道是个快婿。一日，选定日子，赘他入宅。当时有一个女巫，专能说未来事体，颇有应验，与他家往来得熟，其日因为他家成婚行礼，也来看看耍子。李夫人平日极是信他的，就问他道："你看我家女婿卢郎，官禄厚薄如何？"女巫道："卢郎不是那个长须后生么？"李母道："正是。"女巫道："若是这个人，不该是夫人的女婿。夫人的女婿，不是这个模样。"李夫人道："吾女婿怎么样的？"女巫道："是一个中形白面，一些髭髯也没有的。"李夫人失惊道："依你这等说起来，我小姐今夜还嫁人不成哩！"女巫道："怎么嫁不成？今夜一定嫁人。"李夫人道："好胡说！既是今夜嫁得成，岂有不是卢郎的事？"女巫道："连我也不晓得缘故。"道言未了，只听得外面鼓乐喧天，卢生来行纳采礼，正在堂前拜跪。李夫人拽着女巫的手，向后堂门缝里指着卢生道："你看这个行礼的，眼见得今夜成亲了，怎么不是我女婿？好笑！好笑！"那些使数养娘们见夫人说罢，大家笑道："这老妈妈惯扯大谎，这番不准了。"女巫只不做声。

须臾之间，诸亲百眷都来看成婚盛礼。元来唐时衣冠人家，婚礼极重。合卺之夜，凡属两姓亲朋，无有不来的。就中有引礼、赞礼之人，叫做"傧相"，都不是以下人做，就是至亲好友中间，有礼度熟闲、仪客出众、声音响亮的，众人就推举他做了，是个尊重的事。其时卢生同了两个傧相，堂上赞拜。礼毕，新人入房。卢生将李小姐灯下揭巾一看,吃了一惊,打一个寒襟,叫声"阿呀!"往外就走。亲友问他,并不开口,直走出门,跨上了马,连加两鞭,飞也似去了。宾友之中,有几个与他相好的,要问缘故。又有与李氏至戚的,怕有别话错了时辰,要成全他的,多来追赶。有的赶不上,罢了,有赶着的,问他劝他,只是摇手道:"成不得!成不得!"也不肯说出缘故来,抵死不肯回马。众人计无所出,只得走转来,把卢生光景说了一遍。

那李县令气得目睁口呆,大喊道:"成何事体!成何事体!"自思女儿一貌如花,有何作怪?今且在众亲友面前说明,好教他们看个明白。因请众亲戚都到房门前,叫女儿出来拜见。就指着道:"这个便是许卢郎的小女,岂有惊人丑貌?今卢郎一见就走,若不教他见见众位,到底认做个怪物了!"众人抬头一看,果然丰姿冶丽,绝世无双。这些亲友也有说是卢郎无福的,也有说卢郎无缘的,也有道日子差池犯了凶煞的,议论一个不定。李县令气忿忿地道:"料那厮不能成就,我也不伏气与他了。我女儿已奉见宾客,今夕嘉礼,不可虚废。宾客里面有愿聘的,便赴今夕佳期。有众亲在此作证明,都可做大媒。"只见傧相之中,有一人走近前来,不慌不忙道:"小子不才,愿事门馆。"众人定睛看时,那人姓郑,也是拜过官职的。面如傅粉,唇若涂朱,下颏上真个一根髭须也不曾生,且是标致。众人齐喝一声采道:"如此小姐,正该配此才郎!况且年貌相等,门阀相当。"就中推两位年高的为媒,另择一个年少的代为傧相。请出女儿,交拜成礼,且应佳期。一应未备礼仪,婚后再补。是夜竟与郑生成了亲。郑生容貌果与女巫之言相合,方信女巫神见。

成婚之后,郑生遇着卢生,他两个原相交厚的,问其日前何故如此。卢生道:"小弟揭巾一看,只见新人两眼通红,大如朱盏,牙长数寸,爆出口外两边。那里是个人形?与殿壁所画夜叉无二。胆俱吓破了,怎不惊走?"郑生笑道:"今已归小弟了。"卢生道:"亏兄如何熬得?"郑生道:"且请到弟家,请出来与兄相见则个。"卢生随郑生到家,李小姐梳妆出拜,天然绰约,绝非房中前日所见模样,懊悔无及。后来闻得女巫先曾有言,如此如此,晓得是个定数,叹住罢了。正合着古语两句道:

　　　　有缘千里能相会,无缘对面不相逢。

而今再说一个唐时故事:乃是乾元年间,有一个吏部尚书,姓张名镐。有第二位小姐,名唤德容。那尚书在京中任上时,与一个仆射姓裴名冕的,两个往来得最好。裴仆射有第三个儿子，曾做过蓝田县尉的，叫做裴越客。两家门当户对，张尚书就把这个德容小姐许下了他亲事，已拣定日子成亲了。

却说长安西市中有个算命的老人，是李淳风的族人，叫做李知微，星数精妙。凡看命起卦，说人吉凶祸福，必定断下个日子，时刻不差。一日，有个姓刘的，是个应袭荫子，到京理荫求官，数年不得。这一年已自钻求要紧关节，叮嘱停当，吏部试判已毕，道是必成。闻西市李老之名，特来请问。李老卜了一封，笑道："今年求之不得，来年不求自得。"刘生不信。只见吏部出榜，为判上落了字眼，果然无名。到明年又在吏部考试，他不曾央得人情，仰且自度书判中下，未必合式，又来西市问李老。李老道："我旧岁就说过的，君官必成，不必忧疑。"刘生道："若得官，当在何处？"李老道："禄在大梁地方。得了后，你可再来见我，我有话说。"吏部榜出，果然选授开封县尉。刘生惊喜，信之如神，又去见李老。李老道："君去为官，不必清俭，只消恣意求取，自不妨得。临到任满，可讨个差使，再入京城，还与君推算。"刘生记着言语，别去到任。那边州中刺史见他旧家人物，好生委任他。刘生想着李老之言，广取财贿，毫无避忌。上下官吏都喜欢他，再无说话。到得任满，贮积千万。遂见刺史，讨个差使。刺史依允，就教他部着本州租税解京。到了京中，又见李老。李老道："公三日内即要迁官。"刘生道："此番进京，实要看个机会，设法迁转。却是三日内如何能勾？况未是那升迁日期，这个未必准了。"李老道："决然不差，迁官也就在彼郡。得了后，可再来相会，还有说话。"刘生去了，明日将州中租赋到左藏库交纳。正到库前，只见东南上倏大一只五色鸟，飞来库藏屋顶住着，文彩辉煌，百鸟喧噪，弥天而来。刘生大叫："奇怪！奇怪！"一时惊动了内官宫监大小人等，都来看嚷。有识得的道："此是凤凰也！"那大鸟住了一会，听见喧闹之声，即时展翅飞起，百鸟渐渐散去。此话闻至天子面前，龙颜大喜，传出敕命来道："那个先见的，于原身官职加升一级改用。"内官查得真实，却是刘生先见，遂发下吏部，迁授浚仪县丞。果是三日，又就在此州。刘生愈加敬信李老，再来问此去为官之方。李老云："只须一如前政。"刘生依言，仍旧恣意贪取，又得了千万。任满赴京听调，又见李老。李老曰："今番当得一邑正官，分毫不可妄取了。慎之！慎之！"刘生果授寿春县宰。他是两任得惯了的手脚，那里忍耐得住？到任不久，旧性复发，把李老之言，丢过一边。偏生前日多取之言好听，当得个谨依来命；今日不取之言迂阔，只推道未可全信。不多时,上官论劾追赃,削职了。又来问李老道:"前两任只叫多取,今却叫不可妄取,都有应验,是何缘故?"李老道:"今当与公说明,公前世是个大商,有二千万资财,死在汴州,其财散在人处。公去做官,原是收了自家旧物,不为妄取,所以一些无事。那寿春一县之人,不曾欠公的,岂可过求?如今强要起来,就做坏了。"刘生大伏,惭悔而去。凡李老之验,如此非一,说不得这许多,而今且说正话。

那裴仆射家拣定了做亲日期,叫媒人到张尚书家来通信道日。张尚书闻得李老许多神奇灵应,便叫人接他过来,把女儿八字与婚期,教他合一合看,怕有什么冲犯不宜。李老接过八字,看了一看,道:"此命喜事不在今年,亦不在此方。"尚书道:"只怕日子不利,或者另改一个也罢,那有不在今年之理?况且男女两家,都在京中,不在此方,更在何处?"李老道:"据看命数已定,今年决然不得成亲,吉日自在明年三月初三日。先有大惊之后,方得会合,却应在南方。冥数已定,日子也不必选,早一日不成,迟一日不得。"尚书似信不信的道:"那有此话?"叫管事人封个赏封,谢了去。刚出得门,裴家就来接了去,也为婚事将近,要看看休咎。李老到了裴家,占了一卦道:"怪哉!怪哉!此卦恰与张尚书家的命数,正相符合。"遂取文房四宝出来,写了一柬道:

　　三月三日,不迟不疾。水浅舟胶,虎来人得。惊则大惊,吉则大吉。

裴越客看了,不解其意,便道:"某正为今年尚书府亲事只在早晚,问个吉凶。这'三月三日'之说,何也?"李老道:"此正是婚期。"裴越客道:"日子已定,眼见得不到那时了。不准,不准!"李老道:"郎君不得性急。老汉所言,万无一误。"裴越客道:"'水浅舟胶,虎来人得。'大略是不祥的说话了。"李老道:"也未必不祥,应后自见。"作别过了。

正待要欢天喜地,指日成亲,只见补阙、拾遗等官,为选举不公,文章论劾吏部尚书。奉圣旨:谪贬张镐为辰州司户,即日就道。张尚书叹道:"李知微之言,验矣!"便教媒人回复裴家,约定明年三月初三,到辰州成亲。自带了家眷,星夜到贬处去了。元来唐时大官谪贬甚是萧条,亲眷避忌,不十分肯与往来的,怕有朝廷不测,时时忧恐。张尚书也不把裴家亲事在念了。

裴越客得了张家之信,吃了一惊,暗暗道:"李知微好准卦!毕竟要依他的日子了。"真是到手佳期,却成虚度,闷闷不乐,过了年节。一开新年,便打点束装,前赴辰州成婚。那越客是豪奢公子,规模不小。坐了一号大座船,满载行李辎重，家人二十多房，养娘七八个，安童七八个，择日开船。越客恨不得肋生双翅，脚下腾云，一眨眼就到宸州。行了多日，已是二月尽边，皆因船只狼犺，行李重，一日行不上百来里路，还有搁着浅处，弄了几日才弄得动的，还差宸州三百里远近。越客心焦，恐怕张家不知他在路上，不打点得，错过所约日子。一面舟行，一面打发一个家人，在岸路驿中讨了一匹快马，先到宸州报信。家人星夜不停，报入宸州来。那张尚书身在远方，时怀忧闷，况且不知道裴家心下如何，未知肯不嫌路远来赴前约否。正在思忖不定，得了此报，晓得裴郎已在路上将到，不胜之喜。走进衙中，对家眷说了，俱各欢喜不尽。

此时已是三月初二日了，尚书道："明日便是吉期。如何来得及？但只是等裴郎到了，再定日未迟。"是夜因为德容小姐佳期将近，先替他簪了髻，设宴在后花园中，会集衙中亲丁女眷，与德容小姐添妆把盏。那花园离衙斋将有半里，宸州是个山深去处。虽然衙斋左右，多是些丛林密箐，与山林之中无异，可也幽静好看。那德容小姐同了衙中姑姨姊妹，尽意游玩。酒席既阑，日色已暮，都起身归衙。众女眷或在前，或在后，大家一头笑语，一头行走。正在喧哄之际，一阵风过，竹林中腾地跳出一个猛虎来，擒了德容小姐便走。众女眷吃了一惊，各各逃窜。那虎已自跳入薋荟之处，不知去向了。众人性定，奔告尚书得知，合家啼哭得不耐烦。那时夜已昏黑，虽然聚得些人起来，四目相视，束手无策。无非打了火把，四下里照得一照，知他在何路上可以救得？干闹嚷了一夜，一毫无干。到得天晓，张尚书噙着眼泪，点起人夫，去寻骸骨。漫山遍野，无处不到，并无一些下落。张尚书又恼又苦，不在话下。

且说裴越客已到定州界内石矸江中。那江中都是些山根石底，重船到处触碍，一发行不得。已是三月初二日了，还差几十里。越客道："似此行去，如何赶得明日到？"心焦背热，与船上人发极嚷乱。船上人道："这是用不得性的！我们也巴不得到了讨喜酒吃，谁耐烦在此延挨？"裴越客道："却是明日吉期，这等担阁怎了？"船上人道："只是船重得紧，所以只管搁浅。若要行得快，除非上了些岸，等船轻了好行。"越客道："有理，有理。"他自家着了急的，叫住了船，一跳便跳上了岸，招呼众家人起来。那些家人见主人已自在岸上了，谁敢不上？一走就走了二十多人起来，那船早自轻了。越客在前，众家人在后，一路走去。那船好转动，不比先前，自在江中相傍着行。行得四五里，天色将晚。看见岸旁有板屋一间,屋内有竹床一张,越客就走进屋内,叫仆童把竹床上扫拂一扫拂,坐了歇一歇气再走。这许多僮仆,都站立左右,也有站立在门外的。正在歇息,只听得树林中飕飕的风响。于时一线月痕和着星光,虽不甚明白,也微微看得见,约莫风响处,有一物行走甚快。将到近边,仔细看去,却是一个猛虎背负一物而来。众人惊惶,连忙都躲在板屋里来。其虎看看至近,众人一齐敲着板屋呐喊,也有把马鞭子打在板上,振得一片价响。那虎到板屋侧边,放下背上的东西,抖抖身子,听得众人叫喊,象似也有些惧怕,大吼一声,飞奔入山去了。

众人在屋缝里张着,看那放下的东西,恰象个人一般,又恰象在那里有些动。等了一会,料虎去远了,一齐捏把汗出来看时,却是一个人,口中还微微气喘。来对越客说了,越客分付众人救他,慌忙叫放船拢岸。众人扛扶其人上了船,叫快快解了缆开去,恐防那虎还要寻来。船行了半响,越客叫点起火来看。舱中养娘们各拿蜡烛点起,船中明亮。看那人时,却是:

　　眉弯杨柳,脸绽芙蓉。喘吁吁吐气不齐,战兢兢惊神未定。头垂发乱,是个醉扶上马的杨妃;目闭唇张,好似死乍还魂的杜丽。面庞勾可十七八,美艳从来无二三。

越客将这女子上下看罢,大惊说道:"看他容颜衣服,决不是等闲村落人家的。"叫众养娘好生看视。众养娘将软褥铺衬,抱他睡在床上,解看衣服,尽被树林荆刺抓破,且喜身体毫无伤痕。一个养娘替他将乱发理清梳通了,挽起一髻,将一个手帕替他扎了。拿些姜汤灌他,他微微开口,咽下去了。又调些粥汤来灌他。弄了三四更天气,看看苏醒,神安气集。忽然抬起头来,开目一看,看见面前的人一个也不认得,哭了一声,依旧眠倒了。这边养娘们问他来历、缘故及遇虎根由,那女子只不则声,凭他说来说去,竟不肯答应一句。

渐渐天色明了,岸上有人走动,这边船上也着水夫上纤。此时离州城只有三十里了。听得前面来的人,纷纷讲说道:"张尚书第二位小姐,昨夜在后花园中游赏,被虎扑了去,至今没寻尸骸处。"有的道:"难道连衣服都吃尽了不成?"水夫闻得此言,想着夜来的事,有些奇怪,商量道:"船上那话儿莫不正是?"就着一个下船来,把路上人来的说话,禀知越客。越客一发惊异道:"依此说话,被虎害的正是这定下的娘子了。这船中救得的,可是不是?"连忙叫一个知事的养娘来,分付他道:"你去对方才救醒的小娘子说,问可是张家德容小姐不是。"养娘依言去问，只见那女子听得叫出小名来，便大哭将起来，道："你们是何人，晓得我的名字？"养娘道："我们正是裴官人家的船，正为来赴小姐佳期，船行的迟，怕赶日子不迭，所以官人只得上岸行走，谁知却救了小姐上船，也是天缘分定。"那小姐方才放下了心，便说："花园遇虎，一路上如腾云驾雾，不知行了多少路，自拼必死，被虎放下地时，已自魂不附体了。后来不知如何却在船上。"养娘把救他的始末说了一遍，来复越客道："正是这个小姐。"越客大喜，写了一书，差一个人飞报到州里尚书家来。

尚书正为女儿骸骨无寻，又且女婿将到，伤痛无奈，忽见裴家苍头有书到，愈加感切。拆开来看，上写道：

> 趋赴嘉礼，江行舟涩。从陆倍道，忽遇虎负爱女至。惊逐之顷，虎去而人不伤。今完善在舟，希示进止！子婿裴越客百拜。

尚书看罢，又惊又喜。走进衙中说了，满门叹异。尚书夫人便道："从来罕闻奇事。想是为吉日赶不及了，神明所使。今小姐既在裴郎船上了，还可赶得今朝成亲。"尚书道："有理，有理。"就叫鞴一匹快马，带了仪从，不上一个时辰，赶到船上来。翁婿相见，甚喜。见了女儿，又悲又喜，安慰了一番。尚书对裴越客道："好教贤婿得知，今日之事，旧年间李知微已断定了，说成亲毕竟要今日。昨晚老夫见贤婿不能勾就到，道是决赶不上今日这吉期，谁想有此神奇之事，把小女竟送到尊舟？如今若等尊舟到州城，水路难行，定不能勾。莫若就在尊舟，结了花烛，成了亲事，明日慢慢回衙，这吉期便不错过了。"裴越客见说，便想道："若非岳丈之言，小婿几乎忘了。旧年李知微题下六句。首二句道：'三月三日，不迟不疾。'若是小婿在舟行时，只疑迟了，而今虎送将来，正应着今日。中二句道：'水浅舟胶，虎来人得。'小婿起初道不祥之言，谁知又应着这奇事。后来二句：'惊则大惊，吉则大吉。'果然这一惊不小，谁知反因此凑着吉期。李知微真半仙了！"张尚书就在船边分派人，唤起候相，办下酒席，先在舟中花烛成亲，合卺饮宴。礼毕，张尚书仍旧鞴马先回，等他明日舟到，接取女儿女婿。

是夜，裴越客遂同德容小姐，就在舟中共入鸳帏欢聚。少年夫妇，极尽于飞之乐。明日舟到，一同上岸，拜见丈母诸亲。尚书夫人及姑姨姊妹、合衙人等，看见了德容小姐，恰似梦中相逢一般。欢喜极了，反有堕下泪来的。人人说道："只为好日来不及，感得神明之力，遣个猛虎做媒，把百里之程顷刻送到。从来无此奇事。"这话传出去,个个奇骇,道是新闻。民间各处,立起个"虎媒之祠"。但是有婚姻求合的,虔诚祈祷,无有不应。至今黔峡之间,香火不绝。于时有六句口号:

仙翁知微,判成定数。

虎是神差,佳期不挫。

如此媒人,东道难做。

卷 之 六

酒下酒赵尼媪迷花　机中机贾秀才报怨

诗曰：

色中饿鬼是僧家，尼扮蹊来不较差。

况是能通闺阁内，但教着手便勾叉。

话说三姑六婆，最是人家不可与他往来出入。盖是此辈功夫又闲，心计又巧，亦且走过千家万户，见识又多，路数又熟，不要说那些不正气的妇女，十个着了九个儿，就是一些针缝也没有的，他会千方百计弄出机关，智赛良、平，辩同何、贾，无事诱出有事来。所以宦户人家有正经的，往往大张告示，不许出入。其间一种最狠的，又是尼姑。他借着佛天为由，庵院为囤，可以引得内眷来烧香，可以引得子弟来游耍。见男人问讯称呼，礼数毫不异僧家，接对无妨；到内室念佛看经，体格终须是妇女，交搭更便。从来马泊六、撮合山，十桩事到有九桩是尼姑做成、尼庵私会的。

只说唐时有个妇人狄氏，家世显宦，其夫也是个大官，称为夫人。夫人生得明艳绝世，名动京师。京师中公侯戚里人家妇女，争宠相骂的，动不动便道："你自逞标致，好歹到不得狄夫人，乃敢欺凌我！"美名一时无比，却又资性贞淑，言笑不苟，极是一个有正经的妇人。于时西池春游，都城士女欢集，王侯大家，油车帘幕，络绎不绝。狄夫人免不得也随俗出游。有个少年风流在京候选官的，叫做滕生。同在池上，看见了这个绝色模样，惊得三魂飘荡，七魄飞扬，随来随去，目不转睛。狄氏也抬起眼来，看见滕生风流行动，他一边无心的，却不以为意。争奈滕生看得痴了，恨不得寻口冷水，连衣服都吞他的在肚里去。问着旁边人，知是有名美貌的狄夫人。车马散了，滕生快快归来，整整想了一夜。自是行忘止，食忘飧，却象掉下了一件甚么东西的，无时无刻不在心上。熬煎不过，因到他家前后左右，访问消息，晓得平日端洁，无路可通。滕生想道："他平日岂无往来亲厚的女眷？若问得着时，或者寻出机会来。"仔细探访，只见一日他门里走出一个尼姑来。滕生尾着去，问路上人，乃是静乐院主慧澄，惯一在狄夫人家出入的。滕生便道："好了，好了。"连忙跑到下处,将银十两封好了,急急赶到静乐院来。问道:"院主在否?"慧澄出来,见是一个少年官人,请进奉茶。稽首毕,便问道:"尊姓大名? 何劳贵步?"滕生通罢姓名,道:"别无他事,久慕宝房清德,少备香火之资,特来随喜。"袖中取出银两递过来。慧澄是个老世事,一眼瞅去,觉得沉重,料道有事相央,口里推托"不当",手中已自接了,谢道:"承蒙厚赐,必有所言。"滕生只推没有别话,表意而已,别了回寓。慧澄想道:"却不奇怪! 这等一个美少年,想我老尼什么? 送此厚礼,又无别话。"一时也委决不下。

只见滕生每日必来院中走走,越见越加殷勤,往来渐熟了。慧澄一日便问道:"官人含糊不决,必有什么事故,但有见托,无不尽力。"滕生道:"说也不当,料是做不得的。但只是性命所关,或者希冀老师父万分之一,出力救我,事若不成,拚个害病而死罢了。"慧澄见说得尴尬,便道:"做得做不得,且说来!"滕生把西池上遇见狄氏,如何标致,如何想慕,若得一了夙缘,万金不惜,说了一遍。慧澄笑道:"这事却难,此人与我往来,虽是标致异常,却毫无半点瑕疵,如何动得手?"滕生想一想,问道:"师父既与他往来,晓得他平日好些什么?"慧澄道:"也不见他好甚东西。"滕生又道:"曾托师父做些甚么否?"慧澄道:"数日前托我寻些上好珠子,说了两三遍。只有此一端。"滕生大笑道:"好也! 好也! 天生缘分。我有个亲戚是珠商,有的是好珠。我而今下在他家,随你要多少是有的。"即出门雇马,如飞也似去了。

一会,带了两袋大珠,来到院中,把与慧澄看道:"珠值二万贯,今看他标致分上,让他一半,万贯就与他了。"慧澄道:"其夫出使北边,他是个女人在家,那能凑得许多价钱?"滕生笑道:"便是四五千贯也罢,再不,千贯数百贯也罢。若肯圆成好事,一个钱没有也罢了。"慧澄也笑道:"好痴话! 既有此珠,我与你仗苏、张之舌,六出奇计,好歹设法来院中走走。此时再看机会,弄得与你相见一面,你自放出手段来,成不成看你造化,不关我事。"滕生道:"全仗高手救命则个。"

慧澄笑嘻嘻地提了两囊珠子,竟望狄夫人家来。与夫人见礼毕,夫人便问:"囊中何物?"慧澄道:"是夫人前日所托寻取珠子,今有两囊上好的,送来夫人看看。"解开囊来,狄氏随将手就囊中取起来看,口里啧啧道:"果然好珠!"看了一看,爱玩不已。问道:"要多少价钱?"慧澄道:"讨价万贯。"狄氏惊道:"此只讨得一半价钱,极是便宜。但我家相公不在,一时凑不出许多来,怎么处?"慧澄扯狄氏一把道:"夫人,且借一步说话。"狄氏同他到房里来。慧澄说道:"夫人爱此珠子,不消得钱。此是一个官人要做一件事的。"说话的,难道好人家女眷面前,好直说得道"送此珠子求做那件事一场"不成?看官,不要性急,你看那尼姑巧舌,自有宛转。当时狄氏问道:"此官人要做何事?"慧澄道:"是一个少年官人,因仇家诬枉,失了官职,只求一关节到吏部辨白是非,求得复任,情愿送此珠子。我想夫人兄弟及相公伯叔辈,多是显要,夫人想一门路指引他,这珠子便不消钱了。"狄氏道:"这等,你且拿去还他,我慢慢想一想,有了门路再处。"慧澄道:"他事体急了,拿去,他又寻了别人,那里还捞得他珠子转来?不如且留在夫人这里,对他只说有门路,明日来讨回音罢。"狄氏道:"这个使得。"慧澄别了,就去对滕生一一说知。滕生道:"今将何处?"慧澄道:"他既看上珠子,收下了,不管怎地,明日定要设法他来,看手段!"滕生又把十两银子与他了,叫他明日早去。

那边狄氏别了慧澄,再把珠子细看,越看越爱。便想道:"我去托弟兄们,讨此分上不难,这珠眼见得是我的了。"元来人心不可有欲,一有欲心被人窥破,便要落入圈套。假如狄氏不托尼姑寻珠,便无处生端;就是见了珠子,有钱则买,无钱便罢,一则一,二则二,随你好汉,动他分毫不得。只为欢喜这珠子,又凑不出钱,便落在别人机彀中,把一个冰清玉洁的弄得没出豁起来。却说狄氏明日正在思量这事,那慧澄也来了,问道:"夫人思量事体可成否?"狄氏道:"我昨夜为他细想一番,门路却有,管取停当。"慧澄道:"却有一件难处,动万贯事体,非同小可。只凭我一个贫姑,秤起来,肉也不多几斤的。说来说去,宾主不相识,便道做得事来,此人如何肯信?"狄氏道:"是到也是,却待怎么呢?"慧澄道:"依我愚见,夫人只做设斋,到我院中,等此官人只做无心撞见,两下觌面照会,这使得么?"狄氏是个良人心性,见说要他当面见生人,耳根通红起来,摇手道:"这如何使得!"慧澄也变起脸来道:"有甚么难事?不过等他自说一番缘故,这里应承做得,使他别无疑心,方才的确。若夫人道见面使不得,这事便做不成,只索罢了,不敢相强。"狄氏又想了一想道:"既是老师父主见如此,想也无妨。后二日我亡兄忌日,我便到院中来做斋。但只叫他立谈一两句,就打发去,须防耳目不雅。"慧澄道:"本意原只如此,说罢了正话,留他何干?自不须断当得。"慧澄期约已定,转到院中,滕生已先在,把上项事一一说了。滕生拜谢道:"仪、秦之辩,不过如此矣!"巴到那日,慧澄清早起来，端正斋筵。先将滕生藏在一个人迹不到的静室中，桌上摆设精致酒肴，把门掩上了。慧澄自出来外厢支持，专等狄氏。正是：

　　安排扑鼻香芳饵，专等鲸鲵来上钩。

　　狄氏到了这日晡时，果然盛妆而来。他恐怕惹人眼目，连童仆都打发了去，只带一个小丫鬟进院来。见了慧澄，问道："其人来未？"慧澄道："未来。"狄氏道："最好。且完了斋事。"慧澄替他宣扬意旨，祝赞已毕，叫一个小尼领了丫鬟别处顽耍，对狄氏道："且到小房一坐。"引狄氏转了几条暗弄，至小室前，搴帘而入。只见一个美貌少年独自在内，满桌都是酒肴，吃了一惊，便欲避去。慧澄便捣鬼道："正要与夫人对面一言，官人还不拜见！"滕生卖弄俊俏，连忙趋到跟前，劈面拜下去。狄氏无奈，只得答他。慧澄道："官人感夫人盛情，特备一卮酒谢夫人。夫人鉴其微诚，万勿推辞！"狄氏欲待起身，抬起眼来，元来是西池上曾面染过的。看他生得少年，万分清秀可喜，心里先自软了。带着半羞半喜，呐出一句道："有甚事，但请直说。"慧澄挽着狄氏衣袂道："夫人坐了好讲，如何彼此站着？"滕生满斟着一杯酒，笑嘻嘻的唱个肥喏，双手捧将过来安席。狄氏不好却得，只得受了，一饮而尽。慧澄接着酒壶，也斟下一杯。狄氏会意，只得也把一杯回敬。眉来眼去，狄氏把先前矜庄模样都忘怀了。又问道："官人果要补何官？"滕生便把眼睃慧澄一睃道："师父在此，不好直说。"慧澄道："我便略回避一步。"跳起身来就走，扑地把小门关上了。

　　说时迟，那时快。滕生便移了己坐，挨到狄氏身边，双手抱住道："小子自池上见了夫人，朝思暮想，看看等死，只要夫人救小子一命。夫人若肯周全，连身躯性命也是夫人的了，甚么得官不得官，放在心上？"双膝跪将下去。狄氏见他模样标致，言词可怜，千夫人万夫人的哀求，真个又惊又爱。欲要叫喊，料是无益。欲要推托，怎当他两手紧紧抱住。就跪的势里，一直抱将起来，走到床前，放倒床里，便去乱扯小衣。狄氏也一时动情，淫兴难遏，没主意了。虽也左遮右掩，终久不大阻拒，任他舞弄起来。那滕生是少年在行，手段高强，弄得狄氏遍体酥麻，阴精早泄。原来狄氏虽然有夫，并不曾经着这般境界，欢喜不尽。云雨既散，挈其手道："子姓甚名谁？若非今日，几虚做了一世人。自此夜夜当与子会。"滕生说了姓名，千恩万谢。恰好慧澄开门进来，狄氏羞惭不语。慧澄道："夫人勿怪！这官人为夫人几死，贫道慈悲为本，设法夫人救他一命，胜造七级浮图。"狄氏道："你哄得我好！而今要在你身上，夜夜送他到我家来便罢。"慧澄道:"这个当得。"当夜散去。

　　此后每夜便开小门放滕生进来,并无虚夕。狄氏心里爱得紧,只怕他心上不喜欢,极意奉承。滕生也尽力支陪,打得火块也似热的。过得数月,其夫归家了,略略踪迹稀些。然但是其夫出去了,便叫人请他来会。又是年余,其夫觉得有些风声,防闲严切,不能往来。狄氏思想不过,成病而死。本等好好一个妇人,却被尼姑诱坏了身体,又送了性命。然此还是狄氏自己水性,后来有些动情,没正经了,故着了手。

　　而今还有一个正经的妇人,中了尼姑毒计,到底不甘,与夫同心合计,弄得尼姑死无葬身之地。果是快心,罕闻罕见。正合着《普门品》云:

　　　　咒咀诸毒药,所欲害身者。

　　　　念彼观音力,还着于本人。

　　话说婺州一个秀才,姓贾,青年饱学,才智过人。有妻巫氏,姿容绝世,素性贞淑。两口儿如鱼似水,你敬我爱,并无半句言语。那秀才在大人家处馆读书,长是半年不回来。巫娘子只在家里做生活,与一个侍儿叫做春花过日。那娘子一手好针线绣作,曾绣一幅观音大士,绣得庄严色相,俨然如生。他自家十分得意,叫秀才拿到裱褙店里裱着,见者无不赞叹。裱成画轴,取回来挂在一间洁净房里,朝夕焚香供养。只因一念敬奉观音,那条街上有一个观音庵,庵中有一个赵尼姑,时常到他家来走走。秀才不在家时,便留他在家做伴两日。赵尼姑也有时请他到庵里坐坐,那娘子本分,等闲也不肯出门,一年也到不得庵里一两遭。

　　一日春间,因秀才不在,赵尼姑来看他,闲话了一会,起身送他去。赵尼姑道:"好天气,大娘便同到外边望望。"也是合当有事,信步同他出到自家门首,探头门外一看,只见一个人,谎子打扮的,在街上摆来,被他劈面撞见。巫娘子连忙躲了进来,掩在门边,赵尼姑却立定着。元来那人认得赵尼姑的,说道:"赵师父,我那处寻你不到,你却在此。我有话和你商量则个。"尼姑道:"我别了这家大娘来和你说。"便走进与巫娘子作别了。这边巫娘子关着门,自进来了。

　　且说那叫赵尼姑这个谎子打扮的人,姓卜名良,乃是婺州城里一个极淫荡不长进的。看见人家有些颜色的女人,便思勾搭上场,不上手不休。亦且淫滥之性,不论美恶,都要到手,所以这些尼姑,多有与他往来的,有时做他牵头,有时趁着绰趣。这赵尼姑有个徒弟,法名本空,年方二十余岁,尽有姿容。那里算得出家? 只当老尼养着一个粉头一般,陪人歇宿,得人钱财,但只是瞒着人做。这个卜良就是赵尼姑一个主顾。当日赵尼姑别了巫娘子,赶上了他,问道:"卜官人,有甚说话?"卜良道:"你方才这家,可正是贾秀才家?"赵尼姑道:"正是。"卜良道:"久闻他家娘子生得标致,适才同你出来掩在门里的,想正是他了。"赵尼姑道:"亏你聪明,他家也再无第二个。不要说他家,就是这条街上,也没再有似他标致的。"卜良道:"果然标致,名不虚传! 几时再得见见,看个仔细便好。"赵尼姑道:"这有何难! 二月十九日观音菩萨生辰,街上迎会,看的人,人山人海,你便到他家对门楼上,赁间房子住下了。他独自在家里,等我去约他出来,门首看会,必定站立得久。那时任凭你窗眼子张着,可不看一个饱?"卜良道:"妙,妙!"

到了这日,卜良依计到对门楼上住下,一眼望着贾家门里。只见赵尼姑果然走进去,约了出来。那巫娘子一来无心,二来是自己门首,只怕街上有人瞧见,怎提防对门楼上暗地里张他? 卜良从头至尾,看见仔仔细细。直待进去了,方才走下楼来。恰好赵尼姑也在贾家出来了,两个遇着。赵尼姑笑道:"看得仔细么?"卜良道:"看倒看得仔细了,空想无用,越看越动火,怎生到到手便好?"赵尼姑道:"阴沟洞里思量天鹅肉吃! 他是个秀才娘子,等闲也不出来。你又非亲非族,一面不相干,打从那里交关起? 只好看看罢了。"一头说,一头走到了庵里。卜良进了庵,便把赵尼姑跪一跪道:"你在他家走动,是必在你身上想一个计策,勾他则个。"赵尼姑摇头道:"难,难,难!"卜良道:"但得尝尝滋味,死也甘心。"赵尼姑道:"这娘子不比别人,说话也难轻说的。若要引动他春心,与你往来,一万年也不能勾! 若只要尝尝滋味,好歹硬做他一做,也不打紧。却是性急不得。"卜良道:"难道强奸他不成?"赵尼姑道:"强是不强,不由得他不肯。"卜良道:"妙计安在? 我当筑坛拜将。"赵尼姑道:"从古道'慢橹摇船捉醉鱼',除非弄醉了他,凭你施为。你道好么?"卜良道:"好到好,如何使计弄他?"赵尼姑道:"这娘子点酒不闻的,他执性不吃,也难十分强他。若是苦苦相劝,他疑心起来,或是嗔怒起来,毕竟不吃,就没奈他何。纵然灌得他一杯两盏,易得醉,易得醒,也脱哄他不得。"卜良道:"而今却是怎么?"赵尼姑道:"有个法儿算计他,你不要管。"卜良毕竟要说明,赵尼姑便附耳低言:如此如此,这般这般,"你道好否?"卜良跌脚大笑道:"妙计,妙计! 从古至今,无有此法。"赵尼姑道:"只有一件,我做此事哄了他,他醒来认真起来,必是怪我,不与我往来了,却是如何?"卜良道:"只怕不到得手,既到了手,他还要认甚么真?翻得转面孔?凭着一味甜言媚语哄他,从此做了长相交也不见得。倘若有些怪你,我自重重相谢罢了。敢怕替我滚热了,我还要替你讨分上哩。"赵尼姑道:"看你嘴脸!"两人取笑了一回,各自散了。

自此,卜良日日来庵中问信,赵尼姑日日算计要弄这巫娘子。隔了几日,赵尼姑办了两盒茶食,来贾家探望巫娘子,巫娘子留她吃饭。赵尼姑趁着机会,扯着些闲言语,便道:"大娘子与秀才官人两下青春,成亲了多时,也该有喜信生小官人了。"巫娘子道:"便是呢!"赵尼姑道:"何不发个诚心,祈求一祈求?"巫娘子道:"奴在自己绣的观音菩萨面前,朝夕焚香,也曾暗暗祷祝,不见应验。"赵尼姑道:"大娘年纪小,不晓得求子法。求子嗣须求白衣观音,自有一卷《白衣经》,不是平时的观音,也不是《普门品观音经》。那《白衣经》有许多灵验,小庵请的这卷,多载在后边,可惜不曾带来与大娘看。不要说别处,只是我婺州城里城外,但是印施的,念诵的,无有不生子,真是千唤千应,万唤万应。"巫娘子道:"既是这般有灵,奴家有烦师父,替我请一卷到家来念。"赵尼姑道:"大娘不曾晓得念,这不是就好念得起的。须待大娘到庵中,在白衣大士菩萨面前亲口许下卷数。等贫姑通了诚,先起个卷头,替你念起几卷,以后到大娘家,把念法传熟了,然后大娘逐日自念便是。"巫娘子道:"这个却好。待我先吃两日素,到庵中许愿起经罢。"赵尼姑道:"先吃两日素,足见大娘虔心。起经以后,但是早晨未念之先,吃些早素,念过了,吃荤也不妨的。"巫娘子道:"元来如此,这却容易。"巫娘子与他约定日期到庵中,先把五钱银子与他做经衬斋供之费。赵尼姑自去,早把这个消息通与卜良知道了。

那巫娘子果然吃了两日素,到第三日起个五更,打扮了,领了丫鬟春花,趁早上人稀,步过观音庵来。看官听着,但是尼庵、僧院,好人家儿女不该轻易去的。说话的若是同年生、并时长,在旁边听得;拦门拉住,不但巫娘子完名全节,就是赵尼姑也保命全躯。只因此一去,有分教:

　　　　旧室娇姿,污流玉树;空门孽质,血染丹枫。
这是后话,且听接上前因。

那赵尼姑接着巫娘子,千欢万喜,请了进来坐着。奉茶过了,引他参拜了白衣观音菩萨。巫娘子自己暗暗地祷祝,赵尼姑替他通诚,说道:"贾门信女巫氏,情愿持诵《白衣观音》经卷,专保早生贵子,吉祥如意者!"通诚已毕,赵尼姑敲动木鱼,就念起来。先念了《净口业真言》,次念《安土地真言》。启请过,先拜佛名号多时。然后念经,一气念了二十来遍。说这赵尼姑奸狡,晓得巫娘子来得早,况且前日有了斋供,家里定是不吃早饭的。特地故意忘怀,也不拿东西出来,也不问起曾吃不曾吃,只管延挨,要巫娘子忍这一早饿,对付他。那巫娘子是个娇怯怯的,空心早起,随他拜了佛多时,又觉劳倦,又觉饥饿,不好说得。只叫丫鬟春花,与他附耳低言道:"你看厨下有些热汤水,斟一碗来!"赵尼姑看见,故意问道:"只管念经完正事,竟忘了大娘曾吃早饭未?"巫娘子道:"来得早了,实是未曾。"赵尼姑道:"你看我老昏么!不曾办得早饭。办不及了,怎么处?把昼斋早些罢。"巫娘子道:"不瞒师父说,肚里实是饥了。随分甚么点心,先吃些也好。"赵尼姑故意谦逊了一番,走到房里一会,又走到灶下一会,然后叫徒弟本空托出一盘东西、一壶茶来。巫娘子已此饿得肚转肠鸣了。摆上一台好些时新果品,多救不得饿,只有热腾腾的一大盘好糕。巫娘子取一块来吃,又软又甜,况是饥饿头上,不觉一连吃了几块。小师父把热茶冲上,吃了两口,又吃了几块糕,再冲茶来吃。吃不到两三口,只见巫氏脸儿通红,天旋地转,打个呵欠,一堆软倒在椅子里面。赵尼姑假意吃惊道:"怎的来!想是起得早了,头晕了,扶他床上睡一睡起来罢。"就同小师父本空连椅连人杠到床边,抱到床上放倒了头,眠好了。

你道这糕为何这等利害?元来赵尼姑晓得巫娘子不吃酒,特地对付下这个糕。乃是将糯米磨成细粉,把酒浆和匀,烘得极干,再研细了,又下酒浆。如此两三度,搅入一两样不按君臣的药末,馎起成糕。一见了热水,药力、酒力俱发作起来,就是做酒的酵头一般。别人且当不起,巫娘子是吃糟也醉的人,况且又是清早空心,乘饿头上,又吃得多了,热茶下去,发作上来,如何当得?正是:由你奸似鬼,吃了老娘洗脚水。

赵尼姑用此计较,把巫娘子放翻了。那春花丫头见家主婆睡着,偷得浮生半日闲,小师父引着他自去吃东西顽耍去了,那里还来照管?赵尼姑忙在暗处叫出卜良来道:"雌儿睡在床上了,凭你受用去!不知怎么样谢我?"那卜良关上房门,揭开帐来一看,只见酒气喷人,巫娘子两脸红得可爱,就如一朵醉海棠一般,越看越标致了。卜良淫兴如火,先去亲个嘴,巫娘子一些不知,就便轻轻去了裤儿,露出雪白的下体来。卜良腾地爬上身去,自夸道:"惭愧,也有这一日也!"巫娘子软得身体动弹不得,朦胧昏梦中,虽是略略有些知觉,还错认做家里夫妻做事一般,不知一个皂白,凭他轻薄颠狂了一会。行事已毕,巫娘子兀自昏眠未醒,卜良就一手搭在巫娘子身上,做一头,偎着脸,睡下多时。

巫娘子药力已散,有些醒来。见是一个面生的人一同睡着,吃了一惊,惊出一身冷汗,叫道:"不好了!"急坐起来,那时把害的酒意都惊散了,大叱道:"你是何人? 敢污良人!"卜良也自有些慌张,连忙跪下讨饶道:"望娘子慈悲,恕小子无礼则个。"巫娘子见裤儿脱下,晓得着了道儿,口不答应,提起裤儿穿了,一头喊叫春花,一头跳下床便走。卜良恐怕有人见,不敢随来,元在房里躲着。巫娘子开了门,走出房又叫:"春花!"春花也为起得早了,在小师父房里打盹,听得家主婆叫响,呵欠连天,走到面前。巫娘子骂道:"好奴才! 我在房里睡了,你怎不相伴我?"巫娘子没处出气,狠狠要打,赵尼姑走来相劝。巫娘子见了赵尼姑,一发恼恨,将春花打了两掌,道:"快收拾回去!"春花道:"还要念经。"巫娘子道:"多嘴奴才,谁要你管!"气得面皮紫涨,也不理赵尼姑,也不说破,一径出庵,一口气同春花走到家里。开门进去,随手关了门,闷闷坐着。

定性了一回,问春花道:"我记得饿了吃糕,如何在床上睡着?"春花道:"大娘吃了糕,呷了两口茶,便自倒在椅子上。是赵师父与小师父同扶上床去的。"巫娘子道:"你却在何处?"春花道:"大娘睡了,我肚里也饿,先吃了大娘剩的糕,后到小师父房里吃茶。有些困倦,打了一个盹,听得大娘叫,就来了。"巫娘子道:"你看见有甚么人走进房来?"春花道:"不见甚么人,无非只是师父们。"巫娘子默默无言,自想睡梦中光景,有些恍惚记得,又将手摸摸自己阴处,见是粘粘涎涎的。叹口气道:"罢了,罢了,谁想这妖尼如此好毒! 把我洁净身体,与这个甚么天杀的点污了,如何做得人?"噙着泪眼,暗暗恼恨,欲要自尽,还想要见官人一面,割舍不下。只去对着自绣的菩萨哭告道:"弟子有恨在心,望菩萨灵感报应则个。"祷罢,哽哽咽咽,思想丈夫,哭了一场,没情没绪睡了。春花正自不知一个头脑。

且不说这边巫娘子烦恼。那边赵尼姑见巫娘子带着怒色,不别而行,晓得卜良着了手。走进房来,见卜良还眠在床上,把指头咬在口里,呆呆地想着光景。赵尼姑见此行径,惹起老骚,连忙骑在卜良身上道:"还不谢谢媒人!"

怎奈卜良方才泄得过，不能再举。老尼急了，把卜良咬了一口道："却便宜了你，倒急煞了我！"卜良道："感恩不尽，夜间尽情陪你罢，况且还要替你商量个后计。"赵尼姑道："你说只要尝滋味，又有甚么后计？"卜良道："既得陇，复望蜀，人之常情。既尝着了滋味，如何还好罢得？方才是勉强的，毕竟得他欢欢喜喜，自情自愿往来，方为有趣。"赵尼姑道："你好不知足！方才强做了他，他一天怒气，别也不别去了。不知他心下如何，怎好又想后会？直等再看个机会，他与我愿不断往来，就有商量了。"卜良道："也是，也是。全仗神机妙算。"是夜卜良感激老尼，要奉承他欢喜，躲在庵中，与他纵其淫乐，不在话下。

　　却说贾秀才在书馆中，是夜得其一梦。梦见身在家中，一个白衣妇人走入门来，正要上前问他，见他竟进房里。秀才大踏步赶来，却走在壁间挂的绣观音轴上去了，秀才抬头看时，上面有几行字。仔细看了，从头念去，上写道：

　　　　口里来的口里去，报仇雪耻在徒弟。

　　念罢，掇转身来，见他娘子拜在地下。他一把扯起，撒然惊觉。自想道："此梦难解。莫不娘子身上有些疾病事故，观音显灵指示？"次日就别了主人家，离了馆门。一路上来，详解梦语不出，心下忧疑。到得家中叩门，春花出来开了。贾秀才便问："娘子何在？"春花道："大娘不起来，还眠在床上。"秀才道："这早晚如何不起来？"春花道："大娘有些不快活，口口叫着官人啼哭哩！"秀才见说，慌忙走进房来。只见巫娘子望见官人来了，一毂辘跳将起来。秀才看时，但见蓬头垢面，两眼通红。走起来，一头哭，一头扑地拜在地上。秀才吃了一惊道："如何作此模样？"一手扶起来。巫娘子道："官人与奴做主则个。"秀才道："是谁人欺负你？"巫娘子打发丫头灶下烧茶做饭去了，便哭诉道："奴与官人匹配以来，并无半句口面，半点差池。今有大罪在身，只欠一死。只等你来，说个明白，替奴做主，死也瞑目。"秀才道："有何事故，说这等不祥的话？"巫娘子便把赵尼姑如何骗他到庵念经，如何哄他吃糕软醉，如何叫人乘醉奸他说了，又哭倒在地。

　　秀才听罢，毛发倒竖起来，喊道："有这等异事！"便问道："你晓得那个是何人？"娘子道："我那晓得？"秀才把床头剑拔出来，在桌上一击道："不杀尽此辈，何以为人！但只是既不晓得其人，若不精细，必有漏脱。还要想出计较来。"娘子道："奴告诉官人已过。奴事已毕，借官人手中剑来，即此就死，更无别话。"秀才道："不要短见，此非娘子自肯失身。这是所遭不幸，娘子立志自明。今若轻身一死，有许多不便。"娘子道："有甚不便，也顾不得了。"秀才道："你死了，你娘家与外人都要问缘故。若说了出来，你落得死了，丑名难免，抑且我前程罢了。若不说出来，你家里族人又不肯干休于我，我自身也理不直，冤仇何时而报？"娘子道："若要奴身不死，除非妖尼、奸贼多死得在我眼里，还可忍耻偷生。"秀才想了一会道："你当时被骗之后，见了赵尼，如何说了？"娘子道："奴着了气，一径回来了，不与他开口。"秀才道："既然如此，此仇不可明报。若明报了，须动官司口舌，毕竟难掩真情。众口喧传，把清名点污。我今心思一计，要报得无些痕迹，一个也走不脱方妙。"低头一想，忽然道："有了，有了。此计正合着观世音梦中之言。妙！妙！"娘子道："计将安出？"秀才道："娘子，你要明你心事，报你冤仇，须一一从我。若不肯依我，仇也报不成，心事也不得明白。"娘子道："官人主见，奴怎敢不依？只是要做得停当便好。"秀才道："赵尼姑面前，既是不曾说破，不曾相争，他只道你一时含羞来了，妇人水性，未必不动心。你今反要去赚得赵尼姑来，便有妙计。"附耳低言道：如此如此，这般这般，"此乃万全胜算。"巫娘子道："计较虽好，只是羞人。今要报仇，说不得了。"夫妻计议已定。

明日，秀才藏在后门静处。巫娘子便叫春花到庵中去请赵尼姑来说话。赵尼姑见了春花，又见说请他，便暗道："这雌儿想是尝着甜头，熬不过，转了风也。"摇摇摆摆，同春花飞也似来了。赵尼姑见了巫娘子，便道："日前得罪了大娘，又且简慢了，休要见怪！"巫娘子叫春花走开了，捏着赵尼姑的手轻问道："前日那个是甚么人？"赵尼姑见有些意思，就低低道："是此间极风流底卜大郎，叫做卜良，有情有趣，少年女娘见了，无有不喜欢他的。他慕大娘标致得紧，日夜来拜求我。我怜他一点诚心，难打发他，又见大娘孤单在家，未免清冷。少年时节便相处着个把，也不虚度了青春，故此做成这事。那家猫儿不吃荤？多在我老人家肚里。大娘不要认真，落得便快活快活。等那个人菩萨也似敬你，宝贝也似待你，有何不可？"巫娘子道："只是该与我熟商量，不该做作我。而今事已如此，不必说了。"赵尼姑道："你又不曾认得他，若明说，你怎么肯？今已是一番过了，落得图个长往来好。"巫娘子道："枉出丑了一番，不曾看得明白，模样如何？情性如何？既然爱我，你叫他到我家再会会看。果然人物好，便许他暗地往来也使得。"赵尼姑暗道："中了机谋。"不胜之喜，并无一些疑心。便道："大娘果然如此，老身今夜就叫他来便了。这个人物尽着看，是好的。"巫娘子道："点上灯时，我就自在门内等他，咳嗽为号，领他进房。"

赵尼姑千欢万喜，回到庵中，把这消息通与卜良。那卜良听得头颠尾颠，恨不得金乌早坠，玉兔飞升。到得傍晚，已自在贾家门首探头探脑，恨不得就将那话儿拿下来，望门内撺了进去。看看天晚，只见扑的把门关上了。卜良疑是尼姑捣鬼，却放心未下。正在踌躇，那门里咳嗽一声，卜良外边也接应咳嗽一声，轻轻的一扇门开了。卜良咳嗽一声，里头也咳嗽一声，卜良将身闪入门内。门内数步，就是天井。星月光来，朦胧看见巫娘子身躯。卜良上前，当面一把抱住道："娘子恩德如山。"巫娘子怀着一天愤气，故意不行推拒，也将两手紧紧抠着，只当是拘住他。卜良急将口来亲着，将舌头伸过巫娘子口中乱搅，巫娘子两手越抠得紧了，呷吮他舌头不住。卜良兴高了，阳物翘然，舌头越伸过来。巫娘子性起，跐踔一口，咬住不放。卜良痛极，放手急挣，已被巫娘子啃下五七分一段舌头来。卜良慌了，望外急走。

巫娘子吐出舌尖在手，急关了门。走到后门，寻着了秀才道："仇人舌头咬在此了。"秀才大喜。取了舌头，把汗巾包了。带了剑，趁着星月微明，竟到观音庵来。那赵尼姑料道卜良必定成事，宿在贾家，已自关门睡了。只见有人敲门，那小尼是年纪小的，倒头便睡，任人播破了门，也不会醒。老尼心上有事，想着卜良与巫娘子，欲心正炽，那里就睡得去？听得敲门，心疑卜良了事回来，忙呼小尼，不见答应，便自家爬起来开门。才开得门，被贾秀才拦头一刀，劈将下来。老尼望后便倒，鲜血直冒，呜呼哀哉了。贾秀才将门关了，提了剑，走将进来寻人。心里还道："倘得那卜良也走在庵里，一同结果他。"见佛前长明灯有火点着，四下里一照，不见一个外人。只见小尼睡在房里，也是一刀，早气绝了。连忙把灯挑亮，却就灯下解开手巾，取出那舌头来，将刀撬开小尼口，将舌放在里面。打灭了灯，拽上了门，竟自归家。对妻子道："师徒皆杀，仇已报矣。"巫娘子道："这贼只损得舌头，不曾杀得。"秀才道："不妨，不妨！自有人杀他。而今已后，只做不知，再不消提起了。"

却说那观音庵左右邻，看见日高三丈，庵中尚自关门，不见人动静，疑心起来。走去推门，门却不拴，一推就开了。见门内杀死老尼，吃了一惊。又寻进去，见房内又杀死小尼。一个是劈开头的，一个是砍断喉的。慌忙叫了地方坊长、保正人等，多来相视看验，好报官府。地方齐来检看时，只见小尼牙关紧闭，嚼着一件物事，取出来，却是人的舌头。地方人道："不消说是奸情事了。只不知凶身是何人，且报了县里再处。"于是写下报单。正值知县升堂，当堂递了。知县说："这要挨查凶身不难，但看城内城外，有断舌的，必是下手之人。快行各乡各图，五家十家保甲，一挨查就见明白。"出令不多时，果然地方送出一个人来。

原来卜良被咬断舌头，情知中计，心慌意乱，一时狂走，不知一个东西南北，迷了去向。恐怕人追着，拣条僻巷躲去。住在人家门檐下，蹲了一夜。天亮了，认路归家。也是天理合该败，只在这条巷内东认西认，走来走去，急切里认不得大路，又不好开口问得人。街上人看见这个人踪迹可疑，已自瞧科了几分。须臾之间，喧传尼庵事体，县官告示，便有个把好事的人盘问他起来。口里含糊，满牙关多是血迹。地方人一时哄动，走上了一堆人，围住他道："杀人的不是他是谁？"不由分辩，一索子捆住了，拉到县里来。县前有好些人认得他的，道："这个人原是个不学好的人，眼见得做出事来。"

县官升堂，众人把卜良带到。县官问他，只是口里呜哩呜喇，一字也听不出。县官叫掌嘴数下，要他伸出舌头来看，已自没有尖头了，血迹尚新。县官问地方人道："这狗才姓甚名谁？"众人有平日恨他的，把他姓名及平日所为奸盗诈伪事，是长是短，一一告诉出来。县官道："不消说了，这狗才必是谋奸小尼。老尼开门时，先劈倒了。然后去强奸小尼，小尼恨他，咬断舌尖。这狗才一时怒起，就杀了小尼。有甚么得讲？"卜良听得，指手划脚，要辩时那里有半个字圆圈？县官大怒道："如此奸人，累甚么纸笔？况且口不成语，凶器未获，难以成招。选大样板子，一顿打死罢！"喝教："打一百！"那卜良是个游花插趣的人，那里熬得刑惯？打至五十以上，已自绝了气了。县官着落地方，责令尸亲领尸。尼姑尸首，叫地方盛贮烧埋。立宗文卷，上批云：

卜良，吾舌安在？知为破舌之缘；尼僧，好颈谁当？遂作刎颈之契。毙之足矣，情何疑焉？立案存照。

县官发落公事了讫，不在话下。

那贾秀才与巫娘子见街上人纷纷传说此事，夫妻两个暗暗称快。那前日被骗及今日下手之事，到底并无一个人晓得。此是贾秀才识见高强，也是观世音见他虔诚，显此灵通，指破机关。既得报了仇恨，亦且全了声名。那巫娘子见贾秀才干事决断，贾秀才见巫娘子立志坚贞，越相敬重。

　　后人评论此事，虽则报仇雪耻，不露风声，算得十分好了，只是巫娘子清白身躯，毕竟被污；外人虽然不知，自心到底难过。只为轻与尼姑往来，以致有此。有志女人，不可不以此为鉴。诗云：

　　　　好花零落损芳香，只为当春漏隙光。

　　　　一句良言须听取，妇人不可出闺房。

卷 之 七

唐明皇好道集奇人　武惠妃崇禅斗异法

诗曰：

　　　燕市人皆去，函关马不归。

　　　若逢山下鬼，环上系罗衣。

这一首诗，乃是唐朝玄宗皇帝时节一个道人李遐周所题。那李遐周是一个有道术的，开元年间，玄宗召入禁中，后来出住玄都观内。天宝末年，安禄山豪横，远近忧之；玄宗不悟，宠信反深。一日，遐周隐遁而去，不知所往，但见所居壁上，题诗如此如此，时人莫晓其意。直至禄山反叛，玄宗幸蜀，六军变乱，贵妃缢死，乃有应验。后人方解云："燕市人皆去"者，说禄山尽起燕蓟之众为兵也；"函关马不归"者，大将哥舒潼关大败，匹马不还也；"若逢山下鬼"者，"山下鬼"是"嵬"字，蜀中有"马嵬驿"也；"环上系罗衣"者，贵妃小字玉环，马嵬驿时，高力士以罗巾缢之也。道家能前知如此。盖因玄宗是孔升真人转世，所以一心好道。一时有道术的，如张果、叶法善、罗公远诸仙众异人皆来聚会，往来禁内，各显神通，不一而足。那李遐周区区算术小数，不在话下。

且说张果，是帝尧时一个侍中。得了胎息之道，可以累日不食，不知多少年岁。直到唐玄宗朝，隐于恒州中条山中。出入常乘一个白驴，日行数万里。到了所在，住了脚，便把这驴似纸一般折叠起来，其厚也只比张纸，放在巾箱里面。若要骑时，把水一喷，即便成驴。至今人说八仙有张果老骑驴，正谓此也。

开元二十三年，玄宗闻其名，差一个通事舍人，姓裴名晤，驰驿到恒州来迎。那裴晤到得中条山中，看见张果齿落发白，一个撧搜老叟，有些嫌他，未免气质傲慢。张果早已知道，与裴晤行礼方毕，忽然一交跌去，只有出的气，没有入的气，已自命绝了。裴晤看了忙道："不争你死了，我这圣旨却如何回话？"又转想道："闻道神仙专要试人，或者不是真死，也不见得，我有道理。"便焚起一炉香来，对着死尸跪了，致心念诵，把天子特差求道之意，宣扬一遍。

只见张果渐渐醒转来。那裴晤被他这一惊，晓得有些古怪，不敢相逼，星夜驰驿，把上项事奏过天子。玄宗愈加奇异，道裴晤不了事，另命中书舍人徐峤赍了玺书，安车奉迎。那徐峤小心谨慎，张果便随峤到东都，于集贤院安置行李，乘轿入宫，见玄宗。玄宗见是个老者，便问道："先生既已得道，何故齿发衰朽如此？"张果道："衰朽之年，学道未得，故见此形相。可羞！可羞！今陛下见问，莫若把齿发尽了还好。"说罢即就御前把须发一顿捋拔干净。又捏了拳头，把口里乱敲，将几个半残不完的零星牙齿，逐个敲落，满口血出。玄宗大惊道："先生何故如此？且出去歇息一会。"张果出来了，玄宗想道："这老儿古怪。"即时传命召来。只见张果摇摇摆摆走将来，面貌虽是先前的，却是一头纯黑头发，须鬓如漆，雪白一口好牙齿，比少年的还好看些。玄宗大喜，留在内殿赐酒。饮过数杯，张果辞道："老臣量浅，饮不过二升。有一弟子，可吃得一斗。"玄宗命召来。张果口中不知说些甚的，只见一个小道士在殿檐上飞下来，约有十五六年纪，且是生得标致。上前叩头，礼毕，走到张果面前打个稽首，言词清爽，礼貌周备。玄宗命坐。张果道："不可，不可。弟子当侍立。"小道士遵师言，鞠躬旁站。玄宗愈看愈喜，便叫斟酒赐他，杯杯满，盏盏干，饮匀一斗，弟子并不推辞。张果便起身替他辞道："不可更赐，他加不得了。若过了度，必有失处，惹得龙颜一笑。"玄宗道："便大醉何妨？恕卿无罪。"立起身来，手持一玉觥，满斟了，将到口边逼他。刚下口，只见酒从头顶涌出，把一个小道冠儿涌得歪在头上，跌了下来。道士去拾时，脚步踉跄，连身子也跌倒了，玄宗及在旁嫔御，一齐笑将起来。仔细一看，不见了小道士，止有一个金榼在地，满盛着酒。细验这榼，却是集贤院中之物，一榼止盛一斗。玄宗大奇。

　　明日要出咸阳打猎，就请张果同去一看。合围既罢，前驱擒得大角鹿一只，将付庖厨烹宰。张果见了道："不可杀！不可杀！此是仙鹿，已满千岁。昔时汉武帝元狩五年，在上林游猎，臣曾侍从，生获此鹿。后来不忍杀，舍放了。"玄宗笑道："鹿甚多矣，焉知即此鹿？且时迁代变，前鹿岂能保猎人不擒过，留到今日？"张果道："武帝舍鹿之时，将铜牌一片，扎在左角下为记，试看有此否？"玄宗命人验看，在左角下果得铜牌，有二寸长短，两行小字，已模糊黑暗，辨不出了。玄宗才信。就问道："元狩五年，是何甲子？到今多少年代了？"张果道："元狩五年，岁在癸亥。武帝始开昆明池，到今甲戌岁，八百五十二年矣。"玄宗宣命太史官查推长历，果然不差。于是晓得张果是千来岁的人，群臣无不钦服。

一日，秘书监王回质、太常少卿萧华两人同往集贤院拜访，张果迎着坐下，忽然笑对二人道："人生娶妇，娶了个公主，好不怕人！"两人见他说得没头脑，两两相看，不解其意。正说之间，只见外边传呼："有诏书到！"张果命人忙排香案等着。原来玄宗有个女儿，叫做玉真公主，从小好道，不曾下降于人。盖婚姻之事，民间谓之"嫁"，皇家谓之"降"；民间谓之"娶"，皇家谓之"尚"。玄宗见张果是个真仙出世，又见女儿好道，意思要把女儿下降张果，等张果尚了公主，结了仙姻仙眷，又好等女儿学他道术，可以双修成仙。计议已定，颁下诏书。中使赍了到集贤院张果处，开读已毕，张果只是哈哈大笑，不肯谢恩。中使看见王、萧二公在旁，因与他说天子要降公主的意思，叫他两个撺掇。二公方悟起初所说，便道："仙翁早已得知，在此说过了的。"中使与二公大家相劝一番，张果只是笑不止。中使料道不成，只得去回复圣旨。

玄宗见张果不允亲事，心下不悦。便与高力士商量道："我闻堇汁最毒，饮之立死。若非真仙，必是下不得口。好歹把这老头儿试一试。"时值天大雪，寒冷异常。玄宗召张果进宫，把堇汁下在酒里，叫宫人满斟暖酒，与仙翁敌寒。张果举觞便饮，立尽三卮，醺醺有醉色。四顾左右，哑哑舌道："此酒不是佳味！"打个呵欠，倒头睡下。玄宗只是瞧着不作声。过了一会，醒起来道："古怪，古怪！"袖中取出小镜子一照，只见一口牙齿都焦黑了。看见御案上有铁如意，命左右取来，将黑齿逐一击下，随收在衣带内了。取出药一包来，将少许擦在口中齿穴上，又倒头睡了。这一觉不比先前，且是睡得安稳，有一个多时辰才爬起来，满口牙齿多已生完，比先前更坚且白。玄宗越加敬异，赐号通玄先生，却是疑心他来历。

其时有个归夜光，善能视鬼。玄宗召他来，把张果一看，夜光并不见甚么动静。又有一个邢和璞，善算。有人问他，他把算子一动，便晓得这人姓名，穷通寿夭，万不失一。玄宗一向奇他，便教道："把张果来算算。"和璞拿了算子，拨上拨下，拨个不耐烦，竭尽心力，耳根通红，不要说算他别的，只是个寿数也算他不出。其时又有一个道士叶法善，也多奇术。玄宗便把张果来私问他。法善道："张果出处，只有臣晓得，却说不得。"玄宗道："何故？"法善道："臣说了必死，故不敢说。"玄宗定要他说。法善道："除非陛下免冠跣足救臣，

臣方得活。"玄宗许诺。法善才说道："此是混沌初分时一个白蝙蝠精。"刚说
得罢,七窍流血,未知性命如何,已见四肢不举。玄宗急到张果面前,免冠跣
足,自称有罪。张果看见皇帝如此,也不放在心上,慢慢的说道："此儿多口
过,不谪治他,怕败坏了天地间事。"玄宗哀请道："此朕之意,非法善之罪,望
仙翁饶恕则个。"张果方才回心转意,叫取水来,把法善一喷,法善即时复活。

　　而今且说这叶法善,表字道元,先居处州松阳县,四代修道。法善弱冠
时,曾游括苍、白马山,石室内遇三神人,锦衣宝冠,授以太上密旨。自是诛荡
精怪,扫缄凶妖,所在救人。入京师时,武三思擅权,法善时常察听妖祥,保护
中宗、相王及玄宗,大为三思所忌,流窜南海。玄宗即位,法善在海上乘白鹿,
一夜到京。在玄宗朝,凡有吉凶动静,法善必预先奏闻。一日吐番遣使进宝,
函封甚固。奏称："内有机密,请陛下自开,勿使他人知之。"廷臣不知来息真
伪,是何缘故,面面相觑,不敢开言。惟有法善密奏道："此是凶函,宣令番使
自开。"玄宗依奏降旨。番使领旨,不知好歹,扯起函盖,函中弩发,番使中箭
而死。乃是番家见识,要害中华天子,设此暗机于函中,连番使也不知道,却
被法善参透,不中暗算,反叫番使自着了道儿。

　　开元初,正月元宵之夜,玄宗在上阳宫观灯。尚方匠人毛顺心,巧用心
机,施逞技艺,结构彩楼三十余间,楼高一百五十尺,多是金翠珠玉镶嵌。楼
下坐着,望去楼上,满楼都是些龙凤螭豹百般鸟兽之灯。一点了火,那龙凤螭
豹百般鸟兽,盘旋的盘旋,跳脚的跳脚,飞舞的飞舞,千巧万怪,似是神工,不
象人力。玄宗看毕大悦,传旨："速召叶尊师来同赏。"去了一会,才召得个叶
法善楼下朝见。玄宗称夸道："好灯!"法善道："灯盛无比。依臣看将起来,西
凉府今夜之灯也差不多如此。"玄宗道："尊师几时曾见过来?"法善道："适才
在彼,因蒙急召,所以来了。"玄宗怪他说得诧异,故意问道："朕如今即要往彼
看灯,去得否?"法善道："不难。"就叫玄宗闭了双目,叮嘱道："不可妄开。开
时有失。"玄宗依从。法善喝声道："疾!"玄宗足下,云冉冉而起,已同法善在
霄汉之中。须臾之间,足已及地。法善道："而今可以开眼看了。"玄宗闪开龙
目,只见灯影连亘数十里,车马骈阗,士女纷杂,果然与京师无异。玄宗拍掌
称盛,猛想道："如此良宵,恨无酒吃。"法善道："陛下随身带有何物?"玄宗道:
"止有镂铁如意在手。"法善便持往酒家,当了一壶酒、几个碟来,与玄宗对吃
完了,还了酒家家火。玄宗道："回去罢。"法善复令闭目,腾空而起。少顷,已

在楼下御前。去时歌曲尚未终篇,已行千里有余。玄宗疑是道家幻术障眼法儿,未必真到得西凉。猛可思量道:"却才把如意当酒,这是实事可验。"明日差个中使,托名他事,到凉州密访镂铁如意,果然在酒家,说道:"正月十五夜,有个道人,拿了当酒吃的。"始信看灯是真。

是年八月中秋之夜,月色如银,万里一碧。玄宗在宫中赏月,笙歌进酒。凭着白玉栏杆,仰面看着,浩然长想。有词为证:

> 桂花浮玉,正月满天街,夜凉如洗。风泛须眉透骨寒,人在水晶宫里。蛟龙偃蹇,观阙嵯峨,缥缈笙歌沸。霜华满地,欲跨彩云飞起。(词寄《醉江月》)

玄宗不觉襟怀旷荡,便道:"此月普照万方,如此光灿,其中必有非常好处。见说嫦娥窃药,奔在月宫。既有宫殿,定可游观。只是如何得上去?"急传旨宣召叶尊师,法善应召而至。玄宗问道:"尊师有道术,可使朕到月宫一游否?"法善道:"这有何难?就请御驾启行。"说罢,将手中板笏一掷,现出一条雪链也似的银桥来,那头直接着月内。法善就扶着玄宗,蹑上桥去,且是平稳好走,随走过处,桥便随灭。走得不上一里多路,到了一个所在,露下沾衣,寒气逼人,面前有座玲珑四柱牌楼。抬头看时,上面有个大匾额,乃是六个大金字,玄宗认着是"广寒清虚之府"六字。便同法善从大门走进来,看时,庭前是一株大桂树,扶疏遮荫,不知覆着多少里数。桂树之下,有无数白衣仙女,乘着白鸾,在那里舞。这边庭阶上,又有一伙仙女,也如此打扮,各执乐器一件,在那里奏乐,与舞的仙女相应。看见玄宗与法善走进来,也不惊异,也不招接,吹的自吹,舞的自舞。玄宗呆呆看着,法善指道:"这些仙女,名为'素娥',身上所穿白衣,叫做'霓裳羽衣',所奏之曲,名曰《紫云曲》。"玄宗素晓音律,将两手按节,把乐声一一嘿记了。后来到宫中,传与杨太真,就名《霓裳羽衣曲》,流于乐府,为唐家希有之音,这是后话。

玄宗听罢仙曲,怕冷欲还。法善驾起两片彩云,稳如平地,不劳举步,已到人间。路过潞州城上,细听谯楼更鼓,已打三点。那月色一发明朗如昼,照得潞州城中纤毫皆见。但只夜深人静,四顾悄然。法善道:"臣侍陛下夜临于此,此间人如何知道?适来陛下习听仙乐,何不于此试演一曲?"玄宗道:"甚妙,甚妙。只方才不带得所用玉笛来。"法善道:"玉笛何在?"玄宗道:"在寝殿中。"法善道:"这个不难。"将手指了一指,玉笛自云中坠下。玄宗大喜,接过手来,想着月中拍数,照依吹了一曲;又在袖中摸出数个金钱,洒将下去了,乘月回宫。至今传说唐明皇游月宫,正此故事。那潞州城中有睡不着的,听得笛声嘹亮,似觉非凡。有爬起来听的,却在半空中吹响,没做理会。次日,又有街上拾得金钱的,报知府里。府里官员道是非常祥瑞,上表奏闻。十来日,表到御前。玄宗看表道:"八月望夜,有天乐临城,兼获金钱,此乃国家瑞兆,万千之喜。"玄宗心下明白,不觉大笑。自此敬重法善,与张果一般,时常留他两人在宫中,或下棋,或斗小法,赌胜负为戏。

一日,二人在宫中下棋。玄宗接得鄂州刺史表文一道,奏称:"本州有仙童罗公远,广有道术。"盖因刺史迎春之日,有个白衣人身长丈余,形容怪异,杂在人丛之中观看,见者多骇走。旁有小童喝他道:"业畜!何乃擅离本处,惊动官司?还不速去!"其人并不敢则声,提起一把衣服,如飞走了。府吏看见小童作怪,一把擒住。来到公燕之所,具白刺史。刺史问他姓名,小童答道:"姓罗,名公远。适见守江龙上岸看春,某喝令回去。"刺史不信道:"怎见得是龙?须得吾见真形方可信。"小童道:"请待后日。"至期,于水边作一小坑,深才一尺,去江岸丈余,引江水入来。刺史与郡人毕集,见有一白鱼,长五六寸,随流至坑中,跳跃两遍,渐渐大了。有一道青烟如线,在坑中起,一霎时,黑云满空,天色昏暗。小童道:"快都请上了津亭。"正走间,电光闪烁,大雨如泻。须臾少定,见一大白龙起于江心,头与云连,有顿饭时方灭。刺史看得真实,随即具表奏闻,就叫罗公远随表来朝见帝。

玄宗把此段话与张、叶二人说了,就叫公远与二人相见。二人见了大笑道:"村童晓得些甚么?"二人各取棋子一把,捏着拳头,问道:"此有何物?"公远笑道:"都是空手。"及开拳,两人果无一物,棋子多在公远手中。两人方晓得这童儿有些来历。玄宗就叫他坐在法善之下。天气寒冷,团团围炉而坐。此时剑南出一种果子,叫作"日熟子",一日一熟,到京都是不鲜的了。张、叶两人每日用仙法,遣使取来,过午必至,所以玄宗常有新鲜的到口。是日至夜不来,二人心下疑惑,商量道:"莫非罗君有缘故?"尽注目看公远。元来公远起初一到炉边,便把火箸插在灰中。见他们疑心了,才笑嘻嘻的把火箸提了起来。不多时使者即到,法善诘问:"为何今日偏迟?"使者道:"方欲到京,火焰连天,无路可过。适才火息了,然后来得。"众人多惊伏公远之法。

却说当时杨妃未入宫之时,有个武惠妃专宠。玄宗虽崇奉道流,那惠妃却笃信佛教，各有所好。惠妃信的释子，叫做金刚三藏，也是个奇人，道术与叶、罗诸人算得敌手。玄宗驾幸功德院，忽然背痒。罗公远折取竹枝，化作七宝如意，进上爬背。玄宗大悦，转身对三藏道："上人也能如此否？"三藏道："公远的幻化之术，臣为陛下取真物。"袖中摸出一个七宝如意来献上。玄宗一手去接得来，手中先所执公远的如意，登时仍化作竹枝。玄宗回宫与武惠妃说了，惠妃大喜。

玄宗要幸东洛，就对惠妃说道："朕与卿同行，却叫叶、罗二尊师、金刚三藏从去，试他斗法，以决两家胜负，何如？"武惠妃喜道："臣妾愿随往观。"传旨排鸾驾。不则一日，到了东洛。时方修麟趾殿，有大方梁一根，长四五丈，径头六七尺，眠在庭中。玄宗对法善道："尊师试为朕举起来。"法善受诏作法，方木一头揭起数尺，一头不起。玄宗道："尊师神力，何乃只举得一头？"法善奏道："三藏使金刚神众押住一头，故举不起。"原来法善故意如此说，要武妃面上好看，等三藏自逞其能，然后胜他。果然武妃见说，暗道佛法广大，不胜之喜。三藏也只道实话，自觉有些快活。惟罗公远低着头，只是笑。玄宗有些不服气，又对三藏道："法师既有神力，叶尊师不能及。今有个澡瓶在此，法师能咒得叶尊师入此瓶否？"三藏受诏置瓶，叫叶法善依禅门法，敷坐起来，念动咒语，未及念完，法善身体欻欻就瓶。念得两遍，法善已至瓶嘴边，翕然而入。玄宗心下好生不悦。过了一会，不见法善出来，又对三藏道："法师既使其入瓶，能使他出否？"三藏道："进去烦难，出来是本等法。"就念起咒来，咒完不出，三藏急了，不住口一气数遍，并无动静。玄宗惊道："莫不尊师没了？"变起脸来。武妃大惊失色，三藏也慌了，只有罗公远扯开口一味笑。玄宗问他道："而今怎么处？"公远笑道："不消陛下费心，法善不远。"三藏又念咒一会，不见出来。正无计较，外边高力士报道："叶尊师进。"玄宗大惊道："铜瓶在此，却在那里来？"急召进问之。法善对道："宁王邀臣吃饭，正在作法之际，面奏陛下，必不肯放，恰好借入瓶机会，到宁王家吃了饭来。若不因法师一咒，须去不得。"玄宗大笑。武妃、三藏方放下心了。

法善道："法师已咒过了，而今该贫道还礼。"随取三藏紫铜钵盂，在围炉里面烧得内外都红。法善捏在手里，弄来弄去，如同无物。忽然双手捧起来，照着三藏光头扑地合上去，三藏失声而走。玄宗大笑。公远道："陛下以为乐，不知此乃道家末技，叶师何必施逞！"玄宗道："尊师何不也作一法，使朕一快？"公远道："请问三藏法师，要如何作法术？"三藏道："贫僧请收固袈裟，试令罗公取之。不得，是罗公输；取得，是贫僧输。"玄宗大喜，一齐同到道场院，看他们做作。

三藏结立法坛一所，焚起香来。取袈裟贮在银盒内，又安数重木函，木函加了封锁，置于坛上。三藏自在坛上打坐起来。玄宗、武妃、叶师多看见坛中有一重菩萨，外有一重金甲神人，又外有一重金刚围着。圣贤比肩，环绕甚严，三藏观守，目不暂舍。公远坐绳床上，言笑如常，不见他作甚行径。众人都注目看公远，公远竟不在心上。有好多一会，玄宗道："何太迟迟？莫非难取？"公远道："臣不敢自夸其能，也未知取得取不得，只叫三藏开来看看便是。"玄宗闻言，便叫三藏开函取袈裟。三藏看见重重封锁，一毫未动，心下喜欢，及开到银盒，叫一声："苦！"已不知袈裟所向，只是个空盒。三藏吓得面如土色，半晌无言。玄宗拍手大笑，公远奏道："请令人在臣院内，开柜取来。"中使领旨去取，须臾，袈裟取到了。玄宗看了，问公远道："朕见菩萨尊神，如此森严，却用何法取出？"公远道："菩萨力士，圣之中者。甲兵诸神，道之小者。至于太上至真之妙，非术士所知。适来使玉清神女取之，虽有菩萨金刚，连形也不得见他的，取若坦途，有何所碍？"玄宗大悦，赏赐公远无数。叶公、三藏皆伏公远神通。

玄宗欲从他学隐形之术，公远不肯，道："陛下真人降化，保国安民，万乘之尊，学此小术何用？"玄宗怒骂之，公远即走入殿柱中，极口数玄宗过失。玄宗愈加怒发，叫破柱取他。柱既破，又见他走入玉碣中。就把玉碣破为数十片，片片有公远之形，却没奈他何。玄宗谢了罪，忽然又立在面前。玄宗恳求至切，公远只得许之。虽则传授，不肯尽情。玄宗与公远同做隐形法时，果然无一人知觉。若是公远不在，玄宗自试，就要露出些形来，或是衣带，或是幞头脚，宫中人定寻得出。玄宗晓得他传授不尽，多将金帛赏赉，要他喜欢。有时把威力吓他道："不尽传，立刻诛死。"公远只不作准。玄宗怒极，喝令："绑出斩首！"刀斧手得旨，推出市曹斩讫。

隔得十来日，有个内官叫做辅仙玉，奉差自蜀道回京。路上撞遇公远骑驴而来，笑对内官道："官家作戏，忒没道理！"袖中出书一封道："可以此上闻！"又出药一包寄上，说道："官家问时，但道是'蜀当归'。"语罢，忽然不见。仙玉还京奏闻，玄宗取书览看，上面写是"姓维名厶迟"，一时不解。仙玉退出，公远已至。玄宗方悟道："先生为何改了名姓？"公远道："陛下曾去了臣头，所以改了。"玄宗稽首谢罪，公远道："作戏何妨？"走出朝门，自此不知去向。直到天宝末禄山之难，玄宗幸蜀，又于剑门奉迎銮驾。护送至成都，拂衣而去。后来肃宗即位灵武，玄宗自疑不能归长安。肃宗以太上皇奉迎，然后自蜀还京。方悟"蜀当归"之寄，其应在此。与李遐周之诗，总是道家前知妙处。有诗为证：

　　好道秦王与汉王，岂知治道在经常？

　　纵然法术无穷幻，不救杨家一命亡。

卷 之 八

乌将军一饭必酬　陈大郎三人重会

诗曰：

　　每讶衣冠多盗贼，谁知盗贼有英豪？

　　试观当日及时雨，千古流传义气高。

　　话说世人最怕的是个"强盗"二字，做个骂人恶语。不知这也只见得一边。若论起来，天下那一处没有强盗？假如有一等做官的，误国欺君，侵剥百姓，虽然官高禄厚，难道不是大盗？有一等做公子的，倚靠着父兄势力，张牙舞爪，诈害乡民，受投献，窝赃私，无所不为，百姓不敢声冤，官司不敢盘问，难道不是大盗？有一等做举人秀才的，呼朋引类，把持官府，起灭词讼，每有将良善人家拆得烟飞星散的，难道不是大盗？只论衣冠中，尚且如此，何况做经纪客商、做公门人役？三百六十行中人尽有狼心狗行，狠似强盗之人在内，自不必说。所以当时李涉博士遇着强盗，有诗云：

　　暮雨潇潇江上村，绿林豪客夜知闻。

　　相逢何用藏名姓？世上于今半是君。

　　这都是叹笑世人的话。世上如此之人，就是至亲切友，尚且反面无情，何况一饭之恩，一面之识？倒不如《水浒传》上说的人，每每自称好汉英雄，偏要在绿林中挣气，做出世人难到的事出来。盖为这绿林中也有一贫无奈，借此栖身的。也有为义气上杀了人，借此躲难的。也有朝廷不用，沦落江湖，因而结聚的。虽然只是歹人多，其间仗义疏财的，倒也尽有。当年赵礼让肥，反得粟米之赠，张齐贤遇盗，更多金帛之遗，都是古人实事。

　　且说近来苏州有个王生，是个百姓人家。父亲王三郎，商贾营生，母亲李氏。又有个婶母杨氏，却是孤孀无子的，几口儿一同居住。王生自幼聪明乖觉，婶母甚是爱惜他，不想年纪七八岁时，父母两口相继而亡。多亏得这杨氏殡葬完备，就把王生养为己子，渐渐长成起来，转眼间又是十八岁了。商贾事体，是件伶俐。

　　一日，杨氏对他说道："你如今年纪长大，岂可坐吃箱空？我身边有的家资，并你父亲剩下的，尽勾营运。待我凑成千来两，你到江湖上做些买卖，也是正经。"王生欣然道："这个正是我们本等。"杨氏就收拾起千金东西，交付与他。王生与一班为商的计议定了，说南京好做生意，先将几百两银子，置了些苏州货物。拣了日子，雇下一只长路的航船，行李包裹多收拾停当，别了杨氏起身，到船烧了神福利市，就便开船。一路无话。不则一日，早到京口，趁着东风过江。到了黄天荡内，忽然起一阵怪风，满江白浪掀天，不知把船打到一个甚么去处。天已昏黑了，船上人抬头一望，只见四下里多是芦苇，前后并无第二只客船。王生和那同船一班的人正在慌张，忽然芦苇里一声锣响，划出三四只小船来。每船上各有七八个人，一拥的跳过船来。王生等喘做一块，叩头讨饶。那伙人也不来和你说话，也不来害你性命，只把船中所有金银货物，尽数卷掳过船，叫声"聒噪"，双桨齐发，飞也似划将去了。满船人惊得魂飞魄散，目睁口呆。王生不觉的大哭起来道："我直如此命薄！"就与同行的商量道："如今盘缠行李俱无，到南京何干？不如各自回家，再作计较。"唧唧哝哝了一会，天色渐渐明了。那时已自风平浪静，拨转船头望镇江进发。到了镇江，王生上岸，往一个亲眷人家借得几钱银子做盘费，到了家中。

　　杨氏见他不久就回，又且衣衫零乱，面貌忧愁，已自猜个八九了。只见他走到面前，唱得个喏，便哭倒在地。杨氏问他仔细，他把上项事说了一遍。杨氏慰安他道："儿噢，这也是你的命。又不是你不老成花费了，何须如此烦恼？且安心在家两日，再凑些本钱出去，务要趁出前番的来便是。"王生道："已后只在近处做些买卖罢，不担这样干系远处去了。"杨氏道："男子汉千里经商，怎说这话！"住在家一月有余，又与人商量道："扬州布好卖。松江置买了布，到扬州，就带些银子，籴了米豆回来，甚是有利。"杨氏又凑了几百两银子与他，到松江买了百来筒布，独自买了一只满风梢的船，身边又带了几百两籴米豆的银子，合了一个伙计，择日起行。

　　到了常州，只见前边来的船，只只气叹口渴道："挤坏了！挤坏了！"忙问缘故，说道："无数粮船，阻塞住丹阳路。自青羊铺直到灵口，水泄不通。买卖船莫想得进。"王生道："怎么好！"船家道："难道我们上前去看他挤不成？打从孟河走他娘罢。"王生道："孟河路怕恍惚。"船家道："拚得只是日里行，何碍？不然，守得路通，知在何日？"因遂依了船家，走孟河路。果然是天青日白时节，出了孟河。方欢喜道："好了，好了。若在内河里，几时能挣得出来？"正在快活间，只见船后头水响，一只三橹八桨船，飞也似赶来。看看至近，一挠钩搭住，十来个强人手执快刀、铁尺、金刚圈，跳将过来。元来孟河过东去，就是大海，日里也有强盗的，惟有空船走得。今见是买卖船，又悔气恰好撞着了，怎肯饶过？尽情搬了去。怪船家手里还捏着橹，一铁尺打去，船家抛橹不及。王生慌忙之中把眼瞅去，认得就是前日黄天荡里一班人。王生口里喊道："大王！前日受过你一番了，今日如何又在此相遇？我前世直如此少你的！"那强人内中一个长大的说道："果然如此，还他些做盘缠。"就把一个小小包裹撩将过来，掉开了船，一道烟反望前边江里去了。王生只叫得苦，拾起包裹，打开看时，还有十来两零碎银子在内。噙着眼泪冷笑道："且喜这番不要借盘缠，侥幸！侥幸！"就对船家说道："谁叫你走此路，弄得我如此？回去了罢。"船家道："世情变了，白日打劫，谁人晓得？"只得转回旧路，到了家中。杨氏见来得快，又一心惊。王生泪汪汪地走到面前，哭诉其故。难得杨氏是个大贤之人，又眼里识人，自道侄儿必有发迹之日，并无半点埋怨，只是安慰他，教他守命，再做道理。

过得几时，杨氏又凑起银子，催他出去，道："两番遇盗，多是命里所招。命该失财，便是坐在家里，也有上门打劫的。不可因此两番，堕了家传行业。"王生只是害怕。杨氏道："侄儿疑心，寻一个起课的问个吉凶，讨个前路便是。"果然寻了一个先生到家，接连占卜了几处做生意，都是下卦，惟有南京是个上上卦。又道："不消到得南京，但往南京一路上去，自然财爻旺相。"杨氏道："我的儿，'大胆天下去得，小心寸步难行。'苏州到南京不上六七站路，许多客人往往来来，当初你父亲、你叔叔都是走熟的路，你也是悔气，偶然撞这两遭盗。难道他们专守着你一个，遭遭打劫不成？占卜既好，只索放心前去。"王生依言，仍旧打点动身。也是他前数注定，合当如此。正是：

> 箧底东西命里财，皆由鬼使共神差。
>
> 强徒不是无因至，巧弄他们送福来。

王生行了两日，又到扬子江中。此日一帆顺风，真个两岸万山如走马，直抵龙江关口。然后天晚，上岸不及了，打点湾船。他每是惊弹的鸟，傍着一只巡哨号船边拴好了船，自道万分无事，安心歇宿。到得三更，只听一声锣响，火把齐明，睡梦里惊醒。急睁眼时，又是一伙强人，跳将过来，照前搬个罄尽。看自己船时，不在原泊处所，已移在大江阔处来了。火中仔细看他们抢掳，认得就是前两番之人。王生硬着胆，扯住前日还他包裹这个长大的强盗，跪下道:"大王! 小人只求一死!"大王道:"我等誓不伤人性命，你去罢了，如何反来歪缠?"王生哭道:"大王不知，小人幼无父母，全亏得婶娘重托，出来为商。刚出来得三次，恰是前世欠下大王的，三次都撞着大王夺去，叫我何面目见婶娘? 也那里得许多银子还他? 就是大王不杀我时，也要跳在江中死了，决难回去再见恩婶之面了。"说得伤心，大哭不住。那大王是个有义气的，觉得可怜，他便道:"我也不杀你，银子也还你不成，我有道理。我昨晚劫得一只客船，不想都是打捆的苎麻，且是不少，我要他没用，我取了你银子，把这些与你做本钱去，也勾相当了。"王生出于望外，称谢不尽。那伙人便把苎麻乱抛过船来，王生与船家慌忙并叠，不及细看，约莫有二三百捆之数。强盗抛完了苎麻，已自胡哨一声，转船去了。船家认着江中小港门，依旧把船移进宿了。候天大明，王生道:"这也是有人心的强盗，料道这些苎麻也有差不多千金了。他也是劫了去不好发脱，故此与我。我如今就是这样发行去卖，有人认出，反为不美。不如且载回家，打过了捆，改了样式，再去别处货卖么!"仍旧把船开江，下水船快，不多时，到了京口闸，一路到家。

　　见过婶婶，又把上项事一一说了。杨氏道:"虽没了银子，换了偌多苎麻来，也不为大亏。"便打开一捆来看，只见一层一层，解到里边，捆心中一块硬的，缠束甚紧。细细解开，乃是几层绵纸，包着成锭的白金。随开第二捆，捆捆皆同。一船苎麻，共有五千两有余。乃是久惯大客商，江行防盗，假意货苎麻，暗藏在捆内，瞒人眼目的。谁知被强盗不问好歹劫来，今日却富了王生。那时杨氏与王生叫声:"惭愧!"虽然受了两三番惊恐，却平白地得此横财，比本钱加倍了，不胜之喜。自此以后，出去营运，遭遭顺利。不上数年，遂成大富之家。这个虽是王生之福，却是难得这大王一点慈心。可见强盗中未尝没有好人。

　　如今再说一个，也是苏州人，只因无心之中，结得一个好汉，后来以此起家，又得夫妻重会。有诗为证:

　　　　说时侠气凌霄汉，听罢奇文冠古今。

　　　　若得世人皆仗义，贪泉自可表清心。

　　却说景泰年间，苏州府吴江县有个商民，复姓欧阳，妈妈是本府崇明县曾氏，生下一女一儿。儿年十六岁，未婚。那女儿二十岁了，虽是小户人家，到也生得有些姿色，就赘本村陈大郎为婿。家道不富不贫，在门前开小小的一爿杂货店铺,往来交易,陈大郎和小舅两人管理。他们翁婿、夫妻、郎舅之间,你敬我爱,做生意过日。忽遇寒冬天道,陈大郎往苏州置些货物,在街上行走,只见纷纷洋洋,下着国家祥瑞。古人有诗说得好,道是:

尽道丰年瑞,丰年瑞若何?

长安有贫者,宜瑞不宜多!

那陈大郎冒雪而行,正要寻一个酒店沽酒暖寒,忽见远远地一个人走将来,你道是怎生模样? 但见:

身上紧穿着一领青服,腰间暗悬着一把钢刀。形状带些威雄,面孔更无细肉。两颊无非"不亦悦",遍身都是"德犹如"。

那个人生得身长七尺,膀阔三停。大大一个面庞,大半被长须遮了。可煞作怪,没有须的所在,又多有毛,长寸许,剩却眼睛外,把一个嘴脸遮得缝地也无了。正合着古人笑话:"髭髯不仁,侵扰乎其旁而不已,于是面之所余无几。"陈大郎见了,吃了一惊,心中想道:"这人好生古怪! 只不知吃饭时如何处置这些胡须,露得个口出来?"又想道:"我有道理,拼得费钱把银子,请他到酒店中一坐,便看出他的行动来了。"他也只是见他异样,要作个耍,连忙躬身向前唱喏,那人还礼不迭。陈大郎道:"小可欲邀老丈酒楼小叙一杯。"那人是个远来的,况兼落雪天气,又饥又寒,听见说了,喜逐颜开,连忙道:"素昧平生,何劳厚意!"陈大郎捣个鬼道:"小可见老丈骨格非凡,心是豪杰,敢扳一话。"那人道:"却是不当。"口里如此说,却不推辞。两人一同上酒楼来。

陈大郎便问酒保打了几角酒,回了一腿羊肉,又摆上些鸡鱼肉菜之类。陈大郎正要看他动口,就举杯来相劝。只见那人接了酒盏放在桌上,向衣袖取出一对小小的银扎钩来,挂在两耳,将须毛分开扎起,拔刀切肉,恣其饮啖。又嫌杯小,问酒保讨个大碗,连吃了几壶,然后讨饭。饭到,又吃了十来碗。陈大郎看得果了。那人起身拱手道:"多谢兄长厚情,愿闻姓名乡贯。"陈大郎道:"在下姓陈名某,本府吴江县人。"那人一一记了。陈大郎也求他姓名,他不肯还个明白,只说:"我姓乌,浙江人。他日兄长有事到敝省,或者可以相会。承兄盛德,必当奉报,不敢有忘。"陈大郎连称不敢。当下算还酒钱,那人千恩万谢,出门作别自去了。陈大郎也只道是偶然的说话,那里认真? 归来对家中人说了,也有信他的,也有疑他说谎的,俱各笑了一场。不在话下。

又过了两年有余。陈大郎只为做亲了数年,并不曾生得男女,夫妻两个发心,要往南海普陀落伽山观音大士处烧香求子,尚在商量未决。忽一日,欧公有事出去了,只见外边有一个人走进来叫道:"老欧在家么?"陈大郎慌忙出来答应,却是崇明县的褚敬桥。施礼罢,便问:"令岳在家否?"陈大郎道:"少出。"褚敬桥道:"令亲外太妈陆氏身体违和,特地叫我寄信,请你令岳母相伴几时。"大郎闻言,便进来说与曾氏知道。曾氏道:"我去便要去,只是你岳父不在,眼下不得脱身。"便叫过女儿、儿子分付道:"外婆有病。你每姊弟两人,可到崇明去伏侍几日。待你父亲归家,我就来换你们便了。"当下商议已定,便留褚敬桥吃了午饭,央他先去回复。又过了两日,姊弟二人收拾停当,叫下一只艎船起行。那曾氏又分付道:"与我上复外婆,须要宽心调理。可说我也就要来的。虽则不多日路,你两人年小,各要小心。"二人领诺,自望崇明去了。只因此一去,有分教:

　　　　绿林此日逢娇冶,红粉从今踏险危。

　　却说陈大郎自从妻、舅去后十日有余,欧公已自归来,只见崇明又央人寄信来,说道:"前日褚敬桥回复道,叫外甥们就来,如何至今不见?"那欧公夫妻和陈大郎,都吃了一大惊。便道:"去已十日了,怎说不见?"寄信的道:"何曾见半个影来? 你令岳母倒也好了,只是令爱、令郎是甚缘故?"陈大郎忙去寻那载去的船家问他,船家道:"到了海滩边,船进去不得,你家小官人与小娘子说道:'上岸去,路不多远,我们认得的,你自去罢。'此时天色将晚,两个急急走了去,我自摇船回了,如何不见?"那欧公急得无计可施,便对妈妈道:"我在此看家,你可同女婿探望丈母,就访访消息归来。"他每两个心中慌忙无措,听得说了,便一刻也迟不得,急忙备了行李,雇了船只,第二日早早到了崇明,相见了陆氏妈妈,问起缘由,才知病体已渐痊可,只是外甥儿女毫不知些踪迹。那曾氏便是"心肝肉"的放声大哭起来。陆氏及邻舍妇女们惊来问信的,也不知陪了多少眼泪。

　　陈大郎是个性急的人,敲台拍凳的怒道:"我晓得,都是那褚敬桥寄甚么鸟信! 是他趁伙打劫,用计拐去了。"便不管三七二十一,忿气走到褚家。那褚敬桥还不知甚缘由,劈面撞着,正要问来历,被他劈胸揪住,喊道:"还我人来! 还我人来!"就要扯他到官。此时已闹动街坊人,齐拥来看。那褚敬桥面如土色,嚷道:"有何得罪,也须说个明白!"大郎道:"你还要白赖! 我好好的在家里,你寄甚么信,把我妻子、舅子拐在那里去了?"褚敬桥拍着胸膛道:"真是冤天屈地,要好成歉。吾好意为你寄信,你妻子自不曾到,今日这话,却不是祸从天上来!"大郎道:"我妻、舅已自来十日了,怎不见?"敬桥道:"可又来! 我到你家寄信时,今日算来十二日了。次日傍晚到得这里,以后并不曾出门。此时你家妻、舅还在家未动身,我在何时拐骗? 如今四邻八舍都是证见,若是我十日内曾出门到那里,这便都算是我的缘故。"众人都道:"那有这事! 这不撞着拐子,就撞着强盗了。不可冤屈了平人!"

陈大郎情知不关他事,只得放了手,忍气吞声跑回曾家。就在崇明县进了状词,又到苏州府进了状词,批发本县捕衙缉访。又各处粉墙上贴了招子,许出赏银二十两。又寻着原载去的船家,也拉他到巡捕处,讨了个保,押出挨查。仍旧到崇明与曾氏共住了二十余日,并无消息。不觉的残冬将尽,新岁又来,两人只得回到家中。欧公已知上项事了,三人哭做一堆,自不必说。别人家多欢欢喜喜过年,独有他家烦烦恼恼。

一个正月,又匆匆的过了,不觉又是二月初头,依先没有一些影响。陈大郎猛然想着道:"去年要到普陀进香,只为要求儿女,如今不想连儿女的母亲都不见了,我直如此命塞! 今月十九日是观音菩萨生日,何不到彼进香还愿? 一来祈求的观音报应;二来看些浙江景致,消遣闷怀,就便做些买卖。"算计已定,对丈人说过,托店铺与他管了。收拾行李,取路望杭州来。过了杭州钱塘江,下了海船,到普陀上岸。三步一拜,拜到大士殿前。焚香顶礼已过,就将分离之事通诚了一番,重复叩头道:"弟子虔诚拜祷,伏望菩萨大慈大悲,救苦救难,广大灵感,使夫妻再得相见!"拜罢下船,就泊在岩边宿歇。睡梦中见观音菩萨口授四句诗道:

> 合浦珠还自有时,惊危目下且安之。
>
> 姑苏一饭酬须重,大海茫茫信可期。

陈大郎飒然惊觉,一字不忘。他虽不甚精通文理,这几句却也解得。叹口气道:"菩萨果然灵感! 依他说话,相逢似有可望。但只看如此光景,那得能勾?"心下恺怏,那一饭的事,早已不记得了。

清早起来,开船归家。行不得数里,海面忽地起一阵飓风,吹得天昏地暗,连东西南北都不见了。舟人牢把船舵,任风飘去。须臾之间,飘到一个岛边,早已风恬日朗。那岛上有小喽罗数百,正在那里使枪弄棒,比箭抢拳,一见有海船飘到,正是老鼠在猫口边过,如何不吃? 便一伙的都抢下船来,将一船人身边银两行李尽数搜出。那多是烧香客人,所有不多,不满众意,提起刀来吓他要杀。陈大郎情急了,大叫:"好汉饶命!"那些喽罗听是东路声音,便问道:"你是那里人?"陈大郎战兢兢道:"小人是苏州人。"喽罗们便说道:"既如此,且绑到大王面前发落,不可便杀。"因此连众人都饶了,齐齐绑到聚义厅来。陈大郎此时也不知是何主意,总之,这条性命,一大半是阎家的了。闭着泪眼,口里只念"救苦救难观世音菩萨!"只见那厅上一个大王,慢慢地踱下厅来,将大郎细看了一看,大惊道:"元来是吾故人到此,快放了绑!"陈大郎听得此话,才敢偷眼看那大王时节,正是那两年前遇着多须多毛、酒楼上请他吃饭这个人。喽罗连忙解脱绳索,大王便扯一把交椅过来,推他坐了,纳头便拜道:"小孩儿每不知进退,误犯仁兄,望乞恕罪!"陈大郎还礼不迭,说道:"小人触冒山寨,理合就戮,敢有他言!"大王道:"仁兄怎如此说? 小可感仁兄雪中一饭之恩,于心不忘。屡次要来探访仁兄,只因山寨中多事不便。日前曾分付孩儿们,凡遇苏州客商,不可轻杀。今日得遇仁兄,天假之缘也。"陈大郎道:"既蒙壮士不弃小人时,乞将同行众人包裹行李见还,早回家乡,誓当衔环结草。"大王道:"未曾尽得薄情,仁兄如何就去? 况且有一事要与仁兄慢讲。"回头分付小喽罗:"宽了众人的绑,还了行李货物,先放还乡。"众人欢天喜地,分明是鬼门关上放将转来,把头似捣蒜的一般,拜谢了大王,又谢了陈大郎,只恨爹娘少生了两只脚,如飞的开船去了。

大王便叫摆酒与陈大郎压惊。须臾齐备,摆上厅来。那酒肴内,山珍海错也有,人肝人脑也有。大王定席之后,饮了数杯,陈大郎开口问道:"前日仓卒有慢,不曾备细请教得壮士大名,伏乞详示。"大王道:"小可生在海边,姓乌名友。少小就有些膂力,众人推我为尊,权主此岛。因见我须毛太多,称我做乌将军。前日由海道到崇明县,得游贵府,与仁兄相会。小可不是馋啜之徒,感仁兄一饭,盖因我辈钱财轻、义气重,仁兄若非尘埃之中,深知小可,一个素不相识之人,如何肯欣然款纳? 所谓'士为知己者死',仁兄果我之知己耳!"大郎闻言,又惊又喜,心里想道:"好侥幸也! 若非前日一饭,今日连性命也难保。"又饮了数杯,大王开言道:"动问仁兄,宅上有多少人口?"大郎道:"只有岳父母、妻子、小舅,并无他人。"大王道:"如今各平安否?"大郎下泪道:"不敢相瞒,旧岁荆妻、妻弟一同往崇明探亲,途中有失,至今不知下落。"大王道:"既是这等,尊嫂定是寻不出了。小可这里有个妇女也是贵乡人,年貌与兄正当,小可欲将他来奉仁兄箕帚,意下如何?"大郎恐怕触了大王之怒,不敢推辞。大王便大喊道:"请将来!请将来!"只见一男一女,走到厅上。大郎定睛看时,元来不是别人,正是妻子与小舅,禁不住相持痛哭了一场。大王便教增了筵席,三人坐了客位,大王坐了主位,说道:"仁兄知尊嫂在此之故否?旧岁冬间,孩儿每往崇明海岸无人处,做些细商道路,见一男一女,傍晚同行,拿着前来。小可问出根由,知是仁兄宅眷,忙令各馆别室,不敢相轻。于今两月有余。急忙里无个缘便,心中想道:'只要得邀仁兄一见,便可用小力送还。'今日不期而遇,天使然也!"三人感谢不尽。那妻子与小舅私对陈大郎道:"那日在海滩上望得见外婆家了,打发了来船。姊弟正走间,遇见一伙人,捆缚将来,道是性命休矣!不想一见大王,查问来历,我等一一实对,便把我们另眼相看,我们也不知其故。今日见说,却记得你前年间曾言苏州所遇,果非虚话了。"陈大郎又想道:"好侥幸也!前日若非一饭,今日连妻子也难保。"

酒罢起身,陈大郎道:"妻父母望眼将穿。既蒙壮士厚恩完聚,得早还家为幸。"大王道:"既如此,明日送行。"当夜送大郎夫妇在一个所在,送小舅在一个所在,各歇宿了。次日,又治酒相饯,三口拜谢了要行。大王又教喽罗托出黄金三百两,白金一千两,彩缎货物在外,不计其数。陈大郎推辞了几番道:"重承厚赐,只身难以持归。"大王道:"自当相送。"大郎只得拜受了。大王道:"自此每年当一至。"大郎应允。大王相送出岛边,喽罗们已自驾船相等。他三人欢欢喜喜,别了登舟。那海中是强人出没的所在,怕甚风涛险阻!只两日,竟由海道中送到崇明上岸,海船自去了。

他三人竟走至外婆家来,见了外婆,说了缘故,老人家肉天肉地的叫,欢喜无极。陈大郎又叫了一只船,三人一同到家,欧公欧妈见儿女、女婿都来,还道是睡里梦里。大郎便将前情告诉了一遍,各各悲欢了一场。欧公道:"此果是乌将军义气,然若不遇飓风,何缘得到岛中?普陀大士真是感应!"大郎又说着大士梦中四句诗,举家叹异。

从此大郎夫妻年年到普陀进香,都是乌将军差人从海道迎送,每番多则千金,少则数百,必致重负而返。陈大郎也年年往他州外府,觅些奇珍异物奉承,乌将军又必加倍相答,遂做了吴中巨富之家,乃一饭之报也。后人有诗赞曰:

> 胯下曾酬一饭金,谁知剧盗有情深。
> 世间每说奇男子,何必儒林胜绿林!

卷之九

宣徽院仕女秋千会　清安寺夫妇笑啼缘

诗曰：

> 闻说氤氲使，专司夙世缘。
> 岂徒生作合，惯令死重还。
> 顺局不成幻，逆施方见权。
> 小儿称造化，于此信其然。

话说人世婚姻前定，难以强求，不该是姻缘的，随你用尽机谋，坏尽心术，到底没收场。及至该是姻缘的，虽是被人扳障，受人离间，却又散的弄出合来，死的弄出活来。从来传奇小说上边，如《倩女离魂》，活的弄出魂去，成了夫妻。如《崔护谒浆》，死的弄转魂来，成了夫妻。奇奇怪怪，难以尽述。

只如《太平广记》上边说，有一个刘氏子，少年任侠，胆气过人，好的是张弓挟矢、驰马试剑、飞觞蹴鞠诸事。交游的人，总是些剑客、博徒、杀人不偿命的亡赖子弟。一日游楚中，那楚俗习尚，正与相合。就有那一班儿意气相投的人，成群聚党，如兄若弟往来。有人对他说道："邻人王氏女，美貌当今无比。"刘氏子就央座中人为媒去求聘他。那王家道："虽然此人少年英勇，却闻得行径古怪，有些不务实，恐怕后来惹出事端，误了女儿终身。"坚执不肯。那女儿久闻得此人英风义气，倒有几分慕他，只碍着爹娘做主，无可奈何。那媒人回复了刘氏子，刘氏子是个猛烈汉子，道："不肯便罢，大丈夫怕没有好妻！愁他则甚？"一些不放在心上。

又到别处闲游了几年。其间也就说过几家亲事，高不凑，低不就，一家也不曾成得，仍旧到楚中来。那邻人王氏女虽然未嫁，已许下人了。刘氏子闻知也不在心上。这些旧时朋友见刘氏子来了，都来访他，仍旧联肩叠背，日里合围打猎，猎得些獐鹿雉兔，晚间就烹炮起来，成群饮酒，没有三四鼓不肯休歇。一日打猎归来，在郭外十余里一个村子里，下马少憩。只见树木阴惨，境界荒凉，有六七个土堆，多是雨淋泥落，尸棺半露，也有棺木毁坏，尸骸尽见的。众人看了道："此等地面，亏是日间，若是夜晚独行，岂不怕人！"刘氏子道："大丈夫神钦鬼伏，就是黑夜，有何怕惧？你看我今日夜间，偏要到此处走一遭。"众人道："刘兄虽然有胆气，怕不能如此。"刘氏子道："你看我今夜便是。"众人道："以何物为信？"刘氏子就在古墓上取墓砖一块，题起笔来，把同来众人名字多写在上面，说道："我今带了此砖去，到夜间我独自送将来。"指着一个棺木道："放在此棺上，明日来看便是。我送不来，我输东道，请你众位；我送了来，你众位输东道，请我。见放着砖上名字，挨名派分，不怕少了一个。"众人都笑道："使得，使得。"说罢，只听得天上隐隐雷响，一齐上马回到刘氏子下处。又将射猎所得，烹宰饮酒。

霎时间雷雨大作，几个霹雳，震得屋宇都是动的。众人戏刘氏子道："刘兄，日间所言，此时怕铁好汉也不敢去。"刘氏子道："说那里话？你看我雨略住就走。"果然阵头过，雨小了，刘氏子持了日间墓砖出门就走。众人都笑道："你看他那里演帐演帐，回来捣鬼，我们且落得吃酒。"果然刘氏子使着酒性，一口气走到日间所歇墓边，笑道："你看这伙懦夫！不知有何惧怕，便道到这里来不得。"此时雷雨已息，露出星光微明，正要将砖放在棺上，只见棺上有一件东西蹲踞在上面。刘氏子摸了一摸道："奇怪！是甚物件？"暗中手捻捻看，却象是个衣衾之类裹着甚东西。两手合抱将来，约有七八十斤重。笑道："不拘是甚物件，且等我背了他去，与他们看看，等他们就晓得，省得直到明日才信。"他自恃膂力，要吓这班人，便把砖放了，一手拖来，背在背上，大踏步便走。

到得家来，已是半夜。众人还在那里呼五叫六的吃酒，听得外边脚步响，晓得刘氏子已归，恰象负着重东西走的。正在疑惑间，门开处，刘氏子直到灯前，放下背上所负在地。灯下一看，却是一个簇新衣服的女人死尸。可也奇怪，挺然卓立，更不僵仆。一座之人猛然抬头见了，个个惊得屁滚尿流，有的逃躲不及。刘氏子再把灯细细照着死尸面孔，只见脸上脂粉新施，形容甚美，只是双眸紧闭，口中无气，正不知是甚么缘故。众人都怀惧怕道："刘兄恶取笑，不当人子！怎么把一个死人背在家里来吓人？快快仍背了出去！"刘氏子大笑道："此乃吾妻也！我今夜还要与他同衾共枕，怎么舍得负了出去？"说罢，就裸起双袖，一抱抱将上床来，与他做了一头，口对了口，果然做一被睡下了。他也只要在众人面前卖弄胆壮，故意如此做作。众人又怕又笑，说道："好无赖贼，直如此大胆不怕！拚得输东道与你罢了，何必做出此渗濑勾当？"

刘氏子凭众人自说，只是不理，自睡了，众人散去。刘氏子与死尸睡到了四鼓，那死尸得了生人之气，口鼻里渐渐有起气来，刘氏子骇异，忙把手摸他心头，却是温温的。刘氏子道："惭愧！敢怕还活转来?"正在疑惑间，那女人四肢已自动了。刘氏子越吐着热气接他，果然翻个身活将起来，道："这是那里？我却在此!"刘氏子问其姓名，只是含羞不说。

须臾之间，天大明了。只见昨晚同席这干人有几个走来道："昨夜死尸在那里？原来有这样异事。"刘氏子且把被遮着女人，问道："有何异事?"那些人道："原来昨夜邻人王氏之女嫁人，梳妆已毕，正要上轿，忽然急心疼死了。未及殡殓，只听得一声雷响，不见了尸首，至今无寻处。昨夜兄背来死尸，敢怕就是?"刘氏子大笑道："我背来是活人，何曾是死尸!"众人道："又来调喉!"刘氏子扯开被与众人看时，果然是一个活人。众人道："又来奇怪!"因问道："小娘子谁氏之家?"那女子见人多了，便说出话来，道："奴是此间王家女。因昨夜一个头晕，跌倒在地，不知何缘在此?"刘氏子又大笑道："我昨夜原说道是吾妻，今说将来，便是我昔年求聘的了。我何曾吊谎?"众人都笑将起来道："想是前世姻缘，我等当为撮合。"

此话传闻出去，不多时王氏父母都来了，看见女儿是活的，又惊又喜。那女儿晓得就是前日求亲的刘生，便对父母说道："儿身已死，还魂转来，却遇刘生。昨夜虽然是个死尸，已与他同寝半夜，也难另嫁别人了，爹妈做主则个。"众人都撺掇道："此是天意，不可有违!"王氏父母遂把女儿招与刘氏子为婿，后来偕老。可见天意有定，如此作合。倘若这夜不是暴死、大雷，王氏女已是别家媳妇了。又非刘氏子试胆作戏，就是因雷失尸，也有何涉？只因是夙世前缘，故此奇奇怪怪，颠之倒之，有此等异事。

这是个父母不肯许的，又有一个父母许了又悔的，也弄得死了活转来。一念坚贞，终成夫妇。留下一段佳话，名曰《秋千会记》。正是：

> 精诚所至，金石为开。
>
> 贞心不寐，死后重谐。

这本话乃是元朝大德年间的事。那朝有个宣徽院使叫做孛罗，是个色目人，乃故相齐国公之子。生自相门，穷极富贵，第宅宏丽，莫与为比。却又读书能文，敬礼贤士，一时公卿间，多称诵他好处。他家住在海子桥西，与金判奄都剌、经历东平王荣甫三家相联，通家往来。宣徽私居后有花园一所，名曰杏园，取"春色满园关不住，一枝红杏出墙来"之意。那杏园中花卉之奇，亭榭之好，诸贵人家所不能仰望。每年春，宣徽诸妹诸女，邀院判、经历两家宅眷，于园中设秋千之戏，盛陈饮宴，欢笑竟日。各家亦隔一日设宴还答，自二月末至清明后方罢，谓之"秋千会"。

于时有个枢密院同佥帖木儿不花的公子，叫做拜住，骑马在花园墙外走过。只闻得墙内笑声，在马上欠身一望，正见墙内秋千竞就，欢哄方浓。遥望诸女，都是绝色。拜住勒住了马，潜身在柳阴中，恣意偷觑，不觉多时。那管门的老园公听见墙外有马铃响，走出来看，只见有一个骑马郎君呆呆地对墙里觑着。园公认得是同佥公子，走报宣徽，宣徽急叫人赶出来。那拜住才撞见园公时，晓得有人知觉，恐怕不雅，已自打上一鞭，去得远了。

拜住归家来，对着母夸说此事，盛道宣徽诸女个个绝色。母亲解意，便道："你我正是门当户对，只消遣媒求亲，自然应允，何必望空羡慕？"就央个媒婆到宣徽家来说亲。宣徽笑道："莫非是前日骑马看秋千的？吾正要择婿，教他到吾家来看看。才貌若果好，便当许亲。"媒婆归报同佥，同佥大喜，便叫拜住盛饰仪服，到宣徽家来。

宣徽相见已毕，看他丰神俊美，心里已有几分喜欢。但未知内蕴才学如何，思量试他，遂对拜住道："足下喜看秋千，何不以此为题，赋《菩萨蛮》一调？老夫要请教则个。"拜住请笔砚出来，一挥而就。词曰：

> 红绳画板柔荑指，东风燕子双双起。夸俊要争高，更将裙系牢。
>
> 牙床和困睡，一任金钗坠。推枕起来迟，纱窗月上时。

宣徽见他才思敏捷，韵句铿锵，心下大喜，分付安排盛席款待。筵席完备，待拜住以子侄之礼，送他侧首坐下，自己坐了主席。饮酒中间，宣徽想道："适间咏秋千词，虽是流丽，然或者是那日看过秋千，便已有此题咏，今日偶合着题目的。不然如何恁般来得快？真个七步之才也不过如此。待我再试他一试看。"恰好听得树上黄莺巧啭，就对拜住道："老夫再欲求教，将《满江红》调赋《莺》一首。望不吝珠玉，意下如何？"拜住领命，即席赋成，拂拭剡藤，挥洒晋字，呈上宣徽，词曰：

> 嫩日舒晴，韶光艳、碧天新霁。正桃腮半吐，莺声初试。孤枕乍闻弦索悄，曲屏时听笙簧细。爱绵蛮柔舌韵东风，愈娇媚。　　幽梦醒，闲愁泥。残杏褪，重门闭。巧音芳韵，十分流丽。入柳穿花来又去，欲求好友

真无计。望上林,何日得双栖? 心迢递。

宣徽看见词翰两工,心下已喜,及读到末句,晓得是见景生情,暗藏着求婚之意。不觉拍案大叫道:"好佳作! 真吾婿也! 老夫第三夫人有个小女,名唤速哥失里,堪配君子。待老夫唤出相见则个。"就传云板,请三夫人与小姐上堂。当下拜住见了岳母,又与小姐速哥失里相见了,正是秋千会里女伴中最绝色者。拜住不敢十分抬头,已自看得较切,不比前日墙外影响,心中喜乐不可名状。相见罢,夫人同小姐回步。却说内宅女眷,闻得堂上请夫人、小姐时,晓得是看中了女婿。别位小姐都在门背后缝里张着,看见拜住一表非俗,个个称羡。见速哥失里进来,私下与他称喜道:"可谓门阑多喜气,女婿近乘龙也。"合家赞美不置。

拜住辞谢了宣徽,回到家中,与父母说知,就择吉日行聘。礼物之多,词翰之雅,喧传都下,以为盛事。

谁知好事多磨,风云不测,台谏官员看见同金富贵豪宕,上本参论他赃私。奉圣旨发下西台御史勘问,免不得收下监中。那同金是个受用的人,怎吃得牢狱之苦? 不多几日生起病来。元来元朝大臣在狱有病,例许题请释放。同金幸得脱狱,归家调治,却病得重了,百药无效,不上十日,呜呼哀哉,举家号痛。谁知这病是惹的牢瘟,同金既死,阖门染了此症,没几日就断送一个,一月之内弄个尽绝,止剩得拜住一个不死。却又被西台追赃入官,家业不勾赔偿,真个转眼间冰消瓦解,家破人亡。

宣徽好生不忍,心里要收留拜住回家成亲,教他读书,以图出身。与三夫人商议,那三夫人是个女流之辈,只晓得炎凉世态,那里管甚么大道理? 心里怫然不悦。元来宣徽别房虽多,惟有三夫人是他最宠爱的,家里事务都是他主持。所以前日看上拜住,就只把他的女儿许了,也是好胜处。今日见别人的女儿,多与了富贵之家,反是他女婿家里凋弊了,好生不伏气,一心要悔这头亲事,便与女儿速哥失里说知。速哥失里不肯,哭谏母亲道:"结亲结义,一与定盟,终不可改。儿见诸姊妹家荣盛,心里岂不羡慕? 但寸丝为定,鬼神难欺。岂可因他贫贱,便想悔赖前言? 非人所为。儿誓死不敢从命!"宣徽虽也道女儿之言有理,怎当得三夫人撒娇撒痴,把宣徽的耳朵掇了转来,那里管女儿肯不肯,别许了平章阔阔出之子僧家奴。拜住虽然闻得这事,心中懊恼,自知失势,不敢相争。

那平章家择日下聘,比前番同金之礼更觉隆盛。三夫人道:"争得气来,心下方才快活。"只见平章家拣下吉期,花轿到门。速哥失里不肯上轿,众夫人、众姊妹各来相劝。速哥失里大哭一场,含着眼泪,勉强上轿。到得平章家里,傧相念了诗赋,启请新人出轿。伴娘开帘,等待再三,不见抬身。攒头轿内看时,叫声:"苦也!"元来速哥失里在轿中偷解缠脚纱带,缢颈而死,已此绝气了。慌忙报与平章,连平章没做道理处,叫人去报宣徽。那三夫人见说,儿天儿地哭将起来。急忙叫人追轿回来,急解脚缠,将姜汤灌下去,牙关紧闭,眼见得不醒。三夫人哭得昏晕了数次,无可奈何;只得买了一副重价的棺木,尽将平日房奁首饰珠玉及两番夫家聘物,尽情纳在棺内入殓,将棺木暂寄清安寺中。

且说拜住在家,闻得此变,情知小姐为彼而死。晓得柩寄清安寺中,要去哭他一番。是夜来到寺中,见了棺柩,不觉伤心,抚膺大恸,真是哭得三生诸佛都垂泪,满房禅侣尽长吁。哭罢,将双手扣棺道:"小姐阴灵不远,拜住在此。"只听得棺内低低应道:"快开了棺,我已活了。"拜住听得明白,欲要开时,将棺木四周一看,漆钉牢固,难以动手。乃对本房主僧说道:"棺中小姐,元是我妻屈死。今棺中说道已活,我欲开棺,独自一人难以着力,须求师父们帮助。"僧道:"此宣徽院小姐之棺,谁敢私开?开棺者须有罪。"拜住道:"开棺之罪,我一力当之,不致相累,况且暮夜无人知觉。若小姐果活了,放了出来,棺中所有,当与师辈共分。若是不活,也等我见他一面,仍旧盖上,谁人知道?"那些僧人见说共分所有,他晓得棺中随殓之物甚厚,也起了利心;亦且拜住兴头时,与这些僧人也是门徒施主,不好违拗。便将一把斧头,把棺盖撬将开来。只见划然一声,棺盖开处,速哥失里便在棺内坐了起来。见了拜住,彼此喜极。拜住便说道:"小姐再生之庆,果是冥数,也亏得寺僧助力开棺。"小姐便脱下手上金钏一对及头上首饰一半,谢了僧人,剩下的还直数万两。拜住与小姐商议道:"本该报宣徽得知,只是恐怕有变。而今身边有财物,不如瞒着远去,只央寺僧买些漆来,把棺木仍旧漆好,不说出来。神不知,鬼不觉,此为上策。"寺僧受了重贿,无有不依,照旧把棺木漆得光净牢固,并不露一些风声。

拜住挈了速哥失里,走到上都寻房居住。那时身边丰厚,拜住又寻了一馆,教着蒙古生数人,复有月俸,家道从容,尽可过日。夫妻两个,你恩我爱,不觉已过一年。也无人晓得他的事,也无人晓得甚么宣徽之女,同金之子。

却说宣徽自丧女后,心下不快,也不去问拜住下落。好些时不见了他,只说是流离颠沛,连存亡不可保了。一日旨意下来,拜宣徽做开平尹,宣徽带了家眷赴任。那府中事体烦杂,宣徽要请一个馆客做记室,代笔札之劳。争奈上都是个极北夷方,那里寻得个儒生出来?访有多日,有人对宣徽道:"近有个士人,自大都挈家寓此,也是个色目人,设帐民间,极有学问。府君若要觅西宾,只有此人可以充得。"宣徽大喜,差个人拿帖去,快请了来。拜住看见了名帖,心知正是宣徽。忙对小姐说知了。穿着整齐,前来相见。宣徽看见,认得是拜住,吃了一惊,想道:"我几时不见了他,道是流落死亡了,如何得衣服济楚,容色充盛如此?"不觉追念女儿,有些伤感起来,便对拜住道:"昔年有负足下,反累爱女身亡,惭恨无极!今足下何因在此?曾有亲事未曾?"拜住道:"重蒙垂念,足见厚情。小婿不敢相瞒,令爱不亡,见同在此。"宣徽大惊道:"那有此话!小女当日自缢,今尸棺见寄清安寺中,那得有个活的在此间?"拜住道:"令爱小姐与小婿实是夙缘未绝,得以重生。今见在寓所,可以即来相见,岂敢有诳!"

宣徽忙走进去与三夫人说了,大家不信。拜住又叫人去对小姐说了,一乘轿竟抬入府衙里来。惊得合家人都上前来争看,果然是速哥失里。那宣徽与三夫人不管是人是鬼,且抱着头哭做了一团。哭罢,定睛再看,看去身上穿戴的,还是殓时之物,行步有影,衣衫有缝,言语有声,料想真是个活人了。那三夫人道:"我的儿,就是鬼,我也舍不得放你了!"只有宣徽是个读书人见识,终是不信。疑心道:"此是屈死之鬼,所以假托人形,幻惑年少。"口里虽不说破,却暗地使人到大都清安寺问僧家的缘故。僧家初时抵赖,后见来人说道已自相逢厮认了,才把真心话一一说知。来人不肯便信,僧家把棺木撬开与他看,只见是个空棺,一无所有。回来报知宣徽道:"此情是实。"宣徽道:"此乃宿世前缘也!难得小姐一念不移,所以有此异事。早知如此,只该当初依我说,收养了女婿,怎见得有此多般?"三夫人见说,自觉没趣,懊悔无极,把女婿越看待得亲热,竟赘他在家中终身。

后来速哥失里与拜住生了三子。长子教化,仕至辽阳等处行中省左丞。次子忙古歹,幼子黑厮,俱为内怯薛带御器械。教化与忙古歹先死,黑厮直做到枢密院使。天兵至燕,元顺帝御清宁殿,集三宫皇后太子同议避兵。黑厮与丞相失列门哭谏道："天下者,世祖之天下也,当以死守。"顺帝不听,夜半开建德门遁去。黑厮随入沙漠,不知所终。

　　平章府轿抬死女,清安寺漆整空棺。

　　若不是生前分定,几曾有死后重欢!

卷 之 十

韩秀才乘乱聘娇妻　吴太守怜才主姻簿

诗曰：

　　嫁女须求女婿贤，贫穷富贵总由天。

　　姻缘本是前生定，莫为炎凉轻变迁！

话说人生一世，沧海变为桑田，目下的贵贱穷通都做不得准的。如今世人一肚皮势利念头，见一个人新中了举人、进士，生得女儿，便有人抢来定他为媳，生得男儿，便有人捱来许他为婿。万一官卑禄薄，一旦夭亡，仍旧是个穷公子、穷小姐，此时懊悔，已自迟了。尽有贫苦的书生，向富贵人家求婚，便笑他阴沟洞里思量天鹅肉吃。忽然青年高第，然后大家懊悔起来，不怨怅自己没有眼睛，便嗟叹女儿无福消受。所以古人会择婿的，偏拣着富贵人家不肯应允，却把一个如花似玉的爱女，嫁与那酸黄齑、烂豆腐的秀才，没有一人不笑他呆痴，道是："好一块羊肉，可惜落在狗口里了！"一朝天子招贤，连登云路，五花诰、七香车，尽着他女儿受用，然后服他先见之明。这正是：凡人不可貌相，海水不可斗量。只在论女婿的贤愚，不在论家势的贫富。当初韦皋、吕蒙正多是样子。

却说春秋时，郑国有一个大夫，叫做徐吾犯。父母已亡，止有一同胞妹子。那小姐年方十六，生得肌如白雪，脸似樱桃，鬓若堆鸦，眉横丹凤。吟得诗，作得赋，琴棋书画，女工针指，无不精通。还有一件好处：那一双娇滴滴的秋波，最会相人。大凡做官的与他哥哥往来，他常在帘中偷看，便识得那人贵贱穷通，终身结果，分毫没有差错，所以一发名重当时。却有大夫公孙楚聘他为妇，尚未成婚。

那公孙楚有个从兄，教做公孙黑，官居上大夫之职。闻得那小姐貌美，便央人到徐家求婚。徐大夫回他已受聘了。公孙黑原是不良之徒，便倚着势力，不管他肯与不肯，备着花红酒礼，笙箫鼓乐，送上门来。徐大夫无计可施，次日备了酒筵，请他兄弟二人来，听妹子自择。公孙黑晓得要看女婿，便浓妆艳服而来，又自卖弄富贵，将那金银彩缎，排列一厅。公孙楚只是常服，也没有甚礼仪。旁人观看的,都赞那公孙黑,暗猜道:"一定看中他了。"酒散,二人谢别而去。小姐房中看过,便对哥哥说道:"公孙黑官职又高,面貌又美,只是带些杀气,他年决不善终。不如嫁了公孙楚,虽然小小有些折挫,久后可以长保富贵。"大夫依允,便辞了公孙黑,许了公孙楚。择日成婚已毕。

那公孙黑怀恨在心,奸谋又起。忽一日,穿了甲胄,外边用便服遮着,到公孙楚家里来,欲要杀他,夺其妻子。已有人通风与公孙楚知道,疾忙执着长戈赶出。公孙黑措手不及,着了一戈,负痛飞奔出门,便到宰相公孙侨处告诉。此时大夫都聚,商议此事,公孙楚也来了。争辩了多时,公孙侨道:"公孙黑要杀族弟,其情未知虚实。却是论官职,也该让他;论长幼,也该让他。公孙楚卑幼,擅动干戈,律当远窜。"当时定了罪名,贬在吴国安置。公孙楚回家,与徐小姐抱头痛哭而行。公孙黑得意,越发耀武扬威了。外人看见,都懊怅徐小姐不嫁得他,就是徐大夫也未免世俗之见。小姐全然不以为意,安心等守。

却说郑国有个上卿游吉,该是公孙侨之后轮着他为相。公孙黑思想夺他权位,日夜蓄谋,不时就要作起反来。公孙侨得知,便疾忙乘其未发,差官数了他的罪恶,逼他自缢而死。这正合着徐小姐"不善终"的话了。

那公孙楚在吴国住了三载,赦罪还朝,就代了那上大夫职位,富贵已极,遂与徐小姐偕老。假如当日小姐贪了上大夫的声势,嫁着公孙黑,后来做了叛臣之妻,不免守几十年之寡。即此可见目前贵贱都是论不得的。说话的,你又差了,天下好人也有穷到底的,难道一个个为官不成?俗语道得好:"赊得不如现得。"何如把女儿嫁了一个富翁,且享此目前的快活。看官有所不知,就是会择婿的;也都要跟着命走。一饮一啄,莫非前定。却毕竟不如嫁了个读书人,到底不是个没望头的。

如今再说一个生女的富人,只为倚富欺贫,思负前约,亏得太守廉明,成其姻事。后来妻贵夫荣,遂成佳话。有诗一首为证:

　　当年红拂困闺中,有意相随李卫公。

　　日后荣华谁可及?只缘双目识英雄。

话说国朝正德年间,浙江台州府天台县有一秀士,姓韩名师愈,表字子文。父母双亡,也无兄弟,只是一身。他十二岁上就游庠的,养成一肚皮的学问,真个是:

才过子建，貌赛潘安。胸中博览五车，腹内广罗千古。他日必为攀桂客，目前尚作采芹人。

那韩子文虽是满腹文章，却当不过家道消乏，在人家处馆，勉强糊口。所以年过二九，尚未有亲。一日遇着端阳节近，别了主人家回来，住在家里数日。忽然心中想道："我如今也好议亲事了。据我胸中的学问，就是富贵人家把女儿匹配，也不冤屈了他。却是如今世人谁肯？"又想了一回道："是便是这样说，难道与我一样的儒家，我也还对他的女儿不过？"当下开了拜匣，称出束脩银伍钱，做个封筒封了，放在匣内，教书僮拿了随着，信步走到王媒婆家里来。

那王媒婆接着，见他是个穷鬼，也不十分动火他的。吃过了一盏茶，便开口问道："秀才官人几时回家的？甚风推得到此？"子文道："来家五日了。今日到此，有些事体相央。"便在家童手中接过封筒，双手递与王婆道："薄意伏乞笑纳，事成再有重谢。"王婆推辞一番便接了，道："秀才官人，敢是要说亲么？"子文道："正是。家下贫穷，不敢仰攀富户，但得一样儒家女儿，可备中馈、延子嗣，足矣。积下数年束脩，四五十金聘礼也好勉强出得。乞妈妈与我访个相应的人家。"王婆晓得穷秀才说亲，自然高来不成，低来不就的，却难推拒他，只得回复道："既承官人厚惠，且请回家，待老婢子慢慢的寻觅。有了话头，便来回报。"那子文自回家去了。

一住数日，只见王婆走进门来，叫道："官人在家么？"子文接着，问道："姻事如何？"王婆道："为着秀才官人，鞋子都走破了。方才问得一家，乃是县前许秀才的女儿，年纪十七岁。那秀才前年身死，娘子寡居在家里，家事虽不甚富，却也过得。说起秀才官人，倒也有些肯了。只是说道：'我女儿嫁个读书人，尽也使得。但我们妇人家，又不晓得文字，目今提学要到台州岁考，待官人考了优等，就出吉帖便是。'"子文自恃才高，思忖此事十有八九，对王婆道："既如此说，便待考过议亲不迟。"当下买几杯白酒，请了王婆。自别去了。

子文又到馆中，静坐了一月有余，宗师起马牌已到。那宗师姓梁，名士范，江西人，不一日，到了台州。那韩子文头上戴了紫菜的巾，身上穿了腐皮的衫，腰间系了芋艿的绦，脚下穿了木耳的靴，同众生员迎接入城。行香讲书已过，便张告示，先考府学及天台、临海两县。到期，子文一笔写完，甚是得意。出场来，将考卷誊写出来，请教了几个先达、几个朋友，无不叹赏。又自己玩了几遍，拍着桌子道："好文字！好文字！就做个案元帮补也不为过，何况优等?"又把文字来鼻头边闻一闻道:"果然有些老婆香!"

却说那梁宗师是个不识文字的人,又且极贪,又且极要奉承乡官及上司。前日考过杭、嘉、湖,无一人不骂他的,几乎吃秀才们打了。曾编着几句口号道:"道前梁铺,中人姓富,出卖生儒,不误主顾。"又有一个对道:"公子笑欣欣,喜弟喜兄都入学;童生愁惨惨,恨祖恨父不登科。"又把《四书》几语,做着几股道:"君子学道公则悦,小人学道尽信书。不学诗,不学礼,有父兄在,如之何其废之!诵其诗,读其书,虽善不尊,如之何其可也!"那韩子文是个穷儒,那有银子钻刺?十日后发出案来,只见公子富翁都占前列了。你道那韩师愈的名字却在那里?正是:"似'王'无一竖,如'川'却又眠。"曾有一首《黄莺儿》词,单道那三等的苦处:

> 无辱又无荣,论文章是弟兄,鼓声到此如春梦。高才命穷,庸才运通,廪生到此便宜贡。且从容,一边站立,看别个赏花红。

那韩子文考了三等,气得目睁口呆。把那梁宗师乌龟亡八的骂了一场,不敢提起亲事,那王婆也不来说了。只得勉强自解,叹口气道:

> 娶妻莫恨无良媒,书中有女颜如玉。

发落已毕,只得萧萧条条,仍旧去处馆。见了主人家及学生,都是面红耳热的,自觉没趣。

又过了一年有余,正遇着正德爷爷崩了,遗诏册立兴王。嘉靖爷爷就藩邸召入登基,年方一十五岁。妙选良家子女,充实掖庭。那浙江纷纷的讹传道:"朝廷要到浙江各处点绣女。"那些愚民,一个个信了。一时间嫁女儿的,讨媳妇的,慌慌张张,不成礼体。只便宜了那些卖杂货的店家,吹打的乐人,服侍的喜娘,抬轿的脚夫,赞礼的傧相。还有最可笑的,传说道:"十个绣女要一个寡妇押送。"赶得那七老八十的,都起身嫁人去了。但见:

> 十三四的男儿,讨着二十四五的女子。十二三的女子,嫁着三四十的男儿。粗蠢黑的面孔,还恐怕认做了绝世芳姿;宽定宕的东西,还恐怕认做了含花嫩蕊。自言节操凛如霜,做不得二夫烈女;不久形躯将就木,再拚个一度春风。

当时无名子有一首诗,说得有趣:

> 一封丹诏未为真,三杯淡酒便成亲。
> 夜来明月楼头望,唯有嫦娥不嫁人。

　　那韩子文恰好归家，见民间如此慌张，便闲步出门来玩景。只见背后一个人，将子文忙忙的扯一把。回头看时，却是开典当的徽州金朝奉。对着子文施个礼，说道："家下有一小女，今年十六岁了。若秀才官人不弃，愿纳为室。"说罢，也不管子文要与不要，摸出吉帖，望子文袖中乱摔。子文道："休得取笑。我是一贫如洗的秀才，怎承受得令爱起？"朝奉皱着眉道："如今事体急了，官人如何说此懈话？若略迟些，恐防就点了去。我们夫妻两口儿，只生这个小女，若远远地到北京去了，再无相会之期，如何割舍得下？官人若肯俯从，便是救人一命。"说罢便思量要拜下去。

　　子文分明晓得没有此事，他心中正要妻子，却不说破。慌忙一把揽起道："小生囊中只有四五十金，就是不嫌孤寒，聘下令爱时，也不能够就完姻事。"朝奉道："不妨，不妨。但是有人定下的，朝廷也就不来点了。只须先行谢吉之礼，待事平之后，慢慢的做亲。"子文道："这倒也使得。却是说开，后来不要翻悔！"那朝奉是情急的，就对天设起誓来，道："若有翻悔，就在台州府堂上受刑。"子文道："设誓倒也不必，只是口说无凭，请朝奉先回，小生即刻去约两个敝友，同到宝铺来。先请令爱一见，就求朝奉写一纸婚约，待敝友们都押了花字，一同做个证见。纳聘之后，或是令爱的衣裳，或是头发，或是指甲，告求一件，藏在小生处，才不怕后来变卦。"那朝奉只要成事，满担应承道："何消如此多疑！使得，使得。一唯尊命，只求快些。"一头走，一头说道："专望！专望！"自回铺里去了。

　　韩子文便望学中，会着两个朋友，乃是张四维、李俊卿，说了缘故，写着拜帖，一同望典铺中来。朝奉接着，奉茶寒温已罢，便唤出女儿朝霞到厅。你道生得如何？但见：

　　　　眉如春柳，眼似秋波。几片夭桃脸上来，两枝新笋裙间露。即非倾
　　国倾城色，自是超群出众人。

子文见了女子的姿容，已自欢喜。一一施礼已毕，便自进房去了。子文又寻个算命先生合一合婚，说道："果是大吉，只是将婚之前，有些闲气。"那金朝奉一味要成，说道："大吉便自十分好了，闲气自是小事。"便取出一幅全帖，上写道：

　　　　立婚约金声，系徽州人。生女朝霞，年十六岁，自幼未曾许聘何人。
　　今有台州府天台县儒生韩子文礼聘为妻，实出两愿。自受聘之后，更无

他说。张、李二公，与闻斯言。嘉靖元年　月　日。

　　　立婚约：金声。

　　　同议友人：张安国、李文才。

写罢，三人都画了花押，付子文藏了。这也是子文见自己贫困，作此不得已之防，不想他日果有负约之事，这是后话。

　　当时便先择个吉日，约定行礼。到期，子文将所积束脩五十余金，粗粗的置几件衣段首饰，其余的都是现银，写着："奉申纳币之敬。子婿韩师愈顿首百拜。"又送张、李二人银各一两，就请他为媒，一同行聘，到金家铺来。那金朝奉是个大富之家，与妈妈程氏，见他礼不丰厚，虽然不甚喜欢，为是点绣女头里，只得收了，回盘甚是整齐。果然依了子文之言，将女儿的青丝细发，剪了一镂送来。子文一一收好，自想道："若不是这一番哄传，连妻子也不知几时定得，况且又有妻财之分。"心中甚是快活不题。

　　光阴似箭，日月如梭。暑往寒来，又是大半年光景。却早嘉靖二年，点绣女的讹传，已自息了。金氏夫妻见安平无事，不舍得把女儿嫁与穷儒，渐渐的懊悔起来。那韩子文行礼了一番，已把囊中所积束脩用个罄尽，所以还不说起做亲。

　　一日，金朝奉正在当中算帐，只见一个客人跟着个十七八岁孩子走进铺来，叫道："妹夫姊姊在家么？"原来是徽州程朝奉，就是金朝奉的舅子，领着亲儿阿寿，打从徽州来，要与金朝奉合伴开当的。金朝奉慌忙迎接，又引程氏、朝霞都相见了。叙过寒温，便教暖酒来吃。程朝奉从容问道："外甥女如此长成得标致了，不知曾受聘未？不该如此说，犬子尚未有亲，姊夫不弃时，做个中表夫妻也好。"金朝奉叹口气道："便是呢，我女儿若把与内侄为妻，有甚不甘心处？只为旧年点绣女时，心里慌张，草草的将来许了一个什么韩秀才。那人是个穷儒，我看他满脸饿文，一世也不能够发迹，前年梁学道来，考了一个三老官，料想也中不成。教我女儿如何嫁得他？也只是我女儿没福，如今也没处说了。"程朝奉沉吟了半晌，问道："姊夫姊姊，果然不愿与他么？"金朝奉道："我如何说谎？"程朝奉道："姊夫若是情愿把甥女与他，再也休题。若不情愿时，只须用个计策，要官府断离，有何难处？"金朝奉道："计将安出？"程朝奉道："明日待我台州府举一状词，告着姊夫。只说从幼中表约为婚姻，近因我羁滞徽州，妹夫就赖婚改适，要官府断与我儿便了。犬子虽则不才，也强如那穷酸饿鬼。"金朝奉道:"好便好,只是前日有亲笔婚书及女儿头发在彼为证,官府如何就肯断与你儿?况且我先有一款不是了。"程朝奉道:"姊夫真是不惯衙门事体!我与你同是徽州人,又是亲眷,说道从幼结儿女姻,也是容易信的。常言道:'有钱使得鬼推磨。'我们不少的是银子,匡得将来买上买下。再央一个乡官在太守处说了人情,婚约一纸,只须一笔勾消。剪下的头发,知道是何人的?那怕他不如我愿!既有银子使用,你也自然不到得吃亏的。"金朝奉拍手道:"妙哉!妙哉!明日就做。"当晚酒散,各自安歇了。

次日天明,程朝奉早早梳洗,讨些朝饭吃了。请个法家,商量定了状词。又寻一个姓赵的,写做了中证。同着金朝奉,取路投台州府来。这一来,有分教:

> 丽人指日归佳士,诡计当场受苦刑。

到得府前,正值新太守吴公弼升堂。不逾时抬出放告牌来,程朝奉随着牌进去。太守教义民官接了状词,从头看道:

> 告状人程元,为赖婚事:万恶金声,先年曾将亲女金氏许元子程寿为妻,六礼已备。讵恶远徙台州,背负前约。于去年　月间,擅自改许天台县儒生韩师愈。赵孝等证。人伦所系,风化攸关,恳乞天台明断,使续前姻。上告。
>
> 原告:程元,徽州府歙县人。
>
> 被犯:金声,徽州府歙县人;韩师愈,台州府天台县人。
>
> 干证:赵孝,台州府天台县人。
>
> 本府太爷施行。

太守看罢,便叫程元起来,问道:"那金声是你甚么人?"程元叩头道:"青天爷爷,是小人嫡亲姊夫。因为是至亲至眷,恰好儿女年纪相若,故此约为婚姻。"太守道:"他怎么就敢赖你?"程元道:"那金声搬在台州住了,小的却在徽州,路途先自遥远了。旧年相传点绣女,金声恐怕真有此事,就将来改适韩生。小的近日到台州探亲,正打点要完姻事,才知负约真情。他也只为情急,一时错做此事。小人却如何平白地肯让一个媳妇与别人了?若不经官府,那韩秀才如何又肯让与小人?万乞天台老爷做主!"太守见他说得有些根据,就将状子当堂批准,分付道:"十日内听审。"程元叩头出去了。

金朝奉知得状子已准,次日便来寻着张、李二生,故意做个慌张的景象,说道:"怎么好?怎么好?当初在下在徽州的时节,妻弟有个儿子,已将小女许嫁他。后来到贵府,正值点绣女事急,只为远水不救近火,急切里将来许了贵相知,原是二公为媒说合的。不想如今妻弟到来,已将在下的姓名告在府间,如何处置?"那二人听得,便怒从心上起,恶向胆边生。骂道:"不知生死的老贼驴!你前日议亲的时节,誓也不知罚了许多!只看婚约是何人写的?如今却放出这个屁来!我晓得你嫌韩生贫穷,生此奸计。那韩生是个才子,须不是穷到底的。我们动了三学朋友去见上司,怕不打断你这老驴的腿!管教你女儿一世不得嫁人!"金朝奉却待分辨,二人毫不理他,一气走到韩家来,对子文说知缘故。

那子文听罢,气得呆了半晌,一句话也说不出。又定了一会,张、李二人只是气愤愤的要拉了子文,合起学中朋友见官。倒是子文劝他道:"二兄且住!我想起来,那老驴既不愿联姻,就是夺得那女子来时,到底也不和睦。吾辈若有寸进,怕没有名门旧族来结丝萝?这一个富商,又非大家,直恁希罕!况且他有的是钱财,官府自然为他的。小弟家贫,也那有闲钱与他打官司?他年有了好处,不怕没有报冤的日子。有烦二兄去对他说,前日聘金原是五十两,若肯加倍赔还,就退了婚也得。"二人依言。

子文就开拜匣,取了婚书吉帖与那头发,一同的望着典铺中来。张、李二人便将上项的言语说了一遍。金朝奉大喜道:"但得退婚,免得在下受累,那在乎这几十两银子!"当时就取过天平,将两个元宝共兑了一百两之数,交与张、李二人收着,就要子文写退婚书,兼讨前日婚约、头发。子文道:"且完了官府的世情,再来写退婚书及奉还原约未迟。而今官事未完,也不好轻易就是这样还得。总是银子也未就领去不妨。"程朝奉又取二两银子,送了张、李二生,央他出名归息。二生就讨过笔砚,写了息词,同着原告、被告、中证一行人进府里来。

吴太守方坐晚堂,一行人就将息词呈上。太守从头念一遍道:

> 劝息人张四维、李俊卿,系天台县学生。窃徽人金声,有女已受程氏之聘,因迁居天台,道途修阻,女年及笄,程氏音问不通,不得已再许韩生,以致程氏斗争成讼。兹金声愿还聘礼,韩生愿退婚姻,庶不致寒盟于程氏。维等忝为亲戚,意在息争,为此上禀。

原来那吴太守是闽中一个名家,为人公平正直,不爱那有"贝"字的"财",只爱那无"贝"字的"才"。自从前日准过状子,乡绅就有书来,他心中已晓得是有缘故的了。当下看过息词,抬头看了韩子文,风彩堂堂,已自有几分欢喜,便教:"唤那秀才上来。"韩子文跪到面前,太守道:"我看你一表人才,决不是久困风尘的。就是我招你为婿,也不枉了。你却如何轻聘了金家之女,今日又如何就肯轻易退婚?"那韩子文是个点头会意的人。他本等不做指望了,不想着太守心里为他,便转了口道:"小生如何舍得退婚!前日初聘的时节,金声朝天设誓,尤恐怕不足为信,复要金声写了亲笔婚约,张、李二生都是同议的。如今现有'不曾许聘他人'句可证。受聘之后,又回却青丝发一缕,小生至今藏在身边,朝夕把玩,就如见我妻子一般。如今一旦要把萧郎做个路人看待,却如何甘心得过?程氏结姻,从来不曾见说。只为贫不敌富,所以无端生出是非。"说罢,便噙下泪来。恰好那吉帖、婚书、头发都在袖中,随即一并呈上。

太守仔细看了,便教把程元、赵孝远远的另押在一边去。先开口问金声道:

"你女儿曾许程家么?"金声道:"爷爷,实是许的。"又问道:"既如此,不该又与韩生了。"金声道:"只为点绣女事急,仓卒中,不暇思前算后,做此一事,也是出于无奈。"又问道:"那婚约可是你的亲笔?"金声道:"是。"又问道:"那上边写道:'自幼不曾许聘何人',却怎么说?"金声道:"当时只要成事,所以一一依他,原非实话。"太守见他言词反复,已自怒形于色。又问道:"你与程元结亲,却是几年几月几日?"金声一时说不出来,想了一回,只得扭捏道是某年某月某日。

太守喝退了金声,又叫程元上来问道:"你聘金家女儿,有何凭据?"程元道:"六礼既行,便是凭据了。"又问道:"原媒何在?"程元道:"原媒自在徽州,不曾到此。"又道:"你媳妇的吉帖,拿与我看。"程元道:"一时失带在身边。"太守冷笑了一声,又问道:"你何年何月何日与他结姻的?"程元也想了一回,信口诌道是某年某月某日。与金声所说日期,分毫不相合了。太守心里已自了然,便再唤那赵孝上来道:"你做中证,却是那里人?"赵孝道:"是本府人。"又问道:"既是台州人,如何晓得徽州事体?"赵孝道:"因为与两家有亲,所以知道。"太守道:"既如此,你可记得何年月日结姻的?"赵孝也约莫着说个日期,又与两人所言不相对了。原来他三人见投了息词,便道不消费得气力,把那答应官府的说话都不曾得打个照会。谁想太爷一个个的盘问起来，那些衙门中人虽是受了贿赂，因惮太守严明，谁敢在旁边帮衬一句！自然露出马脚。

那太守就大怒道："这一班光棍奴才，敢如此欺公罔法！且不论没有点绣女之事，就是愚民惧怕时节，金声女儿若果有程家聘礼为证，也不消再借韩生做躲避之策了。如今韩生吉帖、婚书并无一毫虚谬，那程元却都是些影响之谈。况且既为完姻而来，岂有不与原媒同行之理？至于三人所说结姻年月日期，各自一样，这却是何缘故？那赵孝自是台州人，分明是你们要寻个中证，急切里再没有第三个徽州人可央，故此买他出来的。这都只为韩生贫穷，便起不良之心，要将女儿改适内侄。一时通同合计，造此奸谋，再有何说？"便伸手抽出签来，喝叫把三人各打三十板。三人连声的叫苦。韩子文便跪上禀道："大人既与小生做主，成其婚姻，这金声便是小生的岳父了。不可结了冤仇，伏乞饶恕。"太守道："金声看韩生分上，饶他一半；原告、中证，却饶不得。"当下各各受责。只为心里不打点得，不曾用得杖钱，一个个打得皮开肉绽，叫喊连天。那韩子文、张安国、李文才三人在旁边，暗暗的欢喜。这正应着金朝奉往年所设之誓。

太守便将息词涂坏，提笔判曰：

> 韩子贫惟四壁，求淑女而未能；金声富累千箱，得才郎而自弃。只缘择婿者，原乏知人之鉴；遂使图婚者，爱生速讼之奸。程门旧约，两两无凭；韩氏新姻，彰彰可据。百金即为婚具，幼女准属韩生。金声、程元、赵孝构衅无端，各行杖警！

判毕，便将吉帖、婚书、头发一齐付与韩子文。一行人辞了太守出来。程朝奉做事不成，羞惭满面，却被韩子文一路千老驴万老驴的骂，又道："做得好事！果然做得好事！我只道打来是不痛的。"程朝奉只得忍气吞声，不敢回答一句。又害那赵孝打了屈棒，免不得与金朝奉共出些遮羞钱与他，尚自喃喃呐呐的怨怅。这教做"赔了夫人又折兵"。当下各自散讫。

韩子文经过了一番风波，恐怕又有甚么变卦，便疾忙将这一百两银子，备了些催装速嫁之类，择个吉日，就要成亲。仍旧是张、李二生请期通信。金朝奉见太守为他，不敢怠慢；欲待与舅子到上司做些手脚，又少不得经由府县的，正所谓敢怒而不敢言，只得一一听从。花烛之后，朝霞见韩生气宇轩昂，丰神俊朗，才貌甚是相当，那里管他家贫，自然你恩我爱，少年夫妇，极尽颠鸾倒凤之欢，倒怨怅父亲多事。真个是：早知灯是火，饭熟已多时。自此无话。

次年，宗师田洪录科，韩子文又得吴太守一力举荐，拔为前列。春秋两闱，联登甲第，金家女儿已自做了夫人。丈人思想前情，惭悔无及。若预先知有今日，就是把女儿与他为妾也情愿了。有诗为证：

蒙正当年也困穷，休将肉眼看英雄！

堪夸仗义人难得，太守廉明即古洪。

恶船家计赚假尸银　狠仆人误投真命状

诗曰：

　　杳杳冥冥地，非非是是天。

　　害人终自害，狠计总徒然。

话说那杀人偿命，是人世间最大的事，非同小可。所以是真难假，是假难真。真的时节，纵然有钱可以通神，目下脱逃宪网，到底天理不容，无心之中，自然败露；假的时节，纵然严刑拷掠，诬伏莫伸，到底有个辨白的日子。假饶误出误入，那有罪的老死牖下，无罪的却命绝于囹圄、刀锯之间，难道头顶上这个老翁是没有眼睛的么？所以古人说得好：

　　湛湛青天不可欺，未曾举意已先知。

　　善恶到头终有报，只争来早与来迟。

说话的，你差了。这等说起来，不信死囚牢里，再没有个含冤负屈之人？那阴间地府也不须设得枉死城了！看官不知，那冤屈死的，与那杀人逃脱的，大概都是前世的事。若不是前世缘故，杀人竟不偿命，不杀人倒要偿命，死者、生者，怨气冲天，纵然官府不明，皇天自然鉴察。千奇百怪的，巧生出机会来，了此公案。所以说道："人恶人怕天不怕，人善人欺天不欺。"又道是："天网恢恢，疏而不漏。"

古来清官察吏，不止一人，晓得人命关天，又且世情不测。尽有极难信的事，偏是真的；极易信的事，偏是假的。所以就是情真罪当的，还要细细体访几番，方能够狱无冤鬼。如今为官做吏的人，贪爱的是钱财，奉承的是富贵，把那"正直公平"四字撇却东洋大海。明知这事无可宽容，也将来轻轻放过；明知这事有些尴尬，也将来草草问成。竟不想杀人可恕，情理难容。那亲动手的奸徒，若不明正其罪，被害冤魂何时暝目？至于扳诬冤枉的，却又六问三推，千般锻炼。严刑之下，就是凌迟碎剐的罪，急忙里只得轻易招成，搅得他家破人亡。害他一人，便是害他一家了。只做自己的官，毫不管别人的苦，我不知他肚肠阁落里边，也思想积些阴德与儿孙么？如今所以说这一篇，专一奉劝世上廉明长者:一草一木,都是上天生命,何况祖宗赤子。须要慈悲为本,宽猛兼行,护正诛邪,不失为民父母之意。不但万民感戴,皇天亦当佑之。

　　且说国朝有个富人王甲,是苏州府人氏。与同府李乙,是个世仇。王甲百计思量害他,未得其便。忽一日,大风大雨。鼓打三更,李乙与妻子吃过晚饭,熟睡多时。只见十余个强人,将红朱黑墨搽了脸,一拥的打将入来。蒋氏惊慌,急往床下躲避。只见一个长须大面的,把李乙的头发揪住,一刀砍死,竟不抢东西,登时散了。蒋氏却在床下,看得亲切,战抖抖的走将出来,穿了衣服,向丈夫尸首嚎啕大哭。此时邻人已都来看了,各各悲伤,劝慰了一番。蒋氏道:"杀奴丈夫的,是仇人王甲。"众人道:"怎见得?"蒋氏道:"奴在床下,看得明白。那王甲原是仇人,又且长须大面,虽然搽墨,却是认得出的。若是别的强盗,何苦杀我丈夫,东西一毫不动? 这凶身不是他是谁? 有烦列位与奴做主。"众人道:"他与你丈夫有仇,我们都是晓得的。况且地方盗发,我们该报官。明早你写纸状词,同我们到官首告便是,今日且散。"众人去了。蒋氏关了房门,又哽咽了一会。那里有心去睡? 苦啾啾的捱到天明。央邻人买状式写了,取路投长洲县来。正值知县升堂放告,蒋氏直至阶前,大声叫屈。知县看了状子,问了来历,见是人命盗情重事,即时批准。地方也来递失状。知县委捕官相验,随即差了应捕擒捉凶身。

　　却说那王甲自从杀了李乙,自恃搽脸,无人看破,扬扬得意,毫不提防。不期一伙应捕拥入家来,正是疾雷不及掩耳,一时无处躲避。当下被众人索了,登时押到县堂。知县问道:"你如何杀了李乙?"王甲道:"李乙自是强盗杀了,与小人何干?"知县问蒋氏道:"你如何告道是他?"蒋氏道:"小妇人躲在床底看见,认得他的。"知县道:"夜晚间如何认得这样真?"蒋氏道:"不但认得模样,还有一件事情可推。若是强盗,如何只杀了人便散了,不抢东西? 此不是平日有仇的却是那个?"知县便叫地邻来问他道:"那王甲与李乙果有仇否?"地邻尽说:"果然有仇。那不抢东西,只杀了人,也是真的。"知县便喝叫把王甲夹起,那王甲是个富家出身,忍不得痛苦,只得招道:"与李乙有仇,假妆强盗杀死是实。"知县取了亲笔供招,下在死囚牢中。王甲一时招承,心里还想辩脱。思量无计,自忖道:"这里有个讼师,叫做邹老人,极是奸滑,与我相好,随你十恶大罪,与他商量,便有生路。何不等儿子送饭时,教他去与邹老人商量?"

少顷，儿子王小二送饭来了。王甲说知备细，又分付道："倘有使用处，不可吝惜钱财，误我性命！"小二一一应诺，径投邹老人家来，说知父亲事体，求他计策谋脱。老人道："令尊之事，亲口供招，知县又是新到任的，自手问成。随你那里告辨，出不得县间初案，他也不肯认错翻招。你将二三百两与我，待我往南京走走，寻个机会，定要设法出来。"小二道："如何设法？"老人道："你不要管我，只交银子与我了，日后便见手段，而今不好先说得。"小二回去，当下凑了三百两银子，到邹老人家交付停当，随即催他起程。邹老人道："有了许多白物，好歹要寻出一个机会来。且宽心等待等待。"小二谢别而回。

老人连夜收拾行李，往南京进发。不一日来到南京，往刑部衙门细细打听。说有个浙江司郎中徐公，甚是通融，抑且好客。当下就央了一封先容的荐书，备了一副盛礼去谒徐公。徐公接见了，见他会说会笑，颇觉相得。彼此频频去见，渐厮熟来。正无个机会处，忽一日，捕盗衙门肘押海盗二十余人，解到刑部定罪。老人上前打听，知有两个苏州人在内。老人点头大喜，自言自语道："计在此了。"次日整备筵席，写帖请徐公饮酒。不逾时酒筵完备，徐公乘轿而来，老人笑脸相迎。定席以后，说些闲话。饮至更深时分，老人屏去众人，便将百两银子托出，献与徐公。徐公吃了一惊，问其缘故。老人道："今有舍亲王某，被陷在本县狱中，伏乞周旋。"徐公道："苟可效力，敢不从命？只是事在彼处，难以为谋。"老人道："不难，不难。王某只为与李乙有仇，今李乙被杀，未获凶身，故此遭诬下狱。昨见解到贵部海盗二十余人，内二人苏州人也。今但逼勒二盗，要他自认做杀李乙的，则二盗总是一死，未尝加罪，舍亲王某已沐再生之恩了。"徐公许诺，轻轻收过银子，亲放在扶手匣里面。唤进从人，谢酒乘轿而去。

老人又密访着二盗的家属，许他重谢，先送过一百两银子。二盗也应允了。到得会审之时，徐公唤二盗近前，开口问道："你们曾杀过多少人？"二盗即招：某时某处杀某人；某月某日夜间到李家杀李乙。徐公写了口词，把诸盗收监，随即叠成文案。邹老人便使用书房行文书抄招到长洲县知会。就是他带了文案，别了徐公，竟回苏州，到长洲县当堂投了。知县拆开，看见杀李乙的已有了主名，便道王甲果然屈招。正要取监犯查放，忽见王小二进来叫喊诉冤。知县信之不疑，喝叫监中取出王甲，登时释放。蒋氏闻知这一番说话，没做理会处，也只道前日夜间果然自己错认了，只得罢手。却说王甲得放归家,欢欢喜喜,摇摆进门。方才到得门首,忽然一阵冷风,大叫一声,道:"不好了,李乙哥在这里了!"蓦然倒地,叫唤不醒,霎时气绝,呜呼哀哉。有诗为证:

> 胡脸阎王本认真,杀人偿命在当身。
>
> 暗中取换天难骗,堪笑多谋邹老人!

前边说的人命是将真作假的了,如今再说一个将假作真的。只为些些小事,被奸人暗算,弄出天大一场祸来。若非天道昭昭,险些儿死于非命。正是:

> 福善祸淫,昭彰天理。欲害他人,先伤自己。

话说国朝成化年间,浙江温州府永嘉县有个王生,名杰,字文豪。娶妻刘氏,家中止有夫妻二人。生一女儿,年方二岁。内外安童养娘数口,家道亦不甚丰富。王生虽是业儒,尚不曾入泮,只在家中诵习,也有时出外结友论文。那刘氏勤俭作家,甚是贤慧,夫妻彼此相安。忽一日,正遇暮春天气,二三友人扯了王生往郊外踏青游赏。但见:

> 迟迟丽日,拂拂和风。紫燕黄莺,绿柳丛中寻对偶;狂蜂浪蝶,夭桃队里觅相知。王孙公子兴高时,无日不来寻酒肆;艳质娇姿心动处,此时未免露闺容。须教残醉可重扶,幸喜落花犹未扫。

王生看了春景融和,心中欢畅,吃个薄醉,取路回家里来。只见两个家童正和一个人门首喧嚷。原来那人是湖州客人,姓吕,提着竹篮卖姜。只为家童要少他的姜价,故此争执不已。王生问了缘故,便对那客人道:"如此价钱也好卖了,如何只管在我家门首喧嚷?好不晓事!"那客人是个憨直的人,便回话道:"我们小本经纪,如何要打短我的?相公须放宽洪大量些,不该如此小家子相!"王生乘着酒兴,大怒起来,骂道:"那里来这老贼驴!辄敢如此放肆,把言语冲撞我!"走近前来,连打了几拳,一手推将去。不想那客人是中年的人,有痰火病的,就这一推里,一交跌去,一时闷倒在地。正是:

> 身如五鼓衔山月,命似三更油尽灯。

原来人生最不可使性,况且这小人卖买,不过争得一二个钱,有何大事?常见大人家强梁僮仆,每每借着势力,动不动欺打小民,到得做出事来,又是家主失了体面。所以有正经的,必然严行惩戒。只因王生不该自己使性动手打他,所以到底为此受累。这是后话。却说王生当日见客人闷倒,吃了一大惊,把酒意都惊散了。连忙喝叫扶进厅来眠了,将茶汤灌将下去,不逾时苏醒转来。王生对客人谢了个不是,讨些酒饭与他吃了,又拿出白绢一匹与他,权为调理之资。那客人回嗔作喜,称谢一声,望着渡口去了。若是王生有未卜先知的法术,慌忙向前拦腰抱住,扯将转来,就养他在家半年两个月,也是情愿,不到得惹出飞来横祸。只因这一去,有分教:

> 双手撒开金线网,从中钓出是非来。

那王生见客人已去,心头尚自跳一个不住。走进房中与妻子说了,道:"几乎做出一场大事来。侥幸!侥幸!"此时天已晚了,刘氏便叫丫鬟摆上几样菜蔬,烫热酒与王生压惊。饮过数杯,只闻得外边叩门声甚急,王生又吃一惊。掌灯出来看时,却是渡头船家周四,手中拿了白绢、竹篮,仓仓皇皇,对王生说道:"相公,你的祸事到了。如何做出这人命来?"唬得王生面如土色,只得再问缘由。周四道:"相公可认得白绢、竹篮么?"王生看了道:"今日有个湖州的卖姜客人到我家来,这白绢是我送他的,这竹篮正是他盛姜之物,如何却在你处?"周四道:"下昼时节,是有一个湖州姓吕的客人,叫我的船过渡,到得船中,痰火病大发。将次危了,告诉我道被相公打坏了。他就把白绢、竹篮交付与我做个证据,要我替他告官;又要我到湖州去报他家属,前来伸冤讨命。说罢,瞑目死了。如今尸骸尚在船中,船已撑在门首河头了,且请相公自到船中看看,凭相公如何区处!"

王生听了,惊得目睁口呆,手麻脚软,心头恰象有个小鹿儿撞来撞去的,口里还只得硬着胆道:"那有此话?"背地教人走到船里看时,果然有一个死尸骸。王生是虚心病的,慌了手脚,跑进房中与刘氏说知。刘氏道:"如何是好?"王生道:"如今事到头来,说不得了。只是买求船家,要他乘此暮夜,将尸首设法过了,方可无事。"王生便将碎银一包约有二十多两袖在手中,出来对船家说道:"家长不要声张,我与你从长计议。事体是我自做得不是了,却是出于无心的。你我同是温州人,也须有些乡里之情,何苦到为着别处人报仇?况且报得仇来与你何益?不如不要提起,待我出些谢礼与你,求你把此尸载到别处抛弃了。黑夜里谁人知道?"船家道:"抛弃在那里?倘若明日有人认出来,追究根原,连我也不得干净。"王生道:"离此不数里,就是我先父的坟茔,极是僻静,你也是认得的。乘此暮夜无人,就烦你船载到那里,悄悄地埋了。人不知,鬼不觉。"周四道:"相公的说话甚是有理,却怎么样谢我?"王生将手中之物出来与他,船家嫌少道:"一条人命,难道只值得这些些银子?今日凑巧，死在我船中，也是天与我的一场小富贵。一百两银子须是少不得的。"王生只要完事，不敢违拗，点点头，进去了一会，将着些现银及衣裳首饰之类，取出来递与周四道："这些东西，约莫有六十金了。家下贫寒，望你将就包容罢了。"周四见有许多东西，便自口软了，道："罢了，罢了。相公是读书之人，只要时常看觑我就是，不敢计较。"王生此时是情急的，正是：

> 得他心肯日，是我运通时。

心中已自放下几分，又摆出酒饭与船家吃了。随即唤过两个家人，分付他寻了锄头、铁耙之类。内中一个家人姓胡，因他为人凶狠，有些力气，都称他做胡阿虎。当下一一都完备了，一同下船到坟上来。拣一块空地，掘开泥土，将尸首埋藏已毕，又一同上船回家里来。整整弄了一夜，渐渐东方已发动了，随即又请船家吃了早饭，作别而去。王生教家人关了大门，各自散讫。

王生独自回进房来，对刘氏说道："我也是个故家子弟，好模好样的，不想遭这一场，反被那小人逼勒。"说罢，泪如雨下。刘氏劝道："官人，这也是命里所招，应得受些惊恐，破此财物。不须烦恼！今幸得靠天，太平无事，便是十分侥幸了！辛苦了一夜，且自将息将息。"当时又讨些茶饭与王生吃了，各各安息不题。

过了数日，王生见事体平静，又买些三牲福物之类，拜献了神明、祖宗。那周四不时的来，假做探望，王生殷殷勤勤待他，不敢冲撞；些小借掇，勉强应承。周四已自从容了，卖了渡船，开着一个店铺。自此无话。

看官听说，王生到底是个书生，没甚见识。当日既然买嘱船家，将尸首载到坟上，只该聚起干柴，一把火焚了，无影无踪，却不干净？只为一时没有主意，将来埋在地中，这便是斩草不除根，萌芽春再发。

又过了一年光景，真个浓霜只打无根草，祸来只奔福轻人。那三岁的女儿，出起极重的痘子来。求神问卜，请医调治，百无一灵。王生只有这个女儿，夫妻欢爱，十分不舍，终日守在床边啼哭。一日，有个亲眷办着盒礼来望痘客。王生接见，茶罢，诉说患病的十分沉重，不久当危。那亲眷道："本县有个小儿科姓冯，真有起死回生手段，离此有三十里路，何不接他来看觑看觑？"王生道："领命。"当时天色已黑，就留亲眷吃了晚饭，自别去了。王生便与刘氏说知，写下请帖，连夜唤将胡阿虎来，分付道："你可五鼓动身，拿此请帖去请冯先生早来看痘。我家里一面摆着午饭，立等，立等。"胡阿虎应诺去了，当夜无话。次日，王生果然整备了午饭，直等至未申时，杳不见来。不觉的又过了一日，到床前看女儿时，只是有增无减。挨至三更时分，那女儿只有出的气，没有入的气，告辞父母往阎家里去了。正是：

　　金风吹柳蝉先觉，暗送无常死不知。

王生夫妻就如失了活宝一般，各各哭得发昏。当时盛殓已毕，就焚化了。天明以后，到得午牌时分，只见胡阿虎转来回复道："冯先生不在家里，又守了大半日，故此到今日方回。"王生垂泪道："可见我家女儿命该如此，如今再也不消说了。"

直到数日之后，同伴中说出实话来，却是胡阿虎一路饮酒沉醉，失去请帖，故此直挨至次日方回，造此一场大谎。王生闻知，思念女儿，勃然大怒。即时唤进胡阿虎，取出竹片要打。胡阿虎道："我又不曾打杀了人，何须如此？"王生闻得这话，一发怒从心上起，恶向胆边生，连忙教家僮扯将下去，一气打了五十多板，方才住手，自进去了。胡阿虎打得皮开肉绽，拐呀拐的，走到自己房里来，恨恨的道："为甚的受这般鸟气？你女儿痘子，本是没救的了，难道是我不接得郎中，断送了他？不值得将我这般毒打。可恨！可恨！"又想了一回道："不妨事，大头在我手里，且待我将息棒疮好了，也教他看我的手段。不知还是井落在吊桶里，吊桶落在井里。如今且不要露风声，等他先做了整备。"正是：

　　势败奴欺主，时衰鬼弄人。

不说胡阿虎暗生奸计，再说王生自女儿死后，不觉一月有余，亲眷朋友每每备了酒肴与他释泪，他也渐不在心上了。忽一日，正在厅前闲步，只见一班应捕拥将进来，带了麻绳铁索，不管三七二十一，望王生颈上便套。王生吃一惊，问道："我是个儒家子弟，怎把我这样凌辱！却是为何？"应捕呸了一呸道："好个杀人害命的儒家子弟！官差吏差，来人不差。你自到太爷面前去讲。"当时刘氏与家僮妇女听得，正不知甚么事头发了，只好立着呆看，不敢向前。

此时不由王生做主，那一伙如狼似虎的人，前拖后扯，带进永嘉县来，跪在堂下右边，却有个原告跪在左边。王生抬头看时，不是别人，正是家人胡阿虎，已晓得是他怀恨在心，出首的了。那知县明时佐开口问道："今有胡虎首你打死湖州客人姓吕的，这怎么说？"王生道："青天老爷，不要听他说谎！念王杰弱怯怯的一个书生，如何会得打死人？那胡虎原是小的家人，只为前日有过,将家法痛治一番,为此怀恨,构此大难之端,望爷台照察!"胡阿虎叩头道:"青天爷爷,不要听这一面之词。家主打人自是常事,如何怀得许多恨?如今尸首现在坟茔左侧,万乞老爷差人前去掘取。只看有尸是真,无尸是假。若无尸时,小人情愿认个诬告的罪。"知县依言,即便差人押去起尸。胡阿虎又指点了地方尺寸,不逾时,果然抬个尸首到县里来。知县亲自起身相验,说道:"有尸是真,再有何说?"正要将王生用刑,王生道:"老爷听我分诉:那尸骸已是腐烂的了,须不是目前打死的。若是打死多时,何不当时就来首告,直待今日?分明是胡虎那里寻这尸首,霹空诬陷小人的。"知县道:"也说得是。"胡阿虎道:"这尸首实是一年前打死的,因为主仆之情,有所不忍;况且以仆首主,先有一款罪名,故此含藏不发。如今不想家主行凶不改,小的恐怕再做出事来,以致受累,只得重将前情首告。老爷若不信时,只须唤那四邻八舍到来,问去年某月日间,果然曾打死人否?即此便知真伪了。"知县又依言,不多时,邻舍唤到。知县逐一动问,果然说去年某月某日间,有个姜客被王家打死,暂时救醒,以后不知何如。王生此时被众人指实,颜色都变了,把言语来左支右吾。知县道:"情真罪当,再有何言?这厮不打,如何肯招?"疾忙抽出签来,喝一声:"打!"两边皂隶吆喝一声,将王生拖翻,着力打了二十板。可怜瘦弱书生,受此痛棒拷掠。王生受苦不过,只得一一招成。知县录了口词,说道:"这人虽是他打死的,只是没有尸亲执命,未可成狱。且一面收监,待有了认尸的,定罪发落。"随即将王生监禁狱中,尸首依旧抬出埋藏,不得轻易烧毁,听后检偿。发放众人散讫,退堂回衙。那胡阿虎道是私恨已泄,甚是得意,不敢回王家见主母,自搬在别处住了。

　　却说王家家僮们在县里打听消息,得知家主已在监中,唬得两耳雪白,奔回来报与主母。刘氏一闻此信,便如失去了三魂,大哭一声,望后便倒,未知性命如何?先见四肢不动。丫鬟们慌了手脚,急急叫唤。那刘氏渐渐醒将转来,叫声:"官人!"放声大哭,足有两个时辰,方才歇了。疾忙收拾些零碎银子,带在身边。换了一身青衣,教一个丫鬟随了,分付家僮在前引路,径投永嘉县狱门首来。夫妻相见了,痛哭失声。王生又哭道:"却是阿虎这奴才,害得我至此!"刘氏咬牙切齿,恨恨的骂了一番。便在身边取出碎银,付与王生道:"可将此散与牢头狱卒,教他好好看觑,免致受苦。"王生接了。天色昏黑,刘氏只得相别,一头啼哭,取路回家。胡乱用些晚饭,闷闷上床。思量:"昨夜与官人同宿,不想今日遭此祸事,两地分离。"不觉又哭一场,凄凄惨惨睡了不题。

却说王生自从到狱之后,虽则牢头禁子受了钱财,不受鞭棰之苦,却是相与的都是那些蓬头垢面的囚徒,心中有何快活?况且大狱未决,不知死活如何,虽是有人殷勤送衣送饭,到底不免受些饥寒之苦,身体日渐羸瘠了。刘氏又将银来买上买下,思量保他出去。又道是人命重事,不易轻放,只得在监中耐守。光阴似箭,日月如梭。王生在狱中,又早恹恹的挨过了半年光景,劳苦忧愁,染成大病。刘氏求医送药,百般无效,看看待死。

一日,家僮来送早饭,王生望着监门,分付道:"可回去对你主母说,我病势沉重不好,旦夕必要死了。教主母可作急来一看,我从此要永诀了!"家僮回家说知,刘氏心慌胆战,不敢迟延,疾忙雇了一乘轿,飞也似抬到县前来。离了数步,下了轿,走到狱门首,与王生相见了,泪如涌泉,自不必说。王生道:"愚夫不肖,误伤人命,以致身陷缧绁,辱我贤妻。今病势有增无减了,得见贤妻一面,死也甘心。但只是胡阿虎这个逆奴,我就到阴司地府,决不饶过他的。"刘氏含泪道:"官人不要说这不祥的话!且请宽心调养,人命即是误伤,又无苦主,奴家匡得卖尽田产,救取官人出来,夫妻完聚。阿虎逆奴,天理不容,到底有个报仇日子,也不要在心。"王生道:"若得贤妻如此用心,使我重见天日,我病体也就减几分了。但恐弱质恹恹,不能久待。"刘氏又劝慰了一番,哭别回家,坐在房中纳闷。僮仆们自在厅前斗牌要子。只见一个半老的人,挑了两个盒子,竟进王家里来。放下扁担,对家僮问道:"相公在家么?"只因这个人来,有分教:负屈寒儒,得遇秦庭朗镜;行凶诡计,难逃萧相明条。有诗为证:

> 湖商自是隔天涯,舟子无端起祸胎。
> 指日王生冤可白,灾星换做福星来。

那些家僮见了那人,仔细看了一看,大叫道:"有鬼!有鬼!"东逃西窜。你道那人是谁?正是一年前来卖姜的湖州吕客人。那客人忙扯住一个家僮,问道:"我来拜你家主,如何说我是鬼?"刘氏听得厅前喧闹,走将出来。吕客人上前唱了个喏,说道:"大娘听禀,老汉湖州姜客吕大是也。前日承相公酒饭,又赠我白绢,感激不尽。别后到了湖州,这一年半里边,又到别处做些生意。如今重到贵府走走,特地办些土宜来拜望你家相公。不知你家大官们如何说我是鬼?"旁边一个家僮嚷道:"大娘,不要听他,一定得知道大娘要救官人,故此出来现形索命。"刘氏喝退了,对客人说道:"这等说起来,你真不是鬼了。你害得我家丈夫好苦!"吕客人吃了一惊道:"你家相公在那里? 怎的是我害了他?"刘氏便将周四如何撑尸到门,说留绢篮为证,丈夫如何买嘱船家,将尸首埋藏,胡阿虎如何首告,丈夫招承下狱的情由,细细说了一遍。

吕客人听罢,捶着胸膛道:"可怜! 可怜! 天下有这等冤屈的事! 去年别去,下得渡船,那船家见我的白绢,问及来由,我不合将相公打我垂危、留酒赠绢的事情,备细说了一番。他就要买我白绢,我见价钱相应,即时卖了。他又要我的竹篮儿,我就与他作了渡钱。不想他赚得我这两件东西,下这般狠毒之计! 老汉不早到温州,以致相公受苦,果然是老汉之罪了。"刘氏道:"今日不是老客人来,连我也不知丈夫是冤枉的。那绢儿篮儿是他骗去的了,这死尸却是那里来的?"吕客人想了一回道:"是了,是了。前日正在船中说这事节,只见水面上一个尸骸浮在岸边。我见他注目而视,也只道出于无心,谁知因尸就生奸计了。好狠! 好狠! 如今事不宜迟,请大娘收进了土宜,与老汉同到永嘉县诉冤,救相公出狱,此为上着。"刘氏依言收进盘盒,摆饭请了吕客人。他本是儒家之女,精通文墨,不必假借讼师,就自己写了一纸诉状,雇乘女轿,同吕客人及僮仆等取路投永嘉县来。

等了一会,知县升晚堂了。刘氏与吕大大声叫屈,递上诉词。知县接上,从头看过。先叫刘氏起来问,刘氏便将丈夫争价误殴,船家撑尸得财,家人怀恨出首的事,从头至尾,一一分割。又说:"直至今日姜客重来,才知受枉。"知县又叫吕大起来问,吕大也将被殴始末,卖绢根由,一一说了。知县道:"莫非你是刘氏买出来的?"吕大叩头道:"爷爷,小的虽是湖州人,在此为客多年,也多有相识的在这里,如何瞒得老爷过? 当时若果然将死,何不央船家寻个相识来见一见,托他报信复仇,却将来托与一个船家? 这也还道是临危时节,无暇及此了。身死之后,难道湖州再没有个骨肉亲戚,见是久出不归,也该有人来问个消息。若查出被殴伤命,就该到府县告理。如何直待一年之后,反是王家家人首告? 小人今日才到此地,见有此一场屈事。那王杰虽不是小人陷他,其祸都因小人而起,实是不忍他含冤负屈,故此来到台前控诉,乞老爷笔下超生!"知县道:"你既有相识在此,可报名来。"吕大屈指头说出十数个,知县一一提笔记了。却到把后边的点出四名,唤两个应捕上来,分付道:"你可悄悄地唤他同做证见的邻舍来。"应捕随应命去了。

不逾时,两伙人齐唤了来。只见那相识的四人,远远地望见吕大,便一齐道:"这是湖州吕大哥,如何在这里?一定前日原不曾死。"知县又教邻舍人近前细认,都骇然道:"我们莫非眼花了!这分明是被王家打死的姜客,不知还是到底救醒了,还是面庞厮象的?"内中一个道:"天下那有这般厮象的理?我的眼睛一看过,再不忘记。委实是他,没有差错。"此时知县心里已有几分明白了,即便批谁诉状,叫起这一干人,分付道:"你们出去,切不可张扬。若违我言,拿来重责。"众人唯唯而退。知县随即唤几个应捕,分付道:"你们可密访着船家周四,用甘言美语哄他到此,不可说出实情。那原首人胡虎自有保家,俱到明日午后,带齐听审。"应捕应诺,分头而去。知县又发付刘氏、吕大回去,到次日晚堂伺候。二人叩头同出。刘氏引吕大到监门前见了王生,把上项事情尽说了。王生闻得,满心欢喜,却似醍醐灌顶,甘露洒心,病体已减去六七分了,说道:"我初时只怪阿虎,却不知船家如此狠毒。今日不是老客人来,连我也不知自己是冤枉的。"正是:

> 雪隐鹭鸶飞始见,柳藏鹦鹉语方知。

刘氏别了王生,出得县门,乘着小轿,吕大与僮仆随了,一同径到家中。刘氏自进房里,教家僮们陪客人吃了晚食,自在厅上歇宿。次日过午,又一同的到县里来,知县已升堂了。不多时,只见两个应捕将周四带到。原来那周四自得了王生银子,在本县开个布店。应捕得了知县的令,对他说:"本县太爷要买布。"即时哄到县堂上来。也是天理合当败露,不意之中,猛抬头见了吕大,不觉两耳通红。吕大叫道:"家长哥,自从买我白绢、竹篮,一别直到今日,这几时生意好么?"周四倾口无言,面如槁木。少顷,胡阿虎也取到了。原来胡阿虎搬在他方,近日偶回县中探亲,不期应捕正遇着他,便上前捣个鬼道:"你家家主人命事已有苦主了,只待原首人来,即便审决。我们那一处不寻得到?"胡阿虎认真欢欢喜喜,随着公人直到县堂跪下。知县指着吕大问道:"你可认得那人?"胡阿虎仔细一看,吃了一惊,心下好生踌躇,委决不下,一时不能回答。

知县将两人光景,一一看在肚里了。指着胡阿虎大骂道:"你这个狠心狗行的奴才!家主有何负你,直得便与船家同谋,觅这假尸诬陷人命?"胡阿虎道:"其实是家主打死的,小人并无虚谬。"知县怒道:"还要口强!吕大既是死了，那堂下跪的是什么人？"喝教左右夹将起来，"快快招出奸谋便罢！"胡阿虎被夹，大喊道："爷爷，若说小人不该怀恨在心，首告家主，小人情愿认罪。若要小人招做同谋，便死也不甘的。当时家主不合打倒了吕大，即刻将汤救醒，与了酒饭，赠了白绢，自往渡口去了。是夜二更天气，只见周四撑尸到门，又有白绢、竹篮为证，合家人都信了。家主却将钱财买住了船家，与小人同载至坟茔埋讫。以后因家主毒打小人，挟了私仇，到爷爷台下首告，委实不知这尸真假。今日不是吕客人来，连小人也不知是家主冤枉的。那死尸根由，都在船家身上。"

知县录了口语，喝退胡阿虎，便叫周四上前来问。初时也将言语支吾，却被吕大在旁边面对，知县又用起刑来，只得一一招承道："去年某月某日，吕大怀着白绢下船。偶然问起缘由，始知被殴详细。恰好渡口原有这个死尸在岸边浮着，小的因此生心要诈骗王家，特地买他白绢，又哄他竹篮，就把水里尸首捞在船上了。前到王家，谁想他一说便信。以后得了王生银子，将来埋在坟头。只此是真，并无虚话。"知县道："是便是了，其中也还有些含糊。那里水面上恰好有个流尸？又恰好与吕大厮象？毕竟又从别处谋害来诈骗王生的。"周四大叫道："爷爷，冤枉！小人若要谋害别人，何不就谋害了吕大？前日因见流尸，故此生出买绢篮的计策。心中也道：'面庞不象，未必哄得信。'小人欺得王生一来是虚心病的，二来与吕大只见得一面，况且当日天色昏了，灯光之下，一般的死尸，谁能细辨明白？三来白绢、竹篮又是王生及姜客的东西，定然不疑，故此大胆哄他一哄。不想果被小人瞒过，并无一个人认得出真假。那尸首的来历，想是失脚落水的。小人委实不知。"吕大跪上前禀道："小人前日过渡时节，果然有个流尸，这话实是真情了。"知县也录了口语。周四道："小人本意，只要诈取王生财物，不曾有心害他，乞老爷从轻拟罪。"知县大喝道："你这没天理的狠贼！你自己贪他银子，便几乎害得他家破人亡。似此诡计凶谋，不知陷过多少人了？我今日也为永嘉县除了一害。那胡阿虎身为家奴，拿着影响之事，背恩卖主，情实可恨！合当重行责罚。"当时喝教把两人扯下，胡阿虎重打四十，周四不计其数，以气绝为止。不想那阿虎近日伤寒病未痊，受刑不起，也只为奴才背主，天理难容，打不上四十，死于堂前。周四直至七十板后，方才昏绝。可怜二恶凶残，今日毙于杖下。

知县见二人死了，责令尸亲前来领尸。监中取出王生，当堂释放。又抄取周四店中布匹，估价一百金，原是王生被诈之物。例该入官，因王生是个书生，屈陷多时，怜他无端，改"赃物"做了"给主"，也是知县好处。坟旁尸首，掘起验时，手爪有沙，是个失水的。无有尸亲，责令忤作埋之义冢。

　　王生等三人谢了知县出来。到得家中，与刘氏相持，痛哭了一场。又到厅前与吕客人重新见礼。那吕大见王生为他受屈，王生见吕大为他辨诬，俱各致个不安，互相感激。这教做不打不成相识，以后遂不绝往来。王生自此戒了好些气性，就是遇着乞儿，也只是一团和气。感愤前情，思想荣身雪耻，闭户读书，不交宾客。十年之中，遂成进士。

　　所以说为官做吏的人，千万不可草菅人命，视同儿戏。假如王生这一桩公案，惟有船家心里明白，不是姜客重到温州，家人也不知家主受屈，妻子也不知道丈夫受屈，本人也不知自己受屈。何况公庭之上，岂能尽照覆盆？慈祥君子，须当以此为鉴。

　　　　囹圄刑措号仁君，吉网罗钳最枉人。
　　　　寄语昏污诸酷吏，远在儿孙近在身。

陶家翁大雨留宾　蒋震卿片言得妇

诗曰：

　　一饮一啄，莫非前定。

　　一时戏语，终身话柄。

话说人生万事，前数已定。尽有一时间偶然戏耍之事，取笑之话，后边照应将来，却象是个谶语响卜，一毫不差。乃知当他戏笑之时，暗中已有鬼神做主，非偶然也。

只如宋朝崇宁年间，有一个姓王的公子，本贯浙西人，少年发科，到都下会试。一日将晚，到延秋坊人家赴席，在一个小宅子前经过，见一女子生得十分美貌，独立在门内，徘徊凝望，却象等候甚么人的一般。王生正注目看他，只见前面一伙骑马的人喝拥而来，那女子避了进去。王生匆匆也行了，不曾问得这家姓张姓李。赴了席，吃得半醉归家，已是初更天气。复经过这家门首，望门内一看，只见门已紧闭，寂然无人声。王生嗤嗤从左傍墙脚下一带走去，意思要看他有后门没有。只见数十步外有空地丈余，小小一扇便门也关着在那里。王生想道："日间美人只在此中，怎能勾再得一见？"看了他后门，正在恋恋不舍，忽然隔墙丢出一件东西来，掉在地下一响，王生几乎被他打着。拾起来看，却是一块瓦片。此时皓月初升，光同白昼。看那瓦片时，有六个字在上面，写得："夜间在此相候！"王生晓得有些蹊跷，又带着几分酒意，笑道："不知是何等人约人做事的？待我耍他一耍。"就在墙上剥下些石灰粉来，写在瓦背上道："三更后可出来。"仍旧望墙里丢了进去，走开十来步，远远地站着，看他有何动静。

等了一会，只见一个后生走到墙边，低着头，却象找寻甚么东西的，寻来寻去。寻了一回，不见甚么，对着墙里叹了一口气，有一步没一步的，佯佯走了去。王生在黑影里看得明白，便道："想来此人便是所约之人了，只不知里边是甚么人。好歹有个人出来，必要等着他。"等到三更，月色已高，烟雾四合，王生酒意已醒，看看渴睡上来，伸伸腰，打个呵欠，自笑道："睡倒不去睡，管别人这样闲事!"正要举步归寓,忽听得墙边小门呀的一响,轧然开了,一个女子闪将出来。月光之下,望去看时,且是娉婷。随后一个老妈,背了一只大竹箱,跟着望外就走。王生迎将上去,看得仔细,正是日间独立门首这女子。那女子看见人来,一些不避,直到当面一看,吃一惊道:"不是,不是。"回转头来看老妈。老妈上前,擦擦眼,把王生一认,也道:"不是,不是。快进去!"那王生倒将身拦在后门边了,一把扯住道:"还思量进去!你是人家闺中女子,约人夜晚间在此相会,可是该的?我今声张起来,拿你见官,丑声传扬,叫你合家做人不成!我偶然在此遇着,也是我与你的前缘,你不如就随了我去。我是在此会试的举人,也不辱没了你。"那女子听罢,战抖抖的泪如雨下,没做道理处。老妈说道:"若是声张,果是利害!既然这位官人是个举人,小娘子权且随他到下处再处。而今没奈何了。一会子天明了,有人看见,却了不得!"那女子一头哭,王生一头扯扯拉拉,只得软软地跟他走到了下处,放他在一个小楼上面,连那老妈也留了他伏侍。

　　女子性定,王生问他备细。女子道:"奴家姓曹,父亲早丧,母亲只生得我一人,甚是爱惜,要将我许聘人家。我有个姑娘的儿子,从小往来,生得聪俊,心里要嫁他。这个老妈,就是我的奶娘。我央他对母亲说知此情,母亲嫌他家里无官,不肯依从。所以叫奶娘通情,说与他了,约他今夜以掷瓦为信,开门从他私奔。他亦曾还掷一瓦,叫三更后出来。及至出得门来,却是官人,倒不见他,不知何故。"王生笑把适才戏写掷瓦,及一男子寻觅东西不见,长叹走去的事,说了一遍。女子叹口气道:"这走去的,正是他了。"王生笑道:"却是我幸得撞着,岂非五百年前姻缘做定了?"女子无计可奈,见王生也自一表非俗,只得从了他,新打上的,恩爱不浅。

　　到得会试过了,榜发,王生不得第。却恋着那女子,正在欢爱头上,不把那不中的事放在心里,只是朝欢暮乐。那女子前日带来竹箱中,多是金银宝物。王生缺用,就拿出来与他盘缠。迁延数月,王生竟忘记了归家。

　　王生父亲在家盼望,见日子已久,不见王生归来。遍问京中来的人,都说道:"他下处有一女人,相处甚是得意,那得肯还?"其父大怒,写着严切手书,差着两个管家,到京催他起身。又寄封书与京中同年相好的,叫他们遣个马票,兼请逼勒他出京,不许耽延!王生不得已,与女子作别道:"事出无奈,只得且去,得便就来。或者禀明父亲,径来接你,也未可知。你须耐心同老妈在此寓所住着等我。"含泪而别。王生到得家中，父亲升任福建，正要起身，就带了同去。一时未便，不好说得女子之事，闷闷随去任所，朝夕思念不题。

且说京中女子同奶妈住在寓所守候，身边所带东西，王生在时已用去将有一半，今又两口在寓所食用，有出无入，看看所剩不多，王生又无信息。女子心下着忙，叫老妈打听家里母亲光景，指望重到家来与母亲相会。不想母亲因失了这女儿，终日啼哭，已自病死多时。那姑娘之子，次日见说舅母家里不见了女儿，恐怕是非缠在身上，逃去无踪了。女子见说，大哭了一场，与老妈商量道："如今一身无靠，汴京到浙西也不多路，趁身边还有些东西，做了盘缠，到他家里去寻他。不然如何了当？"就央老妈雇了一只船，下汴京一路来。

行到广陵地方，盘缠已尽。那老妈又是高年，船上早晚感冒些风露，一病不起。那女子极得无投奔，只是啼哭。元来广陵即是而今扬州府，极是一个繁华之地。古人诗云："烟花三月下扬州。"又道是："二十四桥明月夜，玉人何处教吹箫？"从来仕宦官员、王孙公子要讨美妾的，都到广陵郡来拣择聘娶，所以填街塞巷，都是些媒婆撞来撞去。看见船上一个美貌女子啼哭，都攒将拢来问缘故。女子说道："汴京下来，到浙西寻丈夫，不想此间奶母亡故，盘缠用尽，无计可施，所以啼哭。"内中一个婆子道："何不去寻苏大商量？"女子道："苏大是何人？"那婆子道："苏大是此间好汉，专一替人出闲力的。"女子慌忙之中不知一个好歹，便出口道："有烦指引则个。"婆子去了一会，寻取一个人来。那一人到船边，问了详细，便去引领一干人来，抬了尸首上岸埋葬，算船钱打发船家。对女子道："收拾行李到我家里，停住几日再处。"叫一乘轿来抬女子。女子见他处置有方，只道投着好人，亦且此身无主，放心随他去。谁知这人却是扬州一个大光棍，当机兵、养娼妓、接子弟的，是个烟花的领袖、乌龟的班头。轿抬到家，就有几个粉头出来相接作伴。女子情知不尴尬，落在套中，无处分诉。自此改名苏媛，做了娼妓了。

王生在福建随任两年，方回浙中。又值会试之期，束装北上，道经扬州。扬州司理乃是王生乡举同门，置酒相待，王生赴席。酒筵之间，官妓叩头送酒。只见内中一人，屡屡偷眼看王生不已。生亦举目细看，心里疑道："如何甚象京师曹氏女子？"及问姓名，全不相同。却再三看来，越看越是。酒半起身，苏媛捧觞上前劝生饮酒，觑面看得较切。口里不敢说出，心中想着旧事，不胜悲伤，禁不住两行珠泪，簌簌的落将下来，堕在杯中。生情知是了，也垂泪道："我道象你，元来果然是你。却是因何在此?"那女子把别后事情，及下汴寻生，盘缠尽了，失身为娼始末根缘，说了一遍，不觉大恸。生自觉惭愧，感伤流泪，力辞不饮，托病而起。随即召女子到自己寓所，各诉情怀，留同枕席。次日，密托扬州司理，追究苏大局良为娼，问了罪名。脱了苏媛乐籍，送生同行。后来与生生子，仕至尚书郎。想着起初只是一时拾得掷瓦，做此戏谑之事，谁知是老大一段姻缘，几乎把女子一生断送了！还亏得后来成了正果。

　　而今更有一段话文，只因一句戏言，致得两边错认，得了一个老婆，全始全终，比前话更为完美。有诗为证：

　　　　戏言偶尔作恢奇，谁道从中遇美妻？

　　　　假女婿为真女婿，失便宜处得便宜。

　　这一本话文，乃是国朝成化年间，浙江杭州府余杭县有一个人，姓蒋名霆，表字震卿。本是儒家子弟，生来心性倜傥佻达，顽耍戏浪，不拘小节。最喜游玩山水，出去便是累月累日，不肯呆坐家中。一日想道："从来说山阴道上，千岩竞秀，万壑争流，是个极好去处。此去绍兴府隔得多少路，不去游一游?"恰好有乡里两个客商要过江南去贸易，就便搭了伴同行。过了钱塘江，搭了西兴夜船，一夜到了绍兴府城。两客自去做买卖，他便兰亭、禹穴、戬山、鉴湖，没处不到，游得一个心满意足。两客也做完了生意，仍旧合伴同归。

　　偶到诸暨村中行走，只见天色看看傍晚，一路是些青畦绿亩，不见一个人家。须臾之间，天上洒下雨点来，渐渐下得密了。三人都不带得雨具，只得慌忙向前奔走，走得一个气喘。却见村子里露出一所庄宅来，三人远望道："好了，好了，且到那里躲一躲则个。"两步挪来一步，走到面前，却是一座双檐滴水的门坊。那两扇门，一扇关着，一扇半掩在那里。蒋震卿便上前，一手就去推门。二客道："蒋兄惯是莽撞。借这里只躲躲雨便了，知是甚么人家。便去敲门打户?"蒋震卿最好取笑，便大声道："何妨得！此乃是我丈人家里。"二客道："不要胡说惹祸!"

　　过了一会，那雨越下得大了。只见两扇门忽然大开，里头踱出一个老者来。看他怎生打扮：

　　　　头带斜角方巾，手持盘头拄拐。方巾内竹箬冠，罩着银丝样几茎乱发；拄拐上虬须节，握着干姜般五个指头。宽袖长衣，摆出浑如鹤步；高跟深履，踱来一似龟行。想来圮上可传书，应是商山随聘出。

　　元来这老者姓陶，是诸暨村中一个殷实大户。为人梗直忠厚，极是好客尚义认真的人。起初，傍晚正要走出大门来，看人关闭，只听得外面说话响，晓得有人在门外躲雨，故迟了一步。却把蒋震卿取笑的说话，一一听得明白。走进去对妈妈与合家说了，都道："有这样放肆可恶的！不要理他。"而今见下得雨大，晓得躲雨的没去处，心下过意不去。有心要出来留他们进去，却又怪先前说这讨便宜话的人。踌躇了一回，走出来，见是三个，就问道："方才说老汉是他丈人的，是那一个？"蒋震卿见问着这话，自觉先前失言，耳根通红。二客又同声将他埋怨道："原是不该。"老者看见光景，就晓得是他了。便对二客道："两位不弃老拙，便请到寒舍里面盘桓一盘桓。这位郎君依他方才所说，他是吾子辈，与宾客不同，不必进来，只在此伺候罢。"二客方欲谦逊，被他一把扯了袖子，拽进大门。刚跨进槛内，早把两扇门扑的关好了。二客只得随老者登堂，相见叙坐，各道姓名，及偶过避雨，说了一遍。那老者犹兀自气忿忿的道："适间这位贵友，途路之中，如此轻薄无状，岂是个全身远害的君子？二公不与他相交得也罢了。"二客替他称谢道："此兄姓蒋，少年轻肆，一时无心失言，得罪老丈，休得计较！"老者只不释然。须臾，摆下酒饭相款，竟不提起门外尚有一人。二客自己非分取扰，已出望外，况见老者认真着恼，难道好又开口周全得蒋震卿，叫他一发请了进来不成？只得由他，且管自家食用。

　　那蒋震卿被关在大门之外，想着适间失言，老大没趣。独自一个栖栖在雨檐之下，黑魆魆地靠来靠去，好生冷落。欲待一口气走了去，一来雨黑，二来单身不敢前行，只得忍气吞声，耐了心性等着。只见那雨渐渐止了，轻云之中，有些月色上来。侧耳听着，门内人声寂静了，便道："他们想已安寝，我却如何痴等？不如趁此微微月色，路径好辨，走了去吧！"又想一想道："那老儿固然怪我，他们两个便直得如此撇下了我，只管自己自在不成？毕竟有安顿我处，便再等他一等。"正在踌躇不定，忽听得门内有人低低道："且不要去！"蒋震卿心下道："我说他们定不忘怀了我。"就应一声："晓得了，不去。"过了一会，又听得低低道："有些东西拿出来，你可收恰好。"蒋震卿心下又道："你看他两个，白白里打搅了他一餐，又拿了他的甚么东西，忒煞欺心！"却口里且答应道："晓得了。"站住等着，只见墙上有两件东西扑搭地丢将出来。急走上前看时，却是两个被囊。提一提看，且是沉重；把手捻两捻，累累块块，象是些金银器物之类。蒋震卿恐怕有人开出来追寻，急负在背上，望前便走。

走过百余步,回头看那门时,已离得略远了。站着脚再看动静。远望去,墙上两个人跳将下来。蒋震卿道:"他两个也来了。恐有人追,我只索先走,不必等他。"提起脚便走。望后边这两个,也不忙赶,只尾着他慢慢地走。蒋震卿走得少远,心下想道:"他两个赶着了,包里东西必要均分。趁他们还在后边,我且开囊看看,总是不义之物,落得先藏起他些好的。"立住了,把包裹打开,将黄金重货另包了一囊,把钱布之类,仍旧放在被囊里,提了又走。又望后边两个人,却还未到。元来见他住也住,见他走也走,黑影里远远尾着,只不相近。如此行了半夜,只是隔着一箭之路。

看看天明了,那两个方才脚步走得急促,赶将上来。蒋震卿道:"正是来一路走。"走到面前把眼一看,吃了一惊,谁知不是昨日同行的两个客人,倒是两个女子。一个头扎临清帕,身穿青绸衫,且是生得美丽;一个散挽头髻,身穿青布袄,是个丫鬟打扮。仔细看了蒋震卿一看,这一惊可也不小,急得忙闪了身子开来。蒋震卿上前,一把将美貌的女子劫住道:"你走那里去?快快跟了我去,倒有商量,若是不从,我同到你家去出首。"女子低首无言,只得跟了他走。走到一个酒馆中,蒋生拣个僻净楼房与他住下了。哄店家道,是夫妻烧香,买早饭吃的。店家见一男一女,又有丫鬟跟随,并无疑心,自去支持早饭上来吃。蒋震卿对女子低声问他来历。那女子道:"奴家姓陶,名幼芳,就是昨日主人翁之女。母亲王氏。奴家幼年间许嫁同郡褚家,谁想他双目失明了,我不愿嫁他。有一个表亲之子王郎,少年美貌,我心下有意于他,与他订约日久,约定今夜私奔出来,一同逃去。今日日间不见回音,将到晚时,忽听得爹进来大嚷,道是:'门前有个人,口称这里是他丈人家里,胡言乱语,可恶!'我心里暗想:'此必是我所约之郎到了。'急急收并资财,引这丫鬟拾翠为伴,逾墙出来。看见你在前面背囊而走,心里道:'自然是了。'恐怕人看见,所以一路不敢相近。谁知跟到这里,却是差了。而今既已失却那人,又不好归去得,只得随着官人罢。也是出于无奈了。"蒋震卿大喜道:"此乃天缘已定,我言有验。且喜我未曾娶妻。你不要慌张!我同你家去便了。"蒋生同他吃了早饭,丫鬟也吃了,打发店钱,独讨一个船,也不等二客,一直同他随路换船,径到了余杭家里。家人来问,只说是路上礼聘来的。

那女子入门,待上接下,甚是贤能,与蒋震卿十分相得。过了一年,已生了一子。却提起父母,便凄然泪下。一日,对蒋震卿道:"我那时不肯从那瞽夫,所以做出这些冒礼勾当来。而今身已属君,可无悔恨。但只是双亲年老无靠,失我之后,在家必定忧愁。且一年有余,无从问个消息,我心里一刻不能忘。再如此思念几时,毕竟要生出病来了。我想父母平日爱我如珠似宝,而今便是他知道了,他只以见我为喜,定然不十分嗔怪的。你可计较,怎生通得一信去?"蒋震卿想了一回道:"此间有一个教学的先生,姓阮,叫阮太始,与我相好。他专在诸暨往来,待我与他商量看。"蒋震卿就走去,把这事始末根由,一五一十对阮太始说了。阮太始道:"此老是诸暨一个极忠厚长者,与学生也曾相会几番过的。待学生寻个便,到那里替兄委曲通知,周全其事,决不有误!"蒋震卿称谢了,来回浑家的话不题。

且说陶老是晚款留二客在家歇宿,次日,又拿早饭来吃了。二客千恩万谢,作别了起身。老者送出门来,还笑道:"昨日狂生不知那里去宿了,也等他受些栖惶,以为轻薄之戒。"二客道:"想必等不得,先去了。容学生辈寻着了他,埋怨他一番。老丈,再不必介怀!"老者道:"老拙也是一时耐不得,昨日勾奈何他了,那里还挂在心上?"道罢,各自作别去了。

老者入得门时,只见一个丫鬟慌慌张张走到面前,喘做一团,道:"阿爹,不好了!姐姐不知那里去了?"老者吃了一惊道:"怎的说?"一步一颠,忙走进房中来。只见王妈妈儿天儿地的放声大哭,哭倒在地。老者问其详细,妈妈说道:"昨夜好好在他房中睡的。今早因外边有客,我且照管灶下早饭,不曾见他起来。及至客去了,叫人请他来一处吃早饭,只见房中箱笼大开,连服侍的丫鬟拾翠也不见,不知那里去了!"老者大骇道:"这却为何?"一个养娘便道:"莫不昨日投宿这些人是个歹人,夜里拐的去了?"老者道:"胡说!他们都是初到此地的,那两个宿了一夜,今日好好别了去的,如何拐得? 这一个,因是我恼他,连门里不放他进来,一发甚么相干? 必是日前与人有约,今因见有客,趁哄打劫的逃去了。你们平日看见姐姐有甚破绽么?"一个养娘道:"阿爹此猜,十有八九。姐姐只为许了个盲子,心中不乐,时时流泪。惟有王家某郎与姐姐甚说得来,时常叫拾翠与他传消递息。想必约着跟他走了。"老者见说得有因,密地叫人到王家去访时,只见王郎好好的在家里,并无一些动静。老者没做理会处,自道:"家丑不可外扬,切勿令传出去! 褚家这盲子退得便罢,退不得,苦一个丫头不着,还他罢了。只是身边没有了这个亲生女儿,好生冷静。"与那王妈妈说着,便哭一个不住。后来褚家盲子死了,感着老夫妻念头,又添上几场悲哭,道:"便早死了年把,也不见得女儿如此!"

如是一年有多,只见一日门上递个名帖进来,却是余杭阮太始。老者出来接着道:"甚风吹得到此?"阮太始道:"久疏贵地诸友,偶然得暇,特过江来拜望一番。"老者便教治酒相待。饮酒中间,大家说些江湖上的新闻,也有可信的,也有可疑的。阮太始道:"敝乡一年之前,也有一件新闻,这事却是实的。"老者道:"何事?"阮太始道:"有个少年朋友,出来游耍归去,途路之间,一句戏话上边,得了一个妇人,至今做夫妻在那里。说道这妇人是贵乡的人,老丈曾晓得么?"老者道:"可知这妇人姓甚么?"阮太始道:"说道也姓陶。"那老者大惊道:"莫非是小女么?"阮太始道:"小名幼芳,年纪一十八岁;又有个丫头,名拾翠。"老者撑着眼道:"真是吾小女了。如何在他那里?"阮太始道:"老丈还记得雨中叩门,冒称是岳家,老丈闭他在门外、不容登堂的事么?"老者道:"果有这个事。此人平日元非相识,却又关在外边,无处通风。不知那晚小女如何却随了他去?"阮太始把蒋生所言,一一告诉,说道:"一边妄言,一边发怒,一边误认,凑合成了这事。真是希奇!而今已生子了。老翁要见他么?"老者道:"可知要见哩!"只见王妈妈在屏风后边,听得明明白白,忍不住跳将出来,不管是生是熟,大哭,拜倒在阮太始面前道:"老夫妇只生得此女,自从失去,几番哭绝,至今奄奄不欲生。若是客人果然致得吾女相见,必当重报。"阮太始道:"老丈与孺人固然要见令爱,只怕有些见怪令婿,令婿便不敢来见了。"老者道:"果然得见,庆幸不暇,还有甚么见怪?"阮太始道:"令婿也是旧家子弟,不辱没了令爱的。老丈既不嗔责,就请老丈同到令婿家里去一见便是。"

老者欣然治装,就同阮太始一路到余杭来。到了蒋家门首,阮太始进去,把以前说话备细说了。阮太史同蒋生出来接了老者。那女儿久不见父亲,也直接至中堂。阮太始暂避开了。父女相见,倒在怀中,大家哭倒。老者就要蒋生同女儿到家去。那女儿也要去见母亲,就一同到诸暨村来。母女两个相见了,又抱头大哭道:"只说此生再不得相会了,谁道还有今日?"哭得旁边养娘们个个泪出。哭罢,蒋生拜见丈人、丈母,叩头请罪道:"小婿一时与同伴门外戏言,谁知岳丈认了真,致犯盛怒,又谁知令爱认了错,得谐私愿? 小婿如今想起来,当初说此话时,何曾有分毫想到此地位的? 都是偶然。望岳丈勿罪!"老者大笑道:"天教贤婿说出这话,有此凑巧。此正前定之事,何罪之有?"正说话间,阮太始也封了一封贺礼,到门叫喜。老者就将彩帛银两,拜求阮太始为媒,治酒大会亲族,重教蒋震卿夫妇拜天成礼。厚赠妆奁,送他还家,夫妻偕老。当时蒋生不如此戏耍取笑,被关在门外,便一样同两个客人一处儿吃酒了,那里撞得着这老婆来?不知又与那个受用去了。可见前缘分定,天使其然。

此本说话,出在祝枝山《西樵野记》中,事体本等有趣。只因有个没见识的,做了一本《鸳衾记》,乃是将元人《玉清庵错送鸳鸯被》杂剧与嘉定篾工徐达拐逃新人的事三四件,做了个扭名粮长,弄得头头不了,债债不清。所以,今日依着本传,把此话文重新流传于世,使人简便好看。有诗为证:

片言得妇是奇缘,此等新闻本可传。

扭捏无端殊舛错,故将话本与重宣。

卷 十 三

赵六老舐犊丧残生　张知县诛枭成铁案

诗曰：

　　从来父子是天伦，离暴何当逆自亲？

　　为说慈乌能反哺，应教飞鸟骂伊人。

　　话说人生极重的是那"孝"字，盖因为父母的，自乳哺三年，直盼到儿子长大，不知费尽了多少心力。又怕他三病四痛，日夜焦劳。又指望他聪明成器，时刻注想。抚摩鞠育，无所不至。《诗》云："哀哀父母，生我劬劳。欲报之德，昊天罔极。"说到此处，就是卧冰、哭竹、扇枕温衾，也难报答万一。况乃锦衣玉食，归之自己，担饥受冻，委之二亲，漫然视若路人，甚而等之仇敌，败坏彝伦，灭绝天理，直狗彘之所不为也！

　　如今且说一段不孝的故事，从前寡见，近世罕闻。正德年间，松江府城有一富民姓严，夫妻两口儿过活。三十岁上无子，求神拜佛，无时无处不将此事挂在念头上。忽一夜，严娘子似梦非梦间，只听得空中有人说道："求来子，终没耳；添你丁，减你齿。"严娘子分明听得，次日，即对严公说知，却不解其意。自此以后，严娘子便觉得眉低眼慢，乳胀腹高，有了身孕。怀胎十月，历尽艰辛，生下一子，眉清目秀。夫妻二人，欢喜倍常。万事多不要紧，只愿他易长易成。

　　光阴荏苒，又早三年。那时也倒聪明伶俐，做爷娘的百依百顺，没一事违拗了他。休说是世上有的物事，他要时定要寻来，便是天上的星，河里的月，也恨不得爬上天捉将下来，钻入河捞将出去。似此情状，不可胜数。又道是："棒头出孝子，箸头出忤逆。"为是严家夫妻养娇了这孩儿，到得大来，就便目中无人，天王也似的大了。却是为他有钱财使用，又好结识那一班惨刻狡滑、没天理的衙门中人，多只是奉承过去，那个敢与他一般见识？却又极好樗蒲，搭着一班儿伙伴，多是高手的赌贼。那些人贪他是出钱施主，当面只是甜言蜜语，谄笑胁肩，赚他上手。他只道众人真心喜欢，且十分帮衬，便放开心地，大胆呼卢，把那黄白之物，无算的暗消了去。严公时常苦劝，却终久溺着一个爱字,三言两语,不听时也只索罢了。岂知家私有数,经不得十博九空。似此三年,渐渐凋耗。

严公原是积攒上头起家的,见了这般情况,未免有些肉痛。一日,有事出外,走过一个赌坊,只见数十来个人团聚一处,在那里喧嚷。严公望见,走近前来伸头一看,却是那众人裹着他儿子讨赌钱。他儿子分说不得,你拖我扯,无计可施。严公看了,恐怕伤坏了他,心怀不忍。挨开众人,将身蔽了孩儿,对众人道:"所欠钱物,老夫自当赔偿。众弟兄各自请回,明日到家下拜纳便是。"一头说,一手且扯了儿子,怒愤愤的投家里来。关上了门,采了他儿子头发,硬着心,做势要打,却被他挣扎脱了。严公赶去扯住不放,他掇转身来,望严公脸上只一拳,打个满天星,昏晕倒了。儿子也自慌张,只得将手扶时,元来打落了两个门牙,流血满胸。儿子晓得不好,且望外一溜走了。严公半晌方醒,愤恨之极,道:"我做了一世人家,生这样逆子,荡了家私,又几乎害我性命,禽兽也不如了! 还要留他则甚?"一径走到府里来,却值知府升堂,写着一张状子,将那打落牙齿为证,告了忤逆。知府准了状,当日退堂,老儿自且回去。

却有严公儿子平日最爱的相识,一个外郎,叫做丘三,是个极狡黠奸诈的。那时见准了这状,急急出衙门,寻见了严公儿子,备说前事。严公儿子着忙,恳求计策解救。丘三故意作难。严公儿子道:"适带得赌钱三两在此,权为使用,是必打点救我性命则个。"丘三又故意迟延了半晌,道:"今日晚了,明早府前相会,我自有话对你说。"严公儿子依言,各自散讫。

次早,俱到府前相会。严公儿子问:"有何妙计? 幸急救我!"丘三把手招他到一个幽僻去处,说道:"你来,你来。对你说。"严公儿子便以耳接着丘三的口,等他讲话。只听得趷嗒一响,严公儿子大叫一声,疾忙掩耳,埋怨丘三道:"我百般求你解救,如何倒咬落我的耳朵? 却不恁地与你干休!"丘三冷笑道:"你耳朵原来却恁地值钱? 你家老儿牙齿恁地不值钱? 不要慌! 如今却真对你说话,你慢些只说如此如此,便自没事。"严公儿子道:"好计! 虽然受些痛苦,却得干净了身子。"

随后府公开厅,严公儿子带到。知府问道:"你如何这般不孝,只贪赌博,怪父教诲,甚而打落了父亲门牙,有何理说?"严公儿子泣道:"爷爷青天在上,念小的焉敢悖伦胡行? 小的偶然出外,见赌坊中争闹,立定闲看。谁知小的父亲也走将来，便疑小的亦落赌场，采了小的回家痛打。小的吃打不过，不合伸起头来，父亲便将小的毒咬一口，咬落耳朵。老人家齿不坚牢，一时性起，遂至坠落。岂有小的打落之理？望爷爷明镜照察！"知府教上去验看，果然是一只缺耳，齿痕尚新，上有凝血。信他言词是实，微微的笑道："这情是真，不必再问了。但看赌钱可疑，父齿复坏，责杖十板，赶出免拟。"

严公儿子喜得无恙归家，求告父母道："孩儿愿改从前过失，侍奉二亲。官府已责罚过，任父亲发落。"老儿昨日一口气上到府告官，过了一夜，又见儿子已受了官刑，只这一番说话，心肠已自软了。他老夫妻两个原是极溺爱这儿子的，想起道："当初受孕之时，梦中四句言语说：'求来子，终没耳；添你丁，减你齿。'今日老儿落齿，儿子啮耳，正此验也。这也是天数，不必说了。"自此，那儿子当真守分孝敬二亲，后来却得善终。这叫做改过自新，皇天必宥。

如今再说一个肆行不孝，到底不悛，明彰报应的。

某朝某府某县，有一人姓赵，排行第六，人多叫他做赵六老。家声清白，囊橐肥饶。夫妻两口，生下一子，方离乳哺，是他两人心头的气，身上的肉。未生下时，两人各处许下了偌多香愿。只此一节上，已为这儿子费了无数钱财。不期三岁上出起痘来，两人终夜无寐，遍访名医，多方觅药，不论资财。只求得孩儿无恙，便杀了身己，也自甘心。两人忧疑惊恐，巴得到痘花回好，就是黑夜里得了明珠，也没得这般欢喜。看看调养得精神完固，也不知服了多少药料，吃了多少辛勤，坏了多少钱物。殷殷抚养，到了六七岁，又要送他上学。延一个老成名师，择日叫他拜了先生，取个学名唤做赵聪。先习了些《神童》、《千家诗》，后习《大学》。两人又怕儿子辛苦了，又怕先生拘束他，生出病来，每日不上读得几句书便歇了。那赵聪也倒会体贴他夫妻两人的意思，常只是诈病佯疾，不进学堂。两人却是不敢违拗了他。那先生看了这些光景，口中不语，心下思量道："这真叫做禽犊之爱！适所以害之耳。养成于今日，后悔无及矣。"却只是冷眼旁观，任主人家措置。

过了半年三个月，忽又有人家来议亲，却是一个宦户人家，姓殷，老儿曾任太守，故了。赵六老却要扳高，央媒求了口帖，选了吉日，极浓重的下了一付谢允礼。自此聘下了殷家女子。逢时致时，逢节致节，往往来来，也不知费用了多少礼物。

韶光短浅，赵聪因为娇养，直挨到十四岁上才读完得经书，赵六老还道是他出人头地,欢喜无限。十五六岁,免不得教他试笔作文。六老此时为这儿子面上,家事已弄得七八了。没奈何,要儿子成就,情愿借贷延师,又重币延请一个饱学秀才,与他引导。每年束脩五十金,其外节仪与夫供给之盛,自不必说。那赵聪原是个极贪安宴,十日九不在书房里的,做先生倒落得吃自在饭,得了重资,省了气力。为此就有那一班不成才、没廉耻的秀才,便要谋他馆谷。自有那有志向诚实的,往往却之不就。此之谓贤愚不等。

话休絮烦,转眼间又过了一个年头。却值文宗考童生,六老也叫赵聪没张没致的前去赴考。又替他钻刺央人情,又枉自折了银子。考事已过,六老又思量替儿子毕姻,却是手头委实有些窘迫了,又只得央中写契,借到某处银四百两。那中人叫做王三,是六老平日专托他做事的。似此借票,已写过了几纸,多只是他居间。其时在刘上户家借了四百银子,交与六老。便将银备办礼物,择日纳采,订了婚期。过了两月,又近吉日,却又欠接亲之费。六老只得东挪西凑,寻了几件衣饰之类,往典铺中解了四十两银子,却也不勾使用,只得又寻王三,写一纸票,又往褚员外家借了六十金,方得发迎会亲。殷公子送妹子过门,赵六老极其殷勤谦让,吃了五七日筵席,各自散了。

小夫妻两口恩爱如山,在六老间壁一个小院子里居住,快活过日。殷家女子倒百般好,只有些儿毛病:专一恃贵自高,不把公婆看在眼里;且又十分悭吝,一文半贯,惯会唆那丈夫做些惨刻之事。若是殷家女子贤慧时,劝他丈夫学好,也不到得后来惹出这场大事了!

　　自古妻贤夫祸少,应知子孝父心宽。
这是后话。

却说那殷家嫁资丰富,约有三千金财物。殷氏收拿,没一些儿放空。赵六老供给儿媳,惟恐有甚不到处,反十分小心;儿媳两个,倒嫌长嫌短的不象意。光阴迅速,又早三年。赵老娘因害痰火病,起不得床,一发把这家事托与那媳妇掌管。殷氏承当了,供养公婆,初时也尚象样,渐渐半年三个月,要茶不茶,要饭不饭。两人受淡不过,有时只得开口,勉强取讨得些,殷氏便发话道:"有什么大家事交割与我?却又要长要短,原把去自当不得?我也不情愿当这样的吃苦差使,倒终日搅得不清净。"赵六老闻得,忍气吞声。实是没有什么家计分授与他,如何好分说得?叹了口气,对妈妈说了。妈妈是个积病之人,听了这些声响,又看了儿媳这一番急慢光景,手中又十分窘迫,不比三年前了。且又索债盈门，箱笼中还剩得有些衣饰，把来偿利，已准过七八了。就还有几亩田产，也只好把与别人做利。赵妈妈也是受用过来的，今日穷了，休说是外人，嫡亲儿媳也受他这般冷淡。回头自思，怎得不恼？一气气得头昏眼花，饮食多绝了。儿媳两个也不到床前去看视一番，也不将些汤水调养病人，每日三餐，只是这几碗黄齑，好不苦恼！挨了半月，痰喘大发，呜呼哀哉，伏惟尚飨了。儿媳两个免不得干号了几声，就走了过去。

　　赵六老跌脚捶胸，哭了一回，走到间壁去，对儿子道："你娘今日死了，实是囊底无物，送终之具，一无所备。你可念母子亲情，买口好棺木盛殓，后日择块坟地殡葬，也见得你一片孝心。"赵聪道："我那里有钱买棺？不要说是好棺木价重买不起，便是那轻敲杂树的，也要二三两一具，叫我那得东西去买？前村李作头家，有一口轻敲些在那里，何不去赊了来？明日再做理会。"六老噙着眼泪，怎敢再说？只得出门到李作头家去了。且说赵聪走进来对殷氏道："俺家老儿，一发不知进退了，对我说要讨件好棺木盛殓老娘。我回说道：'休说好的，便是歹的，也要二三两一个。'我叫他且到李作头家赊了一具轻敲的来，明日还价。"殷氏便接口道："那个还价？"赵聪道："便是我们舍个头痛，替他胡乱还些罢。"殷氏怒道："你那里有钱来替别人买棺材？买与自家了不得？要买时，你自还钱！老娘却是没有。我又不曾受你爷娘一分好处，没事便兜揽这些来打搅人，松了一次，便有十次，还他十个没有，怕怎地！"赵聪顿口无言，道："娘子说得是，我则不还便了。"随后，六老雇了两个人，抬了这具棺材到来，盛殓了妈妈。大家举哀了一场，将一杯水酒浇奠了，停柩在家。儿媳两个也不守灵，也不做什么盛羹饭，每日仍只是这几碗黄齑，夜间单留六老一人，冷清清的在灵前伴宿。六老有好气没好气，想了便哭。

　　过了两七，李作头来讨棺银。六老道："去替我家小官人讨。"李作头依言去对赵聪道："官人家赊了小人棺木，幸赐价银则个。"赵聪光着眼，啐了一声道："你莫不见鬼了！你眼又不瞎，前日是那个来你家赊棺材，便与那个讨，却如何来与我说？"李作头道："是你家老官来赊的。方才是他叫我来与官人讨。"赵聪道："休听他放屁！好没廉耻！他自有钱买棺材，如何图赖得人？你去时便去，莫要讨老爷怒发！"背叉着手，自进去了。李作头回来，将这段话对六老说知。六老纷纷泪落，忍不住哭起来。李作头劝住道："赵老官，不必如此！没有银子，便随分什么东西准两件与小人罢了。"赵六老只得进去，翻箱倒笼,寻得三件冬衣,一根银镊子,把来准与李作头去了。

忽又过了七七四十九,赵六老原也有些不知进退,你看了买棺一事,随你怎么,也不可求他了。到得过了断七,又忘了这段光景,重复对儿子道:"我要和你娘寻块坟地,你可主张则个。"赵聪道:"我晓得甚么主张?我又不是地理师,那晓寻甚么地?就是寻时,难道有人家肯白送?依我说时,只好捡个日子送去东村烧化了,也倒稳当。"六老听说,默默无言,眼中吊泪。赵聪也不再说,竟自去了。六老心下思量道:"我妈妈做了一世富家之妻,岂知死后无葬身之所?罢!罢!这样逆子,求他则甚!再检箱中,看有些少物件解当些来买地,并作殡葬之资。"六老又去开箱,翻前翻后,检得两套衣服,一只金钗,当得六两银子,将四两买了三分地,余二两唤了四个和尚,做些功果,雇了几个扛夫抬出去殡葬了。六老喜得完事,且自归家,随缘度日。

倏忽间,又是寒冬天道,六老身上寒冷,赊了一斤丝绵,无钱得还,只得将一件夏衣,对儿子道:"一件衣服在此,你要便买了,不要时便当几钱与我。"赵聪道:"冬天买夏衣,正是那得闲钱补笡篱?放着这件衣服,日后怕不是我的,却买他?也不买,也不当。"六老道:"既恁地时,便罢。"自收了衣服不题。

却说赵聪便来对殷氏说了,殷氏道:"这却是你呆了!他见你不当时,一定便将去解铺中解了,日后一定没了。你便将来,胡乱当他几钱,不怕没便宜。"赵聪依允,来对六老道:"方才衣服,媳妇要看一看,或者当了,也不可知。"六老道:"任你将去不妨,若当时只是七钱银子也罢。"赵聪将衣服与殷氏看了,殷氏道:"你可将四钱去,说如此时便足了,要多时回他便罢。"赵聪将银付与六老,六老那里敢嫌多少,欣然接了。赵聪便写一纸短押,上写:"限五月没",递与六老去了。六老看了短押,紫胀了面皮,把纸扯得粉碎,长叹一声道:"生前作了罪过,故令亲子报应。天也!天也!"怨恨了一回。

过了一夜,次日起身梳洗,只见那作中的王三蓦地走将进来,六老心头吃了一跳,面如土色。正是:

　　入门休问荣枯事,观看容颜便得知。

王三施礼了,便开口道:"六老莫怪惊动!便是褚家那六十两头,虽则年年清利,却则是些货钱准折,又还得不爽利。今年他家要连本利多楚。小人却是无说话回他,六老遮莫做一番计较,清楚了这一项,也省多少口舌,免得门头不清净。"六老叹口气道:"当初要为这逆子做亲,负下了这几主重债,年年增利,囊橐一空。欲待在逆子处挪借来奉还褚家,争奈他两个丝毫不肯放空。便是老夫身衣口食,日常也不能如意,那有钱来清楚这一项银?王兄幸作方便,善为我辞,宽限几时,感激非浅!"王三变了面皮道:"六老,说那里话?我为褚家这主债上,馋唾多分说干了。你却不知他家上门上户,只来寻我中人。我却又不得了几许中人钱,没来由讨这样不自在吃?只是当初做差了事,没摆布了。他家动不动要着人来坐催,你却还说这般懈话!就是你手头来不及时,当初原为你儿子做亲借的,便和你儿子挪借来还,有甚么不是处?我如今不好去回话,只坐在这里罢了。"六老听了这一番话,眼泪汪汪,无言可答,虚心冷气的道:"王兄见教极是,容老夫和这逆子计议便了。王兄暂请回步,来早定当报命。"王三道:"是则是了,却是我转了背,不可就便放松!又不图你一碗儿茶,半钟儿酒,着甚来历?"摊手摊脚,也不作别,竟走出去了。

六老没极奈何,寻思道:"若对赵聪说时,又怕受他冷淡;若不去说时,实是无路可通。老王说也倒是,或者当初是为他借的,他肯挪移也不可知。"要一步,不要一步,走到赵聪处来,只见他们闹闹热热,炊烟盛举。六老问道:"今日为甚事忙?"有人答道:"殷家大公子到来,留住吃饭,故此忙。"六老垂首丧气,只得回身。肚里思量道:"殷家公子在此留饭,我为父的也不值得带挈一带挈?且看他是如何。"停了一会,只见依旧搬将那平时这两碗黄糙饭来,六老看了喉咙气塞,也吃不落。

那日,赵聪和殷公子吃了一日酒,六老不好去唐突,只得歇了。次早走将过去,回说:"赵聪未曾起身。"六老呆呆的等了个把时辰,赵聪走出来道:"清清早起,有甚话说?"六老倒陪笑道:"这时候也不早了。有一句紧要说话,只怕你不肯依我。"赵聪道:"依得时便说,依不得时便不必说!有什么依不依?"六老半嗫半嚅的道:"日前你做亲时,曾借下了褚家六十两银子,年年清利。今年他家连本要还,我却怎地来得及?本钱料是不能勾,只好依旧上利。我实在是手无一文,别样本也不该对你说,却是为你做亲借的,为此只得与你挪借些,还他利钱则个。"赵聪佛然变色,摊着手道:"这却不是笑话!凭他说时,原来人家讨媳妇多是儿子自己出钱?等我去各处问一问看,是如此时,我还便了。"六老又道:"不是说要你还,只是目前挪借些个。"赵聪道:"有甚挪借不挪借?若是后日有得还时,他每也不是这般讨得紧了。昨日殷家阿勇有准盒礼银五钱在此,待我去问媳妇,肯时,将去做个东道,请请中人,再挨几时便是。"说罢自进去了。六老想道:"五钱银子干什么事?况又去与媳妇商量,多分是水中捞月了。"等了一会,不见赵聪出来,只得回去。

却见王三已自坐在那里,六老欲待躲避,早被他一眼瞧见。王三迎着六老道:"昨日所约如何?褚家又是三五替人我家来过了。"六老舍着羞脸说道:"我家逆子,分毫不肯通融。本钱实是难处,只得再寻些货物,准过今年利钱,容老夫徐图。望乞方便。"一头说,一头不觉的把双膝屈了下去。王三歪转了头,一手扶六老,口里道:"怎地是这样!既是有货物准得过时,且将去准了。做我不着,又回他过几时。"六老便走进去,开了箱子,将妈妈遗下几件首饰衣服,并自己穿的这几件直身,捡一个空,尽数将出来,递与王三。王三宽打料帐,结勾了二分起息十六两之数,连箱子将了去了。六老此后身外更无一物。

话休絮烦。隔了两日,只见王三又来索取那刘家四百两银子利钱,一发重大。六老手足无措,只得诡说道:"已和我儿子借得两个元宝在此,待将去倾销一倾销,且请回步,来早拜还。"王三见六老是个诚实人,况又不怕他走了那里去,只得回家。六老想道:"虽然哄了他去,这疖少不得要出脓,怎赖得过?"又走过来对赵聪道:"今日王三又来索刘家的利钱,吾如今实是只有这一条性命了,你也可怜见我生身父母,救我一救!"赵聪道:"没事又将这些说话来恐吓人,便有些得替还了不成?要死便死了,活在这里也没干!"六老听罢,扯住赵聪,号天号地的哭。赵聪奔脱了身,竟进去。有人劝住了六老,且自回去。六老千思万想,若王三来时,怎生措置?人极计生,六老想了半日,忽然的道:"有了,有了。除非如此如此,除了这一件,真便死也没干。"看看天色晚来,六老吃了些夜饭自睡。

却说赵聪夫妻两个,吃罢了夜饭,洗了脚手,吹灭了火去睡。赵聪却睡不稳,清眠在床。只听得房里有些脚步响,疑是有贼,却不做声。元来赵聪因有家资,时常防贼,做整备的。听了一会,又闻得门儿隐隐开响,渐渐有些悉窣之声,将近床边。赵聪只不做声,约莫来得切近,悄悄的床底下拾起平日藏下的斧头,趁着手势一劈,只听得扑地一响,望床前倒了。赵聪连忙爬起来,踏住身子,再加两斧,见寂然无声,知是已死。慌忙叫醒殷氏道:"房里有贼,已砍死了。"点起火来,恐怕外面还有伴贼,先叫破了地方邻舍。多有人走起来救护。只见墙门左侧老大一个壁洞,已听见赵聪叫道:"砍死了一个贼在房里。"一齐拥进来看,果然一个死尸,头劈做两半。众人看了,有眼快的叫道："这却不是赵六老！"众人仔细齐来相了一回，多道："是也，是也。却为甚做贼偷自家的东西？却被儿子杀了，好跷蹊作怪的事！"有的道："不是偷东西，敢是老没廉耻要扒灰，儿子愤恨，借这个贼名杀了。"那老成的道："不要胡嘈！六老平生不是这样人。"赵聪夫妻实不知是什么缘故，饶你平时奸猾，到这时节不由你不呆了。一头假哭，一头分说道："实不知是我家老儿，只认是贼，为此不问事由杀了。只看这墙洞，须知不是我故意的。"众人道："既是做贼来偷，你夜晚间不分皂白，怪你不得。只是事体重大，免不得报官。"哄了一夜，却好天明。众人押了赵聪到县前去。这里殷氏也心慌了，收拾了些财物，暗地到县里打点去使用。

那知县姓张，名晋，为人清廉正直，更兼聪察非常。那时升堂，见众人押这赵聪进来，问了缘故，差人相验了尸首。张晋道是"以子杀父，该问十恶重罪"。旁边走过一个承行孔目，禀道："赵聪以子杀父，罪犯宜重；却实是黄夜拒盗，不知是父，又不宜坐大辟。"那些地方里邻也是一般说话。张晋由众人说，径提起笔来判道："赵聪杀贼可恕，不孝当诛！子有余财，而使父贫为盗，不孝明矣！死何辞焉？"判毕，即将赵聪重责四十，上了死囚枷，押入牢里。众人谁敢开口？况赵聪那些不孝的光景，众人一向久慕。见张晋断得公明，尽皆心服。张晋又责令收赵聪家财，买棺殡殓了六老。

殷氏纵有扑天的本事，敌国的家私，也没门路可通，只好多使些银子，时常往监中看觑赵聪一番。不想进监多次，惹了牢瘟，不上一个月死了。赵聪原是受享过来的，怎熬得囹圄之苦？殷氏既死，没人送饭，饿了三日，死在牢中。拖出牢洞，抛尸在千人坑里。这便是那不孝父母之报。张晋更着将赵聪一应家财入官，那时刘上户、褚员外并六老平日的债主，多执了原契，禀了张晋，一一多派还了，其余所有，悉行入库。他两个刻剥了这一生，自己的父母也不能勾近他一文钱钞，思量积攒来传授子孙为永远之计。谁知家私付之乌有，并自己也无葬身之所。要见天理昭彰，报应不爽。正是：

由来天网恢恢，何曾漏却阿谁？

王法还须推勘，神明料不差池。

卷 十 四

酒谋财于郊肆恶　鬼对案杨化借尸

诗曰：

　　从来人死魂不散，况复生前有宿冤！

　　试看鬼能为活证，始知明晦一般天。

　　话说山东有一个耕夫，不记姓名。因耕自己田地，侵犯了邻人墓道。邻人与他争论，他出言不逊，就把他毒打不休，须臾身死。家间亲人把邻人告官。检尸有致命重伤，问成死罪，已是一年。忽一日，右首邻家所生一子，口里才能说话，便话得前生事体出来，道："我是耕者某人，为邻人打死。死后见阴司，阴司怜我无罪误死，命我复生，说我尸首已坏，就近托生为右邻之子。即命二鬼送我到右邻房桄外，见一妇人踞床将产，二鬼道：'此即汝母，汝从囟门入！'说罢，二鬼即出。二鬼在外，不听见里头孩子哭声，二鬼回身进来看，说道：'走了，走了。'其时吾躲在衣架之下，被二鬼寻出，复送入囟门。一会就生下来。"历历述说平生事，无一不记。又到前所耕地界处，再三辨悉。那些看的人及他父母，明知是耕者再世，叹为异事。喧传此话到狱中，那前日抵罪的邻人便当官诉状道："吾杀了耕者，故问死罪。今耕者已得再生，吾亦该放条活路。若不然，死者倒得生了，生者倒要死了，吾这一死还是抵谁的？"官府看见诉语希奇，吊取前日一干原被犯证里邻问他，他们众口如一，说道："果是重生。"并取小孩儿问他，他言语明明白白，一些不误。官府虽则断道"一死自抵前生，岂以再世幸免"，不准其诉，然却心里大是惊怪。因晓得人身四大，乃是假合；形有时尽，神则常存。何况屈死冤魂，岂能遽散。

　　所以国朝嘉靖年间，有一桩异事：乃是一个山东人，唤名丁戍，客游北京。途中遇一壮士，名唤卢彊，见他意气慷慨，性格轩昂，两人觉道说得着，结为兄弟。不多时，卢彊盗情事犯，系在府狱。丁戍到狱中探望，卢彊对他道："某不幸犯罪，无人救答。承兄平日相爱，有句心腹话，要与兄说。"丁戍道："感蒙不弃，若有见托，必当尽心。"卢彊道："得兄应允，死亦瞑目。吾有白金千余，藏在某处，兄可去取了，用些手脚，营救我出狱。万一不能勾脱，只求兄照管我狱中衣食,不使缺乏。他日死后,只要兄葬埋了我,余多的东西,任凭兄取了罢。只此相托,再无余言。"说罢,泪如雨下。丁戍道:"且请宽心! 自当尽力相救。"珍重而别。

元来人心本好,见财即变。自古道得好:"白酒红人面,黄金黑世心!"丁戍见卢彊倾心付托时,也是实心应承,无有虚谬。及依他到所说的某处取得千金在手,却就转了念头道:"不想他果然为盗,积得许多东西在此。造化落在我手里,是我一场小富贵,也勾下半世受用了。总是不义之物,他取得,我也取得,不为罪过。既到了手,还要救他则甚?"又想一想道:"若不救他,他若教人问我,无可推托得。惹得毒了,他万一攀扯出来,得也得不稳。何不了当了他? 倒是口净。"正是转一念,狠一念。从此遂与狱吏两个通用,送了他三十两银子,摆布杀了卢彊。自此丁戍白白地得了千金,又无人知他来历,摇摇摆摆,在北京受用了三年。用过七八了,因下了潞河,搭船归家。

丁戍到了船中,与同船之人正在舱里大家说些闲话,你一句,我一句,只见丁戍忽然跌倒了。一会儿爬起来,睁起双眸,大喝道:"我乃北京大盗卢彊也。丁戍天杀的! 得我千金,反害我命,而今须索填还我来!"同船之人,见他声口与先前不同,又说出这话来,晓得丁戍有负心之事,冤魂来索命了,各各心惊,共相跪拜,求告他道:"丁戍自做差了事,害了好汉,须与吾辈无干。今好汉若是在这船中索命,杀了丁戍,须害我同船之人不得干净,要吃没头官司了。万望好汉息怒! 略停几时,等我众人上了岸,凭好汉处置他罢。"只见丁戍口中作鬼语道:"罢,罢。我先到他家等他罢。"说毕,复又倒地。须臾,丁戍醒转,众人问他适才的事,一些也不知觉,众人遂俱不道破,随路分别,上岸去了。

丁戍到家三日,忽然大叫,又说起船里的说话来。家人正在骇异,只见他走去,取了一个铁锤,望口中乱打牙齿。家人慌忙抱住了,夺了他的铁锤。又走去拿把厨刀在手,把胸前乱砍,家人又来夺住了。他手中无了器皿,就把指头自挖双眼,眼珠尽出,血流满面。家人慌张惊喊,街上人听见,一齐跑进来看。递传出去,弄得看的人填街塞巷。又有日前同舟回来之人,有好事的来打听消息,恰好瞧着。只见丁戍一头自打,一头说卢彊的话,大声价骂。有大胆的走向前问他道:"这事有几年了?"附丁戍的鬼道:"三年了。"问的道:"你既有冤欲报,如此有灵,为何直等到三年?"附丁戍的鬼道:"向我关在狱中,不得报仇;近来遇赦,方出得在外来了。"说罢又打,直打到丁戌气绝,遂无影响。
于时隆庆改元大赦。要知狱鬼也随阳间例,放了出来,方得报仇。乃信阴阳
一理也。正是:

> 明不独在人,幽不独在鬼。
>
> 阳世与阴间,似隔一层纸。
>
> 若还显报时,连纸都彻起。

　　看官,你道在下为何说出这两段说话? 只因世上的人,瞒心昧己做了事,
只道暗中黑漆漆,并无人知觉的;又道是死无对证,见个人死了,就道天大的
事也完了。谁知道冥冥之中,却如此昭然不爽! 说到了这样转世说出前生,
附身活现花报,恰象人原不曾死,只在面前一般。随你欺心的硬胆的人,思之
也要毛骨悚然。却是死后托生,也是常事,附身索命,也是常事,古往今来,说
不尽许多。而今更有一个稀奇作怪的,乃是被人害命,附尸诉冤,竟做了活人
活证,直到缠过多少时节,经过多少衙门,成狱方休,实为罕见!

　　这段话,在山东即墨县于家庄。有一人唤名于大郊,乃是个军籍出身。
这于家本户,有兴州右屯卫顶当祖军一名。那见在彼处当军的,叫做于守宗。
元来这名军是祖上洪武年间传留下来的,虽则是嫡支嫡派承当充伍,却是通
族要帮他银两,叫做"军装盘缠",约定几年来取一度,是个旧规。其时乃万历
二十一年,守宗在卫,要人到祖籍讨这一项钱粮。有个家丁叫做杨化,就是蓟
镇人,他心性最梗直,多曾到即墨县走过遭把的,守宗就差他前来。杨化与妻
子别了,骑了一只自喂养的蹇驴,不则一日,行到即墨,一径到于大郊屋里居
住宿歇了。各家去派取,按着支系派去,也有几分的,也有上钱的,陆续零星
讨将来。先凑得二两八钱,在身边藏着。是月正月,二十六日,大郊走来对杨
化道:"今日鳌山卫集,好不热闹,我要去趁赶,同你去耍耍来。"杨化道:"咱家
也坐不过,要去走走。"把个缠袋束在腰里了,骑了驴,同大郊到鳌山卫来。只
因此一去,有分教:雄边壮士,强做了一世冤魂;寒舍村姑,硬当了几番鬼役。
正是:

> 猪羊入屠户之家,一步步来寻死路。

　　却说杨化与于大郊到鳌山集上,看了一回,觉得有些肚饥了,对大郊道:
"咱们到酒店上呷碗烧刀子去。"大郊见说,就拉他到卫城内一个酒家尹三家
来饮酒。山东酒店,没甚嘎饭下酒,无非是两碟大蒜、几个馍馍。杨化是个北

边穷军,好的是烧刀子。这尹三店中是有名最狠的黄烧酒,正中其意,大碗价筛来吃。于大郊又在旁相劝,灌得烂醉。到天晚了,杨化手垂脚软,行走不得。大郊勉强扶他上了驴,用手搀着他走路。杨化骑一步,撞一撞,几番要颠下来。到了卫北石桥子沟,杨化一个眐,叫声"啊呀!"一交翻下驴来。于大郊道:"骑不得驴了,且在此地下睡睡再走。"杨化在草坡上,一交放翻身子,不知一个天高地下,鼾声如雷,一觉睡去了。

元来于大郊见杨化零零星星收下好些包数银子,却不知有多少,心中动了火,思想要谋他的。欺他是个单身穷军,人生路不熟,料没有人晓得他来踪去迹。亦且这些族中人,怕他薅恼,巴不得他去的,若不见了他,大家干净,必无人提起。却不这项银子落得要了?所以故意把这样狠酒灌醉了他。杨化睡至一个更次,于大郊呆呆在旁边候着。你道平日若是软心的人,此时纵要谋他银两,乘他酒醉,腰里摸了他的,走了去,明日杨化酒醒,也只道醉后失了。就是疑心大郊,没个实据,可以抵赖,事也易处。何致定要害他性命?谁知北人手辣心硬,一不做,二不休,叫得先打后商量。不论银钱多少,只是那断路抢衣帽的小小强人,也必了了性命,然后动手的。风俗如此,心性如此。看着一个人性命,只当掐个虱子,不在心上。当日见杨化不醒,四旁无人,便将杨化驴子上缰绳解将下来,打了个扣儿,将杨化的脖项套好了。就除下杨化的帽儿,塞住其口,把一只脚踏住其面,两手用力,将缰绳扯起来一勒,可怜杨化一个穷军,能有多少银子?今日死于非命!

于大郊将手去按杨化鼻子底下,已无气了。就于腰间搜动前银,连缠袋取来,缠在自己腰内。又想道:"尸首在此,天明时有人看见,须是不便。"随抱起杨化尸首,驮在驴背上,赶至海边,离于家庄有三里地远了,扑通一声,撺入海内。牵了驴儿转回来,又想一想道:"此是杨化的驴,有人认得。我收在家里,必有人问起,难以遮盖,弃了他罢。"当将此驴赶至黄铺舍,漫坡散放了,任他自去。那驴散了缰辔,随他打滚,好不自在。次日不知那个收去了。是夜于大郊悄悄地回家,无人知道。

至二月初八日,已死过十二日了。于大郊魂梦里也道:此时死尸,不知漂去几千几万里了。你道可杀作怪!那死尸潮上潮下,㳂了多日,一夜乘潮逆流上来,恰恰到于家庄本社海边,停着不去。本社保正于良等看见,将情报知即墨县。那即墨县李知县查得海潮死尸,不知何处人氏,何由落水,其故难明,亦且颈有绳痕,中间必有冤抑。除责令地方一面收贮,一面访拿外,李知县斋戒了,到城隍庙虔诚祈祷,务期报应,以显灵佑不题。

本月十三日,有于大郊本户居民于得水妻李氏,正与丈夫碾米,忽然跌倒在地。得水慌忙扶住叫唤。将及半个时辰,猛可站将起来,紧闭双眸,口中吓道:"于大郊,还我命来! 还我命来!"于得水惊诧问道:"你是何处神鬼,辄来作怪?"李氏口里道:"我是讨军装杨化,在鳌山集被于大郊将黄烧酒灌醉,扶至石桥子沟,将缰绳把我勒死,抛尸海中。我恐大郊逃走,官府连累无干,以此前来告诉。我家中还有亲兄杨大,又有妻张氏,有二男二女,俱远在蓟州,不及前来执命,可怜! 可怜! 故此自来,要与大郊质对,务要当官报仇。"于得水道:"此冤仇实与我无干,如何缠扰着我家里?"李氏口里道:"暂借贤妻贵体,与我做个凭依,好得质对。待完成了事,我自当去,不来相扰。烦你与我报知地方则个。你若不肯,我也不出你的门。"于得水当时无奈,只得走去通知了保正于良。于良不信,到得水家中看个的确,只见李氏再说那杨化一番说话,明明白白,一些不差。于良走去报知老人邵强与地方牌头小甲等,都来看了。前后说话,都是一样。

于良、邵强遂同地方人等,一拥来到于大郊家里,叫出大郊来道:"你干得好事! 今有冤魂在于得水家中,你可快去面对。"大郊心里有病,见说着这话,好不心惊! 却又道:"有甚么冤魂在得水家里? 可又作怪,且去看一看,怕做甚么!"违不得众人,只得软软随了去。到得水家,只见李氏大喝道:"于大郊,你来了么? 我与你有甚么冤仇? 你却谋我东西,下此毒手! 害得我好苦!"大郊犹兀自道无人知证,口强道:"呸! 那个谋你甚么? 见鬼了!"李氏口里道:"还要抵赖? 你将驴缰勒死了我,又驴驮我海边,丢尸海中了。藏着我银子二两八钱,打点自家快活。快拿出我的银子来,不然,我就打你,咬你的肉,泄我的恨!"大郊见他说出银子数目相对,已知果是杨化附魂,不敢隐匿,遂对众吐称:"前情是实。却不料阴魂附人,如此显明,只索死去休!"

于良等听罢,当即押了大郊回家,将原劫杨化缠袋一条,内盛军装银二两八钱,于本家灶锅烟笼里取出。于良等道:"好了。好了。有此赃物,便可报官定罪,了这海上浮尸的公案。若只是阴魂鬼话,万一后边本人醒了,阴魂去了,我们难替他担错。"就急急押了于大郊,连赃送县。大郊想道:"罪无可逃了。坐在监中,无人送饭,须索多攀本户两个,大家不得安闲。等他们送饭时，须好歹也有些及我。"就对于良道："这事须有本户于大豹、于大敖、于大节三人与我同谋的，如何只做我一人不着？"于良等并将三人拘集。三人口称无干，这里也不听他，一同送到县来首明。

　　知县准了首词，批道："情似真而事则鬼。必李氏当官证之！"随拘李氏到官。李氏与大郊面质，句句是杨化口谈，咬定大郊谋死真情。知县看那诉词上面，还有几个名字，问："这于大豹等几人，却是怎的？"李氏道："止是大郊一个，余人并不相干。正恐累及平人，故不避幽明，特来告陈。"知县厉声问大郊道："你怎么说？"大郊此时已被李氏附魂活灵活现的说话，惊得三魂俱不在体了，只得叩头道："爷爷，今日才晓得鬼神难昧，委系自己将杨化勒死，图财是实，并与他人无干。小的该死！"

　　知县看系谋杀人命重情，未经检验，当日亲押大郊等到海边潮上杨化尸所相验。拘取一班仵作，相得杨化身尸，颈子上有绳子交匝之伤，的系生前被人勒死。取了伤单，回到县中，将一干人犯口词取了，问成于大郊死罪。众人在官的多画了供，连李氏也画了一个供。又分付他道："此事须解上司，你改不得口！"李氏道："小的不改口，只是一样说话。"元来知县只怕杨化魂灵散了，故如此对李氏说。不知杨化真魂，只说自家的说话，却如此答。知县就把文案叠成，连人解府。知府看了招卷，道是希奇，心下有些疑惑，当堂亲审，前情无异。题笔判云：

　　　　看得杨化以边塞贫军，跋涉千里，银不满三两。于大郊辄起毒心，先之酒醉，继之绳勒，又继之驴驮，丢尸海内。彼以为葬鱼腹，求之无尸，质之无证。已可私享前银，宴然无事。孰意天道昭彰，鬼神不昧！尸入海而不沉，魂附人而自语。发微瞬之奸，褫凶人之魄。至于"咬肉泄恨"一语，凛然斧钺；"恐连累无干"数言，赫然公平。化可谓死而灵，灵而正直，不以死而遂泯者。孰谓人可谋杀，又可漏网哉？该县祷神有应，异政足录。拟斩情已不枉，缘系面鞫，杀劫魂附情真，理合解审。抚按定夺。

府中起了解批，连人连卷，解至督抚孙军门案下告投。

　　孙军门看了来因，好些不然，疑道："李氏一个妇人，又是人作鬼语，如何做得杀人定案？安知不有诡诈？"就当堂逐一点过面审。点到李氏，便住了笔，问道："你是那里人？"李氏道："是蓟州人。"又叫地方上来，问："李氏是那里人？"地方道："是即墨人。"孙军门道："他如何说是蓟州人？"地方道："李氏是即墨人，附尸的杨化是蓟州人。"孙军门又唤李氏问道："你叫甚么名字？"李氏道："小的杨化，是兴州右屯卫于守宗名下余丁。"遂把讨军装被谋死，是长是短，说了一遍。宛然是个北边男子声口，并不象妇女说话，亦不是山东说话。孙军门问得明白，点一点头，笑道："果有此等异事！"遂批卷上道：

　　　　杨化魂附诉冤，面审俱蓟镇人语，诚为甚异。仰按察司复审详报！

　　按察司转发本府带管理刑厅刘同知复审。解官将一干人犯仍带至府中，当堂回销解批。只见李氏之夫于得水哭禀知府道："小的妻子李氏，久为杨化冤魂所附，真性迷失。又且身系在官，展转勘问，动辄经旬累月，有子失乳，母子不免两伤。望乞爷台做主，救命超生！"知府见他说得可怜，点头道："此原不是常理，如何可久假不归？却是鬼神之事，我亦难处。"便唤李氏到案前道："你是李氏，还是杨化？"李氏道："小的是杨化。"知府道："你的冤已雪了。"李氏道："多谢老爷天恩！"知府道："你虽是杨化，你身却是李氏，你晓得么？"李氏道："小的晓得。却是小的冤虽已报，无家可归，住在此罢。"知府大怒道："胡说！你冤既雪，只该依你体骨去，为何耽阁人妻子？你可速去，不然痛打你一顿。"李氏见说要打，却象有些怕的一般，连连叩头道："小的去了就是。"说罢，李氏站起就走。知府又叫人拉他转来道："我自叫杨化去，李氏待到那里去？"李氏仍做杨化的声口，叩头道："小人自去。"起身又走。知府拍桌大喝，叫他转来道："这样糊涂可恶！杨化自去，须留下李氏身子。如何三回两转，违我言语？皂隶与我着实打！"皂隶发一声喊，把满堂竹片尽撒在地，震得一片价响。只见李氏一交跌倒，叫皂隶唤他，不应，再叫他杨化！也不应，眼睛紧闭，面色如灰。于得水慌了手脚，附着耳朵连声呼之，只是不应。也不管公堂之上，大声痛哭。知府也没法处得。得水捧着李氏，只见四脚摇战，汗下如雨。有一个多时辰，忽然张开眼睛，看见公堂虚敞，满前面生人众，打扮异样，大惊道："吾李氏女，何故在此？"就把两袖紧遮其面。知府晓得其真性已回，问他一向知道甚，说道："在家碾米，不知何故在此。"并过了许多时日也不知道。知府便将朱笔大书"李氏之身"四字镇之，取印印其背，令得水扶归调养。

　　次日，刘同知提审，李氏名尚未销。得水见妻子出惯了官的，不以为意，谁知李氏这回着实羞怯，不肯到衙门来。得水把从前话一一备细说与李氏知道，李氏哭道："是睡梦里，不知做此出丑勾当，一向没处追悔了，今既已醒，我自是女人,岂可复到公庭?"得水道:"罪案已成,太爷昨日已经把你发放过了。今日只是复审一次,便可了事。"李氏道:"复审不复审与我何干?"得水道:"若不去时,须累及我。"李氏没奈何,只得同到衙门里来。比及刘同知问时,只是哭泣,并不晓得说一句说话。同知唤其夫得水问他,得水把向来杨化附魂证狱,昨日太爷发放,杨化已去,今是元身李氏,与前日不同缘故说了。就将太爷朱笔亲书并背上印文验过。刘同知深叹其异,把文书申详上司道:"杨化冤魂已散,理合释放李氏宁家,免其再提。于大郊自有真赃,不必别证。秋后处决。"

一日晚间,于得水梦见杨化来谢道:"久劳贤室,无可为报。止有叫驴一头,一向散缰走失,被人收去。今我引他到你家门首,你可收用,权为谢意。"得水次日开门出去,果遇一驴在门,将他拴鞴起来骑用,方知杨化灵尚未泯。从来说鬼神难欺,无如此一段话本,最为真实骇听。

　　人杀人而成鬼,鬼借人以证人。

　　人鬼公然相报,冤家宜结宜分。

卫朝奉狠心盘贵产　陈秀才巧计赚原房

诗曰：

> 人生碌碌饮贪泉，不畏官司不顾天。
>
> 何必广斋多忏悔？让人一着最为先。

这一首诗，单说世上人贪心起处，便是十万个金刚也降不住；明明的刑宪陈设在前，也顾不的。子列子有云："不见人，徒见金。"盖谓当这点念头一发，精神命脉，多注在这一件事上，那管你行得也行不得？

话说杭州府有一贾秀才，名实，家私巨万，心灵机巧，豪侠好义，专好结识那一班有意气的朋友。若是朋友中有那未娶妻的，家贫乏聘，他便捐资助其完配；有那负债还不起的，他便替人赔偿。又且路见不平，专要与那瞒心昧己的人作对。假若有人恃强，他便出奇计以胜之。种种快事，未可枚举。如今且说他一节助友赎产的话。

钱塘有个姓李的人，虽习儒业，尚未游庠。家极贫窭，事亲至孝。与贾秀才相契，贾秀才时常周济他。一日，贾秀才邀李生饮酒。李生到来，心下怏怏不乐。贾秀才疑惑，饮了数巡，忍耐不住，开口问道："李兄有何心事，对酒不欢？何不使小弟相闻？或能分忧万一，未可知也。"李生叹口气道："小弟有些心事，别个面前也不好说，我兄垂问，敢不实言！小弟先前曾有小房一所，在西湖口昭庆寺左侧，约值三百余金。为因负了寺僧慧空银五十两，积上三年，本利共该百金。那和尚却是好利的先锋，趋势的元帅，终日索债。小弟手足无措，只得将房子准与他，要他找足三百金之价。那和尚知小弟别无他路，故意不要房子，只顾索银。小弟只得短价将房准了，凭众处分，找得三十两银子。才交得过，和尚就搬进去住了。小弟自同老母搬往城中，赁房居住。今因主家租钱连年不楚，他家日来催小弟出屋，老母忧愁成病，以此烦恼。"贾秀才道："元来如此。李兄何不早说？敢问所负彼家租价几何？"李生道："每年四金，今共欠他三年租价。"贾秀才道："此事一发不难。今夜且尽欢，明早自有区处。"当日酒散相别。

次日，贾秀才起个清早，往库房中取天平，兑勾了一百四十二两之数，着一个仆人跟了，径投李生处来。李生方才起身，梳洗不迭，忙叫老娘煮茶。没柴没火的，弄了一早起，煮不出一个茶。贾秀才会了他每的意，忙叫仆人请李生出来，讲一句话就行。李生出来道："贾兄有何见教，俯赐宠临？"贾秀才叫仆人将过一个小手盒，取出两包银子来，对李生道："此包中银十二两，可偿此处主人。此包中银一百三十两，兄可将去与慧空长老，赎取原屋居住，省受主家之累，且免令堂之忧，并兄栖身亦有定所，此小弟之愿也。"李生道："我兄说那里话！小弟不才，一母不能自赡，贫困当自受之。屡承周给，已出望外，复为弟无家可依，乃累仁兄费此重资，赎取原屋，即使弟居之，亦不安稳。荷兄高谊，敢领租价一十二金；赎屋之资，断不敢从命。"贾秀才道："我兄差矣！我两人交契，专以义气为重，何乃以财利介意？兄但收之，以复故业，不必再却。"说罢，将银放在桌上，竟自出门去了。李生慌忙出来，叫道："贾兄转来，容小弟作谢。"贾秀才不顾，竟自去了。李生心下想道："天下难得这样义友，我若不受他的，他心决反不快。且将去取赎了房子，若有得志之日，必厚报之！"当下将了银子，与母亲商议了，前去赎屋。

到了昭庆寺左侧旧房门首，进来问道："慧空长老在么？"长老听得，只道是什么施主到来，慌忙出来迎接。却见是李生，把这足恭身分，多放做冷淡的腔子，半吞半吐的施了礼请坐，也不讨茶。李生却将那赎房的说话说了。慧空便有些变色道："当初卖屋时，不曾说过后来要取赎。就是要赎，原价虽只是一百三十两，如今我们又增造许多披屋，装折许多材料，值得多了。今官人须是补出这些帐来，任凭取赎了去。"这是慧空分明晓得李生拿不出银子，故意勒掯他。实是何曾添造什么房子？又道是"人穷志窄"，李生听了这句话，便认为真。心下想道："难道还又去要贾兄找足银子取赎不成？我原不愿受他银子赎屋，今落得借这个名头，只说和尚索价太重，不容取赎，还了贾兄银子，心下也到安稳。"即便辞了和尚，走到贾秀才家里来，备细述了和尚言语。

贾秀才大怒道："叵耐这秃厮恁般可恶！僧家四大俱空，反要瞒心昧己，图人财利。当初如此卖，今只如此赎，缘何平白地要增价银？钱财虽小，情理难容！撞在小生手里，待作个计较处置他，不怕他不容我赎！"当时留李生吃了饭，别去了。贾秀才带了两个家僮，径走到昭庆寺左侧来，见慧空家门儿开着，踱将进去。问着个小和尚，说道："师父陪客吃了几杯早酒，在楼上打盹。"

贾秀才叫两个家僮住在下边,信步走到胡梯边,悄悄蓦将上去。只听得鼾齁之声,举目一看,看见慧空脱下衣帽熟睡。楼上四面有窗,多关着。贾秀才走到后窗缝里一张,见对楼一个年少妇人坐着做针指,看光景是一个大户人家。贾秀才低头一想道:"计在此了。"便走过前面来,将慧空那僧衣僧帽穿着了,悄悄地开了后窗,嘻着脸与那对楼的妇人百般调戏,直惹得那妇人焦燥,跑下楼去。贾秀才也仍复脱下衣帽,放在旧处,悄悄下楼,自回去了。

且说慧空正睡之际,只听得下边乒乒之声,一直打将进来。十来个汉子,一片声骂道:"贼秃驴,敢如此无状!公然楼窗对着我家内楼,不知回避,我们一向不说;今日反大胆把俺家主母调戏!送到官司,打得他逼直,我们只不许他住在这里罢了!"慌得那慧空手足无措。霎时间,众人赶上楼来,将家火什物打得雪片,将慧空浑身衣服扯得粉碎。慧空道:"小僧何尝敢向宅上看一看?"众人不由分说,夹嘴夹面只是打,骂道:"贼秃!你只搬去便罢,不然时,见一遭打一遭。莫想在此处站一站脚!"将慧空乱叉出门外去。慧空晓得那人家是郝上户家,不敢分说,一溜烟进寺去了。

贾秀才探知此信,知是中计,暗暗好笑。过了两日,走去约了李生,说与他这些缘故,连李生也笑个不住。贾秀才即便将了一百三十两银子,同了李生,寻见了慧空,说要赎屋。慧空起头见李生一身,言不惊人,貌不动人,另是一般说话。今见贾秀才是个富户,带了家僮到来,况刚被郝家打慌了的,自思:"留这所在,料然住不安稳,不合与郝家内楼相对,必时常来寻我不是。由他赎了去,省了些是非罢。"便一口应承。兑了原银一百三十两,还了原契,房子付与李生自去管理。那慧空要讨别人便宜,谁知反吃别人弄了。此便是贪心太过之报。后来贾生中了,直做到内阁学士。李生亦得登第做官。两人相契,至死不变。正是:

> 量大福也大,机深祸亦深。
>
> 慧空空昧己,贾实实仁心!

这却还不是正话。如今且说一段故事,乃在金陵建都之地,鱼龙变化之乡。那金陵城傍着石山筑起,故名石头城。城从水门而进,有那秦淮十里楼台之盛。那湖是昔年秦始皇开掘的,故名秦淮湖。水通着扬子江,早晚两潮,那大江中百般物件,每每随潮势流将进来。湖里有画舫名妓,笙歌嘹亮,仕女喧哗。两岸柳荫夹道,隔湖画阁争辉。花栏竹架,常凭韵客联吟;绣户珠帘,时露娇娥半面。酒馆十三四处，茶坊六七八家。端的是繁华盛地，富贵名邦。

　　说话的，只说那秦淮风景，没些来历。看官有所不知，在下就中单表近代一个有名的富郎陈秀才，名珩，在秦淮湖口居住。娶妻马氏，极是贤德，治家勤俭。陈秀才有两个所在：一所庄房，一所住居，都在秦淮湖口，庄房却在对湖。那陈秀才专好结客，又喜风月，逐日呼朋引类，或往青楼嫖妓，或落游船饮酒。帮闲的不离左右，筵席上必有红裙。清唱的时供新调，修痒的百样腾挪。送花的日逐荐鲜，司厨的多方献异。又道是："利之所在，无所不趋。"为因那陈秀才是个撒漫的都总管，所以那些众人多把做一场好买卖，齐来趋奉他。若是无钱悭吝的人，休想见着他每的影。那时南京城里没一个不晓得陈秀才的。陈秀才又吟得诗，作得赋，做人又极温存帮衬，合衚衕中姊妹，也没一个不喜欢陈秀才的。好不受用！好不快乐！果然是朝朝寒食，夜夜元宵。

　　光阴如隙驹，陈秀才风花雪月了七八年，将家私弄得干净快了。马氏每每苦劝，只是旧性不改，今日三，明日四，虽不比日前的松快容易，手头也还拼凑得来。又花费了半年把，如今却有些急迫了。马氏倒也看得透，道："索性等他败完了，倒有个住场。"所以再不去劝他。陈秀才燥惯了脾胃，一时那里变得转？却是没银子使用，众人撺掇他写一纸文契，往那三山街开解铺的徽州卫朝奉处借银三百两。那朝奉又是一个爱财的魔君，终是陈秀才的名头还大，卫朝奉不怕他还不起，遂将三百银子借与，三分起息。陈秀才自将银子依旧去花费，不题。

　　却说那卫朝奉平素是个极刻剥之人。初到南京时，只是一个小小解铺，他却有百般的昧心取利之法。假如别人将东西去解时，他却把那九六七银子充作纹银，又将小小的等子称出，还要欠几分兑头。后来赎时，却把大大的天平兑将进去，又要你找足兑头，又要你补勾成色，少一丝时，他则不发货。又或有将金银珠宝首饰来解的，他看得金子有十分成数，便一模二样，暗地里打造来换了；粗珠换了细珠，好宝换了低石。如此行事，不能细述。那陈秀才这三百两债务，卫朝奉有心要盘他这所庄房，等闲再不叫人来讨。巴巴的盘到了三年，本利却好一个对合了，卫朝奉便着人到陈家来索债。陈秀才那时已弄得瓮尽杯干，只得收了心，在家读书，见说卫家索债，心里没做理会处。只得三回五次回说："不在家，待归时来讨。"又道是，怕见的是怪，难躲的是债。是这般回了几次，他家也自然不信了。卫朝奉逐日着人来催逼，陈秀才则不出头。卫朝奉只是着人上门坐守,甚至以浊语相加,陈秀才忍气吞声。

　　　　正是有钱神也怕,到得无钱鬼亦欺。

　　　　早知今日来忍辱,却悔当初大燥脾。

　　陈秀才吃搅不过,没极奈何,只得出来与那原中说道:"卫家那主银子,本利共该六百两,我如今一时间委实无所措置,隔湖这一所庄房,约值千余金之价,我意欲将来准与卫家,等卫朝奉找足我千金之数罢了。列位与我周全此事,自当相谢。"众人料道无银得还,只得应允了,去对卫朝奉说知。卫朝奉道:"我已曾在他家庄里看过。这所庄子怎便值得这一千银子?也亏他开这张大口。就是只准那六百两,我也还道过分了些,你们众位怎说这样话?"原中道:"朝奉,这座庄居,六百银子也不能勾得他。乘他此时窘迫之际,胡乱找他百把银子,准了他的庄,极是便宜。倘若有一个出钱主儿买了去,要这样美产就不能勾了。"卫朝奉听说,紫胀了面皮道:"当初是你每众人总承我这样好主顾,放债、放债,本利丝毫不曾见面,反又要我拿出银子来。我又不等屋住,要这所破落房子做甚么?若只是这六百两时,便认亏些准了;不然时,只将银子还我。"就叫伴当每随了原中去说。

　　众人一齐多到陈家来,细述了一遍,气得那陈秀才目睁口呆。却待要发话,实是自己做差了事,又没对付处银子,如何好与他争执?只得赔个笑面道:"若是千金不值时,便找勾了八百金也罢。当初创造时,实费了一千二三百金之数,今也论不得了。再烦列位去通小生的鄙意则个。"众人道:"难,难,难。方才我们只说得百把银子,卫朝奉兀自变了脸道:'我又不等屋住!若要找时,只是还我银子。'这般口气,相公却说个'八百两'三字,一万世也不成!"陈秀才又道:"财产重事,岂能一说便决?卫朝奉见头次索价太多,故作难色,今又减了二百之数,难道还有不愿之理?"众人吃央不过,只得又来对卫朝奉说了。卫朝奉也不答应,迸起了面皮,竟走进去。唤出四五个伴当出来,对众人道:"朝奉叫我每陈家去讨银子,准房之事,不要说起了。"众人觉得没趣,只得又同了伴当到陈家来。众人也不回话,那几个伴当一片声道:"朝奉叫我们来坐在这里,等兑还了银子方去。"陈秀才听说,满面羞惭,敢怒而不敢言。只得对众人道:"可为我婉款了他家伴当回去,容我再作道理。"众人做歉做好,劝了他们回去,众人也各自散了。

　　陈秀才一肚皮的鸟气,没处出豁,走将进来,捶台拍凳,短叹长吁。马氏看了他这些光景,心下已自明白。故意道:"官人何不去花街柳陌,楚馆秦楼,畅饮酣歌,通宵遣兴?却在此处咨嗟愁闷,也觉得少些风月了。"陈秀才道:"娘子直恁地消遣小生。当初只为不听你的好言,忒看得钱财容易,致今日受那徽狗这般呕气。欲将那对湖庄房准与他,要他找我二百银子,叵耐他抵死不肯,只顾索债。又着数个伴当住在吾家坐守,亏得众人解劝了去,明早一定又来。难道我这所庄房止值得六百银子不成?如今却又没奈何了。"马氏道:"你当初撒漫时节,只道家中是那无底之仓,长流之水,上千的费用了去,谁知到得今日,要别人找这一二百银子却如此烦难。既是他不肯时,只索准与他罢了,闷做甚的?若象三年前时,再有几个庄子也准去了,何在乎这一个!"陈秀才被马氏数落一顿,嘿嘿无言。当夜心中不快,吃了些晚饭,洗了脚手睡了。又道是:欢娱嫌夜短,寂寞恨更长。陈秀才有这一件事在心上,翻来覆去,巴不到天明。及至五更鸡唱,身子困倦,朦胧思睡。只听得家僮三五次进来说道:"卫家来讨银子一早起了。"陈秀才忍耐不住,一骨碌扒将起来,请拢了众原中,写了一纸卖契:将某处庄卖到某处银六百两。将出来交与众人。众人不比昨日,欣然接了去,回复卫朝奉。陈秀才虽然气愤不过,却免了门头不清净,也只索罢了。那卫朝奉也不是不要庄房,也不是真要银子,见陈秀才十分窘迫,只是逼债,不怕那庄子不上他的手。如今陈秀才果然吃逼不过,只得将庄房准了。卫朝奉称心满意,已无话说。

　　却说那陈秀才自那准庄之后,心下好不懊恨,终日眉头不展,废寝忘餐。时常咬牙切齿道:"我若得志,必当报之!"马氏见他如此,说道:"不怨自己,反恨他人!别个有了银子,自然千方百计要寻得便益来,谁象你将了别人的银子用得落得,不知曾干了一节什么正经事务,平白地将这样美产贱送了!难道是别人央及你的不成?"陈秀才道:"事到如今,我岂不知自悔?但作过在前,悔之无及耳。"马氏道:"说得好听,怕口里不象心里,'自悔'两字,也是极难的。又道是:'败子若收心,犹如鬼变人。'这时节手头不足,只好缩了头坐在家里怨恨;有了一百二百银子,又好去风流撒漫起来。"陈秀才叹口气道:"娘子兀自不知我的心事!人非草木,岂得无知!我当初实是不知稼穑,被人鼓舞,朝歌暮乐,耗了家私。今已历尽凄凉,受人冷淡,还想着'风月'两字,真丧心之人了!"马氏道:"恁地说来,也还有些志气。我道你不到乌江心不死,今已到了乌江,这心原也该死了。我且问你,假若有了银子,你却待做些甚么?"陈秀才道:"若有银子,必先恢复了这庄居,羞辱那徽狗一番,出一口气。其外或开个铺子,或置些田地,随缘度日,以待成名,我之愿也。若得千金之资,也就勾了。却那里得这银子来? 只好望梅止渴,画饼充饥。"说罢往桌上一拍,叹一口气。

马氏微微的笑道:"若果然依得这一段话时,想这千金有甚难处之事?"陈秀才见说得有些来历,连忙问道:"银子在那里? 还是去与人挪借? 还是去与朋友们结会? 不然银子从何处来?"马氏又笑道:"若挪借时,又是一个卫朝奉了。世情看冷暖,人面逐高低。见你这般时势,那个朋友肯出银子与你结会? 还是求着自家屋里,或者有些活路,也不可知。"陈秀才道:"自家屋里求着兀谁的是? 莫非娘子有甚扶助小生之处? 望乞娘子提掇,指点小生一条路头,真莫大之恩也!"马氏道:"你平时那一班同欢同赏、知音识趣的朋友,怎没一个来瞅保你一瞅保? 元来今日原只好对着我说什么提掇也不提掇。我女流之辈,也没甚提掇你处。只要与你说一说过。"陈秀才道:"娘子有甚说话? 任凭措置。"马氏道:"你如今当真收心务实了么?"陈秀才道:"娘子,怎还说这话? 我陈珩若再向花柳丛中着脚时,永远前程不吉,死于非命!"马氏道:"既恁地说时,我便赎这庄子还你。"说罢,取了钥匙直开到厢房里一条黑弄中,指着一个皮匣,对陈秀才道:"这些东西,你可将去赎庄;余来的,可原还我。"陈秀才喜自天来,却还有些半信不信,揭开看时,只见雪白的摆着银子,约有千余金之物。陈秀才看了,不觉掉下泪来。马氏道:"官人为何悲伤?"陈秀才道:"陈某不肖,将家私荡尽,赖我贤妻熬清守淡,积攒下偌多财物,使小生恢复故业,实是枉为男子,无地可自容矣!"马氏道:"官人既能改过自新,便是家门有幸。明日可便去赎取庄房,不必迟延了。"陈秀才当日欢喜无限,过了一夜。

次日,着人请过旧日这几个原中,去对卫朝奉说,要兑还六百银子,赎取庄房。卫朝奉却是得了便宜的,如何肯便与他赎? 推说道:"当初准与我时,多是些败落房子,荒芜地基。我如今添造房屋,修理得锦锦簇簇,周回花木,栽植得整整齐齐。却便原是这六百银子赎了去,他倒安稳! 若要赎时,如今当真要找足一千银子,便赎了去。"众人将此话回复了陈秀才。陈秀才道:"既是恁地,必须等我亲看一看,果然添造修理,估值几何,然后量找便了。"便同众人到庄里来,问说:"朝奉在么?"只见一个养娘说道:"朝奉却才解铺里去了。我家内眷在里面,官人们没事不进去罢。"众人道:"我们略在外边踏看一看不妨。"养娘放众人进去看了一遭,却见原只是这些旧屋,不过补得几块地板,筑得一两处漏点,修得三四根折栏杆,多是有数,看得见的,何曾添个甚么?陈秀才回来,对众人道:"庄居一无所增,如何却要我找银子?当初我将这庄子抵债,要他找得二百银子,他乘我手中窘迫,贪图产业,百般勒掯,上了他手,今日又要反找!将猫儿食拌猫儿饭,天理何在?我陈某当初软弱,今日不到得与他作弄。众人可将这六百银子交与他,教他出屋还我。只这等,他已得了三百两利钱了。"众人本自不敢去对卫朝奉说,却见陈秀才搬出好些银子,已自酥了半边,把那旧日的奉承腔子重整起来,都应道:"相公说的是,待小人们去说。"众人将了银子去交与卫朝奉。卫朝奉只说少,不肯收;却是说众人不过,只得权且收了,却只不说出屋日期。众人道他收了银子,大头已定,取了一纸收票来,回复了陈秀才,俱各散讫。

过了几日,陈秀才又着人去催促出房。卫朝奉却道:"必要找勾了修理改造的银子便去,不然时,决不搬出。"催了几次,只是如此推托。陈秀才愤恨之极,道:"这厮忒般恃强!若与他经官动府,虽是理上说我不过,未必处得畅快。慢慢地寻个计较处置他,不怕你不搬出去。当初呕了他的气,未曾泄得,他今日又来欺负人,此恨如何消得!"那时正是十月中旬天气,月明如昼,陈秀才偶然走出湖房上来步月,闲行了半晌。又道是无巧不成话,只见秦淮湖里上流头,黑洞洞漾将一件物事来。陈秀才注目一看,吃了一惊。元来一个死尸,却是那扬子江中流入来的。那尸却好流近湖房边来。陈秀才正为着卫朝奉一事踌蹰,默然自语道:"有计了!有计了!"便唤了家僮陈禄到来。

那陈禄是陈秀才极得用的人,为人忠直,陈秀才每事必与他商议。当时对他说道:"我受那卫家狗奴的气,无处出豁,他又不肯出屋还我,怎得个计较摆布他便好?"陈禄道:"便是官人也是富贵过来的人,又不是小家子,如何受这些狗蛮的气!我们看不过,常想与他性命相博,替官人泄恨。"陈秀才道:"我而今有计在此,你须依着我,如此如此而行,自有重赏。"陈禄不胜之喜,道:"好计!好计!"唯唯从命,依计而行。当夜各自散了。

次日,陈禄穿了一身宽敞衣服,央了平日与主人家往来得好的陆三官做了媒人,引他望对湖去投靠卫朝奉。卫朝奉见他人物整齐,说话伶俐,收纳了,拨一间房与他歇落。叫他穿房入户使用,且是勤谨得用。过了月余,忽一日，卫朝奉早起寻陈禄叫他买柴，却见房门开着，看时不见在里面。到各处寻了一会，则不见他。又着人四处找寻，多回说不见。卫朝奉也不曾费了什么本钱在他身上，也不甚要紧。正要寻原媒来问他，只见陈秀才家三五个仆人到卫家说道："我家一月前，逃走了一个人，叫做陈禄，闻得陆三官领来投靠你家。快叫他出来随我们去，不要藏匿过了。我家主见告着状哩！"卫朝奉道："便是一月前一个人投靠我，也不晓得是你家的人。不知何故，前夜忽然逃去了，委实没这人在我家。"众人道："岂有又逃的理？分明是你藏匿过了，哄骗我们。既不在时，除非等我们搜一搜看。"卫朝奉托大道："便由你们搜，搜不出时，吃我几个面光。"众人一拥入来，除了老鼠穴中不搜过。卫朝奉正待发作，只见众人发声喊道："在这里了！"卫朝奉不知是甚事头，近前来看，元来在土松处翻出一条死人腿。卫朝奉惊得目睁口呆，众人一片声道："已定是卫朝奉将我家这人杀害了，埋这腿在这里。去请我家相公到来，商量去出首。"

一个人慌忙去请了陈秀才到来。陈秀才大发雷霆，嚷道："人命关天，怎便将我家人杀害了？不去府里出首，更待何时！"叫众人提了人腿便走。卫朝奉扢搭搭地抖着，拦住了道："我的爷，委实我不曾谋害人命。"陈秀才道："放屁！这个人腿那里来的？你只到官分辨去！"那富的人，怕的是见官，况是人命？只得求告道："且慢慢商量，如今凭陈相公怎地处分，饶我到官罢！怎吃得这个没头官司？"陈秀才道："当初图我产业，不肯找我银子的是你！今日占住房子，要我找价的也是你！恁般强横，今日又将我家人收留了，谋死了他！正好公报私仇，却饶不得！"卫朝奉道："我的爷，是我不是。情愿出屋还相公。"陈秀才道："你如何谎说添造房屋？你如今只将我这三百两利钱出来还我，修理庄居，写一纸伏辨与我，我们便净了口，将这只脚烧化了，此事便泯然无迹。不然时，今日天清日白，在你家里搜出人腿来，众目昭彰，一传出去，不到得轻放过了你。"卫朝奉冤屈无伸，却只要没事，只得写了伏辨，递与陈秀才。又逼他兑还三百银子，催他出屋。卫朝奉没奈何，连夜搬往三山街解铺中去。这里自将腿藏过了。陈秀才那一口气，方才消得。

你道卫家那人腿是那里的，元来陈秀才十月半步月之夜，偶见这死尸�退来，却叫家僮陈禄取下一条腿。次日只做陈禄去投靠卫家，却将那只腿悄地带入。乘他每不见，却将腿去埋在空处停当，依旧走了回家。这里只做去寻陈禄，将那人腿搜出，定要告官，他便慌张，没做理会处，只得出了屋去。又要他白送还这三百银子利钱，此陈秀才之妙计也。

　　陈秀才自此恢复了庄，便将余财十分作家，竟成富室。后亦举孝廉，不仕而终。陈禄走在外京多时，方才重到陈家来。卫朝奉有时撞着，情知中计，却是房契已还，当日一时急促中事，又没个把柄，无可申辨处。又毕竟不知人腿来历，到底怀着鬼胎，只得忍着罢了。这便是"陈秀才巧计赚原房"的话。有诗为证：

　　　　撒漫虽然会破家，欺贪克剥也难夸！

　　　　试看横事无端至，只为生平种毒赊。

卷 十 六

张溜儿熟布迷魂局　陆蕙娘立决到头缘

诗曰：

> 深机密械总徒然，诡计奸谋亦可怜。
>
> 赚得人亡家破日，还成捞月在空川。

话说世间最可恶的是拐子。世人但说是盗贼，便十分防备他。不知那拐子，便与他同行同止也识不出弄喧捣鬼，没形没影的做将出来，神仙也猜他不到，倒在怀里信他。直到事后晓得，已此追之不及了。这却不是出跳的贼精，隐然的强盗？

今说国朝万历十六年，浙江杭州府北门外一个居民，姓庹，年已望六。妈妈新亡，有两个儿子，两个媳妇，在家过活。那两个媳妇，俱生得有些颜色，且是孝敬公公。一日，爷儿三个多出去了，只留两个媳妇在家，闭上了门，自在里面做生活。那一日大雨淋漓，路上无人行走。日中时分，只听得外面有低低哭泣之声，十分凄惨悲咽，却是妇人声音。从日中哭起，直到日没，哭个不住。两个媳妇听了半日，忍耐不住，只得开门同去外边一看。正是：

> 闭门家里坐，祸从天上来。

若是说话的与他同时生，并肩长，便劈手扯住，不放他两个出去，纵有天大的事，也惹他不着。元来大凡妇人家，那闲事切不可管，动止最宜谨慎。丈夫在家时还好，若是不在时，只宜深闺静处，便自高枕无忧，若是轻易揽着个事头，必要缠出些不妙来。

那两个媳妇，当日不合开门出来，却见是一个中年婆娘，人物也倒生得干净。两个见是个妇人，无甚妨碍，便动问道："妈妈何来？为甚这般苦楚？可对我们说知则个。"那婆娘掩着眼泪道："两位娘子听着：老妻在这城外乡间居住。老儿死了，止有一个儿子和媳妇。媳妇是个病块，儿子又十分不孝，动不动将老身骂詈。养赡又不周全，有一顿没一顿的。今日别口气，与我的兄弟相约了，去县里告他忤逆，他叫我前头先走，随后就来。谁想等了一日，竟不见到。雨又落得大，家里又不好回去，枉被儿子媳妇耻笑，左右两难。为此想起这般命苦,忍不住伤悲,不想惊动了两位娘子。多承两位娘子动问,不敢隐瞒,只得把家丑实告。"他两个见那婆娘说得苦恼,又说话小心,便道:"如此,且在我们家里坐一坐,等他来便了。"两个便扯了那婆子进去,说道:"妈妈宽坐一坐,等雨住了回去。自亲骨肉虽是一时有些不是处,只宜好好宽解,不可便经官动府,坏了和气,失了体面。"那婆娘道:"多谢两位相劝,老身且再耐他几时。"一递一句,说了一回,天色早黑将下来。婆娘又道:"天黑了,只不见来,独自回去不得,如何好?"两个又道:"妈妈,便在我家歇一夜,何妨?粗茶淡饭,便吃了餐把,那里便费了多少?"那婆娘道:"只是打搅不当。"那婆娘当时就裸起双袖,到灶下去烧火,又与他两人量了些米煮夜饭。揩台抹凳,担汤担水,一揽包收,多是他上前替力。两人道:"等媳妇们伏侍,甚么道理倒要妈妈费气力?"妈妈道:"在家里惯了,是做时便倒安乐,不做时便要困倦。娘子们但有事,任凭老身去做不妨。"当夜洗了手脚,就安排他两个睡了,那婆娘方自去睡。次日清早,又是那婆娘先起身来,烧热了汤,将昨夜剩下米煮了早饭,拂拭净了椅桌。力力碌碌,做了一朝,七了八当。两个媳妇起身,要东有东,要西有西,不费一毫手脚,便有七八分得意了。便两个商议道:"那妈妈且是熟分肯做,他在家里不象意,我们这里正少个人相帮。公公常说要娶个晚婆婆,我每劝公公纳了他,岂不两便?只是未好与那妈妈启得齿。但只留着他,等公公来再处。"

不一日,爷儿三个回来了,见家里有这个妈妈,便问媳妇缘故。两个就把那婆娘家里的事,依他说了一遍。又道:"这妈妈且是和气,又十分勤谨。他已无了老儿,儿子又不孝,无所归了。可怜!可怜!"就把妯娌商量的见识,叫两个丈夫说与公公知道。扈老道:"知他是甚样人家?便好如此草草!且留他住几时着。"口里一时不好应承,见这婆娘干净,心里也欲得的。又过了两日,那老儿没搭煞,黑暗里已自和那婆娘摸上了。媳妇们看见了些动静,对丈夫道:"公公常是要娶婆婆,何不就与这妈妈成了这事?省得又去别寻头脑,费了银子。"儿子每也道:"说得是。"多去劝着父亲。媳妇们已自与那婆娘说通了,一让一个肯。摆个家筵席儿,欢欢喜喜,大家吃了几杯,两口儿成合。

过得两日,只见两个人问将来。一个说是妈妈的兄弟,一个说是妈妈的儿子,说道:"寻了好几日,方问得着是这里。"妈妈听见走出来,那儿子拜跪讨饶,兄弟也替他请罪。那妈妈怒色不解,千咒万骂。扈老从中好言劝开。兄弟与儿子又劝他回去。妈妈又骂儿子道:"我在这里吃口汤水,也是安乐的,倒回家里在你手中讨死吃? 你看这家媳妇,待我如何孝顺?"儿子见说这话,已此晓得娘嫁了这老儿了。扈老便整酒留他两人吃。那儿子便拜扈老道:"你便是我继父了。我娘喜得终身有托,万千之幸。"别了自去。似此两三个月中,往来了几次。

忽一日,那儿子来说:"孙子明日行聘,请爹娘与哥嫂一门同去吃喜酒。"那妈妈回言道:"两位娘子怎好轻易就到我家去? 我与你爷、两位哥哥同来便了。"次日,妈妈同他父子去吃了一日喜酒,欢欢喜喜,醉饱回家。又过了一个多月,只见这个孙子又来登门,说道:"明日毕姻,来请阖家尊长同观花烛。"又道:"是必求两位大娘同来光辉一光辉。"两个媳妇巴不得要认妈妈家里,还悔道前日不去得,堆下笑来应承。

次日盛妆了,随着翁妈丈夫一同到彼。那妈妈的媳妇出来接着,是一个黄瘦有病的。日将下午,那儿子请妈妈同媳妇迎亲,又要请两位嫂子同去,说道:"我们乡间风俗,是女眷都要去的。不然只道我们不敬重新亲。"妈妈对儿子道:"汝妻虽病,今日已做了婆婆了,只消自去,何必烦劳二位嫂子?"儿子道:"妻子病中,规模不雅,礼数不周,恐被来亲轻薄。两位嫂子既到此了,何惜往迎这片时? 使我们好看许多。"妈妈道:"这也是。"那两个媳妇,也是巴不得去看看耍子的。妈妈就同他自己媳妇,四人作队儿,一伙下船去了。更余不见来,儿子道:"却又作怪! 待我去看一看来。"又去一回,那孙子穿了新郎衣服,也说道:"公公宽坐,孙儿也出门望望去。"摇摇摆摆,踱了出来,只剩得爷儿三个在堂前灯下坐着。等候多时,再不见一个来了。肚里又饥,心下疑惑,两个儿子走进灶下看时,清灰冷火,全不象个做亲的人家。出来对父亲说了,拿了堂前之灯,到里面一照,房里空荡荡,并无一些箱笼衣衾之类,止有几张椅桌,空着在那里。心里大惊道:"如何这等?"要问邻舍时,夜深了,各家都关门闭户了。三人却象热地上蝼蚁,钻出钻入。

乱到天明,才问得个邻舍道:"他每一班何处去了?"邻人多说不知。又问:"这房子可是他家的?"邻人道:"是城中杨衙里的,五六月前,有这一家子来租他的住,不知做些甚。你们是亲眷,来往了多番,怎么倒不晓得细底,却来问我们?"问了几家,一般说话。有个把有见识的道:"定是一伙大拐子,你们着了他道儿,把媳妇骗的去了。"父子三人见说,忙忙若丧家之狗,跟跟跄跄,跑回家去,分头去寻,那里有个去向? 只得告了一纸状子,出个广捕,却是渺渺茫茫的事了。那扈老儿要娶晚婆,他道是白得的,十分便宜。谁知倒为这婆子白白里送了两个后生媳妇! 这叫做"贪小失大",所以为人切不可做那讨便宜苟且之事。正是:

莫信直中直,须防仁不仁。

贪看天上月,失却世间珍。

这话丢过一边。如今且说一个拐儿,拐了一世的人,倒后边反着了一个道儿。这本话,却是在浙江嘉兴府桐乡县内。有一秀才,姓沈名灿若,年可二十岁,是嘉兴有名才子。容貌魁峨,胸襟旷达。娶妻王氏,姿色非凡,颇称当对。家私丰裕,多亏那王氏守把。两个自道佳人才子,一双两好,端的是如鱼似水,如胶似漆价相得。只是王氏生来娇怯,恹恹弱病尝不离身的。灿若十二岁上进学,十五岁超增补廪,少年英锐,自恃才高一世,视一第何啻拾芥! 平时与一班好朋友,或以诗酒娱心,或以山水纵目,放荡不羁。其中独有四个秀才,情好更笃,自古道:"惺惺惜惺惺,才子惜才子。"却是嘉善黄平之,秀水何澄,海盐乐尔嘉,同邑方昌,都一般儿你羡我爱,这多是同郡朋友。那本县知县姓稽,单讳一个清字,常州江阴县人,平日敬重斯文,喜欢才士,也道灿若是个青云决科之器,与他认了师生,往来相好。是年正是大比之年,有了科举。灿若归来打叠衣装,上杭应试,与王氏话别。王氏挨着病躯,整顿了行李,眼中流泪道:"官人前程远大,早去早回。奴未知有福分能勾与你同享富贵与否?"灿若道:"娘子说那里话? 你有病在身,我去后须十分保重!"也不觉掉下泪来。二人执手分别,王氏送出门外,望灿若不见,掩泪自进去了。

灿若一路行程,心下觉得不快。不一日,到了杭州,寻客店安下。匆匆的进过了三场,颇称得意。一日,灿若与众好朋友游了一日湖,大醉回来睡了。半夜,忽听得有人扣门,披衣而起。只见一人高冠敞袖,似是道家妆扮。灿若道:"先生夤夜至此,何以教我?"那人道:"贫道颇能望气,亦能断人阴阳祸福。偶从东南来此,暮夜无处投宿,因扣尊局,多有惊动!"灿若道:"既先生投宿,便同榻何妨。先生既精推算,目下榜期在迩,幸将贱造推算,未知功名有分与否,愿决一言。"那人道:"不必推命,只须望气。观君丰格,功名不患无缘,但必须待尊阃天年之后,便得如意。我有二句诗,是君终身遭际,君切记之:鹏翼抟时歌六忆,鸾胶续处舞双鸳。"灿若不解其意,方欲再问,外面猫儿捕鼠,扑地一响,灿若吃了一跳,却是南柯一梦。灿若道:"此梦甚是诧异!那道人分明说,待我荆妻亡故,功名方始称心。我情愿青衿没世也罢,割恩爱而博功名,非吾愿也。"两句诗又明明记得,翻来覆去睡不安稳。又道:"梦中言语,信他则甚!明日倘若榜上无名,作速回去了便是。"正想之际,只听得外面叫喊连天,锣声不绝,扯住讨赏,报灿若中了第三名经魁。灿若写了票,众人散讫。慌忙梳洗上轿,见座主会同年去了。那座师却正是本县稽清知县,那时解元何澄,又是极相知的朋友。黄平之、乐尔嘉、方昌多已高录,俱各欢喜。灿若理了正事,天色傍晚,乘轿回寓。只见那店主赶着轿,慌慌的叫道:"沈相公,宅上有人到来,有紧急家信报知,候相公半日了。"灿若听了"紧急家信"四字,一个冲心,忽思量着梦中言语,却似十五个吊桶打水,七上八落。正是:

> 青龙白虎同行,吉凶全然未保。

到得店中下轿,见了家人沈文,穿一身素净衣服,便问道:"娘子在家安否?谁着你来寄信?"沈文道:"不好说得,是管家李公着寄信来。官人看书便是。"灿若接过书来,见封筒逆封,心里有如刀割。拆开看罢,方知是王氏于二十六日身故,灿若惊得呆了。却似:

> 分开八片顶阳骨,倾下半桶雪水来。

半晌做声不得,蓦然倒地。众人唤醒,扶将起来。灿若咽住喉咙,千妻万妻的哭,哭得一店人无不流泪。道:"早知如此,就不来应试也罢,谁知便如此永诀了!"问沈文道:"娘子病重,缘何不早来对我说?"沈文道:"官人来后,娘子只是旧病恹恹,不为甚重。不想二十六日忽然晕倒不醒,为此星夜赶来报知。"灿若又哽咽了一回,疾忙叫沈文雇船回家去,也顾不得他事了。暗思一梦之奇,二十七日放榜,王氏却于二十六日间亡故,正应着那"鹏翼抟时歌六忆"这句诗了。

当时整备离店,行不多路,却遇着黄平之抬将来。二人又是同门,相见罢,黄平之道:"观兄容貌,十分悲惨,未知何故?"灿若噙着眼泪,将那得梦情由,与那放榜报丧、今赶回家之事,说了一遍。平之嗟叹不已道:"尊兄且自宁耐,毋得过伤。待小弟见座师,与众同袍为兄代言其事,兄自回去不妨。"两人别了。

灿若急急回来,进到里面,抚尸恸哭,几次哭得发昏。择时入殓已毕,停枢在堂。夜间灿若只在灵前相伴。不多时,过了三、四七。众朋友多来吊唁,就中便有说着会试一事的,灿若漠然不顾,道:"我多因这蜗角虚名,赚得我连理枝分,同心结解,如今就把一个会元撇在地下,我也无心去拾他了。"这是王氏初丧时的说话。转眼间,又过了断七。众亲友又相劝道:"尊阃既已夭逝,料无起死回生之理。兄枉自灰其志,竟亦何益! 况在家无聊,未免有孤栖之叹,同到京师,一则可以观景舒怀,二则众同袍剧谈竟日,可以解愠。岂可为无益之悲,误了终身大事?"灿若吃劝不过,道:"既承列位佳意,只得同走一遭。"那时就别了王氏之灵,嘱付李主管照管羹饭、香火,同了黄、何、方、乐四友登程,正是那十一月中旬光景。

五人夜住晓行,不则一日来到京师。终日成群挈队,诗歌笑傲,不时往花街柳陌,闲行遣兴。只有灿若没一人看得在眼里。韶华迅速,不觉的换了一个年头,又早上元节过,渐渐的桃香浪暖。那时黄榜动,选场开,五人进过了三场,人人得意,个个夸强。沈灿若始终心下不快,草草完事。过不多时揭晓,单单奚落了灿若,他也不在心上。黄、何、方、乐四人自去传胪,何澄是二甲,选了兵部主事,带了家眷在京。黄平之倒是庶吉士,乐尔嘉选了太常博士,方昌选了行人。稽清知县已行取做刑科给事中,各守其职不题。

灿若又游乐了多时回家,到了桐乡。灿若进得门来,在王氏灵前拜了两拜,哭了一场,备羹饭浇奠了。又隔了两月,请个地理先生,择地殡葬了王氏已讫,那时便渐渐有人来议亲。灿若自道是第一流人品,王氏恁地一个娇妻,兀自无缘消受,再那里寻得一个厮对的出来? 必须是我目中亲见,果然象意,方才可议此事。以此多不着紧。

光阴似箭,日月如梭。有话即长,无话即短。却又过了三个年头,灿若又要上京应试,只恨着家里无人照顾。又道是"家无主,屋倒竖"。灿若自王氏亡后,日间用度,箸长碗短,十分的不象意;也思量道:"须是续弦一个掌家娘子方好。只恨无其配偶。"心中闷闷不已。仍把家事,且付与李主管照顾,收拾起程。那时正是八月间天道,金风乍转,时气新凉,正好行路。夜来皓魄当空,澄波万里,上下一碧。灿若独酌无聊,触景伤怀,遂尔口占一曲:

> 露滴野塘秋,下帘笼不上钩,徒劳明月穿窗牖。鸳衾远丢,孤身远游,浮槎怎得到阳台右? 漫凝眸,空临皓魄,人不在月中留。——词寄《黄莺儿》

吟罢,痛饮一醉,舟中独寝。

话休絮烦,灿若行了二十余日,来到京中。在举厂东边,租了一个下处,安顿行李已好。一日同几个朋友到齐化门外饮酒。只见一个妇人,穿一身缟素衣服,乘着蹇驴,一个闲的,挑了食罍随着,恰象那里去上坟回来的。灿若看那妇人,生得:

> 敷粉太白,施朱太赤。加一分太长,减一分太短。十相具足,是风流占尽无余;一味温柔,差丝毫便不厮称!巧笑倩兮,笑得人魂灵颠倒;美目盼兮,盼得你心意痴迷。假使当时逢妒妇,也言"我见且犹怜"。

灿若见了此妇,却似顶门上丧了三魂,脚底下荡了七魄。他就撇了这些朋友,也雇了一个驴,一步步赶将去,呆呆的尾着那妇人只顾看。那妇人在驴背上,又只顾转一对秋波过来看那灿若。走上了里把路,到一个僻静去处,那妇人走进一家人家去了。灿若也下了驴,心下不舍,钉住了脚在门首呆看。看了一响,不见那妇人出来。正没理会处,只见内里走出一个人来道:"相公只望门内观看,却是为何?"灿若道:"适才同路来,见个白衣小娘子走进此门去,不知这家是甚等人家?那娘子是何人?无个人来问问。"那人道:"此妇非别,乃舍表妹陆蕙娘,新近寡居在此,方才出去辞了夫墓,要来嫁人。小人正来与他作伐。"灿若道:"足下高姓大名?"那人道:"小人姓张,因为做事是件顺溜,为此人起一个混名,只叫小人张溜儿。"灿若道:"令表妹要嫁何等样人?肯嫁在外方去否?"溜儿道:"只要是读书人后生些的便好了,地方不论远近。"灿若道:"实不相瞒,小生是前科举人,来此会试。适见令表妹丰姿绝世,实切想慕,足下肯与作媒,必当重谢。"溜儿道:"这事不难,料我表妹见官人这一表人才,也决不推阻的,包办在小人身上,完成此举。"灿若大喜道:"既如此,就烦足下往彼一通此情。"在袖中摸出一锭银子,递与溜儿道:"些小薄物,聊表寸心。事成之后,再容重谢。"溜儿推逊了一回,随即接了。见他出钱爽快,料他囊底充饶,道:"相公,明日来讨回话。"灿若欢天喜地回下处去了。

次日又到郊外那家门首来探消息,只见溜儿笑嘻嘻的走将来道:"相公喜事上头,怎地出门的早哩!昨日承相公分付,即便对表妹说知。俺妹子已自看上了相公,不须三回五次,只说着便成了。相公只去打点纳聘做亲便了。表妹是自家做主的,礼金不计论,但凭相公出得手罢了。"灿若依言,取三十两银子,折了衣饰送将过去,那家也不争多争少,就许定来日过门。

灿若看见事体容易,心里倒有些疑惑起来。又想是北方再婚,说是鬼妻,所以如此相应。至日鼓吹灯轿，到门迎接陆蕙娘。蕙娘上轿，到灿若下处来做亲。灿若灯下一看，正是前日相逢之人，不觉大喜过望，方才放下了心。拜了天地，吃了喜酒，众人俱各散讫。

　　两人进房，蕙娘只去椅上坐着。约莫一更时分，夜阑人静，灿若久旷之后，欲火燔灼，便开言道："娘子请睡了罢。"蕙娘啭莺声吐燕语道："你自先睡。"灿若只道蕙娘害羞，不去强他，且自先上了床，那里睡得着？又歇了半个更次，蕙娘兀自坐着。灿若只得又央及道："娘子日来困倦，何不将息将息？只管独坐，是甚意思？"蕙娘又道："你自睡。"口里一头说，眼睛却不转的看那灿若。灿若怕新来的逆了他意，依言又自睡了一会，又起来款款问道："娘子为何不睡？"蕙娘又将灿若上上下下仔细看了一会，开口问道："你京中有甚势要相识否？"灿若道："小生交游最广。同袍、同年，无数在京，何论相识？"蕙娘道："既如此，我而今当真嫁了你罢。"灿若道："娘子又说得好笑。小生千里相遇，央媒纳聘，得与娘子成亲，如何到此际还说个当真当假？"蕙娘道："官人有所不知，你却不晓得此处张溜儿是有名的拐子。妾身岂是他表妹？便是他浑家。为是妾身有几分姿色，故意叫妾赚人到门，他却只说是表妹寡居，要嫁人，就是他做媒。多有那慕色的，情愿聘娶妾身。他却不受重礼，只要哄得成交，就便送妾做亲。叫妾身只做害羞，不肯与人同睡，因不受人点污。到了次日，却合了一伙棍徒，图赖你奸骗良家女子，连人和箱笼尽抢将去。那些被赚之人，客中怕吃官司，只得忍气吞声，明受火囤，如此也不止一个了。昨日妾身哭母墓而归，原非新寡。天杀的撞见官人，又把此计来使。妾每每自思，此岂终身道理？有朝一日惹出事来，并妾此身付之乌有。况以清白之身，暗地迎新送旧，虽无所染，情何以堪！几次劝取丈夫，他只不听。以此妾之私意，只要将计就计，倘然遇着知音，愿将此身许他，随他私奔了罢。今见官人态度非凡，抑且志诚软款，心实欢羡。但恐相从奔走，或被他找着，无人护卫，反受其累。今君既交游满京邸，愿以微躯托之官人。官人只可连夜便搬往别处好朋友家谨密所在去了，方才娶得妾安稳。此是妾身自媒以从官人，官人异日弗忘此情！"

　　灿若听罢，呆了半晌道："多亏娘子不弃，见教小生。不然，几受其祸。"连忙开出门来，叫起家人，打叠行李。把自己喂养的一个蹇驴，驮了蕙娘。家人挑箱笼，自己步行。临出门，叫应主人道："我们有急事回去了。"晓得何澄带家眷在京，连夜敲开他门，细将此事说与，把蕙娘与行李都寄在何澄寓所。那何澄房尽空阔，灿若也就一宅两院做了下处，不题。

却说张溜儿次日果然纠合了一伙破落户，前来抢人。只见空房开着，人影也无。忙问下处主人道："昨日成亲的举人那里去了？"主人道："相公连夜回去了。"众人各各呆了一回，大家嚷道："我们随路追去。"一哄的望张家湾乱奔去了。却是诸大所在，何处找寻？元来北京房子，惯是见租与人住，来来往往，主人不来管他东西去向，所以但是搬过了，再无处跟寻的。

灿若在何澄处看了两月书，又早是春榜动，选场开。灿若三场满志，正是专听春雷第一声。果然金榜题名，传胪三甲。灿若选了江阴知县，却是稽清的父母。不一日领了凭，带了陆蕙娘起程赴任。却值方昌出差苏州，竟坐了他一只官船到任。陆蕙娘平白地做了知县夫人，这正是"鸾胶续处舞双凫"之验也。灿若后来做到开府而止。蕙娘生下一子，后亦登第。至今其族繁盛，有诗为证：

女侠堪夸陆蕙娘，能从萍水识檀郎。

巧机反借机来用，毕竟强中手更强。

卷十七

西山观设篆度亡魂　开封府备棺追活命

诗曰：

> 三教从来有道门，一般鼎足在乾坤。
>
> 只因装饰无殊异，容易埋名与俗浑。

说这道家一教，乃是李老君青牛出关，关尹文始真人恳请留下《道德真经》五千言，传流至今。这家教门，最上者冲虚清净，出有入无，超尘俗而上升，同天地而不老。其次者修真炼性，吐故纳新，筑坎离以延年，煮铅汞以济物。最下者行持符箓，役使鬼神，设章醮以通上界，建考召以达冥途。这家学问却是后汉张角，能作五里雾，人欲学他的，先要五斗米为赟见礼，故叫得"五斗米道"。后来其教盛行，那学了与民间祛妖除害的，便是正法；若是去为非作歹的，只叫得妖术。虽是邪正不同，却也是极灵验难得的。流传至今，以前两项高人，绝世不能得有，只是符箓这家，时时有人习学，颇有高妙的在内。却有一件作怪：学了这家术法，一些也胡乱做事不得了。尽有奉持不谨，反取其祸的。

宋时乾道年间，福建福州有个太常少卿任文荐的长子，叫做任道元。少年慕道，从个师父，是欧阳文彬，传授五雷天心正法，建坛在家，与人行持，甚著效验。他有个妻侄，姓梁名鲲，也好学这法术。一日有永福柯氏之子，因病发心，投坛请问，尚未来到任家。那任道元其日与梁鲲同宿斋舍，两人同见神将来报道："如有求报应者，可书'香'字与之，叫他速速归家。"任道元听见，即走将起来，点起灯烛写好了，封押停当，依然睡觉。明早柯子已至，道元就把夜间所封的递与他，叫他急急归家去。柯子还家，十八日而死。盖"香"字乃是一十八日也。由此远近闻名，都称他做法师。

后来少卿已没，道元袭了父任，出仕在外。官府事体烦多，把那奉真香火之敬，渐渐疏懒。每日清晨，在神堂边过，只在门外略略瞻礼，叫小童进去炷香完事，自己竟不入门。家人每多道："老爷一向奉道虔诚，而今有些懈怠，恐怕神天喧怪！"道元体贵心骄，全不在意，由家人每自议论，日逐只是如此。

淳熙十三年正月十五日上元之夜，北城居民相约纠众，在于张道者庵内，启建黄箓大醮一坛，礼请任道元为高功，主持坛事。那日观看的人，何止挨山塞海！内中有两个女子，双鬟高髻，并肩而立，丰神绰约，宛然并蒂芙蓉。任道元抬头起来看见，惊得目眩心花，魄不附体，那里还顾什么醮坛不醮坛，斋戒不斋戒？便开口道："两位小娘子请稳便，到里面来看一看。"两女道："多谢法师。"正轻移莲步进门来，道元目不转睛看上看下，口里诌道："小娘子提起了襕裙。"盖是福建人叫女子"抹胸"做襕裙。提起了，是要摸他双乳的意思，乃彼处乡谈讨便宜的说话。内中一个女子正色道："法师做醮，如何却说恁地话？"拉了同伴，转身便走。道元又笑道："既来看法事，便与高功法师结个缘何妨？"两女耳根通红，口里喃喃微骂而去。到得醮事已毕，道元便觉左耳后边有些作痒，又带些疼痛。叫家人看看，只见一个红蓓蕾如粟粒大，将指头按去，痛不可忍。

次日归家，情绪不乐。隔数日，对妻侄梁鲲道："夜来神将见责，得梦甚恶。我大数已定，密书于纸，待请商日宣法师考照。"商日宣法师到了，看了一看，说道："此非我所能辨，须圣童至乃可决。"少顷门外一村童到来，即跳升梁间，作神语道："任道元，诸神保护汝许久，汝乃不谨香火，贪淫邪行，罪在不赦！"道元深悼前非，磕头谢罪。神语道："汝十五夜的说话说得好。"道元百拜乞命，愿从今改过自新。神语道："如今还讲甚么？吾亦不欠汝一个奉事。当以为奉法弟子之戒！且看你日前分上，宽汝二十日日期。"说罢，童子堕地醒来，懵然一毫不知。梁鲲拆开道元所封之书与商日宣看，内中也是"二十日"三个字。

道元是夜梦见神将手持铁鞭来追逐，道元惊惶奔走，神将赶来，环绕所居九仙山下一匝，被他赶着，一鞭打在脑后，猛然惊觉。自此疮越加大了，头胀如栲栳。每夜二鼓叫呼，宛若被鞭之状。到得二十日将满，梁鲲在家，梦见神将对他道："汝到五更初，急到任家看吾扑道元。"鲲惊起，忙到任家来，道元一见哭道："相见只有此一会了。"披衣要下床来，忽然跌倒。七八个家人共扶将起来，暗中恰象一只大手拽出，扑在地上。仔细看看，已此无气了。梁鲲送了他的终，看见利害，自此再不敢行法。

看官，你道任道元奉的是正法，行持了半世，只为一时间心中懈怠，口内亵渎，又不曾实干了甚么污秽法门之事，便受显报如此，何况而今道流专一做邪淫不法之事的,神天岂能容恕? 所以幽有神谴,明有王法,不到得被你瞒过了。但是邪淫不法之事,偏是道流容易做。只因和尚服饰异样,先是光着一个头,好些不便。道流打扮起来,簪冠着袍,方才认得是个道士;若是卸下装束,仍旧巾帽长衣,分毫与俗人没有两样,性急看不出破绽来。况且还有火居道士,原是有妻小的,一发与俗人无异了。所以做那奸淫之事,比和尚十分便当。而今再说一个道流,借设符箓醮坛为由,拐上一个妇人,弄得死于非命。说来与奉道的人,做个鉴戒。有诗为证:

> 坎离交垢育婴儿,只在身中相配宜。
>
> 生我之门死我户,请无误读守其雌。

这本话文,乃是宋时河南开封府,有个女人吴氏,十五岁嫁与本处刘家。所生一子,名唤刘达生。达生年一十二岁上,父亲得病身亡。母亲吴氏,年纪未满三十,且是生得聪俊飘逸,早已做了个寡妇。上无公姑,下无族党,是他一个主持门户,守着儿子度日。因念亡夫恩义,思量做些斋醮功果超度他。本处有个西山观,乃是道流修真之所。内中有个道士,叫做黄妙修,符箓高妙,仪容俊雅,众人推他为知观。是日正在观中与人家书写文疏,忽见一个年小的妇人,穿着一身缟素,领了十一二岁的孩子走进观来。俗话说得好:若要俏,带三分孝。那妇人本等生得姿容美丽,更兼这白衣白髻,越显得态度潇洒。早是在道观中,若是僧寺里,就要认做白衣送子观音出现了。走到黄知观面前,插烛也似拜了两拜。知观一眼瞅去,早已魂不附体,连忙答拜道:“何家宅眷? 甚事来投?”妇人道:“小妾是刘门吴氏,因是丈夫新亡,欲求渡拔,故率领亲儿刘达生,母子虔诚,特求法师广施妙法,利济冥途。”黄知观听罢,便怀着一点不良之心,答道:“既是贤夫新亡求荐,家中必然设立孝堂。此须在孝堂内设箓行持,方有专功实际。若只在观中,大概附醮,未必十分得益。凭娘子心下如何?”吴氏道:“若得法师降临茅舍,此乃万千之幸! 小妾母子不胜感激。回家收拾孝堂,专等法师则个。”知观道:“几时可到宅上?”吴氏道:“再过八日,就是亡夫百日之期。意要设建七日道场,须得明日起头,恰好至期为满。得法师侵早下降便好。”知观道:“一言已定,必不失期。明日准造宅上。”吴氏袖中取出银一两,先奉做纸札之费,别了回家,一面收拾打扫,专等来做法事。元来吴氏请醮荐夫,本是一点诚心,原无邪意。谁知黄知观是个色中饿鬼,观中一见吴氏姿容,与他说话时节,恨不得就与他做起光来。吴氏虽未就想到邪路上去,却见这知观丰姿出众,语言爽朗,也暗暗地喝采道:"好个齐整人物!如何却出了家?且喜他不装模样,见说做醮,便肯轻身出观,来到我家,也是个出热的人。"心里也就有几分欢喜了。

次日清早,黄知观领了两个年少道童,一个火工道人,挑了经箱卷轴之类,一径到吴氏家来。吴氏只为儿子达生年纪尚小,一切事务都是自家支持,与知观拜见了,接进了孝堂。知观与同两个道童、火工道人,张挂三清众灵,铺设齐备,动起法器。免不得宣扬大概,启请、摄召、放赦、招魂,闹了一回。吴氏出来上香朝圣,那知观一眼估定,越发卖弄精神,同两个道童齐声朗诵经典毕,起身执着意旨,跪在圣像面前毯上宣白,叫吴氏也一同跪着通诚。跪的所在,与吴氏差不得半尺多路。吴氏闻得知观身上、衣服扑鼻薰香,不觉偷眼瞧他。知观有些觉得,一头念着,一头也把眼回看。你觑我,我觑你,恨不得就移将拢来,搅作一团。念毕各起。吴氏又到各神将面前上香稽首,带眼看着道场。只见两个道童,黑发披肩,头戴着小冠,且是生得唇红齿白,清秀娇嫩。吴氏心里想道:"这些出家人倒如此受用,这两个大起来,不知怎生标致哩!"自此动了一点欲火,按捺不住,只在堂中孝帘内频频偷看外边。元来人生最怕的是眼里火。一动了眼里火,随你左看右看,无不中心象意的。真是长有长妙,短有短强;壮的丰美,瘦的俊俏,无有不妙。况且妇人家阴性专一,看上了一个人,再心里打撇不下的。那吴氏在堂中把知观看了又看,只觉得风流可喜。他少年新寡,春心正盛,转一个念头,把个脸儿红了又白,白了又红。只在孝帘前趱来趱去,或露半面,或露全身,恰象要道士晓得他的意思一般。那黄知观本是有心的,岂有不觉?碍着是头一日来到,不敢就造次,只好眉梢眼角做些功夫,未能勾入港。那儿子刘达生未知事体,正好去看神看佛,弄钟弄鼓,那里晓得母亲这些关节?看看点上了灯,吃了晚斋,吴氏收拾了一间洁净廊房,与他师徒安歇。那知观打发了火工道人回观,自家同两个道童一床儿宿了,打点早晨起来朝真,不题。

却说吴氏自同儿子达生房里睡了。上得床来,心里想道:"此时那道士毕竟搂着两个标致小童,干那话儿了,我却独自个宿。"想了又想,阴中火发,着实难熬。噤了一噤,把牙齿咬得咯咯的响,出了一身汗。刚刚朦胧睡去,忽听得床前脚步响,抬头起看,只见一个人揭开帐子,飕的钻上床来。吴氏听得声音,却是日里的知观,轻轻道:"多蒙娘子秋波示意,小道敢不留心?趁此夜深人静,娘子作成好事则个。"就将黄瓜般一条玉茎塞将过去,吴氏并不推辞,慨然承受。正到酣畅之处,只见一个小道童,也揭开帐来寻师父,见师父干事兴头,喊道:"好内眷!如何偷出家人,做得好事!与我捉个头,便不声张。"就伸只手去吴氏腰里乱摸。知观喝道:"我在此,不得无礼!"吴氏被道士弄得爽快,正待要丢了,吃此一惊,飒然觉来,却是南柯一梦。把手摸摸阴门边,只见两腿俱湿,连席上多有了阴水,忙把手帕抹净,叹了一口气道:"好个梦!怎能勾如此侥幸?"一夜睡不安稳。

天明起来,外边钟鼓响,叫丫鬟担汤担水,出去伏侍道士。那两个道童倚着年小,也进孝堂来讨东讨西,看看熟分了。吴氏正在孝堂中坐着,只见一个道童进来讨茶吃。吴氏叫住问他道:"你叫甚么名字?"道童道:"小道叫做太清。"吴氏道:"那一位大些的?"道童道:"叫做太素。"吴氏道:"你两个昨夜那一个与师父做一头睡?"道童道:"一头睡,便怎么?"吴氏道:"只怕师父有些不老成。"道童嘻嘻的笑道:"这大娘倒会取笑。"说罢,走了出去,把适间所言,私下对师父一一说了。不由这知观不动了心,想道:"说这般话的,定是有风情的。只是虽在孝堂中,相离咫尺,却分个内外,如何好大大撩拨他撩拨?"以心问心,忽然道:"有计了。"须臾,吴氏出来上香,知观一手拿着铃杵,一手执笏,急急走去并立着,口中唱着《浪淘沙》,词云:

> 稽首大罗天,法眷姻缘。如花玉貌正当年,帐冷怖空孤枕畔,枉自熬煎。　　为此建斋筵,追荐心虔。亡魂超度意无牵。急到蓝桥来解渴,同做神仙。

这知观把此词朗诵,分明是打动他自荐之意。那吴氏听得,也解其意,微微笑道:"师父说话,如何夹七夹八?"知观道:"都是正经法门,当初前辈神仙遗下美话,做吾等榜样的。"吴氏老大明白,晓得知观有意于他了。进去剥了半碗细果,烧了一壶好清茶,叫丫鬟送出来与知观吃。分付丫鬟对知观说:"大娘送来与师父解渴的。"把这句话与知观词中之语,暗地照应,只当是写个"肯"字。知观听得,不胜之喜,不觉手之舞之,足之蹈之。那里还管甚么《灵宝道经》、《紫霄秘箓》,一心只念的是风月机关、洞房春意。密叫道童打听吴氏卧房,见说与儿子同房歇宿,有丫鬟相伴,思量不好竟自闯得进去。

到晚来与两个道童上床宿了。一心想着吴氏日里光景,且把道童太清出出火气,弄得床板格格价响。搂着背脊,口里说道:"我的乖!我与你两个商量件事体,我看主人娘子,十分有意于我,若是弄得到手,连你们也带挈得些甜头不见得。只是内外隔绝,他房中有儿子,有丫鬟,我这里须有你两个不便,如何是好?"太清接口道:"我们须不妨事。"知观道:"他初起头,也要避生人眼目。"太素道:"我见孝堂中有张魂床,且是帐褥铺设得齐整。此处非内非外,正好做偷情之所。"知观道:"我的乖! 说得有理,我明日有计了。"对他两个耳畔说道:"须得如此如此。"太清太素齐拍手道:"妙,妙!"说得动火,知观便与太清完了事,弄得两个小伙子兴发难遏,没出豁,各放了一个手铳,一夜无词。

次日天早起来,与吴氏相见了,对吴氏道:"今日是斋坛第三日了。小道有法术摄召,可以致得尊夫亡魂来与娘子相会一番,娘子心下如何?"吴氏道:"若得如此,可知好哩! 只不知法师要如何作用?"知观道:"须用白绢作一条桥在孝堂中,小道摄召亡魂渡桥来相会。却是只好留一个亲人守着,人多了阳气盛,便不得来。又须关着孝堂,勿令人窥视,泄了天机。"吴氏道:"亲人只有我与小儿两人。儿子小,不晓得甚么,就会他父亲也无干。奴家须是要会丈夫一面。待奴家在孝堂守着,看法师作用罢。"知观道:"如此最妙。"吴氏到里边箱子里,取出白绢二匹与知观。知观接绢在手,叫吴氏扯了一头,他扯了一头,量来量去,东折西折,只管与吴氏调眼色。交着手时,便轻轻把指头弹着手腕,吴氏也不做声。知观又指拨把台桌搭成一桥,恰好把孝堂路径塞住,外边就看帘里边不着了。知观出来分付两个道童道:"我闭着孝堂,召请亡魂,你两个须守着门,不可使外人窥看,破了法术。"两人心照,应声晓得了。吴氏也分付儿子与丫鬟道:"法师召请亡魂与我相会,要秘密寂静,你们只在房里,不可出来罗唣!"那儿子达生见说召得父亲魂,口里嚷道:"我也要见见爹爹。"吴氏道:"我的儿,法师说'生人多了,阳气盛,召请不来。'故此只好你母亲一个守灵。你要看不打紧,万一为此召不来,空成画饼。且等这番果然召得爹爹来,以后却教你相见便是。"吴氏心里也晓得知观必定是托故,有此蹊跷,把甜言美语稳住儿子,又寻好些果子与了他,把丫鬟同他反关住在房里了,出来进孝堂内坐着。

知观扑地把两扇门拴上了,假意把令牌在桌上敲了两敲,口里不知念了些甚么,笑嘻嘻对吴氏道:"请娘子魂床上坐着。只有一件,亡魂虽召得来,却不过依稀影响,似梦里一般,与娘子无益。"吴氏道:"但愿亡魂会面,一叙苦情,论甚有益无益!"知观道:"只好会面,不能勾与娘子重叙平日被窝的欢乐,所以说道无益。"吴氏道:"法师又来了,一个亡魂,只指望见见也勾了,如何说到此话?"知观道:"我有本事弄得来与娘子重欢重乐。"吴氏失惊道:"那有这事?"知观道:"魂是空虚的,摄来附在小道身上,便好与娘子同欢乐了。"吴氏道:"亡魂是亡魂,法师是法师,这事如何替得?"知观道:"从来我们有这家法术,多少亡魂来附体相会的。"吴氏道:"却怎生好干这事?"知观道:"若有一些不象尊夫,凭娘子以后不信罢了。"吴氏骂道:"好巧言的贼道,倒会脱骗人!"知观便走去一把抱定,搋倒在魂床上,笑道:"我且权做尊夫一做。"吴氏此时已被引动了兴,两个就在魂床上面弄将起来:

> 一个玄门聪俊,少尝闺阁家风;一个空室娇姿,近旷衾裯事业。风雷号令,变做了握雨携云;冰蘗贞操,翻成了残花破蕊。满堂圣象,本属虚无;一脉亡魂,还归冥漠。噙着的,呼吸元精而不歇;搿着的,出入玄牝以无休。寂寂朝真,独乌来时丹路滑;殷殷慕道,百花深处一僧归。个中味,真夸羡,玄之又玄;色里身,不耐烦,寡之又寡。

两个云雨才罢,真正弄得心满意足。知观对吴氏道:"比尊夫手段有差池否?"吴氏啐了一口道:"贼禽兽! 羞答答的,只管提起这话做甚?"知观才谢道:"多承娘子不弃,小道粉身难报。"吴氏道:"我既被你哄了,如今只要相处得情长则个。"知观道:"我和你须认了姑舅兄妹,才好两下往来,瞒得众人过。"吴氏道:"这也有理。"知观道:"娘子今年尊庚?"吴氏道:"二十六岁了。"知观道:"小道长一岁,叨认做你的哥哥罢。我有道理。"爬起来,又把令牌敲了两敲,把门开了。对着两个道童道:"方才召请亡魂来,元来主人娘子是我的表妹,一向不晓得,倒是亡魂明白说出来的。问了详细,果然是。而今是至亲了。"道童笑嘻嘻道:"自然是至亲了。"吴氏也叫儿子出来,把适才道士捣鬼的说话,也如此学与儿子听了,道:"这是你父亲说的,你可过来认了舅舅。"那儿子小,晓得甚么好歹? 此后依话只叫舅舅。

从此日日推说召魂,就弄这事。晚间,吴氏出来,道士进来,只把孝堂魂床为交欢之处,一发亲密了。那儿子但听说"召魂",便道:"要见爹爹。"只哄他道:"你是阳人,见不得的。"儿子只得也罢了。心里却未免有些疑心道:"如何只却了我?"到了七昼夜,坛事已完,百日孝满。吴氏谢了他师徒三众,收了道场,暗地约了相会之期,且瞒生眼,到观去了。吴氏就把儿子送在义学堂中先生处，仍旧去读书，早晨出去，晚上回来。吴氏日里自有两个道童常来通信，或是知观自来，只等晚间儿子睡了，便开门放进来，恣行淫乐。只有丫鬟晓得风声，已自买嘱定了。如此三年，竟无间阻，不题。

且说刘达生年纪渐渐大了，情窦已开，这事情也有些落在眼里了。他少年聪慧，知书达礼，晓得母亲有这些手脚，心中常是忧闷，不敢说破。一日在书房里有同伴里头戏谑，称他是小道士，他脸儿通红。走回家来对母亲道："有句话对娘说，这个舅舅不要他上门罢，有人叫儿子做小道士，须是被人笑话。"吴氏见说罢，两点红直从耳根背后透到满脸，把儿子凿了两个栗暴道："小孩子不知事！舅舅须是为娘的哥哥，就往来谁人管得？那个天杀的对你讲这话？等娘寻着他，骂他一个不歇！"达生道："前年未做道场时，不曾见说有这个舅舅。就果是舅舅，娘只是与他兄妹相处，外人如何有得说话？"吴氏见道着真话，大怒道："好儿子！几口气养得你这等大，你听了外人的说话，嘲拨母亲，养这忤逆的做甚！"反敲台拍凳哭将起来。达生慌了，跪在娘面前道："是儿子不是了，娘饶恕则个！"吴氏见他讨饶，便住了哭道："今后切不可听人乱话。"达生忍气吞声，不敢再说。心里想道："我娘如此口强，须是捉破了他，方得杜绝。我且冷眼张他则个。"

一夜人静后，达生在娘房睡了一觉，醒来，只听得房门响，似有人走了出去的模样。他是有心的，轻轻披了衣裳，走起来张着，只见房门开了，料道是娘又去做歹勾当了。转身到娘床里一摸，果然不见了娘。他也不出来寻，心生一计，就把房门闩好，又掇张桌子顶住了，自上床去睡觉。元来是夜吴氏正约了知观黄昏后来，堂中灵座已除，专为要做这勾当，床仍铺着，这所在反加些围屏，围得紧簇。知观先在里头睡好了，吴氏却开了门出来就他，两个颠鸾倒凤，弄这一夜。到得天色将明，起来放了他出去，回进房来。每常如此放肆惯了，不以为意。谁知这夜走到房前，却见房门关好，推着不开。晓得是儿子知风，老大没趣，呆呆坐着，等他天亮，默默的咬牙切齿的恨气，却无说处。直到天大明了，达生起来开了门，见了娘，故意失惊道："娘如何反在房门外坐地？"吴氏只得说个谎道："昨夜外边脚步响，恐怕有贼，所以开门出来看看。你却如何把门关了？"达生道："我也见门开了，恐怕有贼，所以把门关好了，又顶得牢牢的。只道娘在床上睡着，如何反在门外？既然娘在外边，如何不叫开了门？却坐在这里一夜，是甚意思？"吴氏见他说了，自想一想，无言可答,只得罢了。心里想道:"这个孽种,须留他在房里不得了。"

忽然一日对他说道:"你年纪长成,与娘同房睡,有些不雅相。堂中这张床铺得好好的,你今夜在堂中睡罢。"吴氏意思,打发了他出来,此后知观来,只须留在房里,一发安稳象意了。谁知这儿子是个乖觉的,点头会意,就晓得其中就里。一面应承,日里仍到书房中去,晚来自在堂中睡了,越加留心察听。其日,道童来到,吴氏叫他回去说前夜被儿子关在门外的事,又说:"因此打发儿子另睡,今夜来只须小门进来,竟到房中。"到夜知观来了。达生虽在堂中,却不去睡,各处挨着看动静。只听得小门响,达生躲在黑影里头,看得明白,晓得是知观进门了。随后丫鬟关好了门,竟进吴氏房中,掩上了门睡了。达生心里想道:"娘的奸事,我做儿子的不好捉得,只去炒他个不安静罢了。"过了一会,听得房里已静,连忙寻一条大索,把那房门扣得紧紧的。心里想道:"眼见得这门拽不开,贼道出去不得了,必在窗里跳出,我且蒿恼他则个。"走到庭前去掇一个尿桶,一个半破了的屎缸,量着跳下的所在摆着,自却去堂里睡了。那知观淫荡了一夜,听见鸡啼了两番,恐怕天明,披衣走出,把房门拽了又拽,再拽不开。不免叫与吴氏知道,吴氏自家也来帮拽,只拽得门响,门外似有甚么缚住的。吴氏道:"却又作怪,莫不是这小业畜又来弄手脚?既然拽不开,且开窗出去了,明又再处。而今看看天亮,迟不得了。"知观朦胧着两眼,走来开了窗,扑的跳下来。只听得扑通的一响,一只右脚早踹在尿桶里了,这一只左脚,做不得力,头轻脚重,又蹋在屎缸里。忙抽起右脚待走,尿桶却深,那时着了慌,连尿桶绊倒了,一交跌去,尿屎污了半身,嘴唇也磕绽了。却不敢高声,忍着痛,捂着鼻,急急走去,开了小门,一道烟走了。

吴氏看见拽门不开,已自着恼,及至开窗出去了,又听得这劈扑之响,有些疑心。自家走到窗前看时,此时天色尚黑,但只满鼻闻得些臭气,正不知是甚缘故。别着一肚闷气,又上床睡去了。达生直等天大明了,起来到房门前,仍把绳索解去。看那窗前时,满地尿屎,桶也倒了。肚里又气,又忍不住好笑。趁着娘未醒,他不顾污秽,轻轻把屎缸、屎桶多搬过了。又一会吴氏起来开门,却又一开就是,反疑心夜里为何开不得,想是性急了些。及至走到窗前,只见满地多是尿屎,一路到门,是湿印的鞋迹,叫儿子达生来问道:"这窗前尿屎是那里来的?"达生道:"不知道。但看这一路湿印,多是男人鞋迹,想来是个人,急出这些尿屎来的。"吴氏对口无言,脸儿红了又白,不好回得一句,着实忿恨。自此怪煞了这儿子,一似眼中之钉,恨不得即时拔去了。

却说那夜黄知观吃了这一场亏,香喷喷一身衣服,没一件不污秽了。闷闷在观中洗净整治,又是嘴唇跌坏,有好几日不到刘家来走。吴氏一肚子恼恨,正要见他分诉商量,却不见到来,又想又气。一日,知观叫道童太素来问信。吴氏对他道:"你师父想是着了恼不来?"太素道:"怕你家小官人利害,故此躲避几日。"吴氏道:"他日里在学堂中,到不如日间请你师父过来商量句话。"那太素是个十八九岁的人,晓得吴氏这些行径,也自丢眉丢眼来挑吴氏道:"十分师父不得工夫,小道童权替遭儿也使得。"吴氏道:"小奴才!你也来调戏我,我对你师父说了,打你下截。"太素笑道:"我的下截须与大娘下截一般,师父要用的,料不舍得打。"吴氏道:"没廉耻小奴才,亏你说!"吴氏一了见他标致,动火久了,只是还嫌他小些,而今却长得好了,见他说风话,不觉有意,便一手勾他拢来做一个嘴,伸手去摸,太素此物翘然,却待要扯到床上干那话儿,不匡黄知观见太素不来,又叫太清来寻他,到堂中叫唤。太素听得声音,恐怕师父知道嗔怪,慌忙住了手,冲散了好事。两个同到观中,回了师父。

次日,果然知观日间到刘家来。吴氏关了大门,接进堂中坐了,问道:"如何那夜一去了再无消息,直到昨日才着道童过来?"知观道:"你家儿子刁钻异常,他日渐渐长大,好不利害!我和你往来不便,这件事弄不成了。"吴氏正贪着与道士往来,连那两个标致小道童一鼓而擒之,却见说了这话,心里怫然,便道:"我无尊人拘管,只碍得这个小业畜!不问怎的,结果了他,等我自由自在。这几番我也忍不过他的气了。"知观道:"是你亲生儿子,怎舍得结果他?"吴氏道:"亲生的正在乎知疼着热,才是儿子。却如此拗别搅炒,何如没他倒干净!"知观道:"这须是你自家发得心尽,我们不好撺掇得,恐有后悔。"吴氏道:"我且再耐他一两日,你今夜且放心前来快活。就是他有些知觉,也顾不得他,随他罢了。他须没本事奈何得我!"你一句,我一句,说了大半日话,知观方去,等夜间再来。

这日达生那馆中先生要归去,散学得早。路上撞见知观走来,料是在他家里出来,早上了心。却当面勉强叫声"舅舅",作了个揖。知观见了,一个怔忡心,还了一礼,不讲话,竟去了。达生心里想道:"是前日这番,好两夜没动静。今日又到我家,今夜必然有事。我不好屡次捉破,只好防他罢了。"一路回到家里。吴氏问道:"今日如何归得恁早?"达生道:"先生回家了,我须有好几日不消馆中去得。"吴氏心里暗暗不悦,勉强问道:"你可要些点心吃?"达生道:"我正要点心吃了睡觉去,连日先生要去,积趱读书辛苦,今夜图早睡些个。"吴氏见说此句,便有些象意了,叫他去吃了些点心。果然达生到堂中床里,一觉睡了。吴氏暗暗地放了心,安排晚饭自吃了。收拾停当,暂且歇息。叫丫鬟要半掩了门,专等知观来。谁知达生假意推睡,听见人静了,却轻轻走起来。前后门边一看,只见前门锁着,腰门从内关着。他撬开了,走到后边小门一看,只见门半掩着不关。他就轻轻把栓拴了,掇张凳子紧紧在旁边坐地。坐了更余,只听得外边推门响,又不敢重用力,或时把指头弹两弹。达生只不做声,看他怎地。忽对门缝里低言道:"我来了,如何却关着? 可开开。"达生听得明白,假意插着口气道:"今夜来不得了,回去罢,莫惹是非!"从此不听见外边声息了。吴氏在房里悬悬盼望偷期,欲心如火,见更余无动静,只得叫丫鬟到小门边看看。丫鬟走来黑处,一把摸着达生,吓了一跳。达生厉声道:"好贼妇! 此时走到门边来,做甚勾当?"惊得丫鬟失声而走,进去对吴氏道:"法师不见来,倒是小官人坐在那里,几乎惊杀!"吴氏道:"这小业畜一发可恨了! 他如何又使此心机,来搅破我事?"磨拳擦掌的气,却待发作,又是自家理短,只得忍耐着。又恐怕失了知观期约,使他空返,彷徨不宁,那里得睡?

　　达生见半晌无声息,晓得去已久了,方才自上床去睡了。吴氏再叫丫鬟打听,说:"小官人已不在门口了。"寂地开出外边,走到街上,东张西望,那里得有个人? 回复了吴氏。吴氏倍加扫兴,忿怒不已,眼不交睫,直至天明。见了达生,不觉发话道:"小孩子家晚间不睡,坐在后门口做甚?"达生道:"又不做甚歹事,坐坐何妨?"吴氏胀得面皮通红,骂道:"小杀才! 难道我又做甚歹事不成!"达生道:"谁说娘做歹事? 只是夜深无事,儿子便关上了门,坐着看看,不为大错。"吴氏只好肚里恨,却说他不过。只得强口道:"娘不到得逃走了,谁要你如此监守?"含着一把眼泪,进房去了,再待等个道童来问这夜的消息。却是这日达生不到学堂中去,只在堂前摊本书儿看着,又或时前后行走。看见道童太清走进来,就拦住道:"有何事到此?"太清道:"要见大娘子。"达生道:"有话我替你传说。"吴氏里头听得声音,知是道童,连忙叫丫鬟唤进。怎当得达生一同跟了进去,不走开一步。太清不好说得一句私话,只大略道:"师父问大娘子、小官人的安。"达生接口道:"都是安的,不劳记念! 请回罢了。"太清无奈,四目相觑,怏怏走出去了。吴氏越加恨毒。从此一连十来日,没处通音耗。又一日,同窗伴伙传言来道:"先生已到馆。"达生辞了母亲,又到书堂中去了。吴氏只当接得九重天上赦书。

元来太清、太素两个道童,不但为师父传情,自家也指望些滋味,时常穿梭也似在门首往来探听的。前日吃了达生这场淡,打听他在家,便不进来。这日达生出去,吴氏正要传信,太清也来了。吴氏经过儿子几番说儿,也该晓得谨慎些,只是色胆迷天,又欺他年小,全不照顾。又约他:"叫知观今夜到来,反要在大门里来,他不防备的。只是要夜深些。"期约已定。达生回家已此晚了,同娘吃了夜饭。吴氏领了丫鬟,故意点了火,把前后门关锁好了,叫达生去睡,他自进房去了。达生心疑道:"今日我不在家,今夜必有勾当,如何反肯把门关锁? 也只是要我不疑心。我且不要睡着,必有缘故。"坐到夜深,悄自走去看看,腰门掩着不拴,后门原自关好上锁的。达生想道:"今夜必在前边来了。"闪出堂前,黑影里蹲着看时,星光微亮,只见母亲同丫鬟走将出来,母亲立住中堂门首,意是防着达生。丫鬟走去门边听听,只听得弹指响,轻轻将锁开了,拽开半边门。一个人早闪将入来,丫鬟随关好了门。三个人做一块,侮手侮脚的走了进去。达生连忙开了大门,就把挂在门内警夜的锣捞在手里,筛得一片价响,口中大喊"有贼"。元来开封地方,系是京都旷远,广有偷贼,所以官司立令,每家门内各置一锣,但一家有贼,筛得锣响,十家俱起救护,如有失事,连坐赔偿,最是严紧的。这里知观正待进房,只听得本家门首锣响,晓得不尴尬,惊得魂不附体,也不及开一句口,掇转身往外就走。去开小门时,是夜却是锁了的。急望大门奔出,且喜大门开的,恨不得多生两只脚跑。达生也只是赶他,怕娘面上不好看,原无意捉住他。见他奔得慌张,却去拾起一块石头,尽力打将去,正打在腿上。把腿一缩,一只履鞋,早脱掉了。那里还有工夫敢来拾取,拖了袜子走了。比及有邻人走起来问,达生只回说:"贼已逃去了。"带了一只履鞋,仍旧关了门进来。

这吴氏正待与知观欢会,吃那一惊也不小,同丫鬟两个抖做了一团。只见锣声已息,大门已关,料道知观已去,略略放心。达生故意走进来问道:"方才赶贼,娘受惊否?"吴氏道:"贼在那里? 如此大惊小怪!"达生把这只鞋提了,道:"贼拿不着,拿得一只鞋在此,明日须认得出。"吴氏已知儿子故意炒破的,愈加急恨,又不好说得他。此后,知观不敢来了,吴氏想着他受惊,好生过意不去。又恨着儿子,要商量计较摆布他。却提防着儿子,也不敢再约他来。

　　过了两日,却是亡夫忌辰。吴氏心生一计,对达生道:"你可先将纸钱到你爹坟上打扫,我随后备着羹饭,抬了轿就来。"达生心里想道:"忌辰何必到坟上去? 且何必先要我去? 此必是先打发了我出门,自家私下到观里去。我且应允,不要说破。"达生一面对娘道:"这等,儿子自先去,在那里等候便是。"口里如此说了,一径出门,却不走坟上,一直望西山观里来了。走进观中,黄知观见了,吃了一惊。你道为何? 还是那夜吓坏了的。定了性,问道:"贤甥何故到此?"达生道:"家母就来。"知观心里怀着鬼胎道:"他母子两个几时做了一路? 若果然他要来,岂叫儿子先到? 这事又蹊跷了。"似信不信的,只见观门外一乘轿来,抬到跟前下了,正是刘家吴氏。才走出轿,猛抬头,只见儿子站在面前,道:"娘也来了。"吴氏那一惊,又出不意,心里道:"这冤家如何先在此?"只得捣个鬼道:"我想今日是父亲忌日,必得符箓超拔,故此到观中见你舅舅。"达生道:"儿子也是这般想,忌日上坟无干,不如来央舅舅的好,所以先来了。"吴氏好生怀恨,却没奈他何。知观也免不得陪茶陪水,假意儿写两道符箓,通个意旨,烧化了,却不便做甚手脚。乱了一回,吴氏要打发儿子先去,达生不肯道:"我只是随着娘轿走。"吴氏不得已,只得上了轿去了。枉奔波了一番,一句话也不说得。在轿里一步一恨,这番决意要断送儿子了。

　　那轿走得快,达生终是年纪小,赶不上,又肚里要出恭,他心里道:"前面不过家去的路,料无别事,也不必跟随得。"就住在后面了。也是合当有事,只见道童太素在前面走将来,吴氏轿中看见了,问轿夫道:"我家小官人在后面么?"轿夫道:"跟不上,还在后头,望去不见。"吴氏大喜,便叫太素到轿边来,轻轻说道:"今夜我用计遣开了我家小业畜,是必要你师父来商量一件大事则个。"太素道:"师父受惊多次,不敢进大娘的门了。"吴氏道:"若是如此,今夜且不要进门,只在门外,以抛砖为号,我出来门边相会说话了,再看光景进门,万无一失。"又与太素丢个眼色。太素眼中出火,恨不得就在草地里做半点儿事,只碍着轿夫。吴氏又附耳叮嘱道:"你夜间也来,管你有好处。"太素颠头耸脑的去了。

　　吴氏先到家中,打发了轿夫。达生也来了。天色将晚,吴氏是夜备了些酒果,在自己房中,叫儿子同吃夜饭,好言安慰他道:"我的儿,你爹死了,我只看得你一个。你何苦凡事与我别强?"达生道:"专为爹死了,娘须立个主意,撑持门面,做儿子的敢不依从? 只为外边人有这些言三语四,儿子所以不伏气。"吴氏回嗔作喜道:"不瞒你说,我当日实是年纪后生,有了些不老成,故见得外边造出作业的话来,今年已三十来了,懊悔前事无及。如今立定主意,只守着你清净过日罢。"达生见娘是悔过的说话,便堆着笑道:"若得娘如此,儿子终身有幸。"吴氏满斟一杯酒与达生道:"你不怪娘,须满饮此杯。"达生吃了一惊,想道:"莫不娘怀着不好意,把这杯酒毒我?"接在手,不敢饮。吴氏见他沉吟,晓得他疑心,便道:"难道做娘的有甚歹意不成?"接他的酒来,一饮而尽。达生知是疑心差了,好生过意不去,连把壶来自斟道:"该罚儿子的酒。"一连吃了两三杯。吴氏道:"我今已自悔,故与你说过。你若体娘的心,不把从前事体记怀,你陪娘吃个尽兴。"达生见娘如此说话,心里也喜欢,斟了就吃,不敢推托。元来吴氏吃得酒,达生年小吃不得多,所以吴氏有意把他灌醉,已此呵欠连天,只思倒头去睡了。吴氏又灌了他几杯,达生只觉天旋地转,支持不得。吴氏叫丫头扶他在自己床上睡了。出来把门上了锁,口里道:"惭愧!也有日着了我的道儿!"

正出来静等外边消息,只听得屋上瓦响,晓得是外边抛砖进来,连忙叫丫鬟开了后门。只见太素走进来道:"师父在前门外,不敢进来,大娘出去则个。"吴氏叫丫鬟看守定了房门,与太素暗中走到前边来。太素将吴氏一抱,吴氏回转身抱着道:"小奴才!我有意久了。前日不曾成得事,今且先勾了帐。"就同他走到儿子平日睡的堂前空床里头,云雨起来:

> 一个是未试的真阳,一个是惯偷的老手。新簇簇小伙,偏是这一番极景堪贪;老辣辣淫精,更有那十分骚风自快。这里小和尚且冲头水阵,由他老道士拾取下风香。

事毕,整整衣服,两个同走出来,开了前门。果然知观在门外,呆呆立着等候。

吴氏走出来叫他进去,知观迟疑不肯。吴氏道:"小业畜已醉倒在我房里了。我正要与你算计,趁此时了帐他,快进来商量。"知观一边随了进来,一边道:"使不得!亲生儿子,你怎下得了帐他?"吴氏道:"为了你,说不得!况且受他的气不过了!"知观道:"就是做了这事,有人晓得,后患不小。"吴氏道:"我是他亲生母,就是故杀了他,没甚大罪。"知观道:"我与你的事,须有人晓得。若摆布了儿子,你不过是'故杀子孙',倘有对头根究到我同谋,我须偿他命去。"吴氏道:"若如此怕事,留着他没收场,怎得象意?"知观道:"何不讨一房媳妇与他？我们同弄他在混水里头一搅，他便做不得硬汉，管不得你了。"吴氏道："一发使不得。娶来的未知心性如何，倘不与我同心合意，反又多了一个做眼的了，更是不便。只是除了他的是高见。没有了他，我虽是不好嫁得你出家人，只是认做兄妹往来，谁禁得我？这便可以日久岁长的了。"知观道："若如此，我有一计。当官做罢。"吴氏道："怎的计较？"知观道："此间开封官府，平日最恨的是忤逆之子，告着的，不是打死，便是问重罪坐牢。你如今只出一状，告他不孝，他须没处辨！你是亲生的，又不是前亲晚后，自然是你说得话是，别无疑端。就不得他打死，等他坐坐监，也就性急不得出来，省了许多碍眼。况且你若舍得他，执意要打死，官府也无有不依做娘的说话的。"吴氏道："倘若小业畜极了，说出这些事情来，怎好？"知观道："做儿子怎好执得娘的奸？他若说到那些话头，你便说是儿子不才，污口横蔑。官府一发怪是真不孝了，谁肯信他？况且捉奸抱双，我和你又无实迹凭据，随他说长说短，官府不过道是拦词抵辨，决不反为了儿子究问娘奸情的。这决然可以放心！"吴氏道："今日我叫他去上父坟，他却不去，反到观里来。只这件不肯拜父坟，便是一件不孝实迹，就好坐他了。只是要瞒着他做。"知观道："他在你身边，不好弄手脚。我与衙门人厮熟，我等暗投文时，设法准了状，差了人径来拿他。那时你才出头折证，神鬼不觉。"吴氏道："必如此方停当。只是我儿子死后，你须至诚待我，凡事要象我意才好。倘若有些歹歹，却不枉送了亲生儿子？"知观道："你要如何象意？"吴氏道："我夜夜须要同睡，不得独宿。"知观道："我观中还有别事，怎能勾夜夜来得？"吴氏道："你没工夫，随分着个徒弟来相伴，我耐不得独自寂寞。"知观道："这个依得，我两个徒弟都是我的心腹，极是知趣的。你看得上，不要说叫他来相伴，就是我来时节，两三个混做一团，通同取乐，岂不妙哉！"吴氏见说，淫兴勃发，就同到堂中床上，极意舞弄了一回，娇声细语道："我为你这冤家，儿子都舍了，不要忘了我。"知观罚誓道："若负了此情，死后不得棺殓。"知观弄了一火，已觉倦怠。吴氏兴还未尽，对知观道："何不就叫太素来试试？"知观道："最妙。"知观走起来，轻轻拽了太素的手道："吴大娘叫你。"太素走到床边，知观道："快上床去相伴大娘。"那太素虽然已干过了一次，他是后生，岂怕再举？托地跳将上去，又弄起来。知观坐在床沿上道："作成你这样好处。"却不知已是第二番了。吴氏一时应付两个，才觉心满意足，对知观道："今后我没了这小业种，此等乐事可以长做,再无拘碍了。"

事毕,恐怕儿子酒醒,打发他两个且去:"明后日专等消息,万勿有误!"千叮万嘱了,送出门去。知观前行,吴氏又与太素捻手捻脚的,暗中抱了一抱,又做了一个嘴,方才放了去,关了门进来。丫鬟还在房门口坐着打盹,开进房时,儿子兀自未醒,他自到堂中床里睡了。明日达生起来,见在娘床里,吃了一惊道:"我昨夜直恁吃得醉!细思娘昨夜的话,不知是真是假,莫不乘着我醉,又做别事了?"吴氏见了达生,有心与他寻事,骂道:"你嚔醉了,不知好歹,倒在我床里了,却叫我一夜没处安身。"达生甚是过意不去,不敢回答。

又过了一日,忽然清早时分,有人在外敲得门响,且是声高。达生疑心,开了门,只见两个公人一拥入来,把条绳子望达生脖子上就套。达生惊道:"上下,为甚么事?"公人骂道:"该死的杀囚,你家娘告了你不孝,见官便要打死的。还问是甚么事!"达生慌了,哭将起来道:"容我见娘一面。"公人道:"你娘少不得也要到官的。"就着一个押了进去。吴氏听见敲门,又闻得堂前嚷起,儿子哭声,已知是这事了,急走出来。达生抱住哭道:"娘,儿子虽不好,也是娘生下来的,如何下得此毒手?"吴氏道:"谁叫你凡事逆我,也叫你看看我的手段!"达生道:"儿子那件逆了母亲?"吴氏道:"只前日叫你去拜父坟,你如何不肯去?"达生道:"娘也不曾去,怎怪得儿子?"公人不知就里,在旁边插嘴道:"拜爹坟,是你该去,怎么推得娘?我们只说是前亲晚后,今见说是亲生的,必然是你不孝。没得说,快去见官。"就同了吴氏,一齐拖到开封府来。正值府尹李杰升堂。

那府尹是个极廉明聪察的人,他生平最怪的是忤逆人。见是不孝状词,人犯带到,作了怒色待他。及到跟前,却是十五六岁的孩子。心里疑道:"这小小年纪,如何行径,就惹得娘告不孝?"敲着气拍问道:"你娘告你不孝,是何理说?"达生道:"小的年纪虽小,也读了几行书,岂敢不孝父母?只是生来不幸,既亡了父亲,又失了母亲之欢,以致兴词告状,即此就是小的罪大恶极!凭老爷打死,以安母亲,小的别无可理说。"说罢,泪如雨下。府尹听说了这一篇,不觉恻然,心里想道:"这个儿子会说这样话的,岂是个不孝之辈?必有缘故。"又想道:"或者是个乖巧会说话的,也未可知。"随唤吴氏,只见吴氏头兜着手帕,袅袅婷婷走将上来,揭去了帕。府尹叫抬起头来,见是后生妇人,又有几分颜色,先自有些疑心了,且问道:"你儿子怎么样不孝?"吴氏道:"小妇人丈夫亡故，他就不由小妇人管束，凡事自做自主。小妇人开口说他，便自恶言怒骂。小妇人道是孩子家，不与他一般见识。而今日甚一日，管他不下，所以只得请官法处治。"府尹又问达生道："你娘如此说你，你有何分辩？"达生道："小的怎敢与母亲辩？母亲说的就是了。"府尹道："莫不你母亲有甚偏私处？"达生道："母亲极是慈爱，况且是小的一个，有甚偏私？"府尹又叫他到案桌前，密问道："中间必有缘故，你可直说，我与你做主。"达生叩头道："其实别无缘故，多是小的不是。"府尹道："既然如此，天下无不是底父母，母亲告你，我就要责罚了。"达生道："小的该责。"府尹见这般形状，心下愈加狐疑，却是免不得体面，喝叫打着，当下拖翻打了十竹篦。府尹冷眼看吴氏时节，见他面上毫无不忍之色，反跪上来道："求老爷一气打死罢！"府尹大怒道："这泼妇！此必是你夫前妻或妾出之子，你做人不贤，要做此忍心害理之事么？"吴氏道："爷爷，实是小妇人亲生的，问他就是。"府尹就问达生道："这敢不是你亲娘？"达生大哭道："是小的生身之母！怎的不是？"府尹道："却如何这等恨你？"达生道："连小的也不晓得。只是依着母亲打死小的罢！"府尹心下着实疑惑，晓得必有别故，反假意喝达生道："果然不孝，不怕你不死！"吴氏见府尹说得利害，连连叩头道："只求老爷早早决绝，小妇人也得干净。"府尹道："你还有别的儿子，或是过继的否？"吴氏道："并无别个。"府尹道："既只是一个，我戒诲他一番，留他性命，养你后半世也好。"吴氏道："小妇人情愿自过日子，不情愿有儿子了。"府尹道："死了不可复生，你不可有悔。"吴氏咬牙切齿道："小妇人不悔！"府尹道："既没有悔，明日买一棺木，当堂领尸。今日暂且收监。"就把达生下在牢中，打发了吴氏出去。

吴氏喜容满面，往外就走。府尹直把眼看他出了府门，忖道："这妇人气质，是个不良之人，必有隐情。那小孩子不肯说破，是个孝子。我必要剖明这一件事。"随即叫一个眼明手快的公人，分付道："那妇人出去，不论走远走近，必有个人同他说话的。你看何等样人物，说何说话。不拘何等，有一件报一件。说得的确，重重有赏，倘有虚伪隐瞒，我知道了，致你死地！"那府尹威令素严，公人怎敢有违？密地尾了吴氏走去。只见吴氏出门数步，就有个道士接着，问道："事怎么了？"吴氏笑嘻嘻的道："事完了。只要你替我买具棺材，明日领尸。"道士听得，拍手道："好了！好了！棺材不打紧，明日我自着人抬到府前来。"两人做一路，说说笑笑去了。公人却认得这人是西山观道士，密将此话细细报与李府尹。李府尹道:"果有此事。可知要杀亲子,略无顾惜。可恨!可恨!"就写一纸付公人道:"明日妇人进衙门,我喝叫:'抬棺木来!'此时可拆开,看了行事!"

次日升堂,吴氏首先进来,禀道:"昨承爷爷分付,棺木已备,来领不孝子尸首。"府尹道:"你儿子昨夜已打死了。"吴氏毫无戚容,叩头道:"多谢爷爷做主!"府尹道:"快抬棺木进来!"公人听见此句,连忙拆开昨日所封之帖一看,乃是朱票,写道:"立拿吴氏奸夫,系道士看抬棺者,不得放脱!"那公人是昨日认杀的,那里肯差?亦且知观指点杠棺的,正在那里点手画脚时节,公人就一把擒住了,把朱笔帖与他看。知观挣扎不得,只得随来见了府尹。府尹道:"你是道士,何故与人买棺材,又替他雇人扛抬?"知观一时赖不得,只得说道:"那妇人是小道姑舅兄妹,央浼小道,所以帮他。"府尹道:"亏了你是舅舅,所以帮他杀外甥。"知观道:"这是他家的事,与小道无干。"府尹道:"既是亲戚,他告状时你却调停不得?取棺木时你就帮衬有余。却不是你有奸与谋的?这奴才死有余辜!"喝教:"取夹棍来夹起!"严刑拷打,要他招出实情。知观熬不得,一一招了。府尹取了亲笔画供,供称是"西山观知观黄妙修,因奸唆杀是实"。吴氏在庭下看了,只叫得苦。府尹随叫:"取监犯!"把刘达生放将出来。

达生进监时,道府尹说话好,料必不致伤命。及至经过庭下,见是一具簇新的棺木摆着,心里慌了道:"终不成今日当真要打死我?"战兢兢地跪着。只见府尹问道:"你可认得西山观道士黄妙修?"达生见说着就里,假意道:"不认得。"府尹道:"是你仇人,难道不认得?"达生转头看时,只见黄知观被夹坏了,在地下哼,吃了一惊,正不知个甚么缘故。只得叩头道:"爷爷青天神见,小的再不敢说。"府尹道:"我昨日再三问你,你却不肯说出,这还是你孝处。岂知被我一一查出了!"又叫吴氏起来道:"还你一个有尸首的棺材。"吴氏心里还认做打儿子,只见府尹喝叫:"把黄妙修拖翻,加力行杖。"打得肉绽皮开,看看气绝。叫几个禁子,将来带活放在棺中,用钉钉了。吓得吴氏面如土色,战抖抖的牙齿捉对儿厮打。

府尹看钉了棺材,就喝吴氏道:"你这淫妇!护了奸夫,忍杀亲子,这样人留你何用?也只是活敲死你。皂隶拿下去,着实打!"皂隶似鹰拿燕雀,把吴氏向阶下一摔。正待用刑,那刘达生见要打娘,慌忙走去横眠在娘的背上了,口里连连喊道：“小的代打！小的代打！”皂隶不好行杖，添几个走来，着力拖开。达生只是吊紧了娘的身子大哭不放。府尹看见如此真切，叫皂隶且住了。唤达生上来道：“你母亲要杀你，我就打他几下，你正好出气，如何如此护他？”达生道：“生身之母，怎敢记仇？况且爷爷不责小的不孝，反责母亲，小的至死心里不安。望爷爷台鉴！”叩头不止。府尹唤吴氏起来，道：“本该打死你，看你儿子分上，留你性命。此后要去学好，倘有再犯，必不饶你。”吴氏起初见打死了道士，心下也道是自己不得活了；见儿子如此要替，如此讨饶，心里悲伤，还不知怎地。听得府尹如此分付，念着儿子好处，不觉掉下泪来，对府尹道：“小妇人该死，负了亲儿。今后情愿守着儿子成人，再不敢非为了。”府尹道：“你儿子是个成器的，不消说。吾正待表扬其孝。”达生叩头道：“若如此，是显母之失，以章己之名，小的至死不敢。”吴氏见儿子说罢，母子两个就在府堂上相抱了，大哭一场。府尹发放回家去了。

随出票唤西山观黄妙修的本房道众来领尸棺。观中已晓得这事，推那太素、太清两个道童出来。公人领了他进府堂。府尹抬眼看时，见是两个美丽少年，心里道：“这些出家人，引诱人家少年子弟，遂其淫欲。这两个美貌的，他日必更累人家妇女出丑。”随唤公人押令两个道童领棺埋讫，即令还归俗家父母，永远不许入观，讨了收管回话。其该观道士另行申敕，不题。

且说吴氏同儿子归家，感激儿子不尽。此后把他看待得好了。儿子也自承颜顺旨，不敢有违，再无说话。又且道士已死，道童已散，吴氏无奈，也只得收了心过日。只是思想前事，未免悒悒不快，又有些惊悸成病，不久而死。刘达生将二亲合葬已毕，孝满了，娶了一房媳妇，且是夫妻相敬，门风肃然。已后出去求名，却又得府尹李杰一力抬举，仕宦而终。

再说那太素、太清当日押出，两个一路上共话此事。太清道：“我昨夜梦见老君对我道：‘你师父道行非凡，我与他一个官做，你们可与他领了。’我心里想来，师父如此胡行，有甚道行？且那里有官得与他做，却叫我们领？谁知今日府中叫去领棺木？却应在这个棺上了。”太素道：“师父受用得多了，死不为枉。只可惜师父没了，连我们也断了这路。”太清道：“师父就在，你我也只好干咽唾。”太素道：“我倒不干，已略略沾些滋味了。”便将前情一一说与太清知道。太清道：“一同跟师父，偏你打了偏手。而今喜得还了俗，大家寻个老小解解馋罢了。”两个商量，共将师父尸棺安在祖代道茔上了，各自还俗。

太素过了几时，想着吴氏前日之情，业心不断，再到刘家去打听，乃知吴氏已死，好生感伤。此后恍恍惚惚，合眼就梦见吴氏来与他交感，又有时梦见师父来争风。染成遗精梦泄痨瘵之病，未几身死。太清此时已自娶了妻子，闻得太素之死，自叹道："今日方知道家不该如此破戒。师父胡做，必致杀身，太素略染，也得病死。还亏我当日侥幸，不曾有半点事，若不然时，我也一向做枉死之鬼了。"自此安守本分，为良民而终。可见报应不爽。这本话文，凡是道流，俱该猛省！

后人有诗咏着黄妙修云：

> 西山符箓最高强，能摄生人岂度亡？
> 直待盖棺方事定，元来魔祟在裈裆。

又有诗咏着吴氏云：

> 腰间伏剑岂虚词，贪着奸淫欲杀儿。
> 妖道捐生全为此，即同手刃亦何疑！

又有诗咏着刘达生云：

> 不孝由来是逆伦，堪怜难处在天亲。
> 当堂不肯分明说，始信孤儿大孝人。

又有诗咏着太素、太清二道童云：

> 后庭本是道家妻，又向闺房作媚姿。
> 毕竟无侵能幸脱，一时染指岂便宜？

又有诗单赞李杰府尹明察云：

> 黄堂太尹最神明，忤逆加诛法不轻。
> 偏为鞠奸成反案，从前不是浪施刑。

卷 十 八

丹客半黍九还　富翁千金一笑

诗曰：

> 破布衫巾破布裙，逢人惯说会烧银。
>
> 自家何不烧些用？担水河头卖与人。

这四句诗，乃是国朝唐伯虎解元所作。世上有这一伙烧丹炼汞之人，专一设立圈套，神出鬼没，哄那贪夫痴客道：能以药草炼成丹药，铅铁为金，死汞为银，名为"黄白之术"，又叫得"炉火之事"。只要先将银子为母，后来觑个空儿，偷了银子便走，叫做"提罐"。曾有一个道人将此术来寻唐解元，说道："解元仙风道骨，可以做得这件事。"解元贬驳他道："我看你身上蓝缕，你既有这仙术，何不烧些来自己用度，却要作成别人？"道人道："贫道有的是术法，乃造化所忌；却要寻个大福气的，承受得起，方好与他作为。贫道自家却没这些福气，所以难做。看见解元正是个大福气的人，来投合伙，我们术家，叫做'访外护'。"唐解元道："这等与你说过：你的法术施为，我一些都不管，我只管出着一味福气帮你。等丹成了，我与你平分便是。"道人见解元说得蹊跷，晓得是奚落他，不是主顾，飘然而去了。所以唐解元有这首诗，也是点明世人的意思。

却是这伙里的人，更有花言巧语，如此说话说他不倒的。却是为何？他们道："神仙必须度世，妙法不可自私。必竟有一种具得仙骨、结得仙缘的，方可共炼共修，内丹成，外丹亦成。"有这许多好说话。这些说话，何曾不是正理？就是炼丹，何曾不是仙法？却是当初仙人留此一种丹砂化黄金之法，只为要广济世间的人。尚且纯阳吕祖虑他五百年后复还原质，误了后人，原不曾说道与你置田买产，蓄妻养子，帮做人家的。只如杜子春遇仙，在云台观炼药将成，寻他去做"外护"，只为一点爱根不断，累他丹鼎飞败。如今这些贪人，拥着娇妻美妾，求田问舍，损人肥己，掂斤播两，何等肚肠！寻着一伙酒肉道人，指望炼成了丹，要受用一世，遗之子孙，岂不痴了？只叫他把"内丹成，外丹亦成"这两句想一想，难道是掉起内养工夫，单单弄那银子的？只这点念头,也就万万无有炼得丹成的事了。看官,你道小子说到此际,随你愚人,也该醒悟这件事没影响,做不得的。却是这件事,偏是天下一等聪明的,要落在圈套里,不知何故!

今小子说一个松江富翁,姓潘,是个国子监监生。胸中广博,极有口才,也是一个有意思的人。却有一件癖性,酷信丹术。俗语道:"物聚于所好。"果然有了此好,方士源源而来。零零星星,也弄掉了好些银子,受过了好些丹客的骗。他只是一心不悔,只说无缘,遇不着好的。从古有这家法术,岂有做不来的事?毕竟有一日弄成了,前边些小所失,何足为念?把这事越弄得紧了。这些丹客,我传与你,你传与我,远近尽闻其名。左右是一伙的人,推班出色,没一个不思量骗他的。

一日秋间,来到杭州西湖上游赏,赁一个下处住着。只见隔壁园亭上歇着一个远来客人,带着家眷,也来游湖。行李甚多,仆从齐整。那女眷且是生得美貌,打听来是这客人的爱妾。日日雇了天字一号的大湖船,摆了盛酒,吹弹歌唱俱备。携了此妾下湖,浅斟低唱,觥筹交举。满桌摆设酒器,多是些金银异巧式样,层见迭出。晚上归寓,灯火辉煌,赏赐无算。潘富翁在隔壁寓所,看得呆了,想道:"我家里也算是富的,怎能够到得他这等挥霍受用?此必是个陶朱、猗顿之流,第一等富家了。"心里艳慕,渐渐教人通问,与他往来相拜,通了姓名,各道相慕之意。

富翁乘间问道:"吾丈如此富厚,非人所及。"那客人谦让道:"何足挂齿!"富翁道:"日日如此用度,除非家中有金银高北斗,才能象意;不然,也有尽时。"客人道:"金银高北斗,若只是用去,要尽也不难。须有个用不尽的法儿。"富翁见说,就有些着意了,问道:"如何是用不尽的法?"客人道:"造次之间,不好就说得。"富翁道:"毕竟要请教。"客人道:"说来吾丈未必解,也未必信。"富翁见说得跷蹊,一发殷勤求恳,必要见教。客人屏去左右从人,附耳道:"吾有'九还丹',可以点铅汞为黄金。只要炼得丹成,黄金与瓦砾同耳,何足贵哉?"富翁见说是丹术,一发投其所好,欣然道:"原来吾丈精于丹道,学生于此道最是心契,求之不得。若吾丈果有此术,学生情愿倾家受教。"客人道:"岂可轻易传得?小小试看,以取一笑则可。"便教小童炽起炉炭,将几两铅汞熔化起来。身边腰袋里摸出一个纸包,打开来都是些药末,就把小指甲挑起一些些来,弹在罐里,倾将出来,连那铅汞不见了,都是雪花也似的好银。看官,你道药末可以变化得铜铅做银,却不是真法了? 元来这叫得"缩银之法",他先将银子用药炼过,专取其精,每一两直缩做一分少些。今和铅汞在火中一烧,铅汞化为青气去了,遗下糟粕之质,见了银精,尽化为银。不知原是银子的原分量,不曾多了一些。丹客专以此术哄人,人便死心塌地信他,道是真了。

富翁见了,喜之不胜,道:"怪道他如此富贵受用! 原来银子如此容易。我炼了许多时,只有折了的;今番有幸遇着真本事的了,是必要求他去替我炼一炼则个。"遂问客人道:"这药是如何炼成的?"客人道:"这叫做母银生子。先将银子为母,不拘多少,用药锻炼,养在鼎中。须要九转,火候足了,先生了黄芽,又结成白雪。启炉时,就扫下这些丹头来。只消一黍米大,便点成黄金白银。那母银仍旧分毫不亏的。"富翁道:"须得多少母银?"客人道:"母银越多,丹头越精。若炼得有半合许丹头,富可敌国矣。"富翁道:"学生家事虽寒,数千之物还尽可办。若肯不吝大教,拜迎到家下,点化一点化,便是生平愿足。"客人道:"我术不易传人,亦不轻与人烧炼。今观吾丈虔心,又且骨格有些道气,难得在此联寓,也是前缘,不妨为吾丈做一做。但见教高居何处,异日好来相访。"富翁道:"学生家居松江,离此处只有两三日路程。老丈若肯光临,即此收拾,同到寒家便是。若此间别去,万一后会不偶,岂不当面错过了?"客人道:"在下是中州人,家有老母在堂,因慕武林山水佳胜,携了小妾,到此一游。空身出来,游资所需,只在炉火,所以乐而忘返。今遇吾丈知音,不敢自秘。但直须带了小妾回家安顿,兼就看看老母,再赴吾丈之期,未为迟也。"富翁道:"寒舍有别馆园亭,可贮尊眷。何不就同携到彼住下,一边做事,岂不两便? 家下虽是看待不周,决不至有慢尊客,使尊眷有不安之理。只求慨然俯临,深感厚情。"客人方才点头道:"既承吾丈如此真切,容与小妾说过,商量收拾起行。"

富翁不胜之喜,当日就写了请帖,请他次日下湖饮酒。到了明日,殷殷勤勤,接到船上,备将胸中学问,你夸我逞,谈得津津不倦,只恨相见之晚,宾主尽欢而散。又送着一桌精洁酒肴,到隔壁园亭上去,请那小娘子。来日客人答席,分外丰盛。酒器家伙都是金银,自不必说。两人说得好着,游兴既阑,约定同到松江。在关前雇了两个大船,尽数搬了行李下去,一路相傍同行。那小娘子在对船舱中,隔帘时露半面。富翁偷眼看去,果然生得丰姿美艳,体态轻盈。只是：

> 盈盈一水间，脉脉不得语。

又裴航赠同舟樊夫人诗云：

> 同舟吴越犹怀想，况遇天仙隔锦屏。

> 但得玉京相会去，愿随鸾鹤入青冥。

此时富翁在隔船，望着美人，正同此景，所恨无一人通音问耳。

话休絮烦，两只船不一日至松江。富翁已到家门首，便请丹客上岸。登堂献茶已毕，便道："此是学生家中，往来人杂不便。离此一望之地，便是学生庄舍，就请尊眷同老丈至彼安顿，学生也到彼外厢书房中宿歇。一则清净，可以省烦杂；二则谨密，可以动炉火。尊意如何？"丹客道："炉火之事，最忌俗器，又怕被外人触犯。况又小妾在身伴，一发宜远外人。若得在贵庄住止，行事最便了。"富翁便指点移船到庄边来，自家同丹客携手步行。来到庄门口，门上一匾，上写"涉趣园"三字。进得园来，但见：

> 古木干霄，新篁夹境。榱题虚敞，无非是月榭风亭；栋宇幽深，饶有那曲房邃室。叠叠假山数仞，可藏太史之书；层层岩洞几重，疑有仙人之篆。若还奏曲能招凤，在此观棋必烂柯。

丹客观玩园中景致，欣然道："好个幽雅去处，正堪为修炼之所，又好安顿小妾，在下便可安心与吾丈做事了。看来吾丈果是有福有缘的。"富翁就叫人接了那小娘子起来，那小娘子乔妆了，带着两个丫头，一个唤名春云，一个唤名秋月，摇摇摆摆，走到园亭上来。富翁欠身回避，丹客道："而今是通家了，就等小妾拜见不妨。"就叫那小娘子与富翁相见了。富翁对面一看，真个是沉鱼落雁之容，闭月羞花之貌。天下凡是有钱的人，再没一个不贪财好色的。富翁此时好象雪狮子向火，不觉软瘫了半边，炼丹的事又是第二着了。便对丹客道："园中内室尽宽，凭尊嫂拣个象意的房子住下了。人少时，学生还再去唤几个妇女来伏侍。"丹客就同那小娘子去看内房了。

富翁急急走到家中，取了一对金钗，一双金手镯，到园中奉与丹客道："些小薄物，奉为尊嫂拜见之仪。望勿嫌轻鲜。"丹客一眼估去，见是金的，反推辞道："过承厚意，只是黄金之物，在下颇为易得，老丈实为重费，于心不安，决不敢领。"富翁见他推辞，一发不过意道："也知吾丈不希罕此些微之物，只是尊嫂面上，略表芹意，望吾丈鉴其诚心，乞赐笑留。"丹客道："既然这等美情，在下若再推托，反是自外了。只得权且收下，容在下竭力炼成丹药，奉报厚惠。"笑嘻嘻走入内房，叫个丫头捧了进去，又叫小娘子出来，再三拜谢。富翁多见得一番，就破费这些东西，也是心安意肯的。口里不说，心中想道："这个人有此丹法，又有此美姬，人生至此，可谓极乐。且喜他肯与我修炼，丹成料已有日。只是见放着这等美色在自家庄上，不知可有些缘法否？若一发勾搭得上手，方是心满意足的事。而今拼得献些殷勤，做工夫不着，磨他去，不要性急。且一面打点烧炼的事。"便对丹客道："既承吾丈不弃，我们几时起手？"丹客道："只要有银为母，不论早晚，可以起手。"富翁道："先得多少母银？"丹客道："多多益善，母多丹多，省得再费手脚。"富翁道："这等，打点将二千金下炉便了。今日且偏陪，在家下料理。明日学生搬来，一同做事。"是晚就具酌在园亭上款待过，尽欢而散。又送酒肴内房中去，殷殷勤勤，自不必说。

　　次日，富翁准准兑了二千金，将过园子里来，一应炉器家伙之类，家里一向自有，只要搬将来。富翁是久惯这事的，颇称在行，铅汞药物，一应俱备，来见丹客。丹客道："足见主翁留心，但在下尚有秘妙之诀，与人不同，炼起来便见。"富翁道："正是秘妙之诀，要求相传。"丹客道："在下此丹，名为九转还丹，每九日火候一还，到九九八十一开炉，丹物已成。那时节主翁大福到了。"富翁道："全仗提携则个。"丹客就叫跟来一个家僮，依法动手，炽起炉火，将银子渐渐放将下去，取出丹方与富翁看了，将几件希奇药料放将下去，烧得五色烟起，就同富翁封住了炉。又唤这跟来几个家人分付道："我在此将有三个月日担搁，你们且回去，回复老奶奶一声再来。"这些人只留一二个惯烧炉的在此，其余都依话散去了。

　　从此家人日夜烧炼，丹客频频到炉边看火色，却不开炉。闲了却与富翁清谈，饮酒下棋。宾主相得，自不必说。又时时送长送短到小娘子处讨好，小娘子也有时回敬几件知趣的东西，彼此致意。如是二十余日，忽然一个人，穿了一身麻衣，浑身是汗，闯进园中来。众人看时，却是前日打发去内中的人。见了丹客，叩头大哭道："家里老奶奶没有了，快请回去治丧！"丹客大惊失色，哭倒在地。富翁也一时惊惶，只得从旁劝解道："令堂天年有限，过伤无益，且自节哀。"家人催促道："家中无主，作速起身！"丹客住了哭，对富翁道："本待与主翁完成美事，少尽报效之心，谁知遭此大变，抱恨终天！今势既难留，此事又未终，况是间断不得的，实出两难。小妾虽是女流，随侍在下已久，炉火之候，尽已知些底里，留他在此看守丹炉才好。只是年幼，无人管束，须有好些不便处。"富翁道："学生与老丈通家至交，有何妨碍？只须留下尊嫂在此，此炼丹之所，又无闲杂人来往，学生当唤几个老成妇女，前来陪伴，晚间或是接到拙荆处一同寝处。学生自在园中安歇看守，以待吾丈到来，有何不便？至于茶饭之类，自然不敢有缺。"丹客又踌躇了半晌，说道："今老母已死，方寸乱矣！想古人多有托妻寄子的，既承高谊，只得敬从。留他在此，看看火候。在下回去料理一番，不日自来启炉。如此方得两全其事。"

富翁见说肯留妾，心里恨不得许下了半般的天，满面笑容应承道："若得如此，足见有始有终。"丹客又进去与小娘子说了来因，并要留他在此看炉的话，一一分付。就叫小娘子出来，再见了主翁，嘱托与他了。叮咛道："只好守炉，万万不可私启。倘有所误，悔之无及！"富翁道："万一尊驾来迟，误了八十一日之期，如何是好？"丹客道："九还火候已足，放在炉中多养得几日，丹头愈生得多，就迟些开也不妨的。"丹客又与小娘子说了些衷肠密语，忙忙而去了。

这里富翁见丹客留下了美妾，料他不久必来，丹事自然有成，不在心上。却是趁他不在，亦且同住园中，正好勾搭，机会不可错过。时时亡魂失魄，只思量下手。方在游思妄想，可可的那小娘子叫个丫头春云来道："俺家娘请主翁到丹房看炉。"富翁听得，急整衣巾，忙趋到房前来请道："适才尊婢传命，小子在此伺候尊步同往。"那小娘子啭莺声、吐燕语道："主翁先行，贱妾随后。"只见袅袅娜娜走出房来，道了万福。富翁道："娘子是客，小子岂敢先行？"小娘子道："贱妾女流，怎好僭妄？"推逊了一回，单不扯手扯脚的相让，已自亲面谈唾相接了一回，有好些光景。毕竟富翁让他先走了，两个丫头随着。富翁在后面看去，真是步步生莲花，不由人不动火。来到丹房边，转身对两个丫头说道："丹房忌生人，你们只在外住着，单请主翁进来。"主翁听得，三脚两步跑上前去，同进了丹房。把所封之炉，前后看了一回。富翁一眼估定这小娘子，恨不得寻口水来吞他下肚去，那里还管炉火的青红皂白？可惜有这个烧火的家僮在房，只好调调眼色，连风话也不便说得一句。直到门边，富翁才老着脸皮道："有劳娘子尊步。尊夫不在，娘子回房须是寂寞。"那小娘子口不答应，微微含笑，此番却不推逊，竟自冉冉而去。

富翁愈加狂荡，心里想道："今日丹房中若是无人，尽可撩拨他的。只可惜有这个家僮在内。明日须用计遣开了他，然后约那人同出看炉，此时便可用手脚了。"是夜即分付从人："明日早上备一桌酒饭，请那烧炉的家僮，说道一向累他辛苦了，主翁特地与他浇手。要灌得烂醉方住。"分付已毕，是夜独酌无聊，思量美人只在内室，又念着日间之事，心中痒痒，彷徨不已。乃吟诗一首道：

名园富贵花，移种在山家。

不道栏杆外，春风正自赊。

走至堂中，朗吟数遍，故意要内房里听得。只见内房走出一个丫头秋月来，手捧一盏茶来送道："俺家娘听得主翁吟诗，恐怕口渴，特奉清茶。"富翁笑逐颜开，再三称谢。秋月进得去，只听得里边也朗诵：

名花谁是主？飘泊任春风。

但得东君惜，芳心亦自同。

富翁听罢，知是有意，却不敢造次闯进去。又只听里边关门响，只得自到书房睡了，以待天明。

次日早上，从人依了昨日之言，把个烧火的家僮请了去。他日逐守着炉灶边，原不耐烦，见了酒杯，那里肯放？吃得烂醉，就在外边睡着了。富翁已知他不在丹房了，却走到内房前，自去请看丹炉。那小娘子听得，即便移步出来，一如昨日在前先走。走到丹房门边，丫头仍留在外，止是富翁紧随入门去了。到得炉边看时，不见了烧火的家僮。娘子假意失惊道："如何没人在此，却歇了火？"富翁笑道："只为小子自家要动火，故叫他暂歇了火。"小娘子只做不解道："这火须是断不得的。"富翁道："等小子与娘子坎离交媾，以真火续将起来。"小娘子正色道："炼丹学道之人，如何兴此邪念，说此邪话？"富翁道："尊夫在这里，与小娘子同眠同起，少不得也要炼丹，难道一事不做，只是干夫妻不成？"小娘子无言可答，道："一场正事，如此歪缠！"富翁道："小子与娘子夙世姻缘，也是正事。"一把抱住，双膝跪将下去。小娘子扶起道："拙夫家训颇严，本不该乱做的，承主翁如此殷勤，贱妾不敢自爱，容晚间约着相会一话罢。"富翁道："就此恩赐一欢，方见娘子厚情。如何等得到晚？"小娘子道："这里有人来，使不得。"富翁道："小子专为留心要求小娘子，已着人款住了烧火的了。别的也不敢进来。况且丹房邃密，无人知觉。"小娘子道："此间须是丹炉，怕有触犯，悔之无及。决使不得！"富翁此时兴已勃发，那里还顾什么丹炉不丹炉！只是紧紧抱住道："就是要了小子的性命,也说不得了。只求小娘子救一救！"不由他肯不肯,觏到一只醉翁椅上,扯脱裤儿,就舞将进去,此时快乐,何异登仙。但见：

> 独弦琴一翕一张,无孔箫统上统下。红炉中拨开邪火,玄关内走动真铅。舌搅华池,满口馨香尝玉液；精穿牝屋,浑身酥快吸琼浆。何必丹成入九天？即此魂销归极乐。

两下云雨已毕,整了衣服。富翁谢道："感谢娘子不弃,只是片时欢娱,晚间愿赐通宵之乐。"扑的又跪下去。小娘子急抱起来道："我原许下你晚间的,你自喉急等不得。那里有丹鼎旁边就弄这事起来？"富翁道："错过一时,只恐后悔无及。还只是早得到手一刻,也是见成的了。"小娘子道："晚间还是我到你书房来,你到我卧房来？"富翁道："但凭娘子主见。"小娘子道："我处须有两个丫头同睡,你来不便。我今夜且瞒着他们自出来罢。待我明日叮嘱丫头过了,然后接你进来。"是夜,果然入静后,小娘子走出堂中来,富翁也在那里伺候,接至书房,极尽衾枕之乐。以后或在内,或在外,总是无拘无管。富翁以为天下奇遇,只愿得其夫一世不来,丹炼不成也罢了。

绸缪了十数宵,忽然一日,门上报说："丹客到了。"富翁吃了一惊。接进寒温毕,他就进内房来见了小娘子,说了好些说话。出外来对富翁道："小妾说丹炉不动。而今九还之期已过,丹已成了,正好开看。今日匆匆,明日献过了神启炉罢。"富翁是夜虽不得再望欢娱,却见丹客来了,明日启炉,丹成可望。还赖有此,心下自解自乐。到得明日,请了些纸马福物,祭献了毕,丹客同富翁刚走进丹房,就变色沉吟道："如何丹房中气色恁等的有些诧异？"便就亲手启开鼎炉一看,跌足大惊道："败了,败了！真丹走失,连银母多是糟粕了！此必有做交感污秽之事,触犯了的。"富翁惊得面如土色,不好开言。又见道着真相,一发慌了。丹客懊怒,咬得牙齿吃吃的响,问烧火的家僮道："此房中别有何人进来？"家僮道："只有主翁与小娘子,日日来看一次,别无人敢进来。"丹客道："这等,如何得丹败了？快去叫小娘子来问。"家僮走去,请了出来。丹客厉声道："你在此看炉,做了甚事？丹俱败了！"小娘子道："日日与主翁来看,炉是原封不动的,不知何故。"丹客道："谁说炉动了封？你却动了封了！"又问家僮道："主翁与娘子来时,你也有时节不在此么？"家僮道："止有一日,是主翁怜我辛苦,请去吃饭,多饮了几杯,睡着在外边。只这一日,是主翁与小娘子自家来的。"丹客冷笑道："是了！是了！"忙走去行囊里，抽出一根皮鞭来，对小娘子道："分明是你这贱婢做出事来了！"一鞭打去，小娘子闪过了，哭道："我原说做不得的，主人翁害了奴也！"富翁直着双眼，无言可答，恨没个地洞钻了进去。丹客怒目直视富翁道："你前日受托之时，如何说的？我去不久，就干出这样昧心的事来，元来是狗彘不值的！如此无行的人，如何妄思烧丹炼药？是我眼里不识人。我只是打死这贱婢罢，羞辱门庭，要你怎的！"拿着鞭一赶赶来，小娘子慌忙走进内房。亏得两个丫头拦住，劝道："官人耐性。"每人接了一皮鞭，却把皮鞭摔断了。

　　富翁见他性发，没收场，只得跪下去道："是小子不才，一时干差了事。而今情愿弃了前日之物，只求宽恕罢！"丹客道："你自作自受，你干坏了事，走失了丹，是应得的，没处怨怅。我的爱妾可是与你解馋的？受了你点污，却如何处？我只是杀却了，不怕你不偿命！"富翁道："小子情愿赎罪罢！"即忙叫家人到家中，拿了两个元宝，跪着讨饶。丹客只是佯着眼不瞧道："我银甚易，岂在于此！"富翁只是磕头，又加了二百两道："如今以此数，再娶一位如夫人也勾了。实是小子不才，望乞看平日之面，宽恕尊嫂罢。"丹客道："我本不希罕你银子，只是你这样人，不等你损些己财，后来不改前非。我偏要拿了你的，将去济人也好。"就把三百金拿去，装在箱里了，叫齐了小娘子与家僮、丫头等，急把衣装行李尽数搬出，下在昨日原来的船里，一径出门。口里喃喃骂道："受这样的耻辱！可恨！可恨！"骂詈不止，开船去了。

　　富翁被他吓得魂不附体，恐怕弄出事来。虽是折了些银子，得他肯去，还自道侥幸。至于炉中之银，真个认做触犯了他，丹鼎走败。但自悔道："忒性急了些！便等丹成了，多留他住几时，再图成此事，岂不两美？再不然，不要在丹房里头弄这事，或者不妨，也不见得。多是自己莽撞了，枉自破了财物也罢，只是遇着真法，不得成丹，可惜！可惜！"又自解自乐道："只这一个绝色佳人受用了几时，也是风流话柄，赏心乐事，不必追悔了。"却不知多是丹客做成圈套。当在西湖时，原是打听得潘富翁上杭，先装成这些行径来炫惑他的。及至请他到家，故意要延缓，却象没甚要紧。后边那个人来报丧之时，忙忙归去，已自先把这二千金提了罐去了。留着家小，使你不疑。后来勾搭上场，也都是他教成的计较，把这堆狗屎堆在你鼻头上，等你开不得口，只好自认不是，没工夫与他算账了。那富翁是破财星照，堕其计中。先认他是巨富之人，必有真丹点化,不知那金银器皿都是些铜铅为质,金银汁粘裹成的。酒后灯下,谁把试金石来试?一时不辨,都误认了。此皆神奸诡计也。

富翁遭此一骗,还不醒悟。只说是自家不是,当面错了。越好那丹术不已。一日,又有个丹士到来,与他谈着炉火,甚是投机,延接在家。告诉他道:"前日有一位客人,真能点铁为金,当面试过,他已此替我烧炼了。后来自家有些得罪于他,不成而去,真是可惜。"这丹士道:"吾术岂独不能?"便叫把炉火来试,果然与前丹客无二:些少药末,投在铅汞里头,尽化为银。富翁道:"好了,好了。前番不着,这番着了。"又凑千金与他烧炼。丹士呼朋引类,又去约了两三个帮手来做。富翁见他银子来得容易,放胆大了,一些也不防他。岂知一个晚间,提了罐走了。次日又捞了个空。

富翁此时连被拐去,手内已窘,且怒且羞道:"我为这事费了多少心机,弄了多少年月,前日自家错过,指望今番是了,谁知又遭此一闪?我不问那里寻将去,他不过又往别家烧炼,或者撞得着也不可知。纵不然,或者另遇着真正法术,再得炼成真丹,也不见得。"自此收拾了些行李,东游西走。

忽然一日,在苏州阊门人丛里劈面撞着这一伙人。正待开口发作,这伙人不慌不忙,满面生春,却象他乡遇故知的一般,一把邀了那富翁,邀到一个大酒肆中,一副洁净座头上坐了,叫酒保烫酒取嘎饭来,殷勤谢道:"前日有负厚德,实切不安。但我辈道路如此,足下勿以为怪!今有一法与足下计较,可以偿足下前物,不必别生异说。"富翁道:"何法?"丹士道:"足下前日之银,吾辈得来随手费尽,无可奉偿。今山东有一大姓,也请吾辈烧炼,已有成约。只待吾师到来,才交银举事。奈吾师远游,急切未来。足下若权认作吾师,等他交银出来,便取来先还了足下前物,直如反掌之易!不然,空寻我辈也无干。足下以为何如?"富翁道:"尊师是何人物?"丹士道:"是个头陀。今请足下略剪去了些头发,我辈以师礼事奉,径到彼处便了。"富翁急于得银,便依他剪发做一齐了。彼辈殷殷勤勤,直侍奉到山东。引进见了大姓,说道是他师父来了。大姓致敬,迎接到堂中,略谈炉火之事。富翁是做惯了的,亦且胸中原博,高谈阔论,尽中机宜。大姓深相敬服,是夜即兑银二千两,约在明日起火。只管把酒相劝,吃得酩酊,扶去另在一间内书房睡着。到得天明,商量安炉。富翁见这伙人科派,自家晓得些,也在里头指点。当日把银子下炉烧炼,这伙人认做徒弟守炉。大姓只管来寻师父去请教,攀话饮酒,不好却得。这些人看个空儿,又提了罐,各各走了,单撇下了师父。大姓只道师父在家不妨,岂知早晨一伙都不见了,就拿住了师父,要去送在当官,捉拿余党。富翁只得哭诉道:"我是松江潘某,元非此辈同党。只因性好烧丹,前日被这伙人拐了。路上遇见他,说道在此间烧炼,得来可以赔偿。又替我剪发,叫我装做他师父来的。指望取还前银,岂知连宅上多骗了,又撇我在此?"说罢大哭。大姓问其来历详细,说得对科,果是松江富家,与大姓家有好些年谊的。知被骗是实,不好难为得他,只得放了。一路无了盘缠,倚着头陀模样,沿途乞化回家。

　　到得临清码头上,只见一只大船内,帘下一个美人,揭着帘儿,露面看着街上。富翁看见,好些面染,仔细一认,却是前日丹客所带来的妾,与他偷情的。疑道:"这人缘何在这船上?"走到船边,细细访问,方知是河南举人某公子,包了名娼,到京会试的。富翁心里想道:"难道当日这家的妾毕竟卖了?"又疑道:"敢是面庞相象的?"不离船边,走来走去只管看。忽见船舱里叫个人出来,问他道:"官舱里大娘问:你可是松江人?"富翁道:"正是松江。"又问道:"可姓潘否?"富翁吃了一惊道:"怎晓得我的姓?"只见舱里人说:"叫他到船边来。"富翁走上前去,帘内道:"妾非别人,即前日丹客所认为妾的便是,实是河南妓家。前日受人之托,不得不依他嘱咐的话,替他捣鬼,有负于君。君何以流落至此?"富翁大恸,把连次被拐,今在山东回来之由,诉说一遍。帘内人道:"妾与君不能无情,当赠君盘费,作急回家。此后遇见丹客,万万勿可听信。妾亦是骗局中人,深知其诈。君能听妾之言,是即妾报君数宵之爱也。"言毕,着人拿出三两一封银子来递与他,富翁感谢不尽,只得收了。自此方晓得前日丹客美人之局,包了娼妓做的,今日却亏他盘缠。到得家来,感念其言,终身不信炉火之事。却是头发纷披,亲友知其事者,无不以为笑谈。奉劝世人好丹术者,请以此为鉴:

　　　丹术须先断情欲,尘缘岂许相驰逐?
　　　贪淫若是望丹成,阴沟洞里天鹅肉。

卷 十 九

李公佐巧解梦中言　谢小娥智擒船上盗

赞云：

> 士或巾帼，女或弁冕。
>
> 行不逾阈，谟能致远。
>
> 睹彼英英，惭斯谆谆。

这几句赞，是赞那有智妇人，赛过男子。假如有一种能文的女子，如班婕妤、曹大家、鱼玄机、薛校书、李季兰、李易安、朱淑真之辈，上可以并驾班、扬，下可以齐驱卢、骆。有一种能武的女子，如夫人城、娘子军、高凉洗氏、东海吕母之辈，智略可方韩、白，雄名可赛关、张。有一种善能识人的女子，如卓文君、红拂妓、王浑妻钟氏、韦皋妻母苗氏之辈，俱另具法眼，物色尘埃。有一种报仇雪耻女子，如孙翊妻徐氏、董昌妻申屠氏、庞娥亲、邹仆妇之辈，俱中怀胆智，力歼强梁。又有一种希奇作怪，女扮为男的女子，如秦木兰、南齐东阳娄逞、唐贞元孟妪、五代临邛黄崇嘏，俱以权济变，善藏其用，宦身仕宦，既不被人识破，又能自保其身，多是男子汉未必做得来的，算得是极巧极难的了。而今更说一个遭遇大难、女扮男身、用尽心机、受尽苦楚、又能报仇、又能守志、一个绝奇的女人，真个是千古罕闻。有诗为证：

> 侠概惟推古剑仙，除凶雪恨只香烟。
>
> 谁知估客生奇女，只手能翻两姓冤。

这段话文，乃是唐元和年间，豫章郡有个富人姓谢，家有巨产，隐名在商贾间。他生有一女，名唤小娥，生八岁，母亲早丧。小娥虽小，身体壮硕如男子形。父亲把他许了历阳一个侠士，姓段名居贞。那人负气仗义，交游豪俊，却也在江湖上做大贾。谢翁慕其声名，虽是女儿尚小，却把来许下了他。两姓合为一家，同舟载货，往来吴楚之间。两家弟兄、子侄、童仆等众，约有数十余人，尽在船内。贸易顺济，辎重充盈。如是几年，江湖上多晓得是谢家船，昭耀耳目。

此时小娥年已十四岁，方才与段居贞成婚。未及一月，忽然一日，舟行至鄱阳湖口,遇着几只江洋大盗的船,各执器械,团团围住。为头的两人,当先跳过船来,先把谢翁与段居贞一刀一个,结果了性命。以后众人一齐动手,排头杀去。总是一个船中,躲得在那里? 间有个把慌忙奔出舱外,又被盗船上人拿去杀了。或有得跳在水中,只好图得个全尸,湖水溜急,总无生理。谢小娥还亏得溜撒,乘众盗杀人之时,忙自去撑在舵上,一个失脚,跌下水去了。众盗席卷舟中财宝金帛一空,将死尸尽抛在湖中,弃船而去。

小娥在水中漂流,恍惚之间,似有神明护持,流到一只渔船边。渔人夫妻两个,捞救起来,见是一个女人,心头尚暖,知是未死,拿几件破衣破袄,替他换下湿衣,放在舱中眠着。小娥口中泛出无数清水,不多几时,醒将转来。见身在渔船中,想着父与夫被杀光景,放声大哭。渔翁夫妇问其缘故,小娥把湖中遇盗、父夫两家人口尽被杀害情由,说了一遍。原来谢翁与段侠士之名著闻江湖上,渔翁也多曾受他小惠过的,听说罢,不胜惊异,就权留他在船中。调理了几日,小娥觉得身子好了。他是个点头会意的人,晓得渔船上生意淡薄,便想道:“我怎好搅扰得他? 不免辞谢了他,我自上岸,一路乞食,再图安身立命之处。”

小娥从此别了渔翁夫妇,沿途抄化。到建业上元县,有个妙果寺,内是尼僧。有个住持叫净悟,见小娥言语伶俐,说着遭难因由,好生哀怜,就留他在寺中,心里要留他做个徒弟。小娥也情愿出家,道:“一身无归,毕竟是皈依佛门,可了终身。但父夫被杀之仇未复,不敢便自落发,且随缘度日,以待他年再处。”小娥自此日间在外乞化,晚间便归寺中安宿。晨昏随着净悟做功果,稽首佛前,心里就默祷,祈求报应。

只见一个夜间,梦见父亲谢翁来对他道:“你要晓得杀我的人姓名,有两句谜语,你牢牢记着:‘车中猴,门东草。’”说罢,正要再问,父亲撒手而去。大哭一声,飒然惊觉。梦中这语,明明记得,只是不解。隔得几日,又梦见丈夫段居贞来对他说:“杀我的人姓名,也是两句谜语:‘禾中走,一日夫’。”小娥连得了两梦,便道:“此是亡灵未泯,故来显应。只是如何不竟把真姓名说了,却用此谜语? 想是冥冥之中,天机不可轻泄,所以如此。如今既有这十二字谜语,必有一个解说。虽然我自家不省得,天下岂少聪明的人? 不问好歹,求他解说出来。”

遂走到净悟房中,说了梦中之言。就将一张纸,写着十二字,藏在身边了。对净悟道:"我出外乞食,逢人便拜求去。"净悟道:"此间瓦官寺有个高僧,法名齐物,极好学问,多与官员士大夫往来。你将此十二字,到彼求他一辨,他必能参透。"小娥依言,径到瓦官寺求见齐公。稽首毕,便道:"弟子有冤在身,梦中得十二字谜语,暗藏人姓名,自家愚懵,参解不出,拜求老师父解一解。"就将袖中所书一纸,双手递与齐公。齐公看了,想着一会,摇首道:"解不得,解不得。但老僧此处来往人多,当记着在此,逢人问去。倘遇有高明之人解得,当以相告。"小娥又稽首道:"若得老师父如此留心,感谢不尽。"自此谢小娥沿街乞化,逢人便把这几句请问。齐公有客来到,便举此谜相商;小娥也时时到寺中问齐公消耗。如此多年,再没一个人解得出。说话的,若只是这样解不出,那两个梦不是枉做了? 看官,不必性急,凡事自有个机缘。此时谢小娥机缘未到,所以如此。机缘到来,自然遇着巧的。

却说元和八年春,有个洪州判官李公佐,在江西解任,扁舟东下,停泊建业,到瓦官寺游耍。僧齐物一向与他相厚,出来接陪了,登阁眺远,谈说古今。语话之次,齐公道:"檀越博闻闳览,今有一谜语,请檀越一猜!"李公佐笑道:"吾师好学,何至及此稚子戏?"齐公道:"非是作戏,有个缘故。此间孀妇谢小娥示我十二字谜语,每来寺中求解,说道中间藏着仇人名姓。老僧不能辨,遍示来往游客,也多懵然,已多年矣。故此求明公一商之。"李公佐道:"是何十二字? 且写出来,我试猜看。"齐公就取笔把十二字写出来,李公佐看了一遍道:"此定可解,何至无人识得?"遂将十二字念了又念,把头点了又点,靠在窗槛上,把手在空中画了又画。默然凝想了一会,拍手道:"是了,是了! 万无一差。"齐公速要请教,李公佐道:"且未可说破,快去召那个孀妇来,我解与他。"齐公即叫行童到妙果寺,寻将谢小娥来。齐公对他道:"可拜见了此间官人。此官人能解谜语。"小娥依言,上前拜见了毕。公佐开口问道:"你且说你的根由来。"小娥呜呜咽咽哭将起来,好一会说话不出。良久,才说道:"小妇人父及夫,俱为江洋大盗所杀。以后梦见父亲来说道:'杀我者,车中猴,门东草。'又梦见夫来说道:'杀我者,禾中走,一日夫。'自家愚昧,解说不出。遍问旁人,再无能省悟。历年已久,不识姓名,报冤无路,衔恨无穷!"说罢又哭。李公佐笑道:"不须烦恼。依你所言,下官俱已审详在此了。"小娥住了哭,求明示。李公佐道:"杀汝父者,是申兰,杀汝夫者,是申春。"小娥道:"尊官何以解之?"李公佐道:"'车中猴','车'中去上下各一画,是'申'字;申属猴,故曰

‘车中猴'。‘艸'下有‘门',‘门'中有‘东',乃‘蘭'字也。又‘禾中走'是穿田过;‘田'出两头,亦是‘申'字也。‘一日夫'者,‘夫'上更一画,下一‘日',是‘春'字也。杀汝父,是申蘭;杀汝夫,是申春。足可明矣,何必更疑?"

齐公在旁听解罢,抚掌称快道:"数年之疑,一旦豁然,非明公聪鉴盖世,何能及此?"小娥愈加恸哭道:"若非尊官,到底不晓仇人名姓,冥冥之中,负了父夫。"再拜叩谢。就向齐公借笔来,将"申蘭、申春"四字写在内襟一条带子上了,拆开里面,反将转来,仍旧缝好。李公佐道:"写此做甚?"小娥道:"既有了主名,身虽女子,不问那里,誓将访杀此二贼,以复其冤!"李公佐向齐公叹道:"壮哉!壮哉!然此事却非容易。"齐公道:"‘天下无难事,只怕有心人。'此妇坚忍之性,数年以来,老僧颇识之,彼是不肯作浪语的。"小娥因问齐公道:"此间尊官姓氏宦族,愿乞示知,以识不忘。"齐公道:"此官人是江西洪州判官李二十三郎也。"小娥再三顶礼念诵,流涕而去。李公佐阁上饮罢了酒,别了齐公,下船解缆,自往家里。

话分两头。却说小娥自得李判官解辨二盗姓名,便立心寻访。自念身是女子,出外不便,心生一计,将累年乞施所得,买了衣服,打扮作男子模样,改名谢保。又买了利刀一把,藏在衣襟底下。想道:"在湖里遇的盗,必是原在江湖上走,方可探听消息。"日逐在埠头伺候,看见船上有雇人的,就随了去,佣工度日。在船上时,操作勤紧,并不懈怠,人都喜欢雇他。他也不拘一个船上,是雇着的便去。商船上下往来之人,看看多熟了。水火之事,小心谨秘,并不露一毫破绽出来。但是船到之处,不论那里,上岸挨身察听体访。如此年余,竟无消耗。

一日,随着一个商船到浔阳郡,上岸行走,见一家人家竹户上有纸榜一张,上写道:"雇人使用,愿者来投。"小娥问邻居之人:"此是谁家要雇工人?"邻人答应:"此是申家,家主叫做申蘭,是申大官人。时常要到江湖上做生意,家里止是些女人,无个得力男子看守,所以雇唤。"小娥听得"申蘭"二字,触动其心,心里便道:"果然有这个姓名!莫非正是此贼?"随对邻人说道:"小人情愿投赁佣工,烦劳引进则个。"邻人道:"申家急缺人用,一说便成的。只是要做个东道谢我。"小娥道:"这个自然。"

邻人问了小娥姓名地方,就引了他,一径走进申家。只见里边踱出一个人来,你道生得如何?但见:

区兜怪脸,尖下颏,生几茎黄须;突兀高颧,浓眉毛,压一双赤眼。出言如虎啸,声撼半天风雨寒;行步似狼奔,影摇千尺龙蛇动。远观是丧船上方相,近觑乃山门外金刚。

小娥见了吃了一惊,心里道:"这个人岂不是杀人强盗么?"便自十分上心。只见邻人道:"大官人要雇人,这个人姓谢名保,也是我们江西人,他情愿投在大官人门下使唤。"申兰道:"平日作何生理的?"小娥答应道:"平日专在船上趁工度日,埠头船上多有认得小人的。大官人去问问看就是。"申兰家离埠头不多远,三人一同走到埠头来。问问各船上,多说着谢保勤紧小心、志诚老实许多好处。申兰大喜。小娥就在埠头一个认得的经纪家里,借着纸墨笔砚,自写了佣工文契,将邻人做了媒人,交与申兰收着。申兰就领了他,同邻人到家里来,取酒出来请媒,就叫他陪待。小娥就走到厨下,掇长掇短,送酒送肴,且是熟分。申兰取出二两工银,先交与他了。又取二钱银子,做了媒钱。小娥也自梯己秤出二钱来,送那邻人。邻人千欢万喜,作谢自去了。申兰又领小娥去见了妻子兰氏。自此小娥只在申兰家里佣工。

小娥心里看见申兰动静,明知是不良之人,想着梦中姓名,必然有据,大分是仇人。然要哄得他喜欢亲近,方好探其真确,乘机取事。故此千唤千应,万使万当,毫不逆着他一些事故。也是申兰冤业所在,自见小娥,便自分外喜欢。又见他得用,日加亲爱,时刻不离左右,没一句说话不与谢保商量,没一件事体不叫谢保营干,没一件东西不托谢保收拾,已做了申兰贴心贴腹之人。因此,金帛财宝之类,尽在小娥手中出入。看见旧时船中掠去锦绣衣服、宝玩器具等物,都在申兰家里。正是:见鞍思马,睹物思人。每遇一件,常自暗中哭泣多时。方才晓得梦中之言有准,时刻不忘仇恨。却又怕他看出,愈加小心。

又听得他说有个堂兄弟叫做二官人,在隔江独树浦居住。小娥心里想道:"这个不知可是申春否?父梦既应,夫梦必也不差。只是不好问得姓名,怕惹疑心。如何得他到来,便好探听。"却是小娥自到申兰家里,只见申兰口说要到二官人家去,便去了经月方回,回来必然带好些财帛归家,便分付交与谢保收拾,却不曾见二官人到这里来。也有时口说要带谢保同去走走,小娥晓得是做私商勾当,只推家里脱不得身;申兰也放家里不下,要留谢保看家,再不提起了。但是出外去,只留小娥与妻兰氏,与同一两个丫鬟看守,小娥自在外厢歇宿照管。若是蔺氏有甚差遣,无不遵依停当。合家都喜欢他,是个万全可托得力的人了。说话的,你差了。小娥既是男扮了,申蘭如何肯留他一个寡汉伴着妻子在家?岂不疑他生出不伶俐事来?看官,又有一说。申蘭是个强盗中人,财物为重,他们心上有甚么闺门礼法?况且小娥有心机,申蘭平日毕竟试得他老实头,小心不过的,不消虑得到此。所以放心出去,再无别说。

且说小娥在家多闲,乘空便去交结那邻近左右之人,时时买酒买肉,破费钱钞在他们身上。这些人见了小娥,无不喜欢契厚的。若看见有个把豪气的,能事了得的,更自十分倾心结纳,或周济他贫乏,或结拜做弟兄,总是做申蘭这些不义之财不着。申蘭财物来得容易,又且信托他的,那里来查他细帐?落得做人情。小娥又报仇心重,故此先下工夫,结识这些党羽在那里。只为未得申春消耗,恐怕走了风,脱了仇人。故此申蘭在家时,几番好下得手,小娥忍住不动,且待时至而行。

如此过了两年有多。忽然一日,有人来说:"江北二官人来了。"只见一个大汉同了一伙拳长臂大之人,走将进来,问道:"大哥何在?"小娥应道:"大官人在里面,等谢保去请出来。"小娥便去对申蘭说了。申蘭走出堂前来道:"二弟多时不来了,甚风吹得到此?况且又同众兄弟来到,有何话说?"二官人道:"小弟申春,今日江上获得两个二十斤来重的大鲤鱼,不敢自吃,买了一坛酒,来与大哥同享。"申蘭道:"多承二弟厚意。如此大鱼,也是罕物!我辈托神道福祐多年,我意欲将此鱼此酒,再加些鸡肉果品之类,赛一赛神,以谢覆庇,然后我们同散福受用方是。不然只一味也不好下酒。况列位在此,无有我不破钞,反吃白食的。二弟意下如何?"众人都拍手道:"有理,有理。"申蘭就叫谢保过来见了二官人,道:"这是我家雇工,极是老实勤紧可托的。"就分付他,叫去买办食物。小娥领命走出,一霎时就办得齐齐整整,摆列起来。申春道:"此人果是能事,怪道大哥出外,放得家里下,元来有这样得力人在这里。"众人都赞叹一番。申蘭叫谢保把福物摆在一个养家神道前了。申春道:"须得写众人姓名,通诚一番。我们几个都识字不透,这事却来不得。"申蘭道:"谢保写得好字。"申春道:"又会写字,难得,难得。"小娥就走去,将了纸笔,排头写来,少不得申蘭、申春为首,其余各报将名来,一个个写。小娥一头写着,一头记着,方晓得果然这个叫得申春。

献神已毕，就将福物收去整理一整理，重新摆出来。大家欢哄饮啖，却不提防小娥是有心的，急把其余名字一个个都记将出来，写在纸上，藏好了。私自叹道："好个李判官！精悟玄鉴，与梦语符合如此！此乃我父夫精灵不泯，天启其心。今日仇人都在，我志将就了。"急急走来伏侍，只拣大碗频频斟与蘭、春二人。二人都是酒徒，见他如此殷勤，一发喜欢，大碗价只顾吃了，那里猜他有甚别意？天色将晚，众贼俱已酣醉。各自散去。只有申春留在这里过夜，未散。小娥又满满斟了热酒，奉与申春道："小人谢保，到此两年，不曾伏侍二官人，今日小人借花献佛，多敬一杯。"又斟一杯与申蘭道："大官人请陪一陪。"申春道："好个谢保，会说会劝！"申蘭道："我们不要辜负他孝敬之意，尽量多饮一杯才是。"又与申春说谢保许多好处。小娥谦称一句，就献一杯，不干不住。两个被他灌得十分酩酊。元来江边苦无好酒，群盗只吃的是烧刀子；这一坛是他们因要尽兴，买那真正滴花烧酒，是极狠的。况吃得多了，岂有不醉之理？

申蘭醉极苦热，又走不动了，就在庭中袒了衣服眠倒了。申春也要睡，还走得动，小娥就扶他到一个房里，床上眠好了。走到里面看时，元来蘭氏在厨下整酒时，闻得酒香扑鼻，因吃夜饭，也自吃了碗把。两个丫头递酒出来，各各偷些尝尝。女人家经得多少浓味？一个个伸腰打盹，却象着了孙行者瞌睡虫的。小娥见如此光景，想道："此时不下手，更待何时？"又想道："女人不打紧，只怕申春这厮未睡得稳，却是利害。"就拿把锁，把申春睡的房门锁好了。走到庭中，衣襟内拔出佩刀，把申蘭一刀断了他头。欲待再杀申春，终究是女人家，见申春起初走得动，只怕还未甚醉，不敢轻惹他。忙走出来邻里间，叫道："有烦与我出力，拿贼则个！"邻人多是平日与他相好的，听得他的声音，多走将拢来，问道："贼在那里？我们帮你拿去。"小娥道："非是小可的贼，乃江洋杀人的大强盗，赃仗都在。今被我灌醉，锁住在房中，须赖人力擒他。"小娥平日结识的，好些好事的人在内，见说是强盗，都摩拳擦掌道："是甚么人？"小娥道："就是小人的主人与他兄弟，惯做强盗。家中货财千万，都是赃物。"内中也有的道："你在他家中，自然知他备细不差；只是没有被害失主，不好卤莽得。"小娥道："小人就是被害失主。小人父亲与一个亲眷，两家数十口，都被这伙人杀了。而今家中金银器皿上，还有我家名字记号，须认得出。"一个老成的道："此话是真。那申家踪迹可疑，身子常不在家，又不做生理，却如此暴富。我们只是不查得他的实迹，又怕他凶暴，所以不敢发觉。今既有谢小哥做证，我们助他一臂，擒他兄弟两个送官，等他当官追究为是。"小娥道："我已手杀一人，只须列位助擒得一个。"众人见说已杀了一人，晓得事体必要经官，又且与小娥相好的多，恨申兰的也不少，一齐点了火把，望申家门里进来，只见申兰已挺尸在血泊里。开了房门，申春鼾声如雷，还在睡梦。众人把索子捆住，申春还挣扎道："大哥不要取笑。"众人骂他："强盗！"他兀自未醒。众人捆好了，一齐闯进内房来。那兰氏饮酒不多，醒得快。惊起身来，见了众人火把，只道是强盗来了，口里道："终日去劫人，今日却有人来打劫了。"众人听得，一发道是谢保之言为实。喝道："胡说！谁来打劫你家？你家强盗事发了。"也把兰氏与两个丫鬟拴将起来。兰氏道："多是丈夫与叔叔做的事，须与奴家无干。"众人道："说不得，自到当官去对。"此时小娥恐人多抢散了赃物，先已把平日收贮之处安顿好了，锁闭着。明请地方加封，告官起发。

　　闹了一夜，明日押进浔阳郡来。浔阳太守张公开堂，地方人等解到一干人犯。小娥手执首词，首告人命强盗重情。此时申春宿酒已醒，明知事发，见对理的却是谢保，晓得哥哥平日有海底眼在他手里，却不知其中就里，乱喊道："此是雇工人背主，假捏出来的事。"小娥对张太守指着申春道："他兄弟两个为首，十年前杀了豫章客谢、段二家数十人，如何还要抵赖？"太守道："你敢在他家佣工，同做此事，而今待你有些不是处，你先出首了么？"小娥道："小人在他家佣工，止得二年。此是他十年前事。"太守道："这等，你如何晓得？有甚凭据？"小娥道："他家中所有物件，还有好些是谢、段二家之物，即此便是凭据。"太守道："你是谢家何人？却认得是？"小娥道："谢是小人父家，段是小人夫家。"太守道："你是男子，如何说是夫家？"小娥道："爷爷听禀：小妇人实是女人，不是男子。只因两家都被二盗所杀，小妇人撺入水中，遇救得活。后来父、夫托梦，说杀人姓名乃是十二个字谜，解说不出。遍问识者，无人参破。幸有洪州李判官，解得是申兰、申春。小妇人就改妆作男子，遍历江湖，寻访此二人。到得此郡，有出榜雇工者，问是申兰，小妇人有心，就投了他家。看见他出没踪迹，又认识旧物，明知他是大盗，杀父的仇人。未见申春，不敢动手。昨日方才回来饮酒，故此小妇人手刃了申兰，叫破地方同擒了申春。只此是实。"太守见说得希奇，就问道："那十二字谜语如何的？"小娥把十二字念了一遍。太守道："如何就是申兰、申春？"小娥又把李公佐所解之言，照前述了一遍。太守连连点头道:"是,是,是。快哉李君,明悟若此!他也与我有交,这事是真无疑。但你既是女人扮作男子,非止一日,如何得不被人看破?"小娥道:"小妇人冤仇在身,日夜提心吊胆,岂有破绽露出在人眼里?若稍有泄漏,冤仇怎报得成?"太守心中叹道:"有志哉,此妇人也!"

又唤地方人等起来,问着事由。地方把申家向来踪迹可疑,及谢保两年前雇工,昨夜杀了申蘭,协同擒了申春并他家属,今日解府的话,备细述了一遍。太守道:"赃物何在?"小娥道:"赃物向托小妇人掌管,昨夜跟同地方,封好在那里。"太守即命公人押了小娥,与同地方到申蘭家起赃。金银财货,何止千万!小娥俱一一登有簿籍,分毫不爽,即时送到府堂。太守见金帛满庭,知盗情是实,把申春严刑拷打,蘭氏亦加拶指,都抵赖不得,一一招了。太守又究余党,申春还不肯说,只见小娥袖中取出所抄的名姓,呈上太守道:"这便是群盗的名了。"太守道:"你如何知得恁细?"小娥道:"是昨日叫小妇人写了连名赛神的。小妇人嘿自抄记,一人也不差。"太守一发叹赏他能事。便唤申春研问着这些人住址,逐名注明了。先把申春下在牢里,蘭氏、丫鬟讨保官卖。然后点起兵快,登时往各处擒拿。正似瓮中捉查,没有一个走得脱的。齐齐擒到,俱各无词。太守尽问成重罪,同申春下在死牢里。乃对小娥道:"盗情已真,不必说了。只是你不待报官,擅行杀戮,也该一死。"小娥道:"大仇已报,立死无恨。"太守道:"法上虽是如此,但你孝行可嘉,志节堪敬,不可以常律相拘。待我申请朝廷,讨个明降,免你死罪。"小娥叩首称谢。太守叫押出讨保。小娥禀道:"小妇人而今事迹已明,不可复与男子混处,只求发在尼庵,听候发落为便。"太守道:"一发说得是。"就叫押在附近尼庵,讨个收管,一面听候圣旨发落。

太守就将备细情节奏上。内云:

> 谢小娥立志报仇,梦寐感通,历年乃得。明系父仇,又属真盗。不惟擅杀之条,原情可免;又且矢志之事,核行可旌!云云。元和十二年四月。

明旨批下:"谢小娥节行异人,准奏免死,有司旌表其庐。申春即行处斩。"不一日,到浔阳郡府堂开读了毕。太守命牢中取出申春等死囚来,读了犯由牌,押付市曹处斩。小娥此时已复了女装,穿了一身素服,法场上看斩了申春,再到府中拜谢张公。张公命花红鼓乐,送他归本里。小娥道:"父死夫亡,虽蒙相公奏请朝廷恩典，花红鼓乐之类，决非孀妇敢领。"太守越敬他知礼，点一官媪，伴送他到家，另自差人旌表。

此时哄动了豫章一郡，小娥父夫之族，还有亲属在家的，多来与小娥相见问讯。说起事由，无不悲叹惊异。里中豪族慕小娥之名，央媒求聘的殆无虚日。小娥誓心不嫁，道："我混迹多年，已非得已；若今日嫁人，女贞何在？宁死不可！"争奈来缠的人越多了，小娥不耐烦分诉，心里想道："昔年妙果寺中，已愿为尼。只因冤仇未报，不敢落发。今吾事已毕，少不得皈依三宝，以了终身。不如趁此落发，绝了众人之愿。"小娥遂将剪子先将髻子剪下，然后用剃刀剃净了，穿了褐衣，做个行脚僧打扮，辞了亲属出家访道，竟自飘然离了本里。里中人越加叹诵。不题。

且说元和十三年六月，李公佐在家被召，将上长安，道经泗傧，有善义寺尼师大德，戒律精严，多曾会过，信步往谒。大德师接入客座，只见新来受戒的弟子数十人，俱净发鲜披，威仪雍容，列侍师之左右。内中一尼，仔细看了李公佐一回，问师道："此官人岂非是洪州判官李二十三郎？"师点头道："正是。你如何认得？"此尼即泣下数行道："使我得报家仇，雪冤耻，皆此判官恩德也！"即含泪上前，稽首拜谢。李公佐却不认得，惊起答拜，道："素非相识，有何恩德可谢？"此尼道："某名小娥，即向年瓦官寺中乞食孀妇也。尊官其时以十二字谜语，辨出申兰、申春二贼名姓，尊官岂忘之乎？"李公佐想了一回，方才依稀记起，却记不全。又问起是何十二字，小娥再念了一遍，李公佐豁然省悟道："一向已不记了，今见说来，始悟前事。后来果访得有此二人否？"小娥因把扮男子，投申兰，擒申春并余党，数年经营艰苦之事，从前至后，备细告诉了毕，又道："尊官恩德，无可以报，从今惟有朝夕诵经保佑而已。"李公佐问道："今如何恰得在此处相会？"小娥道："复仇已毕，其时即剪发披褐，访道于牛头山，师事大士庵尼将律师。苦行一年，今年四月始受具戒于泗州开元寺，所以到此。岂知得遇恩人，莫非天也！"李公佐道："即已受戒，是何法号？"小娥道："不敢忘本，只仍旧名。"李公佐叹息道："天下有如此至心女子！我偶然辨出二盗姓名，岂知誓志不舍，毕竟访出其人，复了冤仇。又且佣保杂处，无人识得是个女人，岂非天下难事！我当作传以旌其美。"小娥感泣，别了李公佐，仍归牛头山。扁舟泛淮，云游南国，不知所终。李公佐为撰《谢小娥传》，流传后世，载入《太平广记》。

诗云：

ㄴ首如霜铁作心，精灵万载不销沉。

西山木石填东海，女子衔仇分外深。

又云：

梦寐能通造化机，天教达识剖玄微。

姓名一解终能报，方信双魂不浪归。

卷　二　十

李克让竟达空函　刘元普双生贵子

诗曰：

> 全婚昔日称裴相，助殡千秋慕范君。
>
> 慷慨奇人难屡见，休将仗义望朝绅！

这一首诗，单道世间人周急者少，继富者多。为此，达者便说："只有锦上添花，那得雪中送炭？"只这两句话，道尽世人情态。比如一边有财有势，那趋财慕势的多只向一边去。这便是俗语叫做"一帆风"，又叫做"鹁鸠子旺边飞"。若是财利交关，自不必说。至于婚姻大事，儿女亲情，有贪得富的，便是王公贵戚，自甘与团头作对；有嫌着贫的，便是世家巨族，不得与甲长联亲。自道有了一分势要，两贯浮财，便不把人看在眼里。况有那身在青云之上，拔人于淤泥之中，重捐己资，曲全婚配。恁般样人，实是从前寡见，近世罕闻。冥冥之中，天公自然照察。元来那"夫妻"二字，极是郑重，极宜斟酌，报应极是昭彰，世人决不可戏而不戏，胡作乱为。或者因一句话上成就了一家儿夫妇，或者因一纸字中拆散了一世的姻缘。就是陷于不知，因果到底不爽。

且说南直长洲有一村农，姓孙，年五十岁，娶下一个后生继妻。前妻留下个儿子，一房媳妇，且是孝顺。但是爹娘的说话，不论好歹真假，多应在骨里的信从。那老儿和儿子，每日只是锄田耙地，出去养家过活。婆媳两个，在家绩麻拈苎，自做生理。却有一件奇怪：元来那婆子虽数上了三十多个年头，十分的不长进，又道是"妇人家入土方休"，见那老子是个养家经纪之人，不惬地理会这些勾当，所以闲常也与人做了些不伶俐的身分，几番几次，漏在媳妇眼里。那媳妇自是个老实勤谨的，只以孝情为上，小心奉事翁姑，那里有甚心去捉他破绽？谁知道无心人对有心人，那婆子自做了这些话把，被媳妇每每冲着，虚心病了，自没意思，却恐怕有甚风声吹在老子和儿子耳朵里，颠倒在老子面前搬斗。又道是"枕边告状，一说便准"，那老子信了婆子的言语，带水带浆的羞辱毁骂了儿子几次。那儿子是个孝心的人，听了这些话头，没个来历，直摆布得夫妻两口终日合嘴合舌，甚不相安。

看官听说：世上只有一夫一妻，一竹竿到底的，始终有些正气，自不甘学那小家腔派。独有最狠毒、最狡猾、最短见的是那晚婆，大概不是一婚两婚人，便是那低门小户、减剩货与那不学好、为夫所弃的这几项人，极是"老唧溜"，也会得使人喜，也会得使人怒，弄得人死心塌地，不敢不从。元来世上妇人，除了那十分贞烈的，说着那话儿，无不着紧。男子汉到中年筋力渐衰，那娶晚婆的，大半是中年人做的事，往往男大女小。假如一个老苍男子，娶了水也似一个娇嫩妇人，纵是千箱万斛，尽你受用，却是那话儿有些支吾不过，自觉得过意不去。随你有万分不是处，也只得依顺了他。所以那家庭间，每每被这等人吵得十清九浊。

这闲话且放过，如今再接前因。话说吴江有个秀才萧王宾，胸藏锦绣，笔走龙蛇，因家贫，在近处人家处馆，早出晚归。主家间壁是一座酒肆，店主唤做熊敬溪，店前一个小小堂子，供着五显灵官。那王宾因在主家出入，与熊店主厮熟。忽一夜，熊店主得其一梦，梦见那五位尊神对他说道："萧状元终日在此来往，吾等见了坐立不安。可为吾等筑一堵短壁儿，在堂子前遮蔽遮蔽。"店主醒来，想道："这梦甚是蹊跷。说甚么萧状元，难道便是在间壁处馆的那个萧秀才？我想恁般一个寒酸措大，如何便得做状元？"心下疑惑，却又道："除了那个姓萧的，却又不曾与第二个姓萧的识熟。'凡人不可貌相，海水不可斗量'。况是神道的言语，宁可信其有，不可信其无。"次日起来，当真在堂子前面堆起一堵短墙，遮了神圣，却自放在心里不题。

隔了几日，萧秀才往长洲探亲。经过一个村落人家，只见一伙人聚在一块，在那里喧嚷。萧秀才挨人丛里看一看，只见众人指着道："这不是一位官人？来得凑巧，是必央及这官人则个。省得我们村里人去寻门馆先生。"连忙请萧秀才坐着，将过纸笔道："有烦官人写一写，自当相谢。"萧秀才道："写个甚么？且说个缘故。"只见一个老儿与一个小后生走过来道："官人听说：我们是这村里人，姓孙。爷儿两个，一个阿婆，一房媳妇。叵耐媳妇十分不学好，到终日与阿婆斗气。我两个又是养家经纪人，一年到头，没几时住在家里。这样妇人，若留着他，到底是个是非堆。为此，今日将他发还娘家，任从别嫁。他每人位多是地方中见。为是要写一纸休书，这村里人没一个通得文墨。见官人经过，想必是个有才学的，因此相烦官人替写一写。"萧秀才道："原来如此，有甚难处？"便逞着一时见识，举笔一挥，写了一纸休书交与他两个。他两个便将五钱银子送秀才,作润笔之资。秀才笑道:"这几行字值得甚么? 我却受你银子!"再三不接,拂着袖子,撇开众人,径自去了。

这里自将休书付与妇人。那妇人可怜勤勤谨谨,做了三四年媳妇,没缘没故的休了他,咽着这一口怨气,扯住了丈夫,哭了又哭,号天拍地的不肯放手。口里说道:"我委实不曾有甚歹心负了你,你听着一面之词,离异了我。我生前无分辨处,做鬼也要明白此事! 今世不能和你相见了,便死也不忘记你。"这几句话,说得旁人俱各掩泪。他丈夫也觉得伤心,忍不住哭起来。却只有那婆子看着,恐怕儿子有甚变卦,流水和老儿两个拆开了手,推出门外。那妇人只得含泪去了,不题。

再说那熊店主,重梦见五显灵官对他说道:"快与我等拆了面前短壁,拦着十分郁闷。"店主梦中道:"神圣前日分付小人起造,如何又要拆毁?"灵官道:"前日为萧秀才时常此间来往,他后日当中状元,我等见了他坐立不便,所以教你筑墙遮蔽。今他于某月某日,替某人写了一纸休书,拆散了一家夫妇,上天鉴知,减其爵禄。今职在吾等之下,相见无碍,以此可拆。"那店主正要再问时,一跳惊醒。想道:"好生奇异! 难道有这等事? 明日待我问萧秀才,果有写休书一事否,便知端的。"

明日当真先拆去了壁,却好那萧秀才踱将来,店主邀住道:"官人,有句说话。请店里坐地。"入到里面,坐定吃茶,店主动问道:"官人曾于某月某日与别人代写休书么?"秀才想了一会道:"是曾写来,你怎地晓得?"店主遂将前后梦中灵官的说话,一一告诉了一遍。秀才听罢目睁口呆,懊悔不迭。后来果然举了孝廉,只做到一个知州地位。那萧秀才因一时无心失误上,白送了一个状元。世人做事,决不可不检点。曾有诗道得好:

> 人生常好事,作者不自知。
> 起念埋根际,须思决局时。
> 动止虽微渺,干连已弥滋。
> 昏昏罹天网,方知悔是迟。

试看那拆人夫妇的,受祸不浅,便晓得那完人夫妇的,获福非轻。如今牵说前代一个公卿,把几个他州外族之人,认做至亲骨肉,撮合了才子佳人,保全了孤儿寡妇,又安葬了朽骨枯骸。如此阴德,又不止是完人夫妇了。所以后来受天之报,非同小可。

这话文出在宋真宗时，西京洛阳县有一官人，姓刘，名弘敬，字元普，曾任过青州刺史，六十岁上告老还乡。继娶夫人王氏，年尚未满四十。广有家财，并无子女。一应田园、典铺，俱托内侄王文用管理。自己只是在家中广行善事，仗义疏财，挥金如土。从前至后，已不知济过多少人了，四方无人不闻其名。只是并无子息，日夜忧心。

时遇清明节届，刘元普分付王文用整备了牲牷酒醴，往坟茔祭扫。与夫人各乘小轿，仆从在后相随。不逾时，到了坟上，浇奠已毕，元普拜伏坟前，口中说着几句道：

> 堪怜弘敬年垂迈，不孝有三无后大。七十人称自古稀，残生不久留尘界。今朝夫妇拜坟茔，他年谁向坟茔拜？膝下萧条未足悲，从前血食何容艾？天高听远实难凭，一脉宗亲须悯爱。诉罢中心泪欲枯，先灵英爽知何在？

当下刘元普说到此处，放声大哭。旁人俱各悲凄。那王夫人极是贤德的，拭着泪上前劝道："相公请免愁烦，虽是年纪将暮，筋力未衰，妾身纵不能生育，当别娶少年为妾，子嗣尚有可望，徒悲无益。"刘元普见说，只得勉强收泪，分付家人送夫人乘轿先回。自己留一个家僮相随，闲行散闷，徐步回来。

将及到家之际，遇见一个全真先生，手执招牌，上写道："风鉴通神。"元普见是相士，正要卜问子嗣，便延他到家中来坐。吃茶已毕，元普端坐，求先生细相。先生仔细相了一回，略无忌讳，说道："观使君气色，非但无嗣，寿亦在旦夕矣。"元普道："学生年近古稀，死亦非夭。子嗣之事，至此暮年，亦是水中捞月了。但学生自想，生平虽无大德；济弱扶倾，矢心已久。不知如何罪业，遂至殄绝祖宗之祀？"先生微笑道："使君差矣！自古道：'富者怨之丛。'使君广有家私，岂能一一综理？彼任事者只顾肥家，不存公道，大斗小秤，侵剥百端，以致小民愁怨。使君纵然行善，只好功过相酬耳，恐不能获福也。使君但当悉杜其弊，益广仁慈；多福多寿多男，特易易耳。"元普闻言，默然听受。先生起身作别，不受谢金，飘然去了。元普知是异人，深信其言，遂取田园、典铺帐目一一稽查，又潜往街市、乡间，各处探听，尽知其实。遂将众管事人一一申饬，并妻侄王文用也受了一番呵叱。自此益修善事，不题。

却说汴京有个举子李逊，字克让，年三十六岁。亲妻张氏，生子李彦青，小字春郎，年方十七。本是西粤人氏，只为与京师窎远，十分孤贫，不便赴试。

数年前挈妻携子，流寓京师。却喜中了新科进士，除授钱塘县尹，择个吉日，一同到了任所。李克让看见湖山佳胜，宛然神仙境界，不觉心中爽然。谁想贫儒命薄，到任未及一月，犯了个不起之症。正是：

　　　浓霜偏打无根草，祸来只奔福轻人。

那张氏与春郎请医调治，百般无效，看看待死。

　　一日李克让唤妻子到床前，说道："我苦志一生，得登黄甲，死亦无恨。但只是无家可奔，无族可依，撇下寡妇孤儿，如何是了？可痛！可怜！"说罢，泪如雨下。张氏与春郎在旁劝住。克让想道："久闻洛阳刘元普仗义疏财，名传天下，不论识认不识认，但是以情相求，无有不应。除是此人，可以托妻寄子。"便叫："娘子，扶我起来坐了。"又叫儿子春郎取过文房四宝，正待举笔，忽又停止，心中好生踌躇道："我与他从来无交，难叙寒温。这书如何写得？"疾忙心生一计，分付妻儿取汤取水，把两个人都遣开了。及至取得汤水来时，已自把书重重封固，上面写十五字，乃是"辱弟李逊书呈洛阳恩兄刘元普亲拆"。把来递与妻儿收好，说道："我有个八拜为交的故人，乃青州刺史刘元普，本籍洛阳人氏。此人义气干霄，必能济汝母子。将我书前去投他，料无阻拒。可多多拜上刘伯父，说我生前不及相见了。"随分付张氏道："二十载恩情，今长别矣。倘蒙伯父收留，全赖小心相处。必须教子成名，补我未逮之志。你已有遗腹两月，倘得生子，使其仍读父书；若生女时，将来许配良人。我虽死亦瞑目。"又分付春郎道："汝当事刘伯父如父，事刘伯母如母。又当孝敬母亲，励精学业，以图荣显，我死犹生。如违我言，九原之下，亦不安也！"两人垂泪受教。又嘱咐道："身死之后，权寄棺木浮丘寺中，俟投过刘伯父，徐图殡葬。但得安土埋藏，不须重到西粤。"说罢，心中哽咽，大叫道："老天！老天！我李逊如此清贫，难道要做满一个县令，也不能勾！"当时蓦然倒在床上，已自叫唤不醒了。正是：

　　　君恩新荷喜相随，谁料天年已莫追！
　　　休为李君伤夭逝，四龄已可傲颜回。

　　张氏、春郎各各哭得死而复苏。张氏道："撇得我孤孀二人好苦！倘刘君不肯相容，如何处置？"春郎道："如今无计可施，只得依从遗命。我爹爹最是识人，或者果是好人，也不见得。"张氏即将囊橐检点，那曾还剩得分文？元来李克让本是极孤极贫的，做人甚是清方。到任又不上一月，虽有些少，已为医药废尽了。还亏得同僚相助,将来买具棺木盛殓,停在衙中。母子二人朝夕哭奠,过了七七之期,依着遗言,寄柩浮丘寺内。收拾些小行李盘缠,带了遗书,饥餐渴饮,夜宿晓行,取路投洛阳县来。

却说刘元普一日正在书斋闲玩古典,只见门上人报道:"外有母子二人,口称西粤人氏,是老爷至交亲戚,有书拜谒。"元普心下着疑,想道:"我那里来这样远亲?"便且叫请进。母子二人,走到跟前,施礼已毕,元普道:"老夫与贤母子在何处识面? 实有遗忘,伏乞详示。"李春郎笑道:"家母、小侄,其实不曾得会。先君却是伯父至交。"元普便请姓名。春郎道:"先君李逊,字克让,母亲张氏。小侄名彦青,字春郎。本贯西粤人氏。先君因赴试,流落京师,以后得第,除授钱塘县尹。一月身亡,临终时怜我母子无依,说有洛阳刘伯父,是幼年八拜至交,特命亡后赍了手书,自任所前来拜恳。故此母子造宅,多有惊动。"元普闻言,茫然不知就里。春郎便将书呈上,元普看了封签上面十五字,好生诧异。及至拆封看时,却是一张白纸。吃了一惊,默然不语,左右想了一回,猛可里心中省悟道:"必是这个缘故无疑,我如今不要说破,只教他母子得所便了。"张氏母子见他沉吟,只道不肯容纳,岂知他却是天大一场美意! 元普收过了书,便对二人说道:"李兄果是我八拜至交,指望再得相会,谁知已作古人? 可怜! 可怜! 今你母子就是我自家骨肉,在此居住便了。"便叫请出王夫人来说知来历,认为姒娣。春郎以子侄之礼自居,当时摆设筵席,款待二人。酒间说起李君灵柩在任所寺中,元普一力应承殡葬之事。王夫人又与张氏细谈,已知他有遗腹两月了。酒散后,送他母子到南楼安歇。家伙器皿无一不备,又拨几对僮仆服侍。每日三餐,十分丰美。张氏母子得他收留,已自过望,谁知如此殷勤,心中感激不尽。过了几时,元普见张氏德性温存,春郎才华英敏,更兼谦谨老成,愈加敬重。又一面打发人往钱塘扶柩了。

忽一日,正与王夫人闲坐,不觉掉下泪来。夫人忙问其故,元普道:"我观李氏子,仪容志气,后来必然大成。我若得这般一个儿子,真可死而无恨。今年华已去,子息杳然,为此不觉伤感。"夫人道:"我屡次劝相公娶妾,只是不允。如今定为相公觅一侧室,管取宜男。"元普道:"夫人休说这话,我虽垂暮,你却尚是中年。若是天不绝我刘门,难道你不能生育? 若是命中该绝,纵使姬妾盈前,也是无干。"说罢,自出去了。夫人这番却主意要与丈夫娶妾。晓得与他商量,定然推阻,便私下叫家人唤将做媒的薛婆来,说知就里,又嘱付道:"直待事成之后,方可与老爷得知。必用心访个德容兼备的,或者老爷才肯相爱。"薛婆一一应诺而去。过不多日,薛婆寻了几头来说,领来看了,没一个中夫人的意。薛婆道:"此间女子,只好恁样。除非汴梁帝京五方杂聚去处,才有出色女子。"恰好王文用有别事要进京,夫人把百金密托了他,央薛婆与他同去寻觅。薛婆也有一头媒事要进京,两得其便,就此起程不题。

如今再表一段缘因,话说汴京开封府祥符县有一进士,姓裴名习,字安卿,年登五十,夫人郑氏早亡。单生一女,名唤兰孙,年方二八,仪容绝世。裴安卿做了郎官几年,升任襄阳刺史。有人对他说道:"官人向来清苦,今得此美任,此后只愁富贵不愁贫了。"安卿笑道:"富自何来? 每见贪酷小人,惟利是图,不过使这几家治下百姓卖儿贴妇,充其囊橐,此真狼心狗行之徒! 天子教我为民父母,岂是教我残害子民? 我今此去,惟吃襄阳一杯淡水而已。贫者人之常,叨朝廷之禄,不至冻馁足矣,何求富为!"裴安卿立心要作个好官,选了吉日,带了女儿起程赴任。不则一日,到了襄阳。莅任半年,治得那一府物阜民安,词清讼简。民间造成几句谣词,说道:

襄阳府前一条街,一朝到了裴天台。

六房吏书去打盹,门子皂隶去砍柴。

光阴荏苒,又是六月炎天。一日,裴安卿与兰孙吃过午饭,暴暑难当。安卿命汲井水解热,霎时井水将到。安卿吃了两盅,随后叫女儿吃。兰孙饮了数口,说道:"爹爹,恁样淡水,亏爹爹怎生吃下偌多!"安卿道:"休说这般折福的话! 你我有得这水吃时,也便是神仙了,岂可嫌淡!"兰孙道:"爹爹,如何便见得折福? 这样时候,多少王孙公子雪藕调冰,浮瓜沉李,也不为过。爹爹身为郡侯,饮此一杯淡水,还道受用,也太迂阔了!"安卿道:"我儿不谙事务,听我道来。假如那王孙公子,倚傍着祖宗的势耀,顶戴着先人积攒下的浮财,不知稼穑,又无甚事业,只图快乐,落得受用。却不知乐极悲生,也终有马死黄金尽的时节;纵不然,也是他生来有这些福气。你爹爹贫寒出身,又叨朝廷民社之责,须不能勾比他。还有那一等人,假如当此天道,为将边庭,身披重铠,手执戈矛,日夜不能安息,又且死生朝不保暮。更有那荷锸农夫,经商工役,辛勤陇陌,奔走泥涂,雨汗通流,还禁不住那当空日晒。你爹爹比他不已是神仙了? 又有那下一等人,一时过误,问成罪案,困在图圄,受尽鞭棰,还要肘手镣足,这般时节,拘于那不见天日之处,休说冷水,便是泥汁也不能勾。求生不得生,求死不得死,父娘皮肉,痛痒一般,难道偏他们受得苦起?你爹爹比他,岂不是神仙?今司狱司中见有一二百名罪人,吾意欲散禁他每,在狱日给冷水一次,待交秋再作理会。"兰孙道:"爹爹未可造次。狱中罪人,皆不良之辈,若轻松了他,倘有不测,受累不浅。"安卿道:"我以好心待人,人岂负我?我但分付牢子紧守监门便了。"也是合当有事。只因这一节,有分教:

> 应死囚徒俱脱网,施仁郡守反遭殃。

次日,安卿升堂,分付狱吏将囚人散禁在牢,日给凉水与他,须要小心看守。狱卒应诺了。当日便去牢里,松放了众囚,各给凉水。牢子们紧紧看守,不致疏虞。过了十来日,牢子们就懈怠了。忽又是七月初一日,狱中旧例:每逢月朔便献一番利市。那日烧过了纸,众牢子们都去吃酒散福。从下午吃起,直吃到黄昏时候,一个个酩酊烂醉。那一干囚犯,初时见狱中宽纵,已自起心越牢。内中有几个有亲识的,密地教对付些利器,暗藏在身边。当日见众人已醉,就便乘机发作。约莫到二更时分,狱中一片声喊起,一二百罪人,一齐动手。先将那当牢的禁子杀了,打出牢门,将那狱吏牢子一个个砍翻,撞见的,多是一刀一个。有的躲在黑暗里听时,只听得喊道:"太爷平时仁德,我每不要杀他!"直反到各衙,杀了几个佐贰官。那时正是清平时节,城门还未曾闭,众人呐声喊,一哄逃走出城。正是:

> 鳌鱼脱却金钩去,摆尾摇头再不来。

那时裴安卿听得喧嚷,在睡梦中惊觉,连忙起来,早已有人报知。裴安卿听说,却正似顶门上失了三魂,脚底下荡了七魄,连声只叫得苦,悔道:"不听兰孙之言,以至于此!谁知道将仁待人,被人不仁!"一面点起民壮,分头追捕。多应是海底捞针,那寻一个?

次日这桩事,早报与上司知道,少不得动了一本。不上半月,已到汴京,奏章早达天听,天子与群臣议处。若是裴安卿是个贪赃刻剥、阿谀谄佞的,朝中也还有人喜他。只为平素心性刚直,不肯趋奉权贵,况且一清如水,俸资之外,毫不苟取,那有钱财夤缘势要?所以无一人与他辨冤,多道:"纵囚越狱,典守者不得辞其责。又且杀了佐贰,独留刺史,事属可疑,合当拿问。"天子准奏,即便批下本来,着法司差官扭解到京。那时裴安卿便是重出世的召父,再生来的杜母,也只得低头受缚。却也道自己素有政声,还有辨白之处,叫兰孙收拾了行李,父女两个同了押解人起程。

不则一日，来到东京。那裴安卿旧日住居，已奉圣旨抄没了。僮仆数人，分头逃散，无地可以安身。还亏得郑夫人在时，与清真观女道往来，只得借他一间房子，与兰孙住下了。次日，青衣小帽，同押解人到朝候旨。奉圣旨：下大理狱鞫审。即刻便自进牢。兰孙只得将了些钱钞，买上告下，去狱中传言寄语，担茶送饭。元来裴安卿年衰力迈，受了惊惶，又受了苦楚，日夜忧虞，饮食不进。兰孙设处送饭，枉自费了银子。

一日，见兰孙正到狱门首来，便唤住女儿说道：“我气塞难当，今日大分必死。只为为人慈善，以致招祸，累了我儿。虽然罪不及孥，只是我死之后，无路可投；作婢为奴，定然不免！”那安卿说到此处，好如万箭钻心，长号数声而绝。还喜未及会审，不受那三木囊头之苦。兰孙跌脚捶胸，哭得个发昏章第十一。欲要领取父亲尸首，又道是“朝廷罪人，不得擅便！”当时兰孙不顾死生利害，闯进大理寺衙门，哭诉越狱根由，哀感旁人。幸得那大理寺卿，还是个有公道的人，见了这般情状，恻然不忍。随即进一道表章，上写着：

> 大理寺卿臣某，勘得襄阳刺史裴习，抚字心劳，提防政拙。虽法禁多疏，自干天谴；而反情无据，可表臣心。今已毙囹圄，宜从宽贷。伏乞速降天恩，赦其遗尸归葬，以彰朝廷优待臣下之心。臣某惶恐上言。

那真宗也是个仁君，见裴习已死，便自不欲苛求，即批准了表章。

兰孙得了这个消息，还算是黄连树下弹琴——苦中取乐。将身边所剩余银，买口棺木，雇人抬出尸首，盛殓好了，停在清真观中，做些羹饭浇奠了一番，又哭得一佛出世。那裴安卿所带盘费，原无几何，到此已用得干干净净了。虽是已有棺木，殡葬之资，毫无所出。兰孙左思右想，道：“只有个舅舅郑公，见任西川节度使，带了家眷在彼，却是路途险远，万万不能搭救。真正无计可施。”事到头来不由自，只得手中拿个草标，将一张纸写着“卖身葬父”四字，到灵柩前拜了四拜，祷告道：“爹爹阴灵不远，保奴前去得遇好人。”拜罢起身，噙着一把眼泪，抱着一腔冤恨，忍着一身羞耻，沿街喊叫。可怜裴兰孙是个娇滴滴的闺中处子，见了一个蓦生人，也要面红耳热的，不想今日出头露面！思念父亲临死言词，不觉寸肠俱裂。正是：

> 天有不测风云，人有旦夕祸福。
>
> 生来运蹇时乖，只得含羞忍辱。
>
> 父兮桎梏亡身，女兮街衢痛哭。

　　　　纵教血染鹃红,彼苍不念茕独!

　　又道是天无绝人之路,正在街上卖身,只见一个老妈妈走近前来,欠身施礼,问道:"小娘子为着甚事卖身? 又怎般愁容可掬?"仔细认认,吃了一惊道:"这不是裴小姐? 如何到此地位?"元来那妈妈,正是洛阳的薛婆。郑夫人在时,薛婆有事到京,常在裴家往来的,故此认得。兰孙抬头见是薛婆,就同他走到一个僻静所在,含泪把上项事说了一遍。那婆子家最易眼泪出的,听到伤心之处,不觉也哭起来道:"元来尊府老爷遭此大难! 你是个宦家之女,如何做得以下之人? 若要卖身,虽然如此娇姿,不到得便为奴作婢,也免不得是个偏房了。"兰孙道:"今日为了父亲,就是杀身,也说不得,何惜其他?"薛婆道:"既如此,小姐请免愁烦。洛阳县刘刺史老爷,年老无儿,夫人王氏要与他娶个偏房,前日曾嘱付我,在本处寻了多时,并无一个中意的,如今因为洛阳一个大姓央我到京中相府求一头亲事,夫人乘便嘱付亲侄王文用带了身价,同我前来遍访。也是有缘,遇着小姐。王夫人原说要个德容两全的,今小姐之貌,绝世无双,卖身葬父,又是大孝之事。这事十有九分了。那刘刺史仗义疏财,王夫人大贤大德,小姐到彼虽则权时落后,尽可快活终身。未知尊意何如?"兰孙道:"但凭妈妈主张,只是卖身为妾,玷辱门庭,千万莫说出真情,只认做民家之女罢了。"薛婆点头道是,随引了兰孙小姐一同到王文用寓所来。薛婆就对他说知备细。王文用远远地瞟去,看那小姐,已觉得倾国倾城,便道:"有如此绝色佳人,何怕不中姑娘之意!"正是:

　　　　踏破铁鞋无觅处,得来全不费工夫。

　　当下一边是落难之际,一边是富厚之家,并不消争短论长,已自一说一中。整整兑足了一百两雪花银子,递与兰孙小姐收了,就要接他起程。兰孙道:"我本为葬父,故此卖身,须是完葬事过,才好去得。"薛婆道:"小娘子,你孑然一身,如何完得葬事? 何不到洛阳成亲之后,那时凭刘老爷差人埋葬,何等容易!"兰孙只得依从。

　　那王文用是个老成才干的人,见是要与姑夫为妾的,不敢怠慢。教薛婆与他作伴同行,自己常在前后。东京到洛阳只有四百里之程,不上数日,早已到了刘家。王文用自往解库中去了。薛婆便悄悄地领他进去,叩见了王夫人。夫人抬头看兰孙时,果然是:

　　　　脂粉不施,有天然姿格;梳妆略试,无半点尘纷。举止处,态度从容;

语言时,声音凄婉。双娥频蹙,浑如西子入吴时;两颊含愁,正似王嫱辞

汉日。可怜妖媚清闺女,权作追随窀室人!

当时王夫人满心欢喜,问了姓名,便收拾一间房子,安顿兰孙,拨一个养娘服事他。

次日,便请刘元普来,从容说道:"老身今有一言,相公幸勿嗔怪!"刘元普道:"夫人有话即说,何必讳言?"夫人道:"相公,你岂不闻'人生七十古来稀'?今你寿近七十,前路几何?并无子息。常言道:'无病一身轻,有子万事足。'久欲与相公纳一侧室,一来为相公持正,不好妄言;二来未得其人,姑且隐忍。今娶得汴京裴氏之女,正在妙龄,抑且才色两绝,愿相公立他做个偏房,或者生得一男半女,也是刘门后代。"刘元普道:"老夫只恐命里无嗣,不欲耽误人家幼女。谁知夫人如此用心,而今且唤他出来见我。"当下兰孙小姐移步出房,倒身拜了。刘元普看见,心中想道:"我观此女仪容动止,决不是个以下之人。"便开口问道:"你姓甚名谁?是何等样人家之女?为甚事卖身?"兰孙道:"贱妾乃汴京小民之女,姓裴,小名兰孙。父死无资,故此卖身殡葬。"口中如此说,不觉暗地里偷弹泪珠。刘元普相了又相道:"你定不是民家之女,不要哄我!我看你愁容可掬,必有隐情。可对我一一直言,与你作主分忧便了。"兰孙初时隐讳,怎当得刘元普再三盘问,只得将那放囚得罪缘由,从前至后,细细说了一遍,不觉泪如涌泉。刘元普大惊失色,也不觉泪下道:"我说不象民家之女,夫人几乎误了老夫!可惜一个好官,遭此屈祸!"忙向兰孙小姐连称:"得罪!"又道:"小姐身既无依,便住在我这里,待老夫选择地基,殡葬尊翁便了。"兰孙道:"若得如此周全,此恩惟天可表!相公先受贱妾一拜。"刘元普慌忙扶起,分付养娘:"好生服事裴家小姐,不得有违!"当时走到厅堂,即刻差人往汴京迎裴使君灵柩。不多日,扶柩到来,却好钱塘李县令灵柩一齐到了。刘元普将来共停在一个庄厅之上,备了两个祭筵拜奠。张氏自领了儿子,拜了亡夫;元普也领兰孙拜了亡父。又延一个有名的地理师,拣寻了两块好地基,等待腊月吉日安葬。

一日,王夫人又对元普说道:"那裴氏女虽然贵家出身,却是落难之中,得相公救拔他的。若是流落他方,不知如何下贱去了。相公又与他择地葬亲,此恩非小,他必甘心与相公为妾的。既是名门之女,或者有些福气,诞育子嗣,也不见得。若得如此,非但相公有后,他也终身有靠,未为不可。望相公

思之。"夫人不说犹可,说罢,只见刘元普勃然作色道:"夫人说那里话! 天下多美妇人,我欲娶妾,自可别图,岂敢污裴使君之女! 刘弘敬若有此心,神天鉴察!"夫人听说,自道失言,顿口不语。刘元普心里不乐,想了一回道:"我也太呆了。我既无子嗣,何不索性认他为女,断了夫人这点念头?"便叫丫鬟请出裴小姐来,道:"我叨长尊翁多年,又同为刺史之职。年华高迈,子息全无,小姐若不弃嫌,欲待螟蛉为女。意下何如?"兰孙道:"妾蒙相公、夫人收养,愿为奴婢,早晚服事。如此厚待,如何敢当?"刘元普道:"岂有此理! 你乃宦家之女,偶遭挫折,焉可贱居下流? 老夫自有主意,不必过谦。"兰孙道:"相公、夫人正是重生父母,虽粉骨碎身,无可报答。既蒙不鄙微贱,认为亲女,焉敢有违! 今日就拜了爹妈。"刘元普欢喜不胜,便对夫人道:"今日我以兰孙为女,可受他全礼。"当下兰孙插烛也似的拜了八拜。自此便叫刘相公、夫人为爹爹、母亲,十分孝敬,倍加亲热。夫人又说与刘元普道:"相公既认兰孙为女,须当与他择婿。侄儿王文用青年丧偶,管理多年,才干精敏,也不辱没了女儿。相公何不与他成就了这头亲事?"刘元普微微笑道:"内侄继娶之事,少不得在老夫身上。今日自有主意,你只管打点妆奁便了。"夫人依言。元普当时便拣下了一个成亲吉日,到期宰杀猪羊,大排筵会,遍请乡绅亲友,并李氏母子,内侄王文用一同来赴庆喜华筵。众人还只道是刘公纳宠,王夫人也还只道是与侄儿成婚。正是:

> 万丈广寒难得到,嫦娥今夜落谁家?

看看吉时将及,只见刘元普教人捧出一套新郎衣饰,摆在堂中。刘元普拱手向众人说道:"列位高亲在此,听弘敬一言:敬闻'利人之色不仁,乘人之危不义'。襄阳裴使君以枉事系狱身死,有女兰孙,年方及笄。荆妻欲纳为妾,弘敬宁乏子嗣,决不敢污使君之清德。内侄王文用虽有综理之才,却非仕宦中人,亦难以配公侯之女。惟我故人李县令之子彦青者,既出望族,又值青年,貌比潘安,才过子建,诚所谓'窈窕淑女,君子好逑'者也,今日特为两人成其佳偶。诸公以为何如?"众人异口同声,赞叹刘公盛德。李春郎出其不意,却待推逊,刘元普那里肯从? 便亲手将新郎衣巾与他穿带了。次后笙歌鼎沸,灯火煌煌,远远听得环佩之声,却是薛婆做了喜娘,几个丫鬟一同簇拥着兰孙小姐出来。二位新人,立在花毡之上,交拜成礼。真是说不尽那奢华富贵,但见:

"粉孩儿"对对挑灯，"七娘子"双双执扇。观看的是"风检才"、"麻婆子"，夸称道"鹊桥仙"并进"小蓬莱"；伏侍的是"好姐姐"、"柳青娘"，帮衬道"贺新郎"同入"销金帐"。做娇客的磨枪备箭，岂宜重问"后庭花"？做新妇的，半喜还忧，此夜定然"川拨棹"。"脱布衫"时欢未艾，"花心动"处喜非常。

当时张氏和春郎，魂梦之中，也不想得到此，真正喜自天来。兰孙小姐灯烛之下，觑见新郎容貌不凡，也自暗暗地欢喜。只道嫁个老人星，谁知却嫁了个文曲星！行礼已毕，便伏侍新人上轿。刘元普亲自送到南楼，结烛合卺，又把那千金妆奁，一齐送将过来。刘元普自回去陪宾，大吹大擂，直饮至五更而散。这里洞房中一对新人，真正佳人遇着才子，那一宵欢爱，端的是如胶似漆，似水如鱼。枕边说到刘公大德，两下里感激深入骨髓。

次日天明起来，见了张氏。张氏又同他夫妇拜见刘公，十万分称谢。随后张氏就办些祭物，到灵柩前，叫媳妇拜了公公，儿子拜了岳父。张氏抚棺哭道："丈夫生前为人正直，死后必有英灵。刘伯父周济了寡妇孤儿，又把名门贵女做你媳妇，恩德如天，非同小可！幽冥之中，乞保佑刘伯父早生贵子，寿过百龄！"春郎夫妻也各自默默地祷祝，自此上和下睦，夫唱妇随，日夜焚香保刘公冥福。

不觉光阴荏苒，又是腊月中旬，茔葬吉期到了。刘元普便自聚起匠役人工，在庄厅上抬取一对灵柩，到坟茔上来。张氏与春郎夫妻，各各带了重孝相送。当下埋棺封土已毕，各立一个神道碑：一书"宋故襄阳刺史安卿裴公之墓"，一书"宋故钱塘县尹克让李公之墓"。只见松柏参差，山水环绕，宛然二冢相连。刘元普设三牲礼仪，亲自举哀拜奠。张氏三人放声大哭，哭罢，一齐望着刘元普拜倒在荒草地上不起。刘元普连忙答拜，只是谦让无能，略无一毫自矜之色。随即回来，各自散讫。

是夜，刘元普睡到三更，只见两个人幞头象简，金带紫袍，向刘元普扑地倒身拜下，口称"大恩人"。刘元普吃了一惊，慌忙起身扶住道："二位尊神何故降临？折杀老夫也！"那左手的一位说道："某乃襄阳刺史裴习，此位即钱塘县令李克让也。上帝怜我两人清忠，封某为天下都城隍，李公为天曹府判官之职。某系狱身死之后，幼女无投，承公大恩，赐之佳婿，又赐佳城，使我两人冥冥之中，遂为儿女姻眷。恩同天地，难效涓涘。已曾合表上奏天庭，上帝鉴公盛德,特为官加一品,寿益三旬,子生双贵。幽明虽隔,敢不报知?"那右手的一位又说道:"某只为与公无交,难诉衷曲。故此空函寓意,不想公一见即明,慨然认义。养生送死,已出殊恩。淑女承桃,尤为望外。虽益寿添嗣,未足报洪恩之万一。今有遗腹小女凤鸣,明早已当出世,敢以此女奉长郎君箕帚。公与我媳,我亦与公媳,略尽报效之私。"言讫,拱手而别。刘元普慌忙出送,被两人用手一推,蓦然惊觉。却正与王夫人睡在床上,便将梦中所见所闻,一一说了。夫人道:"妾身亦慕相公大德,古今罕有,自然得福非轻,神明之言,谅非虚谬。"刘元普道:"裴、李二公,生前正直,死后为神。他感我嫁女婚男,故来托梦,理之所有。但说我'寿增三十',世间那有百岁之人?又说赐我二子,我今年已七十,虽然精力不减少时,那七十岁生子,却也难得,恐未必然。"

次日早晨,刘元普思忆梦中言语,整了衣冠,步到南楼。正要说与他三人知道,只见李春郎夫妇出来相迎,春郎道:"母亲生下小妹,方在坐草之际。昨夜我母子三人各有异梦,正要到伯父处报知贺喜,岂知伯父已先来了。"刘元普见说张氏生女,思想梦中李君之言,好生有验,只是自己不曾有子,不好说得。当下问了张氏平安,就问:"梦中所见如何?"李春郎道:"梦见父亲岳父俱已为神,口称伯父大德,感动天庭,已为延寿添子。"三人所梦,总是一样。刘元普暗暗称奇,便将自己梦中光景,一一对两人说了。春郎道:"此皆伯父积德所致,天理自然,非虚幻也。"刘元普随即回家,与夫人说知,各各骇叹,又差人到李家贺喜。不逾时,又及满月。张氏抱了幼女来见伯父伯母。元普便问:"令爱何名?"张氏道:"小名凤鸣,是亡夫梦中所嘱。"刘元普见与己梦相符,愈加惊异。

话休絮烦。且说王夫人当时年已四十岁了,只觉得喜食咸酸,时常作呕。刘元普只道中年人病发,延医看脉,没一个解说得出。就有个把有手段的忖道:"象是有喜的气脉。"却晓得刘元普年已七十,王夫人年四十,从不曾生育的,为此都不敢下药,只说道:"夫人此病不消服药,不久自瘳。"刘元普也道这样小病,料是不妨,自此也不延医,放下了心。只见王夫人又过了几时,当真病好。但觉得腰肢日重,裙带渐短,眉低眼慢,乳胀腹高。刘元普半信半疑道:"梦中之言,果然不虚么?"日月易过,不觉已及产期。刘元普此时不由你不信是有孕,提防分娩,一面唤了收生婆进来,又雇了一个奶子。忽一夜,夫人方睡，只闻得异香扑鼻，仙音嘹亮。夫人便觉腹痛，众人齐来服侍分娩。不上半个时辰，生下一个孩儿。香汤沐浴过了，看时，只见眉清目秀，鼻直口方，十分魁伟。夫妻两人欢喜无限。元普对夫人道："一梦之灵验如此，若如裴、李二公之言，皆上天之赐也。"就取名刘天佑，字梦祯。此事便传遍洛阳一城，把做新闻传说。百姓们编出四句口号道：

> 刺史生来有奇骨，为人专好积阴骘。
>
> 嫁了裴女换刘儿，养得头生做七十。

转眼间，又是满月，少不得做汤饼会。众乡绅亲友，齐来庆贺，真是宾客填门。吃了三五日筵席。春郎与兰孙，自梯己设宴贺喜，自不必说。

且说李春郎自从成婚葬父之后，一发潜心经史，希图上进，以报大恩。又得刘元普扶持，入了国子学。正与伯父、母、妻商量到京赴学，以待试期。只见汴京有个公差到来，说是郑枢密府中所差，前来接取裴小姐一家的。元来那兰孙的舅舅郑公，数月之内，已自西川节度内召为枢密院副使。还京之日，已知姊夫被难而亡。遂到清真观问取甥女消息，说是卖在洛阳。又遣人到洛阳探问，晓得刘公仗义全婚，称叹不尽。因为思念甥女，故此欲接取他姑嫜、夫婿，一同赴京相会。春郎得知此信，正是两便。兰孙见说舅舅回京，也自十分欢喜。当下禀过刘公夫妇，就要择个吉日，同张氏和凤鸣起程。到期刘元普治酒饯别，中间说起梦中之事，刘元普便对张氏说道："旧岁，老夫梦中得见令先君，说令爱与小儿有婚姻之分。前日小儿未生，不敢启齿。如今倘蒙不鄙，愿结葭莩。"张氏欠身答道："先夫梦中曾言，又蒙伯伯不弃，大恩未报，敢惜一女？只是母子孤寒如故，未敢仰攀。倘得犬子成名，当以小女奉郎君箕帚。"当下酒散，刘公又嘱付兰孙道："你丈夫此去，前程万里。我两人在家安乐，孩儿不必挂怀。"诸人各各流涕，恋恋不舍。临行，又自再三下拜，感谢刘公夫妇盛德。然后垂泪登程去了。洛阳与京师却不甚远，不时常有音信往来，不必细说。

再表公子刘天佑，自从生育，日往月来，又早周岁过头。一日，奶子抱了小官人，同了养娘朝云，往外边耍子。那朝云年十八岁，颇有姿色。随了奶子出来玩耍了一响，奶子道："姐姐，你与我略抱一抱，怕风大，我去将衣服来与他穿。"朝云接过抱了，奶子进去了一回出来，只听得公子啼哭之声；着了忙，两步当一步，走到面前，只见朝云一手抱了，一手伸在公子头上揉着。奶子疾忙近前看时,只见跌起老大一个疙瘩。便大怒发话道:"我略转得一转背,便把他跌了。你当不晓得他是老爷、夫人的性命? 若是知道,须连累我吃苦! 我便去告诉老爷、夫人,看你这小贱人逃得过这一顿责罚也不!"说罢,抱了公子,气愤愤的便走。朝云见他势头不好,一时性发,也接应道:"你这样老猪狗! 倚仗公子势利,便欺负人,破口骂我! 不要使尽了英雄! 莫说你是奶子,便是公子,我也从不曾见有七十岁的养头生。知他是拖来也是抱来的人? 却为这一跌便凌辱我!"朝云虽是口强,却也心慌,不敢便走进来。不想那奶子一五一十竟将朝云说话对刘元普说了。元普听罢,忻然说道:"这也怪他不得。七十生子,原是罕有,他一时妄言,何足计较?"当时奶子只道搬斗朝云一场,少也敲个半死,不想元普如此宽容,把一片火性化做半杯冰水,抱了公子自进去了。

却说元普当夜与夫人吃夜饭罢,自到书房里去安歇。分付女婢道:"唤朝云到我书房里来!"众女婢只道为日里事发,要难为他,倒替他担着一把干系,疾忙鹰拿燕雀的把朝云拿到。可怜朝云怀着鬼胎,战兢兢的立在刘元普面前,只打点领责。元普分付众人道:"你每多退去,只留朝云在此。"众人领命,一齐都散,不留一人。元普便叫朝云闭上了门。朝云正不知刘元普葫芦里卖出甚么药来。只见刘元普叫他近前,说道:"人之不能生育,多因交会之际,精力衰微,浮而不实,故艰于种子。若精力健旺,虽老犹少。你却道老年人不能生产,便把那抱别姓、借异种这样邪说疑我。我今夜留你在此,正要与你试一试精力,消你这点疑心。"元来刘元普初时只道自己不能生儿,所以不肯轻纳少年女子。如今已得过头生,便自放胆大了。又见梦中说"尚有一子",一时间不觉通融起来。那朝云也是偶然失言,不想到此分际,却也不敢违拗,只得伏侍元普解衣同寝。但见:

> 一个似八百年彭祖的长兄,一个似三十岁颜回的少女。尤云殢雨,密妃倾洛水,浇着寿星头;似水如鱼,吕望持钩竿,拨动杨妃舌。乘牛老君,搂住捧珠盘的龙女;骑驴古老,搭着执抓篱的仙姑。胥靡藤缠定牡丹花,绿毛龟采取芙蕖蕊。太白金星淫性发,上青玉女欲情来。

刘元普虽则年老,精神强悍。朝云只得忍着痛苦承受,约莫弄了一个更次,阳泄而止。

是夜刘元普便与朝云同睡,天明,朝云自进去了。刘元普起身对夫人说知此事,夫人只是笑。众女婢和奶子多道:"老爷一向极有正经,而今到恁般老没志气。"谁想刘元普和朝云只此一宵,便受了娠。刘元普也是一时要他不疑,卖弄本事,也不道如此快杀。夫人便铺个下房,劝相公册立朝云为妾。刘元普应允了,便与朝云戴笄,纳为后房,不时往朝云处歇宿。朝云想起当初一时失言,倒得了这一个好地位。刘元普与朝云戏语道:"你如今方信公子不是拖来抱来的了么?"朝云耳红面赤,不敢言语。转眼之间,又已十月满了。一日,朝云腹痛难禁,也觉得异香满室,生下一个儿子,方才落地,只听得外面喧嚷。刘元普出来看时,却是报李春郎状元及第的。刘元普见侄儿登第,不辜负了从前认义之心,又且正值生子之时,也是个大大吉兆,心下不胜快乐。当时报喜人就呈上李状元家书。刘元普拆开看道:

> 侄子母孤孀,得延残息足矣。赖伯父保全终始,遂得成名,皆伯父之赐也。迩来二尊人起居,想当佳胜。本欲给假,一候尊颜,缘侍讲东宫,不离朝夕,未得如心。姑寄御酒二瓶,为伯父颐老之资;宫花二朵,为贤郎鼎元之兆。临风神往,不尽鄙枕。

刘元普看毕,收了御酒宫花,正进来与夫人说知。只见公子天佑走将过来,刘元普唤住,递宫花与他道:"哥哥在京得第,特寄宫花与你,愿我儿他年琼林赐宴,与哥哥今日一般。"公子欣然接去,向头上乱插,望着爹娘唱了两个深喏,引得那两个老人家欢喜无限。刘元普随即修书贺喜,并说生次子之事。打发京中人去讫,便把皇封御酒祭献裴、李二公,然后与夫人同饮。从此又将次子取名天锡,表字梦符。兄弟日渐长成,十分乖觉。刘元普延师训诲,以待成人。又感上天佑庇,一发修桥砌路,广行阴德。裴、李二墓,每年春秋祭扫不题。

再表这李状元在京之事。那郑枢密院夫人魏氏,止生一幼女,名曰素娟,尚在襁褓。他只为姐夫姐姐早亡,甚是爱重甥女,故此李氏一门在他府中,十分相得。李状元自成名之后,授了东宫侍讲之职,深得皇太子之心。自此十年有余,真宗皇帝崩了,仁宗皇帝登极,优礼师傅,便超升李彦青为礼部尚书,进阶一品。那刘元普仗义之事,自仁宗为太子时,已自几次奏知。当日便进上一本,恳赐还乡祭扫,并乞褒封。仁宗颁下诏旨:"钱塘县尹李逊追赠礼部尚书;襄阳刺史裴习追复原官,各赐御祭一筵。青州刺史刘弘敬以原官加升三级。礼部尚书李彦青给假半年,还朝复职。"

李尚书得了圣旨,便同张老夫人、裴夫人、凤鸣小姐,谢别了郑枢密,驰驿回洛阳来。一路上车马旌旗,炫耀数里,府县官员出郭迎接。那李尚书去时尚是弱冠,来时已作大臣,却又年止三十。洛阳父老,观者如堵,都称叹刘公不但有德,抑且能识好人。当下李尚书家眷,先到刘家下马。刘元普夫妇闻知,忙排香案迎接圣旨,三呼已毕。张老夫人、李尚书、裴夫人俱各红袍玉带,率了凤鸣小姐,齐齐拜倒在地,称谢洪恩。刘元普扶起尚书,王夫人扶起夫人、小姐,就唤两位公子出来相见姊姊、兄嫂。众人看见兄弟二人,相貌魁梧,又酷似刘元普模样,无不欢喜。都称叹道:"大恩人生此双璧,无非积德所招。"随即排着御祭,到裴、李二公坟茔,焚黄奠酒。张氏等四人,各各痛哭一场,撤祭而回。

刘元普开筵贺喜。食供三套,酒行数巡。刘元普起身对尚书母子说道:"老夫有一衷肠之话,含藏十余年矣,今日不敢不说。令先君与老夫,生平实无一面之交。当贤母子来投,老夫茫然不知就里。及至拆书看时,并无半字。初时不解其意,仔细想将起来,必是闻得老夫虚名,欲待托妻寄子,却是从无一面,难叙衷情,故把空书藏着哑谜。老夫当日认假为真,虽妻子跟前不敢说破。其实所称八拜为交,皆虚言耳。今日喜得贤侄功成名遂,耀祖荣宗。老夫若再不言,是埋没令先君一段苦心也。"言毕,即将原书递与尚书母子展看。尚书母子号恸感谢。众人直至今日,才晓得空函认义之事,十分称叹不止。正是:

> 故旧托孤天下有,虚空认义古来无。
> 世人尽效刘元普,何必相交在始初?

当下刘元普又说起长公子求亲之事,张老夫人欣然允诺。裴夫人起身说道:"奴受爹爹厚恩,未报万一。今舅舅郑枢密生一表妹,名曰素娟,正与次弟同庚,奴家愿为作伐,成其配偶。"刘元普称谢了,当日无话。刘元普随后就与天佑聘了李凤鸣小姐。李尚书一面写表转达朝廷,奏闻空函认义之事,一面修书与郑公说合。不逾时,仁宗看了表章,龙颜大喜,惊叹刘弘敬盛德,随颁恩诏,除建访旌表外,特以李彦青之官封之,以彰殊典。那郑公素慕刘公高义,求婚之事,无有不从。李尚书既做了天佑舅舅,又做了天锡中表联襟,亲上加亲,十分美满。以后天佑状元及第,天锡进士出身,兄弟两人,青年同榜。刘元普直看二子成婚,各各生子。然后忽一夜梦见裴使君来拜道:"某任都城隍已满,乞公早赴瓜期,上帝已有旨矣。"次日无疾而终,恰好百岁。王夫人也自寿过八十。李尚书夫妇痛哭倍常,认作亲生父母,心丧六年。虽然刘氏自有子孙,李尚书却自年年致祭,这教做知恩报恩。唯有裴公无后,也是李氏子孙世世拜扫。自此世居洛阳,看守先茔,不回西粤。裴夫人生子,后来也出仕贵显。那刘天佑直做到同平章事,刘天锡直做到御史大夫。刘元普屡受褒封,子孙蕃衍不绝。此阴德之报也。

　　这本话文,出在《空缄记》,如今依传编成演义一回,所以奉劝世人为善。有诗为证:

　　　　阴阳总一理,祸福唯自求。

　　　　莫道天公远,须看刺史刘。

卷二十一

袁尚宝相术动名卿　郑舍人阴功叨世爵

诗曰：

> 燕门壮士吴门豪，筑中注铅鱼隐刀。
>
> 感君恩重与君死，泰山一掷若鸿毛。

话说唐德宗朝有个秀才，南剑州人，姓林名积，字善甫。为人聪俊，广览诗书，九经三史，无不通晓。更兼存心梗直，在京师太学读书，给假回家，侍奉母亲之病。母病愈，不免再往学中。免不得暂别母亲，相辞亲戚邻里，教当直王吉挑着行李，迤逦前进。在路但见：

> 或过山林，听樵歌于云岭；又经别浦，闻渔唱于烟波。或抵乡村，却遇市井。才见绿杨垂柳，影迷几处之楼台；那堪啼鸟落花，知是谁家之院宇？看处有无穷之景致，行时有不尽之驱驰。

饥餐渴饮，夜住晓行，无路登舟。不只一日至蔡州，到个去处，天色已晚。但见：

> 十里俄惊雾暗，九天倏睹星明。八方商旅卸行装，七级浮屠燃夜火。六翮飞鸟，争投栖于树杪；五花画舫，尽返棹于洲边。四野牛羊皆入栈，三江渔钓悉归家。两下招商，俱说此间可宿；一声画角，应知前路难行。

两个投宿于旅邸，小二哥接引，拣了一间宽洁房子，当直的安顿了担杖。善甫稍歇，讨了汤，洗了脚，随分吃了些晚食，无事闲坐则个。不觉早点灯，交当直安排宿歇，来日早行。当直王吉在床前打铺自睡。且说林善甫脱了衣裳也去睡，但觉物瘾其背，不能睡着。壁上有灯，尚犹未灭。遂起身揭起荐席看时，见一布囊，囊中有一锦囊，中有大珠百颗，遂收于箱箧中。当夜不在话下。

到来朝，天色已晓，但见：

> 晓雾妆成野外，残霞染就荒郊。耕夫陇上，朦胧月色将沉；织女机边，幌荡金乌欲出。牧牛儿尚睡，养蚕女未兴。樵舍外已闻犬吠，招提内尚见僧眠。

天色将晓，起来洗漱罢，系裹毕，教当直的，一面安排了行李，林善甫出房中来,问店主人:"前夕甚人在此房内宿?"店主人说道:"昨夕乃是一巨商。"林善甫见说:"此乃吾之故友也,因俟我失期。"看着那店主人道:"此人若回来寻时,可使他来京师上庠贯道斋,寻问林上舍,名积字善甫,千万! 千万! 不可误事!"说罢,还了房钱,相揖作别去了。王吉前面挑着行李什物,林善甫后面行,迤逦前进。林善甫放心不下,恐店主人忘了,遂于沿路上令王吉于墙壁粘手榜云:"某年某月某日,有剑浦林积假馆上庠,有故人'元珠',可相访于贯道斋。"不止一日,到了学中,参了假,仍旧归斋读书。

　　且说这囊珠子乃是富商张客遗下了去的。及至到于市中取珠欲货,方知失去,唬得魂不附体,道:"苦也! 我生受数年,只选得这包珠子。今已失了,归家妻子孩儿如何肯信?"再三思量,不知失于何处,只得再回,沿路店中寻讨。直寻到林上舍所歇之处,问店小二时,店小二道:"我却不知你失去物事。"张客道:"我歇之后,有甚人在此房中安歇?"店主人道:"我便忘了。从你去后,有个官人来歇一夜了,绝早便去。临行时分付道:'有人来寻时,可千万使他来京师上庠贯道斋,问林上舍,名积。'"张客见说,言语跷蹊,口中不道,心下思量:"莫是此人收得我之物?"当日只得离了店中,迤逦再取京师路上来。见沿路贴着手榜,中有"元珠"之句,略略放心。

　　不止一日,直到上庠,未去歇泊,便来寻问。学对门有个茶坊,但见:

　　　　木罂高悬,纸屏横挂。壁间名画,皆唐朝吴道子丹青;瓯内新茶,尽山居玉川子佳茗。

张客入茶坊吃茶。茶罢,问茶博士道:"此间有个林上舍否?"博士道:"上舍姓林的极多,不知是那个林上舍?"张客说:"贯道斋,名积字善甫。"茶博士见说:"这个,便是个好人。"张客见说道是好人,心下又放下二三分。张客说:"上舍多年个远亲,不相见,怕忘了。若来时,相指引则个。"正说不了,茶博士道:"兀的出斋来的官人便是。他在我家寄衫帽。"张客见了,不敢造次。林善甫入茶坊,脱了衫帽。张客方才向前,看着林上舍,唱个喏便拜。林上舍道:"男儿膝下有黄金,如何拜人?"那时林上舍不识他有甚事,但见张客簌簌地泪下,哽咽了说不得。歇定,便把这上件事一一细说一遍。林善甫见说,便道:"不要慌。物事在我处。我且问你则个,里面有甚么?"张客道:"布囊中有锦囊,内有大珠百颗。"林上舍道:"多说得是。"带他到安歇处,取物交还。张客看见了道:"这个便是,不愿都得,但只觅得一半,归家养膳老小,感戴恩德不浅。"

林善甫道："岂有此说！我若要你一半时，须不沿路粘贴手榜，交你来寻。"张客再三不肯都领，情愿只领一半。林善甫坚执不受。如此数次相推，张客见林上舍再三再四不受，感戴洪恩不已，拜谢而去，将珠子一半于市货卖。卖得银来，舍在有名佛寺斋僧，就与林上舍建立生祠供养，报答还珠之恩。善甫后来一举及第。诗云：

> 林积还珠古未闻，利心不动道心存。

> 暗施阴德天神助，一举登科耀姓名。

善甫后来位至三公，二子历任显宦。古人云："积善有善报，积恶有恶报。积善之家必有余庆，作恶之家必有余殃。"正是：

> 黑白分明造化机，谁人会解劫中危？

> 分明指与长生路，争奈人心着处迷！

此本话文，叫做《积善阴骘》，乃是京师老郎传留至今。小子为何重宣这一遍？只为世人贪财好利，见了别人钱钞，昧着心就要起发了，何况是失下的？一发是应得的了，谁肯轻还本主？不知冥冥之中，阴功极重。所以裴令公相该饿死，只因还了玉带，后来出将入相；窦谏议命主绝嗣，只为还了遗金，后来五子登科。其余小小报应，说不尽许多。而今再说一个一点善念，直到得脱了穷胎，变成贵骨，说与看官们一听，方知小子劝人做好事的说话，不是没来历的。

你道这件事出在何处？国朝永乐爷爷未登帝位，还为燕王。其时有个相士叫袁柳庄，名珙，在长安酒肆，遇见一伙军官打扮的在里头吃酒。柳庄把内中一人看了一看，大惊下拜道："此公乃真命天子也！"其人摇手道："休得胡说！"却问了他姓名去了。明日只见燕府中有懿旨，召这相士。相士朝见，抬头起来，正是昨日酒馆中所遇之人。元来燕王装作了军官，与同护卫数人出来微行的。就密教他仔细再相，柳庄相罢称贺，从此燕王决了大计。后来靖了内难，乃登大宝，酬他一个三品京职。其子忠彻，亦得荫为尚宝司丞。人多晓得柳庄神相，却不知其子忠彻传了父术，也是一个百灵百验的。京师显贵公卿，没一个不与他往来，求他风鉴的。

其时有一个姓王的部郎，家中人眷不时有病。一日，袁尚宝来拜，见他面有忧色，问道："老先生尊容滞气，应主人眷不宁。然不是生成的，恰似有外来妨碍，原可趋避。"部郎道："如何趋避？望请见教。"正说话间，一个小厮捧了茶盘出来送茶。尚宝看了一看，大惊道："元来如此！"须臾吃罢茶，小厮接了茶钟进去了。尚宝密对部郎道："适来送茶小童，是何名字？"部郎道："问他怎的？"尚宝道："使宅上人眷不宁者，此子也。"部郎道："小厮姓郑，名兴儿，就是此间收的，未上一年。老实勤紧，颇称得用。他如何能使家下不宁？"尚宝道："此小厮相能妨主，若留过一年之外，便要损人口，岂止不宁而已！"部郎意犹不信道："怎便到此？"尚宝道："老先生岂不闻马有的卢能妨主、手版能忤人君的故事么？"部郎省悟道："如此，只得遣了他罢了。"部郎送了尚宝出门，进去与夫人说了适间之言。女眷们见说了这等说话，极易听信的。又且袁尚宝相术有名，那一个不晓得？部郎是读书之人，还有些倔强未服，怎当得夫人一点疑心之根，再拔不出了。部郎就唤兴儿到跟前，打发他出去。兴儿大惊道："小的并不曾坏老爷事体，如何打发小的？"部郎道："不为你坏事，只因家中人口不安，袁尚宝爷相道：'都是你的缘故。'没奈何打发你在外去过几时，看光景再处。"兴儿也晓得袁尚宝相术通神，如此说了，毕竟难留；却又舍不得家主，大哭一场，拜倒在地。部郎也有好些不忍，没奈何强遣了他。果然兴儿出去了，家中人口从此平安。部郎合家越信尚宝之言不为虚谬。

　　话分两头，且说兴儿含悲离了王家，未曾寻得投主，权在古庙栖身。一日，走到坑厕上厕屎，只见壁上挂着一个包裹，他提下来一看，乃是布线密扎，且是沉重。解开看，乃是二十多包银子。看见了，伸着舌头缩不进来道："造化！造化！我有此银子，不忧贫了。就是家主赶了出来，也不妨。"又想一想道："我命本该穷苦，投靠了人家，尚且道是相法妨碍家主，平白无事赶了出来，怎得有福气受用这些物事？此必有人家干甚紧事，带了来用，因为登东司，挂在壁间，失下了的，未必不关着几条性命。我拿了去，虽无人知道，却不做了阴骘事体？毕竟等人来寻，还他为是。"左思右想，带了这个包裹，不敢走离坑厕，沉吟到将晚，不见人来。放心不下，取了一条草荐，竟在坑板上铺了，把包裹塞在头底下，睡了一夜。

　　明日绝早，只见一个人斗蓬眼肿，走到坑中来，见有人在里头，看一看壁间，吃了一惊道："东西已不见了，如何回去得？"将头去坑墙上乱撞。兴儿慌忙止他道："不要性急！有甚话，且与我说个明白。"那个人道："主人托俺将着银子到京中做事，昨日偶因登厕，寻个竹钉，挂在壁上。已后登厕已完，竟自去了，忘记取了包裹。而今主人的事，既做不得，银子又无了，怎好白手回去见他？要这性命做甚？"兴儿道："老兄不必着忙，银子是小弟拾得在此，自当奉璧。"那个人听见了，笑逐颜开道："小哥若肯见还，当以一半奉谢。"兴儿道："若要谢时，我昨夜连包拿了去不得？何苦在坑板上忍了臭气睡这一夜！不要昧了我的心。"把包裹一撩，竟还了他。那个人见是个小厮，又且说话的确，做事慷慨，便问他道："小哥高姓？"兴儿道："我姓郑。"那个人道："俺的主人，也姓郑，河间府人，是个世袭指挥。只因进京来讨职事做，叫俺拿银子来使用。不知是昨日失了，今日却得小哥还俺。俺明日做事停当了，同小哥去见俺家主，说小哥这等好意，必然有个好处。"两个欢欢喜喜，同到一个饭店中，殷殷勤勤，买酒请他，问他本身来历。他把投靠王家，因相被逐，一身无归，上项苦情，各细述了一遍。那个人道："小哥患难之中，见财不取，一发难得。而今不必别寻道路，只在我下处同住了，待我干成了这事，带小哥到河间府罢了。"兴儿就问那个人姓名。那个人道："俺姓张，在郑家做都管，人只叫我做张都管。不要说俺家主人，就是俺自家，也盘缠得小哥一两个月起的。"兴儿正无投奔，听见如此说，也自喜欢。从此只在饭店中安歇，与张都管看守行李，张都管自去兵部做事。有银子得用了，自然无不停当，取郑指挥做了巡抚标下旗鼓官。张都管欣然走到下处，对兴儿道："承小哥厚德，主人已得了职事。这分明是小哥作成的。俺与你只索同到家去报喜罢了，不必在此停留。"即忙收拾行李，雇了两个牲口，做一路回来。

到了家门口，张都管留兴儿在外边住了，先进去报与家主郑指挥。郑指挥见有了衙门，不胜之喜，对张都管道："这事全亏你能干得来。"张都管说道："这事全非小人之能，一来主人福荫，二来遇个恩星，得有今日。若非那个恩星，不要说主人官职，连小人性命也不能勾回来见主人了。"郑指挥道："是何恩星？"张都管把登厕失了银子，遇着郑兴儿厕板上守了一夜，原封还他，从头至尾，说了一遍。郑指挥大惊道："天下有这样义气的人！而今这人在那里？"张都管道："小人不敢忘他之恩，邀他同到此间拜见主人，见在外面。"郑指挥道："正该如此，快请进来。"

张都管走出门外，叫了兴儿一同进去见郑指挥。兴儿是做小厮过的，见了官人，不免磕个头下去。郑指挥自家也跪将下去，扶住了，说道："你是俺恩人，如何行此礼！"兴儿站将起来，郑指挥仔细看了一看道："此非下贱之相，况且器量宽洪，立心忠厚，他日必有好处。"讨坐来与他坐了。兴儿那里肯坐？

推逊了一回,只得依命坐了。指挥问道:"足下何姓?"兴儿道:"小人姓郑。"指挥道:"忝为同姓,一发妙了。老夫年已望六,尚无子嗣,今遇大恩,无可相报。不是老夫要讨便宜,情愿认义足下做个养子,恩礼相待,少报万一。不知足下心下如何?"兴儿道:"小人是执鞭坠登之人,怎敢当此?"郑指挥道:"不如此说,足下高谊,实在古人之上。今欲酬以金帛,足下既轻财重义,岂有重资不取,反受薄物之理? 若便恝然无关,视老夫为何等负义之徒? 幸叨同姓,实是天缘,只恐有屈了足下,于心不安。足下何反见外如此?"指挥执意既坚,张都管又在旁边一力撺掇,兴儿只得应承。当下拜了四拜,认义了。此后,内外人多叫他是郑大舍人,名字叫做郑兴邦,连张都管也让他做小家主了。

那舍人北边出身,从小晓得些弓马;今在指挥家,带了同往蓟州任所,广有了得的教师,日日教习,一发熟娴,指挥愈加喜欢;况且做人和气,又凡事老成谨慎,合家之人,无不相投。指挥已把他名字报去,做了个应袭舍人。那指挥在巡抚标下,甚得巡抚之心。年终累荐,调入京营,做了游击将军,连家眷进京,郑舍人也同往。到了京中,骑在高头骏马上,看见街道,想起旧日之事,不觉凄然泪下。有诗为证:

　　昔年在此拾遗金,蓝缕身躯乞丐心。

　　怒马鲜衣今日过,泪痕还似旧时深。

且说郑游击又与舍人用了些银子,得了应袭冠带,以指挥职衔听用。在京中往来拜客,好不气概! 他自离京中,到这个地位,还不上三年。此时王部郎也还在京中,舍人想道:"人不可忘本,我当时虽被王家赶了出来,却是主人原待得我好的。只因袁尚宝有妨碍主人之说,故此听信了他,原非本意。今我自到义父家中,何曾见妨了谁来? 此乃尚宝之妄言,不关旧主之事。今得了这个地步,还该去见他一见,才是忠厚。只怕义父怪道翻出旧底本,人知不雅,未必相许。"即把此事,从头至尾,来与养父郑游击商量。游击称赞道:"贵不忘贱,新不忘旧,都是人生实受用好处,有何妨碍? 古来多少王公大人,天子宰相,在尘埃中屠沽下贱起的,大丈夫正不可以此芥蒂。"

舍人得了养父之言,即便去穿了素衣服,腰系金镶角带,竟到王部郎寓所来。手本上写着"门下走卒应袭听用指挥郑兴邦叩见"。

王部郎接了手本,想了一回道:"此是何人,却来见我? 又且写'门下走卒',是必曾在那里相会过来。"心下疑惑。元来京里部官清淡,见是武官来见,想是有些油水的,不到得作难,就叫"请进"。郑舍人一见了王部郎,连忙磕头下去。王部郎虽是旧主人,今见如此冠带换扮了,一时那里遂认得,慌忙扶住道:"非是统属,如何行此礼?"舍人道:"主人岂不记那年的兴儿么?"部郎仔细一看,骨格虽然不同,体态还认得出,吃了一惊道:"足下何自能致身如此?"舍人把认了义父,讨得应袭指挥,今义父见在京营做游击的话,说了一遍,道:"因不忘昔日看待之恩,敢来叩见。"王部郎见说罢,只得看坐。舍人再三不肯道:"分该侍立。"部郎道:"今足下已是朝廷之官,如何拘得旧事?"舍人不得已,旁坐了。部郎道:"足下有如此后步,自非家下所能留。只可惜袁尚宝妄言误我,致得罪于足下,以此无颜。"舍人道:"凡事有数,若当时只在主人处,也不能得认义父,以有今日。"部郎道:"事虽如此,只是袁尚宝相术可笑,可见向来浪得虚名耳。"

正要摆饭款待,只见门上递上一帖进来道:"尚宝袁爷要来面拜。"部郎抚掌大笑道:"这个相不着的又来了。正好取笑他一回。"便对舍人道:"足下且到里面去,只做旧时妆扮了,停一会待我与他坐了,竟出来照旧送茶,看他认得出认不出?"舍人依言,进去卸了冠带,与旧日同伴,取了一件青长衣披了。听得外边尚宝坐定讨茶,双手捧了一个茶盘,恭恭敬敬出来送茶。袁尚宝注目一看,忽地站了起来道:"此位何人?乃在此送茶!"部郎道:"此前日所逐出童子兴儿便是。今无所归,仍来家下服役耳。"尚宝道:"何太欺我?此人不论后日,只据目下,乃是一金带武职官,岂宅上服役之人哉?"部郎大笑道:"老先生不记得前日相他妨碍主人,累家下人口不安的说话了?"尚宝方才省起向来之言,再把他端相了一回,笑道:"怪哉!怪哉!前日果有此言。却是前日之言,也不差;今日之相,也不差。"部郎道:"何解?"尚宝道:"此君满面阴德纹起,若非救人之命,必是还人之物,骨相已变。看来有德于人,人亦报之。今日之贵,实由于此。非学生有误也。"舍人不觉失声道:"袁爷真神人也!"遂把厕中拾金还人,与挈到河间认义父亲,应袭冠带前后事,备细说了一遍,道:"今日念旧主,所以到此。"部郎起初只晓得认义之事,不晓得还金之事。听得说罢,肃然起敬道:"郑君德行,袁公神术,俱足不朽!快教取郑爷冠带来。"穿着了,重新与尚宝施礼。部郎连尚宝多留了筵席,三人尽欢而散。

次日王部郎去拜了郑游击,就当答拜了舍人。遂认为通家,往来不绝。后日郑舍人也做到游击将军而终,子孙竟得世荫。只因一点善念,脱胎换骨,享此爵禄。所以奉劝世人，只宜行好事，天并不曾亏了人。有古风一首为证：

　　袁公相术真奇绝，唐举许负无差别。
　　片言甫出鬼神惊，双眸略展荣枯决。
　　儿童妨主运何乖？流落街衢实可哀。
　　还金一举堪夸羡，善念方萌已脱胎。
　　郑公生平原倜傥，百计思酬恩谊广。
　　螟蛉同姓是天缘，冠带加身报不爽。
　　京华重忆主人情，一见袁公便起惊。
　　阴功获福从来有，始信时名不浪称。

卷二十二

钱多处白丁横带　运退时刺史当艄

诗云：

> 菀枯本是无常数，何必当风使尽帆？
>
> 东海扬尘犹有日，白衣苍狗刹那间。

话说人生荣华富贵，眼前的多是空花，不可认为实相。如今人一有了时势，便自道是"万年不拔之基"，旁边看的人也是一样见识。岂知转眼之间，灰飞烟灭，泰山化作冰山，极是不难的事。俗语两句说得好："宁可无了有，不可有了无。"专为贫贱之人，一朝变泰，得了富贵，苦尽甜来，滋味深长。若是富贵之人，一朝失势，落泊起来，这叫做"树倒猢狲散"，光景着实难堪了。却是富贵的人，只据目前时势，横着胆，昧着心，任情做去，那里管后来有下梢没下梢！

曾有一个笑话，道是一个老翁，有三子，临死时分付道："你们倘有所愿，实对我说。我死后求之上帝。"一子道："我愿官高一品。"一子道："我愿田连万顷。"末一子道："我无所愿，愿换大眼睛一对。"老翁大骇道："要此何干？"其子道："等我撑开了大眼，看他们富的富，贵的贵。"此虽是一个笑话，正合着古人云：常将冷眼观螃蟹，看你横行得几时？虽然如此，然那等熏天赫地富贵人，除非是遇了朝廷诛戮，或是生下子孙不肖，方是败落散场，再没有一个身子上，先前做了贵人，以后流为下贱，现世现报，做人笑柄的。看官，而今且听小子先说一个好笑的，做个"入话"。

唐朝僖宗皇帝即位，改元乾符。是时阉官骄横，有个小马坊使内官田令孜，是上为晋王时有宠，及即帝位，使知枢密院，遂擢为中尉。上时年十四，专事游戏，政事一委令孜，呼为"阿父"，迁除官职，不复关白。其时，京师有一流棍，名叫李光，专一阿谀逢迎，谀事令孜。令孜甚是喜欢信用，荐为左军使；忽一日，奏授朔方节度使。岂知其人命薄，没福消受，敕下之日，暴病卒死。遗有一子，名唤德权，年方二十余岁。令孜老大不忍，心里要抬举他，不论好歹，署了他一个剧职。时黄巢破长安，中和元年陈敬瑄在成都遣兵来迎僖皇。令孜遂劝僖皇幸蜀，令孜扈驾，就便叫了李德权同去。僖皇行在住于成都，令孜与敬瑄相与交结，盗专国柄，人皆畏威。德权在两人左右，远近仰奉，凡奸豪求名求利者，多贿赂德权，替他两处打关节。数年之间，聚贿千万，累官至金紫光禄大夫、检校右仆射，一时薰灼无比。

后来僖皇薨逝，昭皇即位，大顺二年四月，西川节度使王建屡表请杀令孜、敬瑄。朝廷惧怕二人，不敢轻许，建使人告敬瑄作乱，令孜通凤翔书，不等朝廷旨意，竟执二人杀之。草奏云：

> 开柙出虎，孔宣父不责他人；当路斩蛇，孙叔敖盖非利己。专杀不行于阃外，先机恐失于彀中。

于时追捕二人余党甚急。德权脱身遁于复州，平日枉有金银财货，万万千千，一毫却带不得，只走得空身。盘缠了几日，衣服多当来吃了，单衫百结，乞食通途。可怜昔日荣华，一旦付之春梦！

却说天无绝人之路。复州有个后槽健儿，叫做李安。当日李光未际时，与他相熟。偶在道上行走，忽见一人褴褛丐食。仔细一看，认得是李光之子德权。心里恻然，邀他到家里，问他道：“我闻得你父子在长安富贵，后来破败，今日何得在此？”德权将官司追捕田、陈余党，脱身亡命，到此困穷的话，说了一遍。李安道：“我与汝父有交，你便权在舍下住几时，怕有人认得，你可改个名，只认做我的侄儿，便可无事。”德权依言，改名彦思，就认他这看马的做叔叔，不出街上乞化了。未及半年，李安得病将死，彦思见后槽有官给的工食，遂叫李安投状，道：“身已病废，乞将侄彦思继充后槽。”不数日，李安果死，彦思遂得补充健儿，为牧守圉人，不须忧愁衣食，自道是十分侥幸。岂知渐渐有人晓得他曾做仆射过的，此时朝政紊乱，法纪废弛，也无人追究他的踪迹。但只是起他个混名，叫他做“看马李仆射”。走将出来时，众人便指手点脚，当一场笑话。看官，你道“仆射”是何等样大官？“后槽”是何等样贱役？如今一人身上先做了仆射，收场结果做得个看马的，岂不可笑？却又一件，那些人依附内相，原是冰山，一朝失势，破败死亡，此是常理。留得残生看马，还是便宜的事，不足为怪。

如今再说当日同时有一个官员，虽是得官不正，侥幸来的，却是自己所挣。谁知天不帮衬，有官无禄。并不曾犯着一个对头，并不曾做着一件事体，都是命里所招，下梢头弄得没出豁，比此更为可笑。诗曰：

富贵荣华何足论？从来世事等浮云。

登场傀儡休相吓，请看当艄郭使君！

这本话文，就是唐僖宗朝，江陵有一个人，叫做郭七郎。父亲在日，做江湘大商，七郎长随着船上去走的。父亲死过，是他当家了，真个是家资巨万，产业广延，有鸦飞不过的田宅，贼扛不动的金银山，乃楚城富民之首。江、淮、河朔的贾客，多是领他重本，贸易往来。却是这些富人惟有一项，不平心是他本等：大等秤进，小等秤出。自家的，歹争做好；别人的，好争做歹。这些领他本钱的贾客，没有一个不受尽他累的。各各吞声忍气，只得受他。你道为何？只为本钱是他的，那江湖上走的人，挣得陪些辛苦在里头，随你尽着欺心算帐，还只是仗他资本营运，毕竟有些便宜处。若一下冲撞了他，收拾了本钱去，就没蛇得弄了。故此随你克剥，只是行得去的。本钱越弄越大，所以富的人只管富了。

那时有一个极大商客，先前领了他几万银子，到京都做生意，去了几年，久无音信。直到乾符初年，郭七郎在家想着，这注本钱没着落，他是大商，料无所失。可惜没个人往京去一讨。又想一想道："闻得京都繁华去处，花柳之乡，不若借此事由，往彼一游。一来可以索债，二来买笑追欢，三来觑个方便，觅个前程，也是终身受用。"算计已定。七郎有一个老母、一弟一妹在家，奴婢下人无数，只是未曾娶得妻子。当时分付弟妹承奉母亲，着一个都管看家，余人各守职业做生理。自己却带几个惯走长路会事的家人在身边，一面到京都来。

七郎从小在江湖边生长，贾客船上往来，自己也会撑得篙，摇得橹，手脚快便，把些饥餐渴饮之路，不在心上，不则一日到了。元来那个大商，姓张名全，混名张多宝，在京都开几处解典库，又有几所缫缎铺，专一放官吏债，打大头脑的。至于居间说事，卖官鬻爵，只要他一口担当，事无不成。也有叫他做"张多保"的，只为凡事多是他保得过，所以如此称呼。满京人无不认得他的。郭七郎到京，一问便着。他见七郎到了，是个江湘债主，起初进京时节，多亏他的几万本钱做桩，才做得开，成得这个大气概。一见了欢然相接，叙了寒温，便摆起酒来。把轿去教坊里，请了几个有名的衒衒前来陪侍，宾主尽欢。酒散后，就留一个绝顶的妓者，叫做王赛儿，相伴了七郎，在一个书房里宿了。富人待富人，那房舍精致，帷帐华侈，自不必说。

次日起来，张多保不待七郎开口，把从前连本连利一算，约该有十来万了，就如数搬将出来，一手交兑。口里道："只因京都多事，脱身不得，亦且挈了重资，江湖上难走，又不可轻另托人，所以迟了几年。今得七郎自身到此，交明了此一宗，实为两便。"七郎见他如此爽利，心下喜欢，便道："在下初入京师，未有下处。虽承还清本利，却未有安顿之所，有烦兄长替在下寻个寓舍何如？"张多保道："舍下空房尽多，闲时还要招客，何况兄长通家，怎到别处作寓？只须在舍下安歇。待要启行时，在下周置动身，管取安心无虑。"七郎大喜，就在张家间壁一所大客房住了。当日取出十两银子送与王赛儿，做昨日缠头之费。夜间七郎摆还席，就央他陪酒。张多保不肯要他破钞，自己也取十两银子来送，叫还了七郎银子。七郎那里肯！推来推去，大家多不肯收进去，只便宜了这王赛儿，落得两家都收了，两人方才快活。是夜，宾主两个与同王赛儿行令作乐饮酒，愈加熟分有趣，吃得酩酊而散。

王赛儿本是个有名的上厅行首，又见七郎有的是银子，放出十分擒拿的手段来。七郎一连两宵，已此着了迷魂汤，自此同行同坐，时刻不离左右，径不放赛儿到家里去了。赛儿又时常接了家里的妹妹，轮递来陪酒插趣。七郎赏赐无算，那鸨儿又有做生日、打差买物事、替还债许多科分出来。七郎挥金如土，并无吝惜。才是行径如此，便有帮闲钻懒一班儿人，出来诱他去跳槽。大凡富家浪子心性最是不常，搭着便生根的，见了一处，就热一处。王赛儿之外，又有陈娇、黎玉、张小小、郑翩翩，几处往来，都一般的撒漫使钱。那伙闲汉，又领了好些王孙贵戚好赌博的，牵来局赌。做圈做套，赢少输多，不知骗去了多少银子。

七郎虽是风流快活，终久是当家立计好利的人，起初见还的利钱都在里头，所以放松了些手。过了三数年，觉道用得多了，捉捉后手看，已用过了一半有多了。心里猛然想着家里头，要回家，来与张多保商量。张多保道："此时正是濮人王仙芝作乱，劫掠郡县，道路梗塞。你带了偌多银两，待往那里去？恐到不得家里。不如且在此盘桓几时，等路上平静好走，再去未迟。"七郎只得又住了几日。偶然一个闲汉叫做包走空包大，说起朝廷用兵紧急，缺少钱粮，纳了些银子，就有官做；官职大小，只看银子多少。说得郭七郎动了火，问道："假如纳他数百万钱，可得何官？"包大道："如今朝廷昏浊，正正经经纳钱，就是得官，也只有数，不能勾十分大的。若把这数百万钱拿去，私下买嘱了主爵的官人，好歹也有个刺史做。"七郎吃一惊道："刺史也是钱买得的？"包大道："而今的世界，有甚么正经？有了钱，百事可做，岂不闻崔烈五百万买了个司徒么？而今空名大将军告身，只换得一醉；刺史也不难的。只要通得关节，我包你做得来便是。"

正说时，恰好张多保走出来，七郎一团高兴，告诉了适才的说话。张多保道："事体是做得来的，在下手中也弄过几个了。只是这件事，在下不撺掇得兄长做。"七郎道："为何？"多保道："而今的官有好些难做。他们做得兴头的，多是有根基，有脚力，亲戚满朝，党与四布，方能勾根深蒂固，有得钱赚，越做越高。随你去剥削小民，贪污无耻，只要有使用，有人情，便是万年无事的。兄长不过是白身人，便弄上一个显官，须无四壁倚仗，到彼地方，未必行得去。就是行得去时，朝里如今专一讨人便宜，晓得你是钱换来的，略略等你到任一两个月，有了些光景，便道勾你了，一下子就涂抹着，岂不枉费了这些钱？若是官好做时，在下也做多时了。"七郎道："不是这等说，小弟家里有的是钱，没的是官。况且身边现有钱财，总是不便带得到家，何不于此处用了些？博得个腰金衣紫，也是人生一世，草生一秋。就是不赚得钱时，小弟家里原不希罕这钱的；就是不做得兴时，也只是做过了一番官了。登时住了手，那荣耀是落得的。小弟见识已定，兄长不要扫兴。"多保道："既然长兄主意要如此，在下当得效力。"

当时就与包大两个商议去打关节，那个包大走跳路数极熟，张多保又是个有身家、干大事惯的人，有什么弄不来的事？元来唐时使用的是钱，千钱为"缗"，就用银子准时，也只是以钱算帐。当时一缗钱，就是今日的一两银子，宋时却叫做一贯了。张多保同包大将了五千缗，悄悄送到主爵的官人家里。那个主爵的官人，是内官田令孜的收纳户，百灵百验。又道是"无巧不成话"，其时有个粤西横州刺史郭翰，方得除授，患病身故，告身还在铨曹。主爵的受了郭七郎五千缗，就把籍贯改注，即将郭翰告身转付与了郭七郎。从此改名，做了郭翰。张多保与包大接得横州刺史告身，千欢万喜，来见七郎称贺。

七郎此时头轻脚重，连身子都麻木起来。包大又去唤了一部梨园子弟。张多保置酒张筵，是日就换了冠带。那一班闲汉，晓得七郎得了个刺史，没一个不来贺喜撮空。大吹大擂，吃了一日的酒。又道是："苍蝇集秽，蝼蚁集膻，鹁鸽子旺边飞。"七郎在京都，一向撒漫有名，一旦得了刺史之职，就有许多人来投靠他做使令的,少不得官不威、牙爪威。做都管,做大叔,走头站,打驿吏,欺估客,诈乡民,总是这一干人了。

郭七郎身子如在云雾里一般,急思衣锦荣归,择日起身,张多保又设酒饯行。起初这些往来的闲汉、姊妹,多来送行。七郎此时眼孔已大,各各赏发些赏赐,气色骄傲,旁若无人。那些人让他是个见任刺史,胁肩诌笑,随他怠慢。只消略略眼梢带去,口角惹着,就算是十分殷勤好意了。如此撺哄了几日,行装打迭已备,齐齐整整起行,好不风骚! 一路上想道:“我家里资产既饶,又在大郡做了刺史,这个富贵,不知到那里才住?”心下喜欢,不觉日逐卖弄出来。那些原跟去京都家人,又在新投的家人面前,夸说着家里许多富厚之处,那新投的一发喜欢,道是投得着好主了,前路去耀武扬威,自不必说。无船上马,有路登舟,看看到得江陵境上来。七郎看时吃了一惊。但见:

> 人烟稀少,闾井荒凉。满前败宇颓垣,一望断桥枯树。乌焦木柱,无非放火烧残;赭白粉墙,尽是杀人染就。尸骸没主,乌鸦与蝼蚁相争;鸡犬无依,鹰隼与豺狼共饱。任是石人须下泪,总教铁汉也伤心。

元来江陵渚宫一带地方,多被王仙芝作寇残灭,里闾人物,百无一存。若不是水道明白,险些认不出路径来。七郎看见了这个光景,心头已自劈劈地跳个不住。到了自家岸边,抬头一看,只叫得苦。原来都弄做了瓦砾之场,偌大的房屋,一间也不见了。母亲、弟妹、家人等,俱不知一个去向。慌慌张张,走头无路,着人四处找寻。找寻了三四日,撞着旧时邻人,问了详细,方知地方被盗兵抄乱,弟被盗杀,妹被抢去,不知存亡。止剩得老母与一两个丫头,寄居在古庙旁边两间茅屋之内,家人俱各逃窜,囊橐尽已荡空。老母无以为生,与两个丫头替人缝针补线,得钱度日。七郎闻言,不胜痛伤,急急领了从人,奔至老母处来。母子一见,抱头大哭。老母道:“岂知你去后,家里遭此大难! 弟妹俱亡,生计都无了!”七郎哭罢,拭泪道:“而今事已到此,痛伤无益。亏得儿子已得了官,还有富贵荣华日子在后面,母亲且请宽心。”母亲道:“儿得了何官?”七郎道:“官也不小,是横州刺史。”母亲道:“如何能勾得此显爵?”七郎道:“当今内相当权,广有私路,可以得官。儿子向张客取债,他本利俱还,钱财尽多在身边,所以将钱数百万,勾干得此官。而今衣锦荣归,省看家里,随即星夜到任去。”

七郎叫众人取冠带过来,穿着了,请母亲坐好,拜了四拜。又叫身边随从旧人及京中新投的人，俱各磕头，称"太夫人"。母亲见此光景，虽然有些喜欢，却叹口气道："你在外边荣华，怎知家丁尽散，分文也无了？若不营勾这官，多带些钱归来用度也好。"七郎道："母亲诚然女人家识见，做了官，怕少钱财？而今那个做官的家里，不是千万百万，连地皮多卷了归家的？今家业既无，只索撇下此间，前往赴任，做得一年两年，重撑门户，改换规模，有何难处？儿子行囊中还剩有二三千缗，尽勾使用，母亲不必忧虑。"母亲方才转忧为喜，笑逐颜开道："亏得儿子峥嵘有日，奋发有时，真是谢天谢地！若不是你归来，我性命只在目下了。而今何时可以动身？"七郎道："儿子原想此一归来，娶个好媳妇，同享荣华。而今看这个光景，等不得做这个事了。且待上了任再做商量。今日先请母亲上船安息。此处既无根绊，明日换个大船，就做好日开了罢。早到得任一日，也是好的。"

当夜，请母亲先搬在来船中了，茅舍中破锅破灶破碗破罐，尽多撇下。又分付当直的雇了一只往西粤长行的官船，次日搬过了行李，下了舱口停当。烧了利市神福，吹打开船。此时老母与七郎俱各精神荣畅，志气轩昂。七郎不曾受苦，是一路兴头过来的，虽是对着母亲，觉得满盈得意，还不十分怪异；那老母是历过苦难的，真是地下超升在天上，不知身子几多大了。一路行去，过了长沙，入湘江，次永州。州北江墇有个佛寺，名唤兜率禅院。舟人打点泊船在此过夜，看见岸边有大楠树一株，围合数抱，遂将船缆结在树上，结得牢牢的，又钉好了桩撅。七郎同老母进寺随喜，从人撑起伞盖跟后。寺僧见是官员，出来迎接送茶。私问来历，从人答道："是见任西粤横州刺史。"寺僧见说是见任官，愈加恭敬，陪侍指引，各处游玩。那老母但看见佛菩萨像，只是磕头礼拜，谢他覆庇。天色晚了，俱各回船安息。

黄昏左侧，只听得树梢呼呼的风响。须臾之间，天昏地黑，风雨大作。但见：

> 封姨逞势，巽二施威。空中如万马奔腾，树杪似千军拥沓。浪涛澎湃，分明战鼓齐鸣；圩岸倾颠，恍惚轰雷骤震。山中虓虎啸，水底老龙惊。尽知巨树可维舟，谁道大风能拔木！

众人听见风势甚大，心下惊惶。那艄公心里道是江风虽猛，亏得船系在极大的树上，生根得牢，万无一失。睡梦之中，忽听得天崩地裂价一声响亮，元来那株楠树年深日久，根行之处，把这些帮岸都拱得松了。又且长江巨浪，日夜淘洗,岸如何得牢?那树又大了,本等招风,怎当这一只狼犺的船,尽做力生根在这树上?风打得船猛,船牵得树重,树趁着风威,底下根在浮石中绊不住了,豁喇一声,竟倒在船上来,把只船打得粉碎。船轻树重,怎载得起?只见水乱滚进来,船已沉了。船中碎板,片片而浮,睡的婢仆,尽没于水。说时迟,那时快,艄公慌了手脚,喊将起来。郭七郎梦中惊醒,他从小原晓得些船上的事,与同艄公竭力死拖住船缆,才把个船头凑在岸上,搁得住。急在舱中水里,扶得个母亲,搀到得岸上来,逃了性命。其后艄人等,舱中什物行李,被几个大浪泼来,船底俱散,尽漂没了。其时,深夜昏黑,山门紧闭,没处叫唤,只得披着湿衣,三人捶胸跌脚价叫苦。

守到天明,山门开了,急急走进寺中,问着昨日的主僧。主僧出来,看见他慌张之势,问道:"莫非遇了盗么?"七郎把树倒舟沉之话说了一遍。寺僧忙走出看,只见岸边一只破船,沉在水里,岸上大樋树倒来压在其上了,吃了一惊,急叫寺中火工道者人等,一同艄公,到破板舱中,遍寻东西。俱被大浪打去,没讨一些处。连那张刺史的告身,都没有了。寺僧权请进一间静室,安住老母,商量到零陵州州牧处陈告情由,等所在官司替他动了江中遭风失水的文书,还可赴任。计议已定,有烦寺僧一往。寺僧与州里人情厮熟,果然叫人去报了。谁知:

　　浓霜偏打无根草,祸来只奔福轻人。

那老母原是兵戈扰攘中,看见杀儿掠女,惊坏了再苏的,怎当夜来这一惊可又不小,亦且婢仆俱亡,生资都尽,心中转转苦楚,面如蜡搽,饮食不进,只是哀哀啼哭,卧倒在床,起身不得了。七郎愈加慌张,只得劝母亲道:"留得青山在,不怕没柴烧。虽是遭此大祸,儿子官职还在,只要到得任所便好了。"老母带者哭道:"儿,你娘心胆俱碎,眼见得无那活的人了,还说这太平的话则甚?就是你做得官,娘看不着了!"七郎一点痴心,还指望等娘好起来,就地方起个文书前往横州到任,有个好日子在后头。谁想老母受惊太深,一病不起。过不多两日,呜呼哀哉,伏惟尚飨。七郎痛哭一场,无计可施。又与僧家商量,只得自往零陵州哀告州牧。州牧几日前曾见这张失事的报单过,晓得是真情。毕竟官官相护,道他是隔省上司,不好推得干净身子。一面差人替他殡葬了母亲,又重重赍助他盘缠,以礼送了他出门。七郎亏得州牧周全,幸喜葬事已毕,却是丁了母忧,去到任不得了。

寺僧看见他无了根蒂，渐渐怠慢，不肯相留。要回故乡，已此无家可归。没奈何就寄住在永州一个船埠经纪人的家里，原是他父亲在时走客认得的。却是囊橐俱无，止有州牧所助的盘缠，日吃日减，用不得几时，看看没有了。那些做经纪的人，有甚情谊？日逐有些怨咨起来，未免茶迟饭晏，箸长碗短。七郎觉得了，发话道："我也是一郡之主，当是一路诸侯。今虽丁忧，后来还有日子，如何恁般轻薄？"店主人道："说不得一郡两郡，皇帝失了势，也要忍些饥饿，吃些粗粝，何况于你是未任的官？就是官了，我每又不是什么横州百姓，怎么该供养你？我们的人家不做不活，须是吃自在食不起的。"七郎被他说了几句，无言可答，眼泪汪汪，只得含着羞耐了。

再过两日，店主人的寻事吵闹，一发看不得了。七郎道："主人家，我这里须是异乡，并无一人亲识可归，一向叨扰府上，情知不当，却也是没奈何了。你有甚么觅衣食的道路，指引我一个儿？"店主人道："你这样人，种火又长，挂门又短，郎不郎秀不秀的，若要觅衣食，须把个'官'字儿阁起，照着常人，佣工做活，方可度日。你却如何去得？"七郎见说到佣工做活，气忿忿地道："我也是方面官员，怎便到此地位？"思想："零陵州州牧前日相待甚厚，不免再将此苦情告诉他一番，定然有个处法。难道白白饿死一个刺史在他地方了不成？"写了个帖，又无一个人跟随，自家袖了，葳葳蕤蕤，走到州里衙门上来递。

那衙门中人见他如此行径，必然是打抽丰，没廉耻的，连帖也不肯收他的。直到再三央及，把上项事一一分诉，又说到替他殡葬厚礼赆行之事，这却衙门中都有晓得的，方才肯接了进去，呈与州牧。州牧看了，便有好些不快活起来道："这人这样不达时务的！前日吾见他在本州失事，又看上司体面，极意周全他去了，他如何又在此缠扰？或者连前日之事，未必是真，多是神棍假装出来骗钱的未可知。纵使是真，必是个无耻的人，还有许多无厌足处。吾本等好意，却叫得'引鬼上门'，我而今不便追究，只不理他罢了。"分付门上不受他帖，只说概不见客，把原帖还了。七郎受了这一场冷淡，却又想回下处不得。住在衙门上，守他出来时，当街叫喊。州牧坐在轿上问道："是何人叫喊？"七郎口里高声答道："是横州刺史郭翰。"州牧道："有何凭据？"七郎道："原有告身，被大风飘舟，失在江里了。"州牧道："既无凭据，知你是真是假？就是真的，赍发已过，如何只管在此缠扰？必是光棍，姑饶打，快走！"左右虞侯看见本官发怒，乱棒打来，只得闪了身子开来，一句话也不说得，有气无力的,仍旧走回下处闷坐。

店主人早已打听他在州里的光景,故意问道:"适才见州里相公,相待如何?"七郎羞惭满面,只叹口气,不敢则声。店主人道:"我教你把'官'字儿阁起,你却不听我,直要受人怠慢。而今时势,就是个空名宰相,也当不出钱来了。除是靠着自家气力,方挣得饭吃。你不要痴了!"七郎道:"你叫我做甚勾当好?"店主人道:"你自想,身上有甚本事?"七郎道:"我别无本事,止是少小随着父亲,涉历江湖,那些船上风水,当艄拿舵之事,尽晓得些。"店主人喜道:"这个却好了,我这里埠头上来往船只多,尽有缺少执艄的。我荐你去几时,好歹觅几贯钱来,饿你不死了。"七郎没奈何,只得依从。从此只在往来船只上,替他执艄度日。去了几时,也就觅了几贯工钱回到店家来。永州市上人,认得了他,晓得他前项事的,就传他一个名,叫他做"当艄郭使君"。但是要寻他当艄的船,便指名来问郭使君。永州市上编成他一只歌儿道:

　　问使君,你缘何不到横州郡?元来是天作对,不许你假斯文,把家缘结果在风一阵。舵牙当执板,绳缆是拖绅。这是荣耀的下梢头也,还是把着舵儿稳。

　　　　　　　　　　　　——词名《挂枝儿》

在船上混了两年,虽然挨得服满,身边无了告身,去补不得官。若要京里再打关节时,还须照前得这几千缗使用,却从何处讨?眼见得这话休题了,只得安心塌地,靠着船上营生。又道是"居移气,养移体",当初做刺史,便象个官员;而今在船上多年,状貌气质,也就是些篙工水手之类,一般无二。可笑个一郡刺史,如此收场。可见人生荣华富贵,眼前算不得账的。上复世间人,不要十分势利。听我四句口号:

　　富不必骄,贫不必怨。
　　要看到头,眼前不算。

卷二十三

大姊魂游完宿愿　小姨病起续前缘

诗曰：

> 生死由来一样情，豆萁燃豆并根生。
>
> 存亡姊妹能相念，可笑阋墙亲弟兄。

话说唐宪宗元和年间，有个侍御李十一郎，名行修。妻王氏夫人，乃是江西廉使王仲舒女，贞懿贤淑，行修敬之如宾。王夫人有个幼妹，端妍聪慧，夫人极爱他，常领他在身边鞠养。连行修也十分爱他，如自家养的一般。一日，行修在族人处赴婚礼喜筵，就在这家歇宿。晚间忽做一梦，梦见自身再娶夫人。灯下把新人认看，不是别人，正是王夫人的幼妹。猛然惊觉，心里甚是不快活。巴到天明，连忙归家。进得门来，只见王夫人清早已起身了，闷坐着，将手频频拭泪，行修问着不答。行修便问家人道："夫人为何如此？"家人辈齐道："今早当厨老奴在厨下自说：'五更头做一梦，梦见相公再娶王家小娘子。'夫人知道了，恐怕自身有甚山高水低，所以悲哭了一早起了。"行修听罢，毛骨耸然，惊出一身冷汗，想道："如何与我所梦正合？"他两个是恩爱夫妻，心下十分不乐。只得勉强劝谕夫人道："此老奴颠颠倒倒，是个愚懵之人，其梦何足凭准！"口里虽如此说，心下因是两梦不约而同，终久有些疑惑。

只见隔不多几日，夫人生出病来，累医不效，两月而亡。行修哭得死而复苏，书报岳父王公，王公举家悲恸。因不忍断了行修亲谊，回书还答，便有把幼女续婚之意。行修伤悼正极，不忍说起这事，坚意回绝了岳父。于时有个卫秘书卫随，最能广识天下奇人。见李行修如此思念夫人，突然对他说道："侍御怀想亡夫人如此深重，莫不要见他么？"行修道："一死永别，如何能勾再见？"秘书道："侍御若要见亡夫人，何不去问'稠桑王老'？"行修道："王老是何人？"秘书道："不必说破，侍御只牢牢记着'稠桑王老'四字，少不得有相会之处。"行修见说得作怪，切切记之于心。过了两三年，王公幼女越长成了，王公思念亡女，要与行修续亲，屡次着人来说。行修不忍背了亡夫人，只是不从。

　　此后,除授东台御史,奉诏出关,行次稠桑驿,驿馆中先有敕使住下了,只得讨个官房歇宿。那店名就叫做稠桑店。行修听得"稠桑"二字,触着便自上心,想道:"莫不什么王老正在此处?"正要跟寻间,只听得街上人乱嚷。行修走到店门边一看,只见一伙人团团围住一个老者,你扯我扯,你问我问,缠得一个头昏眼暗。行修问店主人道:"这些人何故如此?"主人道:"这个老儿姓王,是个希奇的人,善谈禄命。乡里人敬他如神!故此见他走过,就缠住问祸福。"行修想着卫秘书之言,道:"元来果有此人。"便叫店主人快请他到店相见。店主人见行修是个出差御史,不敢稽延,拨开人丛,走进去扯住他道:"店中有个李御史李十一郎奉请。"众人见说是官府请,放开围,让他出来,一哄多散了。到店相见。行修见是个老人,不要他行礼,就把想念亡妻,有卫秘书指引来求他的话,说了一遍,便道:"不知老翁果有奇术,能使亡魂相见否?"老人道:"十一郎要见亡夫人,就是今夜罢了。"

　　老人前走,叫行修打发开了左右,引了他一路走入一个土山中。又升了一个数丈的高坡,坡侧隐隐见有个丛林。老人便住在路旁,对行修道:"十一郎可走去林下,高声呼'妙子',必有人应。应了,便说道:'传语九娘子,今夜暂借妙子同看亡妻。'"行修依言,走去林间呼着,果有人应。又依着前言说了。少顷,一个十五六岁的女子走出来道:"九娘子差我随十一郎去。"说罢,便折竹二枝,自跨了一枝,一枝与行修跨,跨上便同马一般快。行勾三四十里,忽到一处,城阙壮丽。前经一大宫,宫前有门。女子道:"但循西廊直北,从南第二宫,乃是贤夫人所居。"行修依言,趋至其处,果见十数年前一个死过的丫头,出来拜迎,请行修坐下。夫人就走出来,涕泣相见。行修伸诉离恨,一把抱住不放。却待要再讲欢会,王夫人不肯道:"今日与君幽显异途,深不愿如此贻妾之患;若是不忘平日之好,但得纳小妹为婚,续此姻亲,妾心愿毕矣。所要相见,只此奉托。"言罢,女子已在门外厉声催叫道:"李十一郎速出!"行修不敢停留,含泪而出。女子依前与他跨了竹枝同行。

　　到了旧处,只见老人头枕一块石头,眠着正睡。听得脚步响,晓得是行修到了,走起来问道:"可如意么?"行修道:"幸已相会。"老人道:"须谢九娘子遣人相送!"行修依言,送妙子到林间,高声称谢。回来问老人道:"此是何等人?"老人道:"此原上有灵应九子母祠耳。"老人复引行修到了店中,只见壁上灯盏荧荧,槽中马啖刍如故,仆夫等个个熟睡。行修疑道做梦,却有老人尚在可证。老人当即辞行修而去，行修叹异了一番。因念妻言谆恳，才把这段事情备细写与岳丈王公。从此遂续王氏之婚，恰应前日之梦。正是：

旧女婿为新女婿，大姨夫做小姨夫。

古来只有娥皇、女英姊妹两个，一同嫁了舜帝。其他姊姊亡故，不忍断亲，续上小姨，乃是世间常事。从来没有个亡故的姊姊怀此心愿，在地下撮合完成好事的。今日小子先说此一段异事，见得人生只有这个"情"字至死不泯的。只为这王夫人身子虽死，心中还念着亲夫恩爱，又且妹子是他心上喜欢的，一点情不能忘，所以阴中如此主张，了其心愿。这个还是做过夫妇多时的，如此有情，未足为怪。小子如今再说一个不曾做亲过的，只为不忘前盟，阴中完了自己姻缘，又替妹子联成婚事。怪怪奇奇，真真假假，说来好听。有诗为证：

还魂从古有，借体亦其常。

谁摄生人魄，先将宿愿偿？

这本话文，乃是元朝大德年间，扬州有个富人姓吴，曾做防御使之职，人都叫他做吴防御，住居春风楼侧，生有二女，一个叫名兴娘，一个叫名庆娘，庆娘小兴娘两岁，多在褓褓之中。邻居有个崔使君，与防御往来甚厚。崔家有子，名曰兴哥，与兴娘同年所生。崔公即求聘兴娘为子妇，防御欣然相许，崔公以金凤钗一只为聘礼。定盟之后，崔公合家多到远方为官去了。

一去一十五年，竟无消息回来。此时兴娘已一十九岁，母亲见他年纪大了，对防御道："崔家兴哥一去十五年，不通音耗，今兴娘年已长成，岂可执守前说，错过他青春？"防御道："一言已定，千金不移。吾已许吾故人了，岂可因他无耗，便欲食言？"那母亲终究是妇人家识见，见女儿年长无婚，眼中看不过意，日日与防御絮聒，要另寻人家。兴娘肚里，一心专盼崔生来到，再没有二三的意思。虽是亏得防御有正经，却看见母亲说起激聒，便暗地恨命自哭。又恐怕父亲被母亲缠不过，一时更变起来，心中长怀着忧虑，只愿崔家郎早来得一日也好。眼睛几望穿了，那里叫得崔家应？看看饭食减少，生出病来，沉眠枕席，半载而亡。父母与妹，及合家人等，多哭得发昏章第十一。临入殓时，母亲手持崔家原聘这只金凤钗，抚尸哭道："此是你夫家之物，今你已死，我留之何益？见了徒增悲伤，与你戴了去罢！"就替他插在髻上，盖了棺。三日之后，抬去殡在郊外了。家里设个灵座，朝夕哭奠。

殡过两个月，崔生忽然来到。防御迎进问道："郎君一向何处？尊父母平安否？"崔生告诉道："家父做了宣德府理官，殁于任所，家母亦先亡了数年。小婿在彼守丧，今已服除，完了殡葬之事。不远千里，特到府上来完前约。"防御听罢，不觉吊下泪来道："小女兴娘薄命，为思念郎君成病，于两月前饮恨而终，已殡在郊外了。郎君便早到得半年，或者还不到得死的地步。今日来时，却无及了。"说罢又哭。崔生虽是不曾认识兴娘，未免感伤起来。防御道："小女殡事虽行，灵位还在。郎君可到他席前看一番，也使他阴魂晓得你来了。"噙着眼泪，一手拽了崔生走进内房来。崔生抬头看时，但见：

> 纸带飘摇，冥童绰约。飘摇纸带，尽写着梵字金言；绰约冥童，对捧着银盆绣悦。一缕炉烟常袅，双台灯火微荧。影神图，画个绝色的佳人；白木牌，写着新亡的长女。

崔生看见了灵座，拜将下去。防御拍着桌子大声道："兴娘吾儿，你的丈夫来了。你灵魂不远，知道也未？"说罢，放声大哭。合家见防御说得伤心，一齐号哭起来，直哭得一佛出世，二佛生天，连崔生也不知陪下了多少眼泪。哭罢，焚了些楮钱，就引崔生在灵位前，拜见了妈妈。妈妈兀自哽哽咽咽的，还了个半礼。

防御同崔生出到堂来，对他道："郎君父母既没，道途又远，今既来此，可便在吾家住宿。不要论到亲情，只是故人之子，即同吾子。勿以兴娘没故，自同外人。"即令人替崔生搬将行李来，收拾门侧一个小书房与他住下了。朝夕看待，十分亲热。

将及半月，正值清明节届，防御念兴娘新亡，合家到他冢上挂钱祭扫。此时兴娘之妹庆娘已是十七岁，一同妈妈抬了轿，到姊姊坟上去了，只留崔生一个在家中看守。大凡好人家女眷，出外稀少，到得时节头边，看见春光明媚，巴不得寻个事由来外边散心耍子。今日虽是到兴娘新坟上，心中怀着凄惨的；却是荒郊野外，桃红柳绿，正是女眷们游耍去处。盘桓了一日，直到天色昏黑，方才到家。崔生步出门外等候，望见女轿二乘来了，走在门左迎接。前轿先进。后轿至前，到崔生身边经过，只听得地下砖上，铿的一声，却是轿中掉一件物事出来。崔生待轿过了，急去拾起来看，乃是金凤钗一只。崔生知是闺中之物，急欲进去纳还，只见中门已闭。元来防御合家在坟上辛苦了一日，又各带了些酒意，进得门，便把门关了，收拾睡觉。崔生也晓得这个意思，不好去叫得门，且待明日未迟。

回到书房，把钗子放好在书箱中了，明烛独坐。思念婚事不成，只身孤苦，寄迹人门，虽然相待如子婿一般，终非久计，不知如何是个结果？闷上心来，叹了几声。上了床，正要就枕，忽听得有人扣门响。崔生问道："是那个？"不见回言。崔生道是错听了，方要睡下去，又听得敲的毕毕剥剥。崔生高声又问，又不见声响了。崔生心疑，坐在床沿，正要穿鞋到门边静听，只听得又敲响了，却只不见则声。崔生忍耐不住，立起身来，幸得残灯未熄，重搽亮了，拿在手里，开门出来一看。灯却明亮，见得明白，乃是十七八岁一个美貌女子，立在门外。看见门开，即便塞起布帘，走将进来。崔生大惊，吓得倒退了两步。那女子笑容可掬，低声对崔生道："郎君不认得妾耶？妾即兴娘之妹庆娘也。适才进门时，钗坠轿下，故此乘夜来寻，郎君曾拾得否？"崔生见说是小姨，恭恭敬敬答应道："适才娘子乘轿在后，果然落钗在地。小生当时拾得，即欲奉还，见中门已闭，不敢惊动，留待明日。今娘子亲寻至此，即当持献。"就在书箱取出，放在桌上道："娘子亲拿了去。"女子出纤手来取钗，插在头上了，笑嘻嘻的对崔生道："早知是郎君拾得，妾亦不必乘夜来寻了。如今已是更阑时候，妾身出来了，不可复进。今夜当借郎君枕席，侍寝一宵。"崔生大惊道："娘子说那里话！令尊令堂待小生如骨肉，小生怎敢胡行，有污娘子清德？娘子请回步，誓不敢从命的。"女子道："如今合家睡熟，并无一个人知道的。何不趁此良宵，完成好事？你我悄悄往来，亲上加亲，有何不可？"崔生道："欲人不知，莫若勿为。虽承娘子美情，万一后边有些风吹草动，被人发觉，不要说道无颜面见令尊，传将出去，小生如何做得人成？不是把一生行止多坏了？"女子道："如此良宵，又兼夜深，我既寂寥，你亦冷落。难得这个机会，同在一个房中，也是一生缘分。且顾眼前好事，管甚么发觉不发觉？况妾自能为郎君遮掩，不至败露，郎君休得疑虑，错过了佳期。"崔生见他言词娇媚，美艳非常，心里也禁不住动火，只是想着防御相待之厚，不敢造次，好象个小儿放纸炮，真个又爱又怕。却待依从，转了一念，又摇头道："做不得！做不得！"只得向女子哀求道："娘子，看令姊兴娘之面，保全小生行止吧！"女子见他再三不肯，自觉羞惭，忽然变了颜色，勃然大怒道："吾父以子侄之礼待你，留置书房，你乃敢于深夜诱我至此，将欲何为？我声张起来，去告诉了父亲，当官告你。看你如何折辩？不到得轻易饶你！"声色俱厉。崔生见他反跌一着，放刁起来,心里好生惧怕。想道:"果是老大的利害! 如今既见在我房中了,清浊难分,万一声张,被他一口咬定,从何分剖? 不若且依从了他,倒还未见得即时败露,慢慢图个自全之策罢了。"正是:

　　瓶羊触藩,进退两难。

　　只得陪着笑,对女子道:"娘子休要声高! 既承娘子美意,小生但凭娘子做主便了。"女子见他依从,回嗔作喜道:"元来郎君恁地胆小的!"崔生闭上了门,两个解衣就寝。有《西江月》为证:

　　旅馆羁身孤客,深闺皓齿韶容。合欢裁就两情浓,好对娇鸾雏凤。

　　认道良缘辐辏,谁知哑谜包笼? 新人魂梦雨云中,还是故人情重。

　　两人云雨已毕,真是千恩万爱,欢乐不可名状。将至天明,就起身来,辞了崔生,闪将进去。崔生虽然得了些甜头,心中只是怀着个鬼胎,战兢兢的,只怕有人晓得。幸得女子来踪去迹甚是秘密,又且身子轻捷,朝隐而入,暮隐而出。只在门侧书房,私自往来快乐,并无一个人知觉。

　　将及一月有余,忽然一晚对崔生道:"妾处深闺,郎处外馆。今日之事,幸而无人知觉。诚恐好事多磨,佳期易阻。一旦声迹彰露,亲庭罪责,将妾拘系于内,郎赶逐于外,在妾便自甘心,却累了郎之清德,妾罪大矣。须与郎从长商议一个计策便好。"崔生道:"前日所以不敢轻从娘子,专为此也。不然,人非草木,小生岂是无情之物? 而今事已到此,还是怎的好?"女子道:"依妾愚见,莫若趁着人未及知觉,先自双双逃去,在他乡外县居住了,深自敛藏,方可优游偕老,不致分离。你心下如何?"崔生道:"此言固然有理,但我目下零丁孤苦,素少亲知,虽要逃亡,还是向那边去好?"想了又想,猛然省起来道:"曾记得父亲在日,常说有个旧仆金荣,乃是信义的人。见居镇江吕城,以耕种为业,家道从容。今我与你两个前去投他,他有旧主情分,必不拒我。况且一条水路,直到他家,极是容易。"女子道:"既然如此,事不宜迟,今夜就走罢。"

　　商量已定,起个五更,收拾停当了。那个书房即在门侧,开了甚便。出了门,就是水口。崔生走到船帮里,叫了一只小划子船,到门首下了女子,随即开船,径到瓜洲。打发了船,又在瓜洲另讨了一个长路船,渡了江,进了润州,奔丹阳,又四十里,到了吕城。泊住了船,上岸访问一个村人道:"此间有个金荣否?"村人道:"金荣是此间保正,家道殷富,且是做人忠厚,谁不认得! 你问他则甚?"崔生道:"他与我有些亲,特来相访。有烦指引则个。"村人把手一指道:"你看那边有个大酒坊,间壁大门就是他家。"

崔生问着了,心下喜欢,到船中安慰了女子,先自走到这家门首,一直走进去。金保正听得人声,在里面踱将出来道:"是何人下顾?"崔生上前施礼。保正问道:"秀才官人何来?"崔生道:"小生是扬州府崔公之子。"保正见说了"扬州崔"三字,便吃一惊道:"是何官位?"崔生道:"是宣德府理官,今已亡故了。"保正道:"是官人的何人?"崔生道:"正是我父亲。"保正道:"这等是衙内了。请问当时乳名可记得么?"崔生道:"乳名叫做兴哥。"保正道:"说起来,是我家小主人也。"推崔生坐了,纳头便拜。问道:"老主人几时归天的?"崔生道:"今已三年了。"保正就走去掇张椅桌,做个虚位,写一神主牌,放在桌上,磕头而哭。哭罢,问道:"小主人,今日何故至此?"崔生道:"我父亲在日,曾聘定吴防御家小娘子兴娘……"保正不等说完,就接口道:"正是。这事老仆晓得的。而今想已完亲事了么?"崔生道:"不想吴家兴娘,为盼望吾家音信不至,得了病症。我到得吴家,死已两月。吴防御不忘前盟,款留在家。喜得他家小姨庆娘,为亲情顾盼,私下成了夫妇。恐怕发觉,要个安身之所;我没处投奔,想着父亲在时,曾说你是忠义之人,住在吕城,故此带了庆娘一同来此。你既不忘旧主,一力周全则个。"金保正听说罢,道:"这个何难! 老仆自当与小主人分忧。"便进去唤嬷嬷出来,拜见小主人。又叫他带了丫头到船边,接了小主人娘子起来。老夫妻两个,亲自洒扫正堂,铺叠床帐,一如待主翁之礼。衣食之类,供给周备,两个安心住下。

将及一年,女子对崔生道:"我和你住在此处,虽然安稳,却是父母生身之恩,竟与他永绝了,毕竟不是个收场,心里也觉过不去。"崔生道:"事已如此,说不得了。难道还好去相见得?"女子道:"起初一时间做的事,万一败露,父母必然见责。你我离合,尚未可知。思量永久完聚,除了一逃,再无别着。今光阴似箭,已及一年。我想爱子之心,人皆有之。父母那时不见了我,必然舍不得的。今日若同你回去,父母重得相见,自觉喜欢,前事必不记恨。这也是料得出的。何不拚个老脸,双双去见他一面? 有何妨碍?"崔生道:"丈夫以四方为事,只是这样潜藏此,原非长算。今娘子主见如此,小生拚得受岳丈些罪责,为了娘子,也是甘心的。既然做了一年夫妻,你家素有门望,料没有把你我重拆散了,再嫁别人之理。况有令姊旧盟未完,重续前好,正是应得。只须陪些小心往见,元自不妨。"

　　两人计议已定,就央金荣讨了一只船,作别了金荣,一路行去。渡了江,进瓜洲,前到扬州地方。看看将近防御家,女子对崔生道:"且把船歇在此处,未要竟到门口,我还有话和你计较。"崔生叫船家住好了船,问女子道:"还有甚么说话?"女子道:"你我逃窜一年,今日突然双双往见,幸得容恕,千好万好了。万一怒发,不好收场。不如你先去见见,看着喜怒,说个明白。大约没有变卦了,然后等他来接我上去,岂不婉转些?我也觉得有颜采。我只在此等你消息就是。"崔生道:"娘子见得不差。我先去见便了。"跳上了岸,正待举步。女子又把手招他转来道:"还有一说。女子随人私奔,原非美事。万一家中忌讳,故意不认帐起来的事也是有的,须要防他。"伸手去头上拔那只金凤钗下来,与他带去道:"倘若言语支吾,将此钗与他们一看,便推故不得了。"崔生道:"娘子怎地精细!"接将钗来,袋在袖里了。望着防御家里来。

　　到得堂中,传进去,防御听知崔生来了,大喜出见。不等崔生开口,一路说出来道:"向日看待不周,致郎君住不安稳,老夫有罪。幸看先君之面,勿责老夫!"崔生拜伏在地,不敢仰视,又不好直说,口里只称:"小婿罪该万死!"叩头不止。防御倒惊骇起来道:"郎君有何罪过?口出此言,快快说个明白!免老夫心里疑惑。"崔生道:"是必岳父高抬贵手,恕着小婿,小婿才敢出口。"防御说道:"有话但说,通家子侄,有何嫌疑?"崔生见他光景是喜欢的,方才说道:"小婿蒙令爱庆娘不弃,一时间结了私盟,房帏事密,儿女情多,负不义之名,犯私通之律。诚恐得罪非小,不得已贪夜奔逃,潜匿村墟。经今一载,音容久阻,书信难传。虽然夫妇情深,敢忘父母恩重?今日谨同令爱,到此拜访,伏望察其深情,饶恕罪责,恩赐偕老之欢,永遂于飞之愿!岳父不失为溺爱,小婿得完美室家,实出万幸!只求岳父怜悯则个。"防御听罢大惊道:"郎君说的是甚么话?小女庆娘卧病在床,经今一载。茶饭不进,转动要人扶靠,从不下床一步。方才的话,在那里说起的?莫不见鬼了?"崔生见他说话,心里暗道:"庆娘真是有见识!果然怕玷辱门户,只推说病在床上,遮掩着外人了。"便对防御道:"小婿岂敢说谎?目今庆娘见在船中,岳父叫个人去,接了起来,便见明白。"防御只是冷笑不信,却对一个家僮说:"你可走到崔家郎船上去看看,与他同来的是什么人,却认做我家庆娘子?岂有此理!"

　　家僮走到船边,向船内一望,舱中悄然不见一人。问着船家,船家正低着头,艄上吃饭。家僮道:"你舱里的人,那里去了?"船家道:"有个秀才官人,上岸去了，留个小娘子在舱中，适才看见也上去了。"家僮走来回复家主道："船中不见有什么人，问船家说，有个小娘子，上了岸了，却是不见。"防御见无影响，不觉怒形于色道："郎君少年，当诚实些，何乃造此妖妄，诬玷人家闺女，是何道理？"崔生见他发出话来，也着了急，急忙袖中摸出这只金凤钗来，进上防御道："此即令爱庆娘之物，可以表信，岂是脱空说的？"防御接来看了，大惊道："此乃吾亡女兴娘殡殓时戴在头上的钗，已殉葬多时了，如何得在你手里？奇怪！奇怪！"崔生却把去年坟上女轿归来，轿下拾得此钗，后来庆娘因寻钗夜出，遂得成其夫妇。恐怕事败，同逃至旧仆金荣处，住了一年，方才又同来的说话，备细述了一遍。防御惊得呆了，道："庆娘见在房中床上卧病，郎君不信，可以去看得的。如何说得如此有枝有叶？又且这钗如何得出世？真是蹊跷的事。"执了崔生的手，要引他房中去看病人，证辨真假。

　　却说庆娘果然一向病在床上，下地不得。那日外厢正在疑惑之际，庆娘托地在床上走将起来，竟望堂前奔出。家人看见奇怪，同防御的嬷嬷一哄的都随了出来，嚷道："一向动不得的，如今忽地走将起来。"只见庆娘到得堂前，看见防御便拜。防御见是庆娘，一发吃惊道："你几时走起来的？"崔生心里还暗道："是船里走进去的。且听他说甚么？"只见庆娘道："儿乃兴娘也，早离父母，远殡荒郊。然与崔郎缘分未断，今日来此，别无他意。特为崔郎方便，要把爱妹庆娘续其婚姻。如肯从儿之言，妹子病体，当即痊愈。若有不肯，儿去，妹也死了。"合家听说，个个惊骇，看他身体面庞，是庆娘的；声音举止，却是兴娘。都晓得是亡魂归来附体说话了。防御正色责他道："你既已死了，如何又在人世，妄作胡为，乱惑生人？"庆娘又说着兴娘的话道："儿死去见了冥司，冥司道儿无罪，不行拘禁，得属后土夫人帐下，掌传笺奏。儿以世缘未尽，特向夫人给假一年，来与崔郎了此一段姻缘。妹子向来的病，也是儿假借他精魄，与崔郎相处来。今限满当去，岂可使崔郎自此孤单，与我家遂同路人！所以特来拜求父母，是必把妹子许了他，续上前姻。儿在九泉之下，也放得心下了。"防御夫妻见他言词哀切，便许他道："吾儿放心！只依着你主张，把庆娘嫁他便了。"兴娘见父母许出，便喜动颜色，拜谢防御道："多感父母肯听儿言，儿安心去了。"走到崔生面前，执了崔生的手，哽哽咽咽哭起来道："我与你恩爱一年，自此别了。庆娘亲事，父母已许我了，你好作娇客，与新人欢好时节，不要竟忘了我旧人！"言毕大哭。崔生见说了来踪去迹，方知一向与他同住的,乃是兴娘之魂。今日听罢叮咛之语,虽然悲切,明知是小姨身体,又在众人面前,不好十分亲近得。只见兴娘的魂语,分付已罢,大哭数声,庆娘身体蓦然倒地。众人惊惶,前来看时,口中已无气了。摸他心头,却温温的,急把生姜汤灌下,将有一个时辰,方醒转来。病体已好,行动如常。问他前事,一毫也不晓得。人丛之中,举眼一看,看见崔生站在里头,急急遮了脸,望中门奔了进去。崔生如梦初觉,惊疑了半日始定。

防御就拣个黄道吉日,将庆娘与崔生合了婚。花烛之夜,崔生见过庆娘惯的,且是熟分。庆娘却不十分认得崔生的,老大羞惭。真个是:

一个闺中弱质,与新郎未经半晌交谈;一个旅邸故人,共娇面曾做一年相识。一个只觉耳畔声音稍异,面目无差;一个但见眼前光景皆新,心胆尚怯。一个还认蝴蝶梦中寻故友,一个正在海棠枝上试新红。

却说崔生与庆娘定情之夕,只见庆娘含苞未破,元红尚在,仍是处子之身。崔生悄悄地问他道:"你令姊借你的身体,陪伴了我一年,如何你身子还是好好的?"庆娘怫然不悦道:"你自撞见了姊姊鬼魂做作出来的,干我甚事,说到我身上来。"崔生道:"若非令姊多情,今日如何能勾与你成亲?此恩不可忘了。"庆娘道:"这个也说得是,万一他不明不白,不来周全此事,借我的名头,出了我偌多时丑,我如何做得人成?只你心里到底认是我随你逃走了的,岂不羞死人!今幸得他有灵,完成你我的事,也是他十分情分了。"

次日崔生感兴娘之情不已,思量荐度他。却是身边无物,只得就将金凤钗到市货卖,卖得钞二十锭,尽买香烛楮锭,赍到琼花观中,命道士建醮三昼夜,以报恩德。醮事已毕,崔生梦中见一个女子来到,崔生却不认得。女子道:"妾乃兴娘也,前日是假妹子之形,故郎君不曾相识。却是妾一点灵性,与郎君相处一年了。今日郎君与妹子成亲过了,妾所以才把真面目与郎相见。"遂拜谢道:"蒙郎荐拔,尚有余情。虽隔幽明,实深感佩。小妹庆娘,禀性柔和,郎好看觑他!妾从此别矣。"崔生不觉惊哭而醒。庆娘枕边见崔生哭醒来,问其缘故。崔生把兴娘梦中说话,一一对庆娘说。庆娘问道:"你见他如何模样?"崔生把梦中所见容貌,备细说来,庆娘道:"真是我姊也!"不觉也哭将起来。庆娘再把一年中相处事情,细细问崔生,崔生逐件和庆娘备说始末根由,果然与兴娘生前情性光景无二。两人感叹奇异,亲上加亲,越发过得和睦了。自此兴娘别无影响。要知只是一个"情"字为重，不忘崔生，做出许多事体来，心愿既完，便自罢了。此后崔生与庆娘年年到他坟上拜扫，后来崔生出仕，讨了前妻封诰，遗命三人合葬。曾有四句口号，道着这本话文：

　　　大姊精灵，小姨身体。
　　　到得圆成，无此无彼。

卷二十四

盐官邑老魔魅色　会骸山大士诛邪

诗曰:

> 王濬楼船下益州,金陵王气黯然收。
>
> 千寻铁锁沉江底,一片降帆出石头。
>
> 人世几回伤往事,山形依旧枕清流。
>
> 而今四海为家日,故垒萧萧芦荻秋。

这八句诗,唐朝刘梦得所作,乃是金陵燕子矶怀古的。这个燕子矶在金陵西北,正是大江之滨,跨江而出,在江里看来,宛然是一只燕子扑在水面上,有头有翅。昔贤好事者,恐怕他飞去,满山多用铁锁锁着,就在这燕子项上造着一个亭子镇住他。登了此亭,江山多在眼前,风帆起于足下,最是金陵一个胜处。就在矶边,相隔一里多路,有个弘济寺。寺左转去,一派峭壁插在半空,就如石屏一般。壁尽处,山崖回抱将来。当时寺僧于空处建个阁,半嵌石崖,半临江水,阁中供养观世音像,像照水中,毫发皆见,宛然水月之景,就名为观音阁。载酒游观者殆无虚日。奔走既多,灵迹颇著,香火不绝。只是清静佛地,做了吃酒的所在,未免作践。亦且这些游客,随喜的多,布施的少。那阁年深月久,没有钱粮修葺,日渐坍塌了些。

一日,有个徽商某,泊舟矶下,随步到弘济寺游玩。寺僧出来迎接着,问了姓名,邀请吃茶。茶罢,寺僧问道:"客官何来? 今往何处?"徽商答道:"在扬州过江来,带些本钱,要进京城小铺中去。天色将晚,在此泊着,上来耍耍。"寺僧道:"此处走去,就是外罗城观音门了。进城止有二十里,客官何不搬了行李到小房宿歇了? 明日一肩行李,脚踏实地,绝早到了。若在船中,还要过龙江关盘验,许多担搁。又且晚间此处矶边风浪最大,是歇船不得的。"徽商见说得有理,果然走到船边,把船打发去了。搬了行李,竟到僧房中来。安顿了,寺僧就陪着登阁上观看。

徽商看见阁已颓坏,问道:"如此好风景,如何此阁颓坏至此?"寺僧道:"此间来往的尽多,却多是游耍的,并无一个舍财施主。寺僧又贫,修理不起,所以如此。"徽商道:"游耍的人,毕竟有大手段的在内,难道不布施些?"寺僧道:"多少王孙公子,只是带了娼妓来吃酒作乐,那些人身上便肯撒漫,佛天面上却不照顾。还有豪奴狠仆,家主既去,剩下酒肴,他就毁门拆窗,将来烫酒煮饭,只是作践,怎不颓坏?"徽商叹惜不已。寺僧便道:"朝奉若肯喜舍时,小僧便修葺起来不难。"徽商道:"我昨日与伙计算帐,我多出三十两一项银子来。我就舍在此处,修好了阁,一来也是佛天面上,二来也在此间留个名。"寺僧大喜称谢,下了阁到寺中来。

元来徽州人心性俭啬,却肯好胜喜名,又崇信佛事。见这个万人往来去处,只要传开去,说观音阁是某人独自修好了,他心上便快活。所以一口许了三十两,走到房中,解开行囊,取出三十两一包,交付与寺僧。不想寺僧一手接银,一眼瞟去,看见余银甚多,就上了心。一面分付行童,整备夜饭款待,着地奉承,殷勤相劝,把徽商灌得酩酊大醉。夜深入静,把来杀了。启他行囊来看,看见搭包多是白物,约有五百余两,心中大喜。与徒弟计较,要把尸来抛在江里。徒弟道:"此时山门已锁,须要住持师父处取匙钥。盘问起来,遮掩不得。不但做出事来,且要分了东西去。"寺僧道:"这等如何处置?"徒弟道:"酒房中有个大瓮,莫若权把来断碎了,入在瓮中。明日觑个空便,连瓮将去,抛在江中,方无人知觉。"寺僧道:"有理,有理。"果然依话而行。可怜一个徽商,做了几段碎物!好意布施,得此惨祸。

那僧徒收拾净尽,安贮停当,放心睡了。自道神鬼莫测,岂知天理难容!是夜有个巡江捕盗指挥,也泊舟矶下,守候甚么公事。天早起来,只见一个妇人走到船边,将一个担桶汲水,且是生得美貌。指挥留心,一眼望他那条路去,只见不走到民家,一直走到寺门里来。指挥疑道:"寺内如何有美妇担水?必是僧徒不公不法。"带了哨兵,一路赶来,见那妇人走进一个僧房。指挥人等又赶进去,却走向一个酒房中去了。寺僧见个官带了哨兵,绝早来到,虚心病发,个个面如土色,慌慌张张。却是出其不意,躲避不及。指挥先叫把僧人押定,自己坐在堂中,叫两个兵到酒房中搜看。只见妇人进得房门,隐隐还在里头,一见人来,钻入瓮里去了,走来禀了指挥。指挥道:"瓮中必有冤枉。"就叫哨兵取出瓮来,打开看时,只见血肉狼藉,头颅劈破,是一个人碎割了的。就把僧徒两个缚了,解到巡江察院处来。一上刑罚,僧徒熬苦不过,只得从实供招,就押去寺中,起赃来为证;问成大辟,立时处决。众人见僧口招,因为布施修阁,起心谋杀,方晓得适才妇人,乃是观音显灵,那一个不念一声"南无灵感观世音菩萨"？要见佛天甚近,欺心事是做不得的。

从来说观世音极灵,固然无处不显应,却是燕子矶的,还是小可;香火之盛,莫如杭州三天竺。那三天竺是上天竺、中天竺、下天竺。三天竺中,又是上天竺为极盛。这个天竺峰在府城之西、西湖之南。登了此峰,西湖如掌,长江如带,地胜神灵,每年间人山人海,挨挤不开的。而今小子要表白天竺观音一件显灵的,与看官们听着。且先听小子《风》、《花》、《雪》、《月》四词,然后再讲正话。

　　风袅袅,风袅袅,各岭泣孤松,春郊摇弱草。收云月色明,卷雾天光早。清秋暗送桂香来,极夏频将炎气扫。风袅袅,野花乱落令人老——右《咏风》。

　　花艳艳,花艳艳,妖娆巧似妆,锁碎浑如剪。露凝色更鲜,风送香常远。一枝独茂逞冰肌,万朵争妍含醉脸。花艳艳,上林富贵真堪羡——右《咏花》。

　　雪飘飘,雪飘飘,翠玉封梅萼,青盐压竹梢。洒空翻絮浪,积槛锁银桥。千山浑骇铺铅粉,万木依稀拥素袍。雪飘飘,长途游子恨迢遥——右《咏雪》。

　　月娟娟,月娟娟,乍缺钩横野,方团镜挂天。斜移花影乱,低映水纹连。诗人举盏搜佳句,美女推窗迟月眠。月娟娟,清光千古照无边——右《咏月》。

看官,你道这四首是何人所作？话说洪武年间浙江盐官会骸山中,有一个老者,缁服苍颜,幅巾绳履,是个道人打扮。不见他治甚生业,日常醉歌于市间,歌毕起舞,跳木缘枝,宛转盘旋,身子轻捷,如惊鱼飞燕。又且知书善咏,诙谐笑浪,秀发如泻,有文士登游此山者,常与他倡和谈谑。一日大醉,索酒家笔砚,题此四词在石壁上,观者称赏。自从写过,墨迹渐深,越磨越亮。山中这些与他熟识的人,见他这些奇异,疑心他是个仙人,却再没处查他的踪迹,日日往来山中,又不见个住家的所在。虽然有些疑怪,习见习闻,日月已久,也不以为意了,平日只以老道相呼而已。

离山一里之外,有个大姓仇氏。夫妻两个,年登四十,极是好善,并无子嗣。乃舍钱刻一慈悲大士像,供礼于家,朝夕香花灯果,拜求如愿。每年二月十九日是大士生辰,夫妻两个,斋戒虔诚,躬往天竺。三步一拜,拜将上去,烧香祈祷:不论男女,求生一个,以续后代。如是三年,其妻果然有了妊孕。十月期满,晚间生下一个女孩。夫妻两个欢喜无限,取名夜珠。因是夜里生人,取掌上珠之意,又是夜明珠宝贝一般。年复一年,看看长成,端慧多能,工容兼妙。父母爱惜他真个如珠似玉,倏忽已是十九岁。父母俱是六十以上了,尚未许聘人家。

你道老来子,做父母的,巴不得他早成配偶,奉事暮年,怎的二八当年多过了,还未嫁人。只因夜珠是这大姓的爱女,又且生得美貌伶俐,夫妻两个做了一个大指望,道是必要拣个十全毫无嫌鄙的女婿来嫁他,等他名成利遂,老夫妇靠他终身。亦且只要入赘的,不肯嫁出的。左近人家,有几家来说的,两个老人家嫌好道歉;便有数家象意的,又要娶去,不肯入赘;有女婿人物好,学问高的,家事又或者淡薄些;有人家资财多,门户高的,女婿又或者愚蠢些。所以高不辏,低不就,那些做媒的,见这两个老人家难理会,也有好些不耐烦,所以亲事越迟了。却把仇家女子美貌、择婿难为人事之名,远近都传播开来。谁知其间动了一个人的火。看官,你道这个人是那个?敢是石崇之富,要买绿珠的?敢是相如之才,要挑文君的?敢是潘安之貌,要引那掷果妇女的?看官,若如此,这多是应得想着的了。说来一场好笑,元来是:

> 周时吕望,要寻个同钓鱼的对手;汉世伏生,要娶个共讲书的配头。

你道是甚人?乃就是题《风》、《花》、《雪》、《月》四词的。这个老头儿,终日缠着这些媒人,央他仇家去说亲。媒人问:"是那个要娶?"说来便是他自己。这些媒人,也只好当做笑话罢了,谁肯去说?大家说了,笑道:"随你千选万选,这家女儿臭了烂了,也轮不到说起他,正是老没志气,阴沟洞里思量天鹅肉吃起来!"那老道见没人肯替他做媒,他就老着脸自走上仇大姓门来。

大姓夫妻二人正同在堂上,说着女儿婚事未谐,唧唧哝哝的商量,忽见老道走将进来。大姓平日晓得这人有些古怪的,起来相迎。那妈妈见是大家老人家,也不回避。三人施礼已毕,请坐下了。大姓问道:"老道,今日为何光降茅舍?"老道道:"老仆特为令爱亲事而来。"两人见说是替女儿说亲的,忙叫:"看茶。"就问道:"那一家?"老道道:"就是老仆家。"大姓见说了就是他家,正不知这老道住在那里的,心里已有好些不快意了,勉强答他道:"从来相会,不知老道有几位令郎?"老道道:"不是小儿,老仆晓得令爱不可作凡人之配,老仆自己要娶。"大姓虽怪他言语不伦,还不认真,说道:"老道平日专好说笑说耍。"老道道:"并非要笑,老仆果然愿做门婿,是必要成的,不必推托!"大姓夫妇见他说得可恶,勃然大怒道:"我女闺中妙质,等闲的不敢求聘。你是何人?辄敢胡言乱语!"立起身把他一揿。老道从容不动,拱立道:"老丈差了。老丈选择东床,不过为养老计耳。若把令爱嫁与老仆,老仆能孝养吾丈于生前,礼祭吾丈于身后,大事已了,可谓极得所托的。这个不为佳婿,还要怎的才佳么?"大姓大声叱他道:"人有贵贱,年有老少,贵贱非伦,老少不偶,也不肚里想一想,敢来唐突,戏弄吾家!此非病狂,必是丧心,何足计较!"叫家人们持杖赶逐。仇妈妈只是在旁边夹七夹八的骂。老道笑嘻嘻,且走且说道:"不必赶逐,我去罢了。只是后来追悔,要求见我,就无门了。"大姓又指着他骂道:"你这个老枯骨!我要求见你做甚么?少不得看见你早晚倒在路旁,被狗拖鸦啄的日子在那里。"老道把手掀着须髯,长笑而退。

大姓叫闭了门,夫妻二人气得个漋胸塞肚,两相埋怨道:"只为女儿不受得人聘,受此大辱。"分付当直的,分头去寻媒婆来说亲。这些媒婆走将来,闻知老道自来求亲之事,笑一个不住道:"天下有此老无知!前日也曾央我们几次,我们没一个肯替他说,他只得自来了。"大姓道:"此老腹中有些文才,最好调戏。他晓得吾家择婿太严,未有聘定,故此奚落我。你们如今留心,快与我寻寻,人家差不多的,也罢了。我自重谢则个。"媒人应承自去了,不题。

过得两日,夜珠靠在窗上绣鞋,忽见大蝶一双飞来,红翅黄身,黑须紫足,且是好看。旋绕夜珠左右不舍,恰象眷恋他这身子芳香的意思。夜珠又喜又异,轻以罗帕扑他,扑个不着,略略飞将开去。夜珠忍耐不定,笑呼丫鬟,同来扑他,看看飞得远了,夜珠一同丫鬟,随他飞去处,赶将来。直至后园牡丹花侧,二蝶渐大如鹰。说时迟,那时快,飞近夜珠身边来,各将翅攒定夜珠两腋,就如两个大箬笠一般,扶挟夜珠从空而起。夜珠口里大喊,丫鬟惊报大姓,夫妻急忙赶至园中,已见夜珠同两蝶在空中,向墙外飞去了。大姓惊喊号叫,没法救得。老夫妻两个放声大哭道:"不知是何妖术,摄将去了。"却没个头路猜得出,从此各处探访,不在话下。

却说夜珠被两蝶夹起在空中,如登云雾,心里明知堕了妖术,却是脚不点地,身不自主。眼望下去,却见得明白。看见过了好些荆蓁路径,几个险峻山头,到一嵌岏山窟中,方才渐渐放下。看看小小一洞,止可容头,此外别无走路。那两蝶已自不见了，只见洞边一个老人家，道者装扮，拱立在那里。见了夜珠，欢欢喜喜，伸手来拽了夜珠的手，对洞口喝了一声。听得轰雷也似响亮，洞忽开裂，老道同夜珠身子已在洞内。夜珠急回头看时，洞已抱合如旧，出去不得了。

夜珠慌忙之中，偷眼看那洞中，宽敞如堂。有人面猴形之辈，二十余个皆来迎接这老道，口称"洞主"。老道分付道："新人到了，可设筵席。"猴形人应诺。又看见旁边一房，甚是精洁，颇似僧室，几窗间有笔砚书史；竹床石凳，摆列两行。又有美妇四五人，丫鬟六七人，妇人坐，丫鬟立侍。床前特设一席，不见荤腥，只有香花酒果。老道对众道："吾今且与新人成礼则个。"就来牵夜珠同坐。夜珠又恼又怕，只是站立不动。老道着恼，喝叫猴形人四五个来揪采将来，按住在坐上。夜珠到此无奈，只得坐了。老道大喜，频频将酒来劝，夜珠只推不饮。老道自家大碗价吃，不多时大醉了。一个妇人，一个丫鬟，扶去床中相伴寝了。夜珠只在石凳之下蹲着，心中苦楚，想着父母，只是哭泣，一夜不曾合眼。

明早起来，老道看见夜珠泪痕不干，双眼尽肿，将手抚他背，安慰他道："你家中甚近，胜会方新，何乃不趁少年取乐，自苦如此？若从了我，就同你还家拜见爹娘，骨肉完聚，极是不难。你若执迷不从，凭你石烂海枯，此中不可复出了。只凭你算计，走那一条路？"夜珠闻言自想："我断不从他！料无再出之日了，要这性命做甚？不如死休！"将头撞在石壁上去，要求自尽。老道忙使众妇人拦住，好言劝他道："娘子既已到此，事不由己，且从容住着。休得如此轻生！"夜珠只是啼哭，从此不进饮食，欲要自饿而死。不想不吃了十多日，一毫无事。

夜珠求死不得，无计可施，自怕不免污辱，只是心里暗祷观世音，求他救拔。老道日与众妇淫戏，要动夜珠之心，争奈夜珠心如铁石，毫不为动。老道见他不快，也不来强他，只是在他面前百般弄法弄巧，要图他笑颜开了，欢喜成事。所以日逐把些奇怪的事，做与他看，一来要他快活，二来卖弄本事高强，使他绝了出外之念，死心塌地随他。你道他如何弄法？他秋时出去，取田间稻花，放好在石柜中了，每日只将花合余爨起，开锅时满锅多是香米饭。又将一瓮水，用米一撮，放在水中，纸封了口，藏于松间，两三日开封取吸，多变做扑鼻香醪。所以供给满洞人口，酒米不须营求，自然丰足。若是天雨不出，就剪纸为戏,或蝶或凤,或狗或燕,或狐狸、猿猱、蛇鼠之类皆有。嘱他去到某家取某物来用,立刻即至。前取夜珠的双蝶,即是此法。若取着家火什物之类,用毕无事,仍教拿去还了。桃梅果品,日轮猴形人两个供办,都是带叶连枝,是山中树上所取,不是摄将来的。夜珠日日见他如此作用,虽然心里也道是奇怪,再没有一毫随顺他的意思。老道略来缠缠,即便要死要活,大哭大叫。老道不耐烦,便去搂着别个妇女去适兴了。还亏得老道心性,只爱喜欢不爱烦恼的,所以夜珠虽摄在洞里多时,还得全身不损。

一日,老道出去了,夜珠对众妇人道:"你我俱是父母遗体,又非山精木魅,如何顺从了这妖人,自受其辱?"众美叹息,对夜珠道:"我辈皆是人身,岂甘做这妖人野偶?但今生不幸,被他用术陷在此中,撇父母,弃糟糠,虽朝暮忧思,竟成无益,所以忍耻偷生,譬如做了一世猪羊犬马罢了。事势如此,你我拗他何用?不若放宽了心度日去,听命于天,或者他罪恶有个终时,那日再见人世。"言罢各各泪下如雨。有《商调·醋葫芦》一篇,咏着众妇云:

> 众娇娥,黯自伤,命途乖,遭魍魉。虽然也颠鸾倒凤喜非常,觑形容不由心内慌。总不过匆匆完帐,须不是桃花洞里老刘郎。

又有一篇咏着仇夜珠云:

> 夜光珠,世所希,未登盘,坠淤泥。清光到底不差池,笑妖人枉劳色自迷。有一日天开日霁,只怕得便宜,翻做了落便宜。

众人正自各道心事,哀伤不已,忽见猴形人传来道:"洞主回来了。"众人恐怕他知觉,掩泪而散,只有夜珠泪不曾干。老道又对他道:"多时了,还哭做甚?我只图你渐渐厮熟,等你心顺了我,大家欢畅。省得逼你做事,终久不象我意,故不强你。今日子已久,你只不转头,不要讨我恼怒起来,叫几个按住了你,强做一番,不怕你飞上天去。"夜珠见说,心慌不敢啼哭,只是心中默祷观音救护,不在话下。

却说仇大姓夫妻二人,自不见了女儿,终日思念,出一单榜在通衢道:"有能探访得女儿消息来报者,罄赔家产,将女儿与他为妻。"虽然如此,荏苒多时,并无影响。又且目见他飞升去的,晓得是妖人摄去,非人力可及。没计奈何,只好日日在慈悲大士像前,悲哭拜祝道:"灵感菩萨,女儿夜珠元是在菩萨面前求得的,今遭此妖术摄去,若菩萨不救拔还我,当时何不要见赐,也倒罢了,望菩萨有灵有感。"日日如此叫号,精诚所感,真是叫得泥神也该活现起来的。

一日,会骸山岭上,忽然有一根旛竿,逼直竖将起来,竿上挂着一件物事。这岭上从无此竿的,一时哄动了许多人,万众齐观。竿末之物,俱各不识明白,胡猜乱讲。内中有一秀士,姓刘名德远,乃是名家之子,少年饱学,极是个负气好事的人。他见了这个异事,也是书生心性,心里毕竟要跟寻着一个实实下落。便叫几个家人,去拿了些粗布绳索,做了软梯,带些挠钩、钢叉、木板之类,叫一声道:"有高兴要看的,都随我来。"你看他使出聪明,山高无路处,将钢叉叉着软梯,搭在大树上去;不平处,用板衬着;有路险难走处,用挠钩吊着。他一个上前,赶兴的就不少了。连家人共有一二十人,一直吊了上去。到得岭上,地却平宽。立定了脚,望下一看,只见山腰一个嶙峋之处,有洞甚大。妇女十数个,或眠或坐,多如醉迷之状。有老猴数十,皆身首二段,血流满地。站得高了,自上看下,纤细皆见。然后看那旛竿及所挂之物,乃是一个老猕猴的骷髅。

刘德远大加惊异。先此那仇家失女出榜,是他一向知道的,当时便自想道:"这些妇女里头,莫不仇氏之女也在?"急忙下岭来叫人报了县里,自己却走去报了仇大姓。大姓喜出非常,同他到县里听候遣拨施行。县令随即差了一队兵快到彼收勘。兵快同了刘德远再上岭来,大姓年老,走不得山路,只在县前伺候。德远指与兵快路径,一拥前来。原来那洞在高处方看得见,在山下却与外不通,所以妖魅藏得许多人在里头。今在岭上,却都在目前了。兵快看见了这些妇女,攀藤附葛,开条路径,一个个领了出来。到了县里,仇大姓还不知女儿果在内否。远远望去,只见夜珠头蓬发乱,杂随在妇女队里。大姓吊住夜珠,父子抱头大哭。

到了县堂,县令叫众妇上来,问其来历备细。众妇将始终所见,日逐事体说了。县令晓得多是良家妇女,为妖术所迷的。又问道:"今日谁把这些妖物斩了?"众妇道:"今日正要强奸仇夜珠,忽然天昏地暗,昏迷之中,只听得一派喧嚷啼哭之声,刀剑乱响,却不知个缘故。直等兵快人众来救,方才苏醒。只见群猴多杀倒在地,那老妖不见了。"刘德远同众人献上骷髅与旛竿,禀道:"那骷髅标示在旛竿之首,必竟此是老妖,为神明所诛的。"县令道:"那旛竿一向是岭上的么?"众人道:"岭上并无。"县令道:"奇怪!这却那里来的?"叫刘德远把竿验看,只见上有细字数行,乃是上天竺大士殿前之物,年月犹存。县令晓得是观音显见，不觉大骇。随令该房出示，把妇女逐名点明，召本家认领。

那仇大姓在外边伺候，先具领状，领了夜珠出来。真就是黑夜里得了一颗明珠，心肝肉的，口里不住叫。到家里见了妈妈，又哭个不住，问夜珠道："你那时被妖法摄起半空，我两个老人家赶来，已飞过墙了。此后将你到那里去？却怎么？"夜珠道："我被两个大蝶抬在空中，心里明白的。只是身子下来不得。爸妈叫喊，都听得的。到得那里，一个道装的老人家，迎着进了洞去。这些妖怪叫老人家做'洞主'，逼我成亲。这里头先有这几个妇女在内，却是同类之人，被他摄在洞奸宿的，也来相劝。我到底只是执意不肯。"妈妈便道："儿，只要今日归来，再得相见便好了。随是破了身子，也是出于无奈，怪不得你的。"夜珠道："娘，不是这话！亏我只是要死要活，那老妖只去与别个淫媾了，不十分来缠我，幸得全身。今日见我到底不肯，方才用强，叫几个猴形人拿住手脚，两三个妇女来脱小衣。正要奸淫，儿晓得此番定是难免，心下发极，大叫'灵感观世音'起来。只听得一阵风过处，天昏地黑，鬼哭神嚎，眼前伸手不见五指，一时晕倒了。直到有许多人进洞相救，才醒转来。看见猴形人个个被杀了，老妖不见了，正不知是个甚么缘故？"仇大姓道："自你去后，爹妈只是拜祷观世音，日夜不休。人多见我虔诚，十分怜悯，替我体访，却再无消耗。谁想今日果是观世音显灵，诛了妖邪！前日这老道硬来求亲时，我们只怪他不揣，岂知是个妖魔！今日也现世报了。虽然如此，若非刘秀才做主为头，定要探看籓竿上物事下落，怎晓得洞里有人？又得他报县救取，又且先来报我，此恩不可忘了。"

正说话处，只见外边有几个妇女，同了几家亲识，来访夜珠并他爹妈。三人出来接进，乃是同在洞中还家的。各人自家里相会过了，见外边传说仇家爹妈祈祷虔诚，又得夜珠力拒妖邪，大呼菩萨，致得神明感应，带挈他们重见天日，齐来拜谢。爹妈方晓得夜珠所言全身是真话。众人称谢已毕，就要商量被害几家协力出资，建庙山顶，奉祠观世音，尽皆喜跃。

正在议论间，只见刘秀才也到仇家相访。他书生好奇，只要来问洞中事体备细，去书房里记录新闻，原无他意，恰好撞见许多人在内。问着，却多是洞里出来的与亲眷人等，尽晓得是刘秀才，是为头到岭上看见了报县的，方得救出，乃是大恩人，尽皆罗拜称谢。秀才便问："你们众人都聚此一家，是甚缘故?"众人把仇老虔诚祷神,女儿拒奸呼佛,方得观音灵感,带挈众人脱难,故此一来走谢,二来就要商量敛资造庙。"难得秀才官人在此,也是一会之人,替我们起个疏头,说个缘起,明日大家禀了县里,一同起事。"刘秀才道:"这事在我身上。我明日到县间与县官说明,一来是造庙的事,二来难得仇家小姐子贞坚感应,也该表扬的。"那仇大姓口里连称"不敢",看见刘秀才语言慷慨,意气轩昂,也就上心了。便问道:"秀才官人,令岳是那家?"秀才道:"年幼磋跎,尚未娶得。"仇大姓道:"老夫有誓言在先:有能探访女儿消息来报者,罄赔家产,将女儿与他为妻。这话人人晓得。今日得秀才亲至岭上,探得女儿归来,又且先报老夫,老夫不敢背前言。趁着众人都在舍下,做个证见,结此姻缘。意下如何?"众人大家喝采起来道:"妙!妙!正是女貌郎才,一双两好。"刘秀才不肯起来道:"老丈休如此说。小生不过是好奇高兴,故此不避险阻,穷讨怪迹。偶得所见如此,想起宅上失了令爱,沿街贴榜已久,故此一时喜事走来奉报,原无心望谢。若是老丈今日如此说,小觑了小生是一团私心了,不敢奉命。"众人共相撺掇,刘秀才反觉得没意思,不好回答得,别了自去。众人约他明日县前相会。

刘秀才去了,众人多称赞他:"果是个读书君子,有义气,好人难得。"仇大姓道:"明日老夫央请一人为媒,是必完成小女亲事。"众人中有个老成的走出来,道:"我们少不得到县里动公举呈词,何不就把此事禀知知县相公,倒凭知县相公做个主,岂不妙哉!"众人齐道:"有理。"当下散了。大姓与妈妈、女儿说知此事,又说刘秀才许多好处,大家赞叹不题。

且说次日县令升堂,先是刘秀才进见,把大士显灵、众心喜舍造庙,及仇女守贞、感得神力诛邪等事,一一禀知已过,众人才拿连名呈词进见。县令批准建造,又自取库中公费银十两,开了疏头,用了印信,就中给与老成耆民收贮了讫。众人谢了,又把仇老女儿要招刘生报德的情禀出来。县令问仇老道:"此意如何?"仇老道:"女儿被妖摄去,固然感得大士显应,诛杀妖邪,若非刘生出力,梯攀至岭,妖邪虽死,女儿到底也是洞中枯骨了。今一家完聚,庆幸非浅。情愿将女儿嫁他,实系真心。不道刘秀才推托,故此公同禀知爷爷,望与老汉做一个主。"

县令便请刘秀才过来,问道:"适才仇某所言姻事,众口一词,此美事也,有何不可?"刘秀才道:"小生一时探奇穷异,实出无心,若是就了此亲,外人不晓得的,尽道是小生有所贪求而为此,反觉无颜。亦且方才对父母大人说仇氏女守贞好处,若为己妻,此等言语,皆是私心。小生读几行书,义气廉耻为重,所以不敢应承。"县令跌足道:"难得! 难得! 仇女守贞,刘生尚义,仇某不忘报,皆盛事也。本县幸而躬逢目击,可不完成其美? 本县权做个主婚,贤友万不可推托。"立命库上取银十两,以助聘礼。即令鼓乐送出县来,竟到仇家先行聘定了,拣个吉日,入赘仇家,成了亲事。

一月之后,双双到上天竺烧香,拜谢大士,就送还前日幡竿。过不多时,众人齐心协力,山岭庙也自成了。又去烧香点烛,自不消说。后来刘秀才得第,夫荣妻贵。仇大姓夫妻俱登上寿,同日念佛而终。此又后话。

又说会骸山石壁,自从诛邪之后,那《风》、《花》、《雪》、《月》四词,却象那个刷洗过了一番的,毫无一字影迹。众人才悟前日老道便是老妖,不是个好人,踪迹方得明白。有诗为证:

嵚崎石洞老光阴,只此幽栖致自深。

诛殛忽然烦大士,方知佛戒重邪淫。

赵司户千里遗音　苏小娟一诗正果

诗曰:

> 青楼原有掌书仙,未可全归露水缘。
>
> 多少风尘能自拔,淤泥本解出青莲。

这四句诗,头一句"掌书仙",你道是甚么出处? 列位听小子说来:唐朝时长安有一个倡女,姓曹名文姬,生四五岁,便好文字之戏。及到笄年,丰姿艳丽,俨然神仙中人。家人教以丝竹宫商,他笑道:"此贱事,岂吾所为? 惟墨池笔冢,使吾老于此间,足矣。"他出口落笔,吟诗作赋,清新俊雅。任是才人,见他钦伏。至于字法,上逼钟、王,下欺颜、柳,真是重出世的卫夫人。得其片纸只字者,重如拱璧,一时称他为"书仙",他等闲也不肯轻与人写。长安中富贵之家,豪杰之士,辇输金帛,求聘他为偶的,不记其数。文姬对人道:"此辈岂我之偶? 如欲偶吾者,必先投诗,吾当自择。"此言一传出去,不要说吟坛才子,争奇斗异,各献所长,人人自以为得"大将",就是张打油、胡钉铰,也来做首把,撮个空。至于那强斯文,老脸皮,虽不成诗,叶韵而已的,也偏不识廉耻,诌他娘两句出丑一番。谁知投去的,好歹多选不中。这些人还指望出张续案,放遭告考,把一个长安的子弟,弄得如醉如狂的。文姬只是冷笑。最后有个岷江任生,客于长安,闻得此事,喜道:"吾得配矣。"旁人问之,他道:"凤栖梧,鱼跃渊,物有所归,岂妄想乎?"遂投一诗云:

> 玉皇殿上掌书仙,一染尘心谪九天。
>
> 莫怪浓香薰骨腻,霞衣曾惹御炉烟。

文姬看诗毕,大喜道:"此真吾夫也! 不然,怎晓得我的来处? 吾愿与之为妻。"即以此诗为聘定,留为夫妇。自此,春朝秋夕,夫妇相携,小酌微吟,此唱彼和,真如比翼之鸟,并头之花,欢爱不尽。

如此五年后,因三月终旬,正是九十日春光已满,夫妻二人设酒送春。对饮间,文姬忽取笔砚题诗云:

> 仙家无夏亦无秋,红日清风满翠楼。

况有碧霄归路稳,可能同驾五云虬?

题毕,把与任生看。任生不解其意,尚在沉吟,文姬笑道:"你向日投诗,已知吾来历,今日何反生疑? 吾本天上司书仙人,偶以一念情爱,谪居人间二纪。今限已满,吾欲归,子可偕行。天上之乐,胜于人间多矣。"说罢,只闻得仙乐飘空,异香满室。家人惊异间,只见一个朱衣吏,持一玉版,朱书篆文,向文姬前稽首道:"李长吉新撰《白玉楼记》成,天帝召汝写碑。"文姬拜命毕,携了任生的手,举步腾空而去。云霞闪烁,鸾鹤缭绕,于时观者万计。以其所居地,为"书仙里"。这是"掌书仙"的故事,乃是倡家第一个好门面话柄。

看官,你道倡家这派起于何时? 元来起于春秋时节。齐大夫管仲设女闾七百,征其合夜之钱,以为军需。传至于后,此风大盛。然不过是侍酒陪歌,追欢买笑,遣兴陶情,解闷破寂,实是少不得的,岂至遂为人害? 争奈"酒不醉人人自醉,色不迷人人自迷",才有欢爱之事,便有迷恋之人;才有迷恋之人,便有坑陷之局。做姊妹的,飞絮飘花,原无定主;做子弟的,失魂落魄,不惜余生。怎当得做鸨儿、龟子的,吮血磨牙,不管天理,又且转眼无情,回头是计。所以弄得人倾家荡产,败名失德,丧躯殒命,尽道这娼妓一家是陷人无底之坑,填雪不满之井了。总由子弟少年浮浪,没主意的多,有主意的少;娼家习惯风尘,有圈套的多,没圈套的少。至于那雏儿们,一发随波逐浪,那晓得叶落归根? 所以百十个姊妹里头,讨不出几个要立妇名、从良到底的。就是从了良,非男负女,即女负男,有结果的也少。却是人非木石,那鸨儿只以钱为事,愚弄子弟,是他本等,自不必说。那些做妓女的,也一样娘生父养,有情有窍,日陪欢笑,夜伴枕席,难道一些心也不动? 一些情也没有? 只合着鸨儿,做局骗人过日不成? 这却不然。其中原有真心的,一意绸缪,生死不变;原有肯立志的,亟思超脱,时刻不忘。从古以来,不止一人。而今小子说一个妓女,为一情人相思而死,又周全所爱妹子,也得从良,与看官们听,见得妓女也有好的。有诗为证,诗云:

有心已解相思死,况复留心念连理。

似此多情世所稀,请君听我歌天水。

天水才华席上珍,苏娘相向转相亲

一官各阻三年约,两地同归一日魂。

遗言弱妹曾相托,敢谓冥途忘旧诺?

爱推同气了良缘,赓歌一绝于飞乐。

话说宋朝钱塘有个名妓苏盼奴,与妹苏小娟,两人俱俊丽工诗,一时齐名。富豪子弟到临安者,无不愿识其面。真个车马盈门,络绎不绝。他两人没有嬷嬷,只是盼儿当门抵户,却是姊妹两个多自家为主的。自道品格胜人,不耐烦随波逐浪,虽在繁华绮丽所在,心中常怀不足。只愿得遇个知音之人,随他终身,方为了局的。姊妹两人意见相同,极是过得好。

盼奴心上有一个人,乃是皇家宗人,叫做赵不敏,是个太学生。元来宋时宗室自有本等禄食,本等职衔;若是情愿读书应举,就不在此例了。所以赵不敏有个房分兄弟赵不器,就自去做了个院判;惟有赵不敏自恃才高,务要登第,通籍在太学。他才思敏捷,人物风流;风流之中,又带些忠诚真实,所以盼奴与他相好。盼奴不见了他,饭也是吃不下的。赵太学是个书生,不会经管家务,家事日渐萧条。盼奴不但不嫌他贫,凡是他一应灯火酒食之资,还多是盼奴周给他,恐怕他因贫废学,常对他道:"妾看君决非庸下之人,妾也不甘久处风尘。但得君一举成名,提掇了妻身出去,相随终身,虽布素亦所甘心。切须专心读书,不可懈怠,又不可分心他务。衣食之需,只在妾的身上,管你不缺便了。"

小娟见姐姐真心待赵太学,自也时常存一个拣人的念头,只是未曾有个中意的。盼奴体着小娟意思,也时常替他留心,对太学道:"我这妹子性格极好,终久也是良家的货。他日你若得成名,完了我的事,你也替他寻个好主,不枉了我姊妹一对儿。"太学也自爱着小娟,把盼奴的话牢牢记在心里了。太学虽在盼奴家往来情厚,不曾破费一个钱,反得他资助读书,感激他情意,极力发愤。应过科试,果然高捷南宫。盼奴心中不胜欢喜,正是:

银缸斜背解鸣珰,小语低声唤玉郎。

从此不知兰麝贵,夜来新惹桂枝香。

太学榜下未授职,只在盼奴家里,两情愈浓,只要图个终身之事。却有一件:名妓要落籍,最是一件难事。官府恐怕缺了会承应的人,上司过往嗔怪,许多不便,十个倒有九个不肯。所以有的批从良牒上道:"幕《周南》之化,此意良可矜;空冀北之群,所请宜不允。"官司每每如此。不是得个极大的情分,或是撞个极帮衬的人,方肯周全。而今苏盼奴是个有名的能诗妓女,正要插趣,谁肯轻轻便放了他?前日与太学往来虽厚,太学既无钱财,也无力量,不曾替他营脱得乐籍。此时太学固然得第,盼奴还是个官身,却就娶他不得。

正在计较间,却选下官来了,除授了襄阳司户之职。初授官的人,碍了体面,怎好就与妓家讨分上脱籍?况就是自家要取的,一发要惹出议论来。欲待别寻婉转,争奈凭上日子有限,一时等不出个机会。没奈何,只得相约到了襄阳,差人再来营干。当下司户与盼奴两个抱头大哭,小娟在旁也陪了好些眼泪,当时作别了。盼奴自掩着泪眼归房,不题。

司户自此赴任襄阳,一路上鸟啼花落,触景伤情,只是想着盼奴。自道一到任所,便托能干之人进京做这件事。谁知到任事忙,匆匆过了几时,急切里没个得力心腹之人,可以相托。虽是寄了一两番信,又差了一两次人,多是不尴不尬,要能不勾的。也曾写书相托在京友人,替他脱籍了当,然后图谋接到任所。争奈路途既远,亦且寄信做事,所托之人,不过道是娼妓的事,有紧没要,谁肯知痛着热,替你十分认真做的?不过讨得封把书信儿,传来传去,动不动便是半年多。司户得一番信,只添得悲哭一番,当得些甚么?

如此三年,司户不遂其愿,成了相思之病。自古说得好:“心病还须心上医。”眼见得不是盼奴来,医药怎得见效?看看不起。只见门上传进来道:“外边有个赵院判,称是司户兄弟,在此候见。”司户闻得,忙叫“请进”。相见了,道:“兄弟,你便早些个来,你哥哥不见得如此!”院判道:“哥哥为何病得这等了?你要兄弟早来,便怎?”司户道:“我在京时,有个教坊妓女苏盼奴,与我最厚。他资助我读书成名,得有今日。因为一时匆匆,不替他落得籍,同他到此不得。原约一到任所,差人进京图干此事,谁知所托去的,多不得力。我这里好不盼望,不甫能勾回个信来,定是东差西误的。三年以来,我心如火,事冷如冰,一气一个死。兄弟,你若早来几时,把这个事托你,替哥哥干去,此时盼奴也可来,你哥哥也不死。如今却已迟了!”言罢,泪如雨下。院判道:“哥哥且请宽心!哥哥千金之躯,还宜调养,望个好日。如何为此闲事,伤了性命?”司户道:“兄弟,你也是个中人,怎学别人说淡话?情上的事,各人心知,正是性命所关,岂是闲事!”说得痛切,又发昏上来。隔不多两日,恍惚见盼奴在眼前,愈加沉重,自知不起。呼院判到床前,嘱付道:“我与盼奴,不比寻常,真是生死交情。今日我为彼而死,死后也还不忘的。我三年以来,共有俸禄余资若干,你与我均匀,分作两分。一分是你收了,一分你替我送与盼奴去。盼奴知我既死,必为我守。他有妹小娟,俊雅能吟,盼奴曾托我替他寻人。我想兄弟风流才俊,能了小娟之事。你到京时,可将我言传与他家,他家必然喜纳。你若得了小娟,诚是佳配,不可错过了!一则完了我的念头,一则接了我的瓜葛。此临终之托,千万记取!"院判涕泣领命,司户言毕而逝。院判勾当丧事了毕,带了灵柩归葬临安。一面收拾东西,竟望钱塘进发不题。

却说苏盼奴自从赵司户去后,足不出门,一客不见,只等襄阳来音。岂知来的信虽有两次,却不曾见干着了当的实事。他又是个女流,急得乱跳也无用,终日盼望,纳闷而已。一日,忽有个於潜商人,带者几箱官绢到钱塘来,闻着盼奴之名,定要一见。缠了几番,盼奴只是推病不见,以后果然病得重了,商人只认做推托,心怀愤恨。小娟虽是接待两番,晓得是个不在行的蠢物,也不把眼稍带着他。几番要矼在小娟处宿歇,小娟推道:"姐姐病重,晚间要相伴,伏侍汤药,留客不得。"毕竟缠不上,商人自到别家嫖宿去了。以后盼奴相思之极,恍恍惚惚。一日忽对小娟道:"妹子好住,我如今要去会赵郎了。"小娟只道他要出门,便道:"好不远之途程!你如此病体,怎好去得?可不是痴话么?"盼奴道:"不是痴话,相会只在霎时间了。"看看声丝气咽,连呼"赵郎"而死。小娟哭了一回,买棺盛贮,设个灵位,还望乘便捎信赵家去。只见门外两个公人,大剌剌的走将进来,说道府判衙里唤他姊妹,去对甚么官绢词讼。小娟不知事由,对公人道:"姊姊亡逝已过,见有棺柩灵位在此,我却随上下去回复就是。"免不得赔酒赔饭,又把使用钱送了公人,分付丫头看家,锁了房门,随着公人到了府前,才晓得於潜客人被同伙首发,将官绢费用宿娼,拿他到官。怀着旧恨,却把盼奴、小娟攀着。小娟好生负屈,只待当官分诉,带到时,府判正赴堂上公宴,没工夫审理。知是钱粮事务,喝令:"权且寄监!"可怜:

> 粉黛丛中艳质,囹圄队里愁形。
>
> 吉凶全然未保,青龙白虎同行。

不说小娟在牢中受苦,却说赵院判扶了兄柩,来到钱塘,安厝已了。奉着遗言,要去寻那苏家,却想道:"我又不曾认得他一个,突然走去,那里晓得真情?虽是吾兄为盼奴而死,知他盼奴心事如何?近日行径如何?却便孟浪去打破了?"猛然想道:"此间府判,是我宗人,何不托他去唤他到官来,当堂问他明白,自见下落。"一直径到临安府来,与府判相见了,叙寒温毕,即将兄长亡逝已过,所托盼奴、小娟之事,说了一遍,要府判差人去唤他姊妹二人到来。

府判道："果然好两个妓女，小可着人去唤来，宗丈自与他说端的罢了。"随即差个祇候人拿根签去唤他姊妹。

祇候领命去了。须臾来回话道："小人到苏家去，苏盼奴一月前已死，苏小娟见系府狱。"院判、府判俱惊道："何事系狱？"祇候回答道："他家里说为於潜客人诬攀官绢的事。"府判点头道："此事正在我案下。"院判道："看亡兄分上，宗丈看顾他一分则个。"府判道："宗丈且到敝衙一坐，小可叫来问个明白，自有区处。"院判道："亡兄有书礼与盼奴，谁知盼奴已死了。亡兄却又把小娟托在小可，要小可图他终身。却是小可未曾与他一面，不知他心下如何。而今小弟且把一封书打动他，做个媒儿，烦宗丈与小可婉转则个。"府判笑道："这个当得，只是日后不要忘了媒人！"大家笑了一回，请院判到衙中坐了，自己升堂。

叫人狱中取出小娟来，问道："於潜商人缺了官绢百匹，招道在你家花费，将何补偿？"小娟道："亡姊盼奴在日，曾有个於潜客人来了两番。盼奴因病不曾留他，何曾受他官绢？今姊已亡故无证，所以客人落得诬攀。府判若赐周全开豁，非唯小娟感荷，盼奴泉下也得蒙恩了。"府判见他出语宛顺，心下喜他，便问道："你可认得襄阳赵司户么？"小娟道："赵司户未第时，与姊盼奴交好，有婚姻之约，小娟故此相识。以后中了科第，做官去了，屡有书信，未完前愿。盼奴相思，得病而亡，已一月多了。"府判道："可伤！可伤！你不晓得赵司户也去世了？"小娟见说，想着姊姊，不觉凄然吊下泪来道："不敢拜问，不知此信何来？"府判道："司户临死之时，不忘你家盼奴，遣人寄一封书，一匣礼物与他。此外又有司户兄弟赵院判，有一封书与你，你可自开看。"小娟道："自来不认得院判是何人，如何有书？"府判道："你只管拆开看，是甚话就知分晓。"

小娟领下书来，当堂拆开读着。元来不是什么书，却是一首七言绝句。诗云：

当时名妓镇东吴，不好黄金只好书。

借问钱塘苏小小，风流还似大苏无？

小娟读罢诗，想道："此诗情意，甚是有情于我。若得他提掇，官事易解。但不知赵院判何等人品？看他诗句清俊，且是赵司户的兄弟，多应也是风流人物，多情种子。"心下踌躇，默然不语。府判见他沉吟，便道："你何不依韵和他一首?"小娟对道:"从来不会做诗。"府判道:"说那里话? 有名的苏家姊妹能诗,你如何推托? 若不和诗,就要断赔官绢了。"小娟谦词道:"只好押韵献丑,请给纸笔。"府判叫取文房四宝与他,小娟心下道:"正好借此打动他官绢之事。"提起笔来,毫不思索,一挥而就,双手呈上府判。府判读之,诗云:

　　　　君住襄江妾在吴,无情人寄有情书。
　　　　当年若也来相访,还有於潜绢也无?

府判读罢,道:"既有风致,又带诙谐玩世的意思,如此女子,岂可使溷于风尘之中?"遂取司户所寄盼奴之物,尽数交与了他,就准他脱了乐籍。官绢着商人自还,小娟无干,释放宁家。小娟既得辨白了官绢一事,又领了若干物件,更兼脱了籍。自想姊姊如此烦难,自身却如此容易,感激无尽,流涕拜谢而去。

　　府判进衙,会了院判,把适才的说话与和韵的诗,对院判说了,道:"如此女子,真是罕有! 小可体贴宗丈之意,不但免他偿绢,已把他脱籍了。"院判大喜,称谢万千,告辞了府判,竟到小娟家来。

　　小娟方才到得家里,见了姊姊灵位,感伤其事,把司户寄来的东西,一件件摆在灵位前,看过了,哭了一场,收拾了。只听得外面叩门响,叫丫头问明白了开门。丫头问:"是那个?"外边答道:"是适来寄书赵院判。"小娟听得"赵院判"三字,两步移做了一步,叫丫头急开门迎接。院判进了门,抬眼看那小娟时,但见:

　　　　脸际芙蓉掩映,眉间杨柳停匀。若教梦里去行云,管取襄王错认。
　　　　殊丽全由带韵,多情正在含犟。司空见惯也销魂,何况风流少俊?

　　说那院判一见了小娟,真个眼迷心荡,暗道:"吾兄所言佳配,诚不虚也!"小娟接入堂中,相见毕,院判笑道:"适来和得好诗。"小娟道:"若不是院判的大情分,妾身官事何由得解? 况且乘此又得脱籍,真莫大之恩,杀身难报。"院判道:"自是佳作打动,故此府判十分垂情。况又有亡兄所嘱,非小可一人之力。"小娟垂泪道:"可惜令兄这样好人,与妾亡姊真个如胶似漆的。生生的阻隔两处,俱谢世去了。"院判道:"令姊是几时没有的?"小娟道:"方才一月前某日。"院判吃惊道:"家兄也是此日,可见两情不舍,同日归天,也是奇事!"小娟道:"怪道姊姊临死,口口说去会赵郎,他两个而今必定做一处了。"院判道:"家兄也曾累次打发人进京,当初为何不脱籍,以致阻隔如此?"小娟道:"起初令兄未第,他与亡姊恩爱,已同夫妻一般。未及虑到此地,匆匆过了日子。及到中第,来不及了。虽然打发几次人来,只因姊姊名重,官府不肯放脱。这些人见略有些难处,丢了就走,那管你死活?白白里把两个人的性命误杀了。岂知今日妾身托赖着院判,脱籍如此容易!若是令兄未死,院判早到这里一年半年,连姊姊也超脱去了。"院判道:"前日家兄也如此说,可惜小可浪游薄宦,到家兄衙里迟了,故此无及。这都是他两人数定,不必题了。前日家兄说令姊曾把娟娘终身的事,托与家兄寻人,这话有的么?"小娟道:"不愿迎新送旧,我姊妹两人同心。故此姊姊以妾身托令兄寻人,实有此话的。"院判道:"亡兄临终把此言对小可说了,又说娟娘许多好处,撺掇小可来会令姊与娟娘,就与娟娘料理其事。故此不远千里,到此寻问。不想盼娘过世,娟娘被陷,而今幸得保全了出来,脱了乐籍,已不负亡兄与令姊了。但只是亡兄所言娟娘终身之事,不知小可当得起否?凭娟娘意下裁夺。"小娟道:"院判是贵人,又是恩人,只怕妾身风尘贱质,不敢仰攀。赖得令兄与亡姊一脉,亲上之亲。前日蒙赐佳篇,已知属意;若蒙不弃,敢辞箕帚?"

院判见说得入港,就把行李什物都搬到小娟家来。是夜即与小娟同宿。赵院判在行之人,况且一个念着亡兄,一个念着亡姊,两个只恨相见之晚,分外亲热。此时小娟既已脱籍,便可自由。他见院判风流蕴藉,一心待嫁他了。只是亡姊灵柩未殡,有此牵带,与院判商量。院判道:"小可也为扶亡兄灵柩至此,殡事未完。而今择个日子,将令姊之柩与亡兄合葬于先茔之侧,完他两人生前之愿,有何不可!"小娟道:"若得如此,亡魂俱称心快意了。"院判一面择日,如言殡葬已毕,就央府判做个主婚,将小娟娶到家里,成其夫妇。

是夜小娟梦见司户、盼奴如同平日,坐在一处,对小娟道:"你的终身有托,我两人死亦瞑目。又谢得你夫妻将我两人合葬,今得同栖一处,感恩非浅。我在冥中保佑你两人后福,以报成全之德。"言毕小娟惊醒,把梦中言语对院判说了。院判明日设祭,到司户坟上致奠。两人感念他生前相托,指引成就之意,俱各恸哭一番而回。此后院判同小娟花朝月夕,赓酬唱和,诗咏成帙。后来生二子,接了书香。小娟直与院判齐白而终。

看官,你道此一事,苏盼奴助了赵司户功名,又为司户而死,这是他自己多情,已不必说。又念着妹子终身之事,毕竟所托得人,成就了他从良。那小娟见赵院判出力救了他,他一心遂不改变,从他到了底。岂非多是好心的伎女? 而今人自没主见,不识得人,乱迷乱撞,着了道儿,不要冤枉了这一家人,一概多似蛇蝎一般的,所以有编成《青泥莲花记》,单说的是好姊姊出处,请有情的自去看。有诗为证:

血躯总属有情伦,宁有章台独异人?
试看死生心似石,反令交道愧沉沦。

卷二十六

夺风情村妇捐躯　假天语幕僚断狱

诗云：

美色从来有杀机，况同释子讲于飞。

色中饿鬼真罗刹，血污游魂怎得归？

话说临安有一个举人姓郑，就在本处庆福寺读书。寺中有个西北房，叫做净云房。寺僧广明，做人俊爽风流，好与官员士子每往来。亦且衣钵充牣，家道从容，所以士人每喜与他交游。那郑举人在他寺中最久，与他甚是说得着，情意最密。凡是精致禅室，曲折幽居，广明尽引他游到。只有极深奥的所在一间小房，广明手自锁闭出入，等闲也不开进去，终日是关着的，也不曾有第二个人走得进。虽是郑举人如此相知，无有不到的所在，也不领他进去。郑举人也只道是僧家藏叠资财的去处，大家凑趣，不去窥觑他。

一日殿上撞得钟响，不知是什么大官府来到，广明正在这小房中，慌忙趋出山门外迎接去了。郑生独自闲步，偶然到此房前，只见门开在那里。郑生道："这房从来锁着，不曾看见里面。今日为何却不锁？"一步步进房中来，却是地板铺的房，四下一看，不过是摆设得精致，别无甚奇怪珍秘，与人看不得的东西。郑生心下道："这些出家人毕竟心性古撇，此房有何秘密，直得转手关门？"带眼看去，那小床帐钩上吊着一个紫檀的小木鱼，连槌系着，且是精致滑泽。郑生好戏子，除下来，手里捏了看看，有要没紧的，把小槌敲他两下。忽听得床后地板"铛"的一声铜铃响，一扇小地板推起，一个少年美貌妇人钻头出来。见了郑生，吃了一惊，缩了下去。郑生也吃了一惊，仔细看去，却是认得的中表亲威某氏。元来那个地板做得巧，合缝处推开来，就当是扇门，关上了，原是地板。里头顶得上，外头开不进。只听木鱼为号，里头铃声相应，便出来了。里头是个地窖，别开窗牖，有暗巷地道，到灶下通饮食，就是神仙也不知道的。郑生看见了道："怪道贼秃关门得紧，元来有此缘故。我却不该撞破了他，未必无祸。"心下慌张，急挂木鱼在原处了，疾忙走出来，劈面与广明撞着。

广明见房门失锁，已自心惊；又见郑生有些仓惶气质，面上颜色红紫，再眼瞟去，小木鱼还在帐钩上摆动未定，晓得事体露了。问郑生道："适才何所见？"郑生道："不见什么。"广明道："便就房里坐坐何妨！"挽着郑生手进房，就把门闩了，床头掣出一把刀来道："小僧虽与足下相厚，今日之事，势不两立。不可使吾事败，死在别人手里。只是足下自己悔气到了，错进此房，急急自裁，休得怨我！"郑生哭道："我不幸自落火坑，晓得你们不肯舍我，我也逃不得死了。只是容我吃一大醉，你断我头去，庶几醉后无知，不觉痛苦。我与你往来多时，也须怜我。"广明也念平日相好的，说得可怜，只得依从，反锁郑生在里头了。带了刀走去厨下，取了一大锡壶酒来，就把大碗来灌郑生。郑生道："寡酒难吃，须赐我盐菜少许。"广明又依他到厨下去取菜。

郑生寻思走脱无路，要寻一件物事暗算他，房中多是轻巧物件，并无砖石棍棒之类。见酒壶叠巨，便心生一计：扯下一幅衫子，急把壶口塞得紧紧的，连酒连壶，约有五六斤重了。一手提着，站在门背后。只见广明推门进来，郑生估着光头，把这壶尽着力一下打去。广明打得头昏眼暗，急伸手摸头时，郑生又是两三下，打着脑袋，扑的晕倒。郑生索性把酒壶在广明头上似砧杵槌衣一般，连打数十下，脑浆迸出而死，眼见得不活了。

郑生反锁僧尸在房了，走将出来，外边未有人知觉。忙到县官处说了，县官差了公人，又添差兵快，急到寺中，把这本房围住。打进房中，见一个僧人脑破血流，死于地下，搜不出妇女来。只见郑生嘻嘻笑道："我有一法，包得就见。"伸手去帐钩上取了木鱼，敲得两下，果然一声铃响，地板顶将起来，一个妇女钻出。公人看见，发一声喊，抢住地板，那妇人缩进不迭。一伙公人打将进去，元来是一间地窖子，四围磨砖砌着，又有周围栅栏，一面开窗，对着石壁天井，乃是人迹不到之所。有五六个妇人在内，一个个领了出来，问其来历，多是乡村人家拐将来的。郑生的中表，乃是烧香求子被他灌醉了轿夫，溜了进去的。家里告了状，两个轿夫还在狱中。这个广明既有世情，又无踪迹，所以累他不着，谁知正在他处！县官把这一房僧众尽行屠戮了。

看官，你道这些僧家，受用了十方施主的东西，不忧吃，不忧穿，收拾了干净房室，精致被窝，眠在床里没事得做，只想得是这件事体。虽然有个把行童解谗，俗语道："吃杀馒头当不得饭。"亦且这些妇女们，偏要在寺里来烧香拜佛，时常在他们眼前晃来晃去。看见了美貌的，叫他静夜里怎么不想？所以千方百计,弄出那奸淫事体来。只这般奸淫,已是罪不容诛了。况且不毒不秃,不秃不毒,转毒转秃,转秃转毒,为那色事上,专要性命相搏、杀人放火的。就是小子方才说这临安僧人,既与郑举人是相厚的,就被他看见了破绽,只消求告他,买嘱他,要他不泄漏罢了,何致就动了杀心,反丧了自己?这须是天理难容处,要见这些和尚狠得没道理的。而今再讲一个狠得诧异的,来与看官们听着。有诗为证:

　　　奸杀本相寻,其中妒更深。

　　　若非男色败,何以警邪淫?

话说四川成都府汶川县有一个庄农人家,姓井名庆。有妻杜氏,生得有些姿色,颇慕风情,嫌着丈夫粗蠢,不甚相投,每日寻是寻非的激聒。一日,也为有两句口角,走到娘家去,住了十来日。大家厮劝,气平了,仍旧转回夫家来。两家隔不上三里多路,杜氏长独自个来去惯了的。也是合当有事,正行之间,遇着大雨下来,身边并无雨具,又在荒野之中,没法躲避。远远听得铃声响,从小径里望去,有所寺院在那里。杜氏只得冒着雨,迁道走去避着,要等雨住再走。

那个寺院叫做太平禅寺,是个荒僻去处。寺中共有十来个僧人,门首一房,师徒三众。那一个老的,叫做大觉,是他掌家。一个后生的徒弟,叫做智圆,生得眉清目秀,风流可喜,是那老和尚心头的肉。又有一个小沙弥,叫做慧观,只有十一二岁。这个大觉年有五十七八了,却是极淫毒的心性,不异少年,夜夜搂着这智圆做一床睡了。两个说着妇人家滋味,好生动兴,就弄那话儿消遣一番,淫亵不可名状。是日师徒正在门首闲站,忽见个美貌妇人,走进来避雨。正似老鼠走到猫口边,怎不动火?老和尚看见了,丢眼色对智圆道:"观音菩萨进门了,好生迎接着。"智圆头颠尾颠,走上前来问杜氏道:"小娘子,敢是避雨的么?"杜氏道:"正是。路上逢雨,借这里避避则个。"智圆嘻着脸笑道:"这雨还有好一会下,这里没好坐处,站着不雅,请到小房坐了,奉杯清茶。等雨住了走路,何如?"那妇人家若是个正气的,由他自说,你只外边站站,等雨过了走路便罢。那僧房里好是轻易走得进的?谁知那杜氏是个爱风月的人,见小和尚生得青头白脸,语言聪俊,心里先有几分看上了。暗道:"总是雨大,在此闲站,便依他进去坐坐也不妨事。"就一步步随了进来。

那老和尚见妇人挪动了脚,连忙先走进去,开了卧房等候。小和尚陪了杜氏，你看我，我看你，同走了进门。到得里头坐下了，小沙弥掇了茶盘送茶。智圆拣个好磁碗，把袖子展一展，亲手来递与杜氏。杜氏连忙把手接了，看了智圆丰度，越觉得可爱，偷眼觑着，有些魂出了，把茶侧翻了一袖。智圆道："小娘子茶泼湿了衣袖，到房里薰笼上烘烘。"杜氏见要他房里去，心里已瞧科了八九分，怎当得是要在里头的，并不推阻，反问他那个房里是。智圆领到师父房前，晓得师父在里头等着，要让师父，不敢抢先。见杜氏进了门里，指着薰笼道："这个上边烘烘就是，有火在里头的。"却把身子倒退了出来。

杜氏见他不进来，心里不解，想道："想是他未敢轻动手。"正待将袖子去薰笼上烘，只见床背后一个老和尚，托地跳出来，一把抱住。杜氏杀猪也似叫将起来。老和尚道："这里无人，叫也没干。谁教你走到我房里来？"杜氏却待奔脱，外边小和尚凑趣，已把门拽上了。老和尚搂住了杜氏身子，将阳物隔着衣服只是乱送。杜氏虽推拒了一番，不觉也有些兴动，问道："适才小师父那里去了？却换了你？"老和尚道："你动火我的徒弟么？这是我心爱的人儿，你作成我完了事，我叫他与你快活。"杜氏心里道："我本看上他小和尚，谁知被这老厌物缠着。虽然如此，到这地位，料应脱不得手，不如先打发了他，他徒弟少不得有分的了。"只得勉强顺着。老和尚搂到床上。行起云雨来：

> 一个欲动情浓，仓忙唐突；一个心慵意懒，勉强应承。一个相会有缘，吃了自来之食；一个偶逢无意，栽着无主之花。喉急的浑如那扇火的风箱，体懒的只当得盛血的皮袋。虽然卤莽无些趣，也算依稀一度春。

那老和尚淫兴虽高，精力不济，起初搂抱推拒时，已此有好些流精淌出来，及至干事，不多一会就弄倒了。杜氏本等不耐烦的，又见他如此光景，未免有些不足之意。一头走起来系裙，一头怨怅道："如此没用的老东西，也来厌世，死活缠人做甚么？"老和尚晓得扫了兴，自觉没趣，急叫徒弟把门开了。

门开处，智圆迎着问师父道："意兴如何？"老和尚道："好个知味的人，可惜今日本事不帮衬，弄得出了丑。"智圆道："等我来助兴。"急跑进房，把门掩了，回身来抱着杜氏道："我的亲亲，你被老头儿缠坏了。"杜氏道："多是你哄我进房，却叫这厌物来摆布我！"智圆道："他是我师父，没奈何，而今等我赔礼罢。"一把搂着，就要床上去。杜氏刚被老和尚一出完得，也觉没趣，拿个班道："那里有这样没廉耻的？师徒两个，轮替缠人！"智圆道："师父是冲头阵垫刀头的，我与娘子须是年貌相当，不可错过了姻缘！"扑的跪将下去。杜氏扶起道："我怪你让那老物,先将人冥落,故如此说。其实我心上也爱你的。"智圆就势抱住,亲了个嘴。挽到床上,弄将起来。这却与先前的情趣大不相同:

> 一个身逢美色,犹如饿虎吞羊;一个心慕少年,好似渴龙得水。庄家妇,性情淫荡,本自爱耍贪欢;空门人,手段高强,正是能征惯战。籴的籴,粜的粜,没一个肯将就伏输;往的往,来的来,都一般愿辛勤出力。虽然老和尚先开方便之门,争似小阇黎漫领菩提之水!

说这小和尚正是后生之年,阳道壮伟,精神旺相,亦且杜氏见他标致,你贪我爱,一直弄了一个多时辰,方才歇手。弄得杜氏心满意足,杜氏道:"一向闻得僧家好本事,若如方才老厌物,羞死人了。元来你如此着人,我今夜在此与你睡了罢。"智圆道:"多蒙小娘子不弃,不知小娘子何等人家,可是住在此不妨的?"杜氏道:"奴家姓杜,在井家做媳妇,家里近在此间。只因前日与丈夫有两句说话,跑到娘家这几日,方才独自个回转家去。遇着雨走进来避,撞着你这冤家的。我家未知道我回,与娘家又不打照会,便私下住在此两日,无人知觉。"智圆道:"如此却侥幸,且图与娘子做个通宵之乐。只是师父要做一床。"杜氏道:"我不要这老厌物来。"智圆道:"一家是他做主,须却不得他,将就打发他罢了。"杜氏道:"羞人答答的,怎好三人在一块做事?"智圆道:"老和尚是个骚头,本事不济,南北齐来,或是你,或是我,做一遭不着,结识了他,他就没用了。我与你自在快活,不要管他。"

两人说得着,只管说了去,怎当得老和尚站在门外,听见床响了半日,自恨着自己忒快,不曾插得十分趣,倒让他们恣意了,好些妒忌。等得不耐烦,再不出来,忍不住开房进去。只见两个紧紧搂抱,舌头还在口里,老和尚便有些怒意。暗想道:"方才待我怎肯如此亲热?"就不觉撺酸起来,嚷道:"得了些滋味,也该商量个长便。青天白日,没廉没耻的,只顾关着门睡什么?"智圆见师父发话,笑道:"好教师父得知,这滋味长哩。"老和尚道:"怎见得?"智圆道:"那娘子今晚不去了。"老和尚放下笑脸道:"我们也不肯放他就去。"智圆道:"我们强主张不放,须防干系。而今是这娘子自家主意,说道:'可以住得的。'我们就放心得下了。"老和尚道:"这小娘子何宅?"智圆把方才杜氏的言语,述了一遍。

老和尚大喜,急整夜饭。摆在房中,三人共桌而食。杜氏不十分吃酒,老和尚劝他,只是推故。智圆斟来,却又吃了。坐间眉来眼去,与智圆甚是肉麻。老和尚硬挨光，说得句把风话，没着没落的，冷淡的当不得。老和尚也有些看得出，却如狗馋热煎盘，恋着不放。夜饭撤去，毕竟赖着三人一床睡了。

到得床里，杜氏与小和尚先自搂得紧紧的，不管那老和尚。老和尚刚是日里弄得过，意思便等他们弄一火，看看发了自己的兴再处。果然他两个击击格格弄将起来。极得老和尚在旁边，东鸣一口，西砸一口，左勾一勾，右抱一抱，觉得有些兴动了，就要推开了小和尚，自家上场。那小和尚正在兴头上，那里肯放，杜氏又双手抱住，推不开来。小和尚叫道："师父，我住不得手了，你十分高兴，倒在我背后做个天机自动罢。"老和尚道："使不得，野味不吃吃家食？"咬咬掐掐，缠帐不住。小和尚只得爬了下来让他。杜氏心下好些不像意，那有好气待他。那老和尚是急坏了的，忍不住一泻如注。早已气喘声嘶，不济事了。杜氏冷笑道："何苦呢！"老和尚羞惭无地，不敢则声，寂寂向了里床，让他两个再整旗枪，恣意交战。两人多是少年，无休无歇的，略略睡睡，又弄起来。老和尚只好咽唾，蛊毒魔魅的，做尽了无数的厌景。

天明了，杜氏起来梳洗罢，对智圆道："我今日去休。"智圆道："娘子昨日说多住几日不妨的，况且此地僻静，料无人知觉。我你方得欢会，正在好头上，怎舍得就去，说出这话来？"杜氏悄悄说道："非是我舍得你去，只是吃老头子缠得苦，你若要我住在此，我须与你两个自做一床睡，离了他才使得。"智圆道："师父怎么肯？"杜氏道："若不肯时，我也不住在此。"智圆没奈何，只得走去对师父说道："那杜娘子要去，怎么好？"老和尚道："我看他和你好得紧，如何要去？"智圆道："他须是良人家出身，有些羞耻，不肯三人同床，故此要去。依我愚见，不若等我另铺下一床，在对过房里，与他两个同睡晚把，哄住了他，师父乘空便中取事。等他熟分了，然后团做一块不迟。不然逆了他性，他走了去，大家多没分了。"老和尚听说罢，想着夜间三人一床，枉动了许多火，讨了许多厌，不见快活；又恐怕他去了，连寡趣多没绰处，不如便等他们背后去做事，有时我要他房里来独享一夜也好，何苦在旁边惹厌？便对智圆道："就依你所见也好，只要留得他住，毕竟大家有些滋味，况且你是我的心，替你好了，也是好的。"老和尚口里如此说，心里原有许多醋意，只得且如此许了他，慢慢再看。智圆把铺房另睡的话，回了杜氏。杜氏千欢万喜，住下了，只等夜来欢乐。

到了晚间，老和尚叫智圆分付道："今夜我养养精神，让你两个去快活一夜,须把好话哄住了他,明日却要让我。"智圆道:"这个自然,今夜若不是我伴住他,只如昨夜混搅,大家不爽利,留他不住的。等我团熟了他,牵与师父,包你像意。"老和尚道:"这才是知心着意的肉。"智圆自去与杜氏关了房门睡了。此夜自由自在,无拘无束,快活不尽。

却说那老和尚一时怕妇人去了,只得依了徒弟的言语。是夜独自个在房里,不但没有了妇人,反去了个徒弟,弄得孤眠独宿,好些不像意。又且想着他两个此时快乐,一发睡不去了。倒枕捶床了一夜,次日起来,对智圆道:"你们好快活!撇得我清冷。"智圆道:"要他安心留住,只得如此。"老和尚道:"今夜须等我像心像意一晚。"

到得晚间,智圆不敢逆师父,劝杜氏到师父房中去。杜氏死也不肯,道:"我是替你说了过了,方住在此的。如何又要我去陪这老厌物?"智圆道:"他须是吾主家的师父。"杜氏道:"我又不是你师父讨的,我怕他做甚!逼得我紧,我连夜走了家去。"智圆晓得他不肯去,对师父道:"他毕竟有些害羞,不肯来,师父你到他房里去罢。"老和尚依言,摸将进去。杜氏先自睡好了,只待等智圆来干事。不晓得是老和尚走来,跳上床去。杜氏只道是智圆,一把抱来亲个嘴,老和尚骨头都酥了,直等做起事来,杜氏才晓得不是了,骂道:"又是你这老厌物,只管缠我做甚?"老和尚只指望讨他的好处,不想用力太猛,忍不住吁吁气喘将来。杜氏正略觉得有些兴动,只见已是收兵锣光景,把自家身子一歪,将他尽力一推,推下床来。那老和尚地上爬起来,心里道:"这婆娘如此狠毒!"恨恨地走了自房里去。智圆见师父已出来了,然后自己进去补空。杜氏正被和尚引起了兴头没收场的,却得智圆来,正好解渴。两个不及讲话,搂着就弄,好不热闹。只有老和尚到房中气还未平,想道:"我出来了,他们又自快活,且去听他一番。"走到房前,只听得山摇地动的,在床里淫戏。摩拳擦掌的道:"这婆娘直如此分厚薄?你便多少分些情趣与我,也图得大家受用。只如此让了你两个罢。明日拚得个大家没帐!"闷闷的自去睡了。

一觉睡到天明起来,觉得阳物茎中有些作痒,又有些梗痛,走去撒尿,点点滴滴的,元来昨夜被杜氏推落身子,阳精泻得不畅,弄做了个白浊之病。一发恨道:"受这歹婆娘这样累!"及至杜氏起来了,老和尚还皮着脸撩拨他几句。杜氏一句话也不来招揽,老大没趣。又见他与智圆交头接耳,嘻嘻哈哈,心怀怨毒。到得夜来,智圆对杜氏道:"省得老和尚又来歪厮缠,等我先去弄倒了他。"杜氏道："你快去，我睡着等你。"智圆走到老和尚房中，装出平日的媚态，说道："我两夜抛撇了师父，心里过意不去，今夜同你睡休。"老和尚道："见放着雌儿在家里，却自寻家常饭吃！你好好去叫他来相伴我一夜。"智圆道："我叫他不肯来，除非师父自去求他。"老和尚发恨道："我今夜不怕他不来！"一直的走到厨下，拿了一把厨刀，走进杜氏房来道："看他若再不知好歹，我结果了他。"

杜氏见智圆去了好一会，一定把师父安顿过。听得床前脚步响，只道他来了，口里叫道："我的哥，快来关门罢！我只怕老厌物又来缠。"老和尚听得明白，真个怒从心上起，恶向胆边生，厉声道："老厌物今夜偏要你去睡一觉！"就把一只手去床上拖他下来。杜氏见他来的狠，便道："怎的如此用强？我偏不随你去！"吊住床楞，恨命挣住。老和尚力拖不休。杜氏喊道："杀了我，我也不去！"老和尚大怒道："真个不去，吃我一刀，大家没得弄！"按住脖子一勒，老和尚是性发的人，使得力重，果把咽喉勒断。杜氏跳得两跳，已此呜呼了。

智圆自师父出了房门，且眠在床里等师父消息。只听得对过房里叫喊罢，就劈扑的响，心里疑心。跑出看时，正撞着老和尚拿了把刀房里出来，见智圆，便道："那鸟婆娘可恨！我已杀了。"智圆吃了一惊道："师父当真做出来？"老和尚道："不当真？只让你快活！"智圆移个火，进房一看，只叫得苦道："师父直如此下得手！"老和尚道："那鸟婆娘嫌我，我一时性发了。你不要怪我，而今事已如此，不必迟疑，且叠过了。明日另弄个好的来与你快活便是。"智圆苦在肚里，说不出，只得随了老和尚拿着锹镢，背到后园中埋下了。智圆暗地垂泪道："早知这等，便放他回去了也罢，直恁地害了他性命！"老和尚又怕智圆烦恼，越越的撺哄他欢喜，瞒得水泄不通。只有小沙弥怪道不见了这妇人，却是娃子家不来跟究，以此无人知道，不题。

却说杜氏家里，见女儿回去了两三日，不知与丈夫和睦未曾？叫个人去望望。那井家正叫人来杜家接着，两下里都问个空。井家又道："杜家因夫妻不睦，将来别嫁了。"杜家又道："井家夫妻不睦，定然暗算了。"两边你赖我，我赖你，争个不清。各写一状，告到县里。

县里此时缺大尹，却是一个都司断事在那里署印。这个断事，姓林名大合，是个福建人，虽然太学出身，却是吏才敏捷，见事精明，提取两家人犯审问。那井庆道："小的妻子向来与小的争竞口舌，别气归家的。丈人欺心，藏过了，不肯还了小的。须有王法。"杜老道："专为他夫妻两个不和，归家几日。三日前老夫妻已相劝他气平了，打发他到夫家去。又不知怎地相争，将来磨灭死了，反来相赖。望青天做主。"言罢，泪如雨下。林断事看那井庆是个朴野之人，不像恶人，便问道："儿女夫妻为甚么不和？"井庆道："别无甚差池，只是平日嫌小的粗卤，不是他对头，所以寻非闹炒。"断事问道："你妻子生得如何？"井庆道："也有几分颜色的。"断事点头，叫杜老问道："你女儿心嫌错了配头，鄙薄其夫。你父母之情，未免护短，敢是赖着，另要嫁人，这样事也有。"杜老道："小的家里与女婿家，差不多路，早晚婚嫁之事，瞒得那个？难道小的藏了女儿，舍得私下断送在他乡外府，再不往来不成？是必有个人家，人人晓得的。这样事怎么做得？小的藏他何干？自然是他家摆布死了，所以无影无踪。"林断事想了一回道："都不是这般说，必是一边归来，两不照会，遇不着好人，中途差池了。且各召保，听候缉访。"遂出了一纸广缉的牌，分付公人，四下探访。过了多时，不见影响。

却说那县里有一门子，姓俞，年方弱冠，姿容娇媚，心性聪明。元来这家男风，是福建人的性命，林断事喜欢他，自不必说。这门子未免恃着爱宠，做件把不法之事。一日当堂犯了出来，林断事虽然爱护他，公道上却去不得。便思量一个计较周全他，等他好将功折罪。密叫他到衙中，分付道："你罪本当革役，我若轻恕了你，须被衙门中谈议。我而今只得把你革了名，贴出墙上，塞了众人之口。"门子见说要革他名字，叩头不已，情愿领责。断事道："不是这话，我有周全之处。那井、杜两家不见妇人的事，其间必有缘故。你只做得罪于我，逃出去，替我密访。只在两家相去的中间路里，不分乡村市井，道院僧房，俱要走到，必有下落。你若访得出来，我不但许你复役，且有重赏。那时别人就议论我不得了。"

门子不得已领命而去。果然东奔西撞，无处不去探听。他是个小厮家，就到人家去处，绰着嘴闲话，带着眼瞧科，人都不十分疑心的。却不见甚么消息。一日有一伙闲汉，聚坐闲谈，门子挨去听着。内中一个抬眼看见了，魆魆对众人道："好个小官儿！"又一个道："这里太平寺中有个小和尚，还标致得紧哩。可恨那老和尚，又骚又吃醋，极不长进。"门子听得，只做不知，洋洋的走了开来。想道："怎么样的一个小和尚，这等赞他？我便去寻他看看，有何不可？"元来门子是行中之人，风月心性。见说小和尚标致，心里就有些动兴，问着太平寺的路走来。进得山门,看见一个僧房门槛上坐着一个小和尚,果然清秀异常。心里道:"这个想是了。"那小和尚见个美貌小厮来到,也就起心,立起身来迎接道:"小哥何来?"门子道:"闲着进寺来玩耍。"小和尚殷勤请进奉茶,门子也贪着小和尚标致,欢欢喜喜随了进去。老和尚在里头看见徒弟引得个小伙子进来,道:"是了道地货来了。"笑逐颜开,来问他姓名居址。门子道:"我原是衙中门官,为了些事逐了出来。今无处栖身,故此游来游去。"老和尚见说大喜,说道:"小房尽可住得,便宽留几日不妨。"便同徒弟留茶留酒,着意殷勤。老僧趁着两杯酒兴,便溜他进房。褪下裤儿,行了一度。门子是个惯家,就是老僧也承受了。不比那庄家妇女,见人不多,嫌好道歉的,老和尚喜之不胜。看官听说:元来是本事不济的,专好男风。你道为甚么? 男风勉强做事,图个完事罢了,所以好打发。不像妇女,彼此兴高,若不满意,半途而废,没些收场,要发起极来的。故此支吾不过,不如男风自得其乐。这番老和尚算是得趣的了。事毕,智圆来对师父说:"这小哥是我引进来的,到让你得了先头,晚间须与我同榻。"老和尚笑道:"应得,应得。"那门子也要在里头的,晚间果与智圆宿了。有诗为证:

> 少年彼此不相饶,我后伊先递自熬。

> 虽是智圆先到手,劝酬毕竟也还遭。

　　说这两个都是美少,各干一遭已毕,搂抱而睡。第二日,老和尚只管来绰趣,又要缠他到房里干事。智圆经过了前边的毒,这番倒有些吃醋起来道:"天理人心,这个小哥该让与我,不该又来抢我的。"老和尚道:"怎见得?"智圆道:"你终日把我泄火,我须没讨还伴处,忍得不好过。前日这个头脑,正有些好处,又被你乱炒,弄断绝了。而今我引得这小哥来,明该让我与他乐乐,不为过分。"老和尚见他说得倔强,心下好些着恼,又不敢冲撞他,嘴骨都的,彼此不快活。那门子是有心的,晚间兑得高兴时,问智圆道:"你日间说前日甚么头脑,弄断绝了?"智圆正在乐头上,不觉说道:"前日有个邻居妇女,被我们留住,大家耍耍罢了。且是弄得兴头,不匡老无知,见他与我相好,只管吃醋撺酸,搅得没收场。至今想来可惜。"门子道:"而今这妇女那里去了? 何不再寻将他来走走?"智圆叹个气道:"还再那里寻处?"门子见说得有些缘故,还要探他备细。智圆却再不把以后的话漏出来,门子没计奈何。

　　明日见小沙弥在没人处,轻轻问他道:"你这门中前日有个妇女来?"小沙弥道:"有一个。"门子道:"在此几日?"小沙弥道:"不多几日。"门子道:"而今那里去了?"小沙弥道:"不曾那里去,便是这样一夜不见了。"门子道:"在这里这几日,做些甚么?"小沙弥道:"不晓得做些什么。只见老师父与小师父,搅来搅去了两夜,后来不见了。两个常自激激聒聒的一番,我也不知一个清头。"门子虽不曾问得根由,却想得是这件来历了。只做无心的走来,对他师徒二人道:"我在此两日了,今日外边去走走再来。"老和尚道:"是必再来,不要便自去了。"智圆调个眼色,笑嘻嘻的道:"他自不去的,掉得你下,须掉我不下?"门子也与智圆调个眼色道:"我就来的。"

　　门子出得寺门,一径的来见林公,把智圆与小沙弥话,备细述了一遍。林公点头道:"是了,是了。只是这样看起来,那妇人必死于恶僧之手了。不然,三日之后既不见在寺中了,怎不到他家里来?却又到那里去?以致争讼半年,尚无影踪。"分付门子不要把言语说开了。

　　明日起早,率了随从人等,打轿竟至寺中。分付头踏先来报道:"林爷做了甚么梦,要来寺中烧香。"寺中纠了合寺众僧,都来迎接。林公下轿,拜神焚香已毕。住持送过茶了,众僧正分立两旁。只见林公走下殿阶来,仰面对天看着,却像听甚说话的。看了一回,忽对着空中打个躬道:"臣晓得这事了。"再仰面上去,又打一躬道:"臣晓得这个人了。"急走进殿上来,喝一声:"皂隶那里?快与我拿杀人贼!"众皂隶吆喝一声,答应了。林公偷眼看去,众僧虽然有些惊异,却只恭敬端立,不见慌张。其中独有一个半老的,面如土色,牙关寒战。林公把手指定,叫皂隶捆将起来,对众僧道:"你们见么?上天对我说道:'杀井家妇人杜氏的,是这个大觉。'快从实招来!"众僧都不知详悉,却疑道:"这老爷不曾到寺中来,如何晓得他叫大觉?分明是上天说话是真了。"却不晓得尽是门子先问明了去报的。

　　那老和尚出于突然,不曾打点,又道是上天显应,先吓软了,那里还遮饰得来?只得叩头,说不出一句。林公叫取夹棍夹起,果然招出前情:是长是短,为与智圆同好,争风致杀。林公又把智圆夹起,那小和尚柔脆,一发禁不得,套上未收,满口招承:"是师父杀的,尸见埋后园里。"林公叫皂隶押了二僧到园中。掘下去,果然一个妇人,项下勒断,血迹满身。林公喝叫带了二僧到县里来,取了供案。大觉因奸杀人,问成死罪。智圆同奸不首,问徒三年,满日还俗当差。随唤井、杜两家进来,认尸领埋,方才两家疑事得解。

　　林公重赏了俞门子,准其复役。合县颂林公神明,恨和尚淫恶。后来上司详允,秋后处决了,人人称快。都传说林公精明,能通天上,辨出无头公事,至今蜀中以为美谈,有诗为证:

　　　　庄家妇拣汉太分明,色中鬼争风忒没情。

　　　　舍得去后庭俞门子,装得来鬼脸林县君。

卷 二 十 七

顾阿秀喜舍檀那物　崔俊臣巧会芙蓉屏

诗曰：

　　夫妻本是同林鸟，大限来时各自飞。

　　若是遗珠还合浦，却教拂拭更生辉。

　　话说宋朝汴梁有个王从事，同了夫人到临安调官，赁一民房。居住数日，嫌他窄小不便。王公自到大街坊上寻得一所宅子，宽敞洁净，甚是像意，当把房钱赁下了。归来与夫人说："房子甚是好住，我明日先搬东西去了，临完，我雇轿来接你。"次日并叠箱笼，结束齐备，王公押了行李先去收拾。临出门，又对夫人道："我先去。你在此等等，轿到便来就是。"王公分付罢，到新居安顿了。就叫一乘轿到旧寓接夫人。轿已去久，竟不见到。王公等得心焦，重到旧寓来问。旧寓人道："官人去不多时，就有一乘轿来接夫人，夫人已上轿去了。后边又是一乘轿来接，我回他：'夫人已有轿去了。'那两个就打了空轿回去，怎么还未到？"王公大惊，转到新寓来看。只见两个轿夫来讨钱道："我等打轿去接夫人，夫人已先来了。我等虽不抬得，却要赁轿钱与脚步钱。"王公道："我叫的是你们的轿，如何又有甚人的轿先去接着？而今竟不知抬向那里去了。"轿夫道："这个我们却不知道。"王公将就拿几十钱打发了去，心下好生无主，暴躁如雷，没个出豁处。

　　次日到临安府进了状，拿得旧主人来，只如昨说，并无异词。问他邻舍，多见是上轿去的。又拿后边两个轿夫来问，说道："只打得空轿往回一番，地方街上人多看见的，并不知余情。"临安府也没奈何，只得行个缉捕文书，访拿先前的两个轿夫。却又不知姓名住址，有影无踪，海中捞月，眼见得一个夫人送在别处去了。王公凄凄惶惶，苦痛不已。自此失了夫人，也不再娶。

　　五年之后，选了衢州教授。衢州首县是西安县附郭的，那县宰与王教授时相往来。县宰请王教授衙中饮酒，吃到中间，嗄饭中拿出鳖来。王教授吃了两箸，便停了箸，哽哽咽咽眼泪如珠，落将下来。县宰惊问缘故。王教授道："此味颇似亡妻所烹调，故此伤感。"县宰道："尊阃夫人几时亡故？"王教授道："索性亡故，也是天命。只因在临安移寓，相约命轿相接，不知是甚奸人，先把轿来骗，拙妻错认是家里轿，上的去了。当时告了状，至今未有下落。"县宰色变了道："小弟的小妾，正是在临安用三十万钱娶的外方人。适才叫他治庖，这鳖是他烹煮的。其中有些怪异了。"登时起身，进来问妾道："你是外方人，如何却在临安嫁得在此？"妾垂泪道："妾身自有丈夫，被奸人赚来卖了，恐怕出丈夫的丑，故此不敢声言。"县宰问道："丈夫何姓？"妾道："姓王名某，是临安听调的从事官。"县宰大惊失色，走出对王教授道："略请先生移步到里边，有一个人要奉见。"王教授随了进去。县宰声唤处，只见一个妇人走将出来。教授一认，正是失去的夫人。两下抱头大哭。王教授问道："你何得在此？"夫人道："你那夜晚间说话时，民居浅陋，想当夜就有人听得把轿相接的说话。只见你去不多时，就有轿来接。我只道是你差来的，即便收拾上轿去。却不知把我抬到一个甚么去处，乃是一个空房。有三两个妇女在内，一同锁闭了一夜。明日把我卖在官船上了。明知被赚，我恐怕你是调官的人，说出真情，添你羞耻。只得含羞忍耐，直至今日。不期在此相会。"那县官好生过意不去，传出外厢，忙唤值日轿夫将夫人送到王教授衙里。王教授要赔还三十万原身钱，县宰道："以同官之妻为妾，不曾察听得备细。恕不罪责，勾了。还敢说原钱耶？"教授称谢而归，夫妻欢会，感激县宰不尽。

元来临安的光棍，欺王公远方人，是夜听得了说话，即起谋心，拐他卖到官船上。又是到任去的，他州外府，道是再无有撞着的事了。谁知恰恰选在衢州，以致夫妻两个失散了五年，重得在他方相会。也是天缘未断，故得如此。却有一件：破镜重圆，离而复合，因是好事，这美中有不足处：那王夫人虽是所遭不幸，却与人为妾，已失了身，又不曾查得奸人跟脚出，报得冤仇。不如《崔俊臣芙蓉屏》故事，又全了节操，又报了冤仇，又重会了夫妻。这个话本好听。看官，容小子慢慢敷演，先听《芙蓉屏歌》一篇，略见大意。歌云：

画芙蓉，妾忍题屏风，屏间血泪如花红。败叶枯梢两萧索，断缣遗墨俱零落。去水奔流隔死生，孤身只影成漂泊。成漂泊，残骸向谁托？泉下游魂竟不归，图中艳姿浑似昨。浑似昨，妾心伤，那禁秋雨复秋霜！宁肯江湖逐舟子，甘从宝地礼医王。医王本慈悯，慈悯超群品。逝魄愿提撕，茕嫠赖将引。芙蓉颜色娇，夫婿手亲描。花萎因折蒂，干死为伤苗。蕊干心尚苦，根杇恨难消！但道章台泣韩翃，岂期甲帐遇文箫？芙蓉良有意，芙蓉不可弃。幸得宝月再团圆，相亲相爱莫相捐！谁能听我芙蓉篇？人间夫妇休反目，看此芙蓉真可怜！

这篇歌，是元朝至正年间真州才士陆仲旸所作。你道他为何作此歌？只因当时本州有个官人，姓崔名英，字俊臣，家道富厚，自幼聪明，写字作画，工绝一时。娶妻王氏，少年美貌，读书识字，写染皆通。夫妻两个真是才子佳人，一双两好，无不厮称，恩爱异常。是年辛卯，俊臣以父荫得官，补浙江温州永嘉县尉，同妻赴任。就在真州闸边，有一只苏州大船，惯走杭州路的，船家姓顾。赁定了，下了行李，带了家奴使婢，由长江一路进发，包送到杭州交卸。行到苏州地方，船家道："告官人得知，来此已是家门首了。求官人赏赐些，并买些福物纸钱，赛赛江湖之神。"俊臣依言，拿出些钱钞，教如法置办。完事毕，船家送一桌牲酒到舱里来。俊臣叫家僮接了，摆在桌上同王氏暖酒少酌。俊臣是宦家子弟，不懂得江湖上的禁忌。吃酒高兴，把箱中带来的金银杯觥之类，拿出与王氏欢酌。却被船家后舱头张见了，就起不良之心。

此时七月天气，船家对官舱里道："官人，娘子在此闹处歇船，恐怕热闷。我们移船到清凉些的所在泊去，何如？"俊臣对王氏道："我们船中闷躁得不耐烦，如此最好。"王氏道："不知晚间谨慎否？"俊臣道："此处须是内地，不比外江。况船家是此间人，必知利害，何妨得呢？"就依船家之言，凭他移船。那苏州左近太湖，有的是大河大洋。官塘路上，还有不测；若是傍港中去，多是贼的家里。俊臣是江北人，只晓得扬子江有强盗，道是内地港道小了，境界不同，岂知这些就里？是夜船家直把船放到芦苇之中，泊定了。黄昏左侧，提了刀，竟奔舱里来，先把一个家人杀了，俊臣夫妻见不是头，磕头讨饶道："是有的东西，都拿了去，只求饶命！"船家道："东西也要，命也要。"两个只是磕头。船家把刀指着王氏道："你不必慌，我不杀你，其余都饶不得。"俊臣自知不免，再三哀求道："可怜我是个书生，只教我全尸而死罢。"船家道："这等饶你一刀，快跳在水中去！"也不等俊臣从容，提着腰胯，扑通的撩下水去。其余家僮、使女尽行杀尽，只留得王氏一个。对王氏道："你晓得免死的缘故么？我第二个儿子，未曾娶得媳妇，今替人撑船到杭州去了。再是一两个月，才得归来，就与你成亲。你是吾一家人了，你只安心住着，自有好处，不要惊怕。"一头说，一头就把船中所有，尽检点收拾过了。

王氏起初怕他来相逼，也拚一死。听见他说了这些话，心中略放宽些道：

"且到日后再处。"果然此船家只叫王氏做媳妇,王氏假意也就应承。凡是船家教他做些什么,他千依百顺,替他收拾零碎,料理事务,真象个掌家的媳妇伏侍公公一般,无不任在身上,是件停当。船家道是寻得个好媳妇,真心相待,看看熟分,并不提防他有外心了。如此一月有余,乃是八月十五日中秋节令。船家会聚了合船亲属、水手人等,叫王氏治办酒肴,盛设在舱中饮酒看月。个个吃得酩酊大醉,东倒西歪,船家也在船里宿了。王氏自在船尾,听得鼾睡之声彻耳,于时月光明亮如昼,仔细看看舱里,没有一个不睡沉了。王氏想道:"此时不走,更待何时?"喜得船尾贴岸泊着,略摆动一些些,就好上岸。王氏轻身跳了起来,趁着月色,一气走了二三里路。走到一个去处,比旧路绝然不同。四望尽是水乡,只有芦苇、菰蒲,一望无际。仔细认去,芦苇中间有一条小小路径,草深泥滑,且又双弯纤细,鞋弓袜小,一步一跌,吃了万千苦楚。又恐怕后边追来,不敢停脚,尽力奔走。

　　渐渐东方亮了,略略胆大了些。遥望林木之中,有屋宇露出来。王氏道:"好了,有人家了。"急急走去,到得面前,抬头一看,却是一个庵院的模样,门还关着。王氏欲待叩门,心里想道:"这里头不知是男僧女僧,万一敲开门来,是男僧,撞着不学好的,非礼相犯,不是才脱天罗,又罹地网? 且不可造次。总是天已大明,就是船上有人追着,此处有了地方,可以叫喊求救,须不怕他了。只在门首坐坐,等他开出来的是。"须臾之间,只听得里头托的门栓响处,开将出来,乃是一个女僮,出门担水。王氏心中喜道:"元来是个尼庵。"一径的走将进去。院主出来见了,问道:"女娘是何处来的? 大清早到小院中。"王氏对蓦生人,未知好歹,不敢把真话说出来,哄他道:"妾是真州人,乃是永嘉崔县尉次妻,大娘子凶悍异常,万般打骂。近日家主离任归家,泊舟在此。昨夜中秋赏月,叫妾取金杯饮酒,不料偶然失手,落到河里去了。大娘子大怒,发愿必要置妾死地。妾自想料无活理,乘他睡熟,逃出至此。"院主道:"如此说来,娘子不敢归舟去了。家乡又远,若要别求匹偶,一时也未有其人。孤苦一身,何处安顿是好?"王氏只是哭泣不止。

　　院主见他举止端重,情状凄惨,好生慈悯,有心要收留他,便道:"老尼有一言相劝,未知尊意若何?"王氏道:"妾身患难之中,若是师父有甚么处法,妾身敢不依随?"院主道:"此间小院,僻在荒滨,人迹不到,茭葑为邻,鸥鹭为友,最是个幽静之处。幸得一二同伴,都是五十以上之人。侍者几个,又皆淳谨。

老身在此住迹,甚觉清修味长。娘子虽然年芳貌美,争奈命蹇时乖,何不舍离爱欲,披缁削发,就此出家? 禅榻佛灯,晨飧暮粥,且随缘度其日月,岂不强如做人婢妾,受今世的苦恼,结来世的冤家么?"王氏听说罢,拜谢道:"师父若肯收留做弟子,便是妾身的有结果了。还要怎的? 就请师父替弟子落了发,不必迟疑。"果然院主装起香,敲起磬来,拜了佛,就替他落了发:

> 可怜县尉孺人,忽作如来弟子。

落发后,院主起个法名,叫做慧圆,参拜了三宝。就拜院主做了师父,与同伴都相见已毕,从此在尼院中住下了。王氏是大家出身,性地聪明。一月之内,把经典之类,一一历过,尽皆通晓。院主大相敬重,又见他知识事体,凡院中大小事务,悉凭他主张。不问过他,一件事也不敢轻做。且是宽和柔善,一院中的人没一个不替他相好,说得来的。每日早晨,在白衣大士前礼拜百来拜,密诉心事。任是大寒大暑,再不间断。拜完,只在自己静室中清坐。自怕貌美,惹出事来,再不轻易露形,外人也难得见他面的。

如是一年有余。忽一日,有两个人到院随喜,乃是院主认识的近地施主,留他吃了些斋。这两个人是偶然闲步来的,身边不曾带得甚么东西来回答。明日将一幅纸画的芙蓉来,施在院中张挂,以答谢昨日之斋。院主受了,便把来裱在一格素屏上面。王氏见了,仔细认了一认,问院主道:"此幅画是那里来的?"院主道:"方才檀越布施的。"王氏道。"这檀越是何姓名? 住居何处?"院主道:"就是同县顾阿秀兄弟两个。"王氏道:"做甚么生理的?"院主道:"他两个原是个船户,在江湖上赁载营生。近年忽然家事从容了,有人道他劫掠了客商,以致如此。未知真否如何。"王氏道:"长到这里来的么?"院主道:"偶然来来,也不长到。"

王氏问得明白,记了顾阿秀的姓名,就提起笔来写一首词在屏上。词云:

> 少日风流张敞笔,写生不数今黄筌。芙蓉画出最鲜妍。岂知娇艳色,翻抱死生缘?　　粉绘凄凉余幻质,只今流落有谁怜? 素屏寂寞伴枯禅。今生缘已断,愿结再生缘! ——右调《临江仙》。

院中之尼,虽是识得经典上的字,文义不十分精通。看见此词,只道是王氏卖弄才情,偶然题咏,不晓中间缘故。谁知这画来历,却是崔县尉自己手笔画的,也是船中劫去之物。王氏看见物在人亡,心内暗暗伤悲。又晓得强盗踪迹,已有影响,只可惜个女身,又已做了出家人,一时无处申理。忍在心中,再看机会。

却是冤仇当雪,姻缘未断,自然生出事体来。姑苏城里有一个人,名唤郭庆春,家道殷富,最肯结识官员士夫。心中喜好的是文房清玩。一日游到院中来,见了这幅芙蓉画得好,又见上有题咏,字法俊逸可观,心里喜欢不胜。问院主要买,院主与王氏商量,王氏自忖道:"此是丈夫遗迹,本不忍舍;却有我的题词在上,中含冤仇意思在里面,遇着有心人玩着词句,究问根由,未必不查出踪迹来。若只留在院中,有何益处?"就叫师父:"卖与他罢。"庆春买得,千欢万喜去了。

其时有个御史大夫高公,名纳麟,退居姑苏,最喜欢书画。郭庆春想要奉承他,故此出价钱买了这幅纸屏去献与他。高公看见画得精致,收了他的,忙忙里也未看着题词,也不查着款字,交与书僮,分付且张在内书房中,送庆春出门来别了。只见外面一个人,手里拿着草书四幅,插个标儿要卖。高公心性既爱这行物事,眼里看见,就不肯便放过了,叫取过来看。那人双手捧过,高公接上手一看:

> 字格类怀素,清劲不染俗。
>
> 若列法书中,可载《金石录》。

高公看毕,道:"字法颇佳,是谁所写?"那人答道:"是某自己学写的。"高公抬起头来看他,只见一表非俗,不觉失惊。问道:"你姓甚名谁?何处人氏?"那个人吊下泪来道:"某姓崔名英,字俊臣,世居真州。以父荫补永幕县尉,带了家眷同往赴任,自不小心,为船人所算,将英沉于水中。家财妻小,都不知怎么样了?幸得生长江边,幼时学得泅水之法,伏在水底下多时,量他去得远了,然后爬上岸来,投一民家。浑身沾湿,并无一钱在身。赖得这家主人良善,将干衣出来换了,待了酒饭,过了一夜。明日又赠盘缠少许,打发道:'既遭盗劫,理合告官。恐怕连累,不敢奉留。'英便问路进城,陈告在平江路案下了。只为无钱使用,缉捕人役不十分上紧。今听候一年,杳无消耗。无计可奈,只得写两幅字卖来度日。乃是不得已之计,非敢自道善书,不意恶札,上达钧览。"

高公见他说罢,晓得是衣冠中人,遭盗流落,深相怜悯。又见他字法精好,仪度雍容,便有心看顾他。对他道:"足下既然如此,目下只索付之无奈,且留吾西塾,教我诸孙写字,再作道理。意下如何?"崔俊臣欣然道:"患难之中,无门可投。得明公提携,万千之幸!"高公大喜,延入内书房中,即治酒相待。正欢饮间,忽然抬起头来,恰好前日所受芙蓉屏,正张在那里。俊臣一眼睃去见了,不觉泫然垂泪。高公惊问道:"足下见此芙蓉,何故伤心?"俊臣道:"不敢欺明公,此画亦是舟中所失物件之一,即是英自己手笔。只不知何得在此。"站起身来再看看,只见有一词。俊臣读罢,又叹息道:"一发古怪! 此词又即是英妻王氏所作。"高公道:"怎么晓得?"俊臣道:"那笔迹从来认得,且词中意思有在,真是拙妻所作无疑。但此词是遭变后所题,拙妇想是未曾伤命,还在贼处。明公推究此画来自何方,便有个根据了。"高公笑道:"此画来处有因,当为足下任捕盗之责,且不可泄漏!"是日酒散,叫两个孙子出来拜了先生,就留在书房中住下了。自此俊臣只在高公门馆,不题。

却说高公明日密地叫当直的,请将郭庆春来,问道:"前日所惠芙蓉屏,是那里得来的?"庆春道:"买自城外尼院。"高公问了去处,别了庆春,就差当直的到尼院中仔细盘问:"这芙蓉屏是那里来的? 又是那个题咏的?"王氏见来问得蹊跷,就叫院主转问道:"来问的是何处人? 为何问起这些缘故?"当直的回言:"这画而今已在高府中,差来问取来历。"王氏晓得是官府门中来问,或者有些机会在内,叫院主把真话答他道:"此画是同县顾阿秀舍的,就是院中小尼慧圆题的。"当直的把此言回复高公。高公心下道:"只须赚得慧圆到来,此事便有着落。"进去与夫人商议定了。

隔了两日,又差一个当直的,分付两个轿夫抬一乘轿,到尼院中来。当直的对院主道:"在下是高府的管家。本府夫人喜诵佛经,无人作伴。闻知贵院中小师慧圆了悟,愿礼请拜为师父,供养在府中。不可推却!"院主迟疑道:"院中事务大小都要他主张,如何接去得?"王氏闻得高府中接他,心中怀着复仇之意,正要到官府门中走走,寻出机会来;亦且前日来盘问芙蓉屏的,说是高府,一发有些疑心,便对院主道:"贵宅门中礼请,岂可不去? 万一推托了,惹出事端来,怎生当抵?"院主晓得王氏是有见识的,不敢违他,但只是道:"去便去,只不知几时可来。院中有事怎么处?"王氏道:"等见夫人过,住了几日,觑个空便,可以来得就来。想院中也没甚事,倘有疑难的,高府在城不远,可以来问信商量得的。"院主道:"既如此,只索就去。"当直的叫轿夫打轿进院,王氏上了轿,一直的抬到高府中来。

高公未与他相见,只叫他到夫人处见了,就叫夫人留他在卧房中同寝,高公自到别房宿歇。夫人与他讲些经典，说些因果，王氏问一答十，说得夫人十分喜欢敬重。闲中问道："听小师父口谈，不是这里本处人。还是自幼出家的？还是有过丈夫，半路出家的？"王氏听说罢，泪如雨下道："复夫人：小尼果然不是此间，是真州人。丈夫是永幕县尉，姓崔名英，一向不曾敢把实话对人说，而今在夫人面前，只索实告，想自无妨。"随把赴任到此，舟人盗劫财物，害了丈夫全家，自己留得性命，脱身逃走，幸遇尼僧留住，落发出家的说话，从头至尾，说了一遍，哭泣不止。

夫人听他说得伤心，恨恨地道："这些强盗，害得人如此！天理昭彰，怎不报应？"王氏道："小尼躲在院中一年，不见外边有些消耗。前日忽然有个人，拿一幅画芙蓉到院中来施。小尼看来，却是丈夫船中之物。即向院主问施人的姓名，道是同县顾阿秀兄弟。小尼记起丈夫赁的船，正是船户顾姓的。而今真赃已露，这强盗不是顾阿秀是谁？小尼当时就把舟中失散的意思，做一首词，题在上面。后来被人买去了。前日贵府有人来院，查问题咏芙蓉下落。其实即是小尼所题，有此冤情在内。"即拜夫人一拜道："强盗只在左近，不在远处了。只求夫人转告相公，替小尼一查。若是得了罪人，雪了冤仇，以下报亡夫，相公、夫人恩同天地了！"夫人道："既有了这些影迹，事不难查，且自宽心！等我与相公说就是。"

夫人果然把这些备细，一一与高公说了。又道："这人且是读书识字，心性贞淑，决不是小家之女。"高公道："听他这些说话与崔县尉所说正同。又且芙蓉屏是他所题，崔县尉又认得是妻子笔迹。此是崔县尉之妻，无可疑心。夫人只是好好看待他，且不要说破。"高公出来见崔俊臣时，俊臣也屡屡催高公替他查查芙蓉屏的踪迹。高公只推未得其详，略不提起慧圆的事。

高公又密密差人，问出顾阿秀兄弟住址所在，平日出没行径，晓得强盗是真。却是居乡的官，未敢轻自动手。私下对夫人道："崔县尉事，查得十有七八了，不久当使他夫妻团圆。但只是慧圆还是个削发尼僧，他日如何相见，好去做孺人？你须慢慢劝他长发改妆才好。"夫人道："这是正理。只是他心里不知道丈夫还在，如何肯长发改妆？"高公道："你自去劝他，或者肯依固好；毕竟不肯时节，我另自有说话。"夫人依言，来对王氏道："吾已把你所言，尽与相公说知，相公道，捕盗的事，多在他身上，管取与你报冤。"王氏稽首称谢。夫人道："只有一件：相公道，你是名门出身，仕宦之妻，岂可留在空门没个下落？

叫我劝你长发改妆。你若依得，一力与你擒盗便是。"王氏道："小尼是个未亡之人，长发改妆何用？只为冤恨未伸，故此上求相公做主。若得强盗歼灭，只此空门静守，便了终身。还要甚么下落？"夫人道："你如此妆饰，在我府中也不为便。不若你留了发，认义我老夫妇两个，做个孀居寡女，相伴终身。未为不可。"王氏道："承家相公、夫人抬举，人非木石，岂不知感？但重整云鬟，再施铅粉，丈夫已亡，有何心绪？况老尼相救深恩，一旦弃之，亦非厚道。所以不敢从命。"夫人见他说话坚决，一一回报了高公。高公称叹道："难得这样立志的女人！"又叫夫人对他说道："不是相公苦苦要你留头，其间有个缘故。前日因去查问此事，有平江路官吏相见，说：'旧年曾有人告理，也说是永嘉县尉，只怕崔生还未必死。'若是不长得发，他日一时擒住此盗，查得崔生出来，此时僧俗各异，不得团圆，悔之何及！何不权且留了头发？等事体尽完，崔生终无下落，那时任凭再净了发，还归尼院，有何妨碍？"王氏见说是有人还在此告状，心里也疑道："丈夫从小会没水，是夜眼见得囫囵抛在水中的，或者天幸留得性命也不可知。"遂依了夫人的话，虽不就改妆，却从此不剃发，权扮作道姑模样了。

又过了半年，朝廷差个进士薛溥化为监察御史，来按平江路。这个薛御史乃是高公旧日属官，他吏才精敏，是个有手段的。到了任所，先来拜谒高公。高公把这件事密密托他，连顾阿秀姓名、住址、去处，都细细说明白了。薛御史谨记在心，自去行事，不在话下。

且说顾阿秀兄弟，自从那年八月十五夜，一觉直睡到天明，醒来不见了王氏，明知逃去，恐怕形迹败露，不敢明明追寻。虽在左近打听两番，并无踪影，这是不好告诉人的事，只得隐忍罢了。此后一年之中，也曾做个十来番道路，虽不能如崔家之多，侥幸再不败露，甚是得意。一日正在家欢呼饮酒间，只见平江路捕盗官带着一哨官兵，将宅居围住，拿出监察御史发下的访单来。顾阿秀是头一名强盗，其余许多名字，逐名查去，不曾走了一个。又拿出崔县尉告的赃来，连他家里箱笼，悉行搜卷，并盗船一只，即停泊门外港内，尽数起到了官，解送御史衙门。

薛御史当堂一问，初时抵赖；及查物件，见了永嘉县尉的敕牒尚在箱中，赃物一一对款，薛御史把崔县尉旧日所告失盗状，念与他听，方各俯首无词。薛御史问道："当日还有孺人王氏，今在何处？"顾阿秀等相顾不出一语。御史喝令严刑拷讯。顾阿秀招道："初意实要留他配小的次男，故此不杀。因他一口应承，愿做新妇，所以再不防备。不期当年八月中秋，乘睡熟逃去，不知所向。只此是实情。"御史录了口词，取了供案，凡是在船之人，无分首从，尽问成枭斩死罪，决不待时。原赃照单给还失主。御史差人回复高公，就把赃物送到高公家来，交与崔县尉。俊臣出来，一一收了。晓得敕牒还在，家物犹存，只有妻子没查下落处，连强盗肚里也不知去向了，真个是渺茫的事。俊臣感新思旧，不觉恸哭起来。有诗为证：

> 堪笑聪明崔俊臣，也应落难一时浑。
> 既然因画能追盗，何不寻他题画人？

元来高公有心，只将画是顾阿秀施在尼院的说与俊臣知道，并不曾提起题画的人就在院中为尼，所以俊臣但得知盗情因画败露，妻子却无查处，竟不知只在画上，可以跟寻得出来的。

当时俊臣恸哭已罢，想道："既有敕牒，还可赴任。若再稽迟，便恐另补有人，到不得地方了。妻子既不见，留连于此无益。"请高公出来拜谢了，他就把要去赴任的意思说了。高公道："赴任是美事，但足下青年无偶，岂可独去？待老夫与足下做个媒人，娶了一房孺人，然后夫妻同往，也未为迟。"俊臣含泪答道："糟糠之妻，同居贫贱多时，今遭此大难，流落他方，存亡未卜。然据着芙蓉屏上尚及题词，料然还在此方。今欲留此寻访，恐事体渺茫，稽迟岁月，到任不得了。愚意且单身到彼，差人来高揭榜文，四处追探。拙妇是认得字的。传将开去，他闻得了，必能自出。除非忧疑惊恐，不在世上了。万一天地垂怜，尚然留在，还指望伉俪重谐。英感明公恩德，虽死不忘，若别娶之言，非所愿闻。"高公听他说得可怜，晓得他别无异心，也自凄然道："足下高谊如此，天意必然相佑，终有完全之日。吾安敢强逼？只是相与这几时，容老夫少尽薄设奉饯，然后起程。"

次日开宴饯行，邀请郡中门生、故吏，各官与一时名士毕集，俱来奉陪崔县尉。酒过数巡，高公举杯告众人道："老夫今日为崔县尉了今生缘。"众人都不晓其意，连崔俊臣也一时未解，只见高公命传呼后堂："请夫人打发慧圆出来！"俊臣惊得木呆，只道高公要把甚么女人强他纳娶，故设此宴，说此话，也有些着急了。梦里也不晓得他妻子叫得甚么慧圆！当时夫人已知高公意思，把崔县尉在馆内多时，昨已获了强盗，问了罪名，追出敕牒，今日饯行赴任，特请你到堂斯认团圆,逐项逐节的事情,说了一遍。王氏如梦方醒,不胜感激。先谢了夫人,走出堂前来,此时王氏发已半长,照旧妆饰。崔县尉一见,乃是自家妻子,惊得如醉里梦里。高公笑道:"老夫原说道与足下为媒,这可做得着么?"崔县尉与王氏相持大恸,说道:"自料今生死别了,谁知在此,却得相见?"

座客见此光景,尽有不晓得详悉的,向高公请问根由。高公便叫书僮去书房里取出芙蓉屏来,对众人道:"列位要知此事,须看此屏。"众人争先来看,却是一画一题。看的看,念的念,却不明白这个缘故。高公道:"好教列位得知,只这幅画,便是崔县尉夫妻一段大因缘。这画即是崔县尉所画,这词即是崔孺人所题。他夫妻赴任到此,为船上所劫。崔孺人脱逃,于尼院出家,遇人来施此画,认出是船中之物,故题此词。后来此画却入老夫之手。遇着崔县尉到来,又认出是孺人之笔。老夫暗地着人细细问出根由,乃知孺人在尼院,叫老妻接将家来住着。密行访缉,备得大盗踪迹。托了薛御史究出此事,强盗俱已伏罪。崔县尉与孺人在家下,各有半年多,只道失散在那里,竟不知同在一处多时了。老夫一向隐忍,不通他两人知道,只为崔孺人头发未长,崔县尉救牒未获,不知事体如何,两心事如何?不欲造次漏泄。今罪人既得,试他义夫节妇,两下心坚,今日特地与他团圆这段因缘。故此方才说替他了今生缘,即是崔孺人词中之句,方才说'请慧圆',乃是崔孺人尼院中所改之字,特地使崔君与诸公不解,为今日酒间一笑耳。"崔俊臣与王氏听罢,两个哭拜高公,连在坐之人无不下泪,称叹高公盛德,古今罕有。王氏自到里面去拜谢夫人了。高公重入座席,与众客尽欢而散。是夜特开别院,叫两个养娘伏侍王氏与崔县尉在内安歇。

明日,高公晓得崔俊臣没人伏侍,赠他一奴一婢,又赠他好些盘缠,当日就道。他夫妻两个感念厚恩,不忍分别,大哭而行。王氏又同丈夫到尼院中来,院主及一院之人,见他许久不来,忽又改妆,个个惊异。王氏备细说了遇合缘故,并谢院主看待厚意。院主方才晓得顾阿秀劫掠是真,前日王氏所言妻妾不相容,乃是一时掩饰之词。院中人个个与他相好的,多不舍得他去。事出无奈,各各含泪而别。夫妻两个同到永嘉去了。

在永嘉任满回来,重过苏州,差人问候高公,要进来拜谒。谁知高公与夫人俱已薨逝,殡葬已毕了。崔俊臣同王氏大哭,如丧了亲生父母一般。问到他墓下，拜奠了，就请旧日尼院中各众，在墓前建起水陆道场三昼夜，以报大恩。王氏还不忘经典，自家也在里头持诵。事毕，同众尼再到院中。崔俊臣出宦资，厚赠了院主。王氏又念昔日朝夜祷祈观世音暗中保佑，幸得如愿，夫妇重谐，出白金十两，留在院主处，为烧香点烛之费。不忍忘院中光景，立心自此长斋念观音不辍，以终其身。当下别过众尼，自到真州宁家，另日赴京补官。这是后事，不必再题。

此本话文，高公之德，崔尉之谊，王氏之节，皆是难得的事。各人存了好心，所以天意周全，好人相逢。毕竟冤仇尽报，夫妇重完，此可为世人之劝。诗云：

王氏藏身有远图，间关到底得逢夫。

舟人妄想能同志，一月空将新妇呼。

又云：

芙蓉本似美人妆，何意飘零在路傍？

画笔词锋能巧合，相逢犹自墨痕香。

又有一首赞叹御史大夫高公云：

高公德谊薄云天，能结今生未了缘。

不使初时轻逗漏，致今到底得团圆。

芙蓉画出原双蒂，萍藻浮来亦共联。

可惜白杨堪作柱，空教洒泪及黄泉。

卷 二 十 八

金光洞主谈旧迹　玉虚尊者悟前身

诗云：

　　近有人从海上回，海山深处见楼台。

　　中有仙童开一室，皆言此待乐天来。

又云：

　　吾学空门不学仙，恐君此语是虚传。

　　海山不是吾归处，归即应归兜率天。

　　这两首绝句，乃是唐朝侍郎白香山白乐天所作，答浙东观察使李公的。乐天一生精究内典，勤修上乘之业，一心超脱轮回，往生净土。彼时李公师稷观察浙东，有一个商客，在他治内明州同众下海，遭风飘荡，不知所止，一月有余，才到一个大山。瑞云奇花，白鹤异树，尽不是人间所见的。山侧有人出来迎问道："是何等人来得到此？"商客具言随风飘到。岸上人道："既到此地，且系定了船，上岸来见天师。"同舟中胆小，不知上去有何光景，个个退避。只有这一个商客，跟将上去。岸上人领他到一个所在，就象大寺观一般。商客随了这人，依路而进。见一个道士，须眉皆白，两旁侍卫数十人，坐大殿上，对商客道："你本中国人，此地有缘，方得一到。此即世传所称蓬莱山也。你既到此地，可要各处看看去么？"商客口称要看。道士即命左右领他宫内游观。玉台翠树，光彩夺目。有数十处院宇，多有名号。只有一院，关锁得紧紧的，在门缝里窥进去，只见满庭皆是奇花，堂中设一虚座。座中有裀褥，阶下香烟扑鼻。商客问道："此是何处？却如此空锁着？"那人答道："此是白乐天前生所驻之院。乐天今在中国未来，故关闭在此。"商客心中原晓得白乐天是白侍郎的号，便把这些去处光景，一一记着。别了那边人，走下船来，随风使帆，不上十日，已到越中海岸。商客将所见之景，备细来禀知李观察。李观察尽录其所言，书报白公。白公看罢，笑道："我修净业多年，西方是我世界，岂复往海外山中去做神仙耶？"故此把这两首绝句回答李公，见得他修的是佛门上乘，要到兜率天宫，不希罕蓬莱仙岛意思。

后人评论："道是白公脱屣烟埃,投弃轩冕,一种非凡光景,岂不是个谪仙人? 海上之说,未为无据。但今生更复勤修精进,直当超脱玄门,上证大觉。后来果位,当胜前生。这是正理。要知从来名人达士,巨卿伟公,再没一个不是有宿根再来的人。若非仙官谪降,便是古德转生。所以聪明正直,在世间做许多好事。如东方朔是岁星,马周是华山素灵宫仙官,王方平是琅琊寺僧,真西山是草庵和尚,苏东坡是五戒禅师,就是死后,或原归故处,或另补仙曹。如卜子夏为修文郎,郭璞为水仙伯,陶弘景为蓬莱都水监,李长吉召撰《白玉楼记》,皆历历可考,不能尽数。至如奸臣叛贼,必是药叉、罗刹、修罗、鬼王之类,决非善根。乃有小说中说:李林甫遇道士,卢杞遇仙女,说他本是仙种,特来度他。他两个都不愿做仙人,愿做宰相,以至堕落。此多是其家门生故吏、一党之人,撰造出来,以掩其平生过恶的。若依他说,不过迟做得仙人五六百年,为何阴间有'李林甫十世为牛九世倡'之说? 就是说道业报尽了,还归本处,五六百年后,便不可知。为何我朝万历年间,河南某县,雷击死娼妇,背上还有'唐朝李林甫'五字? 此却六百年不止了。可见说恶人也是仙种,其说荒唐,不足凭信。"

小子如今引白乐天的故事说这一番话。只要有好根器的人,不可在火坑欲海恋着尘缘,忘了本来面目。待小子说一个宋朝大臣,在当生世里看见本来面目的一个故事,与看官听一听。诗云:

> 昔为东掖垣中客,今作西方社里人。
>
> 手把杨枝临水坐,寻思往事是前身。

却说西方双摩诃池边,有几个洞天。内中有两个洞,一个叫作金光洞,一个叫做玉虚洞。凡是洞中,各有一个尊者,在内做洞主。住居极乐胜境,同修无上菩提。忽一日,玉虚洞中尊者来对金光洞中尊者道:"吾佛以救度众生为本,吾每静修洞中,固是正果。但只独善其身,便是辟支小乘。吾意欲往震旦地方,打一转轮回,游戏他七八十年,做些济人利物的事,然后回来,复居于此,可不好么?"金光洞尊者道:"尘世纷嚣,有何好处? 虽然可以济人利物,只怕为欲火所烧,迷恋起来。没人指引回头,忘却本来面目,便要堕落轮回道中,不知几劫才得重修圆满? 怎么说得'复居此地'这样容易话?"玉虚洞尊者见他说罢,自悔错了念头。金光洞尊者道:"此念一起,吾佛已知。伽蓝韦驮,即有密报,岂可复悔? 须索向阎浮界中去走一遭,受享些荣华富贵,就中做些好事，切不可迷了本性。倘若恐怕浊界汨没，一时记不起，到得五十年后，我来指你个境头，等你心下洞彻罢了。"玉虚洞尊者当下别了金光洞尊者，自到洞中，分付行童："看守着洞中，原自早夜焚香诵经，我到人间走一遭去也。"一灵真性，自去拣那善男信女、有德有福的人家好处投生，不题。

却说宋朝鄂州江夏有个官人，官拜左侍禁，姓冯名式，乃是个好善积德的人。夫人一日梦一金身罗汉下降，产下一子，产时异香满室。看那小厮时，生得天庭高耸，地角方圆，两耳垂珠，是个不凡之相。两三岁时，就颖悟非凡。看见经卷上字，恰象原是认得的，一见不忘。送入学中，取名冯京，表字当世。过目成诵，万言立就。虽读儒书，却又酷好佛典，敬重释门，时常瞑目打坐，学那禅和子的模样。不上二十岁，连中了三元。

说话的，你错了。据着《三元记》戏本上，他父亲叫做冯商，是个做客的人，如何而今说是做官的？连名字多不是了。看官听说：那戏文本子，多是胡诌，岂可凭信！只如南北戏文，极顶好的，多说《琵琶》、《西厢》。那蔡伯喈，汉时人，未做官时，父母双亡，庐墓致瑞，公府举他孝廉，何曾为做官不归，父母饿死？且是汉时不曾有状元之名，汉朝当时正是董卓专权，也没有个牛丞相。郑恒是唐朝大官，夫人崔氏，皆有封号，何曾有失身张生的事？后人虽也有晓得是元微之不遂其欲，托名丑诋的，却是戏文倒说崔张做夫妻到底。郑恒是个花脸衙内，撞阶死了，却不是颠倒得没道理！只这两本出色的，就好笑起来，何况别本，可以准信得的？所以小子要说冯当世的故事，先据正史，把父亲名字说明白了，免得看官每信着戏文上说话，千古不决。

闲话休题。且说那冯公自中三元以后，任官累典名藩，到处兴利除害，流播美政，护持佛教，不可尽述。后来入迁政府，做了丞相。忽一日，体中不快，遂告个朝假，在寓静养调理。其时英宗皇帝，圣眷方隆，连命内臣问安，不绝于道路。又诏令翰院有名医人数个，到寓诊视，圣谕尽心用药，期在必愈。服药十来日，冯相病已好了，却是赢瘦了好些，拄了杖才能行步。久病新愈，气虚多惊，倦视绮罗，厌闻弦管，思欲静坐养神，乃策杖徐步入后园中来。后园中花木幽深之处，有一所茅庵，名曰容膝庵，乃是取陶渊明《归去来辞》中语，见得庵小，只可容着两膝的话。冯相到此，心意欣然，便叫侍妾每都各散去，自家取龙涎香，焚些在博山炉中，叠膝瞑目，坐在禅床中蒲团上。默坐移时，觉神清气和，肢体舒畅。徐徐开目，忽见一个青衣小童，神貌清奇，冰姿潇洒，拱立在禅床之右。冯相问小童道:"婢仆皆去,你是何人,独立在此?"小童道:"相公久病新愈,心神忻悦,恐有所游。小童愿为参从,不敢擅离。"公伏枕日久,沉疾既愈,心中正要闲游。忽闻小童之言,意思甚快。乘兴离榻,觉得体力轻健,与平日无病时节无异。步至庵外,小童禀道:"路径不平,恐劳尊重,请登羊车,缓游园圃。"冯相喜小童如此慧黠,笑道:"使得,使得。"说话之间,小童挽羊车一乘,来到面前。但见:

> 帘垂斑竹,轮斫香檀。同心结带系鲛绡,盘角曲栏雕美玉。坐裀铺锦褥,盖顶覆青毡。

冯相也不问羊车来历,忻然升车而坐。小童挥鞭在前驱着,车去甚速,势若飘风。冯相惊怪道:"无非是羊,为何如此行得速?"低头前视,见驾车的全不似羊,也不是牛马之类。凭轼仔细再看,只见背尾皆不辨,首尾足上毛五色,光彩射人。奔走挽车,稳如磐石。冯相公大惊,方欲询问小童,车行已出京都北门,渐渐路入青霄,行去多是翠云深处。下视尘寰,直在底下,虚空之中,过了好些城郭,将有一饭时候,车才着地住了。小童前禀道:"此地胜绝,请相公下观。"冯相下得车来,小童不知所向,连羊车也不见了。举头四顾,身在万山之中。但见:

> 山川秀丽,林麓清佳。出没万壑烟霞,高下千峰花木。静中有韵,细流石眼水涓涓;相逐无心,闲出岭头云片片。溪深绿草茸茸茂,石老苍苔点点斑。

冯相身处朝市,向为尘俗所役,乍见山光水色,洗涤心胸。正如酷暑中行,遇着清泉百道,多时病滞,一旦消释。冯相心中喜乐,不觉拊腹而叹道:"使我得顶笠披蓑,携锄趁犊,躬耕数亩之田,归老于此地。每到秋苗熟后,稼穑登场,旋煮黄鸡,新篘白酒,与邻叟相邀。瓦盆磁瓯,量晴较雨。此乐虽微,据我所见,虽玉印如霜,金印如斗,不足比之!所恨者君恩未报,不敢归田。他日必欲遂吾所志!"

方欲纵步玩赏,忽闻清磬一声,响于林杪。冯相举目仰视,向松阴竹影疏处,隐隐见山林间有飞檐碧瓦,栋宇轩窗。冯相道:"适才磬声,必自此出。想必有幽人居止,何不前去寻访?"遂穿云踏石,历险登危,寻径而走。过往处,但闻流水松风,声喧于步履之下。渐渐林麓两分,峰峦四合。行至一处,溪深水漫,风软云闲,下枕清流,有千门万户。但见:

　　　　嵬嵬宫殿,虬松镇碧瓦朱扉;

　　　　寂寂回廊,凤竹映雕栏玉砌。

玲珑楼阁,干霄覆云,工巧非人世之有。岩畔洞门开处,挂一白玉牌,牌上金书"金光第一洞"。冯相见了洞门,知非人世,惕然不敢进步入洞。因是走得路多了,觉得肢体倦息,暂歇在门阃石上坐着。坐还未定,忽闻大声起于洞中,如天摧地塌,岳撼山崩。大声方住,狂风复起。松竹低偃,瓦砾飞扬,雄气如奔,顷刻而止。冯相惊骇,急回头看时,一巨兽自洞门奔出外来。你道怎生模样? 但见:

　　　　目光闪烁,毛色斑斓。剪尾岩谷风生,移步郊园草偃。山前一吼,摄
　　　　将百兽潜形;林下独行,威使群毛震悚。满口利牙排剑戟,四蹄刚爪利
　　　　锋铓。

奔走如飞,将至坐侧。冯相怆惶,欲避无计。忽闻金锡之声震地,那个猛兽恰象有人赶逐他的,窜伏亭下,敛足瞑目,犹如待罪一般。

　　冯相惊异未定,见一个胡僧自洞内走将出来。你道怎生模样? 但见:

　　　　修眉垂雪,碧眼横波。衣披烈火,七幅鲛绡;杖拄降魔,九环金锡。
　　　　若非圆寂光中客,定是楞迦峰顶人。

将至洞门,将锡杖横了,稽首冯相道:"小兽无知,惊恐丞相。"冯相答礼道:"吾师何来,得救残喘?"胡僧道:"贫僧即此间金光洞主也。相公别来无恙? 粗茶相邀,丈室闲话则个。"冯相见他说"别来无恙"的话,举目细视胡僧面貌,果然如旧相识,但仓卒中不能记忆。遂相随而去。

　　到方丈室中,啜茶已罢。正要款问仔细,金光洞主起身对冯相道:"敝洞荒凉,无以看玩。若欲游赏烟霞,遍观云水,还要邀相公再游别洞。"遂相随出洞后而去。但觉天清景丽,日暖风和,与世俗溪山,迥然有异。须臾到一处,飞泉千丈,注入清溪,白石为桥,斑竹夹径。于巅峰之下,见一洞门,门用玻璃为牌,牌上金书"玉虚尊者之洞"。冯相对金光洞主道:"洞中景物,料想不凡。若得一观,此心足矣。"金光洞主道:"所以邀相公远来者,正要相公游此间耳。"遂排扉而入。

　　冯相本意,只道洞中景物可赏。既到了里面,尘埃满地,门户寂寥,似若无人之境。但见:

　　　　金炉断烬,玉磬无声。绛烛光消,仙扃昼掩。蛛网遍生虚室,宝钩低

压重帘。壁间纹幕空垂,架上金经生蠹。闲庭悄悄,芊绵碧草侵阶;幽槛
沉沉,散漫绿苔生砌。松阴满院鹤相对,山色当空人未归。

冯相犹豫不决,逐步走至后院。忽见一个行童,凭案诵经。冯相问道:"此洞
何独无僧?"行童闻言,掩经离榻,拱揖而答道:"玉虚尊者游戏人间,今五十六
年,更三十年方回此洞。缘主者未归,是故无人相接。"金光洞主道:"相公不
必问,后当自知。此洞有个空寂楼台,迥出群峰,下视千里,请相公登楼,款歇
而归。"遂与登楼。

看那楼上时,碧瓦甃地,金兽守扃。饰异宝于虚檐,缠玉虬于巨栋。犀轴
仙书,堆积架上。冯相正要取卷书来看看,那金光洞主指楼外云山,对冯相
道:"此处尽堪寓目,何不凭栏一看?"冯相就不去看书,且凭栏凝望,遥见一个
去处:

翠烟掩映,绛雾氤氲。美木交枝,清阴接影。琼楼碧瓦玲珑,玉树翠
柯摇曳。波光泊岸,银涛映天。翠色逼人,冷光射目。

其时,日影下照,如万顷琉璃。冯相驻目细视良久,问金光洞主道:"此是何
处,其美如此?"金光洞主愕然而惊,对冯相道:"此地即双摩诃池也。此处溪
山,相公多曾游赏,怎么就不记得了?"冯相闻得此语,低头仔细回想,自儿童
时,直至目下,一一追算来,并不记曾到此,却又有些依稀认得。正不知甚么
缘故,乃对金光洞主道:"京心为事夺,壮岁旧游,悉皆不记。不知几时曾到此
处? 隐隐已如梦寐。人生劳役,至于如此! 对景思之,令人伤感!"金光洞主
道:"相公儒者,当达大道,何必浪自伤感? 人生寄身于太虚之中,其间荣瘁悲
欢,得失聚散,彼死此生,投形换壳,如梦一场。方在梦中,原不足问;及到觉
后,又何足悲? 岂不闻《金刚经》云:'一切有为法,如梦幻泡影,如露亦如电,
应作如是观。'自古皆以浮生比梦,相公只要梦中得觉,回头即是,何用伤感!
此尽正理,愿相公无轻老僧之言!"

冯相闻语,贴然敬伏。方欲就坐款话,忽见虚檐日转,晚色将催。冯相意
要告归,作别金光洞主道:"承挈游观,今兴尽而返,此别之后,未知何日再
会?"金光洞主道:"相公是何言也? 不久当与相公同为道友,相从于林下,日
子正长,岂无相见之期!"冯相道:"京病既愈,且夕朝参,职事相索,自无暇日,
安能再到林下,与吾师游乐哉?"金光洞主笑道:"浮世光阴迅速,三十年只同
瞬息。老僧在此,转眼间伺候相公来,再居此洞便了。"冯相道:"京虽不才,位

居一品。他日若荷君恩，放归田野，苟不就宫祠微禄，亦当为田舍翁，躬耕自乐，以终天年。况自此再三十年，京已寿登耄耋，岂更削发披缁坐此洞中为衲僧耶？"金光洞主但笑而不答。冯相道："吾师相笑，岂京之言有误也？"金光洞主道："相公久羁浊界，认杀了现前身子。竟不知身外有身耳。"冯相道："岂非除此色身之外，别有身耶？"金光洞主道："色身之外，元有前身。今日相公到此，相公的色身又是前身了。若非身外有身，相公前日何以离此？今日怎得到此？"冯相道："吾师何术使京得见身外之身？"金光洞主道："欲见何难？"就把手指向壁间画一圆圈，以气吹之，对冯相道："请相公观此景界。"

冯相遂近壁视之，圆圈之内，莹洁明朗，如挂明镜。注目细看其中，见有：

风轩水榭，月坞花畦。小桥跨曲水横塘，垂柳笼绿窗朱户。

遍看池亭，皆似曾到，但不知是何处园圃在此壁间。冯相疑心是障眼之法，正色责金光洞主道："我佛以正法度人，吾师何故将幻术变现，惑人心目？"金光洞主大笑而起，手指园圃中东南隅道："如此景物，岂是幻也？请相公细看，真伪可见。"冯相走近前边，注目再看，见园圃中有粉墙小径。曲槛雕栏。向花木深处，有茅庵一所：

半开竹牖，低下疏帘。闲阶日影三竿，古鼎香烟一缕。

茅庵内有一人，叠足瞑目，靠蒲团坐禅床上。冯相见此，心下踌躇。金光洞主将手拍着冯相背上道："容膝庵中，尔是何人？"大喝一偈道："五十六年之前，各占一所洞天。容膝庵中莫误，玉虚洞里相延。"向冯相耳畔叫一声："咄！"冯相于是顿省：游玉虚洞者，乃前身；坐容膝庵者，乃色身。不觉失声道："当时不晓身外身，今日方知梦中梦。"因此顿悟无上菩提，喜不自胜。

方欲参问心源，印证禅觉，回顾金光洞主，已失所在。遍视精舍迦蓝，但只见：

如云藏宝殿，似雾隐回廊。审听不闻钟磬之清音，仰视已失峰岩之险势。玉虚洞府，想却在海上瀛洲；空寂楼台，料复归极乐国土。只疑看罢僧繇画，卷起丹青十二图。

一时廊殿、洞府、溪山，捻指皆无踪迹，单单剩得一身，俨然端坐后园容膝庵中禅床之上。觉茶味犹甘，松风在耳。鼎内香烟尚袅，座前花影未移。入定一晌之间，身游万里之外。冯相想着境界了然，语话分明，全然不象梦境。晓得是禅静之中，显见宿本。况且自算其寿，正是五十六岁，合着行童说尊者游戏人间之年数,分明己身是金光洞主的道友玉虚尊者的转世。

　　自此每与客对,常常自称老僧。后三十年,一日无疾而终。自然仍归玉虚洞中去矣。诗曰:

　　　　玉虚洞里本前身,一梦回头八十春。

　　　　要识古今贤达者,阿谁不是再来人?

卷 二 十 九

通闺阁坚心灯火　闹图围捷报旗铃

诗曰：

> 世间何物是良图？惟有科名救急符。
>
> 试看人情翻手变，窗前可不下功夫！

话说自汉以前，人才只是举荐征辟，故有贤良方正、茂材异等之名；其高尚不出，又有不求闻达之科。所以野无遗贤，人无匿才，天下尽得其用。自唐宋以来，俱重科名。虽是别途进身，尽能致位权要，却是惟以此为华美。往往有只为不得一第，情愿老死京华的。到我国朝，初时三途并用，多有名公大臣不由科甲出身，一般也替朝廷干功立业，青史标名不朽。那见得只是进士才做得事？直到近来，把这件事越重了。不是科甲的人，不得当权。当权所用的，不是科甲的人，不与他好衙门，好地方，多是一帆布置。见了以下出身的，就不是异途，也必拣个惫懒所在打发他。不上几时，就勾销了。总是不把这几项人看得在心上。所以别项人内便尽有英雄豪杰在里头，也无处展布。晓得没甚长筵广席，要做好官也没干，都把那志气灰了，怎能勾有做得出头的！及至是个进士出身，便贪如柳盗跖，酷如周兴、来俊臣，公道说不去，没奈何考察坏了，或是参论坏了，毕竟替他留些根。又道是："百足之虫，至死不僵。"跌扑不多时，转眼就高官大禄，仍旧贵显；岂似科贡的人，一勾了帐？只为世道如此重他，所以一登科第，便象升天。却又一件好笑：就是科第的人，总是那穷酸秀才做的，并无第二样人做得。及至肉眼愚眉，见了穷酸秀才，谁肯把眼稍来管顾他？还有一等豪富亲眷，放出倚富欺贫的手段，做尽了恶薄腔子待他。到得忽一日榜上有名，掇将转来，呵脬捧卵，偏是平日做腔欺负的头名，就是他上前出力。真个世间惟有这件事，贱的可以立贵，贫的可以立富；难分难解的冤仇，可以立消；极险极危的道路，可以立平。遮莫做了没脊梁、惹羞耻的事，一床锦被可以遮盖了。说话的，怎见得如此？看官，你不信，且先听在下说一件势利好笑的事。

唐时有个举子叫做赵琮，累随计吏赴南宫春试，屡次不第。他的妻父是个钟陵大将,赵琮贫穷,只得靠着妻父度日。那妻家武职官员,宗族兴旺,见赵琮是个多年不利市的寒酸秀才,没一个不轻薄他的。妻父妻母看见别人不放他在心上,也自觉得没趣,道女婿不争气,没长进,虽然是自家骨肉,未免一科厌一科,弄做个老厌物了。况且有心嫌鄙了他,越看越觉得寒酸,不足敬重起来。只是不好打发得他开去,心中好些不耐烦。赵琮夫妻两个,不要说看了别人许多眉高眼低,只是父母身边,也受多少两般三样的怠慢,没奈何,争气不来,只得怨命忍耐。

一日,赵琮又到长安赴试去了。家里撞着迎春日子,军中高会,百戏施呈。唐时名为"春设",倾城士女没一个不出来看。大户人家搭了棚厂,设了酒席在内,邀请亲戚共看。大将阖门多到棚上去,女眷们各各盛妆斗富,惟有赵娘子衣衫褴褛。虽是自心里觉得不入队,却是大家多去,又不好独自一个推掉不去得。只得含羞忍耻,随众人之后,一同上棚。众女眷们憎嫌他妆饰弊陋,恐怕一同坐着,外观不雅。将一个帷屏遮着他,叫他独坐在一处,不与他同席。他是受憎嫌惯的,也自揣己,只得凭人主张,默默坐下了。

正在摆设酣畅时节,忽然一个吏典走到大将面前,说道:"观察相公特请将军,立等说话。"大将吃了一惊道:"此与民同乐之时,料无政务相关,为何观察相公见召?莫非有甚不测事体?"心中好生害怕,捏了两把汗,到得观察相公厅前,只见观察手持一卷书,笑容可掬,当厅问道:"有一个赵琮,是公子婿否?"大将答道:"正是。"观察道:"恭喜,恭喜。适才京中探马来报,令婿已及第了。"大将还谦逊道:"恐怕未能有此地步。"观察即将手中所持之书,递与大将道:"此是京中来的全榜,令婿名在其上,请公自拿去看。"大将双手接着,一眼瞟去,赵琮名字朗朗在上,不觉惊喜。谢别了观察,连忙走回。远望见棚内家人多在那里注目看外边。大举着榜,对着家人大呼道:"赵郎及第了!赵郎及第了!"众人听见,大家都吃一惊。掇转头来看那赵娘子时,兀自寂寂寞寞,没些意思,在帷屏外坐在那里。却是耳朵里已听见了,心下暗暗地叫道:"惭愧!谁知也有这日!"众亲眷急把帷屏撤开,到他跟前称喜道:"而今就是夫人县君了。"一齐来拉他去同席。赵娘子回言道:"衣衫褴褛,玷辱诸亲,不敢来混。只是自坐了看看罢。"众人见他说呕气的话,一发不安,一个个强赔笑脸道:"夫人说那里话!"就有献勤的,把带来包里的替换衣服,拿出来与他穿了。一个起头,个个争先。也有除下簪的,也有除下钗的,也有除下花钿的、耳铛的,霎时间把一个赵娘子打扮的花一团,锦一簇,还恐怕他不喜欢。是日那里还有心想看春会?只个个撺哄赵娘子,看他眉头眼后罢了。本是一个冷落的货,只为丈夫及第,一时一霎更变起来。人也原是这个人,亲也原是这些亲,世情冷暖,至于如此!

在下为何说这个做了引头?只因有一个人为些风情事,做了出来,正在难分难解之际,忽然登第,不但免了罪过,反得团圆了夫妻。正应着在下先前所言,做了没脊梁、惹羞耻的事,一床锦被可以遮盖了的说话。看官每试听着,有诗为证:

同年同学,同林宿鸟。好事多磨,受人颠倒。

私情败露,官非难了。一纸捷书,真同月老。

这个故事,在宋朝端平年间,浙东有一个饱学秀才,姓张字忠父,是衣冠宦族。只是家道不足,靠着人家聘出去,随任做书记,馆谷为生。邻居有个罗仁卿,是崛起白屋人家,家事尽富厚。两家同日生产:张家得了个男子,名唤幼谦;罗家得了个女儿,名唤惜惜。多长成了。因张家有个书馆,罗家把女儿寄在学堂中读书。旁人见他两个年貌相当,戏道:"同日生的,合该做夫妻。"他两个多是娃子家心性,见人如此说,便信杀道是真,私下密自相认,又各写了一张券约,罚誓必同心到老。两家父母多不知道。同学堂了四五年,各有十四岁了,情窦渐渐有些开了。见人说做夫妻的,要做那些事,便两个合了伴,商议道:"我们既是夫妻,也学着他每做做。"两个你欢我爱,亦且不晓得些利害,有甚么不肯?书房前有株石榴树,树边有一只石凳,罗惜惜就坐在凳上,身靠着树,张幼谦早把他脚来跷起,就搂抱了,弄将起来。两个小小年纪,未知甚么大趣味,只是两个心里喜欢,作做耍笑。以后见弄得有些好处,就日日做番把,不肯住手了。

冬间,先生散了馆,惜惜回家去过了年。明年,惜惜已是十五岁。父母道他年纪长成,不好到别人家去读书,不教他来了。幼谦屡屡到罗家门首探望,指望撞见惜惜。那罗家是个富家,闺院深邃,怎得轻易出来?惜惜有一丫鬟,名唤蚩英,常到书房中伏侍惜惜,相伴往返的。今惜惜不来读书,连蚩英也不来了。只为早晨采花,去与惜惜插戴,方得出门。到了冬日,幼谦思想惜惜不置,做成新词一首,要等蚩英来时,递去与惜惜。词名《一剪梅》,词云:

同年同日又同窗,不似鸾凰,谁似鸾凰?石榴树下事匆忙,惊散鸳莺,折散鸳鸯。　　　一年不到读书堂,教不思量,怎不思量?朝朝暮暮只烧香,有分成双,愿早成双!

写词已罢,等那蜚英不来,又做诗一首,诗云:

> 昔人一别恨悠悠,犹把梅花寄陇头。
>
> 咫尺花开君不见,有人独自对花愁。

诗毕,恰好蜚英到书房里来采梅花,幼谦折了一技梅花,同一词一诗,递与他去,又密嘱蜚英道:"此花正盛开,你可托折花为名,递个回信来。"蜚英应诺,带了去与惜惜看了。惜惜只是偷垂泪眼,欲待依韵答他,因是年底,匆匆不曾做得,竟无回信。

到得开年,越州太守请幼谦的父亲忠父去做记室,忠父就带了幼谦去,自教他。去了两年,方得归家。惜惜知道了,因是两年前不曾答得幼谦的信,密遣蜚英持一小箧子来赠他。幼谦收了,开箧来看,中有金钱十枚,相思子一粒。幼谦晓得是惜惜藏着哑谜:钱取团圆之象,相思子自不必说。心下大喜,对蜚英道:"多谢小娘子好情记念,何处再会得一会便好。"蜚英道:"姐姐又不出来,官人又进去不得,如何得会?只好传消递息罢了。"幼谦复作诗一首与蜚英拿去做回柬。诗云:

> 一朝不见似三秋,真个三秋愁不愁?
>
> 金钱难买尊前笑,一粒相思死不休。

蜚英去后,幼谦将金钱系在着肉的汗衫带子上,想着惜惜时节,便解下来跌卦问卜,又当耍子。被他妈妈看见了,问幼谦道:"何处来此金钱?自幼不曾见你有的。"幼谦回母亲道:"娘面前不敢隐情,实是与孩儿同学堂读书的罗氏女近日所送。"张妈妈心中已解其意,想道:"儿子年已弱冠,正是成婚之期。他与罗氏女幼年同学堂,至今寄着物件往来,必是他两相爱。况且罗氏在我家中,看他德容俱备,何不央人去求他为子妇,可不两全其美?"隔壁有个卖花杨老妈,久惯做媒,在张罗两家多走动。张妈妈就接他到家来,把此事对他说道:"家里贫寒,本不敢攀他富室。但罗氏小娘子自幼在我家,与小官人同窗,况且是同日生的,或者为有这些缘分,不弃嫌肯成就也不见得。"杨老妈道:"孺人怎如此说?宅上虽然清淡些,到底是官宦人家。罗宅眼下富盛,却是个暴发。两边扯来相对,还亏着孺人宅上些哩。待老媳妇去说就是。"张妈妈道:"有烦妈妈委曲则个。"幼谦又私下叮嘱杨老妈许多说话,教他见惜惜小娘子时,千万致意。杨老妈多领诺去了,一径到罗家来。

罗仁卿同妈妈问其来意。杨老妈道:"特来与小娘子作伐。"仁卿道:"是那一家?"杨老妈道:"说起来连小娘子吉帖都不消求,那小官人就是同年月日的。"仁卿道:"这等说起来,就是张忠父子了。"杨老妈道:"正是。且是好个小官人。"仁卿道:"他世代儒家,门第也好,只是家道艰难,靠着终年出去处馆过日,有甚么大长进处?"杨老妈道:"小官人聪俊非凡,必有好日。"仁卿道:"而今时势,人家只论见前,后来的事,那个包得? 小官人看来是好的,但功名须有命,知道怎么? 若他要来求我家女儿,除非会及第做官,便与他了。"杨老妈道:"依老媳妇看起来,只怕这个小官人这日子也有。"仁卿道:"果有这日子,我家决不失信。"罗妈妈也是一般说话。杨老妈道:"这等,老媳妇且把这话回复张老孺人,教他小官人用心读书,巴出身则个。"罗妈妈道:"正是,正是。"杨老妈道:"老媳妇也到小娘子房里去走走。"罗妈妈道:"正好在小女房里坐坐,吃茶去。"

杨老妈原在他家走熟的,不消引路,一直到惜惜房里来。惜惜请杨老妈坐了,叫蜚英看茶,就问道:"妈妈何来?"杨老妈道:"专为隔壁张家小官人求小娘子亲事而来。小官人多多拜上小娘子,说道:'自小同窗,多时不见,无刻不想。'今特教老身来到老员外、老安人处做媒,要小娘子怎生从中自做个主,是必要成!"惜惜道:"这个事须凭爹妈做主,我女儿家怎开得口! 不知方才爹妈说话何如?"杨老妈道:"方才老员外与安人的意思,嫌张家家事淡泊些。说道:'除非张小官人中了科名,才许他。'"惜惜道:"张家哥哥这个日子倒有,只怕爹妈性急,等不得,失了他信。既有此话,有烦妈妈上复他,叫他早自挣挫,我自一心一意守他这日罢了。"惜惜要杨老妈替他传语,密地取两个金指环送他,道:"此后有甚说话,妈妈悄悄替他传与我知道,当有厚谢。不要在爹妈面前说了。"看官,你道这些老妈家,是马泊六的领袖,有甚么解不出的意思? 晓得两边说话多有情,就做不成媒,还好私下牵合他两个,赚主大钱。又且见了两个金指环,一面堆下笑来道:"小娘子,凡有所托,只在老身身上,不误你事。"

出了罗家门,再到张家来回复,把这些说话,一一与张妈妈说了。张幼谦听得,便冷笑道:"登科及第,是男子汉分内事,何足为难? 这老婆稳取是我的了。"杨老妈道:"他家小娘子也说道:'官人毕竟有这日,只怕爹妈等不得,或有变卦。他心里只守着你,教你自要奋发。"张妈妈对儿子道:"这是好说话,不可负了他!"杨老妈又私下对幼谦道:"罗家小娘子好生有情于官人,临动身又分付老身道:'下次有说话悄地替他传传。'送我两个金指环,这个小娘子实是贤慧。"幼谦道:"他日有话相烦,是必不要推辞则个。"杨老妈道:"当得,当得。"当下别了去。

明年,张忠父在越州打发人归家,说要同越州太守到京候差,恐怕幼谦在家失学,接了同去。幼谦只得又去了,不题。

却说罗仁卿主意,嫌张家贫穷,原不要许他的。这句"做官方许"的说话,是句没头脑的话,做官是期不得的。女儿年纪一年大似一年,万一如姜太公八十岁才遇文王,那女儿不等做老婆婆了?又见张家只是远出,料不成事。他那里管女儿心上的事?其时同里有个巨富之家,姓辛,儿子也是十八岁了。闻得罗家女子才色双全,央媒求聘。罗仁卿见他家富盛,心里喜欢。又且张家只来口说得一番,不曾受他一丝,不为失约,那里还把来放在心上?一口许下了。辛家择日行聘。惜惜闻知这消息,只叫得苦。又不好对爹娘说得出心事,暗暗纳闷,私下对蜚英这丫头道:"我与张官人同日同窗,谁不说是天生一对?我两个自小情如姊妹,谊等夫妻。今日却叫我嫁着别个,这怎使得?不如早寻个死路,倒得干净。只是不曾会得张官人一面,放心不下。"蜚英道:"前日张官人也问我要会姐姐,我说没个计较,只得罢了。而今张官人不在家;就是在时,也不便相会。"惜惜道:"我倒想上一计,可以相会;只等他来了便好,你可时常到外边去打听打听。"蜚英谨记在心。

且说张幼谦京中回来得,又是一年。闻得罗惜惜已受了辛家之聘,不见惜惜有甚么推托不肯的事,幼谦大恨道:"他父母是怪不得,难道惜惜就如此顺从,并无说话?"一气一个死。提起笔来,做词一首,词名《长相思》,云:

> 天有神,地有神,海誓山盟字字真。如今墨尚新。　　过一春,又一春,不解金钱变作银。如何忘却人?

写毕了,放在袖中,急急走到杨老妈家里来。杨老妈接进了,问道:"官人有何事见过?"幼谦道:"妈妈晓得罗家小娘子已许了人家么?"杨老妈道:"也见说,却不是我做媒。好个小娘子,好生注意官人,可惜错过了。"幼谦道:"我不怪他父母,倒怪那小娘子,如何凭父母许别人,不则一声?"杨老妈道:"叫他女孩儿家,怎好说得?他必定有个主意,不要错怪了人!"幼谦道:"为此要妈

妈去通他一声,我有首小词,问他口气的,烦妈妈与我带一带去。"袖中摸出词
来,并越州太守所送赆礼一两,转送与杨老妈做脚步钱。杨老妈见了银子,如
苍蝇见血,有甚么不肯做? 欣然领命去了。把卖花为由,竟到罗家,走进惜惜
房中来。惜惜接着,问道:"一向不见妈妈来走走。"杨老妈道:"一向无事,不
敢上门。今张官人回来了,有话转达,故此走来。"惜惜见说幼谦回了,道:"我
正叫蜚英打听,不知他已回来。"杨老妈道:"他见说小娘子许了辛家,好生不
快活。有封书托我送来小娘子看。"袖中摸出书来,递与惜惜。惜惜叹口气接
了,拆开从头至尾一看,却是一首词。落下泪来道:"他错怪了我也!"杨老妈
道:"老身不识字,书上不知怎地说?"惜惜道:"他道我忘了他,岂知受聘,多是
我爹妈的意思,怎由得我来?"杨老妈道:"小娘子,你而今怎么发付他?"惜惜
道:"妈妈,你肯替张郎递信,必定受张郎之托,我有句真心话对你说,不妨
么?"老妈道:"去年受了小娘子尊赐,至今丝毫不曾出得力,又且张官人相托,
随你分付,水里水里去,火里火里去,尽着老性命,做得的,只管做去,决不敢
泄漏半句话的!"惜惜道:"多感妈妈盛心! 先要你去对张郎说明我的心事,我
只为未曾面会得张郎,所以含忍至今。若得张郎当面一会,我就情愿同张郎
死在一处,决不嫁与别人,偷生在世间的。"老妈道:"你心事我好替你说得,只
是要会他,却不能勾,你家院宇深密,张官人又不会飞,我衣袖里又袋他不下,
如何弄得他来相会?"惜惜道:"我有一计,尽可使张郎来得。只求妈妈周全,
十分稳便。"老妈道:"老身方才说过了,但凭使唤,只要早定妙计,老身无不尽
心。"惜惜道:"奴家卧房,在这阁儿上,是我家中落末一层,与前面隔绝。阁下
有一门,通后边一个小圃。圃周围有短墙,墙外便是荒地,通着外边的了。墙
内有四五株大山茶花树,可以上得墙去的。烦妈妈相约张郎在墙外等,到夜
来,我叫丫头从树枝上登墙,将个竹梯挂在墙外来,张郎从梯上上墙,也从
山茶树上下地,可以径到我房中阁上了。妈妈可怜我两人情重如山,替奴家
备细传与张郎则个。"走到房里,摸出一锭银子来,约有四五两重,望杨老妈袖
中就塞,道:"与妈妈将就买些点心吃。"杨老妈假意道:"未有功劳,怎么当这
样重赏? 只一件,若是不受,又恐怕小娘子反要疑心我未是一路,只得斗胆收
了。"谢别了惜惜出来,一五一十,走来对张幼谦说了。

　　幼谦得了这个消息,巴不得立时间天黑将下来。张、罗两家相去原不甚
远,幼谦日间先去把墙外路数看看,望进墙去,果然四五株山茶花树透出墙外

来。幼谦认定了,晚上只在这墙边等候。等了多时,并不见墙里有些些声响,不要说甚么竹梯不竹梯。等到后半夜,街鼓将动,方才闷闷回来了。到第二晚,第三晚,又复如此。白白守了三个深夜,并无动静。想道:"难道耍我不成?还是相约里头,有甚么说话参差了?不然或是女孩儿家贪睡,忘记了。不知我外边人守候之苦,不免再央杨老妈去问个明白。"又题一首诗于纸,云:

> 山茶花树隔东风,何奈云山万万重。
>
> 销金帐暖贪春梦,人在月明风露中。

写完走到杨老妈家,央他递去,就问失约之故。元来罗家为惜惜能事,一应家务俱托他所管。那日央杨老妈约了幼谦,不想有个姨娘到来,要他支陪,自不必说;晚间送他房里同宿,一些手脚做不得了。等得这日才去,杨老妈恰好走来,递他这诗。惜惜看了道:"张郎又错怪了奴也!"对杨老妈道:"奴家因有姨娘在此房中宿,三夜不曾合眼,无半点空隙机会,非奴家失约。今姨娘已去,今夜点灯后,叫他来罢,决不误期了。"杨老妈得了消息,走来回复张幼谦说:"三日不得机会说话,准期在今夜点烛后了。"

幼谦等到其时,踱到墙外去看,果然有一条竹梯倚在墙边。幼谦喜不自禁,蹑了梯子,一步一步走上去。到得墙头上,只见山茶树枝上有个黑影,吃了一惊。却是螫英在此等候,咳嗽一声,大家心照了。攀着树枝,多挂了下去。螫英引他到阁底下,惜惜也在了,就一同挽了手,登阁上来。灯下一看,俱觉长成得各别了。大家欢极,齐声道:"也有这日相会也!"也不顾螫英在面前,大家搂抱定了。螫英会意,移灯到阁外来了。于时月光入室,两人厮偎厮抱,竟到卧床上云雨起来。

> 一别四年,相逢半霎。回想幼时滋味,浑如梦境欢娱。当时小阵争
>
> 锋,今日全军对垒。含苞微破,大创元有余红;玉茎顿雄,骤当不无半怯。
>
> 只因尔我心中爱,拚却爷娘眼后身。

云雨既散,各诉衷曲。幼谦道:"我与你欢乐,只是暂时,他日终须让别人受用。"惜惜道:"哥哥兀自不知奴心事。奴自受聘之后,常拚一死,只为未到得嫁期,且贪图与哥哥落得欢会。若他日再把此身伴别人,犬豕不如矣!直到临时便见。"两人卿卿哝哝,讲了一夜的话。将到天明,惜惜叫幼谦起来,穿衣出去。幼谦问:"晚间事如何?"惜惜道:"我家中时常有事,未必夜夜方便,我把个暗号与你。我阁之西楼,墙外远望可见。此后楼上若点起三个灯来,

便将竹梯来度你进来;若望来只是一灯,就是来不得的了,不可在外边痴等,似前番的样子,枉吃了辛苦。"如此约定而别。幼谦仍旧上山茶树,蹑竹梯而下。随后蜚英就登墙抽了竹梯起来,真个神鬼不觉。

以后幼谦只去远望,但见楼西点了三个灯,就步至墙外来,只见竹梯早已安下了,即便进去欢会,如此,每每四五夜,连宵行乐。若遇着不便,不过隔得夜把儿。往来一月有多,正在快畅之际,真是好事多磨:有个湖北大帅,慕张忠父之名,礼聘他为书记。忠父辞了越州太守的馆,回家收拾去赴约,就要带了幼谦到彼乡试。幼谦得了这个消息,心中舍不得惜惜,甚是烦恼,却违拗不得。只得将情告知惜惜,就与哭别。惜惜拿出好些金帛来赠他做盘缠,哭对他道:"若是幸得未嫁,还好等你归来再会。倘若你未归之前,有了日子,逼我嫁人,我只是死在阁前井中,与你再结来世姻缘。今世无及,只当永别了。"哽哽咽咽,两个哭了半夜,虽是交欢,终带惨凄,不得如常尽兴。临别,惜惜执了幼谦的手,叮咛道:"你勿忘恩情,觑个空便,只是早归来得一日,也是好的。"幼谦道:"此不必分付,我若不为乡试,定寻个别话,推着不去了。今却有此便,须推不得,岂是我的心愿?归得便归,早见得你一日,也是快活。"相抱着多时,不忍分开,各含眼泪而别。

幼谦自随父亲到湖北去,一路上触景伤心,自不必说。到了那边,正值试期。幼谦痴心自想:"若夺得魁名,或者亲事还可挽回得转,也未可料。"尽着平生才学,做了文赋,出场来就对父亲说道:"掉母亲家里不下,算计要回家。"忠父道:"怎不看了榜去?"幼谦道:"揭榜不中,有何颜面?况且母亲家里孤寂,早晚悬望。此处离家,须是路远,比不得越州时节,信息常通的。做儿的怎放心得下?那功名是外事,有分无分已前定了,看那榜何用?"缠了几日,忠父方才允了,放回家来。不则一日,到了家里。

元来辛家已拣定是年冬里的日子来娶罗惜惜了,惜惜心里着急,日望幼谦到家,真是眼睛多望穿了。时时叫蜚英寻了头由,到幼谦家里打听。此日蜚英打听得幼谦已回,忙来对惜惜说了。惜惜道:"你快去约了他,今夜必要相会,原仍前番的法儿进来就是。"又写了首词,封好了,一同拿去与他看。

蜚英领命,走到张家门首,正撞见了张幼谦。幼谦道:"好了,好了。我正走出来要央杨老妈来通信,恰好你来了。"蜚英道:"我家姐姐盼官人不来,时常啼哭。日日叫我打听,今得知官人到了,登时遣我来约官人,今夜照旧竹梯

上进来相会。有一个柬帖在此。"幼谦拆开来,乃是一首《卜算子》词,词云:

> 幸得那人归,怎便教来也? 一日相思十二时,直是情难舍! 本是好姻缘,又怕姻缘假。若是教随别个人,相见黄泉下。

幼谦读罢词,回他说:"晓得了。"蜚英自去。幼谦把词来珍藏过了。到得晚间,远望楼西,已有三灯明亮,急急走去墙外看,竹梯也在了。进去见了惜惜,惜惜如获珍宝,双手抱了,口里埋怨道:"亏你下得! 直到这时节才归来! 而今已定下日子了,我与你就是无夜不会,也只得两月多,有限的了。当与你极尽欢娱而死,无所遗恨。你少年才俊,前程未可量。奴不敢把世俗儿女态,强你同死。但日后对了新人,切勿忘我!"说罢大哭。幼谦也哭道:"死则俱死,怎说这话? 我一从别去,那日不想你? 所以试毕不等揭晓就回,只为不好违拗得父亲,故迟了几日。我认个不是罢了,不要怪我! 蒙寄新词,我当依韵和一首,以见我的心事。"取过惜惜的纸笔,写道:

> 去时不由人,归怎由人也? 罗带同心结到成,底事教拚舍? 心是十分真,情没些儿假。若道归迟打掉篦,甘受三千下。

惜惜看了词中之意,晓得他是出于无奈,也不怨他,同到罗帏之中,极其缱绻。俗语道新婚不如远归,况且晓得会期有数,又是一刻千金之价。你贪我爱,尽着心性做事,不顾死活。如是半月,幼谦有些胆怯了,对惜惜道:"我此番无夜不来,你又早睡晚起,觉得忒胆大了些! 万一有些风声,被人知觉,怎么了?"惜惜道:"我此身早晚拚是死的,且尽着快活,就败露了,也只是一死,怕他甚么?"果然惜惜忒放泼了些。

罗妈妈见他日间做事,有气无力,长打呵欠,又有时早晨起来,眼睛红肿的,心里疑惑起来道:"这丫头有些改常了,莫不做下甚么事来?"就留了心。到人静后,悄悄到女儿房前察听动静。只听得女儿在阁上,低低微微与人说话。罗妈妈道:"可不作怪! 这早晚难道还与蜚英这丫头讲甚么话不成? 就讲话,何消如此轻的,听不出落句来?"再仔细听了一回,又听得阁底下房里打鼾响,一发惊异道:"上边有人讲话,下边又有人睡下,可不是三个人了? 睡的若是蜚英丫头,女儿却与那个说话? 这事必然跷蹊。"急走去对老儿说了这些缘故。罗仁卿大惊道:"吉期近了,不要做将出来?"对妈妈道:"不必迟疑,竟闯上阁去一看,好歹立见。那阁上没处去的。"妈妈去叫起两个养娘,拿了两灯火,同妈妈前走,仁卿执着杆棒押后,一径到女儿房前来。见房内关得紧紧的,妈妈出声叫:"蜚英丫头。"蜚英还睡着不应,阁上先听见了。惜惜道:"娘来叫,必有甚家事。"幼谦慌张起来,惜惜道:"你不要慌! 悄悄住着,待我迎将下去。夜晚间他不走起来的。"忙起来穿了衣服,一面走下楼来。张幼谦有些心虚,怕不尴尬,也把衣服穿起,却是没个走路,只得将就闪在暗处静听。惜惜只认做母亲一个来问甚么话的,道是迎住就罢了,岂知一开了门,两灯火照得通红,连父亲也在,吃了一惊,正说不及话出来。只见母亲抓了养娘手里的火,父亲带者杆棒,望阁上直奔。惜惜见不是头,情知事发,便走向阁外来,望井里要跳。一个养娘见他走急,带了火来照;一个养娘是空手的,见他做势,连忙抱住道:"为何如此?"便喊道:"姐姐在此投井!"蜚英惊醒,走起来看,只见姐姐正在那里苦挣,两个养娘尽力抱住。蜚英走去伏在井栏上了,口里哼道:"姐姐,使不得!"

不说下边鸟乱,且说罗仁卿夫妻走到阁上暗处,搜出一个人来。仁卿举起杆棒,正待要打,妈妈将灯上前一照,仁卿却认得是张忠父的儿子幼谦,且歇了手,骂道:"小畜生! 贼禽兽! 你是我通家子侄,怎干出这等没道理的勾当来,玷辱我家!"幼谦只得跪下道:"望伯伯恕小侄之罪,听小侄告诉。小侄自小与令爱只为同日同窗,心中相契。前年曾着人相求为婚,伯伯口许道:'等登第方可。'小侄为此发奋读书,指望完成好事。岂知宅上忽然另许了人家,故此令爱不忿,相招私合。原约同死同生,今日事已败露,令爱必死,小侄不愿独生,凭伯伯打死罢!"仁卿道:"前日此话固有,你几时又曾登第了来,却怪我家另许人? 你如此无行的禽兽,料也无功名之分。你罪非轻,自有官法,我也不私下打你。"一把扭住。妈妈听见阁前嚷得慌,也恐怕女儿短见,忙忙催下了阁。

仁卿拖幼谦到外边堂屋,把条索子捆住,关好在书房里。叫家人看守着他,只等天明送官。自家复身进来看女儿时,只见擞得头髽发乱,妈妈与养娘们还搅做了一团,在那里嚷。仁卿怒道:"这样不成器的! 等他死了罢! 拦他何用?"举起杆棒要打,却得妈妈与养娘们挽的挽,趓的趓,拥上阁去了,剩得仁卿一个在底下。抬头一看,只见蜚英还在井栏边。仁卿一肚子恼怒,正无发泄处,一手揪住头发,拖将过来便打道:"多是你做了牵头,牵出事来的。还不实说? 是怎么样起头的?"蜚英起初还推一向在阁下睡,不知就里,被打不过,只得把来踪去迹细细招了,又说道:"姐姐与张官人时常哭泣,只求同死的。"仁卿见说了这话,喝退了蜚英,心里也有些懊悔道:"前日便许了他,不见得如此。而今却有辛家在那里,其事难处,不得不经官了。"

闹嚷了大半夜,早已天明。元来但是人家有事,觉得天也容易亮些。妈妈自和养娘窝伴住了女儿,不容他寻死路,仁卿却押了幼谦,一路到县里来。县宰升堂,收了状词,看是奸情事,乃当下捉获的,知是有据。又见状中告他是秀才,就叫张幼谦上来问道:"你读书知礼,如何做此败坏风化之事?"幼谦道:"不敢瞒大人,这事有个委曲,非孟浪男女宣淫也。"县宰道:"有何委屈?"幼谦道:"小生与罗氏女同年月日所生,自幼罗家即送在家下读书,又系同窗。情孚意洽,私立盟书,誓成偕老。后来曾央媒求聘,罗家回道:'必待登第,方许成婚。'小生随父游学,两年归家,谁知罗家不记前言,竟自另许了辛家。罗氏女自道难负前誓,只待临嫁之日,拼着一死,以谢小生,所以约小生去觌面永诀。踪迹不密,却被擒获。罗女强嫁必死,小生义不独生。事情败露,不敢逃罪。"

县宰见他人材俊雅,言词慷慨,有心要周全他。问罗仁卿道:"他说的是实否?"仁卿道:"话多实的,这事却是不该做。"县宰要试他才思,拿过纸笔来与他道:"你情既如此,口说无凭,可将前后事写一供状来我看。"幼谦当堂提笔,一挥而就。供云:

> 窃惟情之所钟,正在吾辈;义之不歉,何恤人言!罗女生同月日,曾与共塾而作书生;幼谦契合金兰,匪仅逾墙而搂处子。长卿之悦,不为挑琴;宋玉之招,宁关好色!原许乘龙须及第,未曾经打髩髢;却教跨凤别吹箫,忍使顿成怨旷!临嫁而期永诀,何异十年不字之贞;赴约而愿捐生,无忝千里相思之谊。既藩篱之已触,总桎梏而自甘。伏望悯此缘悭,巧赐续貂奇遇;怜其情至,曲施解网深仁。寒谷逢乍转之春,死灰有复燃之色。施同种玉,报拟衔环。上供。

县宰看了供词,大加叹赏,对罗仁卿道:"如此才人,足为快婿。尔女已是覆水难收,何不宛转成就了他?"罗仁卿道:"已受过辛氏之聘,小人如今也不得自由。"县宰道:"辛氏知此风声,也未必情愿了。"

县宰正待劝化罗仁卿,不想辛家知道,也来补状,要追究奸情。那辛家是大富之家,与县宰平日原有往来的。这事是他理直,不好曲拗得,又恐怕张幼谦出去,被他两家气头上蛮打坏了,只得准了辛家状词,把张幼谦权且收监,还要提到罗氏再审虚实。

却说张妈妈在家,早晨不见儿子来吃早饭,到书房里寻他,却又不见,正不知那里去了。只见杨老妈走来慌张道:"孺人知道么?小官人被罗家捉奸,送在牢中去了。"张妈妈大惊道:"怪道他连日有些失张失智,果然做出来。"杨老妈道:"罗、辛两家都是富豪,只怕官府处难为了小官人,怎生救他便好?"张妈妈道:"除非着人去对他父亲说知,讨个商量。我是妇人家,干不得甚么事,只好管他牢中送饭罢了。"张妈妈叫着一个走使的家人,写了备细书一封,打发他到湖北去通张忠父知道,商量寻个方便。家人星夜去了。

这边张幼谦在牢中,自想:"县宰十分好意,或当保全。但不知那晚惜惜死活如何,只怕今生不能再会了!"正在思念流泪,那牢中人来索常例钱、油火钱。亏得县宰曾分付过,不许难为他,不致动手动脚。却也言三语四,絮聒得不好听。

幼谦是个书生,又兼心事不快时节,怎耐烦得这些模样?分解不开之际,忽听得牢门外一片锣声筛着,一伙人从门上直打进来,满牢中多吃一惊。幼谦看那为头的肩上,捎着一面红旗,旗上挂下铜铃,上写"帅府捷报",乱嚷道:"那一位是张幼谦秀才?"众人指着幼谦道:"这个便是。你们是做甚么的?"那伙人不来分说,一拥将来,团团把幼谦围住了,道:"我们是湖北帅府,特来报秀才高捷的。快写赏票!"就有个摸出纸笔来揿住他手,"要写五百贯"、"三百贯"的乱嚷!幼谦道:"且不要忙,拿出单来看,是何名次,写赏未迟。"报的人道:"高哩,高哩。"取出一张红单来,乃是第三名。幼谦道:"我是犯罪被禁之人,你如何不到我家里报去,却在此狱中啰唣?知县相公知道,须是不便。"报的人道:"咱们到府上来,见说秀才在此,方才也曾着人禀过知县相公的。这是好事,知县相公料不嗔怪。"幼谦道:"我身命未知如何,还要知县相公做主,我枉自写赏何干?"报的人只是乱嚷,牢中人从旁撺哄,把一个牢里闹做了一片。只听得喝道之声,牢中人乱窜了去,喊道:"知县相公来了。"须臾,县宰笑嘻嘻的踱进牢来,见众人尚拥住幼谦不放,县宰喝道:"为甚如此?"报的人道:"正要相公来,张秀才自道在牢中,不肯写赏,要请相公做主。"县宰笑道:"不必喧嚷,张秀才高中,本县原有公费,赏钱五十贯文,在我库上来领。"取过笔来写与他了,众人嫌少,又添了十贯,然后散去。

县宰请过张幼谦来,换了衣巾,施礼过,拱他到公厅上,称贺道:"恭喜高掇。"幼谦道:"小生蒙覆庇之恩,虽得侥幸,所犯愆尤,还仗大人保全!"县宰道:"此纤芥之事,不必介怀!下官自当宛转。"此时正出牌去拘罗惜惜出官对理未到,县宰当厅就发个票下来,票上写道:"张子新捷,鼓乐送归,罗女免提,候申州定夺。"写毕,就唤吏典取花红鼓乐、马匹伺候。县宰敬幼谦酒三杯,上了花红,送上了马,鼓乐前导,送出县门来。正是:

> 昨日牢中囚犯,今朝马上郎君。
>
> 风月场添彩色,氤氲使也欢欣。

却说幼谦迎到半路上,只见前面两个公人,押着一乘女轿,正望县里而来,轿中隐隐有哭声。这边领票的公人认得,知是罗惜惜在内,高叫道:"不要来了,张秀才高中,免提了。"就取出票来与那边的公人看。惜惜在轿中分明听得,顶开轿帘窥看,只见张生气昂昂,笑欣欣,骑在马上到面前来,心中暗暗自乐。幼谦望去,见惜惜在轿中,晓得那晚不曾死,心中放下了一个大疙瘩。当下四目相视,悲喜交集。抬惜惜的,转了轿,正在幼谦马的近边,先先后后,一路同走,恰象新郎迎着新人轿的一般。单少的是轿上结彩。直到分路处,两人各丢眼色而别。

幼谦回来见了母亲,拜过了,赏赐了迎送之人,俱各散讫。张妈妈道:"你做了不老成的事,几把我老人家急死。若非有此番天救星,这事怎生了结?今日报事的打进来,还只道是官府门中人来嚷,慌得娘没躲处哩。直到后边说得明白,方得放心。我说你在县牢里,他们一径来了。却是县间如何就肯放了你?"幼谦道:"孩儿不才,为儿女私情,做下了事,连累母亲受惊。亏得县里大人好意,原有周全婚姻之意,只碍着辛家不肯。而今侥幸有了这一步,县里大人十分欢喜,送孩儿回来,连罗氏女也免提了。孩儿痴心想着,不但可以免罪,或者还有些指望也不见得。"妈妈道:"虽然知县相公如此,却是闻得辛家恃富,不肯住手。要到上司陈告,恐怕对他不过。我起初曾着人到你父亲处商量去了,不知有甚关节来否?"幼谦道:"这事且只看县里申文到州,州里旨意如何,再作道理。娘且宽心。"须臾之间,邻舍人家乡来叫喜,杨老妈也来了。母亲欢喜,不在话下。

却说本州太守升堂,接得湖北帅使的书一封,拆开来看,却为着张幼谦、罗氏事,托他周全。此书是张忠父得了家信,央求主人写来的。总是就托忠父代笔,自然写得十分恳切。那时帅府有权,太守不敢不尽心,只不知这件事的头脑备细,正要等县宰来时问他。恰好是日,本县申文也到,太守看过,方知就里。又晓得张幼谦新中,一发要周全他了。只见辛家来告状道:"张幼谦犯奸禁狱,本县为情擅放,不行究罪,实为枉法。"太守叫辛某上来,晓谕他道:"据你所告,那罗氏已是失行之妇,你争他何用? 就断与你家了,你要了这媳妇,也坏了声名。何不追还了你原聘的财礼,另娶了一房好的,毫无瑕玷,可不是好? 你须不比罗家,原是干净的门户,何苦争此闲气?"辛某听太守说得有理,一时没得回答,叩头道:"但凭相公做主。"太守即时叫吏典取纸笔与他,要他写了情愿休罗家亲事一纸状词,行移本县,在罗仁卿名下,追辛家这项聘财还他。辛家见太守处分,不敢生词说,叩头而出。

　　太守当下密写一书,钉封在文移中,与县宰道:"张、罗,佳偶也。茂宰可为了此一段姻缘,此奉帅府处分,毋忽!"县宰接了州间文移,又看了这书,具两个名帖,先差一个吏典去请罗仁卿公厅相见;又差一个吏典去请张幼谦。分头去了。

　　罗仁卿是个白身富翁,见县官具帖相请,敢不急赴? 即忙换了小帽,穿了大摆褶子,来到公厅。县宰只要完成好事,优礼相待,对他道:"张幼谦是个快婿,本县前日曾劝足下纳了他。今已得成名,若依我处分,诚是美事。"罗仁卿道:"相公分付,小人怎敢有违? 只是已许下辛家,辛家断然要娶,小人将何辞回得他? 有此两难,乞相公台鉴。"县宰道:"只要足下相允,辛家已不必虑。"笑嘻嘻的叫吏典在州里文移中,取出辛家那纸休亲的状来,把与罗仁卿看。县宰道:"辛家已如此,而今可以贺足下得佳婿矣。"仁卿沉吟道:"辛家如何就肯写这一纸?"县宰笑道:"足下不知,此皆州守大人主意,叫他写了以便令婿完姻的。"就在袖里摸出太守书来,与仁卿看了。仁卿见州、县如此为他,怎敢推辞? 只得谢道:"儿女小事,劳烦各位相公费心,敢不从命?"只见张幼谦也请到了,县宰接见,笑道:"适才令岳亲口许下亲事了。"就把密书并辛氏休状与幼谦看过,说知备细。幼谦喜出望外,称谢不已。县宰就叫幼谦当堂拜认了丈人,罗仁卿心下也自喜欢。县宰邀进后堂,治酒待他翁婿两人。罗仁卿谦逊不敢与席,县宰道:"有令婿面上,一坐何妨!"当下尽欢而散。

　　幼谦回去,把父亲求得湖北帅府关节托太守,太守又把县宰如此如此,备细说一遍,张妈妈不胜之喜。那罗仁卿吃了知县相公的酒,身子也轻了好些,晓得是张幼谦面上带挈的,一发敬重女婿。罗妈妈一向护短女儿,又见仁卿说州县如此做主,又是个新得中的女婿,得意自不必说。次日,是黄道吉日,就着杨老妈为媒,说不舍得放女儿出门,把张幼谦赘了过来。洞房花烛之夜,两新人原是旧相知,又多是吃惊吃吓,哭哭啼啼死边过的,竟得团圆,其乐不可名状。

成亲后,夫妇同到张家拜见妈妈。妈妈看见佳儿佳妇,十分美满。又分付道:"州、县相公之恩,不可有忘!既已成亲,须去拜谢。"幼谦道:"孩儿正欲如此。"遂留下惜惜在家,相伴婆婆闲话,张妈妈从幼认得媳妇的,愈加亲热。幼谦却去拜谢了州、县。归来,州县各遣人送礼致贺。打发了毕,依旧一同到丈人家里来了。明年幼谦上春官,一举登第,仕至别驾,夫妻偕老而终。诗曰:

> 漫说囹圄是福堂,谁知在内报新郎。
>
> 不是一番寒彻骨,怎得梅花扑鼻香?

卷 三 十

王大使威行部下　李参军冤报生前

诗云：

> 冤业相报，自古有之。
>
> 一作一受，天地无私。
>
> 杀人还杀，自刃何疑？
>
> 有如不信，听取谈资。

话说天地间最重的是生命。佛说戒杀，还说杀一物要填还一命。何况同是生人，欺心故杀，岂得不报？所以律法上最严杀人偿命之条。汉高祖除秦苛法，止留下三章，尚且头一句，就是"杀人者死"。可见杀人罪极重。但阳世间不曾败露，无人知道，那里正得许多法？尽有漏了网的。却不那死的人落得一死了？所以就有阴报。那阴报事也尽多，却是在幽冥地府之中，虽是分毫不爽，无人看见。就有人死而复苏，传说得出来，那口强心狠的人，只认做说的是梦话，自己不曾经见，那里肯个个听？却有一等，即在阳间，受着再生冤家现世花报的，事迹显著，明载史传，难道也不足信？还要口强心狠哩！在下而今不说那彭生惊齐襄公，赵王如意赶吕太后，窦婴、灌夫鞭田蚡，这还是道"时衰鬼弄人"，又道是"疑心生暗鬼"，未必不是阳命将绝，自家心上的事发，眼花缭花上头起来的。只说些明明白白的现世报，但是报法有不同。看官不嫌絮烦，听小子多说一两件，然后入正话。

一件是《唐逸史》上说的：长安城南曾有僧，日中求斋，偶见桑树上有一女子，在那里采桑，合掌问道："女菩萨，此间侧近，何处有信心檀越，可化得一斋的么？"女子用手指道："去此三四里，有个王家，见在设斋之际，见和尚来到，必然喜舍，可速去！"僧随他所指处前往，果见一群僧，正要就坐吃斋。此僧来得恰好，甚是喜欢。斋罢，王家翁、姥见他来得及时，问道："师父象个远来的，谁指引到此？"僧道："三四里外，有一个小娘子在那里采桑，是他教导我的。"翁、姥大惊道："我这里设斋，并不曾传将开去，三四里外女子从何知道？必是个未卜先知的异人，非凡女也！"对僧道："且烦师父与某等同往，访这女子则个。"翁、姥就同了此僧,到了那边。那女子还在桑树上,一见了王家翁、姥,即便跳下树来,连桑篮丢下了,望前极力奔走。僧人自去了,翁、姥随后赶来。女子走到家,自进去了。王翁认得这家是村人卢叔伦家里,也走进来。女子跑进到房里,掇张床来抵住了门,牢不可开。卢母惊怪他两个老人家赶着女儿,问道:"为甚么?"王翁、王母道:"某今日家内设斋,落末有个远方僧来投斋,说是小娘子指引他的。某家做此功德,并不曾对人说,不知小娘子如何知道? 故来问一声,并无甚么别故。"卢母见说,道:"这等打甚么紧,老身去叫他出来。"就走去敲门,叫女儿,女儿坚不肯出。卢母大怒道:"这是怎的起? 这小奴才作怪了!"女子在房内回言道:"我自不愿见这两个老货,也没甚么罪过。"卢母道:"邻里翁婆看你,有甚不好意思? 为何躲着不出?"王翁、王姥见他躲避得紧,一发疑心道:"必有奇异之处。"在门外着实恳求,必要一见。女子在房内大喝道:"某年月日有贩胡羊的父子三人,今在何处?"王翁、王姥听见说了这句,大惊失色,急急走出,不敢回头一看,恨不得多生两只脚,飞也似的去了。女子方开出门来,卢母问道:"适才的话,是怎么说?"女子道:"好叫母亲得知:儿再世前曾贩羊,从夏州来到此翁、姥家里投宿。父子三人,尽被他谋死了,劫了资货,在家里受用。儿前生冤气不散,就投他家做了儿子,聪明过人。他两人爱同珍宝,十五岁害病,二十岁死了。他家里前后用过医药之费,已比劫得的多过数倍了。又每年到了亡日,设了斋供,夫妻啼哭,总算他眼泪也出了三石多了。儿今虽生在此处,却多记得前事。偶然见僧化饭,所以指点他。这两个是宿世冤仇,我还要见他怎么? 方才提破他心头旧事,吃这一惊不小,回去即死,债也完了。"卢母惊异,打听王翁夫妻,果然到得家里,虽不知这些清头,晓得冤债不了,惊悸恍惚成病,不多时,两个多死了。看官,你道这女儿三生,一生被害,一生索债,一生证明讨命,可不利害么? 略听小子胡诌一首诗:

采桑女子实堪奇,记得为儿索债时。
导引僧家来乞食,分明追取赴阴司。

这是三生的了。再说个两世的,死过了鬼来报冤的。这一件,在宋《夷坚志》上:说吴江县二十里外因渎村,有个富人吴泽,曾做个将仕郎,叫做吴将仕。生有一子,小字云郎。自小即聪明勤学,应进士第,预待补籍,父母望他指日峥嵘。绍兴五年八月,一病而亡。父母痛如刀割,竭尽资财,替他追荐超度。费了若干东西，心里只是苦痛，思念不已。明年冬，将仕有个兄弟，做助教的，名兹，要到洞庭东山妻家去。未到数里，暴风打船，船行不得，暂泊在福善王庙下。躲过风势，登岸闲步。望庙门半掩，只见庙内一人，着皂绨背子，缓步而出，却象云郎。助教走上前，仔细一看，元来正是他。吃了一大惊，明知是鬼魂，却对他道："你父母晓夜思量你，不知赔了多少眼泪？要会你一面不能勾，你却为何在此？"云郎道："儿为一事，拘系在此。留连证对，况味极苦。叔叔可为我致此意于二亲：若要相见，须亲自到这里来乃可，我却去不得。"叹息数声而去。助教得此消息，不到妻家去了。急还家来，对兄嫂说知此事。三个人大家恸哭了一番，就下了助教这只原船，三人同到庙前来。只见云郎已立在水边，见了父母，奔到面前哭拜，具述幽冥中苦恼之状。父母正要问他详细，说自家思念他的苦楚，只见云郎忽然变了面孔，挺竖双眉，揪住父衣，大呼道："你陷我性命，盗我金帛，使我衔冤茹痛四五十年，虽曾费耗过好些钱，性命却要还我。今日决不饶你！"说罢便两相击搏，滚入水中。助教慌了，喝叫仆从及船上人，多跳下水去捞救。那太湖边人多是会水的，救得上岸，还见将仕指手画脚，挥拳相争，到夜方定。助教不知甚么缘故，却听得适才的说话，分明晓得定然有些蹊跷的阴事，来问将仕。将仕蹙着眉头道："昔日壬午年间，虏骑破城，一个少年子弟相投寄宿，所赍囊金甚多，吾心贪其所有。数月之后，乘醉杀死，尽取其资。自念冤债在身，从壮至老，心中长怀不安。此儿生于壬午，定是他冤魂再世，今日之报，已显然了。"自此忧闷不食，十余日而死。这个儿子，只是两生。一生被害，一生讨债，却就做了鬼来讨命，比前少了一番，又直捷些。再听小子胡诌一首诗：

　　冤魂投托原财耗，落得悲伤作利钱。
　　儿女死亡何用哭？须知作业在生前。

　　这两件事希奇些的说过，至于那本身受害，即时做鬼取命的，就是年初一起说到年晚除夜，也说不尽许多。小子要说正话，不得工夫了。说话的，为何还有个正话？看官，小子先前说这两个，多是一世再世，心里牢牢记得前生，以此报了冤仇，还不希罕。又有一个再世转来，并不知前生甚的，遇着各别道路的一个人，没些意思，定要杀他，谁知是前世冤家做定的。天理自然果报，人多猜不出来，报的更为直捷，事儿更为奇幻，听小子表白来。

　　这本话，却在唐朝贞元年间，有一个河朔李生，从少时膂力过人，恃气好侠,不拘细行。常与这些轻薄少年,成群作队,驰马试剑,黑夜里往来太行山道上,不知做些什么不明不白的事。后来家事忽然好了,尽改前非,折节读书,颇善诗歌,有名于时,做了好人了。累官河朔,后至深州录事参军。李生美风仪,善谈笑,曲晓吏事,又且廉谨明干,甚为深州太守所知重。至于击鞠、弹棋、博弈诸戏,无不曲尽其妙。又饮量尽大,酒德又好,凡是宴会酒席,没有了他,一坐多没兴。太守喜欢他,真是时刻少不得的。

其时成德军节度使王武俊,自恃曾为朝廷出力,与李抱真同破朱滔,功劳甚大,又兼兵精马壮,强横无比,不顾法度。属下州郡太守,个个惧怕他威令,心胆俱惊。其子士真就受武俊之节,官拜副大使。少年骄纵,倚着父亲威势,也是个杀人不眨眼的魔君。一日,武俊遣他巡行属郡,真个是:

> 轰天吓地,掣电奔雷。喝水成冰,驱山开路。川岳为之震动,草木尽是披靡。深林虎豹也潜形,村舍犬鸡都不乐。

别郡已过,将次到深州来。太守畏惧武俊,正要奉承得士真欢喜,好效殷勤。预先打听他前边所经过,喜怒行径详悉,闻得别郡多因陪宴的言语举动,每每触犯忌讳,不善承颜顺旨,以致不乐。太守于是大具牛酒,精治肴撰,广备声乐,妻孥手自烹庖,太守躬亲陈设,百样整齐,只等副大使来。只见前驱探马来报:"副大使头踏到了。"但见:

> 旌旗蔽日,鼓乐喧天。开山斧闪烁生光,还带杀人之血;流星锤蓓蕾出色,犹闻磕脑之腥。铁链响琅璫,只等悔气人冲节过;铜铃声杂沓,更无挤死汉逆前来。蹂躏得地上草不生,蔫恼得梦中魂也怕。

士真既到,太守郊迎了,请在极大的一所公馆里安歇了。登时酒筵、嗄程、礼物抬将过来。太守恐怕有人触犯,只是自家一人小心陪侍。一应僚吏宾客,一个也不召来与席。士真见他酒肴丰美,礼物隆重,又且太守谦恭谨慎,再无一个杂客敢轻到面前,心中大喜。道是经过的各郡,再没有到得这郡齐整谨饬了。饮酒至夜。

士真虽是威严,却是年纪未多,兴趣颇高,饮了半日酒,止得一个太守在面前唯喏趋承,心中虽是喜欢,觉得没些韵味。对太守道:"幸蒙使君雅意,相待如此之厚,欲尽欢于今夕。只是我两人对酌,觉得少些高兴,再得一两个人同酌,助一助酒兴为妙。"太守道:"敝郡偏僻,实少名流。况兼惧副大使之威,恐忤尊旨,岂敢以他客奉陪宴席?"士真道:"饮酒作乐,何所妨碍?况如此名郡,岂无嘉宾? 愿得召来,帮我们鼓一鼓兴,可以尽欢。不然酒伴寂寥,虽是盛筵,也觉吃不畅些。"太守见他说得在行,想道:"别人卤莽,不济事。难得他恁地喜欢高兴,不要请个人不凑趣,弄出事来。只有李参军风流蕴藉,且是谨慎,又会言谈戏艺,酒量又好。除非是他,方可中意,我也放得心下。第二个就使不得了。"想了一回,方对士真说道:"此间实少韵人,可以佐副大使酒政。止有录事参军李某,饮量颇洪,兴致亦好。且其人善能诙谐谈笑,广晓技艺,或者可以赐他侍坐,以助副大使雅兴万一。不知可否,未敢自专,仰祈尊裁。"士真道:"使君所幸,必是妙人。召他来看。"太守呼唤从人:"速请李参军来!"

　　看官,若是说话的人,那时也在深州地方与李参军一块儿住着,又有个未卜先知之法,自然拦腰抱住,劈胸揪着,劝他不吃得这样吕太后筵席也罢,叫他不要来了。只因李生闻召,虽是自觉有些精神恍惚,却是副大使的钧旨,本郡太守命令,召他同席,明明是抬举他,怎敢不来? 谁知此一去,却似:

　　　　猪羊入屠户之家,一步步来寻死路。

　　说话的,你差了,无非叫他去帮吃杯酒儿,是个在行的人,难道有甚么言语冲撞了他,闯出祸来不成? 看官,你听,若是冲撞了他,惹起祸来,这是本等的事,何足为奇! 只为不曾说一句,白白地就送了性命,所以可笑。且待我接上前因,便见分晓。

　　那时李参军随命而来,登了堂望着士真就拜。拜罢抬起头来。士真一看,便勃然大怒。既召了来,免不得赐他坐了。李参军勉强坐下,心中悚惧,状貌益加恭谨。士真越看越不快活起来。看他揎拳裸袖,两眼睁得铜铃也似,一些笑颜也没有,一句闲话也不说,却象个怒气填胸,寻事发作的一般。比先前竟似换了一个人了。太守慌得无所措手足,且又不知所谓,只得偷眼来看李参军。但见李参军面如土色,冷汗淋漓,身体颤抖抖的坐不住,连手里拿的杯盘也只是战,几乎掉下地来。太守恨不得身子替了李参军,说着句把话,发个甚么喜欢出来便好。争奈一个似鬼使神差,一个似失魂落魄。李参军平日枉自许多风流俏悼,谈笑科分,竟不知撩在爪哇国那里去了。比那泥塑木雕的,多得一味抖。连满堂伏侍的人,都慌得来没头没脑,不敢说一句话,只冷眼瞧他两个光景。

　　只见不多几时,士真象个忍耐不住的模样,忽地叫了一声:"左右那里?"左右一伙人暴雷也似答应了一声:"喏!"士真分付把李参军拿下。左右就在席上,如鹰拿雁雀,揪了下来听令。士真道:"且收郡狱!"左右即牵了李参军衣袂,付在狱中,来回话了。士真冷笑了两声,仍旧欢喜起来。照前发兴吃酒,他也不说出甚么缘故来。太守也不敢轻问,战战兢兢陪他酒散,早已天晓了。

　　太守只这一出,被他惊坏,又恐怕因此惹恼了他,连自家身子立不勾,却又不见得李参军触恼他一些处,正是不知一个头脑。叫着左右伏侍的人,逐个盘问道:"你们旁观仔细,曾看出甚么破绽么?"左右道:"李参军自不曾开一句口,在那里触犯了来?因是众人多疑心这个缘故;却又不知李参军如何便这般惊恐,连身子多主张不住,只是个颤抖抖的。"太守道:"既是这等,除非去问李参军,他自家或者晓得甚么冲撞他处,故此先慌了,也不见得。"

　　太守说罢,密地叫个心腹的祇候人去到狱中,传太守的说话,问李参军道:"昨日的事,参军貌甚恭谨,且不曾出一句话,原没处触犯了副大使。副大使为何如此发怒?又且系参军在狱,参军自家,可晓得甚么缘故么?"李参军只是哭泣,把头摇了又摇,只不肯说甚么出来。祇候人又道是奇怪,只得去告诉太守道:"李参军不肯说话,只是一味哭。"太守一发疑心了道:"他平日何等一个精细爽利的人,今日为何却失张失智到此地位?真是难解。"只得自己走进狱中来问他。

　　他见了太守,想着平日知重之恩,越哭得悲切起来。太守忙问其故。李参军沉吟了半晌,叹了一口气,才拭眼泪说道:"多感君侯惓惓垂问,某有心事,今不敢隐。曾闻释家有现世果报,向道是惑人的说话,今日方知此话不虚了。"太守道:"怎见得?"李参军道:"君侯不要惊怪,某敢尽情相告。某自少贫,无以自资衣食,因恃有几分膂力,好与侠士、剑客往来,每每掠夺里人的财帛,以充己用。时常驰马腰弓,往还太行道上,每日走过百来里路,遇着单身客人,便劫了财物归家。一日,遇着一个少年,手执皮鞭,赶着一个骏骡,骡背负着两个大袋。某见他沉重,随了他一路走去,到一个山坳之处,左右岩崖万仞。彼时日色将晚,前无行人,就把他尽力一推,推落崖下,不知死活。因急赶了他这头骏骡,到了下处,解开囊来一看,内有缯缣百余匹。自此家事得以稍赡。自念所行非谊,因折弓弃矢,闭门读书,再不敢为非。遂出仕至此官位。从那时算至今岁,凡二十七年了。昨蒙君侯台旨,召侍王公之宴,初召时,就有些心惊肉颤,不知其由。自料道决无他事,不敢推辞。及到席间,灯下一见王公之貌，正是我向时推在崖下的少年，相貌一毫不异。一拜之后，心中悚惕，魂魄俱无。晓得冤业见在面前了，自然死在目下，只消延颈待刃，还有甚别的说话来？幸得君侯知我甚深，不敢自讳。而今再无可逃，敢以身后为托，不使吾暴露尸骸，足矣。"言毕大哭。太守也不觉惨然。欲要救解，又无门路。又想道："既是有此冤业，恐怕到底难逃。"似信不信的，且看怎么？

　　太守叫人悄地打听，副大使起身了来报，再伺候有什么动静，快来回话。太守怀着一肚子鬼胎，正不知葫芦里卖出甚么药来，还替李参军希冀道："或者酒醒起来，忘记了便好。"须臾之间，报说副大使睡醒了，即叫了左右进去，不知有何分付。太守叫再去探听，只见士真刚起身来，便问道："昨夜李某，今在何处？"左右道："蒙副大使发在郡狱。"士真便怒道："这贼还在，快枭他首来！"左右不敢稽迟，来禀太守，早已有探事的人飞报过了。太守大惊失色，叹道："虽是他冤业，却是我昨日不合举荐出来，害了他也！"好生不忍，没计奈何，只得任凭左右到狱中斩了李参军之首。正是：

　　　　阎王注定三更死，并不留人到四更。

眼见得李参军做了一世名流，今日死于非命。左右取了李参军之头，来士真跟前献上取验。士真反复把他的头看了又看，哈哈大笑，喝叫："拿了去！"

　　士真梳洗已毕，太守进来参见，心里虽有此事恍惚，却装做不以为意的坦然模样，又请他到自家郡斋赴宴。逢迎之礼，一发小心了。士真大喜，比昨日之情，更加款洽。太守几番要问他，嗫嚅数次，不敢轻易开口。直到见他欢喜头上，太守先起请罪道："有句说话，斗胆要请教副大使。副大使恕某之罪，不嫌唐突，方敢启口。"士真道："使君相待甚厚，我与使君相与甚欢，有话尽情直说，不必拘忌。"太守道："某本不才，幸得备员，叨守一郡。副大使车驾枉临，下察弊政，宽不加罪，恩同天地了。昨日副大使酒间，命某召他客助饮。某属郡僻小，实无佳宾可以奉欢宴者。某愚不揣事，私道李某善能饮酒，故请命召之。不想李某愚戆，不习礼法，触忤了副大使，实系某之大罪。今副大使既已诛了李某，李某已伏其罪，不必说了。但某心愚鄙，窃有所未晓。敢此上问：不知李某罪起于何处？愿得副大使明白数他的过误，使某心下洞然，且用诚将来之人，晓得奉上的礼法，不致舛错，实为万幸。"士真笑道："李某也无罪过，但吾一见了他，便忿然激动吾心，就有杀之之意。今既杀了，心方释然，连吾也不知所以然的缘故。使君但放心吃酒罢，再不必提起他了。"宴罢，士真欢然致谢而行,又到别郡去了。来这一番,单单只结果得一个李参军。

太守得他去了,如释重负,背上也轻松了好些。只可惜无端害了李参军,没处说得苦。太守记着狱中之言,密地访问王士真的年纪,恰恰正是二十七岁,方知太行山少年被杀之年,士真已生于王家了。真是冤家路窄,今日一命讨了一命。那心上事只有李参军知道,连讨命的做了事,也不省得。不要说旁看的人,那里得知这些缘故?太守嗟叹怪异,坐卧不安了几日。因念他平日交契的分上,又是举他陪客,致害了他,只得自出家财,厚葬了李参军。常把此段因果劝人,教人不可行不义之事。有诗为证:

冤债原从隔世深,相逢便起杀人心。

改头换面犹相报,何况容颜俨在今?

卷三十一

何道士因术成奸　周经历因奸破贼

诗云：

> 天命从来自有真，岂容奸术忞纷纭？
>
> 黄巾张角徒生乱，大宝何曾到彼人？

话说唐乾符年间，上党铜鞮县山村有个樵夫，姓侯名元，家道贫穷，靠着卖柴为业。己亥岁，在县西北山中，采樵回来，歇力在一个谷口，旁有一大石，岿然象几间屋大。侯元对了大石自言自语道："我命中直如此辛苦！"叹息声未绝，忽见大石岩然豁开如洞，中有一老叟，羽衣乌帽，髯发如霜，拄杖而出。侯元惊愕，急起前拜。老叟道："吾神君也。你为何如此自苦？学吾法，自能取富，可随我来！"老叟复走入洞，侯元随他走去。走得数十步，廓然清朗，一路奇花异草，修竹乔松；又有碧槛朱门，重楼复榭。老叟引了侯元，到别院小亭子坐了。两个童子请他进食，食毕，复请他到便室具汤沐浴，进新衣一袭；又命他冠带了，复引至亭上。老叟命僮设席于地，令侯元跪了。老叟授以秘诀数万言，多是变化隐秘之术。侯元素性蠢蠢，到此一听不忘。老叟诫他道："你有些小福分，该在我至法中进身，却是面有败气未除，也要谨慎。若图谋不轨，祸必丧生。今且归去习法，如欲见吾，但至心叩石，自当有人应门，与你相见。"元因拜谢而出，老叟仍令一童送出洞门。既出来了，不见了洞穴，依旧是块大石；连樵采家火，多不见了。

到得家里，父母兄弟多惊异道："去了一年多，道是死于虎狼了，幸喜得还在。"其实，侯元只在洞中得一日。家里又见他服装华洁，神气飞扬，只管盘问他。他晓得瞒不得，一一说了。遂入静室中，把老叟所传术法，尽行习熟。不上一月，其术已成：变化百物，役召鬼魅，遇着草木土石，念念有词，便多是步骑甲兵。神通既已广大，传将出去，便自有人来扶从。于是收好些乡里少年勇悍的为将卒，出入陈旌旗，鸣鼓吹，宛然象个小国诸侯，自称曰"贤圣"。设立官爵，有三老、左右弼、左右将军等号。每到初一、十五即盛饰，往谒神君。神君每见必戒道："切勿称兵，若必欲举事，须待天应。"侯元唯唯。

到庚子岁，聚兵已有数千人了。县中恐怕妖术生变，乃申文到上党节度使高公处，说他行径。高公令潞州郡将以兵讨之。侯元已知其事，即到神君处问事宜。神君道："吾向已说过，但当偃旗息鼓以应之。彼见我不与他敌，必不乱攻。切记不可交战！"侯元口虽应着，心里不伏，想道："出我奇术，制之有余。且此是头一番，小敌若不能当抵，后有大敌来，将若之何？且众人见吾怯弱，必不伏我，何以立威？"归来不用其言，戒令党与勒兵以待。是夜潞兵离元所三十里，据险扎营。侯元用了术法，潞兵望来，步骑戈甲，蔽满山泽，尽有些胆怯。明日，潞兵结了方阵前来，侯元领了千余人，直突其阵，锐不可当。潞兵少却。侯元自恃法术，以为无敌，且叫拿酒来吃，以壮军威。谁知手下之人，多是不习战阵，乌合之人，毫无纪律。侯元一个吃酒，大家多乱窜起来。潞兵乘乱，大队赶来。多四散落荒而走。刚剩得侯元一个，带了酒性，急念不出咒语，被擒住了。送至上党，发在潞州府狱，重枷栲着，团团严兵卫守。

天明看栲中，只有灯台一个，已不见了侯元。却连夜遁到铜鞮，径到大石边，见神君谢罪。神君大怒，骂道："庸奴！不听吾言，今日虽然幸免，到底难逃刑戮，非吾徒也。"拂衣而入，洞门已闭上，是块大石。侯元悔之无及，虚心再叩，竟不开了。自此侯元心中所晓符咒，渐渐遗忘。就记得的做来，也不十分灵了。却是先前相从这些党与，不知缘故，聚着不散，还推他为主。自恃其众，是秋率领了人，在并州大谷地方劫掠。也是数该灭了，恰好并州将校，偶然领了兵马经过，知道了，围之数重。侯元极了，施符念咒，一毫不灵，被斩于阵，党与遂散。不听神君说话，果然没个收场。

可见悖叛之事，天道所忌，若是得了道术，辅佐朝廷，如张留侯、陆信州之类，自然建功立业，传名后世。若是萌了私意，打点起兵谋反，不曾见有妖术成功的。从来张角、征侧、征贰、孙恩、卢循等，非不也是天赐的兵书法术，毕竟败亡。所以《平妖传》上也说道"白猿洞天书后边，深戒着谋反一事"的话，就如侯元，若依得神君分付，后来必定有好处。都是自家弄杀了，事体本如此明白。不知这些无生意的愚人，住此清平世界，还要从着白莲教，到处哨聚倡乱，死而无怨，却是为何？而今说一个得了妖书倡乱被杀的，与看官听一听。有诗为证：

> 早通武艺杀亲夫，反获天书起异图。
> 扰乱青州旋被戮，福兮祸伏理难诬。

　　话说国朝永乐中，山东青州府莱阳县有个妇人，姓唐名赛儿。其母少时，梦神人捧一金盒，盒内有灵药一颗，令母吞之。遂有娠，生赛儿。自幼乖觉伶俐，颇识字，有姿色，常剪纸人马厮杀为儿戏。年长嫁本镇石麟街王元椿。这王元椿弓马熟娴，武艺精通，家道丰裕。自从娶了赛儿，贪恋女色，每日饮酒取乐。时时与赛儿说些弓箭刀法，赛儿又肯自去演习戏要。光阴捻指，不觉赔费五六年，家道萧索，衣食不足。赛儿一日与丈夫说："我们枉自在此忍饥受饿，不若将后面梨园卖了，买匹好马，干些本分求财的勾当，却不快活？"王元椿听得，说道："贤妻何不早说？今日天晚了，不必说。"明日，王元椿早起来，写个出帐，央李媒为中，卖与本地财主贾包，得银二十余两。王元椿就去青州镇上，买一匹快走好马回来，弓箭腰刀自有。

　　拣个好日子，元椿打扮做马快手的模样，与赛儿相别，说："我去便回。"赛儿说："保重，保重。"元椿叫声"惭愧"，飞身上马，打一鞭，那马一道烟去了。来到酸枣林，是琅琊后山，止有中间一条路。若是阻住了，不怕飞上天去。王元椿只晓得这条路上好打劫人，不想着来这条路上走的人，只贪近，都不是依良本分的人，不便道白白的等你拿了财物去。也是元椿合当悔气，却好撞着这一起客人。望见褡裢颇有些油水，元椿自道："造化了。"把马一拍，攒风的一般，前后左右，都跑过了。见没人，元椿就扯开弓，搭上箭，飘地一箭射将来。那客人伙里有个叫做孟德，看见元椿跑马时，早已防备。拿起弓梢，拨过这箭，落在地下。王元椿见头箭不中，煞住马，又放第二箭来。孟德又照前拨过了，就叫："汉子，我也回礼。"把弓虚扯一扯，不放。王元椿只听得弦响，不见箭，心里想道："这男女不会得弓马的，他只是虚张声势。"只有五分防备，把马慢慢的放过来。孟德又把弓虚扯一扯，口里叫道："看箭！"又不放箭来。王元椿不见箭来，只道是真不会射箭的，放心赶来。不晓得孟德虚扯弓时，就乘势搭上箭射将来。正对元椿当面。说时迟，那时快，元椿却好抬头看时，当面门上中一箭，从脑后穿出来，翻身跌下马来。孟德赶上，拔出刀来，照元椿喉咙，连搠上几刀，眼见得元椿不活了。诗云：

　　　　剑光动处悲流水，羽簇飞时送落花。欲寄兰闺长夜梦，清魂何自得还家？

孟德与同伙这五六个客人说："这个男女，也是才出来的，不曾得手。我们只好去罢，不要担误了程途。"一伙人自去了。

　　且说唐赛儿等到天晚，不见王元椿回来，心里记挂。自说道："丈夫好不了事！这早晚还不回来，想必发市迟，只叫我记挂。"等到一二更，又不见王元椿回来，只得关上门进房里，不脱衣裳去睡，只是睡不着。直等到天明，又不见回来。赛儿正心慌撩乱，没做道理处，只听得街坊上说道："酸枣林杀死个兵快手。"赛儿又惊又慌，来与间壁卖豆腐的沈老儿叫做沈印时两老口儿说这个始末根由。沈老儿说："你不可把真话对人说！大郎在日，原是好人家，又不惯做这勾当的，又无赃证。只说因无生理，前日卖个梨园，得些银子，买马去青州镇上贩卖，身边止有五六钱盘缠银子，别无余物。且去酸枣林看得真实，然后去见知县相公。"赛儿就与沈印时一同来到酸枣林。看见王元椿尸首，赛儿哭起来。惊动地方里甲人等，都来说得明白，就同赛儿一干人来到莱阳县，见史知县相公。赛儿照前说一遍，知县相公说："必然是强盗劫了银子并马去了。你且去殡葬丈夫，我自去差人去捕缉强贼。拿得着时，马与银子都给还你。"

　　赛儿同里甲人等拜谢史知县，自回家里来，对沈老儿公婆两个说："亏了干爷、干娘，瞒倒瞒得过了，只是衣衾棺椁，无从置办，怎生是好？"沈老儿说道："大娘子，后面园子既卖与贾家，不若将前面房子再去戤典他几两银子来，殡葬大郎，他必不推辞。"赛儿就央沈公沈婆同到贾家，一头哭，一头说这缘故。贾包见说，也哀怜王元椿命薄，说道："房子你自住着，我应付你饭米两担，银子五两，待卖了房子还我。"赛儿得了银米，急忙买口棺木，做些衣服，来酸枣林盛贮王元椿尸首了当，送在祖坟上安厝。做些羹饭，看匠人攒砌得了时，急急收拾回来，天色已又晚了。与沈公沈婆三口儿取旧路回家。

　　来到一个林子里古墓间，见放出一道白光来。正值黄昏时分，照耀如同白日。三个人见了，吃这一惊不小。沈婆惊得跌倒在地下擂，赛儿与沈公还耐得住。两个人走到古墓中，看这道光从地下放出来。赛儿随光将根竹杖头儿拄将下去，拄得一拄，这土就似虚的一般，脱将下去，露出一个小石匣来。赛儿乘着这白光看里面时，有一口宝剑，一副盔甲，都叫沈公拿了。赛儿扶着沈婆回家里来，吹起灯火，开石匣看时，别无他物，只有抄写得一本天书。沈公沈婆又不识字，说道："要他做甚么？"赛儿看见天书卷面上，写道《九天玄元混世真经》，旁有一诗，诗云：

　　　　唐唐女帝州，赛比玄元诀。

　　儿戏九环丹，收拾朝天阙。

赛儿虽是识字的，急忙也解不得诗中意思。沈公两口儿辛苦了，打熬不过，别了赛儿自回家里去睡。赛儿也关上了门睡。方才合得眼，梦见一个道士对赛儿说："上帝特命我来，教你演习九天玄旨，普救万民，与你宿缘未了，辅你做女主。"醒来犹有馥馥香风，记得且是明白。次日，赛儿来对沈公夫妻两个备细说夜里做梦一节，便道："前日得了天书，恰好又有此梦。"沈公说："却不怪哉！有这等事！"

　　元来世上的事最巧，赛儿与沈公说话时，不想有个玄武庙道士何正寅在间壁人家诵经，备细听得，他就起心。因日常里走过，看见赛儿生得好，就要乘着这机会来骗他。晓得他与沈家公婆往来，故意不走过沈公店里，倒大宽转往上头走回玄武庙里来。独自思想道："帝主非同小可，只骗得这个妇人做一处，便死也罢。"当晚置些好酒食来，请徒弟董天然、姚虚玉，家童孟靖、王小玉一处坐了，同吃酒。这道士何正寅殷富，平日里作聪明，做模样，今晚如此相待，四个人心疑，齐说道："师傅若有用着我四人处，我们水火不避，报答师傅。"正寅对四个人悄悄的说唐赛儿一节的事："要你们相帮我做这件事。我自当好看待你们，决不有负。"四人应允了，当夜尽欢而散。

　　次日，正寅起来梳洗罢，打扮做赛儿梦儿里说的一般，齐齐整整。且说何正寅如何打扮，诗云：

　　　　秋水盈盈玉绝尘，簪星闲雅碧纶巾。

　　　　不求金鼎长生药，只恋桃源洞里春。

何正寅来到赛儿门首，咳嗽一声，叫道："有人在此么？"只见布幕内走出一个美貌年少的妇人来。何正寅看着赛儿，深深的打个问讯，说："贫道是玄武殿里道士何正寅。昨夜梦见玄帝分付贫道说：'这里有个唐某当为此地女主，尔当辅之！汝可急急去讲解天书，共成大事。'"赛儿听得这话，一来打动梦里心事；二来又见正寅打扮与梦里相同；三来见正寅生得聪俊，心里也欢喜，说："师傅真天神也。前日送丧回来，果然掘得个石匣，盔甲、宝剑、天书，奴家解不得，望师傅指迷，请到里边看。"赛儿指引何正寅到草堂上坐了，又自去央沈婆来相陪。赛儿忙来到厨下，点三盏好茶，自托个盘子拿出来。正寅看见赛儿尖松松雪白一双手，春心摇荡，说道："何劳女主亲自赐茶！"赛儿说："因家道消乏，女使伴当都逃亡了，故此没人用。"正寅说："若要小厮，贫道着两个来服事,再讨大些的女子,在里面用。"又见沈婆在旁边,想道:"世上虔婆无不爱财,我与他些甜头滋味,就是我心腹,怕不依我使唤?"就身边取出十两一锭银子来与赛儿,说:"央干爷干娘作急去讨个女子,如少,我明日再添。只要好,不要计较银子。"赛儿只说:"不消得。"沈婆说:"赛娘,你权且收下,待老拙去寻。"赛儿就收了银子,入去烧炷香,请出天书来与何正寅看。却是金书玉篆,韬略兵机。

正寅自幼曾习举业,晓得文理,看了面上这首诗,偶然心悟说:"女主解得这首诗么?"赛儿说:"不晓得。"正寅说:"'唐唐女帝州',头一个字,是个'唐'字。下边这二句,头上两字说女主的名字。末句头上是'收'字,说:'收了就成大事。'"赛儿被何道点破机关,心里痒将起来,说道:"万望师傅扶持,若得成事时,死也不敢有忘。"正寅说:"正要女主抬举,如何恁的说?"又对赛儿说:"天书非同小可,飞沙走石,驱逐虎豹,变化人马,我和你日间演习,必致疏漏,不是要处。况我又是出家人,每日来往不便。不若夜间打扮着平常人来演习,到天明依先回庙里去。待法术演得精熟,何用怕人?"赛儿与沈婆说:"师傅高见。"赛儿也有意了,巴不得到手,说:"不要迟慢了,只今夜便请起手。"正寅说:"小道回庙里收拾,到晚便来。"赛儿与沈婆相送到门边,赛儿又说:"晚间专等,不要有误。"

正寅回到庙里,对徒弟说:"事有六七分了。只今夜,便可成事。我先要董天然、王小玉你两个,只扮做家里人模样,到那里务要小心在意,随机应变。"又取出十来两碎银子,分与两个。两个欢天喜地,自去收拾衣服箱笼,先去赛儿家里。来到王家门首,叫道:"有人在这里么?"赛儿知道是正寅使来的人,就说道:"你们进里面来。"二人进到堂前,歇下担子,看着赛儿跪将下去,叫道:"董天然、王小玉叩奶奶的头。"赛儿见二人小心,又见他生得俊俏,心里也欢喜,说道:"阿也!不消如此,你二人是何师傅使来的人,就是自家人一般。"领到厨房小侧间,打扫铺床。自来拿个篮、秤到市上,用自己的碎银子买些东西,无非是鸡鹅鱼肉,时鲜果子点心回来。赛儿见天然拿这许多事物回来,说道:"在我家里,怎么叫你们破费?是何道理?"天然回话道:"不多大事,是师傅吩咐的。"又去拿了酒回来,到厨下自去整理,要些油酱柴火,"奶奶"不离口,不要赛儿费一些心。

看看天色晚了,何正寅儒巾便服,扮做平常人,先到沈婆家里,请沈公沈婆吃夜饭。又送二十两银子与沈公,说:"凡百事要老爹老娘看取,后日另有重报。"沈公沈婆自暗里会意道:"这贼道来得跷蹊,必然看上赛儿,要我们做脚。我看这妇人,日里也骚托托的,做妖撒娇,捉身不住。我不应承,他两个夜里演习时,也自要做出来。我落得做人情,骗些银子。"夫妻两个回复道:"师傅但放心!赛娘没了丈夫,又无亲人,我们是他心腹。凡百事奉承,只是不要忘了我两个。"何正寅对天说誓。三个人同来到赛儿家里,正是黄昏时分。关上门,进到堂上坐定。赛儿自来陪侍,董天然、王小玉两个来摆列果子下饭,一面烫酒出来。正寅请沈公坐客位,沈婆、赛儿坐主位,正寅打横坐,沈公不肯坐。正寅说:"不必推辞。"各人多依次坐了。吃酒之间,不是沈公说何道好处,就是沈婆说何道好处,兼入些风情话儿,打动赛儿。赛儿只不做声。正寅想道:"好便好了,只是要个杀着,如何成事?"就里生这计出来。

元来何正寅有个好本钱,又长又大,道:"我不卖弄与他看,如何动得他?"此时是十五六天色,那轮明月,照耀如同白日一般,何道说:"好月!略行一行再来坐。"沈公众人都出来,堂前黑地里立着看月,何道就乘此机会,走到女墙边月亮去处,假意解手,护起那物来,拿在手里撒尿。赛儿暗地里看明处,最是明白。见了何道这物件,累累垂垂,且是长大。赛儿夫死后,旷了这几时,怎不动火?恨不得抢了过来。何道也没奈何,只得按住,再来邀坐。说话间,两个不时丢个情眼儿,又冷看一看,别转头暗笑。何道就假装个要吐的模样,把手拊着肚子,叫:"要不得!"沈老儿夫妻两个会意,说道:"师傅身子既然不好,我们散罢了。师傅胡乱在堂前权歇,明日来看师傅。"相别了自去,不在话下。

赛儿送出沈公,急忙关上门。略略温存何道了,就说:"我入房里去便来。"一径走到房里来,也不关门,就脱了衣服,上床去睡。意思明是叫何道走入来。不知何道已此紧紧跟入房里来,双膝跪下道:"小道该死,冒犯花魁,可怜见小道则个。"赛儿笑着说:"贼道不要假小心,且去拴了房门来说话。"正寅慌忙拴上房门,脱了衣服,扒上床来,尚自叫"女主"不迭。诗云:

　　绣枕鸳衾叠紫霜,玉楼并卧合欢床。

　　今宵别是阳台梦,惟恐银灯剔不长。

且说二人做了些不伶不俐的事,枕上说些知心的话,那里管天晓日高,还不起身。董天然两个早起来,打点面汤、早饭齐整等着。正寅先起来,穿了衣服,又把被来替赛儿塞着肩头,说:"再睡睡起来。"开得房门,只见天然托个盘子,拿两盏早汤过来。正寅拿一盏放在桌上,拿一盏在手里,走到床头,傍着赛儿,口叫:"女主吃早汤。"赛儿撒娇,抬起头来,吃了两口,就推与正寅吃。正寅也吃了几口。天然又走进来,接了碗去,依先扯上房门。赛儿说:"好个伴当,百能百俐。"正寅说:"那灶下是我的家人,这个是我心腹徒弟,特地使他来伏侍你。"赛儿说:"这等难为他两个。"又摸索了一回,赛儿也起来,只见天然就拿着面汤进来,叫:"奶奶,面汤在这里。"赛儿脱了上盖衣服,洗了面,梳了头。正寅也梳洗了头。天然就请赛儿吃早饭,正寅又说道:"去请间壁沈老爹老娘来同吃。"沈公夫妻二人也来同吃。沈公又说道:"师傅不要去了,这里人眼多,不见走入来,只见你走出去,人要生疑,且在此再歇一夜。明日要去时,起个早去。"赛儿道:"说得是。"正寅也正要如此。沈公别了,自过家里去。

话不细烦,赛儿每夜与正寅演习法术符咒,夜来晓去,不两个月,都演得会了。赛儿先剪些纸人纸马来试看,果然都变得与真的人马一般。二人且来拜谢天地,要商量起手。却不防街坊邻里都晓得赛儿与何道两个有事了,又有一等好闲的,就要在这里用手钱。有首诗说这些闲中人,诗云:

> 每日张鱼又捕虾,花街柳陌是生涯。
> 昨宵赊酒秦楼醉,今日帮闲进李家。

为头的叫做马绥,一个叫做福兴,一个叫做牛小春,还有几个没三没四帮闲的,专一在街上寻些空头事过日子。当时马绥先得知了,撞见福兴、牛小春,说:"你们近日得知沈豆腐隔壁有一件好事么?"福兴说:"我们得知多日了。"马绥道:"我们捉破了他,赚些油水何如?"牛小春道:"正要来见阿哥,求带挈。"马绥说:"好便好,只是一件,何道那厮也是个了得的,广有钱钞,又有四个徒弟。沈公沈婆得那贼道东西,替他做眼,一伙人干这等事,如何不做手脚?若是毛团把戏,做得不好,非但不得东西,反遭毒手,倒被他笑。"牛小春说:"这不打紧。只多约几个人同去,就不妨了。"马绥又说道:"要人多不打紧,只是要个安身去处。我想陈林住居与唐赛儿远不上十来间门面,他那里最好安身。小牛即今便可去约石丢儿、安不着、褚偏嘴、朱百闲一班兄弟,明日在陈林家取齐。陈林我须自去约他。"各自散了。

且说马绥径来石麟街,来寻陈林,远远望见陈林立在门首。马绥走近前,与陈林深唱一个。陈林慌忙回礼,就请马绥来里面客位上坐。陈林说:"连日少会,阿哥下顾,有何分咐?"马绥将众人要拿唐赛儿的奸,就要在他家里安身的事,备细对陈林说一遍。陈林道:"都依得。只一件:这是被头里做的事,兼有沈公沈婆,我们只好在外边做手脚,如何俟候得何道着?我有一计:王元椿在日,与我结义兄弟,彼此通家。王元椿杀死时,我也曾去送殡。明日叫老妻去看望赛儿,若何道不在,罢了,又别做道理。若在时打个暗号,我们一齐入去,先把他大门关了,不要大惊小怪,替别人做饭。等捉住了他,若是如意,罢了;若不如意,就送两个到县里去,没也诈出有来。此计如何?"马绥道:"此计极妙!"两个相别,陈林送得马绥出门,慌忙来对妻子钱氏要说这话。钱氏说:"我在屏风后,都听得了,不必烦絮,明日只管去便了。"当晚过了。

次日,陈林起来买两个荤素盒子,钱氏就随身打扮,不甚穿带,也自防备。到时分,马绥一起,前后各自来陈林家里躲着。陈林就打发钱氏起身,是日,却好沈公下乡去取帐,沈婆也不在。只见钱氏领着挑盒子的小厮在后,一往来到赛儿门首。见没人,悄悄的直走到卧房门口,正撞着赛儿与何道同坐在房里说话。赛儿先看见,疾忙跑出来迎着钱氏,厮见了。钱氏假做不晓得,也与何道万福。何道慌忙还礼。赛儿红着脸,气塞上来,舌滞声涩,指着何道说:"这个是我嫡亲的堂兄,自幼出家,今日来望我,不想又起动老娘来。"正说话未了,只见一个小厮挑两个盒子进来。钱氏对着赛儿说:"有几个枣子送来与娘子点茶。"就叫赛儿去出盒子,要先打发小厮回去。赛儿连忙去出盒子时,顾不得钱氏,被钱氏走到门首,见陈林把嘴一努,仍又忙走入来。

陈林就招呼众人,一齐赶入赛儿家里,拴上门,正要拿何道与赛儿。不晓得他两个妖术已成,都遁去了。那一伙人眼花撩乱,倒把钱氏拿住,口里叫道:"快拿索子来!先捆了这淫妇。"就踩倒在地下。只见是个妇人,那里晓得是钱氏?元来众人从来不认得钱氏,只早晨见得一见,也不认得真。钱氏在地喊叫起来说:"我是陈林的妻子。"陈林慌忙分开人,叫道:"不是。"扯得起来时,已自旋得蓬头乱鬼了。众人吃一惊,叫道:"不是着鬼?明明的看见赛儿与何道在这里,如何就不见了?"元来他两个有化身法,众人不看见他,他两个明明看众人乱窜,只是暗笑。牛小春说道:"我们一齐各处去搜。"前前后后,搜到厨下,先拿住董天然;柴房里又拿得王小玉,将条索子缚了,吊在房门前柱子上,问道:"你两个是甚么人?"董天然说:"我两个是何师傅的家人。"又道:"你快说,何道、赛儿躲在那里?直直说,不关你事。若不说时,送你两个到官,你自去拷打。"董天然说:"我们只在厨下伏侍,如何得知前面的事?"众人又说道:"也没处去,眼见得只躲在家里。"小牛说:"我见房侧边有个黑暗的阁儿,莫不两个躲在高处? 待我掇梯子扒上去看。"何正寅听得小牛要扒上阁儿来,就拿根短棍子,先伏在阁子黑地里等,小牛掇得梯子来,步着阁儿口,走不到梯子两格上,正寅照小牛头上一棍打下来。小牛儿打昏晕了,就从梯子上倒跌下来。正寅走去空处立了看,小牛儿醒转来,叫道:"不好了! 有鬼。"众人扶起小牛来看时,见他血流满面,说道:"梯子又不高,扒得两格,怎么就跌得这样凶?"小牛说:"却好扒得两格梯子上,不知那里打一棍子在头上,又不见人,却不是作怪?"众人也没做道理处。

钱氏说:"我见房里床侧首,空着一段,有两扇纸风窗门,莫不是里边还有藏得身的去处? 我领你们去搜一搜去看。"正寅听得说,依先拿着棍子在这里等。只见钱氏在前,陈林众人在后,一齐走进来。正寅又想道:"这花娘吃不得这一棍子。"等钱氏走近来,伸出那一只长大的手来,撑起五指,照钱氏脸上一掌打将去。钱氏着这一掌,叫声:"呵也! 不好了!"鼻子里鲜血奔流出来,眼睛里都是金圈儿,又得陈林在后面扶得住,不跌倒。陈林道:"却不作怪! 我明明看见一掌打来,又不见人,必然是这贼道有妖法的。不要只管在这里缠了,我们带了这两个小厮,径送到县里去罢。"

众人说:"我们被活鬼弄这一日,肚里也饥了。做些饭吃了去见官。"陈林道:"也说得是。"钱氏带着疼,就在房里打米出来,去厨下做饭。石丢儿说着:"小牛吃打坏了,我去做。"走到厨下,看见风炉子边,有两坛好酒在那里;又看见几只鸡在灶前,丢儿又说道:"且杀了吃。"这里方要淘米做饭,且说赛儿对正寅说:"你耍了两次,我只文要一耍。"正寅说:"怎么叫做文耍?"赛儿说:"我做出你看。"石丢儿一头烧着火,钱氏做饭,一头拿两只鸡来杀了,破洗了,放在锅里煮。那饭也却好将次熟了,赛儿就扒些灰与鸡粪放在饭锅里,搅得匀了,依先盖了锅。鸡在锅里正滚得好,赛儿就挽几杓水,浇灭灶里火。丢儿起去作用,并不晓得灶底下的事。此时众人也有在堂前坐的,也有在房里寻东西出来的。丢儿就把这两坛好酒,提出来开了泥头,就兜一碗好酒先敬陈林吃,陈林说:"众位都不曾吃,我如何先吃?"丢儿说:"老兄先尝一尝,随后又敬。"陈林吃过了,丢儿又兜一碗送马绥吃,陈林说:"你也吃一碗。"丢儿又倾一碗,正要吃时,被赛儿劈手打一下,连碗都打坏。赛儿就走一边。三个人说道:"作怪,就是这贼道的妖法。"三个说:"不要吃了,留这酒待众人来同吃。"众人看不见赛儿,赛儿又去房里拿出一个夜壶来,每坛里倾半壶尿在酒里,依先盖了坛头,众人也不晓得。众人又说道:"鸡想必好了,且捞起来,切来吃酒。"丢儿揭开锅盖看时,这鸡还是半生半熟,锅里汤也不滚。众人都来埋怨丢儿说:"你不管灶里,故此鸡也煮不熟。"丢儿说:"我烧滚了一会,又添许多柴,着得好了才去,不晓得怎么不滚?"低倒头去张灶里时,黑洞洞都是水,那里有个火种?丢儿说:"那个把水浇灭了灶里火?"众人说道:"终不然是我们伙里人,必是这贼道,又弄神通。我们且把厨里见成下饭,切些去吃酒罢。"众人依次坐定,丢儿拿两把酒壶出来装酒,不开坛罢了,开来时满坛都是尿骚臭的酒。陈林说:"我们三个吃时,是喷香的好酒,如何是恁的?必然那个来偷吃,见浅了,心慌撩乱,错拿尿做水,倒在坛里。"众人鬼厮闹,赛儿、正寅两个看了只是笑。

赛儿对正寅说:"两个人被缚在柱子上一日了,肚里饥,趁众人在堂前,我拿些点心,下饭与他吃。又拿些碎银子与两个。"来到柱边,傍着天然耳边,轻轻的说:"不要慌!若到官直说,不要赖了吃打。我自来救你。东西银子,都在这里。"天然说:"全望奶奶救命。"赛儿去了。众人说:"酒便吃不得了,败杀老兴,且胡乱吃些饭罢。"丢儿厨下去盛饭,都是乌黑,臭的闻也闻不得,那里吃得?说道:"又着这贼道的手了!可恨这厮无礼!被他两个侮弄这一日。我们带这两个尿鳖送去县里,添差了人来拿人。"一起人开了门走出去,只因里面嚷得多时了,外面晓得是捉奸。看的老幼男妇,立满在街上,只见人丛里缚着两个俊俏后生,又见陈林妻子跟在后头,只道是了,一齐拾起砖头土块来,口里喊着,望钱氏、两个道童乱打将来,那时那里分得清楚?钱氏吃打得头开额破,救得脱,一道烟逃走去了。

一行人离了石麟街,径往县前来。正值相公坐晚堂点卯,众人等点了卯,一齐跪过去,禀知县相公:从沈公做脚,赛儿、正寅通奸,妖法惑众,扰害地方情由,说了一遍。两个正犯脱逃,只拿得为从的两个董天然、王小玉送在这里。知县相公就问董天然两个道:"你直说,我不拷打你。"董天然答应道:"不须拷打,小人只直说,不敢隐情。"备细都招了。知县对众人说:"这奸夫、淫妇还躲在家里。"就差兵快头吕山、夏盛两个,带领一千余人,押着这一干人,认拿正犯。两个小厮,权且收监。

吕山领了相公台旨，出得县门时，已是一更时分。与众人商议道："虽是相公立等的公事，这等乌天黑地，去那里敲门打户，惊觉他，他又要遁了去，怎生回相公的话？不若我们且不要惊动他，去他门外埋伏，等待天明了拿他。"众人道："说得是。"又请吕山两个到熟的饭铺里赊些酒饭吃了，都到赛儿门首埋伏。连沈公也不惊动他，怕走了消息。

且说姚虚玉、孟清两个在庙，见说师傅有事，恰好走来打听。赛儿见众人已去，又见这两个小厮，问得是正寅的人，放他进来，把门关了，且去收拾房里。一个收拾厨下做饭吃了，对正寅说："这起男女去县禀了，必然差人来拿，我与你终不成坐待死？预先打点在这里，等他那悔气的来着毒手！"赛儿就把符咒、纸人马、旗仗打点齐备了，两个自去宿歇。直待天明起来，梳洗饭毕了，叫孟清去开门。

孟清开得门，只见吕山那伙人，一齐跄入来。孟清见了，慌忙趱转身望里面跑，口里一头叫。赛儿看见兵快来拿人，嘻嘻的笑，拿出二三十纸人马来，往空一撒，叫声："变！"只见纸人都变做彪形大汉，各执枪刀，就里面杀出来。又叫姚虚玉把小皂旗招动，只见一道黑气，从屋里卷出来。吕山两个还不晓得，只管催人赶入来，早被黑气遮了，看不见人。赛儿是王元椿教的，武艺尽去得。被赛儿一剑一个，都斫下头来。众人见势头不好，都慌了，转身齐跑。前头走的还跑了几个，后头走的，反被前头的拉住，一时跑不脱。赛儿说："一不做，二不休。"随手杀将去，也被正寅用棍打死了好几个，又去追赶前头跑得脱的，直喊杀过石麟桥去。

赛儿见众人跑远了，就在桥边收了兵回来，对正寅说："杀的虽然杀了，走的必去禀知县。那厮必起兵来杀我们，我们不先下手，更待何时？"就带上盔甲，变二三百纸人马，竖起七星旗号来招兵，使人叫道："愿来投兵者，同去打开库藏，分取钱粮财宝！"街坊远近人因昨日这番，都晓得赛儿有妖法，又见变得人马多了，道是气概兴旺，城里城外人喉极的，齐来投他。有地方豪杰方大、康昭、马效良、戴德如四人为头，一时聚起二三千人，又抢得两匹好马来与赛儿、正寅骑。鸣锣擂鼓，杀到县里来。

说这史知县听见走的人，说赛儿杀死兵快一节，慌忙请典史来商议时，赛儿人马早已跄入县来，拿住知县、典史，就打开库藏门，搬出金银来分给与人，监里放出董天然、王小玉两个。其余狱囚尽数放了，愿随顺的，共有七八十人。到申未时，有四个人，原是放响马的，风闻赛儿有妖法，都来归顺赛儿。此四人叫做郑贯、王宪、张天禄、祝洪，各带小喽罗，共有二千余名，又有四五十匹好马。赛儿见了，十分欢喜。这郑贯不但武艺出众，更兼谋略过人，来禀赛儿，说道："这是小县，僻在海角头，若坐守日久，朝廷起大军，把青州口塞住了，钱粮没得来，不须厮杀，就坐困死了。这青州府人民稠密，钱粮广大，东据南徐之险，北控渤海之利，可战可守。兵贵神速，莱阳县虽破，离青州府颇远。一日之内，消息未到。可乘此机会，连夜去袭了，权且安身，养成蓄锐，气力完足，可以横行。"赛儿说："高见。"每人各赏元宝二锭、四表礼，权受都指挥，说："待取了青州，自当升赏重用。"四人去了。

赛儿就到后堂，叫请史知县、徐典史出来，说道："本府知府是你至亲，你可与我写封书。只说这县小，我在这里安身不得，要东去打汶上县，必由府里经过。恐有疏虞，特着徐典史领三百名兵快，协同防守。你若替我写了，我自厚赠盘缠，连你家眷同送回去。"知县初时不肯，被赛儿逼勒不过，只得写了书。赛儿就叫兵房吏做角公文，把这私书都封在文书里，封筒上用个印信。仍送知县、典史软监在衙里。赛儿自来调方大、康昭、马效良、戴德如四员骁将，各领三千人马，连夜悄悄的到青州曼草坡，听候炮响，都到青州府东门策应。又寻一个象徐典史的小卒，着上徐典史的纱帽圆领，等候赛儿。又留一班投顺的好汉，协同正寅守着莱阳县，自选三百精壮兵快，并董天然、王小玉二人，指挥郑贯四名，各与酒饭了。赛儿全装披挂，骑上马，领着人马，连夜起行。行了一夜，来到青州府东门时，东方才动，城门也还未开。赛儿就叫人拿着这角文书朝城上说："我们是莱阳县差捕衙里来下文书的。"守门军就放下篮来，把文书吊上去。又晓得是徐典史，慌忙拿这文书径到府里来。正值知府温章坐衙，就跪过去呈上文书。温知府拆开文书，看见印信、图书都是真的，并不疑忌，就与递文书军说："先放徐典史进来，兵快人等且住着在城外。"守门军领知府钧语，往来开门，说道："太爷只叫放徐老爹进城，其余且不要人去。"赛儿叫人答应说："我们走了一夜，才到得这里，肚饥了，如何不进城去寻些吃？"三百人一齐都跄入门里去，五六个人怎生拦得住？一搅入得门，就叫人把住城门。一声炮响，那曼草坡的人马都趱入府里来，填街塞巷。赛儿领着这三百人，真个是疾雷不及掩耳，杀入府里来。知府还不晓得，坐在堂上等徐典史。见势头不好，正待起身要走，被方大赶上，望着温知府一刀，连肩砍着,一交跌倒在地下挣命。又复一刀,就割下头来,提在手里,叫道:"不要乱动!"惊得两廊门隶人等,尿流屁滚,都来跪下。康昭一伙人打入知府衙里来,只获得两个美妾,家人并媳妇共八名。同知、通判都越墙走了。赛儿就挂出安民榜子,不许诸色人等抢掳人口财物,开仓赈济,招兵买马,随行军官兵将都随功升赏。莱阳知县、典史,不负前言,连他家眷放了还乡,俱各抱头鼠窜而去,不在话下。

只见指挥王宪押两个美貌女子,一个十八九岁的后生。这个后生,比这两个女子更又标致,献与赛儿。赛儿问王宪道:"那里得来的?"王宪禀道:"在孝顺街绒线铺里萧家得来的。这两个女子,大的叫做春芳,小的叫做惜惜,这小厮叫做萧韶。三个是姐妹兄弟。"赛儿就将这大的赏与王宪做妻子,看上了萧韶,欢喜倒要偷他,与萧韶道:"你姐妹两个,只在我身边服事,我自看待你。"赛儿又把知府衙里的两个美妾紫兰、香娇,配与董天然、王小玉。赛儿也自叫萧韶去宿歇。说这萧韶正是妙年好头上,带些惧怕,夜里尽力奉承赛儿,只要赛儿欢喜,赛儿得意非常。两个打得热了,一步也离不得萧韶,那里记挂何正寅?

且说府里有个首领官周经历,叫做周雄。当时逃出府,家眷都被赛儿软监在府里。周经历躲了几日,没做道理处,要保全老小,只得假意来投顺赛儿。见赛儿下个礼,说道:"小官原是本府经历,自从奶奶得了莱阳县、青州府,爱军惜民,人心悦服,必成大事。经历去暗投明,家眷俱蒙奶奶不杀之恩,周某自当倾心竭力,图效犬马。"赛儿见他说家眷在府里,十分疑也只有五六分,就与周经历商议守青州府并取旁县的事务。周经历说:"这府上倚滕县,下通临海卫,两处为青府门户,若取不得滕县与这卫,就如没了门户的一般,这府如何守得住?实不相瞒,这滕县许知县是经历姑表兄弟,经历去,必然说他来降。若说得这滕县下了,这临海卫就如没了一臂一般,他如何支撑得住?"赛儿说:"若得如此,事成与你同享富贵。家眷我自好好的供养在这里,不须记挂。"周经历说道:"事不宜迟,恐他那里做了手脚。"赛儿忙拨几个伴当,一匹好马,就送周经历起身。

周经历来到滕县,见了许知县。知县吃一惊说:"老兄如何走得脱,来到这里?"周经历将假意投顺赛儿,赛儿使来说降的话,说了一遍。许知县回话道:"我与你虽是假意投顺,朝廷知道,不是等闲的事。"周经历道:"我们一面去约临海卫戴指挥同降,一面申闻各该抚按上司,计取赛儿。日后复了地方,有何不可?"许知县忙使人,去请戴指挥来见周经历,三个商议伪降,计策定了。许知县又说:"我们先备些金花表礼羊酒去贺,说'离不得地方,恐有疏失。'"周经历领着一行拿礼物的人来见赛儿,递上降书。赛儿接着降书看了,受了礼物,伪升许知县为知府,戴指挥做都指挥,仍着二人各照旧守着地方。戴指挥见了这伪升的文书,就来见许知县说:"赛儿必然疑忌我们,故用阳施阴夺的计策。"许知县说道:"贵卫有一班女乐,小侑儿,不若送去与赛儿做谢礼,就做我们里应外合的眼目。"戴指挥说:"极妙!"就回衙里叫出女使王娇莲、小侑头儿陈鹦儿来,说:"你二人是我心腹,我欲送你们到府里去,做个反间细作,若得成功,升赏我都不要,你们自去享用富贵。"二人都欢喜应允了。戴指挥又做些好锦绣鲜明衣服、乐器,县、卫各差两个人,送这两班人来献与赛儿。且看这歌童舞女如何?诗云:

舞袖香茵第一春,清歌婉转貌超群。

剑霜飞处人星散,不见当年劝酒人。

赛儿见人物标致,衣服齐整,心中欢喜;都受了,留在衙里。每日吹弹歌舞取乐。

且说赛儿与正寅相别半年有余,时值冬尽年残,正寅欲要送年礼物与赛儿,就买些奇异吃食,蜀锦文葛,金银珍宝,装做一二十小车,差孟清同车脚人等送到府里来。世间事最巧,也是正寅合该如此。两月前正寅要去奸宿一女子,这女子苦苦不从,自缢死了。怪孟清说"是唐奶奶起手的,不可背本,万一知道,必然见怪"。谏得激切,把孟清一顿打得几死,却不料孟清仇恨在心里。孟清领着这车从,来到府里见赛儿。赛儿一见孟清,就如见了自家里人一般,叫进衙里去安歇。孟清又见董天然等都有好妻子,又有钱财,自思道:"我们一同起手的人,他两个有造化,落在这里,我如何能勾也同来这里受用?"自思量道:"何不将正寅在县里的所为,说他一番?倘或赛儿欢喜,就留在衙里,也不见得。"到晚,赛儿退了堂,来到衙里,乘间叫过孟清,问正寅的事。孟清只不做声。赛儿心疑,越问得紧,孟清越不做声。问不过,只得哭将起来。赛儿就说道:"不要哭。必然在那里吃亏了,实对我说,我也不打发你去了。"孟清假意口里咒着道:"说也是死,不说也是死。爷爷在县里,每夜捱去,排门轮要两个好妇人好女子,送在衙里歇。标致得紧的,多歇几日;少不中意的,一夜就打发出来。又娶了个卖唱的妇人李文云。时常乘醉打死人,每日又要轮坊的一百两坐堂银子。百姓愁怨思乱,只怕奶奶这里不敢。两月前,蒋监生有个女子,果然生得美貌,爷爷要奸宿他,那女子不从,逼迫不过,自缢死了。小人说:'奶奶怎生看取我们!别得半年,做出这勾当来,这地方如何守得住?'怪小人说,将小人来吊起,打得几死,半月扒不起来。"赛儿听得说了,气满胸膛,顿着足说道:"这禽兽,忘恩负义!定要杀这禽兽,才出得这口气!"董天然并伙妇人都来劝道:"奶奶息怒,只消取了老爷回来便罢。"赛儿说:"你们不晓得这般事,从来做事的人,一生嫌隙,不知火并了多少!如何好取他回来?"一夜睡不着。

次日来堂上,赶开人,与周经历说:"正寅如此淫顽不法,全无仁义,要自领兵去杀他。"周经历回话道:"不知这话从那里得来的?未知虚实,倘或是反间,也不可知。地方重大,方才取得,人心未固,如何轻易自相厮杀?不若待周雄同个奶奶的心腹去访得的实,任凭奶奶裁处,也不迟。"赛儿道:"说得极是,就劳你一行。若访得的实,就与我杀了那禽兽。"周经历又说道:"还得几个同去才好,若周雄一个去时,也不济事。"赛儿就令王宪、董天然领一二十人去。又把一口刀与王宪,说:"若这话是实,你便就取了那禽兽的头来!违误者以军法从事!"又与郑贯一角文书:"若杀了何正寅,你就权摄县事。"一行人辞别了赛儿,取路往莱阳县来。周经历在路上,还恐怕董天然是何道的人,假意与他说:"何公是奶奶的心腹,若这事不真,谢天地,我们都好了。若有这话,我们不下手时,奶奶要军法从事。这事如何处?"董天然说:"我那老爷是个多心的人,性子又不好,若后日知道你我去访他,他必仇恨。羹里不着饭里着,倒遭他毒手。若果有事,不若奉法行事,反无后患。"郑贯打着窝鼓儿,巴不得杀了何正寅,他要权摄县事。周经历见众人都是为赛儿的,不必疑了。又说:"我们先在外边访得的确,若要下手时,我撚须为号,方可下手。"一行人入得城门,满城人家都是咒骂何正寅的。董天然说:"这话真了。"

一行径入县里来见何正寅。正寅大落落坐着,不为礼貌,看着董天然说:"拿得甚么东西来看我?"董天然说:"来时慌忙,不曾备得,另差人送来。"又对周经历说:"你们来我这县里来何干?"周经历假小心,轻轻的说:"因这县里有人来告奶奶,说大人不肯容县里女子出嫁,钱粮又比较得紧,因此奶奶着小官来禀上。"正寅听得这话,拍案高嗔大骂道:"泼贱婆娘!你亏我夺了许多地方,享用快活,必然又搭上好的了。就这等无礼!你这起人不晓得事体,没上下的!"王宪见不是头,紧紧的帮着周经历,走近前说:"息怒消停,取个长便。待小官好回话。"正寅又说道:"不取长便,终不成不去回话。"周经历把须一撚,王宪就人嚷里拔出刀来,望何正寅项上一刀,早砍下头来,提在手里,说:"奶奶只叫我们杀何正寅一个,余皆不问。"郑贯就把权摄的文书来晓谕各人,就把正寅先前强留在衙里的妇人女子都发出,着娘家领回去,轮坊银子也革了。满城百姓,无不欢喜。衙里有的是金银,任凭各人取了些,又拿几车,并绫缎送到府里来。周经历一起人到府里回了话,各人自去方便,不在话下。

说这山东巡按金御史,因失了青州府,杀了温知府,起本到朝廷,兵部尚书接着这本,是地方重务,连忙转奏朝廷。朝廷就差总兵官傅奇充兵马副元帅,两个游骑将军黎晓、来道明充先锋,领京军一万,协同山东巡抚都御史杨汝待,克日进剿扑灭。钱粮兵马,除本省外,河南、山西两省,任从调用。傅总兵带领人马,来到总督府,与杨巡抚一班官军说"朝廷紧要擒拿唐赛儿"一节。杨巡抚说:"唐赛儿妖法通神,急难取胜。近日周经历与滕县许知县、临海卫戴指挥诈降,我们去打他后面莱阳县,叫戴指挥、许知县从那青州府后面杀出来,叫他首尾不能相顾,可获全胜。"杨巡抚说:"此计大妙。"傅总兵就分五千人马与黎晓充先锋,来取莱阳县;又调都指挥杜总、吴秀,指挥六员:高雄、赵贵、赵天汉、崔球、密宣、郭谨,各领新调来二万人马,离莱阳县二十里下寨,次日准备厮杀。

郑贯得了这个消息,闭上城门,连夜飞报到府里来。赛儿接得这报子,就集各将官说:"如今傅总兵领大军来征剿我们,我须亲自领兵去杀退他。"着王宪、董天然守着这府,又调马效良、戴德如各领人马一万,去滕县、临海卫三十里内,防备袭取的人马。就是滕县、临海卫的人马,也不许放过来。周经历暗地叫苦说:"这妇人这等利害!"赛儿又调方大领五千人马先行,随后赛儿自也领二万人马到莱阳县来。离县十里就着个大营,前、后、左、右、正中五寨。又置两枝游兵在中营,四下里摆放鹿角、蒺藜、铃索齐整,把辕门闭上,造饭吃了,将息一回,就有人马来冲阵,也不许轻动。

且说黎先锋领着五千人马喊杀半日,不见赛儿营里动静,就着人来禀总兵,如此如此。傅总兵同杨巡抚领一班将官到阵前来,扒上云梯,看赛儿营里布置齐整,兵将猛勇,旗帜鲜明,戈戟光耀。褐罗伞下坐着那个英雄美貌的女将,左右立着两个年少标致的将军,一个是萧韶,一个是陈鹦儿,各拿一把小七星皂旗。又有两个俊俏女子,都是戎装:一个是萧惜惜,捧着一口宝剑;一个是王娇莲,捧着一袋弓箭。营前树着一面七尾玄天上帝皂旗,飘扬飞绕。总兵看得呆了,走下云梯来,令先锋领着高雄、赵贵、赵天汉、崔球等一齐杀入去,且看赛儿如何? 诗云:

> 剑光动处见玄霜,战罢归来意气狂。
>
> 堪笑古今妖妄事,一场春梦到高唐。

赛儿就开了辕门,令方大领着人马也杀出来。正好接着,两员将斗不到三合,赛儿不慌不忙,口里念起咒来,两面小皂旗招动,那阵黑气从寨里卷出来,把黎先锋人马罩得黑洞洞的,你我不看见。黎晓慌了手脚,被方大拦头一方天戟打下马来,脑浆奔流。高雄、赵天汉俱被拿了。傅总兵见先锋不利,就领着败残人马回大营里来纳闷。方大押着,把高雄两个解入寨里见赛儿。赛儿道:"监候在县里,我回军时发落便了。"赛儿又与方大说:"今日虽赢得他一阵,他的大营人马还不损折。明日又来厮杀。不若趁他喘息未定,众人慌张之时,我们赶到,必获全胜。"留方大守营。令康昭为先锋。赛儿自领一万人马,悄悄的赶到傅总兵营前,呐声喊,一齐杀将入去。傅总兵只防赛儿夜里来劫营,不防他日里乘势就来,都慌了手脚,厮杀不得。傅总兵、杨巡抚二人,骑上马往后逃命。二万五千人杀不得一二千人,都齐齐投降。又拿得千余匹好马,钱粮器械,尽数搬掳,自回到青州府去了。

军官有逃得命的,跟着傅总兵到都堂府来商议。再欲起奏,另自添遣兵将。杨巡抚说:"没了三四万人马,杀了许多军官,朝廷得知,必然加罪我们。我晓得滕县许知县是个清廉能干忠义的人,与周经历、戴指挥委曲协同,要保这地方无事,都设计诈降。而今周经历在贼中,不能得出。许、戴二人原在本地,不若密密取他来,定有破敌良策。"傅总兵慌忙使人请许知县、戴指挥到府,计议要破赛儿一事。许知县近前,轻轻的与傅总兵、杨巡抚二人说:如此如此,"不出旬日,可破赛儿"。傅总兵说:"若得如此,我自当保奏升赏。"许知县辞了总制,回到县里,与戴指挥各备礼物,各差个的当心腹人来贺赛儿,就通消息与周经历。却不知周经历先有计了。

元来周经历见萧韶甚得赛儿之宠,又且乖觉聪明,时时结识他做个心腹,着实奉承他。萧韶不过意,说:"我原是治下子民,今日何当老爷如此看觑?"

周经历说:"你是奶奶心爱的人,怎敢怠慢?"萧韶说道:"一家被害了,没奈何偷生,甚么心爱不心爱?"周经历道:"不要如此说,你姐妹都在左右,也是难得的。"萧韶说:"姐姐嫁了个响马贼,我虽在被窝里,也只是伴虎眠,有何心绪?妹妹只当得丫头,我一家怨恨,在何处说?"周经历见他如此说,又说:"既如此,何不乘机反邪归正? 朝廷必有酬报。不然他日一败,玉石俱焚。你是同衾共枕之人,一发有口难分了。不要说被害冤仇,没处可报。"萧韶道:"我也晓得事体果然如此. 只是没个好计脱身。"周经历说:"你在身伴,只消如此如此,外边接应都在于我。"却把许、戴来的消息通知了他。萧韶欢喜说:"我且通知妹子,做一路则个。"计议得熟了,只等中秋日起手,后半夜点天灯为号。周经历就通这个消息与许知县、戴指挥,这是八月十二日的话。到十三日,许知县、戴指挥各差能事兵快应捕,各带士兵、军官三四十人,预先去府里四散埋伏,只听炮响,策应周经历拿贼,许知县又密令亲子许德来约周经历,十五夜放炮夺门的事,都得知了,不必说。

且说萧韶姐妹二人,来对王娇莲、陈鹦儿通知外边消息,他两人原是戴家细作,自然留心。至十五晚上,赛儿就排筵宴来赏月。饮了一回,只见王娇莲来禀赛儿说:"今夜八月十五日,难得晴明,更兼破了傅总兵,得了若干钱粮人马。我等蒙奶奶抬举,无可报答,每人各要与奶奶上寿。"王娇莲手执檀板唱一歌,歌云:

> 虎渡三江迅若风,尤争四海竞长空。
>
> 光摇剑术和星落,狐兔潜藏一战功。

赛儿听得,好生欢喜,饮过三大杯。女人都依次奉酒,俱是不会唱的,就是王娇莲代唱。众人只要灌得赛儿醉了好行事,陈鹦儿也要上寿,赛儿又说道:"我吃得多了,你们恁的好心,每一人只吃一杯罢。"又饮了二十余杯,已自醉了。又复歌舞起来,轮番把盏,灌得赛儿烂醉,赛儿就倒在位上。萧韶说:"奶奶醉了,我们扶奶奶进房里去罢。"萧韶抱住赛儿,众人齐来相帮,抬进房里床上去。萧韶打发众人出来,就替赛儿脱了衣服,盖上被,拴上房门。众人也自去睡,只有与谋假因的人都不睡,只等赛儿消息。萧韶又恐假醉,把灯剔得明亮,仍上床来搂住赛儿,扒在赛儿身上,故意着实耍戏,赛儿那里知得? 被萧韶舞弄得久了,料算外边人都睡静了,自想道:"今不下手,更待何时?"起来慌忙再穿上衣服,床头拔出那口宝刀来,轻轻的掀开被来,尽力朝着赛儿项上剁下一刀来,连肩斫做两段。赛儿醉得凶了,一动也动不得。

萧韶慌忙走出房来,悄悄对妹妹、王娇莲、陈鹦儿说道:"赛儿被我杀了。"王娇莲说:"不要惊动董天然这两个,就暗去袭了他。"陈鹦儿道:"说得是。"拿着刀来敲董天然的房门,说道:"奶奶身子不好,你快起来!"董天然听得这话,就瞌睡里慌忙披着衣服来开房门,不防备,被陈鹦儿手起刀落,斫倒在房门边挣命,又复一刀,就放了命。这王小玉也醉了,不省人事,众人把来杀了。众人说:"好倒好了,怎么我们得出去?"萧韶说:"不要慌!约定的。"就把天灯点起来,扯在灯竿上。

不移时,周经历领着十来名火夫,平日收留的好汉,敲开门一齐拥入衙里来。萧韶对周经历说:"赛儿、董天然、王小玉都杀了,这衙里人都是被害的,望老爷做主。"周经历道:"不须说,衙里的金银财宝,各人尽力拿了些。其余山积的财物,都封锁了入官。"周经历又把三个人头割下来,领着萧韶一起开了府门,放个铳。只见兵快应捕共有七八十人,齐来见周经历说:"小人们是县、卫两处差来兵快,策应拿强盗的。"周经历说:"强盗多拿了,杀的人头在这里。都跟我来。"到得东门城边,放三个炮,开得城门,许知县、戴指挥各领五百人马杀入城来。周经历说:"不关百姓事,赛儿杀了,还有余党,不曾剿灭,各人分头去杀。"

且说王宪、方大听得炮响,都起来,不知道为着甚么,正没做道理处,周经历领的人马早已杀入方大家里来。方大正要问备细时,被侧边一枪搠倒,就割了头。戴指挥拿得马效良、戴德如,阵上许知县杀死康昭、王宪一十四人。沈印时两月前害疫病死了,不曾杀得。又恐军中有变,急忙传令:"只杀有职事的。小卒良民,一概不究。"多属周经历招抚。

许知县对众人说:"这里与莱阳县相隔四五十里,他那县里未便知得。兵贵神速,我与戴大人连夜去袭了那县,留周大人守着这府。"二人就领五千人马,杀奔莱阳县来,假说道:"府里调来的军去取旁县的。"城上径放入县里来。郑贯正坐在堂上,被许知县领了兵齐抢入去,将郑贯杀了。张天禄、祝洪等慌了,都来投降,把一干人犯,解到府里监禁,听候发落。安了民,许知县仍回到府里,同周经历、萧韶一班解赛儿等首级来见傅总兵、杨巡抚,把赛儿事说一遍。傅总兵说:"足见各官神算。"称誉不已。就起奏捷本,一边打点回京。

朝廷升周经历做知州,戴指挥升都指挥,萧韶、陈鹦儿各授个巡检,许知县升兵备副使,各随官职大小,赏给金花银子表礼。王娇莲、萧惜惜等,俱着择良人为聘,其余在赛儿破败之后投降的,不准投首,另行问罪。此可为妖术杀身之鉴。有诗为证:

四海纵横杀气冲,无端女寇犯山东。

吹箫一夕妖氛尽,月缺花残送落风。

卷三十二

乔兑换胡子宣淫　显报施卧师入定

词云：

丈夫只手把吴钩，欲斩万人头。如何铁石，打成心性，却为花柔？

君看项籍并刘季，一怒使人愁。只因撞着，虞姬戚氏，豪杰都休。

这首词是昔贤所作，说着人生世上，"色"字最为要紧。随你英雄豪杰，杀人不眨眼的铁汉子，见了油头粉面，一个袋血的皮囊，就弄软了三分。假如楚霸王、汉高祖分争天下，何等英雄！一个临死不忘虞姬，一个酒后不忍戚夫人，仍旧做出许多缠绵景状出来，何况以下之人？风流少年，有情有趣的，牵着个"色"字，怎得不荡了三魂，走了七魄？却是这一件事关着阴德极重，那不肯淫人妻女、保全人家节操的人，阴受厚报：有发了高魁的，有享了大禄的，有生了贵子的，往往见于史传，自不消说。至于贪淫纵欲，使心用腹污秽人家女眷，没有一个不减算夺禄，或是妻女见报，阴中再不饶过的。

且说宋淳熙末年间，舒州有个秀才刘尧举，表字唐卿，随着父亲在平江做官，是年正当秋荐，就依随任之便，雇了一只船往秀州赴试。开了船，唐卿举目向梢头一看，见了那持楫的，吃了一惊。元来是十六七岁一个美貌女子，鬓鬟婵媚，眉眼含娇，虽只是荆布淡妆，种种绰约之态，殊异寻常。女子当梢而立，俨然如海棠一枝，斜映水面。唐卿观之不足，看之有余，不觉心动。在舟中密密体察光景，晓得是船家之女，称叹道："从来说老蚌出明珠，果有此事。"欲待调他一二句话，碍着他的父亲，同在梢头行船，恐怕识破。妆做老成，不敢把眼正觑梢上。却时时偷看他一眼，越看越媚，情不能禁。心生一计，只说舟重行迟，赶路不上，要船家上去帮扯纤。

元来这只船上老儿为船主，一子一女相帮，是日儿子三官保，先在岸上扯纤，唐卿定要强他老儿上去了，止是女儿在那里当梢。唐卿一人在舱中，象意好做光了。未免先寻些闲话试问他。他十句里边，也回答着一两句，韵致动人。唐卿趁着他说话，就把眼色丢他。他有时含羞敛避，有时正颜拒却。及至唐卿看了别处，不来兜搭了，却又说句把冷话，背地里忍笑，偷眼斜眄着唐卿。正是明中妆样，暗地撩人，一发叫人当不得，要神魂飞荡了。

　　唐卿思量要大大撩拨他一撩拨，开了箱子，取出一条白罗帕子来，将一个胡桃系着，绾上一个同心结，抛到女子面前。女子本等看见了，故意假做不知，呆着脸只自当橹。唐卿恐怕女子真个不觉，被人看见，频频把眼送意，把手指着，要他收取。女子只是大剌剌的在那里，竟象个不会意的。看看船家收了纤，将要下船，唐卿一发着急了，指手画脚，见他只是不动，没个是处，倒懊悔无及。恨不得伸出一只长手，仍旧取了过来。船家下得舱来，唐卿面挣得通红，冷汗直淋，好生置身无地。只见那女儿不慌不忙，轻轻把脚伸去帕子边，将鞋尖勾将过来，遮在裙底下了。慢慢低身倒去，拾在袖中，腆着脸对着水外，只是笑。唐卿被他急坏，却又见他正到利害头上如此做作，遮掩过了，心里私下感他，越觉得风情着人。自此两下多有意了。

　　明日复依昨说，赶那船家上去，两人扯纤。唐卿便老着面皮谢女子道："昨日感卿包容，不然，小生面目难施了。"女子笑道："胆大的人，元来恁地虚怯么？"唐卿道："卿家如此国色，如此慧巧，宜配佳偶，方为厮称。今文鸳彩凤，误堕鸡栖中，岂不可惜？"女子道："君言差矣。红颜薄命，自古如此，岂独妾一人！此皆分定之事，敢生嗟怨？"唐卿一发伏其贤达。自此语话投机，一在舱中，一在梢上，相隔不多几尺路，眉来眼去，两情甚浓。却是船家虽在岸上，回转头来，就看得船上见的，只好话说往来，做不得一些手脚，干热罢了。

　　到了秀州，唐卿更不寻店家，就在船上作寓。入试时，唐卿心里放这女子不下，题目到手，一挥而就，出院甚早。急奔至船上，只见船家父子两人，趁着舱里无人，身子闲着，叫女儿看好了船，进城买货物去了。唐卿见女儿独在船上，喜从天降。急急跳下船来，问女子道："你父亲、兄弟那里去了？"女子道："进城去了。"唐卿道："有烦娘子移船到静处一话何如？"说罢，便去解缆。女子会意，即忙当橹，把船移在一个无人往来的所在。唐卿便跳在梢上来，搂着女子道："我方壮年，未曾娶妻。倘蒙不弃，当与子缔百年之好。"女子推逊道："陋质贫姿，得配君子，固所愿也。但枯藤野蔓，岂敢仰托乔松？君子自是青云之器，他日宁肯复顾微贱？妾不敢承，请自尊重。"唐卿见他说出正经话来，一发怜爱，欲心如火，恐怕强他不得，发起极来，拍着女子背道："怎么说那较量的话？我两日来，被你牵得我神魂飞越，不能自禁，恨没个机会，得与你相近，一快私情。今日天与其便，只吾两人在此，正好恣意欢乐，遂平生之愿。

你却如此坚拒,再没有个想头了。男子汉不得如愿,要那性命何用? 你昨者为我隐藏罗帕,感恩非浅,今既无缘,我当一死以报。"说罢,望着河里便跳。女子急牵住他衣裾道:"不要慌! 且再商量。"唐卿转身来抱住道:"还商量甚么!"抱至舱里来,同就枕席。乐事出于望外,真个如获珍宝。事毕,女子起身来,自掠了乱发,就与唐卿整了衣,说道:"辱君俯爱,冒耻仰承,虽然一霎之情,义坚金石,他日勿使剩蕊残蒇,空随流水!"唐卿道:"承子雅爱,敢负心盟? 目今揭晓在即,倘得寸进,必当以礼娶子,贮于金屋。"两人千恩万爱,欢笑了一回。女子道:"恐怕父亲城里出来,原移船到旧处住了。"唐卿假意上岸,等船家归了,方才下船,竟无人知觉此事。谁想:

　　　　暗室亏心,神目如电!

　　唐卿父亲在平江任上,悬望儿子赴试消息。忽一日晚间得一梦,梦见两个穿黄衣的人,手持一张纸,突然来报道:"天门放榜,郎君已得首荐。"旁边走过一人,急掣了这张纸去,道:"刘尧举近日作了欺心事,已压了一科了。"父亲吃一惊,觉来乃是一梦。思量来得古怪,不知儿子做甚么事。想了此言,未必成名了。果然秀州揭晓,唐卿不得与荐。元来场中考官,道是唐卿文卷好,要把他做头名。有一个考官,另看中了一卷,要把唐卿做第二。那个考官不肯道:"若要做第二,宁可不中,留在下科,不怕不是头名,不可中坏了他。"忍着气,把他黜落了。

　　唐卿在船等候,只见纷纷嚷乱,各自分头去报喜。唐卿船里静悄悄,鬼也没个走将来,晓得没帐,只是叹气。连那梢上女子,也道是失望了,暗暗泪下。唐卿只得看无人处,把好言安慰他,就用他的船,转了到家,见过父母。父亲把梦里话来问他道:"我梦如此,早知你不得中。只是你曾做了甚欺心事来?"唐卿口里赖道:"并不曾做甚事。"却是老大心惊道:"难道有这样话?"似信不信。及到后边,得知场里这番光景,才晓得不该得荐,却为阴德上损了,迟了功名。心里有些懊悔,却还念那女子不置。到第二科,唐卿果然领了首荐,感念女子旧约,遍令寻访,竟无下落,不知流泛在那里去了。后来唐卿虽得及第,终身以此为恨。看官,你看刘唐卿只为此一着之错,罚他磋跎了一科,后边又不得团圆。盖因不是他姻缘,所以阴骘越重了。奉劝世上的人,切不可轻举妄动,淫乱人家妇女。古人说得好:

　　　　我不淫人妻女,妻女定不淫人。

我若淫人妻女，妻女也要淫人。

而今听小子说一个淫人妻女，妻女淫人，转辗果报的话。元朝汭州原上里有个大家子，姓铁名镕，先祖为绣衣御史。娶妻狄氏，姿容美艳，名冠一城。那汉汭风俗，女子好游，贵宅大户，争把美色相夸。一家娶得个美妇，只恐怕别人不知道，倒要各处去卖弄张扬，出外游耍，与人看见。每每花朝月夕，士女喧阗，稠人广众，挨肩擦背，目挑心招，恬然不以为意。临晚归家，途间一一品题，某家第一，某家第二。说着好的，喧哗谑浪，彼此称羡，也不管他丈夫听得不听得。就是丈夫听得了，也道是别人赞他妻美，心中暗自得意。便有两句取笑了他，总是不在心上的。到了至元、至正年间，此风益甚。铁生既娶了美妻，巴不得领了他各处去摇摆。每到之处，见了的无不啧啧称赏。那与铁生相识的，调笑他，夸美他，自不必说。只是那些不曾识面的，一见了狄氏，问知是铁生妻子，便来挜相知，把言语来撩拨，酒食来撺哄，道他是有缘之人，有福之人，大家来奉承他。所以铁生出门，不消带得本钱在身边，自有这一班人扳他去吃酒吃肉，常得醉饱而归。满城内外人没一个不认得他，没一个不怀一点不良之心，打点勾搭他妻子。只是铁生是个大户人家，又且做人有些性气刚狠，没个因由，不敢轻惹得他。只好干咽唾沫，眼里口里讨些便宜罢了。古人两句说得好：

谩藏诲盗，冶容诲淫。

狄氏如此美艳，当此风俗，怎容他清清白白过世？自然生出事体来。又道是"无巧不成话"，其时同里有个人，姓胡名绥，有妻门氏，也生得十分娇丽，虽比狄氏略差些儿，也算得是上等姿色。若没有狄氏在面前，无人再赛得过了。这个胡绥亦是个风月浪荡的人，虽有了这样好美色，还道是让狄氏这一分，好生心里不甘伏。谁知铁生见了门氏也羡慕他，思量一网打尽，两美俱备，方称心愿。因而两人各有欺心，彼此交厚，共相结纳。意思便把妻子大家兑用一用，也是情愿的。铁生性直，胡生性狡。铁生在胡生面前，时常露出要勾上他妻子的意思来。胡生将计就计，把说话曲意倒在铁生怀里，再无推拒。铁生道是胡生好说话，毕竟可以图谋。不知胡生正要乘此机会营勾狄氏，却不漏一些破绽出来。铁生对狄氏道："外人都道你是第一美色，据我所见，胡生之妻也不下于你，怎生得设个法儿，一到手？人生一世，两美俱为我得，死也甘心。"狄氏道："你与胡生恁地相好，把话实对他说不得？"铁生道："我也曾微露其意,他也不以为怪。却是怎好直话得出?必是你替我做个撺头,才弄得成。只怕你要吃醋拈酸。"狄氏道:"我从来没有妒心的,可以帮衬处,无不帮衬,却有一件:女人的买卖,各自门各自户,如何能到惹得他?除非你与胡生内外通家,出妻见子,彼此无忌,时常引得他到我家里来,方好觑个机会,弄你上手。"铁生道:"贤妻之言,甚是有理。"

从此愈加结识胡生,时时引他到家里吃酒,连他妻子请将过来,叫狄氏陪着。外边广接名姬狎客,调笑戏谑。一来要奉承胡生喜欢,二来要引动门氏情性。但是宴乐时节,狄氏引了门氏在里面帘内窥看,看见外边淫昵亵狎之事,无所不为,随你石人也要动火。两生心里各怀着一点不良之心,多多卖弄波俏,打点打动女佳人。谁知里边看的女人,先动火了一个。你道是谁?元来门氏虽然同在那里窥看,到底是做客人的,带些拘束,不象狄氏自家屋里,恣性瞧看,惹起春心。那胡生比铁生,不但容貌胜他,只是风流身分,温柔性格,在行气质,远过铁生。狄氏反看上了,时时在帘内露面调情,越加用意支持酒肴,毫无倦色。铁生道是有妻内助,心里快活,那里晓得就中之意?铁生酒后对胡生道:"你我各得美妻,又且两人相好至极,可谓难得。"胡生谦逊道:"拙妻陋质,怎能比得尊嫂生得十全?"铁生道:"据小弟看来,不相上下的了,只是一件:你我各守着自己的,亦无别味。我们做个痴兴不着,彼此更换一用,交收其美,心下何如?"此一句话正中胡生深机,假意答道:"拙妻陋质,虽蒙奖赏,小弟自揣,怎敢有犯尊嫂?这个于理不当。"铁生笑道:"我们醉后谑浪至此,可谓忘形之极!"彼此大笑而散。

铁生进来,带醉看了狄氏,抬他下颏道:"我意欲把你与胡家的兑用一兑用,何如?"狄氏假意骂道:"痴乌龟!你是好人家儿女。要偷别人的老婆,倒舍着自己妻子身体!亏你不羞,说得出来!"铁生道:"总是通家相好的,彼此便宜何妨?"狄氏道:"我在里头帮衬你凑趣使得,要我做此事,我却不肯。"铁生道:"我也是取笑的说话,难道我真个舍得你不成?我只是要勾着他罢了。"狄氏道:"此事性急不得,你只要撺哄得胡生快活,他未必不象你一般见识,舍得妻子也不见得。"铁生搂着狄氏道:"我那贤惠的娘!说得有理。"一同狄氏进房睡了不题。

却说狄氏虽有了胡生的心,只为铁生性子不好,想道:"他因一时间思量勾搭门氏,高兴中有此痴话。万一做下了事,被他知道了,后边有些嫌忌起来,碍手碍脚,到底不妙。何如只是用些计较,瞒着他做,安安稳稳,快乐不得?"心中算计已定了。一日,胡生又到铁生家饮酒,此日只他两人,并无外客。狄氏在帘内往往来来,示意胡生。胡生心照了,留量不十分吃酒,却把大瓯劝铁生,哄他道:"小弟一向蒙兄长之爱,过于骨肉。兄长俯念拙妻,拙妻也仰慕兄长。小弟乘间下说词说他,已有几分肯了。只要兄长看顾小弟,不消说先要兄长做百来个妓者东道请了我,方与兄长图成此事。"铁生道:"得兄长肯赐周全,一千个东道也做。"铁生见说得快活,放开了量,大碗价吃。胡生只把肉麻话哄他吃酒,不多时烂醉了。胡生只做扶他的名头,抱着铁生进帘内来。狄氏正在帘边,他一向不避忌的,就来接手搀扶,铁生已自一些不知。胡生把嘴唇向狄氏脸上做要亲的模样,狄氏就把脚尖儿勾他的脚,声唤使婢艳雪、卿云两人来扶了家主进去。刚剩得胡生、狄氏在帘内,胡生便抱住不放,狄氏也转身来回抱。胡生就求欢道:"渴慕极矣,今日得谐天上之乐,三生之缘也。"狄氏道:"妾久有意,不必多言。"褪下裤来,就在堂中椅上坐了,跷起双脚,任胡生云雨起来。可笑铁生心贪胡妻,反被胡生先淫了妻子。正是:

　　舍却家常慕友妻,谁知背地已偷期?
　　卖了馄饨买面吃,怎样心肠痴不痴!

　　胡生风流在行,放出手段,尽意舞弄。狄氏欢喜无尽,叮嘱胡生:"不可泄漏!"胡生道:"多谢尊嫂不弃小生,赐与欢会。却是尊兄许我多时,就知道了也不妨碍。"狄氏道:"拙夫因贪贤阃,故有此话。虽是好色心重,却是性刚心直,不可惹他!只好用计赚他,私图快活,方为长便。"胡生道:"如何用计?"狄氏道:"他是个酒色行中人。你访得有甚名妓,牵他去吃酒嫖宿,等他不归来,我与你就好通宵取乐了。"胡生道:"这见识极有理,他方才欲营勾我妻,许我妓馆中一百个东道,我就借此机会,撺唆一两个好妓者绊住了他,不怕他不留恋。只是怎得许多缠头之费供给他?"狄氏道:"这个多在我身上。"胡生道:"若得尊嫂如此留心,小生拼尽着性命陪尊嫂取乐。"两个计议定了,各自散去。

　　元来胡家贫,铁家富,所以铁生把酒食结识胡生,胡生一面奉承,怎知反着其手?铁生家道虽富,因为花酒面上费得多,把膏腴的产业,逐渐费掉了。又遇狄氏搭上了胡生,终日撺掇他出外取乐,狄氏自与胡生治酒欢会,珍馐备具,日费不赀。狄氏喜欢过甚,毫不吝惜,只乘着铁生急迫,就与胡生内外撺哄他,把产业贱卖了。狄氏又把价钱藏起些,私下奉养胡生。胡生访得有名妓,就引着铁生去入马,置酒留连,日夜不归。狄氏又将平日所藏之物,时时寄些与丈夫,为酒食犒赏之助。只要他不归来,便与胡生畅情作乐。

铁生道是妻贤不妒,越加放恣,自谓得意。有两日归来,狄氏见了千欢万喜,毫无嗔妒之意。铁生感激不胜,梦里也道妻子是个好人。有一日,正安排了酒果,要与胡生享用,恰遇铁生归来,见了说道:"为何置酒?"狄氏道:"晓得你今日归来,恐怕寂寞,故设此等待,已着人去邀胡生来陪你了。"铁生道:"知我心者,我妻也。"须臾胡生果来,铁生又与尽欢,商量的只是行院门中说话,有时醉了,又挑着门氏的话。胡生道:"你如今有此等名姬相交,何必还顾此糟糠之质?果然不嫌丑陋,到底设法上你手罢了。"铁生感谢不尽,却是口里虽如此说,终日被胡生哄到妓家醉梦不醒,弄得他眼花撩乱,也那有闲日子去与门氏做绰趣工夫?

胡生与狄氏却打得火一般热,一夜也间不的。碍着铁生在家,须不方便。胡生又有一个吃酒易醉的方,私下传授了狄氏,做下了酒。不上十来杯,便大醉软摊,只思睡去。自有了此方,铁生就是在家,或与狄氏,或与胡生,吃不多几杯,已自颓然在旁。胡生就出来与狄氏换酒,终夕笑语淫戏,铁生竟是不觉得。有番把归来时,撞着胡生狄氏正在欢饮。胡生虽悄地避过,杯盘狼籍,收拾不迭。铁生问起,狄氏只说是某亲眷到来,留着吃饭,怕你来强酒,吃不过,逃去了。铁生便就不问。只因前日狄氏说了不肯交兑的话,信以为实,道是个心性贞洁的人。那胡生又狎呢奉承,惟恐不及,终日陪嫖妓,陪吃酒的,一发那里疑心着?况且两个有心人算一个无心人,使婢又做了脚,便有些小形迹,也都遮饰过了。到底外认胡生为良朋,内认狄氏为贤妻,迷而不悟。街坊上人知道此事的渐渐多了,编着一只《奋调山坡羊》来嘲他道:

> 那风月场,那一个不爱?只是自有了娇妻,也落得个自在。又何须终日去乱走胡行,反把个贴肉的人儿,送别人还债?你要把别家的,一手擎来,谁知在家的,把你双手托开!果然是籴(狄)的倒先籴了,你曾见他那门儿安在?割猫儿尾拌着猫饭来,也落得与人用了些不疼的家财。乖乖!这样贪花,只算得折本消灾。乖乖!这场交易,不做得公道生涯。

却说铁生终日耽于酒色,如醉如梦,过了日子,不觉身子淘出病来,起床不得,眠卧在家。胡生自觉有些不便,不敢往来。狄氏通知他道:"丈夫是不起床的,亦且使婢们做眼的多,只管放心来走,自不妨事。"胡生得了这个消息,竟自别无顾忌,出入自擅,惯了脚步,不觉忘怀了,错在床面前走过。铁生忽然看见了,怪问起来道:"胡生如何在里头走出来?"狄氏与两个使婢同声道:"自不曾见人走过,那里甚么胡生?"铁生道:"适才所见,分明是胡生,你们又说没甚人走过,难道病眼模糊,见了鬼了?"狄氏道:"非是见鬼。你心里终日想其妻子,想得极了,故精神恍惚,开眼见他,是个眼花。"

次日,胡生知道了这话,说道:"虽然一时扯谎,哄了他,他后边病好了,必然静想得着,岂不疑心? 他既认是鬼,我有道理:真个把鬼来与他看看。等他信实是眼花了,以免日后之疑。"狄氏笑道:"又来调喉,那里得有个鬼?"胡生道:"我今夜乘暗躲在你家后房,落得与你欢乐,明日我妆做一个鬼,走了出去,却不是一举两得。"果然是夜狄氏安顿胡生在别房,却叫两个使婢在床前相伴家主,自推不耐烦伏侍,图在别床安寝,撇了铁生,径与胡生睡了一晚。

明日打听得铁生睡起朦胧,胡生把些靛涂了面孔,将鬓发染红了,用绵裹了两只脚,要走得无声,故意在铁生面前直冲而出。铁生病虚的人,一见大惊,喊道:"有鬼! 有鬼!"忙把被遮了头,只是颤。狄氏急忙来问道:"为何大惊小怪?"铁生哭道:"我说昨日是鬼,今日果然见鬼了。此病凶多吉少,急急请个师巫,替我禳解则个!"

自此一惊,病势渐重。狄氏也有些过意不去,只得去访求法师。其时离原上百里,有一个了卧禅师,号虚谷,戒行为诸山首冠。铁生以礼请至,建忏悔法坛,以祈佛力保佑。是日卧师入定,过时不起,至黄昏始醒。问铁生道:"你上代有个绣衣公么?"铁生道:"就是吾家公公。"卧师又问道:"你朋友中,有个胡生么?"铁生道:"是吾好友。"狄氏见说着胡生,有些心病,也来侧耳听着。卧师道:"适间所见甚奇。"铁生道:"有何奇处?"卧师道:"贫僧初行,见本宅土地,恰遇宅上先祖绣衣公在那里诉冤,道其孙为胡生所害。土地辞是职卑,理不得这事,教绣衣公道:'今日南北二斗会降玉笋峰下,可往诉之,必当得理。'绣衣公邀贫僧同往,到得那里,果然见两个老人。一个著绯,一个著绿,对坐下棋。绣衣公叩头仰诉,老人不应。绣衣公诉之不止。棋罢,方开言道:"福善祸淫,天自有常理。尔是儒家,乃昧自取之理,为无益之求。尔孙不肖,有死之理,但尔为名儒,不宜绝嗣,尔孙可以不死。胡生宣淫败度,妄诱尔孙,不受报于人间,必受罪于阴世。尔且归,胡生自有主者,不必仇他,也不必诉我。'说罢,顾贫僧道:'尔亦有缘,得见吾辈。尔既见此事,尔须与世人说知,也使知祸福不爽。'言讫而去,贫僧定中所见如此。今果有绣衣公与胡生,岂不奇哉!"狄氏听见大惊,没做理会处。铁生也只道胡生诱他嫖荡,故公公诉他,也还不知狄氏有这些缘故。但见说可以不死,是有命的,把心放宽了,病体减动好些,反是狄氏替胡生耽忧,害出心病来。

不多几时,铁生全愈,胡生腰痛起来。旬日之内,痈疽大发。医者道:"酒色过度,水竭无救。"铁生日日直进卧内问病,一向通家,也不避忌。门氏在床边伏侍,遮遮掩掩,见铁生日常周济他家的,心中带些感激,渐渐交通说话,眉来眼去。铁生出于久慕,得此机会,老大撩拨。调得情熟,背了胡生眼后,两人已自搭上了。铁生从来心愿,赔了妻子多时,至此方才勾帐。正是:

　　　　一报还一报,皇天不可欺。

　　　　向来打交易,正本在斯时。

门氏与铁生成了此事,也似狄氏与胡生起初一般的如胶似漆,晓得胡生命在旦夕,到底没有好的日子了,两人恩山义海,要做到头夫妻。铁生对门氏道:"我妻甚贤,前日尚许我接你来,帮衬我成好事。而今若得娶你同去相处,是绝妙的了。"门氏冷笑了一声道:"如此肯帮衬人,所以自家也会帮衬。"铁生道:"他如何自家帮衬?"门氏道:"他与我丈夫往来已久,晚间时常不在我家里睡。但看你出外,就到你家去了。你难道一些不知?"铁生方才如梦初觉,如醉方醒,晓得胡生骗着他,所以卧师入定,先祖有此诉。今日得门氏上手,也是果报。对门氏道:"我前日眼里亲看见,却被他们把鬼话遮掩了。今日若非娘子说出,到底被他两人瞒过。"门氏道:"切不可到你家说破,怕你家的怪我。"铁生道:"我既有了你,可以释恨。况且你丈夫将危了,我还家去张扬做甚么?"悄悄别了门氏,回家里来,且自隐忍不言。

不两日,胡生死了。铁生吊罢归家,狄氏念着旧情,心中哀痛,不觉掉下泪来。铁生此时有心看人的了,有甚么看不出?冷笑道:"此泪从何而来?"狄氏一时无言。铁生道:"我已尽知,不必瞒了。"狄氏紫涨了面皮,强口道:"是你相好往来的死了,不觉感叹堕泪,有甚么知不知?瞒不瞒?"铁生道:"不必口强!我在外面宿时,他何曾在自家家里宿?你何曾独自宿了?我前日病时亲眼看见的,又是何人?还是你相好往来的死了,故此感叹堕泪。"狄氏见说着真话,不敢分辩,默默不乐。又且想念胡生,阖眼就见他平日模样。恹恹成病，饮食不进而死。

　　死后半年，铁生央媒把门氏娶了过来，做了续弦。铁生与门氏甚是相得，心中想着卧师所言祸福之报，好生警悟，对门氏道："我只因见你姿色，起了邪心，却被胡生先淫媾了妻子。这是我的花报。胡生与吾妻子背了我淫媾，今日却一时俱死。你归于我，这却是他们的花报。此可为妄想邪淫之戒！先前卧师入定转来，已说破了。我如今悔心已起，家业虽破，还好收拾支撑，我与你安分守己，过日罢了。"铁生就礼拜卧师为师父，受了五戒，戒了邪淫，也再不放门氏出去游荡了。

　　汉沔之间，传将此事出去，晓得果报不虚。卧师又到处把定中所见劝人，变了好些风俗。有诗为证：

　　　　江汉之俗，其女好游。
　　　　自非文化，谁不可求！
　　　　睹色相悦，彼此营勾。
　　　　宁知捷足，反占先头？
　　　　诱人荡败，自己绸缪。
　　　　一朝身去，田土人收。
　　　　眼前还报，不爽一筹。
　　　　奉劝世人，莫爱风流！

卷三十三

张员外义抚螟蛉子　包龙图智赚合同文

诗曰：

> 得失荣枯总在天，机关用尽也徒然。
>
> 人心不足蛇吞象，世事到头螳捕蝉。
>
> 无药可延卿相寿，有钱难买子孙贤。
>
> 甘贫守分随缘过，便是逍遥自在仙。

话说大梁有个富翁姓张，妻房已丧，没有孩儿，止生一女，招得个女婿。那张老年纪已过七十，因把田产家缘尽交女婿，并做了一家，赖其奉养，以为终身之计。女儿女婿也自假意奉承，承颜顺旨，他也不作生儿之望了。不想已后，渐渐疏懒，老大不堪。忽一日，在门首闲立，只见外孙走出来寻公公吃饭。张老便道："你寻我吃饭么？"外孙答道："我寻自己的公公，不来寻你。"张老闻得此言，满怀不乐，自想道："'女儿落地便是别家的人'，果非虚话。我年纪虽老，精力未衰，何不娶个偏房？倘或生得一个男儿，也是张门后代。"随把自己留下余财，央媒娶了鲁氏之女。成婚未久，果然身怀六甲，方及周年，生下一子。张老十分欢喜，亲戚之间，都来庆贺。惟有女儿女婿，暗暗地烦恼。张老随将儿子取名一飞，众人皆称他为张一郎。

又过了一二年，张老患病，沉重不起，将及危急之际，写下遗书二纸，将一纸付与鲁氏道："我只为女婿、外孙不孝，故此娶你做个偏房。天可怜见，生得此子。本待把家私尽付与他，争奈他年纪幼小，你又是个女人，不能支持门户，不得不与女婿管理。我若明明说破他年要归我儿，又恐怕他每暗生毒计。而今我这遗书中暗藏哑谜，你可紧紧收藏。且待我儿成人之日，从公告理。倘遇着廉明官府，自有主张。"鲁氏依言，收藏过了。张老便叫人请女儿女婿来，嘱咐了几句，就把一纸遗书与他，女婿接过看道："张一非我子也家财尽与我婿外人不得争占。"女婿看过大喜，就交付浑家收讫。张老又私把自己余资与鲁氏母子，为日用之费，赁间房子与他居住。数日之内，病重而死。那女婿殡葬丈人已毕，道是家缘尽是他的，夫妻两口，洋洋得意，自不消说。

却说鲁氏抚养儿子,渐渐长成。因忆遗言,带了遗书,领了儿子,当官告诉。争奈官府都道是亲笔遗书,既如此说,自应是女婿得的。又且那女婿有钱买嘱,谁肯与他分剖? 亲戚都为张一不平,齐道:"张老病中乱命,如此可笑!"却是没做理会处。又过了几时,换了个新知县,大有能声。鲁氏又领了儿子到官告诉,说道:"临死之时,说书中暗藏哑谜。"那知县把书看了又看,忽然会意,便叫人唤将张老的女儿、女婿、众亲眷们及地方父老都来。知县对那女婿说道:"你妇翁真是个聪明的人,若不是这遗书,家私险被你占了。待我读与你听:'张一非,我子也,家财尽与。我婿外人,不得争占!'你道怎么把'飞'字写做'非'字? 只恐怕舅子年幼,你见了此书,生心谋害,故此用这机关。如今被我识出,家财自然是你舅子的,再有何说?"当下举笔把遗书圈断,家财悉判还张一飞,众人拱服而散。才晓得张老取名之时,就有心机了。正是:

　　异姓如何拥厚资? 应归亲子不须疑。

　　书中哑谜谁能识? 大尹神明果足奇。

只这个故事,可见亲疏分定,纵然一时朦胧,久后自有廉明官府剖断出来,用不着你的瞒心昧己。如今待小子再宣一段话本,叫做《包龙图智赚合同文》。你道这话本出在那里? 乃是宋朝汴梁西关外义定坊有个居民刘大,名天祥,娶妻杨氏。兄弟刘二,名天瑞,娶妻张氏。嫡亲数口儿,同家过活,不曾分另。天祥没有儿女,杨氏是个二婚头,初嫁时带个女儿来,俗名叫做"拖油瓶"。天瑞生个孩儿,叫做刘安住。本处有个李社长,生一女儿,名唤定奴,与刘安住同年。因为李社长与刘家交厚,从未生时指腹为婚。刘安住二岁时节,天瑞已与他聘定李家之女了。那杨氏甚不贤惠,又私心要等女儿长大,招个女婿,把家私多分与他。因此妯娌间,时常有些说话的。亏得天祥兄弟和睦,张氏也自顺气,不致生隙。

不想遇着荒歉之岁,六料不收,上司发下明文,着居民分房减口,往他乡外府趁熟。天祥与兄弟商议,便要远行。天瑞道:"哥哥年老,不可他出。待兄弟带领妻儿去走一遭。"天祥依言,便请将李社长来,对他说道:"亲家在此:只因年岁凶歉,难以度日。上司旨意着居民减口,往他乡趁熟。如今我兄弟三口儿,择日远行。我家自来不曾分另,意欲写下两纸合同文书,把应有的庄田物件,房廊屋舍,都写在这文书上。我每各收留下一纸,兄弟一二年回来便罢,若兄弟十年五年不来,其间万一有些好歹,这纸文书便是个老大的证见。特请亲家到来,做个见人,与我每画个字儿。"李社长应承道:"当得,当得。"天祥便取出两张素纸,举笔写道:

> 东京西关义定坊住人刘天祥,弟刘天瑞,幼侄安住,只为六料不收,奉上司文书分房减口,各处趁熟。弟天瑞自愿挈妻带子,他乡趁熟。一应家私房产,不曾分另。今立合同文书二纸,各收一纸为照。　年　月日。立文书人刘天祥,亲弟刘天瑞。见人李社长。

当下各人画个花押,兄弟二人,每人收了一纸,管待了李社长自别去了。天瑞拣个吉日,收拾行李,辞别兄嫂而行。弟兄两个,皆各流泪。惟有杨氏巴不得他三口出门,甚是得意。有一只《仙吕赏花时》,单道着这事:

> 两纸合同各自收,一日分离无限忧。辞故里,往他州,只为这黄苗不救,可兀的心去意难留。

　　且说天瑞带了妻子,一路餐风宿水,无非是:逢桥下马,过渡登舟。不则一日,到了山西潞州高平县下马村。那边正是丰稔年时,诸般买卖好做,就租个富户人家的房子住下了。那个富户张员外,双名秉彝,浑家郭氏。夫妻两口,为人疏财仗义,好善乐施。广有田庄地宅,只是寸男尺女并无,以此心中不满。见了刘家夫妻,为人和气,十分相得。那刘安住年方三岁,张员外见他生得眉清目秀,乖觉聪明,满心欢喜。与浑家商议,要过继他做个螟蛉之子。郭氏心里也正要如此。便央人与天瑞和张氏说道:"张员外看见你家小官人,十二分得意,有心要把他做个过房儿子,通家往来。未知二位意下何如?"天瑞和张氏见富家要过继他的儿子,有甚不象意处? 便回答道:"只恐贫寒,不敢仰攀。若蒙员外如此美情,我夫妻两口住在这里,可也增好些光彩哩。"那人便将此话回复了张员外。张员外夫妻甚是快话,便拣个吉日,过继刘安住来,就叫他做张安住。那张氏与员外,为是同姓,又拜他做了哥哥。自此与天瑞认为郎舅,往来交厚,房钱衣食,都不要他出了。自此将及半年,谁想欢喜未来,烦恼又到,刘家夫妻二口,各各染了疫症,一卧不起。正是:

> 浓霜偏打无根草,祸来只奔福轻人。

　　张员外见他夫妻病了,视同骨肉,延医调理,只是有增无减。不上数日,张氏先自死了。天瑞大哭一场,又得张员外买棺殡殓。过了几日,天瑞看看病重,自知不痊,便央人请将张员外来,对他说道:"大恩人在上,小生有句心腹话儿，敢说得么？”员外道：“姐夫，我与你义同骨肉，有甚分付，都在不才身上。决然不负所托，但说何妨。”天瑞道：“小生嫡亲的兄弟两口，当日离家时节，哥哥立了两纸合同文书。哥哥收一纸，小生收一纸。怕有些好歹，以此为证。今日多蒙大恩人另眼相看，谁知命塞时乖，果然做了他乡之鬼。安住孩儿幼小无知，既承大恩人过继，只望大恩人广修阴德，将孩儿抚养成人长大。把这纸合同文书，分付与他，将我夫妻俩把骨殖埋入祖坟。小生今生不能补报，来生来世情愿做驴做马，报答大恩。是必休迷了孩儿的本姓。”说罢，泪如雨下。张员外也自下泪，满口应承，又将好言安慰他。天瑞就取出文书，与张员外收了。捱至晚间，瞑目而死。张员外又备棺木衣衾，盛殓已毕，将他夫妻两口棺木权埋在祖茔之侧。自此抚养安住，恩同己子。安住渐渐长成，也不与他说知就里，就送他到学堂里读书。安住伶俐聪明，过目成诵。年十余岁，五经子史，无不通晓。又且为人和顺，孝敬二亲。张员外夫妻珍宝也似的待他。每年春秋节令，带他上坟，就叫他拜自己的父母，但不与他说明缘故。

　　真是光阴似箭，日月如梭。撚指之间，又是一十五年，安住已长成十八岁了。张员外正与郭氏商量，要与他说知前事，着他归宗葬父。时遇清明节令，夫妻两口，又带安住上坟。只见安住指着旁边的土堆问员外道：“爹爹年年叫我拜这坟茔，一向不曾问得，不知是我甚么亲眷？乞与孩儿说知。”张员外道：“我儿，我正待要对你说，着你还乡，只恐怕晓得了自己爹爹妈妈，便把我们抚养之恩，都看得冷淡了。你本不姓张，也不是这里人氏。你本姓刘，东京西关义定坊居民刘天瑞之子，你伯父是刘天祥。因为你那里六料不收，分房减口，你父亲母亲带你到这里趁熟。不想你父母双亡，埋葬于此。你父亲临终时节，遗留与我一纸合同文书，应有家私田产，都在这文书上。叫待你成人长大，与你说知就里，着你带这文书去认伯父伯母，就带骨殖去祖坟安葬。儿噢，今日不得不说与你知道。我虽无三年养育之苦，也有十五年抬举之恩，却休忘我夫妻两口儿。”安住闻言，哭倒在地，员外和郭氏叫唤苏醒。

　　安住又对父母的坟茔，哭拜了一场道：“今日方晓得生身的父母。”就对员外、郭氏道：“禀过爹爹母亲，孩儿既知此事，时刻也迟不得了，乞爹爹把文书付我，须索带了骨殖，往东京走一遭去。埋葬已毕，重来侍奉二亲，未知二亲意下何如？”员外道：“这是行孝的事，我怎好阻当得你？但只愿你早去早回，免使我两口儿悬望。”当下一同回到家中，安住收拾起行装，次日拜别了爹妈。

员外就拿出合同文书与安住收了,又叫人启出骨殖来,与他带去。临行,员外又分付道:"休要久恋家乡,忘了我认义父母。"安住道:"孩儿怎肯做知恩不报恩!大事已完,仍到膝下侍养。"三人各各洒泪而别。

安住一路上不敢迟延,早来到东京西关义定坊了。一路问到刘家门首,只见一个老婆婆站在门前。安住上前唱了个喏道:"有烦妈妈与我通报一声,我姓刘名安住,是刘天瑞的儿子。问得此间是伯父伯母的家里,特来拜认归宗。"只见那婆子一闻此言,便有些变色,就问安住道:"如今二哥二嫂在那里?你既是刘安住,须有合同文字为照。不然,一面不相识的人,如何信得是真?"安住道:"我父母十五年前,死在潞州了。我亏得义父抚养到今。文书自在我行李中。"那婆子道:"则我就是刘大的浑家,既有文书。便是真的了。可把与我,你且站在门外,待我将进去与你伯伯看了,接你进去。"安住道:"不知就是我伯娘,多有得罪。"就打开行李,把文书双手递将送去。杨氏接得,望着里边去了。安住等了半晌不见出来。原来杨氏的女儿已赘过女婿,满心只要把家缘尽数与他,日夜防的是叔、婶、侄儿回来。今见说叔婶俱死,伯侄两个又从不曾识认,可以欺骗得的。当时赚得文书到手,把来紧紧藏在身边暗处,却待等他再来缠时,与他白赖。也是刘安住悔气,合当有事,撞见了他。若是先见了刘天祥,须不到得有此。

再说刘安住等得气叹口渴,鬼影也不见一个,又不好走得进去。正在疑心之际,只见前面定将一个老年的人来,问道:"小哥,你是那里人?为甚事在我门首呆呆站着?"安住道:"你莫非就是我伯伯么?则我便是十五年前父母带了潞州去趁熟的刘安住。"那人道:"如此说起来,你正是我的侄儿。你那合同文书安在?"安住道:"适才伯娘已拿将进去了。"刘天祥满面堆下笑来,携了他的手,来到前厅。安住倒身下拜,天祥道:"孩儿行路劳顿,不须如此。我两口儿年纪老了,真是风中之烛。自你三口儿去后,一十五年,杳无音信。我们兄弟两个,只看你一个人。偌大家私,无人承受,烦恼得我眼也花、耳也聋了。如今幸得孩儿归来,可喜可喜。但不知父母安否?如何不与你同归来看我们一看?"安住扑簌簌泪下,就把父母双亡,义父抚养的事体,从头至尾说一遍。刘天祥也哭了一场,就唤出杨氏来道:"大嫂,侄儿在此见你哩。"杨氏道:"那个侄儿?"天祥道:"就是十五年前去趁熟的刘安住。"杨氏道:"那个是刘安住?这里哨子每极多,大分是见我每

365 卷三十三 张员外义抚螟蛉子 包龙图智赚合同文 365

有些家私,假装做刘安住来冒认的。他爹娘去时,有合同文书。若有便是真的,如无便是假的。有甚么难见处?"天祥道:"适才孩儿说道,已交付与你了。"杨氏道:"我不曾见。"安住道:"是孩儿亲手交与伯娘的。怎如此说?"天祥道:"大嫂休斗我耍,孩儿说你拿了他的。"杨氏只是摇头,不肯承认。天祥又问安住道:"这文书委实在那里? 你可实说。"安住道:"孩儿怎敢有欺? 委实是伯娘拿了。人心天理,怎好赖得?"杨氏骂道:"这个说谎的小弟子孩儿,我几曾见那文书来?"天祥道:"大嫂休要斗气,你果然拿了,与我一看何妨?"杨氏大怒道:"这老子也好糊涂! 我与你夫妻之情,倒信不过;一个铁幕生的人,倒并不疑心。这纸文书我要他糊窗儿? 有何用处?若果侄儿来,我也欢喜,如何肯揑留他的? 这花子故意来揑舌,哄骗我们的家私哩。"安住道:"伯伯,你孩儿情愿不要家财,只要傍着祖坟上,埋葬了我父母这两把骨殖,我便仍到潞州去了。你孩儿须自有安身立命之处。"杨氏道:"谁听你这花言巧语?"当下提起一条杆棒,望着安住劈头劈脸打将过来,早把他头儿打破了,鲜血迸流。天祥虽在旁边解劝,喊道:"且问个明白!"却是自己又不认得侄儿,见浑家抵死不认,不知是假是真,好生委决不下,只得由他。那杨氏将安住叉出前门,把门闭了。正是:

> 黑蟒口中舌,黄蜂尾上针。
>
> 两般犹未毒,最毒妇人心。

刘安住气倒在地多时,渐渐苏醒转来,对着父母的遗骸,放声大哭。又道:"伯娘,你直下得如此狠毒!"正哭之时,只见前面又走过一个人来,问道:"小哥,你那里人? 为甚事在此啼哭?"安住道:"我便是十五年前随父母去趁熟的刘安住。"那人见说,吃了一惊,仔细相了一相,问道:"谁人打破你的头来?"安住道:"这不干我伯父事,是伯娘不肯认我,拿了我的合同文书,抵死赖了,又打破了我的头。"那人道:"我非别人,就是李社长。这等说起来,你是我的女婿。你且把十五年来的事情,细细与我说一遍,待我与你做主。"安住见说是丈人,恭恭敬敬,唱了个喏,哭告道:"岳父听禀:当初父母同安住趁熟,到山西潞州高平县下马村张秉彝员外家店房中安下,父母染病双亡。张员外认我为义子,抬举的成人长大,我如今十八岁了,义父才与我说知就里。因此担着我父母两把骨殖来认伯伯,谁想伯娘将合同文书赚的去了,又打破了我的头。这等冤枉那里去告诉?"说罢,泪如涌泉。李社长气得面皮紫胀,又问安住道:"那纸合同文书,既被赚去,你可记得么?"安住道:"记得。"李社长道:"你且背来我听。"安住从头念了一遍,一字无差。李社长道:"果是我的女婿,再不消说。这虔婆好生无理!我如今敲进刘家去,说得他转便罢。说不转时,现今开封府府尹是包龙图相公,十分聪察,我与你同告状去,不怕不断还你的家私。"安住道:"全凭岳父主张。"李社长当时敲进刘天祥的门,对他夫妻两个道:"亲翁亲妈,什么道理,亲侄儿回来,如何不肯认他,反把他头儿都打破了?"杨氏道:"这个社长,你不知他是诈骗人的,故来我家里打浑。他既是我家侄儿,当初曾有合同文书,有你画的字。若有那文书时,便是刘安住。"李社长道:"他说是你赚来藏过了,如何白赖?"杨氏道:"这社长也好笑,我何曾见他的?却似指贼的一般。别人家的事情,谁要你多管!"当下又举起杆棒要打安住。李社长恐怕打坏了女婿,挺身拦住,领了他出来道:"这虔婆使这般的狠毒见识!难道不认就罢了?不到得和你干休!贤婿不要烦恼,且带了父母的骨殖和这行囊,到我家中将息一晚。明日到开封府进状。"安住从命,随了岳丈一路到李家来。李社长又引他拜见了丈母,安排酒饭管待他,又与他包了头,用药敷治。

次日侵晨,李社长写了状词,同女婿到开封府来。等了一会,龙图已升堂了,但见:

　　　冬冬衙鼓响,公吏两边排。

　　　阎王生死殿,东岳吓魂台。

李社长和刘安住当堂叫屈,包龙图接了状词。看毕,先叫李社长上去,问了情由。李社长从头说了。包龙图道:"莫非是你包揽官司,教唆他的?"李社长道:"他是小人的女婿,文书上元有小人花押,怜他幼稚含冤,故此与他申诉。怎敢欺得青天爷爷!"包龙图道:"你曾认得女婿么?"李社长道:"他自三岁离乡,今日方归,不曾认得。"包龙图道:"既不认得,又失了合同文书,你如何信得他是真?"李社长道:"这文书除了刘家兄弟和小人,并无一人看见。他如今从前至后背来,不差一字,岂不是个老大的证见?"包龙图又唤刘安住起来,问其情由。安住也一一说了。又验了他的伤。问道:"莫非你果不是刘家之子,借此来行拐骗的么?"安住道:"老爷,天下事是假难真,如何做得这没影的事体?况且小人的义父张秉彝广有田宅,也够小人一生受用了。小人原说过情愿不分伯父的家私,只要把父母的骨殖葬在祖坟,便仍到潞州义父处去居住。

望爷爷青天详察。"包龙图见他两人说得有理,就批准了状词,随即拘唤刘天祥夫妇同来。

　　包龙图叫刘天祥上前,问道:"你是个一家之主,如何没些主意,全听妻言? 你且说那小厮,果是你侄儿不是?"天祥道:"爷爷,小人自来不曾认得侄儿,全凭着合同为证。如今这小厮抵死说是有的,妻子又抵死说没有,小人又没有背后眼睛,为此委决不下。"包龙图又叫杨氏起来,再三盘问,只是推说不曾看见。包龙图就对安住道:"你伯父伯娘如此无情,我如今听凭你着实打他,且消你这口怨气!"安住侧然下泪道:"这个使不得! 我父亲尚是他的兄弟,岂有侄儿打伯父之理? 小人本为认亲葬父、行幸而来,又非是争财竞产,若是要小人做此逆伦之事,至死不敢。"包龙图听了这一遍说话,心下已有几分明白。有诗为证:

　　　　包老神明称绝伦,就中曲直岂难分?

　　　　当堂不肯施刑罚,亲者原来只是亲。

当下又问了杨氏儿句,假意道:"那小厮果是个拐骗的,情理难容。你夫妻们和李某且各回家去,把这厮下在牢中,改日严刑审问。"刘天祥等三人,叩头而出。安住自到狱中去了。杨氏暗暗地欢喜,李社长和安住俱各怀着鬼胎,疑心道:"包爷向称神明,如何今日到把原告监禁?"

　　却说包龙图密地分付牢子每,不许难为刘安住;又分付衙门中人张扬出去,只说安住破伤风发,不久待死。又着人往潞州取将张秉彝来。不则一日,张秉彝到了。包龙图问了他备细,心下大明。就叫他牢门首见了安住,用好言安慰他。次日,金了听审的牌,又密嘱咐牢子每临审时如此如此。随即将一行人拘到。包龙图叫张秉彝与杨氏对辩。杨氏只是硬争,不肯放松一句。包龙图便叫监中取出刘安住来,只见牢子回说道:"病重垂死,行动不得。"当下李社长见了张秉彝,问明缘故不差,又忿气与杨氏争辩了一会。又见牢子们来报道:"刘安住病重死了。"那杨氏不知利害,听见说是"死了",便道:"真死了,却谢天地,倒免了我家一累!"包爷分付道:"刘安住得何病而死? 快叫仵作人相视了回话。"仵作人相了,回说:"相得死尸,约年十八岁,大阳穴为他物所伤致死,四周有青紫痕可验。"包龙图道:"如今却怎么处? 倒弄做个人命事,一发重大了。兀那杨氏! 那小厮是你甚么人? 可与你关甚亲么?"杨氏道:"爷爷,其实不关甚亲。"包爷道:"若是关亲时节,你是大,他是小,纵然打伤身死,不过是误杀子孙,不致偿命,只罚些铜纳赎。既是不关亲,你岂不闻得'杀人偿命,欠债还钱'?他是各白世人,你不认他罢了,拿甚么器仗打破他头,做了破伤风身死。律上说:'殴打平人因而致死者抵命。'左右,可将枷来,枷了这婆子,下在死囚牢里。交秋处决,偿这小厮的命。"只见两边如狼似虎的公人,暴雷也似答应一声,就抬过一面枷来,唬得杨氏面如土色,只得喊道:"爷爷,他是小妇人的侄儿。"包龙图道:"既是你侄儿,有何凭据?"杨氏道:"现有合同文书为照。"当下身边摸出文书,递与包公看了。正是:

> 本说的丁一卯二,生扭做差三错四。

> 略用些小小机关,早赚出合同文字。

包龙图看毕,又对杨氏道:"刘安住既是你的侄儿,我如今着人抬他的尸首出来,你须领去埋葬,不可推却。"杨氏道:"小妇人情愿殡葬侄儿。"包龙图便叫监中取出刘安住来,对他说道:"刘安住,早被我赚出合同文字来也!"安住叩头谢道:"若非青天老爷,真是屈杀小人!"杨氏抬头看时,只见容颜如旧,连打破的头都好了。满面羞惭,无言抵对。包龙图遂提笔判曰:

> 刘安住行孝,张秉彝施仁,都是罕有,俱各旌表门闾。李社长着女夫择日成婚。其刘天瑞夫妻骨殖,准葬祖茔之侧。刘天祥朦胧不明,念其年老免罪。妻杨氏本当重罪,罚铜准赎。杨氏赘婿,原非刘门瓜葛,即时逐出,不得侵占家私!

判毕,发放一干人犯,各自还家。众人叩头而出。

张员外写了通家名帖,拜了刘天祥、李社长,先回潞州去了。刘天祥到家,将杨氏埋怨一场,就同侄儿将兄弟骨殖埋在祖茔已毕。李社长择个吉日,赘女婿过门成婚。一月之后,夫妻两口,同到潞州,拜了张员外和郭氏。已后刘安住出仕贵显,刘天祥、张员外俱各无嗣,两姓的家私,都是刘安住一人承当。可见荣枯分定,不可强求。况且骨肉之间,如此昧己瞒心,最伤元气。所以宣这个话本,奉戒世人,切不可为着区区财产,伤了天性之恩。有诗为证:

> 螟蛉义父犹施德,骨肉天亲反弄奸。

> 日后方知前数定,何如休要用机关。

卷 三 十 四

闻人生野战翠浮庵　静观尼昼锦黄沙巷

诗云：

> 酒不醉人人自醉，色不迷人人自迷。
>
> 不是三生应判与，直须慧剑断邪思。

话说世间齐眉结发，多是三生分定，尽有那挥金霍玉，百计千方图谋成就的，到底却捉个空。有那一贫如洗，家徒四壁，似司马相如的，分定时，不要说寻媒下聘与那见面交谈，便是殊俗异类，素昧平生，意想所不到的，却得成了配偶。自古道：“姻缘本是前生定，曾向蟠桃会里来。”见得此一事，非同小可。只看从古至今，有那昆仑奴、黄衫客、许虞候，那一班惊天动地的好汉，也只为从险阻艰难中成全了几对儿夫妇，直教万古流传。奈何平人见个美貌女子，便待偷鸡吊狗，滚热了又妄想永远做夫妻。奇奇怪怪，用尽机谋，讨得些寡便宜，枉玷辱人家门风。直到弄将出来，十个九个死无葬身之地。说话的，依你如此说，怎么今世上也有偷期的倒成了正果？也有奸骗的到底无事，怎见得便个个死于非命？看官听说，你却不知：“一饮一啄，莫非前定。”夫妻自不必说，就是些闲花野草，也只是前世的缘分。假如偷期的成了正果，前缘凑着，自然配合；奸骗的保身没事，前缘偿了，便可收心。为此也有这一辈，自与那痴迷不转头送了性命的不同。

如今且说一个男假为女，奸骗亡身的故事。苏州府城有一豪家庄院，甚是广阔。庄侧有一尼庵，名曰功德庵，也就是豪家所造。庵里有五个后生尼姑，其中只有一个出色的，姓王，乃是云游来的，又美丽，又风月，年可二十来岁。是他年纪最小，却是豪家主意，推他做个庵主。元来那王尼有一身奢嚧的本事：第一件，一张花嘴，数黄道白，指东话西，专在官室人家打蓝，那女眷们没一个不被他哄得投机的。第二件，一付温存情性，善能体察人情，随机应变的帮衬。第三件，一手好手艺，又会写作，又会刺绣，那些大户女眷，也有请他家里来教的，也有到他庵里就教的。又不时有那来求子的，来做道场保禳灾悔的；他又去富贵人家及乡村妇女，诱约到庵中作会。庵有净室十七间，各备床褥衾枕,要留宿的极便。所以他庵中没一日没女眷来往。或在庵过夜,或几日停留。又有一辈妇女,赴庵一次过,再不肯来了的。至于男人,一个不敢上门见面。因有豪家出告示,禁止游客闲人。就是豪家妻女在内,夫男也别嫌疑,恐怕罪过,不敢轻来打搅。所以女人越来得多了。

话休絮烦,有个常州理刑厅随着察院巡历,查盘苏州府的,姓袁,因查盘公署,就在察院相近不便,亦且天气炎热,要个宽敞所在歇足。县间借得豪家庄院,送理刑去住在里头。一日将晚,理刑在院中闲步。见有一小楼极高,可以四望,随步登楼。只见楼中尘积,蛛网蔽户,是个久无人登的所在。理刑喜他微风远至,心要纳凉,不觉迁延,伫立许久。遥望侧边,对着也是一座小楼。楼中有三五个少年女娘,与一个美貌尼姑,嘻笑玩耍。理刑倒躲过身子,不使那边看见。偷眼在窗里张时,只见尼姑与那些女娘,或是搂抱一会,或是勾肩搭背,偎脸接唇一会。理刑看了半晌,摇着头道:"好生作怪!若是女尼,缘何作此等情状?事有可疑。"放在心里。

次日,唤皂隶来问道:"此间左侧有个庵,是甚么庵?"皂隶道:"是某爷家功德庵。"理刑道:"还有男僧在内?女僧在内?"皂隶道:"止有女僧五人。"理刑道:"可有香客与男僧来往么?"皂隶道:"因是女僧在内,有某爷家做主,男人等闲也不敢进门,何况男僧?多只是乡宦人家女眷们往来,这是日日不绝的。"理刑心疑不定,恰好知县来参。理刑把昨晚所见与知县说了。知县分付兵快,随着理刑,抬到尼庵前来,把前后密地围住。

理刑亲自进庵来,众尼慌忙接着。理刑看时,只有四个尼姑,昨日眼中所见的却不在内,问道:"我闻说这庵中有五个尼姑,缘何少了一个?"四尼道:"庵主偶出。"理刑道:"你庵中有座小楼,从那里上去的?"众尼支吾道:"庵中只是几间房子,不曾有甚么楼。"理刑道:"胡说!"领了人,各处看一遍,众尼卧房多看过,果然不见有楼。理刑道:"又来作怪!"就唤一个尼姑,另到一个所在,故意把闲话问了一会,带了开去。却叫带这三个来,发怒道:"你们辄敢在吾面前说谎!方才这一个尼姑,已自招了。有楼在内,你们却怎说没有?这等奸诈可恶,快取拶来!"众尼慌了,只得说出道:"实有一楼,从房里床侧纸糊门里进去就是。"理刑道:"既如此,缘何隐瞒我?"众尼道:"非敢隐瞒爷爷,实是还有几个乡宦家夫人小姐在内,所以不敢说。"推官便叫众尼开了纸门,带了四五个皂隶,弯弯曲曲,走将进去,方是胡梯。只听得楼上嘻笑之声,理刑站住,分付皂隶道:"你们去看! 有个尼姑在上面时,便与我拿下来!"皂隶领旨,一拥上楼去。只见两个闺女、三个妇人,与一个尼姑,正坐着饮酒。见那几个公人蓦上来,吃那一惊不小,四分五落的,却待躲避。众皂隶一齐动手,把那娇娇嫩嫩的一个尼姑,横拖倒拽,捉将下来。拽到当面,问了他卧房在那里,到里头一搜,搜出白绫汗巾十九条,皆有女子元红在上。又有簿籍一本,开载明白,多是留宿妇女姓氏,日期,细注"某人是某日初至,某人是某人荐至。某女是元红,某女元系无红",一一明白。理刑一看,怒发冲冠,连四尼多拿了,带到衙门里来。庵里一班女眷,见捉了众尼去,不知甚么事发,一齐出庵,雇轿各自回去了。

　　且说理刑到了衙门里,喝叫动起刑来。坚称"身是尼僧,并无犯法"。理刑又取稳婆进来,逐一验过,多是女身。理刑没做理会处,思量道:"若如此,这些汗巾簿籍,如何解说?"唤稳婆密问道:"难道毫无可疑?"稳婆道:"止有年小的这个尼姑,虽不见男形,却与女人有些两样。"理刑猛想道:"从来闻有缩阳之术,既这一个有些两样,必是男子。我记得一法,可以破之。"命取油涂其阴处,牵一只狗来餂食。那狗闻了油香,伸了长舌餂之不止。元来狗舌最热,餂到十来餂,小尼热痒难煞,打一个寒噤,腾的一条棍子直统出来,且是坚硬不倒,众尼与稳婆掩面不迭。理刑怒极道:"如此奸徒! 死有余辜。"喝叫拖翻,重打四十,又夹一夹棍,教他从实供招来踪去迹。只得招道:"身系本处游僧,自幼生相似女,从师在方上学得采战伸缩之术,可以夜度十女。一向行白莲教,聚集妇女奸宿。云游到此庵中,有众尼相爱留住。因而说出能会缩阳为女,便充做本庵庵主,多与那夫人小姐们来往。来时诱至楼上同宿,人多不疑。直到引动淫兴,调得情热,方放出肉具来,多不推辞。也有刚正不肯的,有个淫呪迷了他,任从淫欲,事毕方解。所以也有一宿过,再不来的。其余尽是两相情愿,指望永远取乐。不想被爷爷验出,甘死无辞。"

　　方在供招,只见豪家听了妻女之言,道是理刑拿了家庵尼姑去,写书来嘱托讨饶。理刑大怒,也不回书,竟把汗巾、簿籍,封了送去。豪家见了羞赧无地。理刑乃判云:

　　　审得王某系三吴亡命,优仆奸徒。倡白莲以惑黔首,抹红粉以涴朱颜。教祖沙门,本是登岸和尚;娇藏金屋,改为入幕观音。抽玉笋合掌禅床,孰信为尼为尚? 脱金莲展身绣榻,谁知是女是男? 譬之鹳入凤巢,始

合《关雎》之好;蛇游龙窟,岂无云雨之私! 明月本无心,照霜闺而寡居不
寡;清风原有意,入朱户而孤女不孤。废其居,火其书,方足以灭其迹;剖
其心,剜其目,不足以尽其辜。

判毕,分付行刑的,百般用法摆布,备受惨酷。那一个粉团也似的和尚,怎生
熬得过? 登时身死。四尼各责三十,官卖了,庵基拆毁。那小和尚尸首,抛在
观音潭。闻得这事的,都去看他。见他阳物累垂,有七八寸长,一似驴马的一
般,尽皆掩口笑道:"怪道内眷们喜欢他!"平日与他往来的人家内眷,闻得此
僧事败,吊死了好几个。这和尚奸骗了多年,却死无葬身之所。若前此回头,
自想道不是久长之计,改了念头,或是索性还了俗,娶个妻子,过了一世,可不
正应着看官们说的道"叫骗的也有没事"这句话了? 便是人到此时,得了些滋
味,昧了心肝,直待至死方休。所以凡人一走了这条路,鲜有不做出来的。
正是:

善恶到头终有报,只争来早与来迟!

这是男妆为女的了,而今有一个女妆为男,偷期后得成正果的话。洪熙
年间,湖州府东门外有一儒家,姓杨,老儿亡故,一个妈妈同着小儿子并一个
女儿过活。那女儿年方一十二岁,一貌如花,且是聪明。单只从小的三好两
歉,有些小病。老妈妈没一处不想到,只要保佑他长大,随你甚么事也去做
了。忽一日,妈妈和女儿正在那里做绣作,只见一个尼姑步将进来,妈妈欢喜
接待。元来那尼姑,是杭州翠浮庵的观主,与杨妈妈来往有年。那尼姑也是
个花嘴骗舌之人,平素只贪些风月,庵里收拾下两个后生徒弟,多是通同与他
做些不伶俐勾当的。那时将了一包南枣,一瓶秋茶,一盘白果,一盘栗子,到
杨妈妈家来探望。叙了几句寒温,那尼姑看杨家女儿时,生得如何:

体态轻盈,丰姿旖旎。白似梨花带雨,娇如桃瓣随风。缓步轻移,裙
拖下露两竿新笋;含羞欲语,领缘上动一点朱樱。直饶封涉不生心,便是
鲁男须动念。

尼姑见了,问道:"姑娘今年尊庚多少?"妈妈答道:"十二岁了,诸事倒多
伶俐,只有一件没奈何处:因他身子怯弱,动不动三病四痛,老身恨不得把身
子替了他。为这一件上,常是受怕担忧。"尼姑道:"妈妈,可也曾许个愿心保
襁保襁么?"妈妈道:"咳! 那一件不做过? 求神拜佛,许愿祷告,只是不能脱
身。不知是什么悔气星进了命,再也退不去!"尼姑道:"这多是命中带来的。

请把姑娘八字与小尼推一推看。"妈妈道:"师父元来又会算命,一向不得知。"便将女儿年月日时,对他说了。尼姑做张做智,算了一回,说道:"姑娘这命,只不要在妈妈身伴便好。"妈妈道:"老身虽不舍得他离眼前,今要他病好,也说不得。除非过继到别家去,却又性急里没一个去处。"尼姑道:"姑娘可曾受聘了么?"妈妈道:"不曾。"尼姑道:"姑娘命中犯着孤辰,若许了人家时,这病一发了不得。除非这个着落,方合得姑娘贵造,自然寿命延长,身体旺相。只是妈妈自然舍不得的,不好启齿。"妈妈道:"只要保得没事时,随着那里去何妨?"尼姑道:"妈妈若割舍得下时,将姑娘送在佛门,做个世外之人,消灾增福,此为上着。"妈妈道:"师父所言甚好,这是佛天面上功德。我虽是不忍抛撇,譬如多病多痛死了,没奈何走了这一着罢。也是前世有缘,得与师父厮熟。倘若不弃,便送小女与师父做个徒弟。"尼姑道:"姑娘是一点福星,若在小庵,佛面上也增多少光辉,实是万分之幸。只是小尼怎做得姑娘的师父?"妈妈道:"休恁他说,只要师父抬举他一分,老身也放心得下。"尼姑道:"妈妈说那里话? 姑娘是何等之人,小尼敢怠慢他! 小庵虽则贫寒,靠着施主们看觑,身衣口食,不致淡泊,妈妈不必挂心。"妈妈道:"恁地待选个日子,送到庵便了。"妈妈一头看历日,一头不觉簌簌的掉泪。尼姑又劝慰了一番。妈妈拣定日子,留尼姑在家,住了两日,雇只船,叫女儿随了尼姑出家。母子两个抱头大哭一番。

　　女儿拜别了母亲,同尼姑来到庵里,与众尼相见了,拜了师父,择日与他剃发,取法名叫做静观。自此杨家女儿便在翠浮庵做了尼姑,这多是杨妈妈没主意,有诗为证:

　　　　弱质虽然为病磨,无常何必便来拖?
　　　　等闲送上空门路,却使他年自择窝。

　　你道尼姑为甚撺掇杨妈妈叫女儿出家? 元来他日常要做些不公不法的事,全要那几个后生标致徒弟做个牵头,引得人动。他见杨家女儿十分颜色,又且妈妈只要保扶他长成,有甚事不依了他? 所以他将机就计,以推命做个入话,唆他把女儿送入空门,收他做了徒弟。那时杨家女儿十二岁上,情窦未开,却也不以为意。若是再大几年的,也抵死不从了。自做了尼姑之后,每常或同了师父,或自己一身,到家来看母亲,一年也往来几次。妈妈本是爱惜女儿的,在身边时节,身子略略有些不爽利,一分便认做十分,所以动不动忧愁思虑。离了身畔,便有些小病,却不在眼前,倒省了许多烦恼。又且常见女儿到家,身子健旺;女儿怕娘记挂,口里只说旧病一些不发。为此,那妈妈一发信道该是出家的人,也倒不十分悬念了。

话分两头。却说湖州黄沙巷里有一个秀才,复姓闻人,单名一个嘉字,乃祖贯绍兴。因公公在乌程处馆,超籍过来的。面似潘安,才同子建,年十七岁。堂上有四十岁的母亲,家贫未有妻室。为他少年英俊,又且气质闲雅,风流潇洒,十分在行,朋友中没一个不爱他敬他的。所以时常有人赍助他。至于遨游宴饮,一发罢他不得。但是朋友们相聚,多以闻人生不在为歉。

一日,正是正月中旬天气,梅花盛发。一个后生朋友,唤了一只游船,拉了闻人生往杭州耍子,就便往西溪看梅花。闻人生禀过了母亲同去,一日夜到了杭州。那朋友道:"我们且先往西溪,看了梅花,明日进去。"便叫船家把船撑往西溪。不上个把时辰,到了。泊船在岸,闻人生与那朋友,步行上崖,叫仆从们挑了酒盒,相挈而行。约有半里多路,只见一个松林,多是合抱不交的树。林中隐隐一座庵观,周围一带粉墙包裹,向阳两扇八字墙门,门前一道溪水,甚是僻静。两人走到庵门前闲看,那庵门掩着,里面却象有人窥觑。那朋友道:"好个清幽庵院!我们扣门进去,讨杯茶吃了去,何如?"闻人生道:"还是趁早去看梅花要紧。转来进去不迟。"那朋友道:"有理,有理。"拽开脚步便去,顷刻间走到。两人看梅花时,但见:

> 烂银一片,碎玉千重。幽馥袭和风,贾午异香还较逊;素光映丽日,西子靓妆应不如。绰约干能傲冰霜,参差影偏宜风月。骚人题咏安能尽,韵客杯盘何日休?

两人看了,闲玩了一回,便叫将酒盒来开怀畅饮。天色看看晚来,酒已将尽,两人吃个半酣,取路回舟中来。那时天已昏黑,只要走路,也不及进庵中观看,急急下船,过了一夜。次早,松木场上岸不题。

且说那个庵,正是翠浮庵,便是杨家女儿出家之处。那时静观已是十六岁了,更长得仪容绝世,且是性格幽闲。日常有这些俗客往来,也有注目看他的,也有言三语四挑拨他的。众尼便嬉笑趋陪,殷勤款送。他只淡淡相看,分毫不放在心上。闲常见众尼每干些勾当,只做不知。闭门静坐,看些古书,写些诗句,再不轻易出来走动。也是机缘凑泊,适才闻人生庵前闲看时,恰好静观偶然出来闲步,在门缝里窥看。只见那闻人生逸致翩翩,有出尘之态。静观注目而视,看得仔细。见闻人生去远了,恨不得赶上去饱看一回。无聊无赖的,只得进房,心下想道:"世间有这般美少年,莫非天仙下降? 人生一世,但得恁地一个,便把终身许他,岂不是一对好姻缘? 奈我已堕入此中,这事休题了。"叹口气,噙着眼泪。正是:

> 哑子漫尝黄柏味,难将苦口向人言。

看官听说,但凡出家人,必须四大俱空。自己发得念尽,死心塌地,做个佛门弟子,早夜修持,凡心一点不动,却才算得有功行。若如今世上,小时凭着父母蛮做,动不动许在空门,那晓得起头易,到底难。到得大来,得知了这些情欲滋味,就是强制得来,原非他本心所愿。为此就有那不守分的,污秽了禅堂佛殿,正叫做"作福不如避罪"。奉劝世人再休把自己儿女送上这条路来。

闲话休题,却说闻人生自杭州归来,荏苒间又过了四个多月。那年正是大比之年,闻人生已从道间取得头名,此时正是六月天气,却不甚热,打点束装上杭。他有个姑娘,在杭州关内黄主事家做孤孀,要去他庄上寻间清凉房舍,静坐几时。看了出行的日子,已得朋友们资助了些盘缠,安顿了母亲,雇了只航船,带了家僮阿四,携了书囊前往。才出东门,正行之际,岸上一个小和尚说着湖州的话,叫道:"船是上杭州去的么?"船家道:"正是,送一位科举相公上去的。"和尚道:"既如此,可带小僧一带,舟金依例奉上。"船家道:"师父,杭州去做甚么?"和尚道:"我出家在灵隐寺,今到俗家探亲,却要回去。"船家道:"要问舱里相公,我们不敢自主。"只见那阿四便钻出船头,上来嚷道:"这不识时务小秃驴! 我家官人正去乡试,要讨彩头,撞将你这一件秃光光不利市的物事来。去便去,不去时,我把水兜豁上一顿水,替你洗洁净了那个乱代头。"你道怎地叫做"乱代头"? 昔人有嘲诮和尚说话道:"此非治世之头,乃乱代之头也。"盖为"乱""卵"二字音相近。阿四见家主与朋友们戏谑曾说过,故此学得这句话,骂那和尚。和尚道:"载不载,问一声也不冲撞了甚么? 何消得如此嚷?"闻人生在舱里听见,推窗看那和尚,且是生得清秀、娇嫩,甚觉可爱,又见说是灵隐寺的和尚,便想道:"灵隐寺去处,山水最胜,我便带了这和尚去,与他做个相知往来,到那里做下处也好。"慌忙出来喝住道:"小厮不要无理! 乡里间的师父,既要上杭时,便下船来做伴同去何妨?"也是缘分该是如此,船家得了此话,便把船拢岸。那和尚一见了闻人生,吃了一惊,一头下船，一头瞅着闻人生只顾看。闻人生想道："我眼里也从不见这般一个美丽长老，容色绝似女人。若使是女身，岂非天姿国色？可惜是个和尚了。"和他施礼罢，进舱里坐定。却值风顺，拽起片帆，船去如飞。

两个在舱中，各问姓名了毕，知是同乡，只说着一样的乡语，一发投机。闻人生见那和尚谈吐雅致，想道："不是个庸僧。"只见他一双媚眼，不住的把闻人生上下只顾看。天气暴暑，闻人生请他宽了上身单衣，和尚道："小僧生性不十分畏暑，相公请自便。"看看天晚，吃了些夜饭，闻人生便让和尚洗澡，和尚只推是不消。闻人生洗了澡，已自困倦，掤倒头只寻睡了。阿四也往梢上去自睡。那和尚见人睡静，方灭了火，解衣与闻人生同睡。却自翻来复去，睡不安稳，只自叹气。见闻人生已睡熟，悄悄坐起来，伸只手把他身上摸着。不想正摸着他一件跷尖头、硬笃笃的东西，捏了一把。那时闻人生正醒来，伸个腰，那和尚流水放手，轻轻的睡了倒去。闻人生却已知觉，想道："这和尚倒来惹骚！恁般一个标致的，想是师父也不饶他，倒是惯家了。我便兜他来男风一度也使得，如何肉在口边不吃？"闻人生正是少年高兴的时节，便爬将过来，与和尚做了一头。伸将手去摸时，和尚做一团儿睡着，只不做声。闻人生又摸去，只见软团团两只奶儿。闻人生想道："这小长老，又不肥胖，如何有恁般一对好奶？"再去摸他后庭时，那和尚却象惊怕的，流水翻转身来仰卧着。闻人生却待从前面抄将过去，才下手，却摸着前面高耸耸似馒头般一团肉，却无阳物。闻人生倒吃了一惊，道："这是怎么说？"问他道："你实说，是甚么人？"和尚道："相公不要则声，我身实是女尼。因怕路上不便，假称男僧。"闻人生道："这等一发有缘，放你不过了。"不问事由，跳上身去。那女尼道："相公可怜小尼还是个女身，不曾破肉的，从容些则个。"闻人生此时欲火正高，那里还管？无奈那尼姑含花未惯风和雨，怎当闻人生兴发忙施雨与风，只得蹙眉啮齿忍耐。

霎时云收雨散。闻人生道："小生无故得遇仙姑，知是睡里梦里？须道住止详细，好图后会。"女尼便道："小尼非是别处人氏，就是湖州东门外杨家之女，为母亲所误，将我送入空门。今在西溪翠浮庵出家，法名静观。那里庵中也有来往的，都是些俗子村夫，没一个看得上眼。今年正月间，正在门首闲步，看见相公在门首站立，仪表非常，便觉神思不定。相慕已久，不想今日不期而会，得谐鱼水，正合夙愿，所以不敢推拒。非小尼之淫贱也，愿相公勿认做萍水相逢,须为我图个终身便好。"闻人生道:"尊翁尊堂还在否?"静观道:"父亲杨某,亡故已久,家中还有母亲与兄弟。昨日看母亲来,不想遇着相公。相公曾娶妻未?"闻人生道:"小生也未有室,今幸遇仙姑,年貌相当,正堪作配。况是同郡儒门之女,岂可埋没于此? 须商量个长久见识出来。"静观道:"我身已托于君,必无二心。但今日事体匆忙,一时未有良计。小庵离城不远,且是僻静清凉,相公可到我庵中作寓,早晚可以攻书,自有道者在外打斋,不烦薪水之费,亦且可以相聚。日后相个机会,再作区处。相公意下何如?"闻人生道:"如此甚好,只恐同伴不容。"静观道:"庵中止有一个师父,是四十以内之人,色上且是要紧。两个同伴,多不上二十来年纪,他们多不是清白之人。平日与人来往,尽在我眼里,那有及得你这样仪表? 若见了你,定然相爱。你便结识了他们,以便就中取事。只怕你不肯留,那有不留你之事?"闻人生听罢,欢喜无限道:"仙姑高见极明,既恁地来,早到松木场,连我家小厮打发他随船回去。小生与仙姑同往便了。"说了一回,两个搂抱有兴,再讲那欢娱起来。正是:

> 平生未解到花关,倏到花关骨尽寒。
> 此际不知真与梦,几回暗里抱头看。

事毕,只听得晨鸡乱唱。静观恐怕被人知觉,连忙披衣起身。船家忙起来行船。阿四也起来伏侍梳洗,吃早饭罢,赶早过了关。阿四问道:"那里歇船? 好到黄家去问下处。"闻人生道:"不消得下处了。这小师父寺中有空房,我们竟到松木场上岸罢。"船到松木场,只说要到灵隐寺,雇了一个脚夫,将行李一担挑了,闻人生分付阿四道:"你可随船回去,对安人说声,不消记念! 我只在这师父寺里看书。场毕,我自回来,也不须教人来讨信得。"打发了,看他开了船,闻人生才与静观雇了两乘轿,抬到翠浮庵去。另与脚夫说过,叫他跟来。霎时到了,还了轿钱、脚钱,静观引了闻人生进庵道:"这位相公要在此做下处,过科举的。"

众尼看见,笑脸相迎。把闻人生看了又看,愈加欢爱。殷殷勤勤的,陪过了茶,收拾一间洁净房子,安顿了行李。吃过夜饭,洗了浴。少不得先是那庵主起手,快乐一宵。此后这两个你争我夺,轮番伴宿。静观恬然不来兜揽,让他们欢畅,众尼无不感激静观。滚了月余,闻人生也自支持不过。他们又将人参汤、香薷饮、莲心、圆眼之类,调浆闻人生,无所不至。闻人生倒好受用。

不觉已是穿针过期,又值七月半,盂兰盆大斋时节。杭州年例,人家做功果,点放河灯。那日还是七月十二日,有一个大户人家,差人来庵里,请师父们念经,做功果。庵主应承了,众尼进来商议道:"我们大众去做道场,十三到十五,有三日停留。闻官人在此,须留一个相陪便好。只是忒便宜了他。"只见两尼,你也要住,我也要住,静观只不做声。庵主道:"人家去做功果,我自然推不得,不消说。闻官人原是静观引来的,你两个讨他便宜多了,今日只该着静观在此相陪,也是公道。"众人道:"师父处得有理。"静观暗地欢喜。众尼自去收拾法器经箱,连老道者多往那家去了。

静观送了出门,进来对闻人生道:"此非久恋之所,怎生作个计较便好?今试期日近,若但迷恋于此,不惟攀桂无分,亦且身躯难保。"闻人生道:"我岂不知?只为难舍着你,故此强与众欢,非吾愿也。"静观道:"前日初会你时,非不欲即从你作脱身之计,因为我在家中来,中途不见了,庵主必到我家里要人,所以不便。今既在此多时了,我乘此无人在庵,与你逃去。他们多是与你有染的,心头病怕露出来,料不好追得你。"闻人生道:"不如此说。我是个秀才家,家中况有老母。若同你逃至我家,不但老母惊异,未必相容;亦且你庵中追寻得着,惊动官府,我前程也难保。何况你身子不知作何着落?此事行不得。我意欲待赴试之后,如得一第,娶你不难。"静观道:"就是中了个举人,也没有就娶个尼姑的理。况且万一不中,又却如何?亦非长算。我自出家来,与人写经写疏,得人衬钱,积有百来金。我撇了这里,将了这些东西做盘缠,寻一个寄迹所在。等待你名成了,再从容家去,可不好?"闻人生想一想道:"此言有理。我有姑娘,嫁在这里关内黄乡宦家,今已守寡,极是奉佛。家里庄上造得有小庵,晨昏不断香火。那庵中管烧香点烛的老道姑,就是我的乳母。我如今不免把你此情告知姑娘,领你去放在他家家庵中,托我奶娘相伴着你。他是衙院人家,谁敢来盘问?你好一面留头长发,待我得意之后,以礼成婚,岂不妙哉?倘若不中,也等那时发长,便到处无碍了。"静观道:"这个却好,事不宜迟,作急就去。若三日之后,便做不成了。"

当下闻人生就奔至姑娘家去,见了姑娘。姑娘道罢寒温,问道:"我久在此望你该来科举了,如何今日才来?有下处也未曾?"闻人生道:"好叫姑娘得知,小侄因为做下处,寻出一件事头来,特求姑娘周全则个。"姑娘道:"何事?"闻人生造个谎道:"小侄那里有一个业师杨某,亡故多时,他只有一女,幼年间就与小侄相认。后来被个尼姑拐了去，不知所向。今小侄贪静寻下处，在这里西溪地方，却在翠浮庵里撞着了他，且是生得人物十全了。他心不愿出家，情愿跟着小侄去。也是前世姻缘，又是故人之女，推却不得。但小侄在此科举，怕惹出事来；若带他家去，又是个光头不便；欲待当官告理，场前没闲工夫，亦且没有闲使用。我想姑娘此处有个家庵，是小侄奶子在里头管香火，小侄意欲送他来到姑娘庵里头暂住。就是万一他那里晓得了，不过在女眷人家香火庵里，不为大害。若是到底无人跟寻，小侄待乡试已毕，意欲与他完成这段姻缘，望姑娘作成则个。"姑娘笑道："你寻着了个陈妙常，也来求我姑娘了。既是你师长之女，怪你不得。你既有意要成就，也不好叫他在庵里住。你与他多是少年心性，若要往来，恐怕玷污了我佛地。我庄中自有静室，我收拾与他住下，叫他长起发来。我自叫丫鬟伏侍，你亦可以长来相处。若是晚来无人，叫你奶子伴宿，此为两便。"闻人生道："若得如此，姑娘再造之恩，小侄就去领他来拜见姑娘了。"

别了出门，就在门外叫了一乘轿，竟到翠浮庵里。进庵与静观说了适才姑娘的话。静观大喜，连忙收拾，将自己所有，尽皆检了出来。闻人生道："我只把你藏过了，等他们来家，我不妨仍旧再来走走，使他们不疑心着我。我的行李且未要带去。"静观道："敢是你与他们业根未断么？"闻人生道："我专心为你，岂复有他恋？只要做得没个痕迹，如金蝉脱壳方妙。若他坐定道是我，无得可疑了，正是科场前利害头上，万一被他们官司绊住，不得入试，怎好？"静观道："我平时常独自一个家去的，他们问时，你只推偶然不在，不知我那里去了，支吾着他。他定然疑心我是到娘家去，未必追寻。到得后来，晓得不在娘家，你场事已毕了，我与你别作计较。离了此地，你是隔府人，他那里来寻你？寻着了，也只索白赖。"

计议已定，静观就上了轿。闻人生把庵门掩上，随着步行，竟到姑娘家来。姑娘一见静观，青头白脸，桃花般的两颊，吹弹得破的皮肉，心里也十分喜欢，笑道："怪道我家侄儿看上了你！你只在庄上内房里住，此处再无外人敢上门的，只管放心。"对着闻人生道："我庄上房中，你亦可同住。但你若竟住在此，恐怕有人跟寻得出，反为不美。况且要进场，还须别寻下处。"闻人生道："姑娘见得极是，小侄只可暂来。"从此，静观只在姑娘庄里住。闻人生是夜也就同房宿了，明日别了去，另寻下处，不题。

　　却说翠浮庵三个尼姑,作了三日功果回来。到得庵前,只见庵门虚掩的。走将进去,静悄悄不见一人,惊疑道:"多在何处去了?"他们心上要紧的是闻人生,静观倒是第二。着急到闻人生房里去看,行李书箱都在,心里又放下好些。只不见了静观,房里又收拾的干干净净,不知甚么缘故? 正委决不下,只见闻人生踱将进来。众尼笑逐颜开道:"来了! 来了!"庵主一把抱住,且不及问静观的说话,笑道:"隔别三日,心痒难熬。今且到房中一乐。"也不顾这两个小尼口馋,径自去做事了,闻人生只得勉强奉承,酣畅一度,才问道:"你同静观在此,他那里去了?"闻人生道:"昨日我到城中去了一日,天晚了,来不及,在朋友家宿了。直到今日来,不知他那里去了。"众尼道:"想是见你去了,独自一个没情绪,自回湖州去了。他在此独受用了两日,也该让让我们,等他去去再处。"因贪着闻人生快乐,把静观的事倒丢在一边了。谁知闻人生心却不在此处。鬼混了两三日,推道要到场前寻下处。众尼不好阻得,把行李挑了去。众尼千约万约道:"得空原到这里来住。"闻人生满口应承,自去了。

　　庵主过了几日,不见静观消耗,放心不下,叫人到杨妈妈家问问。说是不曾回家,吃了一惊。恐怕杨妈妈来着急,倒不敢声张,只好密密探听。又见闻人生一去不来,心里方才有些疑惑。待要去寻他盘问,却不曾问得下处明白,只得忍耐着,指望他场后还来。只见三场已毕,又等了几日,闻人生脚影也不见来。元来闻人生场中甚是得意,出场来竟到姑娘庄上,与静观一处了,那里还想着翠浮庵中? 庵主与二尼,望不见到,恨道:"天下有这样薄情的人! 静观未必不是他拐去了。不然便是这样不来,也没解说。"思量要把拐骗来告他,有碍着自家多洗不清,怕惹出祸来。正商量到场前寻他,或是问到他湖州家里去炒他,终是女人辈,未有定见,却又撞出一场巧事来。

　　说话间,忽然门外有人敲门得紧,众尼多心里疑道:"敢是闻人生来也?"齐走出来,开了门看,只见一乘大轿,三四乘小轿,多在门首歇着。敲门的家人报道:"安人到此。"庵主却认得是下路来的某安人,慌忙迎接。只见大轿里安人走出来,旁边四个养娘出轿来,拥着进庵。坐定了,寒温过,献茶已毕,安人打发家人们:"到船上伺候。我在此过午下船。"家人们各去了。安人走进庵主房中来。安人道:"自从我家主亡过,我就不曾来此,已三年了。"庵主道:"安人今日贵脚踏贱地,想是完了孝服才来烧香的。"安人道:"正是。"庵主道:"如此秋光,正好闲耍。"安人叹了一口气道:"有甚心情游耍?"庵主有些瞧科,挑他道:"敢是为没有了老爹,冷静了些?"安人起身把门掩上,对庵主道:"我一向把心腹待你,你不要见外。我和你说句知心话:你方才说我冷静,我想我止隔得三年,尚且心情不奈烦,何况你们终身独守,如何过了?"庵主道:"谁说我们独守? 不瞒安人说,全亏得有个把主儿相伴一相伴。不然冷落死了,如何熬得?"安人道:"你如今见有何人?"庵主道:"有个心上妙人,在这里科举的小秀才。这两日一去不来,正在此设计商量。"安人道:"你且丢着此事,我有一件好事作成你。你尽心与我做着,管教你快活。"庵主道:"何事?"安人道:"我前日在昭庆寺中进香,下房头安歇。这房头有个未净头的小和尚,生得标致异常。我瞒你不得,其实隔绝此事多时,忍不住动火起来。因他上来送茶,他自道年幼不避忌,软嘴塌舌,甚是可爱。我一时迷了,遣开了人,抱他上床要试他做做此事看。谁知这小厮深知滋味,比着大人家更是雄健。我实是心吊在他身上,舍不得他了。我想了一夜,我要带他家去,须知我是寡居,要防生人眼,恐怕坏了名声。亦且拘拘束束,躲躲闪闪,怎能勾象意? 我今与师父商量,把他来师父这里净了头,他面貌娇嫩,只认做尼姑。我归去后,师父带了他,竟到我家来,说是师徒两个来投我。我供养在家里庵中,连我合家人,只认做你的女徒,我便好象意做事,不是神鬼不知的? 所以今日特地到此,要你做这大事。你若依得,你也落得些快活。有了此人,随你心上人也放得下了。"庵主道:"安人高见妙策,只是小尼也沾沾手,恐怕安人吃醋。"安人道:"我要你帮衬做事,怎好自相妒忌? 到得家里,我还要牵你来做了一床,等外人永不疑心,方才是妙哩。"庵主道:"我的知心的安人! 这等说,我死也替你去。我这里三个徒弟,前日不见了一个小的。今恰好把来抵补,一发好瞒生人。只是如何得他到这里来?"安人道:"我约定他在此。他许我背了师父,随我去的,敢就来也。"

　　正说之间,只见一个小尼敲门进房来道:"外边一个拢头小伙子,在那里问安人。"安人忙道:"是了,快唤他进来!"只见那小伙望内就走,两个小尼见他生得标致,个个眉花眼笑。安人见了,点点头叫他进来。他见了庵主,作个揖。庵主一眼不霎,估定了看他。安人拽他手过来,问庵主道:"我说的如何?"庵主道:"我眼花了,见了善财童子,身子多软瘫了。"安人笑将起来。庵主且到灶下看斋,就把这些话与两个小尼说了。小尼多咬着指头道:"有此妙事!"庵主道:"我多分随他去了。"小尼道:"师父撇了我们,自去受用。"庵主道："这是天赐我的衣食，你们在此，料也不空过。"大家笑耍了一回。庵主复进房中。只见安人搂着小伙，正在那里说话。见了庵主，忙在扶手匣里取出十两一包银子来，与他道："只此为定，我今留此子在此，我自开船先去了。十日之内，望你两人到我家来，千万勿误！"安人又叮嘱那小伙几句话，出到堂屋里，吃了斋，自上轿去了。

庵主送了出去，关上大门进来见了小伙，真是黑夜里拾得一颗明珠，且来搂他去亲嘴。弄了一度，喜不可言。对他道："今后我与某安人合用的了，只这几夜，且让让我着。"事毕，就取剃刀来与他落了发，仔细看一看，笑道："也倒与静观差不多，到那里少不得要个法名，仍叫做静观罢。"是夜同庵主一床睡了，极得两个小尼姑咽干了唾沫。明日收拾了，叫个船，竟到下路去，分付两个小尼道："你们且守在此，我到那里看光景若好，捎个信与你们。毕竟不来，随你们散伙家去罢。杨家有人来问，只说静观随师父下路人家去了。"两尼也巴不得师父去了，大家散伙，连声答应道："都理会得。"从此，老尼与小伙同下船来，人面前认为师弟，晚夕上只做夫妻。

不多几日，到了那一家，充做尼姑，进庵住好。安人不时请师徒进房留宿，常是三个做一床。尼姑又教安人许多取乐方法，三个人只多得一颗头，尽兴淫恣。那少年男子，不敌两个中年老阴，几年之间，得病而死。安人哀伤郁闷，也不久亡故。老尼被那家寻他事故，告了他偷盗，监了追赃，死于狱中。这是后话。

且说翠浮庵自从庵主去后，静观的事一发无人提起，安安稳稳，住在庄上。只见揭了晓，闻人生已中了经魁，喜喜欢欢，来见姑娘。又私下与静观相见，各各快乐。自此，日里在城中，完这些新中式的世事。晚上到姑娘庄上，与静观歇宿，密地叫人去翠浮庵打听。已知庵主他往，两小尼各归俗家去了，庵中空锁在那里。回复了静观，掉下了老大一个疙瘩。闻人生事体已完，想要归湖州，来与姑娘商议："静观发未长，娶回不得，仍留在姑娘这里。待我去会试再处。"静观又嘱付道："连我母亲处，也未可使他知道。我出家是他的生意，如何蓦地还俗？且待我头发长了，与你双归，他才拗不得。"闻人生道："多是有见识的话。"别了荣归。拜过母亲，把静观的事，并不提起。

到得十月尽边，要去会试，来见姑娘。此时静观头发开肩，可以梳得个假髻了。闻人生意欲带他去会试，姑娘劝道："我看此女德性温淑，堪为你配。

既要做正经婚姻,岂可仍复私下带来带去,不象事体。仍留我庄上住下,等你会试得意荣归,他发已尽长。此时只认是我的继女,迎归花烛,岂不正气!"闻人生见姑娘说出一段大道理话,只得忍情与静观别了。进京会试,果然一举成名,中了二甲,礼部观政。《同年录》上先刻了"聘杨氏",就起一本"给假归娶",奉旨:准给花红表礼,以备喜筵。

驰驿还家,拜过母亲。母亲闻知归娶,问道:"你自幼未曾聘定,今娶何人?"闻人生道:"好教母亲得知,孩儿在杭州,姑娘家有个继女许下孩儿了。"母亲道:"为何我不曾见说?"闻人生道:"母亲日后自知。"选个吉日,结起彩船,花红鼓乐,竟到杭州关内黄家来。拜了姑娘,说了奉旨归娶的话。姑娘大喜道:"我前者见识,如何? 今日何等光采!"先与静观相见了,执手各道别情。静观此时已是内家装扮了,又道黄夫人待他许多好处,已自认义为干娘了。黄夫人亲自与他插戴了,送上彩轿,下了船。船中赶好日,结了花烛。正是:

> 红罗帐里,依然两个新人;
>
> 锦披窝中,各出一般旧物。

到家里,齐齐拜见了母亲。母亲见媳妇生得标致,心下喜欢。又见他是湖州声口,问道:"既是杭州娶来,如何说这里的话?"闻人生方把杨家女儿错出了家,从头至尾的事,说了一遍。母亲方才明白。

次日闻人生同了静观竟到杨家来。先拿子婿的帖子与丈母,又一内弟的帖与小舅。杨妈只道是错了,再四不收。女儿只得先自走将进来,叫一声"娘!"妈妈见是一个凤冠霞帔的女眷,吃那一惊不小。慌忙站起来,一时认不出。女儿道:"娘休惊怪! 女儿即是翠浮庵静观是也。"妈妈听了声音,再看面庞,才认得出:只是有了头发,妆扮异样,若不仔细,也要错过。妈妈道:"有一年多不见你面,又无音耗。后来闻得你同师父到那里下路去了,好不记挂!今年又着人去看,庵中鬼影也无,正自思念你,没个是处,你因何得到此地位!"女儿才把去年搭船相遇,直到此时奉旨完婚,从头至尾说了一遍。喜得个杨妈妈双脚乱跳,口扯开了收不拢来,叫儿子去快请姊夫进来。儿子是学堂中出来的,也尽晓得趋跄,便拱了闻人生进来,一同姊姊站立,拜见了杨妈妈,此时真如睡里梦里,妈妈道:"早知你有这一日,为甚把你送在庵里去?"女儿道:"若不送在庵中,也不能勾有这一日。"当下就接了杨妈妈到闻家过门,同坐喜筵。大吹大擂,更余而散。

　　此后,闻人生在宦途时有蹉跌,不甚象意。年至五十,方得腰金而归。杨氏女得封恭人,林下偕老。闻人生曾遇着高明相士,问他宦途不称意之故。相士道:"犯了少年时风月,损了些阴德,故见如此。"闻人生也甚悔翠浮庵少年孟浪之事,常与人说尼庵不可擅居,以此为戒。这不是"偷期得成正果"之话? 若非前生分定,如何得这样奇缘? 有诗为证:

　　　　主婚靡不仗天公,堪叹人生尽聩聋。

　　　　若道姻缘人可强,氤氲使者有何功?

卷 三 十 五

诉穷汉暂掌别人钱　看财奴刁买冤家主

诗云：

> 从来欠债要还钱，冥府于斯倍灼然。
>
> 若使得来非分内，终须有日复还原。

却说人生财物，皆有分定。若不是你的东西，纵然勉强哄得到手，原要一分一毫填还别人的。从来因果报应的说话，其事非一，难以尽述。在下先拣一个希罕些的，说来做个得胜头回。晋州古城县有一个人，名唤张善友。平日看经念佛，是个好善的长者。浑家李氏却有些短见薄识，要做些小便宜勾当。夫妻两个过活，不曾生男育女，家道尽从容好过。其时本县有个赵廷玉，是个贫难的人，平日也守本分。只因一时母亲亡故，无钱葬埋，晓得张善友家事有余，起心要去偷他些来用。算计了两日，果然被他挖个墙洞，偷了他五六十两银子去，将母亲殡葬讫。自想道："我本不是没行止的，只因家贫无钱葬母，做出这个短头的事来，扰了这一家人家，今生今世还不的他，来生来世是必填还他则个。"张善友次日起来，见了壁洞，晓得失了贼，查点家财，箱笼里没了五六十两银子。张善友是个富家，也不十分放在心上，道是命该失脱，叹口气罢了。惟有李氏切切于心道："有此一项银子，做许多事，生许多利息，怎舍得白白被盗了去？"

正在纳闷间，忽然外边有一个和尚来寻张善友。张善友出去相见了，问道："师傅何来？"和尚道："老僧是五台山僧人，为因佛殿坍损，下山来抄化修造。抄化了多时，积得有两百来两银子，还少些个。又有那上了疏未曾勾销的。今要往别处去走走，讨这些布施。身边所有银子，不便携带，恐有失所，要寻个寄放的去处，一时无有。一路访来，闻知长者好善，是个有名的檀越，特来寄放这一项银子。待别处讨足了，就来取回本山去也。"张善友道："这是胜事，师父只管寄放在舍下，万无一误。只等师父事毕来取便是。"当下把银子看验明白，点计件数，拿进去交付与浑家了。出来留和尚吃斋。和尚道："不劳檀越费斋，老僧心忙，要去募化。"善友道："师父银子，弟子交付浑家，收好在里面。倘若师父来取时,弟子出外,必预先分付停当,交还师父便了。"和尚别了,自去抄化。那李氏接得和尚银子在手,满心欢喜,想道:"我才失得五六十两,这和尚倒送将一百两来,岂不是补还了我的缺?还有得多哩!"就起一点心,打帐要赖他的。

一日,张善友要到东岳庙里烧香求子去,对浑家道:"我去则去,有那五台山的僧所寄银两,前日是你收着,若他来取时,不论我在不在,你便与他去。他若要斋吃,你便整理些蔬菜斋他一斋,也是你的功德。"李氏道:"我晓得。"张善友自烧香去了。去后,那五台山和尚抄化完了,却来问张善友取这项银子。李氏便白赖道:"张善友也不在家,我家也没有人寄甚么银子。师父敢是错认了人家了?"和尚道:"我前日亲自交付与张长者,长者收拾进来交付孺人的,怎么说此话?"李氏便赌咒道:"我若见你的,我眼里出血。"和尚道:"这等说,要赖我的了。"李氏又道:"我赖了你的,我堕十八层地狱。"和尚见他赌咒,明知白赖了。争奈是个女人家,又不好与他争论得。和尚没计奈何,合着掌,念声佛道:"阿弥陀佛!我是十方抄化来的布施,要修理佛殿的,寄放在你这里。你怎么要赖我的?你今生今世赖了我这银子,到那生那世少不得要填还我。"带着悲恨而去。过了几时,张善友回来,问起和尚银子。李氏哄丈夫道:"刚你去了,那和尚就来取,我双手还他去了。"张善友道:"好,好,也完了一宗事。"

过得两年,李氏生下一子。自生此子之后,家私火焰也似长将起来。再过了五年,又生一个,共是两个儿子了。大的小名叫做乞僧;次的小名叫做福僧。那乞僧大来极会做人家,披星戴月,早起晚眠,又且生性悭吝,一文不使,两文不用,不肯轻费着一个钱,把家私挣得偌大。可又作怪,一般两个弟兄,同胞共乳,生性绝是相反。那福僧每日只是吃酒赌钱,养婆娘,做子弟,把钱钞不着疼热的使用。乞僧旁看了,是他辛苦挣来的,老大的心疼。福僧每日有人来讨债,多是瞒着家里,外边借来花费的。张善友要做好汉的人,怎肯交儿子被人逼迫,门户不清的?只得一主一主填还了。那乞僧只叫得苦。张善友疼着大孩儿苦挣,恨着小孩儿荡费,偏吃亏了。立个主意,把家私匀做三分分开。他弟兄们各一分,老夫妻留一分。等做家的自做家,破败的自破败,省得歹的累了好的,一总凋零了。那福僧是个不成器的肚肠,倒要分了,自由自在,别无拘束,正中下怀,家私到手,正如:

汤泼瑞雪,风卷残云。

不上一年,使得光光荡荡了。又要分了爹妈的这半分,也自没有了,便去打搅哥哥,不由他不应手。连哥哥的,也布摆不来。他是个做家的人,怎生受得过? 气得成病,一卧不起,求医无效,看看至死。张善友道:"成家的倒有病,败家的倒无病。五行中如何这样颠倒?"恨不得把小的替了大的,苦在心头,说不出来。

那乞僧气蛊已成,毕竟不痊,死了。张善友夫妻大痛无声。那福僧见哥哥死了,还有剩下家私,落得是他受用,一毫不在心上。李氏妈妈见如此光景,一发舍不得大的,终日啼哭,哭得眼中出血而死。福僧也没有一些苦楚,带着母丧,只在花街柳陌,逐日混帐,淘虚了身子,害了痨瘵之病,又看看死来。张善友此时急得无法可施。便是败家的,留得个种也好,论不得成器不成器了。正是:

前生注定今生案,天数难逃大限催。

福僧是个一丝两气的病,时节到来,如三更油尽的灯,不觉的息了。

张善友虽是平日不象意他的,而今自念两儿皆死,妈妈亦亡,单单剩得老身,怎由得不苦痛哀切? 自道:"不知作了什么罪业,今朝如此果报得没下稍!"一头愤恨,一头想道:"我这两个业种,是东岳求来的,不争被你阎君勾去了。东岳敢不知道? 我如今到东岳大帝面前,告苦一番。大帝有灵,勾将阎神来,或者还了我个把儿子,也不见得。"也是他苦痛无聊,痴心想到此,果然到东岳跟前哭诉道:"老汉张善友一生修善,便是俺那两个孩儿和妈妈,也不曾做甚么罪过,却被阎神屈屈勾将去,单剩得老夫。只望神明将阎神追来,与老汉折证一个明白。若果然该受这业报,老汉死也得瞑目。"诉罢,哭倒在地,一阵昏沉晕了去。朦胧之间,见个鬼使来对他道:"阎君有勾。"张善友道:"我正要见阎君,问他去。"随了鬼使,竟到阎君面前。阎君道:"张善友,你如何在东岳告我?"张善友道:"只为我妈妈和两个孩儿,不曾犯下什么罪过,一时都勾了去。有此苦痛,故此哀告大帝做主。"阎王道:"你要见你两个孩儿么?"张善友道:"怎不要见?"阎王命鬼使:"召将来!"只见乞僧、福僧两个齐到。张善友喜之不胜,先对乞僧道:"大哥,我与你家去来!"乞僧道:"我不是你什么大哥,我当初是赵廷玉,不合偷了你家五十多两银子,如今加上几百倍利钱,还了你家。俺和你不亲了。"张善友见大的如此说了,只得对福僧说:"既如此,二哥随我家去了也罢。"福僧道:"我不是你家甚么二哥,我前身是五台山和尚。你少了我的,你如今也加百倍还得我够了,与你没相干了。"张善友吃了一惊道:"如何我少五台山和尚的? 怎生得妈妈来一问便好?"阎王已知其意,说道:"张善友,你要见浑家不难。"叫鬼卒:"与我开了酆都城,拿出张善友妻李氏来!"鬼卒应声去了。只见押了李氏,披枷带锁到殿前来,张善友道:"妈妈,你为何事,如此受罪?"李氏哭道:"我生前不合混赖了五台山和尚百两银子,死后叫我历遍十八层地狱,我好苦也!"张善友道:"那银子我只道还他去了,怎知赖了他的? 这是自作自受!"李氏道:"你怎生救我?"扯着张善友大哭,阎王震怒,拍案大喝。张善友不觉惊醒,乃是睡倒在神案前,做的梦,明明白白。才省悟多是宿世的冤家债主。住了悲哭,出家修行去了。

方信道暗室亏心,难逃他神目如电。

今日个显报无私,怎倒把阎君埋怨?

在下为何先说此一段因果,只因有个贫人,把富人的银子借了去,替他看守了几多年,一钱不破。后来不知不觉,双手交还了本主。这事更奇,听在下表白一遍。

宋时汴梁曹州曹南村周家庄上有个秀才,姓周名荣祖,字伯成,浑家张氏。那周家先世,广有家财,祖公公周奉,敬重释门,起盖一所佛院,每日看经念佛,到他父亲手里,一心只做人家。为因修理宅舍,不舍得另办木石砖瓦,就将那所佛院尽拆毁来用了。比及宅舍功完,得病不起。人皆道是不信佛之报。父亲既死,家私里外,通是荣祖一个掌把。那荣祖学成满腹文章,要上朝应举。他与张氏生得一子,尚在襁褓,乳名叫做长寿。只因妻娇子幼,不舍得抛撇,商量三口儿同去。他把祖上遗下那些金银成锭的做一窖儿埋在后面墙下,怕路上不好携带,只把零碎的细软的,带些随身。房廊屋舍,着个当直的看守,他自去了。

话分两头。曹州有一个穷汉,叫做贾仁,真是衣不遮身,食不充口,吃了早起的,无那晚夕的。又不会做什么营生,则是与人家挑土筑墙,和泥托坯,担水运柴,做坌工生活度日。晚间在破窑中安身。外人见他十分过的艰难,都唤他做穷贾儿。却是这个人禀性古怪拗犟,常道:"总是一般的人,别人那等富贵奢华,偏我这般穷苦!"心中恨毒。有诗为证:

又无房舍又无田,每日城南窑内眠。

一般带眼安眉汉,何事囊中偏没钱?

说那贾仁心中不伏气,每日得闲空,便走到东岳庙中,苦诉神灵道:"小人贾仁特来祷告。小人想,有那等骑鞍压马,穿罗著锦,吃好的,用好的,他也是一世人。我贾仁也是一世人,偏我衣不遮身,食不充口,烧地眠,炙地卧,兀的不穷杀了小人! 小人但有些小富贵,也会斋僧布施,盖寺建塔,修桥补路,惜孤念寡,敬老怜贫,上圣可怜见咱!"日日如此。真是精诚之极,有感必通,果然被他哀告不过,感动起来。一日祷告毕,睡倒在廊檐下,一灵儿被殿前灵派侯摄去,问他终日埋天怨地的缘故。贾仁把前言再述一遍,哀求不已。灵派侯也有些怜他,唤那增福神查他衣禄食禄,有无多寡之数。增福神查了回复道:"此人前生不敬天地,不孝父母,毁僧谤佛,杀生害命,抛撒净水,作贱五谷,今世当受冻饿而死。"贾仁听说,慌了,一发哀求不止道:"上圣,可怜见!但与我些小衣禄食禄,我是必做个好人。我爹娘在时,也是尽力奉养的。亡化之后,不知甚么缘故,颠倒一日穷一日了。我也在爹娘坟上烧钱裂纸,浇茶奠酒,泪珠儿至今不曾干。我也是个行孝的人。"灵派侯道:"吾神试点检他平日所为,虽是不见别的善事,却是穷养父母,也是有的。今日据着他埋天怨地,正当冻饿,念他一点小孝,可又道:天不生无禄之人,地不长无名之草。吾等体上帝好生之德,权且看有别家无碍的福力,借与他些。与他一个假子,奉养至死,偿他这一点孝心罢。"增福神道:"小圣查得有曹州曹南周家庄上,他家福力所积,阴功三辈,为他拆毁佛地,一念差池,合受一时折罚。如今把那家的福力,权借与他二十年,待到限期已足,着他双手交还本主,这个可不两便?"灵派侯道:"这个使得。"唤过贾仁,把前话分付他明白,叫他牢牢记取:"比及你去做财主时,索还的早在那里等了。"贾仁叩头,谢了上圣济拔之恩,心里道:"已是财主了!"出得门来,骑了高头骏马,放个辔头。那马见了鞭影,飞也似的跑,把他一跤撺翻,大喊一声,却是南柯一梦,身子还睡在庙檐下。想一想道:"恰才上圣分明的对我说,那一家的福力,借与我二十年,我如今该做财主。一觉醒来,财主在那里? 梦是心头想,信他则甚? 昨日大户人家要打墙,叫我寻泥坯,我不免去寻问一家则个。"

出了庙门去,真是时来福凑,恰好周秀才家里看家当直的,因家主出久未归,正缺少盘缠,又晚间睡着,被贼偷得精光。家里别无可卖的,只有后园中这一垛旧坍墙,想道:"要他没用,不如把泥坯卖了,且将就做盘缠度日。"走到街上，正撞着贾仁，晓得他是惯与人家打墙的，就把这话央他去卖。贾仁道："我这家正要泥坯，讲倒价钱，吾自来挑也。"果然走去说定了价，挑得一担算一担。开了后园，一凭贾仁自掘自挑。贾仁带了铁锹、锄头、土箕之类来动手。刚扒倒得一堵，只见墙脚之下，拱开石头，那泥簌簌的落将下去，恰象底下是空的。把泥拨开，泥下一片石板。撬起石板，乃是盖下一个石槽，满槽多是土墼块一般大的金银，不计其数。旁边又有小块零星楔着。吃了一惊道："神明如此有灵！已应着昨梦。惭愧！今日有分做财主了。"心生一计，就把金银放些在土箕中，上边覆着泥土，装了一担。且把在地中挑未尽的，仍用泥土遮盖，以待再挑。挑着担竟往栖身的破窑中，权且埋着，神鬼不知。运了一两日，都运完了。

　　他是极穷人，有了这许多银子，也是他时运到来，且会摆拨，先把些零碎小锞，买了一所房子，住下了。逐渐把窑里埋的，又搬将过去，安顿好了。先假做些小买卖，慢慢衍将大来，不上几年，盖起房廊屋舍，开了解典库、粉房、磨房、油房、酒房，做的生意，就如水也似长将起来。旱路上有田，水路上有船，人头上有钱。平日叫他做"穷贾儿"的，多改口叫他是员外了。又娶了一房浑家，却是寸男尺女皆无，空有那鸦飞不过的田宅，也没一个承领。又有一件作怪：虽有这样大家私，生性悭吝苦克，一文也不使，半文也不用，要他一贯钞，就如挑他一条筋。别人的恨不得劈手夺将来；若要他把与人，就心疼的了不得。所以又有人叫他做"悭贾儿"。请着一个老学究，叫做陈德甫，在家里处馆。那馆不是教学的馆，无过在解铺里上些帐目，管些收钱举债的勾当。贾员外日常与陈德甫说："我枉有家私，无个后人承领，自己生不出，街市上但遇着卖的，或是肯过继的，是男是女，寻一个来，与我两口儿喂眼也好。"说了不则一番，陈德甫又转分付了开酒务的店小二："倘有相应的，可来先对我说。"这里一面寻螟蛉之子，不在话下。

　　却说那周荣祖秀才，自从同了浑家张氏、孩儿长寿，三口儿应举去后，怎奈命运未通，功名不达。这也罢了，岂知到得家里，家私一空，止留下一所房子。去寻寻墙下所埋祖遗之物，但见墙倒泥开，刚剩得一个空石槽。从此衣食艰难，索性把这所房子卖了，复是三口儿去洛阳探亲。偏生这等时运，正是：

　　　　时来风送滕王阁，运退雷轰荐福碑。

那亲眷久已出外,弄做个满船空载月明归,身边盘缠用尽。到得曹南地方,正是暮冬天道,下着连日大雪。三口儿身上俱各单寒,好生行走不得。有一篇《正宫调·滚绣球》为证:

> 是谁人碾就琼瑶往下筛?是谁人剪冰花迷眼界?恰便似玉琢成六街三陌,拾便似粉妆就殿阁楼台。便有那韩退之,蓝关前冷怎当;便有那孟浩然,驴背上也跌下来;便有那剡溪中,禁回他子猷访戴。则这三口儿,兀的不冻倒尘埃!眼见得一家受尽千般苦,可甚么十谒朱门九不开,委实难捱。

当下张氏道:“似这般风又大,雪又紧,怎生行去?且在那里避一避也好。”周秀才道:“我们到酒务里避雪去。”

两口儿带了小孩子,趋到一个店里来。店小二接着,道:“可是要买酒吃的?”周秀才:“可怜,我那得钱来买酒吃?”店小二道:“不吃酒,到我店里做甚?”秀才道:“小生是个穷秀才,三口儿探亲回来,不想遇着一天大雪。身上无衣,肚里无食,来这里避一避。”店小二道:“避避不妨。那一个顶着房子走哩!”秀才道:“多谢哥哥。”叫浑家领了孩儿同进店来。身子挖抖抖的寒颤不住。店小二道:“秀才官人,你每受了寒了。吃杯酒不好?”秀才叹道:“我才说没钱在身边。”小二道:“可怜,可怜!那里不是积福处?我舍与你一杯烧酒吃,不要你钱。”就在招财利市面前那供养的三杯酒内,取一杯递过来。周秀才吃了,觉道和暖了好些。浑家在旁,闻得酒香,也要杯儿敌寒,不好开得口,正与周秀才说话。店小二晓得意思,想道:“有心做人情,便再与他一杯。”又取那第二杯递过来道:“娘子也吃一杯。”秀才谢了,接过与浑家吃。那小孩子长寿,不知好歹,也嚷道要吃。秀才簌簌地掉下泪来道:“我两个也是这哥哥好意与我每吃的,怎生又有得到你?”小孩子便哭将起来。小二问知缘故,一发把那第三杯与他吃了,就问秀才道:“看你这样艰难,你把这小的儿与了人家可不好?”秀才道:“一时撞不着人家要。”小二道:“有个人要,你与娘子商量去。”秀才对浑家道:“娘子你听么,卖酒的哥哥说,你们这等饥寒,何不把小孩子与了人? 他有个人家要。”浑家道:“若与了人家,倒也强似冻饿死了,只要那人养的活,便与他去罢。”秀才把浑家的话对小二说。小二道:“好教你们喜欢。这里有个大财主,不曾生得一个儿女,正要一个小的。我如今领你去。你且在此坐一坐,我寻将一个人来。”

　　小二三脚两步走到对门，与陈德甫说了这个缘故。陈德甫踱到店里，问小二道："在那里？"小二叫周秀才与他相见了。陈德甫一眼看去，见了小孩子长寿，便道："好个有福相的孩儿！"就问周秀才道："先生那里人氏？姓甚名谁？因何就肯卖了这孩儿？"周秀才道："小生本处人氏，姓周名荣祖，因家业凋零，无钱使用，将自己亲儿情愿过房与人为子。先生你敢是要么？"陈德南道："我不要！这里有个贾老员外，他有泼天也似家私，寸男尺女皆无。若是要了这孩儿，久后家缘家计都是你这孩儿的。"秀才道："既如此，先生作成小生则个。"陈德甫道："你跟着我来！"周秀才叫浑家领了孩儿一同跟了陈德甫到这家门首。

　　陈德甫先进去见了贾员外。员外问道："一向所托寻孩子的，怎么了？"陈德甫道："员外，且喜有一个小的了。"员外道："在那里？"陈德甫道："现在门首。"员外道："是个甚么人的？"陈德甫道："是个穷秀才。"员外道："秀才倒好，可惜是穷的。"陈德甫道："员外说得好笑，那有富的来卖儿女？"员外道："叫他进来我看看。"陈德甫出来，与周秀才说了，领他同儿子进去。秀才先与员外叙了礼，然后叫儿子过来与他看。员外看了一看，见他生得青头白脸，心上喜欢道："果然好个孩子！"就问了周秀才姓名，转对陈德甫道："我要他这个小的，须要他立纸文书。"陈德甫道："员外要怎么样写？"员外道："无过写道：'立文书人某人，因口食不敷，情原将自己亲儿某，过继与财主贾老员外为儿。'"陈德甫道："只叫'员外'够了，又要那'财主'两字做甚？"员外道："我不是财主，难道叫我穷汉？"陈德甫晓得是有钱的心性，只顺着道："是，是。只依着写'财主'罢。"员外道："还有一件要紧，后面须写道：'立约之后，两边不许翻悔。若有翻悔之人，罚钞一千贯与不悔之人用。'"陈德甫大笑道："这等，那正钱可是多少？"员外道："你莫管我，只依我写着。他要得我多少！我财主家心性，指甲里弹出来的，可也吃不了。"

　　陈德甫把这话一一与周秀才说了。周秀才只得依着口里念的写去，写到"罚一千贯"，周秀才停了笔道："这等，我正钱可是多少？"陈德甫道："知他是多少？我恰才也是这等说，他道：'我是个巨富的财主。他要的多少？'他指甲里弹出来的，着你吃不了哩。"周秀才也道："说得是。"依他写了，却把正经的卖价竟不曾填得明白。他与陈德甫也多是迂儒，不晓得这些圈套，只道口里说得好听，料必不轻的。岂知做财主的专一苦克算人，讨着小便宜，口里便甜如蜜,也听不得的。当下周秀才写了文书,陈德甫递与员外收了。

员外就领了进去与妈妈看了,妈妈也喜欢。此时长寿已有七岁,心里晓得了。员外教他道:"此后有人问你姓甚么,你便道我姓贾。"长寿道:"我自姓周。"那贾妈妈道:"好儿子,明日与你做花花袄子穿,有人问你姓,只说姓贾。"长寿道:"便做大红袍与我穿,我也只是姓周。"员外心里不快,竟不来打发周秀才。

秀才催促陈德甫,德甫转催员外。员外道:"他把儿子留在我家,他自去罢了。"陈德甫道:"他怎么肯去?还不曾与他恩养钱哩。"员外就起个赖皮心,只做不省得道:"甚么恩养钱?随他与我些罢。"陈德甫道:"这个,员外休要人!他为无钱,才卖这个小的,怎个倒要他恩养钱?"员外道:"他因为无饭活儿子,才过继与我。如今要在我家吃饭,我不问他要恩养钱,他倒问我要恩养钱?"陈德甫道:"他辛辛苦苦养这小的,与了员外为儿,专等员外与他些恩养钱,回家做盘缠,怎这等要他?"员外道:"立过文书,不怕他不肯了。他若有说话,便是翻悔之人,教他罚一千贯还我,领了这儿子去。"陈德甫道:"员外怎如此斗人要,你只是与他些恩养钱去,是正理。"员外道:"陈德甫,看你面上,与他一贯钞。"陈德甫道:"这等一个孩儿,与他一贯钞忒少。"员外道:"一贯钞,许多宝字哩。我富人使一贯钞,似挑着一条筋。你是穷人,怎倒看得这样容易?你且与他去,他是读书人,见儿子落了好处,敢不要钱也不见得。"陈德甫道:"那有这事?不要钱,不卖儿子了。"再三说不听,只得拿了一贯钞与周秀才。秀才正走在门外与浑家说话,安慰他道:"且喜这家果然富厚,已立了文书,这事多分可成。长寿儿也落了好地了。"浑家正要问道:"讲到多少钱钞?"只见陈德甫拿得一贯出来。浑家道:"我几杯儿水洗的孩儿偌大!怎生只与我一贯钞?便买个泥娃娃,也买不得。"陈德甫把这话又进去与员外说。员外道:"那泥娃娃须不会吃饭。常言道:有钱不买张口货。因他养活不过才卖与人,等我肯要,就勾了,如何还要我钱?既是陈德甫再三说,我再添他一贯,如今再不添了。他若不肯,白纸上写着黑字,教他拿一千贯来,领了孩子去。"陈德甫道:"他有得这一千贯时,倒不卖儿子了。"员外发作道:"你有得添添他,我却没有。"陈德甫叹口气道:"是我领来的不是了。员外又不肯添,那秀才又怎肯两贯钱就住?我中间做人也难。也是我在门下多年,今日得过继儿子,是个美事。做我不着,成全他两家罢。"就对员外道:"在我馆钱内支两贯,凑成四贯,打发那秀才罢。"员外道:"大家两贯,孩子是谁的?"陈德甫道:"孩子是员外的。"员外笑逐颜开道:"你出了一半钞,孩子还是我的,这等,你是个好人。"依他又支了两贯钞,帐簿上要他亲笔注明白了,共成四贯,拿出来与周秀才道:"这员外是这样悭吝苦克的,出了两贯,再不肯添了。小生只得自支两月的馆钱,凑成四贯送与先生。先生,你只要儿子落了好处,不要计论多少罢。"周秀才道:"甚道理?倒难为着先生。"陈德甫道:"只要久后记得我陈德甫。"周秀才道:"贾员外则是两贯,先生替他出了一半,这倒是先生赍发了小生,这恩德怎敢有忘?唤孩儿出来叮嘱他两句,我每去罢。"陈德甫叫出长寿来,三个抱头哭个不住,分付道:"爹娘无奈,卖了你。你在此可也免了些饥寒冻馁,只要晓得些人事,敢这家不亏你,我们得便来看你就是。"小孩子不舍得爹娘,吊住了,只是哭。陈德甫只得去买些果子来,哄住了他,骗了他进去。周秀才夫妻自去了。

那贾员外过继了个儿子,又且放着刁勒买的,不费大钱,自得其乐,就叫他做了贾长寿。晓得他已有知觉,不许人在他面前提起一句旧话,也不许他周秀才通消息往来,古古怪怪,防得水泄不通。岂知暗地移花接木,已自双手把人家交还他。那长寿大来,也看看把小时的事忘怀了,只认贾员外是自己的父亲。可又作怪,他父亲一文不使,半文不用,他却心性阔大,看那钱钞便是土块般相似。人道是他有钱,多顺口叫他为"钱舍"。那时妈妈亡故,贾员外得病不起。长寿要到东岳烧香,保佑父亲。与父亲讨得一贯钞,他便背地与家僮兴儿开了库,带了好些金银宝钞去了。到得庙上来,此时正是三月二十七日。明日是东岳圣帝诞辰,那庙上的人,好不来的多!天色已晚,拣着廊下一个干净处所歇息。可先有一对儿老夫妻在那里。但见:

> 仪容黄瘦,衣服单寒。男人头上儒巾,大半是尘埃堆积;女子脚跟罗袜,两边泥土粘连。定然终日道途间,不似安居闺阁内。

你道这两个是甚人?元来正是卖儿子的周荣祖秀才夫妻两个。只因儿子卖了,家事已空。又往各处投人不着,流落在他方十来年。乞化回家,思量要来贾家探取儿子消息。路经泰安州,恰遇圣帝生日,晓得有人要写疏头,思量赚他几文,来央庙官。庙官此时也用得他着,留他在这廊下的。因他也是个穷秀才,庙官好意,拣这搭干净地与他,岂知贾长寿见这带地好,叫兴儿赶他开去。兴儿狐假虎威,喝道:"穷弟子,快走开去!让我们。"周秀才道:"你们是什么人?"兴儿就打他一下道:"'钱舍'也不认得! 问是什么人?"周秀才道:"我须是问了庙官,在这里住的。什么'钱舍'来赶得我?"长寿见他不肯让,喝教打他。兴儿正在厮扭,周秀才大喊,惊动了庙官,走来道:"甚么人如此无礼?"兴儿道:"贾家'钱舍'要这搭儿安歇。"庙官道:"家有家主,庙有庙主,是我留在这里的秀才,你如何用强,夺他的宿处?"兴儿道:"俺家'钱舍'有的是钱,与你一贯钱,借这坬儿田地歇息。"庙官见有了钱,就改了口道:"我便叫他让你罢。"劝他两个另换个所在。周秀才好生不伏气,没奈他何,只依了。明日烧香罢,各自散去。长寿到得家里,贾员外已死了,他就做了小员外,掌把了偌大家私,不在话下。

且说周秀才自东岳下来,到了曹南村,正要去查问贾家消息。一向不回家,把巷陌多生疏了。在街上一路慢访间,忽然浑家害起急心疼来,望去一个药铺,牌上写着"施药",急走去求得些来,吃下好了。夫妻两口走到铺中,谢那先生。先生道:"不劳谢得,只要与我扬名。"指着招牌上字道:"须记我是陈德甫。"周秀才点点头,念了两声"陈德甫",对浑家道:"这陈德甫名儿好熟,我那里曾会过来,你记得么?"浑家道:"俺卖孩儿时,做保人的,不是陈德甫?"周秀才道:"是,是。我正好问他。"又走去叫道:"陈德甫先生,可认得学生么?"德甫想了一想道:"有些面染。"周秀才道:"先生也这般老了! 则我便是卖儿子的周秀才。"陈德甫道:"还记得我赍发你两贯钱?"周秀才道:"此恩无日敢忘,只不知而今我那儿子好么?"陈德甫道:"好教你欢喜,你孩儿贾长寿,如今长立成人了。"周秀才道:"老员外呢?"陈德甫道:"近日死了。"周秀才道:"好一个悭刻的人!"陈德甫道:"如今你孩儿做了小员外,不比当初老的了。且是仗义疏财。我这施药的本钱,也是他的。"周秀才道:"陈先生,怎生着我见他一面?"陈德甫道:"先生,你同嫂子在铺中坐一坐,我去寻将他来。"

陈德甫走来寻着贾长寿,把前话一五一十对他说了。那贾长寿虽是多年没人题破,见说了,转想幼年间事,还自隐隐记得,急忙跑到铺中来要认爹娘。陈德甫领他拜见,长寿看了模样,吃了一惊道:"泰安州打的就是他,怎了?"周秀才道:"这不是泰安州夺我两口儿宿处的么?"浑家道:"正是。叫甚么'钱舍'?"秀才道:"我那时受他的气不过,那知即是我儿子。"长寿道:"孩儿其实不认得爹娘,一时冲撞,望爹娘恕罪。"两口儿见了儿子,心里老大喜欢,终久乍会之间,有些生煞煞。长寿过意不去,道是:"莫非还记着泰安州的气来?"忙叫兴儿到家取了一匣金银来,对陈德甫道:"小侄在庙中不认得父母,冲撞了些个。今将此一匣金银赔个不是。"陈德甫对周秀才说了。周秀才道:"自家儿子,如何好受他金银赔礼?"长寿跪下道:"若爹娘不受,儿子心里不安,望爹娘将就包容。"

周秀才见他如此说,只得收了。开来一看,吃了一惊,元来这银子上凿着"周奉记"。周秀才道:"可不原是我家的?"陈德甫道:"怎生是你家的?"周秀才道:"我祖公叫做周奉,是他凿字记下的。先生,你看那字便明白。"陈德甫接过手,看了道:"是倒是了,既是你家的,如何却在贾家?"周秀才道:"学生二十年前,带了家小上朝取应去,把家里祖上之物,藏埋在地下。已后归来,尽数都不见了,以致赤贫,卖了儿子。"陈德甫道:"贾老员外原系穷鬼,与人脱土坯的。以后忽然暴富起来,想是你家原物,被他挖着了,所以如此。他不生儿女,就过继着你家儿子,承领了这家私。物归旧主,岂非天意!怪道他平日一文不使,两文不用,不舍得浪费一些,元来不是他的东西,只当在此替你家看守罢了。"周秀才夫妻感叹不已,长寿也自惊异。周秀才就在匣中取出两锭银子,送与陈德甫,答他昔年两贯之费。陈德甫推辞了两番,只得受了。周秀才又念着店小二三杯酒,就在对门叫他过来,也赏了他一锭。那店小二因是小事,也忘记多时了。谁知出于不意,得此重赏,欢天喜地去了。

长寿就接了父母,到家去住。周秀才把适才匣中所剩的,交还儿子,叫他明日把来散与那贫难无倚的,须念着贫时二十年中苦楚。又叫儿子照依祖公公时节,盖所佛堂,夫妻两个在内双修。贾长寿仍旧复了周姓。贾仁空做了二十年财主,只落得一文不使,仍旧与他没帐。可见物有定主如此,世间人枉使坏了心机。有口号四句为证:

> 想为人禀命生于世,但做事不可瞒天地。
> 贫与富一定不可移,笑愚民枉使欺心计。

卷三十六

东廊僧怠招魔　黑衣盗奸生杀

诗云：

　　参成世界总游魂,错认讹闻各有因。

　　最是天公施巧处,眼花历乱使人浑。

　　话说天下的事,惟有天意最深,天机最巧。人居世间,总被他颠颠倒倒。就是那空幻不实境界,偶然人一个眼花错认了,明白是无端的,后边照应将来,自有一段缘故在内,真是人所不测。唐朝牛僧孺任伊阙县尉时,有东洛客张生应进士举,携文往谒。至中路遇暴雨雷雹,日已昏黑,去店尚远,傍着一株大树下且歇。少顷雨定,月色微明,就解鞍放马,与僮仆宿于路侧。困倦已甚,一齐昏睡。良久,张生朦胧觉来,见一物长数丈,形如夜叉,正在那里吃那匹马。张生惊得魂不附体,不敢则声,伏在草中。只见把马吃完了,又取那头驴去咽啅咽啅的吃了。将次吃完,就把手去扯他从奴一人过来,提着两足扯裂开来。张生见吃动了人,怎不心慌? 只得硬挣起来,狼狈逃命。那件怪物随后赶来,叫呼骂詈。张生只是乱跑,不敢回头。约勾跑了一里来路,渐渐不听得后面声响。往前走去,遇见一个大冢,冢边立着一个女人。张生慌忙之中,也不管是什么人,连呼:"救命!"女人问道:"为着何事?"张生把适才的事说了。女人道:"此间是个古冢,内中空无一物,后有一孔,郎君可避在里头,不然,性命难存。"说罢,女子也不知那里去了。张生就寻冢孔,投身而入。冢内甚深,静听外边,已不见甚么声响。自道避在此,料无事了。

　　须臾望去冢外,月色转明,忽闻冢上有人说话响。张生又惧怕起来,伏在冢内不动。只见冢外推将一物进孔中来,张生只闻得血腥气。黑中看去,月光照着明白,乃是一个死人,头已断了。正在惊骇,又见推一个进来,连推了三四个才住,多是一般的死人。已后没得推进来了,就闻得冢上人嘈杂道:"金银若干,钱物若干,衣服若干。"张生方才晓得是一班强盗了,不敢吐气,伏着听他。只见那为头的道:"某件与某人,某件与某人。"连唱十来人的姓名。又有嫌多嫌少,道分得不均匀相争论的。半日方散去。张生晓得外边无人了,对了许多死尸,好不惧怕! 欲要出来,又被死尸塞住孔口,转动不得。没奈何只得蹲在里面,等天明了再处。静想方才所听唱的姓名,忘失了些,还记得五六个,把来念的熟了,看看天亮起来。

却说那失盗的乡村里,一伙人各执器械来寻盗迹。到了冢旁,见满冢是血,就围住了,掘将开来。所杀之人,都在冢内。落后见了张生是个活人,喊道:"还有个强盗,落在里头。"就把绳捆将起来。张生道:"我是个举子,不是贼。"众人道:"既不是贼,缘何在此冢内?"张生把昨夜的事,一一说了。众人那里肯信? 道:"必是强盗杀人,送尸到此,偶堕其内的。不要听他胡讲!"众人你住我不住的乱来踢打,张生只叫得苦。内中有老成的道:"私下不要乱打,且送到县里去。"

一伙人望着县里来,正行之间,只见张生的从人、驴马、鞍驮尽到。张生见了,吃惊道:"我昨夜见的是什么来? 如何马、驴、从奴俱在?"那从人见张生被缚住在人丛中,也惊道:"昨夜在路旁困倦,睡着了。及到天明不见了郎君,故此寻来。如何被这些人如此窘辱?"张生把昨夜话对从人说了一遍。从人道:"我们一觉好睡,从不曾见个甚的,怎么有如此怪异?"乡村这伙人道:"可见是一划胡话,明是劫盗。敢这些人都是一党。"并不肯放松一些,送到县里。

县里牛公却是旧相识,见张生被乡人绑缚而来,大惊道:"缘何如此?"张生把前话说了。牛公叫快放了绑,请起来细问昨夜所见。张生道:"劫盗姓名,小生还记得几个。在冢上分散的衣物数目,小生也多听得明白。"牛公取笔,请张生一一写出,按名捕捉,人赃俱获,没一个逃得脱的。乃知张生夜来所见夜叉吃啖赶逐之景,乃是冤魂不散,鬼神幻出此一段怪异,逼那张生伏在冢中,方得默记劫盗姓名,使他逃不得。此天意假手张生以擒盗,不是正合着"小子所言"眼花错认,也自有缘故"的话。而今更有个眼花错认了,弄出好些冤业因果来,理不清身子的,更为可骇可笑。正是:

　　道高一尺,魔高一丈。

　　冤业随身,终须还帐。

这话也是唐时的事。山东沂州之西,有个宫山,孤拔耸峭,迥出众峰,周围三十里,并无人居。贞元初年,有两个僧人,到此山中,喜欢这个境界幽僻,正好清修,不惜勤苦,满山拾取枯树丫枝,在大树之间,搭起一间柴棚来。两个敷坐在内,精勤礼念,昼夜不辍。四远村落闻知,各各喜舍资财布施,来替他两个构造屋室，不上旬月之间，立成一个院宇。两僧大加悫励，远近皆来钦仰，一应斋供，多自日逐有人来给与。两僧各处一廊，在佛前共设咒愿：誓不下山，只在院中持诵，必祈修成无上菩提正果。正是：

白日禅关闲闭，落霞流水长天。
溪上丹枫自落，山僧自是高眠。

又：

檐外晴丝扬网，溪边春水浮花。
尘世无心名利，山中有分烟霞。

如此苦行，已经二十余年。元和年间，冬夜月明，两僧各在廊中，朗声呗唱。于时空山虚静，闻山下隐隐有恸哭之声，来得渐近，须臾已到院门。东廊僧在静中听罢，忽然动了一念道："如此深山寂寞，多年不出，不知山下光景如何？听此哀声，令人凄惨感伤。"只见哭声方止，一个人在院门边墙上扑的跳下地来，望着西廊便走。东廊僧遥见他身躯绝大，形状怪异，吃惊不小，不敢声张。怀着鬼胎，且嘿观动静。

自此人入西廊之后，那西廊僧唱之声，截然住了。但听得劈劈扑扑，如两下力争之状。过一回，又听得狺犽咀嚼，啖噬啜吒，其声甚厉。东廊僧慌了道："院中无人，吃完了他，少不得到我。不如预先走了罢。"忙忙开了院门，惶骇奔突。久不出山，连路径都不认得了，颠颠仆仆，气力殆尽。回头看一看后面，只见其人跄跄踉踉，大踏步赶将来，一发慌极了，乱跑乱跳。忽逢一小溪水，褰衣渡毕。追者已到溪边，却不过溪来，只在隔水嚷道："若不阻水，当并啖之。"东廊僧且惧且行，也不知走到那里去的是，只信着脚步走罢了。

须臾大雪，咫尺昏迷，正在没奈何所在，忽有个人家牛坊，就躲将进去，隐在里面。此时已有半夜了，雪势稍晴。忽见一个黑衣的人，自外执刀枪徐至栏下。东廊僧吞声屏气，潜伏暗处，向明窥看。见那黑衣人踌躇四顾，恰象等些什么的一般。有好一会，忽然院墙里面抛出些东西来，多是包裹衣被之类。黑衣人看见，忙取来扎缚好了，装做了一担。墙里边一个女子，攀了墙跳将出来，映着雪月之光，东廊僧且是看得明白。黑衣人见女子下了墙，就把枪挑了包裹，不等与他说话，望前先走。女子随后，跟他去了。东廊僧想道："不尴尬，此间不是住处。适才这男子女人，必是相约私逃的。明日院中不见了人，照雪地行迹，寻将出来，见了个和尚，岂不把奸情事缠在身上来？不如趁早走了去为是。"

总是一些不认得路径,慌忙又走,恍恍惚惚,没个定向。又乱乱的不成脚步。走上十数里路,踹了一个空,扑通的颠了下去,乃是一个废井。亏得干枯没水,却也深广,月光透下来,看时,只见旁有个死人,身首已离,血体还暖,是个适才杀了的。东廊僧一发惊惶,却又无法上得来,莫知所措。到得天色亮了,打眼一看,认得是昨夜攀墙的女子。心里疑道:"这怎么解?"正在没出豁处,只见井上有好些人喊嚷,临井一看道:"强盗在此了。"就将索缒人下来。东廊僧此时吓坏了心胆,冻僵了身体,挣扎不得。被那人就在井中绑缚了,先是光头上一顿栗暴,打得火星爆散。东廊僧没口得叫冤,真是在死边过。那人扎缚好了,先同死尸吊将上来。只见一个老者,见了死尸,大哭一番。哭罢,道:"你这那里来的秃驴?为何拐我女儿出来,杀死在此井中?"东廊僧道:"小僧是宫山东廊僧人,二十年不下山,因为夜间有怪物到院中,啖了同侣,逃命至此。昨夜在牛坊中避雪,看见有个黑衣人进来,墙上一个女子跳出来,跟了他去。小僧因怕惹着是非,只得走脱。不想堕落井中,先已有杀死的人在内。小僧知他是甚缘故?小僧从不下山的,与人家女眷有何识熟,可以拐带?又有何冤仇,将他杀死?众位详察则个。"说罢,内中人有好几个曾到山中认得他的,晓得是有戒行的高僧。却是现今同个死女子在井中,解不出这事来,不好替他分辨得。免不得一同送到县里来。

县令看见一干人绑了个和尚,又抬了一个死尸,备问根由。只见一个老者告诉道:"小人姓马,是这本处人。这死的就是小人的女儿,年一十八岁,不曾许聘人家,这两日方才有两家来说起。只见今日早起来,家里不见了女儿。跟寻起来,看见院后雪地上鞋迹,晓得越墙而走了。依踪寻到井边,便不见女儿鞋迹,只有一团血洒在地上。向井中一看,只见女已杀死,这和尚却在里头。岂不是他杀的?"县令问:"那僧人怎么说?"东廊僧道:"小僧是个宫山中苦行僧人,二十余年不下本山。昨夜忽有怪物入院,将同住僧人啖噬。不得已破戒下山逃命。岂知宿业所缠,撞在这网里来?"就把昨夜牛坊所见,已后虑祸再逃、坠井遇尸的话,细说了一遍。又道:"相公但差人到宫山一查,看西廊僧人踪迹有无?是被何物啖噬模样?便见小僧不是诳语。"县令依言,随即差个公人到山查勘的确,立等回话。

公人到得山间,走进院来,只见西廊僧好端端在那里坐着看经。见有人来,才起问讯。公人把东廊僧所犯之事,一一说过,道:"因他诉说,有甚怪物入院来吃人,故此逃下山来的。相公着我来看个虚实。今师父既在,可说昨夜怪物怎么样起?"西廊僧道:"并无甚怪物,但二更时侯,两廊方对持念。东廊道友忽然开了院,走了出去。我两人誓约已久,二十多年不出院门。见他独去,也自惊异。大声追呼,竟自不闻。小僧自守着不出院之戒,不敢追赶罢了。至于山下之事,非我所知。"

公人将此话回复了县令。县令道:"可见是这秃奴诳妄!"带过东廊僧,又加研审。东廊僧只是坚称前说。县令道:"眼见得西廊僧人见在,有何怪物来院中?你恰恰这日下山,这里恰恰有脱逃被杀之女同在井中,天下有这样凑巧的事!分明是杀人之盗,还要抵赖?"用起刑来,喝道:"快快招罢!"东廊僧道:"宿债所欠,有死而已,无情可招。"恼了县令性子,百般拷掠,楚毒备施。东廊僧道:"不必加刑,认是我杀罢了。"此时连原告见和尚如此受惨,招不出甚么来,也自想道:"我家并不曾与这和尚往来,如何拐得我女着?就是拐了,怎不与他逃去,却要杀他?便做是杀了,他自家也走得去的,如何同住这井中做甚么?其间恐有冤枉。"倒走到县令面前,把这些话一一说了。县令道:"是倒也说得是,却是这个奸僧,黑夜落井,必非良人。况又口出妄语欺诳,眼见得中有隐情了。只是行凶刀杖无存,身边又无赃物,难以成狱。我且把他牢固监候,你们自去外边缉访。你家女儿平日必有踪迹可疑之处,与私下往来之人,家中必有所失物件,你们逐一留心细查,自有明白。"众人听了分付,当下散了出来。东廊僧自到狱中受苦不题。

却说这马家是个沂州富翁,人皆呼为马员外。家有一女,长成得美丽非凡。从小与一个中表之兄杜生,彼此相慕,暗约为夫妇。杜生家中却是清淡,也曾央人来做几次媒约,马员外嫌他家贫,几次回了。却不知女儿心里,只思量嫁他去的。其间走脚通风,传书递简,全亏着一个奶娘,是从幼乳这女子的。这奶子是个不良的婆娘,专一哄诱他小娘子动了春心,做些不恰当的手脚,便好乘机拐骗他的东西。所以晓得他心事如此,倒身在里头做马泊六,弄得他两下情热如火,只是不能成就这事。

那女子看看大了,有两家来说亲。马员外已有拣中的,将次成约。女子有些着了急,与奶娘商量道:"我一心只爱杜家哥哥,而今却待把我许别家,怎生计处!"奶子就起个惫懒肚肠,哄他道:"前日杜家求了几次,员外只是不肯,要明配他,必不能勾。除非嫁了别家,与他暗里偷期罢。"女子道:"我既嫁了人,怎好又做得这事? 我一心要随着杜郎,只不嫁人罢。"奶子道:"怎由得你不嫁? 我有一个计较:趁着未许定人家时节,生做他一做。"女子道:"如何生做?"奶子道:"我去约定了他,你私下与他走了,多带了些盘缠,在他州外府过他几时,落得快活。且等家里寻得着时,你两个已自成合得久了,好人家儿女,不好拆开了另嫁得,别人家也不来要了。除非此计,可以行得。"女子道:"此计果妙,只要约得的确。"奶子道:"这个在我身上。"元来马员外家巨富,女儿房中东西,金银珠宝、头面首饰、衣服,满箱满笼的,都在这奶子眼里。奶子动火他这些东西,怎肯教富了别人? 他有一个儿子,叫做牛黑子,是个不本分的人,专一在赌博行、厮扑行中走动,结识那一班无赖子弟,也有时去做些偷鸡吊狗的勾当。奶子欺心,当女子面前许他去约杜郎,他私下去与儿子商量,只叫他冒顶了名,骗领了别处去,卖了他,落得得他小富贵。算计停当,来哄女子道:"已约定了,只在今夜月明之下,先把东西搬出院墙外牛坊中了,然后攀墙而出就是。"先是女子要奶子同去,奶子道:"这使不得。你自去,须一时没查处;连我去了,他明知我在里头做事,寻到我家,却不做出来?"那女子不曾面订得杜郎,只听他一面哄词,也是数该如此,凭他说着就是信以为真,道是从此一走,便可与杜郎相会,遂了向来心愿了。正是:

　　本待将心托明月,谁知明月照沟渠?

　　是夜女子与奶子把包裹扎好,先抛出墙外,落后女子攀墙而出。正是东廊僧在暗地里窥看之时,那时见有个黑衣人担着前走,女子只道是杜郎换了青衣,瞒人眼睛的,尾着随去,不以为意。到得野外井边,月下看得明白,是雄纠纠一个黑脸大汉,不是杜郎了。女孩儿家不知个好歹,不由的你不惊喊起来。黑子叫他不要喊,那里掩得住? 黑子想道:"他有偌多的东西在我担里,我若同了这带脚的货去,前途被他喊破,可不人财两失? 不如结果了他罢!"拔出刀来,望脖子上只一刀,这娇怯怯的女子,能消得几时功失? 可怜一朵鲜花,一旦萎于荒草。也是他念头不正,以致有此。正是:

　　赌近盗兮奸近杀,古人说话不曾差。

　　奸赌两般都不染,太平无事做人家。

　　女子既死,黑子就把来搋入废井之中,带了所得东西,飞也似的去了。怎知这里又有这个悔气星照命的和尚来顶了缸,坐牢受苦。说话的,若如此,真是有天无日头的事了。看官，"天网恢恢，疏而不漏"。少不得到其间逐渐的报应出来。

却说马员外先前不见了女儿，一时纠人追寻，不匡撞着这和尚，鬼混了多时，送他在狱里了，家中竟不曾仔细查得。及到家中细想，只疑心道："未必关得和尚事。"到得房中一看，只见箱笼一空，道："是必有个人约着走的，只是平日不曾见什么破绽。若有奸夫同逃，如何又被杀死？"却不可解。没个想处，只得把所失去之物，写个失单，各处贴了招榜，出了赏钱，要明白这件事。那奶子听得小娘子被杀了，只有他心下晓得，捏着一把汗，心里恨着儿子道："只教他领了他去，如何做出这等没脊骨事来？"私下见了，暗地埋怨一番，着实叮嘱他："要谨慎，关系人命，事弄得大了。"

又过了几时，牛黑子渐把心放宽了，带了钱到赌坊里去赌。怎当得博去就是个叉色，一霎时把钱多输完了。欲待再去拿钱时，兴高了，却等不得。站在旁边看，又忍不住。伸手去腰里，摸出一对金镶宝簪头来，押钱再赌，指望就博将转来，自不妨事。谁知一去，不能复返，只得忍着输散了。那押的当头须不曾讨得去，在个捉头儿的黄胖哥手里。黄胖哥带了家去，被他妻子看见了，道："你那里来这样好东西？不要来历不明，做出事来。"胖哥道："我须有个来处，有甚么不明？是牛黑子当钱的。"黄嫂子道："可又来，小牛又不曾有妻小，是个光棍哩，那里挣得有此等东西？"胖哥猛想起来道："是呀，马家小娘子被人杀死，有张失单，多半是头上首饰。他是奶娘之子，这些失物，或者他有些乘机偷盗在里头。"黄嫂子道："明日竟到他家解钱，必有说话。若认着了，我们先得赏钱去，可不好？"商量定了。

到了次日，胖哥竟带了簪子，望马员外解库中来。恰好员外走将出来，胖哥道："有一件东西，拿来与员外认着。认得着，小人要赏钱。认不着，小人解些钱去罢。"黄胖哥拿那簪头，递与员外。员外一看，却认得是女儿之物，就诘问道："此自何来？"黄胖哥把牛黑子赌钱押簪的事，说了一遍。马员外点点头道："不消说了，是他母子两个商通合计的了。"款住黄胖哥，要他写了张首单，说："金宝簪一对，的系牛黑子押钱之物，所首是实。"对他说："外边且不可声张！"先把赏钱一半与他，事完之后找足。黄胖哥报得着，欢喜去了。

员外袖了两个簪头，进来对奶子道："你且说，前日小娘子怎样逃出去的？"奶子道："员外好笑，员外也在这里，我也在这里，大家都不知道的，我如何晓得？倒来问我？"员外拿出簪子来道："既不晓得，这件东西为何在你家里拿出来？"奶子看了簪，虚心病发，晓得是儿子做出来，惊得面如土色，心头丕丕价跳，口里支吾道："敢是遗失在路旁，那个拾得的？"员外见他脸色红黄不定，晓得有些海底眼，且不说破，竟叫人寻将牛黑子来，把来拴住，一径投县里来。牛黑子还乱嚷乱跳道："我有何罪？把绳拴我。"马员外道："有人首你杀人公事，你且不要乱叫，有本事当官辨去。"

当下县令升堂，马员外就把黄胖哥这纸首状，同那簪子送将上去，与县令看，道："赃物证见俱有了，望相公追究真情则个。"县令看了，道："那牛黑子是什么人，干涉得你家着？"马员外道："是小女奶子的儿子。"县令点头道："这个不为无因了。"叫牛黑子过来，问他道："这簪是那里来的？"牛黑子一时无辞，只得推道：是母亲与他的。县令叫连那奶子拘将来。县令道："这奸杀的事情，只在你这奶子身上，要跟寻出来。"喝令把奶子上了刑具，奶子熬不过，只得含糊招道："小娘子平日与杜郎往来相密。是夜约了杜郎私奔，跳出墙外，是老妇晓得的。出了墙去的事，老妇一些也不知道。"县令问马员外道："你晓得可有个杜某么？"员外道："有个中表杜某，曾来问亲几次。只为他家寒，不曾许他。不知他背地里有此等事？"县令又将杜郎拘来。杜郎但是平日私期密订，情意甚浓，忽然私逃被杀，暗称可惜，其实一些不知影响。县令问他道："你如何与马氏女约逃，中途杀了？"杜郎道："平日中表兄妹，柬帖往来契密则有之，何曾有私逃之约？是谁人来约？谁人证明的？"县令唤奶子来与他对，也只说得是平日往来；至于相约私逃，原无影响，却是对他不过。杜郎一向又见说失了好些东西，便辨道："而今相公只看赃物何在，便知与小生无与了。"县令细想一回道："我看杜某软弱，必非行杀之人；牛某粗狠，亦非偷香之辈。其中必有顶冒假托之事。"就把牛黑子与老奶子着实行刑起来。老奶子只得把贪他财物，暗叫儿子冒名赴约，这是真情，以后的事，却不知了。牛黑子还自喳喳嘴强，推着杜郎道："既约的是他，不干我事。"县令猛然想起道："前日那和尚口里胡说：'晚间见个黑衣人，挈了女子同去。'叫他出来一认，便明白了。"喝令狱中放出那东廊僧来。

东廊僧到案前，县令问道："你那夜说在牛坊中，见个黑衣人进来，盗了东西，带了女子去。而今这个人若在，你认得他否？"东廊僧道："那夜虽然是夜里，雪月之光，不减白日。小僧静修已久，眼光颇清。若见其人，自然认得。"

县令叫杜郎上来,问僧道:"可是这个?"东廊僧道:"不是。彼甚雄健,岂是这文弱书生?"又叫牛黑子上来,指着问道:"这个可是?"东廊僧道:"这个是了。"县令冷笑,对牛黑子道:"这样,你母亲之言已真,杀人的不是你,是谁?况且赃物见在,有何理说? 只可惜这和尚,没事替你吃打吃监多时。"东廊僧道:"小曾宿命所招,自无可怨,所幸佛天甚近,得相公神明昭雪。"县令又把牛黑子夹起,问他道:"同逃也罢,何必杀他?"黑子只得招道:"他初时认做杜郎,到井边时,看见不是,乱喊起来,所以一时杀了。"县令道:"晚间何得有刀?"黑子道:"平时在厮扑行里走,身边常带有利器。况是夜晚做事,防人暗算,故带在那里的。"县令道:"我故知非杜子所为也。"遂将招情一一供明。把奶子毙于杖下。牛黑子强奸杀人,追赃完日,明正典刑。杜郎与东廊僧俱各释放。一行人各自散了,不题。

那东廊僧没头没脑,吃了这场敲打,又监里坐了几时,才得出来。回到山上见了西廊僧,说起许多事体。西廊僧道:"一同如此静修,那夜本无一物,如何偏你所见如此,以致惹出许多磨难来?"东廊僧道:"便是不解。"回到房中,自思无故受此惊恐,受此苦楚,必是自家有甚修不到处。向佛前忏悔已过,必祈见个境头。蒲团上静坐了三昼夜,坐到那心空性寂之处,恍然大悟。元来马家女子是他前生的妾,为因一时无端疑忌,将他拷打锁禁,自这段冤愆。今世做了僧人,戒行精苦,本可消释了。只因那晚听得哭泣之声,心中凄惨,动了念头,所以魔障就到。现出许多恶境界,逼他走到冤家窝里去,偿了这些拷打锁禁之债,方才得放。他在静中悟彻了这段因果,从此坚持道心,与西廊僧到底再不出山,后来合掌坐化而终。有诗为证:

> 有生总在业冤中,悟到无生始是空。
> 若是尘心全不起,凭他宿债也消融。

卷 三 十 七

屈突仲任酷杀众生　郓州司马冥全内侄

诗云：

> 众生皆是命，畏死有同心。
>
> 何以贪饕者，冤仇结必深！

话说世间一切生命之物，总是天地所生，一样有声有气，有知有觉，但与人各自为类。其贪生畏死之心，总只一般；衔恩记仇之报，总只一理。只是人比他灵慧机巧些，便能以术相制，弄得驾牛络马，牵苍走黄，还道不足，为着一副口舌，不知伤残多少性命。这些众生，只为力不能抗拒，所以任凭刀俎。然到临死之时，也会乱飞乱叫，各处逃藏，岂是蠢蠢不知死活，任你食用的？乃世间贪嘴好杀之人，与迂儒小生之论，道："天生万物以养人，食之不为过。"这句说话，不知还是天帝亲口对他说的，还是自家说出来的？若但道"是人能食物，便是天意养人"，那虎豹能食人，难道也是天生人以养虎豹的不成？蚊虻能嘬人，难道也是天生人以养蚊虻不成？若是虎豹蚊虻也一般会说、会话、会写、会做，想来也要是这样讲了，不知人肯服不肯服？从来古德长者劝人戒杀放生，其话尽多，小子不能尽述，只趁口说这几句直捷痛快的，与看官们笑一笑，看说的可有理没有理？至于佛家果报，说六道众生，尽是眷属，冤冤相报，杀杀相寻，就说他几年也说不了。小子而今说一个怕死的众生，与人性无异的，随你铁石做心肠，也要慈悲起来。

宋时太平府有个黄池镇，十里间有聚落，多是些无赖之徒，不逞宗室、屠牛杀狗所在。淳熙十年间，王叔端与表兄盛子东同往宁国府，过其处，少憩闲览，见野园内系水牛五头。盛子东指其中第二牛，对王叔端道："此牛明日当死。"叔端道："怎见得？"子东道："四牛皆食草，独此牛不食草，只是眼中泪下，必有其故。"因到茶肆中吃茶，就问茶主人："此第二牛是谁家的？"茶主人道："此牛乃是赵三使所买，明早要屠宰了。"子东对叔端道："如何？"明日再往，止剩得四头在了。仔细看时，那第四牛也象昨日的一样不吃草，眼中泪出。看见他两个踱来，把双蹄跪地，如拜诉的一般。复问，茶肆中人说道："有一个

客人,今早至此,一时买了三头,只剩下这头,早晚也要杀了。"子东叹息道:
"畜类有知如此!"劝叔端访他主人,与他重价买了,置在近庄,做了长生的牛。

只看这一件事起来,可见畜生一样灵性,自知死期;一样悲哀,祈求施主。
如何而今人歪着肚肠,只要广伤性命,暂侈口腹,是甚缘故?敢道是阴间无对
证么?不知阴间最重杀生,对证明明白白。只为人死去,既遭了冤对,自去一
一偿报,回生的少。所以人多不及知道,对人说也不信了。小子如今说个回
生转来,明白可信的话。正是:

　　　　一命还将一命填,世人难解许多冤。

　　　　闻声不食吾儒法,君子期将不忍全。

唐朝开元年间,温县有个人,复姓屈突,名仲任。父亲曾典郡事,止生得
仲任一子,怜念其少,恣其所为。仲任性不好书,终日只是樗蒲、射猎为事。
父死时,家僮数十人,家资数百万,庄第甚多。仲任纵情好色,荒饮博戏,如汤
泼雪。不数年间,把家产变卖已尽;家僮仆妾之类也多养口不活,各自散去。
止剩得温县这一个庄,又渐渐把四围附近田畴多卖了。过了几时,连庄上
零星屋宇及楼房内室也拆来卖了,止是中间一正堂岿然独存,连庄子也不成
模样了。家贫无计可以为生。

仲任多力,有个家僮叫做莫贺咄,是个蕃夷出身,也力敌百人。主仆两个
好生说得着,大家各恃膂力,便商量要做些不本分的事体来。却也不爱去打
家劫舍,也不爱去杀人放火。他爱吃的是牛马肉,又无钱可买,思量要与莫贺
咄外边偷盗去。每夜黄昏后,便两人合伴,直走去五十里外,遇着牛,即执其
两角,翻负在背上,背了家来;遇马骡,将绳束其颈,也负在背。到得家中,投
在地上,都是死的。又于堂中掘地,埋几个大瓮在内,安贮牛马之肉,皮骨剥
剔下来,纳在堂后大坑,或时把火焚了。初时只图自己口腹畅快,后来偷得多
起来,便叫莫贺咄拿出城市换米来吃,卖钱来用,做得手滑,日以为常,当做了
是他两人的生计了。亦且来路甚远,脱膊又快,自然无人疑心,再也不弄
出来。

仲任性又好杀,日里没事得做,所居堂中,弓箭、罗网、又弹满屋,多是千
方百计思量杀生害命。出去走了一番,再没有空手回来的,不论獐鹿兽兔、乌
鸢鸟雀之类,但经目中一见,毕竟要算计弄来吃他。但是一番回来,肩担背
负,手提足系,无非些飞禽走兽,就堆了一堂屋角。两人又去舞弄摆布,思

量巧样吃法。就是带活的，不肯便杀一刀、打一下死了吧。毕竟多设调和妙法：或生割其肝，或生抽其筋，或生断其舌，或生取其血。道是一死，便不脆嫩。假如取得生鳖，便将绳缚其四足，绷住在烈日中晒着，鳖口中渴甚，即将盐酒放在他头边，鳖只得吃了，然后将他烹起来。鳖是里边醉出来的，分外好吃。取驴缚于堂中，面前放下一缸灰水，驴四围多用火逼着，驴口干即饮灰水，须臾，屎溺齐来，把他肠胃中污秽多荡尽了。然后取酒调了椒盐各味，再复与他，他火逼不过，见了只是吃，性命未绝，外边皮肉已熟，里头调和也有了。一日拿得一刺猬，他浑身是硬刺，不便烹宰。仲任与莫贺咄商量道："难道便是这样罢了不成？"想起一法来，把泥着些盐在内，跌成熟团，把刺猬团团泥裹起来，火里煨着。烧得熟透了，除去外边的泥，只见猥皮与刺皆随泥脱了下来，剩的是一团熟肉。加了盐酱，且是好吃。凡所作为，多是如此。有诗为证：

> 捕飞逐走不曾停，身上时常带血腥。
> 且是烹炮多有术，想来手段会调羹。

且说仲任有个姑夫，曾做郓州司马，姓张名安。起初看见仲任家事渐渐零落，也要等他晓得些苦辣，收留他去，劝化他回头做人家。及到后来，看见他所作所为，越无人气，时常规讽，只是不听。张司马怜他是妻兄独子，每每挂在心上；怎当他气类异常，不是好言可以谕解，只得罢了。后来司马已死。一发再无好言到他耳中，只是逞性胡为，如此十多年。

忽一日，家僮莫贺咄病死，仲任没了个帮手，只得去寻了个小时节乳他的老婆婆来守着堂屋，自家仍去独自个做那些营生。过得月余，一日晚，正在堂屋里吃牛肉，忽见两个青衣人，直闯将入来，将仲任套了绳子便走。仲任自恃力气，欲待打挣，不知这时力气多在那里去了，只得软软随了他走。正是：

> 有指爪劈开地面，会腾云飞上青霄。
> 若无入地升天术，自下灾殃怎地消？

仲任口里问青衣人道："拿我到何处去？"青衣人道："有你家家奴攀下你来，须去对理。"仲任茫然不知何事。

随了青衣人，来到一个大院。厅事十余间，有判官六人，每人据二间。仲任所对，在最西头二间，判官还不在，青衣人叫他且立堂下。有顷，判官已到，仲任仔细一认，叫声："阿呀！如何却在这里相会？"你道那判官是谁？

正是他那姑夫郓州司马张安。那司马也吃了一惊道:"你几时来了?"引他登阶,对他道:"你此来不好,你年命未尽,想为对事而来。却是在世为恶无比,所杀害生命千千万万,冤家多在。今忽到此,有何计较可以相救?"仲任才晓得是阴府,心里想着平日所为,有些惧怕起来,叩头道:"小侄生前,不听好言,不信有阴间地府,妄作妄行。今日来到此处,望姑夫念亲戚之情,救拔则个。"张判官道:"且不要忙,待我与众判官商议看。"因对众判官道:"仆有妻侄屈突仲任,造罪无数,今召来与奴莫贺咄对事。却是其人年命亦未尽,要放他去了,等他寿尽才来。只是既已到了这里,怕被害这些冤魂不肯放他。怎生为仆分上,商量开得一路,放他生还么?"众判官道:"除非召明法者与他计较。"

张判官叫鬼卒唤明法人来。只见有个碧衣人前来参见,张判官道:"要出一个年命未尽的罪人,有路否?"明法人请问何事,张判官把仲任的话对他说了一遍。明法人道:"仲任须为对莫贺咄事而来,固然阳寿未尽,却是冤家太广,只怕一与相见,群至沓来,不由分说,恣行食啖。此皆宜偿之命,冥府不能禁得,料无再还之理。"张判官道:"仲任既系吾亲,又命未合死,故此要开生路救他。若是寿已尽时,自作自受,我这里也管不得了。你有何计,可以解得此难?"明法人想了一会道:"唯有一路,可以出得,却也要这些被杀冤家肯便好。若不肯,也没干。"张判官道:"却待怎么?"明法人道:"此诸物类,被仲任所杀者,必须偿其身命,然后各去托生。今召他每出来,须诱哄他每道:'屈突仲任今为对莫贺咄事,已到此间,汝辈食啖了毕,即去托生。汝辈余业未尽,还受畜生身,是这件仍做这件,牛更为牛,马更为马。使仲任转生为人,还依旧吃着汝辈,汝辈业报,无有了时。今查仲任未合即死,须令略还,叫他替汝辈追造福因,使汝辈各舍畜生业,尽得人身,再不为人杀害,岂不至妙?'诸畜类闻得人身,必然喜欢从命,然后小小偿他些夙债,乃可放去。若说与这番说话,不肯依时,就再无别路了。"张判官道:"便可依此而行。"

明法人将仲任锁在厅事前房中了,然后召仲任所杀生类到判官庭中来,庭中地可有百亩,仲任所杀生命闻召都来,一时填塞皆满。但见:

> 牛马成群,鸡鹅作队。百般怪兽,尽皆舞爪张牙;千种奇禽,类各舒毛鼓翼。谁道赋灵独蠢,记冤仇且是分明,谩言禀质偏殊,图报复更为紧急。飞的飞,走的走,早难道天子上林;叫的叫,噪的噪,须不是人间

乐土。

说这些被害众生，如牛、马、驴、骡、猪、羊、獐、鹿、雉、兔，以至刺猬、飞鸟之类，不可悉数，凡数万头，共作人言道："召我何为？"判官道："屈突仲任已到。"说声未了，物类皆咆哮大怒，腾振蹴踏，大喊道："逆贼，还我债来！还我债来！"这些物类忿怒起来，个个身体比常倍大：猪羊等马牛，马牛等犀象。只待仲任出来，大家吞噬。判官乃使明法人一如前话，晓谕一番，物类闻说替他追福，可得人身，尽皆喜欢，仍旧复了本形。判官分付诸畜且出，都依命退出庭外来了。

明法人方在房里放出仲任来，对判官道："而今须用小小偿他些债。"说罢，即有狱卒二人，手执皮袋一个、秘木二根到来，明法人把仲任袋将进去，狱卒将秘木秘下去，仲任在袋苦痛难禁，身上血簌簌的出来，多在袋孔中流下，好似浇花的喷筒一般。狱卒去了秘木，只提着袋，满庭前走转洒去。须臾，血深至阶，可有三尺了。然后连袋投仲任在房中，又牢牢锁住了。复召诸畜等至，分付道："已取出仲任生血，听汝辈食啖。"诸畜等皆作恼怒之状，身复长大数倍，骂道："逆贼，你杀吾身，今吃你血。"于是竞来争食，飞的走的，乱嚷乱叫，一头吃一头骂，只听得呼呼嚕嚕之声，三尺来血一霎时吃尽，还象不足的意，共舐地上。直等庭中土见，方才住口。

明法人等诸畜吃罢，分付道："汝辈已得偿了些债。莫贺咄身命已尽，一听汝辈取偿。今放屈突仲任回家，为汝辈追福，令汝辈多得人身。"诸畜等皆欢喜，各复了本形而散。

判官方才在袋内放出仲任来，仲任出了袋，站立起来，只觉浑身疼痛。张判官对他说道："冤报暂解，可以回生。既已见了报应，便可努力修福。"仲任道："多蒙姑夫竭力周全调护，得解此难。今若回生，自当痛改前非，不敢再增恶业。但宿罪尚重，不知何法修福，可以尽消？"判官道："汝罪业太重，非等闲作福可以免得。除非刺血写一切经，此罪当尽。不然，他日更来，无可再救了。"仲任称谢领诺。张判官道："还须遍语世间之人，使他每闻着报应，能生悔悟的，也多是你的功德。"说罢，就叫两个青衣人送归来路。又分付道："路中若有所见，切不可擅动念头，不依我戒，须要吃亏。"叮嘱青衣人道："可好伴他到家，他余业尽多，怕路中还有失处。"青衣人道："本官分付，敢不小心？"仲任遂同了青衣前走。行了数里，到了一个热闹去处，光景似阳间酒店一般。

但见：

> 村前茅舍，庄后竹篱。村醪香透磁缸，浊酒满盛瓦瓮。架上麻衣，昨日村郎留下当；酒帘大字，乡中学究醉时书。刘伶知味且停舟，李白闻香须驻马。尽道黄泉无客店，谁知冥路有沽家！

仲任正走得饥又饥、渴又渴，眼望去是个酒店，他已自口角流涎了。走到面前看时，只见：店里头吹的吹，唱的唱；猜拳豁指，呼红喝六；在里头畅快饮酒。满前嘎饭，多是些肥肉鲜鱼，壮鸡大鸭。仲任不觉旧性复发，思量要进去坐一坐，吃他一餐，早把他姑夫所戒已忘记了，反来拉两个青衣进去同坐。青衣道："进去不得的，错走去了，必有后悔。"仲任那里肯信？青衣阻当不住，道："既要进去，我们只在此间等你。"

仲任大踏步跨将进来，拣个座头坐下了。店小二忙摆着案酒，仲任一看，吃了一惊。元来一碗是死人的眼睛，一碗是粪坑里大蛆，晓得不是好去处，抽身待走。小二斟了一碗酒来道："吃了酒去。"仲任不识气，伸手来接。拿到鼻边一闻，臭秽难当，元来是一碗腐尸肉。正待撇下不吃，忽然灶下抢出一个牛头鬼来，手执钢叉喊道："还不快吃！"店小二把来一灌，仲任只得忍着臭秽，强吞了下去，望外便走。牛头又领了好些奇形异状的鬼赶来，口里嚷道："不要放走了他！"仲任急得无措，只见两个青衣元站在旧处，忙来遮蔽着，喝道："是判院放回的，不得无礼。"搀着仲任便走。后边人听见青衣人说了，然后散去。青衣人埋怨道："叫你不要进去，你不肯听，致有此惊恐。起初判院如何分付来？只道是我们不了事。"仲任道："我只道是好酒店，如何里边这样光景？"青衣人道："这也原是你业障，现此眼花。"仲任道："如何是我业障？"青衣人道："你吃这一瓯，还抵不得醉鳖醉驴的债哩。"仲任愈加悔悟，随着青衣再走。看看茫茫荡荡，不辨东西南北，身子如在云雾里一般。

须臾，重见天日，已似是阳间世上，俨然是温县地方。同着青衣走入自己庄上草堂中，只见自己身子直挺挺的躺在那里，乳婆坐在旁边守着。青衣用手将仲任的魂向身上一推，仲任苏醒转来，眼中不见了青衣。却见乳婆叫道："官人苏醒着，几乎急死我也！"仲任道："我死去几时了？"乳婆道："官人正在此吃食，忽然暴死，已是一昼夜。只为心头尚暖，故此不敢移动，谁知果然活转来，好了，好了！"仲任道："此一昼夜，非同小可。见了好些阴间地府光景。"那老婆子喜听的是这些说话，便问道："官人见的是甚么光景？"仲任道："元来我未该死，只为莫贺咄死去，撞着平日杀戮这些冤家，要我去对证，故勾我去。我也为冤家多，几乎不放转来了。亏得撞着对案的判官，就是我张家姑夫，道我阳寿未绝，在里头曲意处分，才得放还。"就把这些说话光景，如此如此，这般这般，尽情告诉了乳婆，那乳婆只是合掌念"阿弥陀佛"不住口。

仲任说罢，乳婆又问道："这等，而今莫贺咄毕竟怎么样？"仲任道："他阳寿已尽，冤债又多。我自来了，他在地府中，毕竟要一一偿命，不知怎地受苦哩。"乳婆道："官人可曾见他否？"仲任道："只因判官周全我，不教对案，故此不见他，只听得说。"乳婆道："一昼夜了，怕官人已饥，还有剩下的牛肉，将来吃了罢。"仲任道："而今要依我姑夫分付，正待刺血写经，罚咒再不吃这些东西了。"乳婆道："这个却好。"乳婆只去做些粥汤与仲任吃了。仲任起来梳洗一番，把镜子将脸一照，只叫得苦。元来阴间把秘木取去他血，与畜生吃过，故此面色腊查也似黄了。

仲任从此雇一个人，把堂中扫除干净。先请几部经来，焚香持诵，将养了两个月，身子渐渐复旧，有了血色。然后刺着臂血，逐部逐卷写将来。有人经过，问起他写经根由的，便把这些事逐一告诉将来。人听了无不毛骨耸然，多有助盘费供他书写之用的，所以越写得多了。况且面黄肌瘦，是个老大证见。又指着堂中的瓮、堂后的穴，每对人道："这是当时作业的遗迹，留下为戒的。"来往人晓得是真话，发了好些放生戒杀的念头。

开元二十三年春，有个同官令虞咸道经温县，见路旁草堂中有人年近六十，如此刺血书写不倦，请出经来看，已写过了五六百卷。怪道："他怎能如此发心得猛？"仲任把前后的话，一一告诉出来。虞县令叹以为奇，留俸钱助写而去。各处把此话传示于人，故此人多知道。后来仲任得善果而终，所谓"放下屠刀立地成佛"者也。偈曰：

> 物命在世间，微分此灵蠢。
> 一切有知觉，皆已具佛性。
> 取彼痛苦身，供我口食用。
> 我饱已觉膻，彼死痛犹在。
> 一点嗔狠心，岂能尽消灭！
> 所以六道中，转转相残杀。
> 愿葆此慈心，触处可施用。

起意便多刑,减味即省命。
无过转念间,生死已各判。
及到偿业时,还恨种福少。
何不当生日,随意作方便?
度他即自度,应作如是观。

卷 三 十 八

占家财狠婿妒侄　廷亲脉孝女藏儿

诗曰：

> 子息从来天数，原非人力能为。
>
> 最是无中生有，堪令耳目新奇。

话说元朝时，都下有个李总管，官居三品，家业巨富。年过五十，不曾有子。闻得枢密院东有个算命的，开个铺面，谭人祸福，无不奇中。总管试往一算。于时衣冠满座，多在那里候他，挨次推讲。总管对他道："我之禄寿已不必言。最要紧的，只看我有子无子。"算命的推了一回，笑道："公已有了子，如何哄我？"总管道："我实不曾有子，所以求算，岂有哄汝之理？"算命的把手掐了一掐道："公年四十，即已有子。今年五十六了，尚说无子，岂非哄我？"一个争道"实不曾有"；一个争道"决已有过"。递相争执，同座的人多惊讶起来道："这怎么说？"算命的道："在下不会差，待此公自去想。"只见总管沉吟了好一会，拍手道："是了，是了。我年四十时，一婢有娠，我以职事赴上都，到得归家，我妻已把来卖了，今不知他去向。若说'四十上该有子'，除非这个缘故。"算命的道："我说不差，公命不孤，此子仍当归公。"总管把钱相谢了，作别而出。只见适间同在座上问命的一个千户，也姓李，邀总管入茶坊坐下，说道："适间闻公与算命的所说之话，小子有一件疑心，敢问个明白。"总管道："有何见教？"千户道："小可是南阳人，十五年前，也不曾有子，因到都下，买得一婢，却已先有孕的。带得到家，吾妻适也有孕，前后一两月间，各生一男，今皆十五六岁了。适间听公所言，莫非是公的令嗣么？"总管就把婢子容貌年齿之类，两相质问，无一不合，因而两边各通了姓名，住址，大家说个"容拜"，各散去了。总管归来对妻说知其事，妻当日悍妒，做了这事，而今见夫无嗣，也有些惭悔哀怜，巴不得是真。

次日邀千户到家，叙了同姓，认为宗谱。盛设款待，约定日期，到他家里去认看。千户先归南阳，总管给假前往，带了许多东西去馈送着千户，并他妻子仆妾，多有礼物。坐定了，千户道："小可归家问明，此婢果是宅上出来的。"

因命二子出拜。只见两个十五六的小官人,一齐走出来,一样打扮,气度也差不多。总管看了,不知那一个是他儿子。请问千户,求说明白。千户笑道:"公自认看,何必我说?"总管仔细相了一回,天性感通,自然识认,前抱着一个道:"此吾子也。"千户点头笑道:"果然不差!"于是父子相持而哭,旁观之人无不堕泪。千户设宴与总管贺喜,大醉而散。

次日总管答席,就借设在千户厅上。酒间千户对总管道:"小可既还公令郎了,岂可使令郎母子分离?并令其母奉公同还,何如?"总管喜出望外,称谢不已,就携了母子同回都下。后来通籍承荫,官也至三品,与千户家往来不绝。可见人有子无子,多是命里做定的。李总管自己已信道无儿了,岂知被算命的看出有子,到底得以团圆,可知是逃那命里不过。

小子为何说此一段话?只因一个富翁,也犯着无儿的病症,岂知也系有儿,被人藏过。后来一旦识认,喜出非常,关着许多骨肉亲疏的关目在里头,听小子从容的表白出来。正是:

> 越亲越热,不亲不热。
>
> 附葛攀藤,总非枝叶。
>
> 奠酒浇浆,终须骨血。
>
> 如何妒妇,忍将嗣绝?
>
> 必是前非,非常冤业。

话说妇人心性,最是妒忌,情愿看丈夫无子绝后,说着买妾置婢,抵死也不肯的。就有个把被人劝化,勉强依从,到底心中只是有些嫌忌,不甘伏的。就是生下了儿子,是亲丈夫一点骨血,又本等他做大娘,还道是"隔重肚皮隔重山",不肯便认做亲儿一般。更有一等狠毒的,偏要算计了绝得方快活的。及至女儿嫁得个女婿,分明是个异姓,无关宗支的,他偏要认做的亲,是件偏心为他,倒胜如丈夫亲子侄。岂知女生外向,虽系吾所生,到底是别家的人。至于女婿,当时就有二心,转得背,便另搭架子了。自然亲一支热一支,女婿不如侄儿,侄儿又不如儿子。纵是前妻晚后,偏生庶养,归根结果,的亲瓜葛,终久是一派,好似别人多哩。不知这些妇人们,为何再不明白这个道理!

话说元朝东平府有个富人,姓刘名从善,年六十岁,人皆以员外呼之。妈妈李氏,年五十八岁。他有泼天也似家私,不曾生得儿子。止有一个女儿,小名叫做引姐,入赘一个女婿,姓张,叫张郎。其时张郎有三十岁,引姐二十七岁了。那个张郎极是贪小好利刻剥之人，只因刘员外家富无子，他起心央媒，入舍为婿。便道这家私久后多是他的了，好不夸张得意！却是刘员外自掌把定家私在手，没有得放宽与他。亦且刘员外另有一个肚肠。一来他有个兄弟刘从道，同妻宁氏，亡逝已过，遗下一个侄儿，小名叫做引孙，年二十五岁，读书知事。只是自小父母双亡，家私荡败，靠着伯父度日。刘员外道是自家骨肉，另眼觑他。怎当得李氏妈妈，一心只护着女儿女婿，又且念他母亲存日，妯娌不和，到底结怨在他身上，见了一似眼中之钉。亏得刘员外暗地保全，却是毕竟碍着妈妈女婿，不能十分周济他，心中长怀不忍。二来员外有个丫头，叫做小梅，妈妈见他精细，叫他近身伏侍。员外就收拾来做了偏房，已有了身孕，指望生出儿子来。有此两件心事，员外心中不肯轻易把家私与了女婿。怎当得张郎怠赖，专一使心用腹，搬是造非，挑拨得丈母与引孙舅子，日逐吵闹。引孙当不起激聒，刘员外也怕淘气，私下周给些钱钞，叫引孙自寻个住处，做营生去。引孙是个读书之人，虽是寻得间破房子住下，不晓得别做生理，只靠伯父把得这些东西，且逐渐用去度日。眼见得一个是张郎赶去了。张郎心里怀着鬼胎，只怕小梅生下儿女来。若生个小姨，也还只分得一半，若生个小舅，这家私就一些没他分了。要与浑家引姐商量，暗算那小梅。

那引姐倒是个孝顺的人，但是女眷家见识，若把家私分与堂弟引孙，他自道是亲生女儿，有些气不甘心；若是父亲生下小兄弟来，他自是喜欢的。况见父亲十分指望，他也要安慰父亲的心，这个念头是真。晓得张郎不怀良心，母亲又不明道理，只护着女婿，恐怕不能勾保全小梅生产，时常心下打算。恰好张郎赶逐了引孙出去，心里得意，在浑家面前露出那要算计小梅的意思来。引姐想道："若两三人做了一路，算计他一人，有何难处？不争你们使嫉妒心肠，却不把我父亲的后代绝了？这怎使得！我若不在里头使些见识，保护这事，做了父亲的罪人，做了万代的骂名。却是丈夫见我，不肯做一路，怕他每背地自做出来，不若将机就计，暗地周全罢了。"

你道怎生暗地用计？元来引姐有个堂分姑娘嫁在东庄，是与引姐极相厚的，每事心腹相托。引姐要把小梅寄在他家里去分娩，只当是托孤与他。当下来与小梅商议道："我家里自赶了引孙官人出去，张郎心里要独占家私。姨姨你身怀有孕，他好生嫉妒！母亲又护着他，姨姨你自己也要放精细些！"小梅道："姑娘肯如此说，足见看员外面上，十分恩德。奈我独自一身，怎提防得许多？只望姑娘凡百照顾则个。"引姐道："我怕不要周全？只是关着财利上事，连夫妻两个，心肝不托着五脏的。他早晚私下弄了些手脚，我如何知道？"小梅垂泪道："这等，却怎么好？不如与员外说个明白，看他怎么做主？"引姐道："员外老年之人，他也周庇得你有数。况且说破了，落得大家面上不好看，越结下冤家了，你怎当得起？我倒有一计在此，须与姨姨熟商量。"小梅道："姑娘有何高见？"引姐道："东庄里姑娘，与我最厚。我要把你寄在他庄上，在他那里分娩，托他一应照顾。生了儿女，就托他抚养着。衣食盘费之类，多在我身上。这边哄着母亲与丈夫，说姨姨不象意，走了。他每巴不得你去的，自然不寻究。且等他把这一点要摆布你的肚肠放宽了，后来看个机会，等我母亲有些转头，你所养儿女已长大了，然后对员外一一说明，取你归来。那时须奈何你不得了。除非如此，可保十全。"小梅道："足见姑娘厚情，杀身难报！"引姐道："我也只为不忍见员外无后，恐怕你遭了别人毒手，没奈何背了母亲与丈夫，私下和你计较。你日后生了儿子，有了好处，须记得今日。"小梅道："姑娘大恩，经板儿印在心上，怎敢有忘！"两下商议停当，看着机会，还未及行。

员外一日要到庄上收割，因为小梅有身孕，恐怕女婿生嫉妒，女儿有外心，索性把家私都托女儿女婿管了。又怕妈妈难为小梅，请将妈妈过来，对他说道："妈妈，你晓得借瓮酿酒么？"妈妈道："怎他说？"员外："假如别人家瓮儿，借将来家里做酒。酒熟了时，就把那瓮儿送还他本主去了。这不是只借得他家伙一番。如今小梅这妮子腹怀有孕，明日或儿或女，得一个，只当是你的。那其间将那妮子或典或卖，要不要多凭得你。我只要借他肚里生下的要紧，这不当是'借瓮酿酒'？"妈妈见如此说，也应道："我晓得，你说的是，我觑着他便了。你放心庄上去。"员外叫张郎取过那远年近岁欠他钱钞的文书，都搬将出来，叫小梅点个灯，一把火烧了。张郎伸手火里去抢，被火一逼，烧坏了指头叫疼。员外笑道："钱这般好使？"妈妈道："借与人家钱钞，多是幼年到今，积攒下的家私，如何把这些文书烧掉？"员外道："我没有这几贯业钱，安知不已有了儿子？就是今日有得些些根芽，若没有这几贯钱，我也不消担得这许多干系，别人也不来算计我了。我想财是什么好东西？苦苦盘算别人的做甚？不如积些阴德，烧掉了些，家里须用不了。或者天可怜见，不绝我后，得个小厮儿也不见得。"说罢，自往庄上去了。

张郎听见适才丈人所言,道是暗暗里有些侵着他,一发不象意道:"他明明疑心我要暗算小梅,我枉做好人,也没干。何不趁他在庄上,便当真做一做?也绝了后虑!"又来与浑家商量。引姐见事体已急了,他日前已与东庄姑娘说知就里,当下指点了小梅,径叫他到那里藏过,来哄丈夫道:"小梅这丫头看见我每意思不善,今早叫他配绒线去,不见回来。想是怀空走了。这怎么好?"张郎道:"逃走是丫头的常事,走了也倒干净。省得我们费气力。"引姐道:"只是父亲知道,须要烦恼。"张郎道:"我们又不打他,不骂他,不冲撞他,他自己走了的,父亲也抱怨我们不得。我们且告诉妈妈,大家商量。"夫妻两个来对妈妈说了。妈妈道:"你两个说来没半句,员外偌大年纪,见有这些儿指望,喜欢不尽,在庄儿上专等报喜哩。怎么有这等的事!莫不你两个做出了些什么歹勾当来?"引姐道:"今日绝早自家走了的,实不干我们事。"妈妈心里也疑心道别有缘故,却是护着女儿女婿,也巴不得将"没"作"有",便认做走了也干净,那里还来查着?只怕员外烦恼,又怕员外疑心,三口儿都赶到庄上与员外说。

员外见他每齐来,只道是报他生儿喜信,心下鹘突。见说出这话来,惊得木呆。心里想道:"家里难为他不过,逼走了他,这是有的。只可惜带了胎去。"又叹口气道:"看起一家这等光景,就是生下儿子来,未必能勾保全。便等小梅自去寻个好处也罢了,何苦累他母子性命!"泪汪汪的,忍着气恨命,又转了一念道:"他们如此算计我,则为着这些浮财。我何苦空积攒着做守财虏,倒与他们受用!我总是没后代,趁我手里施舍了些去,也好。"怀着一天忿气,大张着榜子,约着明日到开元寺里,散钱与那贫难的人。张郎好生心里不舍得,只为见丈人心下烦恼,不敢拗他。到了明日,只得带了好些钱,一家同到开元寺里散去。

到得寺里,那贫难的纷纷的来了。但见:

连肩搭背,络手包头。疯瘫的毡裹臀行,喑哑的铃当口说。磕头撞脑,拿差了拄拐互喧哗;摸壁扶墙,踹错了阴沟相怨怅。闹热热携儿带女,苦凄凄单夫只妻。都念道明中舍去暗中来,真叫做今朝那管明朝事!

那刘员外分付:"大乞儿一贯,小乞儿五百文。"乞儿中有个刘九儿,有一个小孩子,他与大都子商量着道:"我带了这孩子去,只支得一贯。我叫这孩子自认做一户,多落他五百文。你在旁做个证见,帮衬一声,骗得钱来我两个分了,买酒吃。"果然去报了名,认做两户。张郎问道:"这小的另是一家么?"大都子旁边答应道:"另是一家。"就分与他五百钱,刘九儿都拿着去了。大都子要来分他的。刘九儿道:"这孩子是我的,怎生分得我钱? 你须学不得,我有儿子?"大都子道:"我和你说定的,你怎生多要了? 你有儿的,便这般强横!"两个打将起来。刘员外问知缘故,叫张郎劝他,怎当得刘九儿不识风色,指着大都子"千绝户,万绝户"的骂道:"我有儿子,是请得钱,干你这绝户的甚事?"张郎脸儿挣得通红,止不住他的口。刘员外已听得明白,大哭道:"俺没儿子的,这等没下梢!"悲哀不止。连妈妈、女儿伤了心,一齐都哭将起来。张郎没做理会处。

散罢,只见一个人落后走来,望着员外、妈妈施礼。你道是谁? 正是刘引孙。员外道:"你为何到此?"引孙道:"伯伯、伯娘,前与侄儿的东西,日逐盘费用度尽了。今日闻知在这里散钱,特来借些使用。"员外碍着妈妈在旁,看见妈妈不做声,就假意道:"我前日与你的钱钞,你怎不去做些营生? 便是这样没了。"引孙道:"侄儿只会看几行书,不会做什么营生。日日吃用,有减无增,所以没了。"员外道:"也是个不成器的东西! 我那有许多钱勾你用!"狠狠要打,妈妈假意相劝,引姐与张郎对他道:"父亲恼哩,舅舅走罢。"引孙只不肯去,苦要求钱。员外将条拄杖,一直的赶将出来,他们都认是真,也不来劝。

引孙前走,员外赶去,走上半里来路,连引孙也不晓其意道:"怎生伯伯也如此作怪起来?"员外见没了人,才叫他一声:"引孙!"引孙扑的跪倒。员外抚着哭道:"我的儿,你伯父没了儿子,受别人的气,我亲骨血只看得你。你伯娘虽然不明理,却也心慈的。只是妇人一时偏见,不看得破,不晓得别人的肉,偎不热。那张郎不是良人,须有日生分起来。我好歹劝化你伯娘转意,你只要时节边勤勤到坟头上去看看,只一两年间,我着你做个大大的财主。今日靴里有两锭钞,我瞒着他们,只做赶打,将来与你。你且拿去盘费两日,把我说的话,不要忘了!"引孙领诺而去。员外转来,收拾了家去。

张郎见丈人散了许多钱钞,虽也心疼,却道是自今已后,家财再没处走动,尽勾着他了。未免志得意满,自由自主,要另立个铺排,把张家来出景,渐渐把丈人、丈母放脑后,倒象人家不是刘家的一般。刘员外固然看不得,连那妈妈积祖护他的,也有些不伏气起来。亏得女儿引姐着实在里边调停,怎当得男子汉心性硬劣,只逞自意,那里来顾前管后? 亦且女儿家顺着丈夫,日逐惯了，也渐渐有些随着丈夫路上来了，自己也不觉得的，当不得有心的看不过。

一日，时遇清明节令，家家上坟祭祖。张郎既掌把了刘家家私，少不得刘家祖坟要张郎支持去祭扫。张郎端正了春盛担子，先同浑家到坟上去。年年刘家上坟已过，张郎然后到自己祖坟上去。此年张郎自家做主，偏要先到张家祖坟上去。引姐道："怎么不照旧先在俺家的坟上，等爹妈来上过了再去？"张郎道："你嫁了我，连你身后也要葬在张家坟里，还先上张家坟是正礼。"引姐拗丈夫不过，只得随他先去上坟不题。

那妈妈同刘员外已后起身，到坟上来。员外问妈妈道："他们想已到那里多时了。"妈妈道："这时张郎已摆设得齐齐整整，同女儿在那里等了。"到得坟前，只见静悄悄地绝无影响。看那坟头，已有人挑些新土盖在上面了，也有些纸钱灰与酒浇的湿土在那里。刘员外心里明知是侄儿引孙到此过了，故意道："谁曾在此先上过坟了？"对妈妈道："这又作怪！女儿女婿不曾来，谁上过坟？难道别姓的来不成？"又等了一回，还不见张郎和女儿来。员外等不得，说道："俺和你先拜了罢，知他们几时来？"拜罢，员外问妈妈道："俺老两口儿百年之后，在那里埋葬便好？"妈妈指着高冈儿上说道："这答树木长的似伞儿一般，在这所在埋葬也好。"员外叹口气道："此处没我和你的分。"指着一块下洼水淂的绝地，道："我和你只好葬在这里。"妈妈道："我每又不少钱，凭拣着好的所在，怕不是我们葬？怎么倒在那水淂的绝地？"员外道："那高冈有龙气的，须让他有儿子的葬，要图个后代兴旺。俺和你没有儿子，谁肯让我？只好剩那绝地与我们安骨头。总是没有后代的，不必好地了。"妈妈道："俺怎生没后代？现有姐姐、姐夫哩。"员外道："我可忘了，他们还未来，我和你且说闲话。我且问你，我姓什么？"妈妈道："谁不晓得姓刘？也要问？"员外道："我姓刘，你可姓甚？"妈妈道："我姓李。"员外道："你姓李，怎么在我刘家门里？"妈妈道："又好笑，我须是嫁了你刘家来。"员外道："街上人唤你是'刘妈妈'？唤你是'李妈妈'？"妈妈道："常言道：'嫁鸡随鸡，嫁狗随狗。'一车骨头半车肉，都属了刘家，怎么叫我做'李妈妈'？"员外道："元来你这骨头，也属了俺刘家了。这等，女儿姓甚么？"妈妈道："女儿也姓刘。"员外道："女婿姓甚么？"妈妈道："女婿姓张。"员外道："这等，女儿百年之后，可往俺刘家坟里葬去？还是往张家坟里葬去？"妈妈道："女儿百年之后，自去张家坟里葬去。"说到这句,妈妈不觉的鼻酸起来。员外晓得有些省了,便道:"却又来!这等怎么叫做得刘门的后代?我们不是绝后的么?"妈妈放声哭将起来道:"员外,怎生直想到这里?俺无儿的,真个好苦!"员外道:"妈妈,你才省了。就没有儿子,但得是刘家门里亲人,也须是一瓜一蒂。生前望坟而拜,死后共土而埋。那女儿只在别家去了,有何交涉?"妈妈被刘员外说得明切,言下大悟。况且平日看见女婿的乔做作,今日又不见同女儿先到,也有好些不象意了。

正说间,只见引孙来坟头收拾铁锹,看见伯父伯娘便拜。此时妈妈不比平日,觉得亲热了好些,问道:"你来此做甚么?"引孙道:"侄儿特来上坟添土来。"妈妈对员外道:"亲的则是亲,引孙也来上过坟,添过土了,他们还不见到。"员外故意恼引孙道:"你为甚上不挑了春盛担子,齐齐整整上坟?却如此草率!"引孙道:"侄儿无钱,只乞化得三杯酒,一块纸,略表表做子孙的心。"员外道:"妈妈,你听说么?那有春盛担子的,为不是子孙,这时还不来哩。"妈妈也老大不过意。员外又问引孙道:"你看那边鸦飞不过的庄宅,石羊石虎的坟头,怎不去?到俺这里做甚?"妈妈道:"那边的坟,知他是那家?他是刘家子孙,怎不到俺刘家坟上来?"员外道:"妈妈,你才晓得引孙是刘家子孙。你先前可不说姐姐、姐夫是子孙么?"妈妈道:"我起初是错见了,从今以后,侄儿只在我家里住。你是我一家之人,你休记着前日的不是。"引孙道:"这个,侄儿怎敢?"妈妈道:"吃的穿的,我多照管你便了。"员外叫引孙拜谢了妈妈。引孙拜下去道:"全仗伯娘看刘氏一脉,照管孩儿则个。"妈妈簌簌的掉下泪来。

正伤感处,张郎与女儿来了。员外与妈妈问其来迟之故,张郎道:"先到寒家坟上,完了事,才到这里来,所以迟了。"妈妈道:"怎不先来上俺家的坟?要俺老两口儿等这半日?"张郎道:"我是张家子孙,礼上须先完张家的事。"妈妈道:"姐姐呢?"张郎道:"姐姐也是张家媳妇。"妈妈见这几句话,恰恰对着适间所言的,气得目睁口呆,变了色道:"你既是张家的儿子媳妇,怎生掌把着刘家的家私?"劈手就女儿处,把那放钥匙的匣儿夺将过来,道:"已后张自张,刘自刘!"径把匣儿交与引孙了,道:"今后只是俺刘家人当家!"此时连刘员外也不料妈妈如此决断,那张郎与引姐,平日护他惯了的,一发不知在那里说起,老大的没趣,心里道:"怎么连妈妈也变了卦?"竟不知妈妈已被员外劝化得明明白白的了。张郎还指点叫摆祭物,员外、妈妈大怒道:"我刘家祖宗,不吃你张家残食,改日另祭。"各不喜欢而散。

张郎与引姐回到家来,好生埋怨道:"谁匡先上了自家坟,讨得此番发恼不打紧,连家私也夺去与引孙掌把了。这如何气得过? 却又是妈妈做主的,一发作怪。"引姐道:"爹妈认道只有引孙一个是刘家亲人,所以如此。当初你待要暗算小梅,他有些知觉,豫先走了。若留得他在时,生下个兄弟,须不让那引孙做天气。况且自己兄弟,还情愿的;让与引孙,实是气不干。"张郎道:"平日又与他冤家对头,如今他当了家,我们倒要在他喉下取气了,怎么好?还不如再求妈妈则个。"引姐道:"是妈妈主的意,如何求得转? 我有道理,只叫引孙一样当不成家罢了。"张郎问道:"计将安出?"引姐只不肯说,但道是:"做出便见,不必细问!"

明日,刘员外做个东道,请着邻里人把家私交与引孙掌把。妈妈也是心安意肯的了。引姐晓得这个消息,道是张郎没趣,打发出外去了。自己着人悄悄东庄姑娘处说了,接了小梅家来。元来小梅在东庄分娩,生下一个儿子,已是三岁了。引姐私下寄衣寄食去看觑他母子,只不把家里知道。惟恐张郎晓得,生出别样毒害来,还要等他再长成些,才与父母说破。而今因为气不过引孙做财主,只得去接了他母子来家。

次日来对刘员外道:"爹爹不认女婿做儿子罢,怎么连女儿也不认了?"员外道:"怎么不认? 只是不如引孙亲些。"引姐道:"女儿是亲生,怎么倒不如他亲?"员外道:"你须是张家人了,他须是刘家亲人。"引姐道:"便做道是'亲',未必就该是他掌把家私!"员外道:"除非再有亲似他的,才夺得他。那里还有?"引姐笑道:"只怕有也不见得。"刘员外与妈妈也只道女儿怠气,说这些话,不在心上。只见女儿走去,叫小梅领了儿子到堂前,对爹妈说道:"这可不是亲似引孙的来了?"员外、妈妈见是小梅,大惊道:"你在那里来? 可不道逃走了?"小梅道:"谁逃走? 须守着孩儿哩。"员外道:"谁是孩儿?"小梅指着儿子道:"这个不是?"员外又惊又喜道:"这个就是你所生的孩儿? 一向怎么说? 敢是梦里么?"小梅道:"只问姑娘,便见明白。"员外与妈妈道:"姐姐,快说些个。"引姐道:"父亲不知,听女儿从头细说一遍。当初小梅姨姨有半年身孕,张郎使嫉妒心肠,要所算小梅。女儿想来,父亲有许大年纪,若所算了小梅,便是绝了父亲之嗣。是女儿与小梅商量,将来寄在东庄姑姑家中分娩,得了这个孩儿。这三年,只在东庄姑姑处抚养。身衣口食,多是你女儿照管他的。

还指望再长成些,方才说破。今见父亲认道只有引孙是亲人,故此请了他来家。须不比女儿,可不比引孙还亲些么?"小梅也道:"其实亏了姑娘,若当日不如此周全,怎保得今日有这个孩儿!"

刘员外听罢,如梦初觉,如醉方醒,心里感激着女儿。小梅又叫儿子不住的叫他"爹爹",刘员外听得一声,身也麻了。对妈妈道:"元来亲的只是亲,女儿姓刘,到底也还护着刘家,不肯顺从张郎把兄弟坏了。今日有了老生儿,不致绝后,早则不在绝地上安坟了。皆是孝顺女所赐,老夫怎肯知恩不报? 如今有个主意:把家私做三分分开:女儿、侄儿、孩儿,各得一分。大家各管家业,和气过日子罢了。"当日叫家人寻了张郎家来,一同引孙及小孩儿拜见了邻舍诸亲,就做了个分家的筵席,尽欢而散。

此后刘妈妈认了真,十分爱惜着孩儿。员外与小梅自不必说,引姐、引孙又各内外保全,张郎虽是嫉妒,也用不着。毕竟培养得孩儿成立起来。此是刘员外广施阴德,到底有后;又恩待骨肉,原受骨肉之报。所谓"亲一支热一支"也。有诗为证:

> 女婿如何有异图? 总因财利令亲疏。
> 若非孝女关疼热,毕竟刘家有后无?

卷 三 十 九

乔势天师禳旱魃　秉诚县令召甘霖

诗云：

> 自古有神巫，其术能役鬼。
> 祸福如烛照，妙解阴阳理。
> 不独倾公卿，时亦动天子。
> 岂似后世者，其人总村鄙。
> 语言甚不伦，偏能惑闾里。
> 淫祀无虚日，枉杀供牲醴。
> 安得西门豹，投畀邺河水。

话说男巫女觋，自古有之，汉时谓之"下神"，唐世呼为"见鬼人"。尽能役使鬼神，晓得人家祸福休咎，令人趋避，颇有灵验。所以公卿大夫都有信着他的，甚至朝廷宫闱之中有时召用。此皆有个真传授，可以行得去做得来的，不是荒唐。却是世间的事，有了真的，便有假的。那无知男女，妄称神鬼，假说阴阳，一些影响没有的，也一般会哄动乡民，做张做势的，从古来就有了。直到如今，真有术的巫觋已失其传，无过是些乡里村夫，游嘴老妪，男称太保，女称师娘，假说降神召鬼，哄骗愚人。口里说汉话，便道神道来了。却是脱不得乡气，信口胡柴的，多是不囫囵的官话，杜撰出来的字眼。正经人听了，浑身麻木，忍笑不住的；乡里人信是活灵活现的神道，匾匾的信伏，不知天下曾有那不会讲官话的神道么！又还一件可恨处：见人家有病人来求他，他先前只说：救不得！直到拜求恳切了，口里说出许多牛羊猪狗的愿心来，要这家脱衣典当，杀生害命，还恐怕神道不肯救，啼啼哭哭的。及至病已犯拙，烧献无效，再不怨怅他、疑心他，只说不曾尽得心，神道不喜欢，见得如此，越烧献得紧了。不知弄人家费多少钱钞，伤多少性命！不过供得他一时乱话，吃得些、骗得些罢了。律上禁止师巫邪术，其法甚严，也还加他"邪术"二字，要见还成一家说话。而今并那邪不成邪，术不成术，一味胡弄，愚民信伏，习以成风，真是痼疾不可解，只好做有识之人的笑柄而已。

　　苏州有个小民姓夏，见这些师巫兴头，也去投着师父，指望传些真术。岂知费了拜见钱，并无甚术法得传，只教得些游嘴门面的话头，就是祖传来辈辈相授的秘诀，习熟了打点开场施行。其邻有个范春元，名汝舆，最好戏耍。晓得他是头番初试，原没甚本领的，设意要弄他一场笑话，来哄他道："你初次降神，必须露些灵异出来，人才信服。我忝为你邻人，与你商量个计较，帮衬着你，等别人惊骇方妙。"夏巫道："相公有何妙计？"范春元道："明日等你上场时节，吾手里拿着糖糕叫你猜，你一猜就着。我就赞叹起来，这些人自然信服了。"夏巫道："相公肯如此帮衬小人，小人万幸。"

　　到得明日，远近多传道"新太保降神"，来观看的甚众。夏巫登场，正在捏神捣鬼、妆憨打痴之际，范春元手中捏着一把物事来问道："你猜得我掌中何物，便是真神道。"夏巫笑道："手中是糖糕。"范春元假意拜下去道："猜得着，果是神明。"即拿手中之物，塞在他口里去。夏巫只道是糖糕，一口接了，谁知不是糖糕滋味，又臭又硬，甚不好吃，欲待吐出，先前猜错了，恐怕露出马脚，只得攒眉忍苦咽了下去。范春元见吃完了，发一痴道："好神明，吃了干狗屎了！"众人起初看见他吃法烦难，也有些疑心，及见范春元说破，晓得被他做作，尽皆哄然大笑，一时散去。夏巫吃了这场羞，传将开去，此后再弄不兴了。似此等虚妄之人，该是这样处置他才妙，怎当得愚民要信他骗哄。亏范春元是个读书之人，弄他这些破绽出来。若不然时，又被他胡行了。

　　范春元不足奇，宋时还有个小人也会不信师巫，弄他一场笑话。华亭金山庙临海边，乃是汉霍将军祠。地方人相传，道是钱王霸吴越时，他曾起阴兵相助，故此崇建灵宫。淳熙末年，庙中有个巫者，因时节边聚集县人，捏神捣鬼，说将军附体宣言，祈祝他的，广有福利。县人信了，纷竞前来。独有钱寺正家一个干仆沈晖，倔强不信，出语谑侮。有与他一班相好的，恐怕他触犯了神明，尽以好言相劝，叫他不可如此戏弄。那庙巫宣言道："将军甚是恼怒，要来降祸。"沈晖偏要与他争辩道："人生祸福，天做定的，那里什么将军来摆布得我？就是将军有灵，决不附着你这等村蠢之夫，来说祸说福的。"正在争辩之时，沈晖一交跌倒，口流涎沫，登时晕去。内中有同来的，奔告他家里。妻子多来看视，见了这个光景，分明认得罪神道了，拜着庙巫讨饶。庙巫越妆起腔来道："悔谢不早，将军盛怒，已执录了精魄，押赴酆都，死在顷刻，救不得了。"庙巫看见晕去不醒，正中下怀，落得大言恐吓。妻子惊惶无计，对着神像只是叩头,又苦苦哀求庙巫,庙巫越把话来说得狠了。妻子只得拊尸恸哭。看的人越多了,相戒道:“神明利害如此,戏谑不得的。”庙巫一发做着天气,十分得意。

只见沈晖在地下扑的跳将起来,众人尽道是强魂所使,俱各惊开。沈晖在人丛中跃出,扭住庙巫,连打数掌道:“我打你这枉口嚼舌的。不要慌,哪曾见我酆都去了?”妻子道:“你适才却怎么来?”沈晖大笑道:“我见这些人信他,故意做这个光景要他一要,有甚么神道来?”庙巫一场没趣,私下走出庙去躲了。合庙之人尽皆散去,从此也再弄不兴了。

看官只看这两件事,你道巫师该信不该信?所以聪明正直之人,再不被那一干人所惑,只好哄愚夫愚妇一窍不通的。小子而今说一个极做天气的巫师,撞着个极不下气的官人,弄出一场极畅快的事来,比着西门豹投巫还觉希罕。正是:

奸欺妄欲言生死,宁知受欺正于此?
世人认做活神明,只合同尝干狗屎。

话说唐武宗会昌年间,有个晋阳县令,姓狄名维谦,乃反周为唐的名臣狄梁公仁杰之后。守官清恪,立心刚正,凡事只从直道上做去。随你强横的他不怕,就上官也多谦让他一分。治得个晋阳户不夜闭,道不拾遗,百姓家家感德衔恩,无不赞叹的。谁知天灾流行,也是晋阳地方一个悔气,虽有这等好官在上,天道一时亢旱起来,自春至夏,四五个月内并无半点雨泽。但见:

田中纹坼,井底尘生。滚滚烟飞,尽是晴光浮动;微微风撼,元来暖气薰蒸。辘轳不绝声,止得泥浆半杓;车戽无虚刻,何来活水一泓?供养着五湖四海行雨龙王,急迫煞八口一家喝风狗命。止有一轮红日炎炎照,那见四野阴云欻欻兴?

旱得那晋阳数百里之地,土燥山焦,港枯泉涸,草木不生,禾苗尽槁。急得那狄县令屏去侍从仪卫,在城隍庙中跣足步祷,不见一些征应。一面减膳羞,禁屠宰,日日行香,夜夜露祷。凡是那救旱之政,没一件不做过了。

话分两头。本州有个无赖邪民,姓郭名赛璞,自幼好习符咒,投着一个并州来的女巫,结为伙伴。名称师兄师妹,其实暗地里当做夫妻,两个一正一副,花嘴骗舌,哄动乡民不消说。亦且男人外边招摇,女人内边蛊惑。连那官宦大户人家,也有要祷除灾祸的,也有要祛除疾病的,也有夫妻不睦要他魇样和好的,也有妻妾相妒要他各使魇魅的,种种不一。弄得太原州界内七颠八倒。本州监军使,乃是内监出身。这些太监心性,一发敬信的了不得。监军使适要朝京,因为那时朝廷也重这些左道异术,郭赛璞与女巫便思量随着监军使之便,到京师走走,图些侥幸。那监军使也要作兴他们,主张带了他们去。

到得京师,真是五方杂聚之所,奸宄易藏,邪言易播。他们施符设咒,救病除妖,偶然撞着小小有些应验,便一传两,两传三,各处传将开去,道是异人异术,分明是一对活神仙在京里了。及至来见他的,他们习着这些大言不惭的话头,见神见鬼,说得活灵活现;又且两个一鼓一板,你强我赛,除非是正人君子不为所惑,随你咿嚦伶俐的好汉,但是一分信着鬼神的,没一个不着他道儿。外边既已哄传其名,又因监军使到北司各监赞扬,弄得这些太监往来的多了,女巫遂得出入宫掖,时有恩赉;又得太监们帮衬之力,夤缘圣旨,男女巫俱得赐号"天师"。元来唐时崇尚道术,道号天师,僧赐紫衣,多是不以为意的事。却也没个什么职掌衙门,也不是什么正经品职,不过取得名声好听,恐动乡里而已。郭赛璞既得此号,便思荣归故乡,同了这女巫仍旧到太原州来。此时无大无小无贵无贱,尽称他每为天师。他也妆模作样,一发与未进京的时节,气势大不同了。

正植晋阳大旱之际,无计可施,狄县令出着告示道:"不拘官吏军民人等,如有能兴云致雨,本县不惜重礼酬谢。"告示既出,有县里一班父老率领着若干百姓,来禀县令道:"本州郭天师符术高妙,名满京都,天子尚然加礼,若得他一至本县祠中,那祈求雨泽,如反掌之易。只恐他尊贵,不能勾得他来。须得相公虔诚教请,必求其至,以救百姓,百姓便有再生之望了。"狄县令道:"若果然其术有灵,我岂不能为着百姓屈己求他? 只恐此辈是大奸猾,煽起浮名,未必有真本事。亦且假窃声号,妄自尊大,请得他来,徒增尔辈一番骚扰,不能有益。不如就近访那真正好道、潜修得力的,未必无人,或者有得出来应募,定胜此辈虚嚣的一倍。本县所以未敢慕名,开此妄端耳。"父老道:"相公所见固是。但天下有其名必有其实,见放着那朝野闻名咿嚦的天师不求,还那里去另访得道的? 这是'现钟不打,又去炼铜'了。若相公恐怕供给烦难,百姓们情愿照里递人丁派出做公费,只要相公做主,求得天师来,便莫大之恩了。"县令道:"你们所见既定,有何所惜?"

　　于是,县令备着花红表里,写着恳请书启,差个知事的吏典,代县令亲身行礼,备述来意已毕。天师意态甚是倨傲,听了一回,慢然答道:"要祈雨么?"众人叩头道:"正是。"天师笑道:"亢旱乃是天意,必是本方百姓罪业深重,又且本县官吏贪污不道,上天降罚,见得如此。我等奉天行道,怎肯违了天心,替你们祈雨?"众人又叩头道:"若说本县县官,甚是清正有余,因为小民作业,上天降灾。县官心生不忍,特慕天师大名,敢来礼聘屈尊到县,祈请一坛甘雨,万勿推却。万民感戴。"天师又笑道:"我等岂肯轻易赴汝小县之请?"再三不肯。

　　吏典等回来回复了狄县令。父老同百姓等多哭道:"天师不肯来,我辈眼见得不能存活了。还是县宰相公再行敦请,是必要他一来便好。"县令没奈何,只得又加礼物,添差了人,另写个恳切书启。又申个文书到州里,央州将分上,恳请必来。州将见县间如此勤恳,只得自去拜望天师,求他一行。天师见州将自来,不得已,方才许诺。众人见天师肯行,欢声动地,恨不得连身子都许下来。天师叫备男女轿各一乘,同着女师前往。这边吏典父老人等,惟命是从,敢不齐整?备着男女二轿,多结束得分外鲜明,一路上秉香燃烛,幢幡宝盖,真似迎着一双活佛来了。到得晋阳界上,狄县令当先迎着,他两人出了轿,与县令见礼毕。县令把着盏,替他两个上了花红彩缎,鞴过马来换了轿,县令亲替他笼着马,鼓乐前导,迎至祠中。先摆着下马酒筵,极其丰盛。就把铺陈行李之类,收拾在祠后洁净房内,县令道了安置,别了自去,专候明日作用,不题。

　　却说天师到房中对女巫道:"此县中要我每祈雨,意思虔诚,礼仪丰厚,只好这等了。满县官吏人民,个个仰望着下雨,假若我们做张做势,造化撞着了下雨便好;倘不遇巧,怎生打发得这些人?"女巫道:"枉叫你弄了若干年代把戏,这样小事就费计较。明日我每只把雨期约得远些,天气晴得久了,好歹多少下些;有一两点洒洒便算是我们功德了。万一到底不下,只是寻他们事故,左也是他不是,右也是他不是。弄得他们不耐烦,我们做个天气,只是撇着要去,不肯再留,那时只道恼了我们性子,攀留不住。自家只好忙乱,那个还来议我们的背后不成?"天师道:"有理,有理。他既十分敬重我们,料不敢拿我们破绽,只是老着脸皮做便了。"商量已定。

　　次日,县令到祠请祈雨。天师传命:就于祠前设立小坛停当。天师同女巫在城隍神前,口里胡言乱语的说了好些鬼话,一同上坛来。天师登位,敲动令牌;女巫将着九环单皮鼓打的厮琅琅价响,烧了好几道符。天师站在高处,四下一望,看见东北上微微有些云气,思量道:“夏雨北风生,莫不是数日内有雨? 落得先说破了,做个人情。”下坛来对县令道:“我为你飞符上界请雨,已奉上帝命下了,只要你们至诚,三日后当沾足。”这句说话传开去,万民无不踊跃喜欢。四郊士庶多来团集了,只等下雨。悬悬望到三日期满,只见天气越晴得正路了:

> 烈日当空,浮云扫净。螳螂得意,乘热气以飞扬;鱼鳖潜踪,在汤池而踟躇。轻风罕见,直挺挺不动五方旗;点雨无征,苦哀哀只闻一路哭。

县令同了若干百姓来问天师道:“三日期已满,怎不见一些影响?”天师道:“灾诊必非虚生,实由县令无德,故此上天不应。我今为你虔诚再告。”狄县令见说他无德,自己引罪道:“下官不职,灾祸自当,怎忍贻累于百姓! 万望天师曲为周庇,宁使折尽下官福算,换得一场雨泽,救取万民,不胜感戴。”天师道:“亢旱必有旱魃,我今为你一面祈求雨泽,一面搜寻旱魃,保你七日之期,自然有雨。”县令道:“旱魃之说,诗书有之,只是如何搜寻?”天师道:“此不过在民间,你不要管我。”县令道:“果然搜寻得出,致得雨来,但凭天师行事。”天师就令女巫到民间各处寻旱魃,但见民间有怀胎十月将足者,便道是旱魃在腹内,要将药堕下他来。民间多慌了。他又自恃是女人,没一家内室不走进去。但是有娠孕的,多瞒他不过。富家恐怕出丑,只得将钱财买嘱他,所得贿赂无算。只把一两家贫妇带到官来,只说是旱魃之母,将水浇他。县令明知无干,敢怒而不敢言,只是尽意奉承他。到了七日,天色仍复如旧,毫无效验。有诗为证:

> 旱魃如何在妇胎? 奸徒设计诈人财。
> 虽然不是祈禳法,只合雷声头上来。

如此作为,十日有多。天不凑趣,假如肯轻轻松松洒下了几点,也要算他功劳,满场卖弄本事,受酬谢去了。怎当得干阵也不打一个? 两人自觉没趣,推道是:“此方未该有雨,担阁在此无用。”一面收拾,立刻要还本州。这些愚骏百姓,一发慌了,嚷道:“天师在此尚然不能下雨;若天师去了,这雨再下不成了。岂非一方百姓该死?”多来苦告县令,定要攀留。

县令极是爱百姓的,顺着民情,只得去拜告苦留,道:“天师既然肯为万姓,特地来此,还求至心祈祷,必求个应验,救此一方,如何做个劳而无功去了?"天师被县令礼求,百姓苦告,无言可答。自想道:"若不放下个脸来,怎生缠得过?"勃然变色,骂县令道:"庸琐官人,不知天道! 你做官不才,本方该灭。天时不肯下雨,留我在此何干?"县令不敢回言与辨,但称谢道:"本方有罪,自干天谴,非敢更烦天师,但特地劳渎天师到此一番,明日须要治酒奉饯,所以屈留一宿。"天师方才和颜道:"明日必不可迟了。"

县令别去,自到衙门里来。召集衙门中人,对他道:"此辈猾徒,我明知矫诬无益,只因愚民轻信,只道我做官的不肯屈意,以致不能得雨。而今我奉事之礼,祈恳之诚,已无所不尽,只好这等了。他不说自己邪妄没力量,反将恶语詈我。我忝居人上,今为巫者所辱,岂可复言为官耶! 明日我若有所指挥,你等须要一一依我而行,不管有甚好歹是非,我身自当之,你们不可迟疑落后了。"这个狄县令一向威严,又且德政在人,个个信服。他的分付那一个不依从的? 当日衙门人等,俱各领命而散。

次早县门未开,已报天师严饬归骑,一面催促起身了。管办吏来问道:"今日相公与天师饯行,酒席还是设在县里,还是设在祠里,也要预先整备才好,怕一时来不迭。"县令冷笑道:"有甚来不迭?"竟叫打头踏到祠中来,与天师送行。随从的人多疑心道:"酒席未曾见备,如何送行?"那边祠中天师也道:"县官既然送行,不知设在县中还是祠中? 如何不见一些动静?"等着心焦,正在祠中发作道:"这样怠慢的县官,怎得天肯下雨?"须臾间,县令已到。天师还带着怒色,同女巫一齐嚷道:"我们要回去的,如何没些事故担阁我们? 甚么道理? 既要饯行,何不快些?"县令改容大喝道:"大胆的奸徒! 你左道女巫,妖惑日久,撞在我手,当须死在今日。还敢说归去么?"喝一声:"左右,拿下!"官长分付,从人怎敢不从? 一伙公人暴雷也似答应一声,提了铁链,如鹰拿燕雀,把两人扣胭颈锁了,扭将下来。县令先告城隍道:"龌龊妖徒,哄骗愚民,诬妄神道,今日请为神明除之。"喝令按倒在城隍面前道:"我今与你二人饯行。"各鞭背二十,打得皮开肉绽,血溅庭阶。鞭罢,捆缚起来,投在祠前漂水之内。可笑郭赛璞与并州女巫做了一世邪人,今日死于非命。

> 强项官人不受挫,妄作妖巫干托大。
>
> 神前杖背神不灵,瓦罐不离井上破。

狄县令立刻之间除了两个天师,左右尽皆失色。有老成的来禀道:"欺妄之徒,相公除了甚当。只是天师之号,朝廷所赐,万一上司嗔怪,朝廷罪责,如之奈何?"县令道:"此辈人无根绊、有权术,留下他冤仇不解,必受他中伤。既死之后,如飞蓬断梗,还有甚么亲识故旧来党护他的? 即使朝廷责我擅杀,我拼着一官便了,没甚大事。"众皆唯唯,服其胆量。

县令又自想道:"我除了天师,若雨泽仍旧不降,无知愚民越要归咎于我,道是得罪神明之故了。我想神明在上,有感必通,妄诞庸奴,原非感格之辈。若堂堂县宰为民请命,岂有一念至诚不蒙鉴察之理?"遂叩首神前虔祷道:"诬妄奸徒,身行秽事,口出诬言,玷污神德,谨已诛讫。上天雨泽,既不轻徇妖妄,必当鉴念正直。再无感应,是神明不灵,善恶无别矣。若果系县令不德,罪止一身,不宜重害百姓。今叩首神前,维谦发心,从此在祠后高冈烈日之中,立曝其身;不得雨,情愿槁死,誓不休息。"言毕再拜而出。那祠后有山,高可十丈,县令即命设席焚香,簪冠执笏,朝服独立于上。分付从吏俱各散去听候。

阖城士民听知县令如此行事,大家骇愕起来道:"天师如何打死得的? 天师决定不死。邑长惹了他,必有奇祸,如何是好?"又见说道:"县令在祠后高冈上,烈日中自行曝晒,祈祷上天去了。"于是奔走纷纭,尽来观看,搅做了人山人海,城墙也似砌将拢来。可煞怪异! 真是来意至诚,无不感应。起初县令步到冈上之时,炎威正炽,砂石流铄,待等县令站得脚定了,忽然一片黑云推将起来,大如车盖,恰恰把县令所立之处遮得无一点日光,四周日色尽晒他不着。自此一片起来,四下里慢慢黑云团圈接着,与起初这覆顶的混做一块生成了,雷震数声,甘雨大注。但见:

> 千山礉礘,万境昏霾。溅沫飞流,空中宛转群龙舞;怒号狂啸,野外奔腾万骑来。闪烁烁曳两道流光,闹轰轰鸣几声连鼓。淋漓无已,只教农子心欢;震叠不停,最是恶人胆怯。

这场雨足足下了一个多时辰,直下得沟盈浍满,原野滂流。士民拍手欢呼,感激县令相公为民辛苦,论万数千的跑上冈来,簇拥着狄公自山而下。脱下长衣当了伞子遮着雨点,老幼妇女拖泥带水,连路只是叩头赞诵。狄公反有好些不过意道:"快不要如此。此天意救民,本县何德?"怎当得众人愚迷的多,不晓得精诚所感,但见县官打杀了天师,又会得祈雨,毕竟神通广大,手段又比天师高强,把先前崇奉天师这些虔诚,多移在县令身上了。县令到厅,分付百姓各散。随取了各乡各堡雨数尺寸文书,申报上司去。

那时州将在州,先闻得县官杖杀巫者,也有些怪他轻举妄动,道是礼请去的,纵不得雨,何至于死?若毕竟请雨不得,岂不枉杀无辜?及见文书上来,报着四郊雨足,又见百姓雪片也似投状来,称赞县令曝身致雨许多好处,州将才晓得县令正人君子,政绩殊常,深加叹异。有心要表扬他,又恐朝廷怪他杖杀巫者,只得上表一道,明列其事。内中大略云:

> 郭巫等猥琐细民,妖诬惑众。虽窃名号,总属夤缘。及在乡里,渎神害下,凌轹邑长。守土之官,为民诛之,亦不为过。狄某力足除奸,诚能动物,曝躯致雨,具见异绩。圣世能臣,礼宜优异云云。

其时藩镇有权,州将表上,朝廷不敢有异,亦且郭巫等原系无籍棍徒,一时在京冒滥宠荣,到得出外多时,京中原无羽翼心腹,记他在心上的。就打死了,没人仇恨,名虽天师,只当杀个平民罢了。果然不出狄县令所料。

那晋阳是彼时北京,一时狄县令政声,朝野喧传,尽皆钦服其人品。不一日,诏书下来褒异。诏云:

> 维谦剧邑良才,忠臣华胄。睹兹天厉,将瘅下民。当请祷于晋祠,类投巫于邺县。曝山椒之畏景,事等焚躯;起天际之油云,情同剪爪。遂使旱风潜息,甘泽旋流。昊天犹鉴克诚,予意岂忘褒善?特颁朱绂,俾耀铜章。勿替令名,更昭殊绩。

当下赐钱五十万,以赏其功。从此,狄县令遂为唐朝名臣,后来升任去后,本县百姓感他,建造生祠,香火不绝。祈晴祷雨,无不应验。只是一念刚正,见得如此。可见邪不能胜正。那些乔妆做势的巫师,做了水中淹死鬼,不知几时得超升哩。世人酷信巫师的,当熟看此段话文。有诗为证:

> 尽道天师术有灵,如何水底不回生?
> 试看甘雨随车后,始信如神是至诚。

卷 四 十

华阴道独逢异客　江陵郡三拆仙书

诗云：

> 人生凡事有前期，尤是功名难强为。
>
> 多少英雄埋没杀，只因莫与指途迷。

话说人生只有科第一事，最是黑暗，没有甚定准的。自古道"文齐福不齐"，随你胸中锦绣，笔下龙蛇，若是命运不对，倒不如乳臭小儿、卖菜佣早登科甲去了。就如唐时以诗取士，那李、杜、王、孟不是万世推尊的诗祖？却是李、杜俱不得成进士，孟浩然连官多没有，止有王摩诘一人有科第，又还亏得岐王帮衬，把《郁轮袍》打了九公主关节，才夺得解头。若不会夤缘钻刺，也是不稳的。只这四大家尚且如此，何况他人？及至诗不成诗，而今世上不传一首的，当时登第的元不少。看官，你道有甚么清头在那里？所以说：

> 文章自古无凭据，惟愿朱衣一点头。

说话的，依你这样说起来，人多不消得读书勤学，只靠着命中福分罢了。看官，不是这话。又道是："尽其在我，听其在天。"只这些福分又赶着兴头走的，那奋发不过的人终久容易得些，也是常理。故此说："皇天不负苦心人。"毕竟水到渠成，应得的多。但是科场中鬼神弄人，只有那该侥幸的时来福凑、该迍邅的七颠八倒，这两项吓死人！先听小子说几件科场中事体，做个起头。

有个该中了，撞着人来帮衬的。湖广有个举人姓何，在京师中会试，偶入酒肆，见一伙青衣大帽人在肆中饮酒。听他说话半文半俗，看他气质，假斯文带些光棍腔。何举人另在一座，自斟自酌。这些人见他独自一个寂寞，便来邀他同坐。何举人不辞，就便随和欢畅。这些人道是不做腔，肯入队，且又好相与，尽多快活。吃罢散去。隔了几日，何举人在长安街过，只见一人醉卧路旁，衣帽多被尘土染污。仔细一看，却认得是前日酒肆里同吃酒的内中一人，也是何举人忠厚处，见他醉后狼籍不象样，走近身扶起来。其人也有些醒了，张目一看，见是何举人扶他，把手拍一拍臂膊，哈哈笑道："相公造化到了。"就伸手袖中解出一条汗巾来，汗巾结里裹着一个两指大的小封儿，对何举人道:"可拿到下处自看。"何举人不知其意,袖了到下处去。下处有好几位同会试的在那里,何举人也不道是甚么机密勾当,不以为意,竟在众人面前拆开看时,乃是六个《四书》题目,八个经题目,共十四个。同寓人见了,问道:"此自何来?"何举人把前日酒肆同饮,今日跌倒街上的话,说了一遍,道:"是这个人与我的,我也不知何来。"同寓人道:"这是光棍们假作此等哄人的,不要信他。"独有一个姓安的心里道:"便是假的何妨? 我们落得做做熟也好。"就与何举人约了,每题各做一篇,又在书坊中寻刻的好文,参酌改定。后来入场,七个题目都在这里面的,二人多是预先做下的文字,皆得登第。元来这个醉卧的人乃是大主考的书办,在他书房中抄得这张题目,乃是一正一副在内。朦胧醉中,见了何举人扶他,喜欢,与了他。也是他机缘辐辏,又挈带了一个姓安的。这些同寓不信的人,可不是命里不该,当面错过?

　　　　醉卧者人,吐露者神。

　　　　信与不信,命从此分。

　　有个该中了,撞着鬼来帮衬的。扬州兴化县举子,应应天乡试,头场日酣睡一日不醒,号军叫他起来,日已晚了,正自心慌,且到号底厕上走走。只见厕中已有一个举子在里头,问兴化举子道:"兄文成未?"答道:"正因睡了失觉,一字未成,了不得在这里。"厕中举子道:"吾文皆成,写在王讳纸上,今疾作,誊不得了,兄文既未有,吾当赠兄罢。他日中了,可谢我百金。"兴化举子不胜之喜。厕中举子就把一张王讳纸递过来,果然七篇多明明白白写完在上面,说道:"小弟姓某名某,是应天府学。家在僻乡,城中有卖柴牙人某人,是我侄,可一访之,便可寻我家了。"兴化举子领诺,拿到号房照他写的誊了,得以完卷。进过三场,揭晓果中。急持百金,往寻卖柴牙人,问他叔子家里。那牙人道:"有个叔子,上科正患痢疾进场,死在场中了。今科那得还有一个叔子?"举子大骇,晓得是鬼来帮他中的,同了牙人直到他家,将百金为谢。其家甚贫,梦里也不料有此百金之得,阖家大喜。这举子只当百金买了一个春元。

　　　　一点文心,至死不磨。

　　　　上科之鬼,能助今科。

　　有个该中了,撞着神借人来帮衬的。宁波有两生,同在鉴湖育王寺读书。一生儇巧,一生拙诚。那拙的信佛,每早晚必焚香在大士座前祷告:愿求明示场中七题。那巧的见他匍匐不休,心中笑他痴呆。思量要耍他一耍,遂将一张大纸,自拟了七题,把佛香烧成字,放在香几下。拙的明日早起拜神,看见了,大信,道是大士有灵,果然密授秘妙。依题遍采坊刻佳文,名友窗课,模拟成七篇好文,熟记不忘。巧的见他信以为实,如此举动,道是被作弄着了,背地暗笑他着鬼。岂知进到场中,七题一个也不差,一挥而出,竟得中式。这不是大士借那儍巧的手,明把题目与他的?

　　拙以诚求,巧者为用。

　　鬼神机权,妙于簸弄。

　　有个该中了,自己精灵现出帮衬的。湖广乡试日,某公在场阅卷倦了,朦胧打盹。只听得耳畔叹息道:"穷死穷死! 救穷救穷!"惊醒来想一想道:"此必是有士子要中的作怪了。"仔细听听,声在一箱中出,伸手取卷,每拾起一卷,耳边低低道:"不是。"如此屡屡,落后一卷,听得耳边道:"正是。"某公看看,文字果好,取中之,其声就止。出榜后,本生来见。某公问道:"场后有何异境?"本生道:"没有。"某公道:"场中甚有影响,生平好讲甚么话?"本生道:"门生家寒不堪,在窗下每作一文成,只呼'穷死救穷',以此为常,别无他话。"某公乃言阅卷时耳中所闻如此,说了共相叹异,连本生也不知道怎地起的。这不是自己一念坚切,精灵活现么!

　　精诚所至,金石为开。

　　果然勇猛,自有神来。

　　有个该中了,人与鬼神两相凑巧帮衬的。浙场有个士子,原是少年饱学,走过了好几科,多不得中。落后一科,年纪已长,也不做指望了。幸得有了科举,图进场完故事而已。进场之夜,忽梦见有人对他道:"你今年必中,但不可写一个字在卷上,若写了,就不中了,只可交白卷。"士子醒来道:"这样梦也做得奇,天下有这事么?"不以为意。进场领卷,正要构思下笔,只听得耳边厢又如此说道:"决写不得的。"他心里疑道:"好不作怪?"把题目想了一想,头红面热,一字也忖不来,就暴躁起来道:"多管是又不该中了,所以如此。"闷闷睡去。只见祖、父俱来分付道:"你万万不可写一字,包你得中便了。"醒来叹道:"这怎么解? 如此梦魂缠扰,料无佳思,吃苦做什么? 落得不做,投了白卷出去罢!"出了场来。自道头一个就是他贴出,不许进二场了。只见试院开门,贴出许多不合式的来:有不完篇的,有脱了稿的,有差写题目的,纷纷不计其数。正拣他一字没有的,不在其内,倒哈哈大笑道:"这些弥封对读的,多失了魂了!"隔了两日不见动静,随众又进二场,也只是见不贴出,瞒生人眼,进去戏耍罢了。才捏得笔,耳边又如此说。他自笑道:"不劳分付,头场白卷,二场写他则甚?世间也没这样骁子。"游衍了半日,交卷而出。道:"这番决难逃了!"只见第二场又贴出许多,仍复没有己名,自家也好生咤异。又随众进了三场,又交了白卷,自不必说。朋友们见他进过三场,多来请教文字,他只好背地暗笑,不好说得。到得榜发,公然榜上有名高中了。他只当是个梦,全不知是那里来的。随着赴鹿鸣宴风骚,真是十分侥幸。领出卷来看,三场俱完好,且是锦绣满纸,惊得目睁口呆,不知其故。元来弥封所两个进士知县,多是少年科第,有意思的,道是不进得内帘,心中不伏气。见了题目,有些技痒,要做一卷,试试手段,看还中得与否?只苦没个用印卷子,虽有个把不完卷的,递将上来,却也有一篇半篇,先写在上了,用不着的。已后得了此白卷,心中大喜,他两个记着姓名,便你一篇我一篇,共相斟酌改订,凑成好卷,弥封了发去誊录。三场皆如此,果然中了出来。两个进士暗地得意,道是这人有天生造化。反着人寻将他来,问其白卷之故。此生把梦寐叮嘱之事,场中耳畔之言,一一说了。两个进士道:"我两人偶然之兴,皆是天教代足下执笔的。"此生感激无尽,认做了相知门生。

张公吃酒,李公却醉。

命若该时,一字不费。

这多是该中的话了。若是不该中,也会千奇万怪起来。

有一个不该中,鬼神反来耍他的。万历癸未年,有个举人管九皋赴会试。场前梦见神人传示七个题目,醒来个个记得,第二日寻坊间文,拣好的熟记了。入场,七题皆合,喜不自胜。信笔将所熟文字写完,不劳思索,自道是得了神助,心中无疑。谁知是年主考厌薄时文,尽搜括坊间同题文字入内磨对,有试卷相同的,便涂坏了。管君为此竟不得中,只得选了官去。若非先梦七题,自家出手去做,还未见得不好,这不是鬼神明明耍他?

梦是先机,番成悔气。

鬼善揶揄,直同儿戏。

有一个不该中强中了,鬼神来摆布他的。浙江山阴士人诸葛一鸣,在本处山中发愤读书,不回过岁。隆庆庚午年,元旦未晓,起身梳洗,将往神祠中祷祈,途间遇一群人喝道而来。心里疑道:"山中安得有此?"伫立在旁细看,只见鼓吹前导，马上簇拥着一件东西。落后贵人到，乃一金甲神也。一鸣明知是阴间神道，迎上前来拜问道："尊神前驱所迎何物？"神道："今科举子榜。"一鸣道："小生某人，正是秀才，榜上有名否？"神道："没有。君名在下科榜上。"一鸣道："小生家贫等不得，尊神可移早一科否？"神道："事甚难。然与君相遇，亦有缘。试为君图之。若得中，须多焚楮钱，我要去使用，才安稳。不然，我亦有罪犯。"一鸣许诺。及后边榜发，一鸣名在末行，上有丹印。缘是数已填满，一个教官将着一鸣卷竭力来荐，至见诸声色。主者不得已，割去榜末一名，将一鸣填补。此是鬼神在暗中作用。一鸣得中，甚喜，匆匆忘了烧楮钱。赴宴归寓，见一鬼披发在马前哭道："我为你受祸了。"一鸣认看，正是先前金甲神，甚不过意道："不知还可焚钱相救否？"鬼道："事已迟了，还可相助。"一鸣买些楮钱烧了。及到会试，鬼复来道："我能助公登第，预报七题。"一鸣打点了进去，果然不差。一鸣大喜。到第二场，将到进去了，鬼才来报题。一鸣道："来不及了。"鬼道："将文字放在头巾内带了进去，我遮护你便了。"一鸣依了他。到得监试面前，不消搜得，巾中文早已坠下，算个怀挟作弊，当时打了枷号示众，前程削夺。此乃鬼来报前怨作弄他的，可见命未该中，只早一科也是强不得的。

躁于求售，并丧厥有。

人耶鬼耶？各任其咎。

看官，只看小子说这几端，可见功名定数，毫不可强。所以道：

窗下莫言命，场中不论文。

世间人总在这定数内，被他哄得昏头昏脑的。小子而今说一段指破功名定数的故事，来完这回正话。

唐时有个江陵副使李君，他少年未第时，自洛阳赴长安进士举，经过华阴道中，下店歇宿。只见先有一个白衣人在店。虽然浑身布素，却是骨秀神清，丰格出众。店中人甚多，也不把他放在心上。李君是个聪明有才思的人，便瞧科在眼里道："此人决然非凡。"就把坐来移近了，把两句话来请问他。只见谈吐如流，百叩百应。李君愈加敬重，与他围炉同饮，款洽倍常。明日一路同行，至昭应，李君道："小弟慕足下尘外高踪，意欲结为兄弟，倘蒙不弃，伏乞见教姓名年岁，以便称呼。"白衣人道："我无姓名，亦无年岁，你以兄称我，以兄礼事我可也。"李君依言，当下结拜为兄。至晚对李君道："我隐居西岳，偶出游行,甚荷郎君相厚之意,我有事故,明旦先要往城,不得奉陪,如何?"李君道:"邂逅幸与高贤结契,今遽相别,不识有甚言语指教小弟否?"白衣人道:"郎君莫不要知后来事否?"李君再拜,恳请道:"若得预知后来事,足可趋避,省得在黑暗中行,不胜至愿。"白衣人道:"仙机不可泄漏,吾当缄封三书与郎君,日后自有应验。"李君道:"所以奉恳,专贵在先知后事,若直待事后有验,要晓得他怎的?"白衣人道:"不如此说。凡人功名富贵,虽自有定数,但吾能前知,便可为郎君指引。若到其间开他,自身用处,可以周全郎君富贵。"李君见说,欣然请教。白衣人乃取纸笔,在月下不知写些甚么,折做三个束,外用三个封封了,拿来交与李君,道:"此三封,郎君一生要紧事体在内,封有次第,内中有秘语,直到至急时方可依次而开,开后自有应验。依着做去,当得便宜。若无急事,漫自开他,一毫无益的。切记,切记。"李君再拜领受,珍藏箧中。次日,各相别去。李君到了长安,应过进士举,不得中第。

李君父亲在时,是松滋令,家事颇饶,只因带了宦囊,到京营求升迁,病死客邸,宦囊一空。李君痛父沦丧,门户萧条,意欲中第才归,重整门阀。家中多带盘缠,拚住京师,不中不休。自恃才高,道是举手可得,如拾芥之易。怎知命运不对,连应过五六举,只是下第,盘缠多用尽了。欲待归去,无有路费;欲待住下,以俟再举,没了赁房之资,求容足之地也无。左难右难,没个是处。正在焦急头上,猛然想道:"仙兄有书,分付道:'有急方开。'今日已是穷极无聊,此不为急,还要急到那里去?不免开他头一封,看是如何?"然是仙书,不可造次。是夜沐浴斋素,到第二日清旦,焚香一炉,再拜祷告道:"弟子只因穷困,敢开仙兄第一封书,只望明指迷途则个。"告罢,拆开外封,里面又有一小封,面上写着道:"某年月日,以困迫无资用,开第一封。"李君大惊道:"真神仙也!如何就晓得今日目前光景?且开封的月日俱不差一毫,可见正该开的,内中必有奇处。"就拆开小封来看,封内另有一纸,写着不多几个字:"可青龙寺门前坐。"看罢,晓得有些奇怪,怎敢不依?只是疑心道:"到那里去何干?"问问青龙寺远近,元来离住处有五十多里路。李君只得骑了一头蹇驴,迤逦走到寺前,日色已将晚了。果然依着书中言语,在门槛上呆呆地坐了一回,不见甚么动静。天昏黑下来,心里有些着急,又想了仙书,自家好笑道:"好痴子,这里坐,可是有得钱来的么?不指望钱,今夜且没讨宿处了。怎么处?"

正迟疑问,只见寺中有人行走响,看看至近,却是寺中主僧和个行者来关前门,见了李君问道:"客是何人,坐在此间?"李君道:"驴弱居远,天色已晚,前去不得,将寄宿于此。"主僧道:"门外风寒,岂是宿处? 且请到院中来。"李君推托道:"造次不敢惊动。"主僧再三邀进,只得牵了蹇驴,随着进来。主僧见是士人,具馔烹茶,不敢怠慢。饮间,主僧熟视李君,上上下下估着,看了一回,就转头去与行童说一番,笑一番。李君不解其意,又不好问得。只见主僧耐了一回,突然问道:"郎君何姓?"李君道:"姓李。"主僧惊道:"果然姓李!"李君道:"见说贱姓,如此着惊,何故?"主僧道:"松滋李长官是郎君盛族,相识否?"李君站起身,鞠躬道:"正是某先人也。"主僧不觉垂泪不已,说道:"老僧与令先翁长官久托故旧,往还不薄。适见郎君丰仪酷似长官,所以惊疑。不料果是。老僧奉求已多日,今日得遇,实为万幸。"

李君见说着父亲,心下感伤,涕流被面道:"不晓得老师与先人旧识,顷间造次失礼。然适闻相求弟子已久,不解何故?"主僧道:"长官昔年将钱物到此求官,得疾狼狈,有钱二千贯,寄在老僧常住库中。后来一病不起,此钱无处发付。老僧自是以来,心中常如有重负,不能释然。今得郎君到此,完此公案,老僧此生无事矣。"李君道:"向来但知先人客死,宦囊无迹,不知却寄在老师这里。然此事无个证见,非老师高谊在古人之上,怎肯不昧其事,反加意寻访? 重劳记念,此德难忘。"主僧道:"老僧世外之人,要钱何用? 何况他人之财,岂可没为己有,自增罪业? 老僧只怕受托不终,致负夙债,贻累来生,今幸得了此心事,魂梦皆安。老僧看郎君行况萧条,明日但留下文书一纸,做个执照,尽数辇去为旅邸之资,尽可营生,尊翁长官之目也瞑了。"李君悲喜交集,悲则悲着父亲遗念,喜则喜着顿得多钱。称谢主僧不尽,又自念仙书之验如此,真希有事也。

青龙寺主古人徒,受托钱财谊不诬。

贫子衣珠虽故在,若非仙诀可能符。

是晚主僧留住安宿,殷勤相待。次日尽将原镪二千贯发出,交明与李君。李君写个收领文字,遂雇骡驮载,珍重而别。

李君从此买宅长安,顿成富家。李君一向门阀清贵,只因生计无定,连妻子也不娶得。今长安中大家见他富盛起来,又是旧家门望,就有媒人来说亲与他。他娶下成婚,作久住之计。

又应过两次举,只是不第,年纪看看长了。亲戚朋友仆从等多劝他:"且

图一官，以为终身之计，如何被科名骗老了？"李君自恃才高，且家有余资，不愁衣食，自道："只争得此一步，差好多光景，怎肯甘心就住，让那才不如我的得意了，做尽天气？且索再守他次把做处。"本年又应一举，仍复不第，连前却满十次了。心里虽是不伏气，却是递年打罴觩，也觉得不耐烦了。说话的，如何叫得打罴觩？看官听说：唐时榜发后，与不第的举子吃解闷酒，浑名"打罴觩"。此样酒席，可是吃得十来番起的？李君要住住手，又割舍不得；要宽心再等，不但撺掇的人多，自家也觉争气不出了。况且妻子又未免图他一官半职荣贵，耳边日常把些不入机的话来激聒，一发不知怎地好，竟自没了主意，含着一眶眼泪道："一歇了手，终身是个不第举子。就侥幸官职高贵，也说不响了。"踌躇不定几时，猛然想道："我仙兄有书道'急时可开'，此时虽无非常急事，却是住与不住，是我一生了当的事，关头所差不小，何不开他第二封一看，以为行止？"主意定了，又斋戒沐浴。次日清旦，启开外封，只见里面写道："某年月日，以将罢举，开第二封。"李君大喜道："元来原该是今日开的，既然开得不差，里面必有决断，吾终身可定了。"忙又开了小封看时，也不多几个字，写着："可西市鞲犒行头坐。"李君看了道："这又怎么解？我只道明明说个还该应举不应举，却又是哑谜。当日青龙寺，须有个寺僧欠钱；这个西市鞲犒行头，难道有人欠我及第的债不成？但是仙兄说话不曾差了一些，只索依他走去，看是甚么缘故。却其实有些好笑。"自言自语了一回，只得依言一直走去。

走到那里，自想道："可在那处坐好？"一眼望去，一个去处，但见：

> 望子高挑，埕头广架。门前对子，强斯文带醉歪题；壁上诗篇，村过客乘忙诌下。入门一阵腥膻气，案上原少佳肴；到坐几番吆喝声，面前未来供馔。谩说闻香须下马，枉夸知味且停骖。无非行路救饥，或是邀人议事。

元来是一个大酒店。李君独坐无聊，想道："我且沽一壶，吃着坐看。"步进店来。店主人见是个士人，便拱道："楼上有洁净坐头，请官人上楼去。"李君上楼坐定，看那楼上的东首尽处，有间洁净小阁子，门儿掩着，象有人在里边坐下的，寂寂嘿嘿在里头。李君这付座底下，却是店主人的房，楼板上有个穿眼，眼里偷窥下去，是直见的。李君一个在楼上，还未见小二送酒菜上来，独坐着闲不过，听得脚底下房里头低低说话，他却在地板眼里张看。只见一个人将要走动身，一个拍着肩叮嘱，听得落尾两句说道："教他家郎君明日平明必要到此相会。若是苦没有钱，即说元是且未要钱的，不要挫过。迟一日就无及了。"去的那人道："他还疑心不的确，未肯就来怎好？"李君听得这几句话，有些古怪，便想道："仙兄之言莫非应着此间人的事体么？"即忙奔下楼来，却好与那两个人撞个劈面，乃是店主人与一个蓦生人。李君扯住店主人问道："你们适才讲的是甚么话？"店主人道："侍郎的郎君有件紧要事干，要一千贯钱来用，托某等寻觅，故此商量寻个头主。"李君道："一千贯钱不是小事，那里来这个大财主好借用？"店主道："不是借用，说得事成时，竟要了他这一千贯钱也还算是相应的。"李君再三要问其事备细。店主人道："与你何干！何必定要说破？"只见那要去的人，立定了脚，看他问得急切，回身来道："何不把实话对他说？总是那边未见得成，或者另绊得头主，大家商量商量也好。"店主人方才附着李君耳朵说道："是营谋来岁及第的事。"李君正斗着肚子里事，又合着仙兄之机，吃了一惊，忙问道："此事虚实何如？"店主人道："侍郎郎君见在楼上房内，怎的不实？"李君道："方才听见你们说话，还是要去寻那个的是？"店主人道："有个举人要做此事，约定昨日来成的，直等到晚，竟不见来。不知为凑钱不起，不知为疑心不真？却是郎君元未要钱，直等及第了才交足，只怕他为无钱不来，故此又要这位做事的朋友去约他。若明日不来，郎君便自去了，只可惜了这好机会。"李君道："好教两位得知，某也是举人。要钱时某也有，便就等某见一见郎君，做了此事，可使得否？"店主人道："官人是实话么？"李君道："怎么不实？"店主人道："这事原不拣人的。若实实要做，有何不可！"那个人道："从古道'有奶便为娘'，我们见钟不打，倒去敛铜？官人若果要做，我也不到那边去，再走坏这样闲步了。"店主人道："既如此，可就请上楼与郎君相见面议，何如？"

　　两个人拉了李君一同走到楼上来。那个人走去东首阁子里，说了一会话，只见一个人踱将出来，看他怎生模样：

　　　　白胖面庞，痴肥身体。行动许多珍重，周旋颇少谦恭。抬眼看人，常带几分蒙昧；出言对众，时牵数字含糊。顶着祖父现成家，享这儿孙自在福。

　　这人走出阁来，店主人忙引李君上前，指与李君道："此侍郎郎君也，可小心拜见。"李君施礼已毕，叙坐了。郎君举手道："公是举子么？"李君通了姓名,道:"适才店主人所说来岁之事,万望扶持。"郎君点头未答,且目视店主人与那个人,做个手势道:"此话如何?"店主人道:"数目已经讲过,昨有个人约着不来,推道无钱。今此间李官人有钱,情愿成约。故此,特地引他谒见郎君。"郎君道:"咱要钱不多,如何今日才有主?"店主人道:"举子多贫,一时间斗不着。"郎君道:"拣那富的拉一个来罢了。"店主人道:"富的要是要,又撞不见这样方便。"郎君又拱着李君问店主人道:"此间如何?"李君不等店主人回话,便道:"某寄籍长安,家业多在此,只求事成,千贯易处,不敢相负。"郎君道:"甚妙,甚妙!明年主司侍郎,乃吾亲叔父也,必不误先辈之事。今日也未就要交钱,只立一约,待及第之后,即命这边主人走领,料也不怕少了的。"李君见说得有根因,又且是应着仙书,晓得其事必成,放胆做着,再无疑虑。即袖中取出两贯钱来,央店主人备酒来吃。一面饮酒,一面立约,只等来年成事交银。当下李君又将两贯钱谢了店主人与那一个人,各各欢喜而别。到明年应举,李君果得这个关节之力,榜下及第。及第后,将着一千贯完那前约,自不必说。眼见得仙兄第二封书,指点成了他一生之事。

　　　　真才屡挫误前程,不若黄金立可成。

　　　　今看仙书能指引,方知铜臭亦天生。

　　李君得第授官,自念富贵功名皆出仙兄秘授谜诀之力,思欲会见一面以谢恩德,又要细问终身之事。差人到了华阴西岳,各处探访,并无一个晓得这白衣人的下落。只得罢了。以后仕宦得意,并无什么急事可问,这第三封书无因得开。官至江陵副使,在任时,一日忽患心痛,少顷之间晕绝了数次,危迫特甚,方转念起第三封书来,对妻子道:"今日性命俄顷,可谓至急。仙兄第三封书可以开看,必然有救法在内了。"自己起床不得,就叫妻子盥洗了,虔诚代开。开了外封,也是与前两番一样的家数,写在里面道:"某年月日,江陵副使忽患心痛,开第三封。"妻子也喜道:"不要说时日相合,连病多晓得在先了,毕竟有解救之法。"连忙开了小封,急急看时,只叫得苦。元来比先前两封的字越少了,刚刚止得五字道:"可处置家事。"妻子看罢,晓得不济事了,放声大哭。李君笑道:"仙兄数已定矣,哭他何干? 吾贫,仙兄能指点富吾;吾贱,仙兄能指点贵吾;今吾死,仙兄岂不能指点活吾? 盖因是数,去不得了。就是当初富吾、贵吾,也元是吾命中所有之物。前数分明,止是仙兄前知,费得一番引路。我今思之:一生应举,真才却不能一第,直待时节到来,还要遇巧,假手于人,方得成名,可不是数已前定? 天下事大约强求不得的。而今官位至此,仙兄判断已决,我岂复不知止足,尚怀遗恨哉?"遂将家事一面处置了当,隔两日,含笑而卒。

这回书叫做《三拆仙书》,奉劝世人看取:数皆前定如此,不必多生妄想。那有才不遇时之人,也只索引命自安,不必抑郁不快了。

人生自合有穷时,纵是仙家讵得私?

富贵只缘乘巧凑,应知难改盖棺期。